마법사의 제자들

KB192338

MAHOUTSUKAI NO DESHITACHI

by Yumehito Inoue

이노우에 유메히토 | 김아영 옮김

마법사의 제자들

魔法使いの
弟子たち

황금가지

1

야마나시(山梨)에 있는 대학병원에서 원내감염이 발생했다는 소식을 들은 이튿날, 나카야 교스케는 고후(甲府) 시로 떠나게 됐다. 7월 11일에 벌어진 일이었다.

여름 소식을 들은 지 얼마 되지도 않았는데 이날은 폭염이 전국을 덮쳤다. 도쿄의 이상 고온에서 벗어났다고 좋아했던 건 엄청난 착각이었다. 고후는 훨씬 찜통 같았다.

물론 정확히 말하자면 류오(竜王) 대학 의학부속병원이 있는 곳은 고후 시가 아니었다. 그 옆의 가이(甲斐) 시였다. 하지만 중앙 고속도로에서 고후쇼와 인터체인지로 빠져나와 고슈 가도를 타고 10분 정도 달리면 내비게이션이 목적지 근처라고 말하고는 안내를 종료해 버린다. 야마나시 현 바깥에서 온 사람에겐 가이나 고후나 다를 게 없는 셈이다.

고후 시내 중심부에 비하면 녹음이 짙다고는 하지만 역시 더운 건 마찬가지였다. 살인적인 더위였다. 에어컨을 켠 차에서 함부로 나갈 게 못 된다. 이때만큼은 '인류 최대의 발명은 냉방이야!'라고 외치고 싶어진다.

내비게이션과 표지판을 따라 국도에서 샛길로 빠져, 대학병원 부지를 10미터 정도 앞둔 지점까지 온 교스케는 자기도 모르게 브레이크를 밟았다.

"……뭐야?"

도로가 난데없이 철책으로 봉쇄돼 있었다.

공사 현장에서 자주 볼 법한 노란색 가드펜스가 도로를 가로질러 세워져 있었다. 도로뿐만이 아니었다. 양쪽 인도마저도 들어갈 길이 완전히 막혀 있었다. 공사 현장과 다른 점은 철망에 바이오해저드 마크를 인쇄한 표지판이 매여 있는 데다 짙은 남색 제복을 입은 수위 3명이 철책 앞에서 열중쉬어 자세로 서 있다는 것이었다. 3명 모두 흰 마스크로 얼굴을 반쯤 가리고 있었다.

주변에 몰린 보도차량 수도 엄청났다. 가드펜스를 기준으로 이쪽 방면의 도로는 양쪽 모두 자동차와 오토바이가 빽빽이 늘어서 있었다. 접사다리를 길 위에 세우고 그 위에 올라앉아서는 교스케를 카메라로 비추는 녀석들도 있었다.

'이 정도로…… 대단한 감염 사고란 말이야?'

교스케는 철책 바로 앞에 차를 세우고는 속으로 중얼거렸다. 수위 1명이 빨간 유도등을 흔들면서 자동차로 다가왔다. 교스케는 수위에게 고개를 끄덕여 인사하고 창문을 내렸다. 창문이 열리자마자 차 안으로 열기가 침입해 왔다. 온몸에서 땀이 뿜어져

나와 창문을 연 게 후회스러웠다.

"돌아가세요. 여긴 못 들어갑니다."

마스크 때문에 목소리가 또렷하지 않았지만 고압적인 어투로 수위가 말했다. 수위의 이마에서 또르르 흘러내린 땀이 마스크에 떨어졌다.

"그게…… 병원에 볼일이 있어서요."

"시설 내 통행허가증이 없으면 이 뒤로는 못 가십니다."

밑져야 본전이라는 생각으로 글러브 박스에서 기자증을 꺼내 수위에게 내밀어 봤다. 물론 아무런 의미도 없었다. 작년에 비공개로 진행된 컴퓨터 전시회를 취재했을 때 발급받은 거니까.

"병원을 취재하러 왔습니다."

수위는 질린다는 표정으로 고개를 저었다.

"안 됩니다. 취재는 다른 데서 하세요."

"그렇지만, 다른 데라니……."

"기자님을 위해 하는 말입니다. 이 뒤로는 위험하니까 못 들어간다고요. 언론 쪽에서 일하면 아실 거 아닙니까? 아니면 죽겠다는 겁니까?"

수위가 짜증난다는 듯 말하고는 교스케를 노려봤다.

"……"

철책 너머로 눈을 돌렸다. 벽돌담 뒤로 4층짜리 빌딩이 보였다. 여기 온 건 처음이지만 아마 저게 류오 대학병원일 터였다.

'죽겠다는 겁니까?' 그 말은 죽은 사람이 있다는 뜻인가?

교스케는 병원과 수위를 번갈아 쳐다봤다.

"아실 거 아닙니까?"라는 말을 들었지만 사실 아무것도 아는 게 없었다. 이런 상태라고 엄청난 화제가 된 모양인데, 사실 쿄스케는 의도치 않게 어제부터 TV도 신문도 보지 않았다. 갑자기 잠결에 전화를 받았더니 고후에 가라는 게 아니겠는가. 대학병원에서 원내감염이 발생했다는 얘기만 들었지 그게 어떤 병의 감염사고인지조차 몰랐다. 프로의식이 없다고 하면 대꾸할 말이 없지만, 병원 앞의 상황을 보기 전까지는 사전 조사를 해야겠다는 의식조차 없었다. 이제야 거기에 생각이 미쳤다.

보아하니 병원 현관 앞에는 SUV 몇 대가 늘어서 있었고 흰 방호복으로 무장한 남녀가 차와 병원 사이를 오가고 있었다. 제각기 박스를 들고 무언가를 옮기고 있는 듯했다.

마치 SF 영화의 한 장면이라도 보고 있는 듯한 느낌이었다. 시선 끝에는 의료팀 같은 무리가 이곳저곳을 뛰어다니는 모습이 보였는데, 거의 현실감이 없었다. 방호복을 입은 사람들의 모습을 직접 본 건 처음이었다.

'에라, 모르겠다'는 심정으로 한 번 더 물었다.

"그…… 통행허가증이라는 건 어디서 발급받을 수 있습니까?"

"모릅니다. 시청에라도 가서 물어보세요. 아무튼 귀찮게 굴지 마시고 돌아가십시오."

내쫓듯이 수위가 흔드는 유도등을 따라 차를 후진시키면서, 쿄스케는 도로 양쪽을 바라봤다. 끼어들 틈 따위가 전혀 없었다.

한숨을 쉬면서 차를 유턴시켜 가드펜스에서 30미터 정도 떨어진 후 인도에 바짝 붙여 세웠다. 이 너머로는 취재가 불가능하다는 게 자명했다.

그렇게 긴 시간은 아니었지만 창문을 열어 둔 탓에 사우나처럼 변해 버린 차 안 공기에 얼굴을 찌푸리며 휴대전화를 꺼내들 었다.

"나카야 씨, 지금 어디야?"

아카네 기쿠에는 인사도 없이 첫마디를 던졌다.

"병원 앞인데 봉쇄돼 있어서 들어갈 수가 없어요."

"그렇구나. 거긴 우스이한테 맡겼으니까, 나카야 씨는 다른 데로 가 주겠어?"

수위랑 똑같은 말을 하는군.

"다른 곳이라면…… 그, 좀 더 자세히 말씀해 주시겠습니까?"

"자세히라니?"

"사정이 어떻게 된 건지 하나도 이해가 안 되고 있거든요. 전화를 받자마자 나온 거라 뉴스도 못 봐서요. 원내감염이라고 해서 와 보니 병원은 완전히 봉쇄돼 있고, 무슨 일이 벌어지고 있는 겁니까?"

"나카야 씨…… 당신, 자동차로 간 거지?"

운전석에 앉은 채로 자기도 모르게 차 안을 둘러봤다.

"그렇지요."

"라디오도 안 들어?"

"……아, 그렇네요."

교스케는 얼굴을 찌푸렸다. 딱히 차에서 라디오를 듣는 습관은 없었다. 대개는 CD를 들었다.

"'그렇네요'라니…… 뭐, 사태가 점점 변하고 있는 것 같은데 핵심 정보가 좀처럼 안 나오고 있거든. 최신……이라고 해도 한 시간 전 정보지만, 지금 시점에서 제일 신선한 소식이라면 8명이 사망했다는 거야."

"8명이나요……?"

눈을 크게 떴다. 자동차 뒤쪽으로 눈을 돌려 병원을 봤다. 가드
펜스가 역광을 받아 검게 보였다.

"이전 정보에서는 3명이 사망했었으니까 대략 1시간 동안 5명
이 죽었다는 거지."

"……."

8명…… 1시간 동안 5명.

"저, 그게, 무슨 병입니까?"

"지금 제일 궁금한데 알 수가 없는 게 바로 그거야."

"알 수가 없다고요?"

"병원 측에서는 병인을 조속히 밝혀내겠다고 반복하고 있는
것 같은데, 어찌됐든 상당히 강렬한 바이러스지 싶어."

"인플루엔자 같은 건 아닌가요?"

"글쎄, 그런 건 아닌 듯해. 인플루엔자라면 A형이니 B형이니 조
류인플루엔자라느니 뭐라느니, 잘은 모르겠지만 발표하지 않았겠
어? 병원 측에서도 모르는 것 같단 말이지. 조사 중이라고만 말하
고 있고. 어쨌든 지금은 류오 대학병원 전체가 격리될 정도로 엄
청난 사태가 돼 버렸다는 거지."

"병원을 격리해 버리다니……."

다시 병원 쪽을 바라봤다. 이곳에서는 건물조차 제대로 보이지
않았다.

후, 하고 한숨을 내뱉고 옆에 있던 노트에 '사망, 8명'이라고 적
었다.

"사망자가 8명이라는 것 외에 다른 정보는 없습니까?"

"일단 다음 기자회견이 2시라니까, 한심하지만 그때까지 기다릴 수밖에 없겠지."

"어디서 하나요? 2시라면⋯⋯."

손목시계를 봤다. 오전 9시를 막 넘은 참이었다. 아직 꽤 여유가 있었다.

"음, 기자회견이라든가 보도자료같이 공식적인 건 우스이한테 처리하라고 할 테니까, 나카야 씨는 다른 기삿거리를 찾아봤으면 좋겠는데."

"다른 기삿거리요⋯⋯?"

"그렇지. 보통 이런 바이오해저드 사건은 시나 현이 총괄하게 돼 있나 보더라고. 시청이나 현청에서 기삿거리가 될 만한 실마리를 잡을 수 있는지 확실하지는 않지만."

아까 시청에라도 가서 물어보라던 수위의 말이 떠올랐다.

"알겠습니다. 움직여 보죠."

"기대하고 있지. 이쪽으로 들어온 정보는 나카야 씨한테도 알려 줄 테니까."

"부탁드리겠습니다."

휴대전화를 주머니에 쑤셔 넣고 왠지 모르게 한숨을 뱉었다.

아카네 기쿠에가 한 말을 떠올리고 라디오의 스위치를 켰다. 뉴스를 하고 있는 주파수를 찾아 아주 약간 볼륨을 높였다. 한국을 방문 중인 수상 소식을 전하고 있었다.

내비게이션으로 시청을 검색하고 있자니 때마침 듣고자 했던 뉴스가 시작됐다⋯⋯기보다는 이게 지금 가장 뜨거운 화젯거리인 게 분명하리라.

　—류오 대학 의학부속병원에서 발생한 원내감염에 대해 새로운 소식이 들어와서 전해 드립니다. 병원 관계자에 따르면 전염병으로 인한 사망자 수가 9시 현재 16명으로 늘어난 것으로 알려집니다.

　정말로……? 교스케는 고개를 저었다.

　—류오 대학병원은 현재 완전히 격리된 상태로, 지원 나간 의사들이 계속해 힘껏 치료에 나서고 있습니다. 병원 안에는 입원환자, 외래환자, 방문객, 병원 도우미, 의사, 간호사 등 병원 의료진…… 총 약 450명이 있다고 합니다.

　—전염병의 원인은 아직 발표되지 않았지만, 전염성과 독성이 대단히 강한 바이러스인 것은 분명하다고 합니다. 감염원의 특징과, 류오 대학병원뿐만 아니라 외부로의 감염 유무에 대해서도 신속한 조사가 이뤄지길 바랍니다. 내일은 WHO(세계보건기구) 조사단이 병원에 도착할 예정입니다.

　—현재 사망자 중 8명의 신원이 파악되었습니다. 다른 8명의 신원은 아직 확보되지 않았습니다. 신원이 확인된 사망자 명단은 이마이 가쓰히로 62세, 오키타 미에코 38세…….

　교스케는 다시 차 후방을 돌아봤다.

　450명이 저 안에…….

　크게 숨을 들이쉰 다음 천천히 사이드브레이크를 풀고 출발했다.

2

병원에서 제일 가까운 시청 별관은 자동차로 채 5분도 걸리지 않았다. 직선거리로 치면 겨우 2킬로미터 정도일까 싶었다. 움직이는 데 시간은 안 걸렸지만 차를 세울 곳을 찾느라 상당히 애먹었다. 청사 옆 주차장은 이미 꽉 차 있었고 주변의 좁은 도로도 주차장에서 넘쳐 난 차들이 서 있었다. 당연히 방송 관계자 차량이 꽤 섞여 있을 게 분명했다. 빙빙 돌면서 겨우 인접한 도서관 옆에 빈자리를 발견했다.

차에서 내리자 오븐에 들어간 것 같은 기분이 들었다. 구름 한 점 없는 하늘에서 내리쬐는 직사광선과 그보다 더 강렬한 아스팔트의 반사열 탓에 겨우 몇 걸음 걸었을 뿐인데도 기력이 빠졌다. 취재 도구를 가득 담은 백팩을 왼쪽 어깨에 메고 아까 자동차로 지나온 청사에 되돌아갔다.

"……."

커다란 유리 현관 옆에서 젊은 여자가 입간판을 응시하고 있었다. 왠지 모르게 그 여자의 주변만이 다른 공간처럼 느껴져 교스케는 그녀를 바라봤다. 무릎까지 내려오는 품이 넉넉한 바지와 옥색 탱크톱이 교스케의 시선을 끌었다. 학생인가?

불현듯 그녀가 이쪽을 돌아보자 교스케는 빤히 쳐다보고 있던 게 양심에 찔려 시선을 회피했다. 아주 잠깐 눈이 마주쳤다. 눈동자에 불안한 기색이 담겨 있었다. 그녀는 천천히 주변을 둘러보고는 청사에 들어가지 않고 그대로 건물을 돌아 나갔다.

미련이 남아 좇던 시선을 돌리고 그녀가 응시하고 있던 입간판을 봤다. 먹으로 올곧게 쓴 안내판이었다.

'류오 대학 의학부속병원의 원내감염 관련 상담은 시민회관에서 처리하고 있습니다.'

시민회관…….

주위를 둘러보자 옆쪽 벽에 '시민회관'이라는 글씨와 함께 오른쪽 화살표가 붙어 있었다. 방금 전의 여자가 향한 방향이었다.

"……."

괜히 주변을 빙 둘러보면서 머리를 쓸어 올렸다.

어쩐지 그녀의 뒤를 쫓는 모양새로 교스케도 시청 뒤쪽으로 발을 옮겼다.

시민회관 현관은 신발로 넘쳐났다. 아무래도 회관 안에서는 슬리퍼로 갈아 신어야 하는 모양이지만 현관을 둘러봐도 이미 슬리퍼는 남아 있지 않았다. 한 켤레씩 넣을 수 있게 짜인 신발장도 전부 꽉 차 있었고, 채 넣지 못한 신발들이 현관을 뒤덮고 있었다.

'난리났군.'

교스케는 백팩을 내려들고 안에서 접어 뒀던 편의점 봉투를 꺼내들었다. 신발을 벗고 봉투 안에 그걸 쑤셔 넣었다. 양말뿐인 꽤나 한심한 꼴로 회관 안으로 들어갔다. 들어가자마자 정면에 계단이 뻗어 있었다. 그 계단에 2층을 향하는 행렬이 이어져 있었다. 맨 후미에 방금 전 봤던 여자의 모습이 보였다. 계단 올라가는 초입부에는 시청 현관 옆에 있던 것과 동일한 안내문이 써 붙여져 있었다. 역시나 달필이었다.

'류오 대학 의학부속병원의 원내감염 관련 각종 상담을 2층 제1연수실에서 접수하고 있습니다.'

교스케는 괜히 목덜미를 긁적이면서 행렬의 맨 끝, 방금 전 아가씨의 뒤에 섰다. 감귤류를 떠올리게 하는 달큼한 향이 났다.

행렬은 좀처럼 앞으로 나아가지 않았다. 이따금 앞에 서 있는 그녀가 계단을 한 단씩 올라갔다. 그에 맞춰 교스케도 한 단 발을 옮겼다. 2층에서 상담을 마친 사람이 내려왔다. 1분 정도에 한 칸을 올라갈 때도 있었지만 5분 이상 움직이지 못할 때도 많았다. 어느샌가 교스케의 뒤로도 상담자의 행렬이 늘어서기 시작했다.

몇 사람 앞에 서 있던 남자가 계단 위에서 이쪽을 돌아보고는 카메라를 쥐고 갑자기 플래시를 터뜨렸다. 남자는 곧장 앞으로 돌아섰지만 "뭘 찍는 거야. 하지 마, 멍청한 자식아!"라는 목소리가 행렬 중에서 들려왔다.

동업자인가? 교스케는 작게 고개를 저었다. 지금 남자가 찍은 사진은 90퍼센트 이상의 확률로 사용할 수 없을 터였다. 찍힌 사람들한테서 찍지 말라는 얘기가 나오는 시점에서, 그걸 보도사진으로 게재하는 건 위험하기 때문이었다. 그럼에도 불구하고 사용하고 싶은 사진이라면, 불만을 터뜨린 사람과 교섭을 해서 게재 허가를 받아야 했다. 물론 방금 전 사진이 그만큼의 가치가 있다고 생각되지는 않았다.

분위기로 보아하니 주간지 기자는 아니었다. 본 적이 있는 얼굴은 아니었지만 아마도 어느 월간지이겠거니 싶었다. 이 부근의 지방지일지도 몰랐다.

교스케로서는 오늘이 월요일이라는 점이 고마웠다.

신문이나 TV와는 달리, 당연한 말이지만 주간지는 마감일이 일주일에 한 번밖에 없었다. 교스케가 계약하고 있는 《주간 이너

티니》의 마감일은 수요일이었다. 먹잇감을 찾아다닐 시간은 지금 시점에서 충분히 있었다.

애당초 기사의 신선도 면에서 주간지가 TV나 신문을 이길 수는 없었다. 어떤 의미에서 주간지는 애초부터 최신 정보 같은 걸 포기하고 있었다. 바람직한 주간지 기사란 신선도가 문제가 되는 게 아니었다. 신문이 싣지 못한 것, 혹은 실을 수 없는 것, TV가 다루지 않은 것이나 다룰 수 없는 것을 싣는 게 바람직한 기사였다. 그러다 보니 때로는 정도가 지나친 기사가 되기도 했다.

정도가 지나친 기사, 예를 들어 흥미 본위의 폭로성 기사나 유명인의 사생활 같은 게 정말로 바람직한지 교스케는 알 수가 없었다. 그런 건 알아도 어디에 써먹을 데가 없었다. 그건 부편집장인 아카네 기쿠에가 판단할 일이었다. 혹은 그 위의 편집장들이.

1시간이나 걸려서 계단 맨 위에 다다랐다. 행렬은 거기서 짧은 복도를 더욱 나아가 '제1연수실'이라는 표지가 있는 방 안까지 이어져 있었다. 연수실의 문은 크게 열린 채 고정돼 있었다.

훔쳐보니 그다지 넓지 않은 방의 벽면에 긴 테이블을 놓고 그 너머에 흰 옷을 입은 남녀 세 사람이 나란히 앉아 있었다. 아무래도 상담원들인 듯했다. 순번이 돌아온 사람들이 한 사람씩 흰 옷을 입은 상담원 앞에 앉아 얘기를 하는 방식이었다.

'대체 이건 뭐지?'

교스케는 백의를 입은 세 상담원을 보고 생각했다.

남자 상담원이 둘, 그 사이에 낀 여자 상담원이 중앙에서 상담 중이었다. 그 세 상담원이 뭐 하는 사람인지는 모르겠지만, 적어도 의사나 간호사 같지는 않았다. 그렇다고 해서 보건소나 의료기관 연구원처럼 보이지도 않았다. 애당초 의료 관계자라면 이런 데 있을 게 아니라 450명이 격리돼 있는 대학병원에서 의료 활동에 나서야 할 게 아닌가.

못된 생각일지도 모르지만 혹시 저들은 시청 직원이지 않을까? 왠지 그런 생각이 들었다. 그렇다면 흰 옷을 입을 필요 따윈 전혀 없을 터였다. 저들이 흰 옷을 입고 있는 이유는 고작 불안에 차 이곳에 모여 있는 시민들에 대해 심리적 권위를 세우기 위해서일 것이다.

보고 있자니 상담원들은 스크랩북에 끼운 서류에 상담자의 이름과 주소를 적고 일부 빈칸을 채워 넣는 작업을 하고 있을 뿐이었다. 그 외에는 상담자가 하는 말에 고개를 끄덕이는 게 다였다.

저들은 아마 아무런 판단도 내리지 못하고, 아무런 결정권도 없을 것이다. 그저 서류를 만들고 어딘가에 철해 두는 역할에 불과하다.

물론 상담원들이 나쁘다는 것은 전혀 아니었다. 저들을 책망하는 기사를 쓸 생각은 없다. 저들과 그 상사도, 그리고 그 위의 높으신 분들도 450명을 통째로 격리시켜야만 하는 사태에 어떻게 대처해야 할지 아무도 모를 테니까.

교스케는 천천히 움직이는 줄을 따라 앞으로 나아가면서 작게 고개를 저었다.

드디어 앞에 선 아가씨의 차례가 됐다. "이쪽으로." 하고 인도하는 손을 따라 그녀는 가운데에 있는 상담원 앞으로 나아갔다.

"여기 앉으세요."

여자 상담원이 앞에 있는 접이식 의자를 가리켰다. 아가씨는 인사하면서 그 의자에 걸터앉았다. 교스케는 자기도 모르게 귀를 쫑긋 세웠다.

"병원에 있는 사람들이 어떤지 알고 싶은데요."

그녀의 말에, 상담원이 고개를 끄덕이며 스크랩북 위에 볼펜을 휘갈겼다.

"우선 성함을 말씀해 주세요."

"오치아이 메구미(落合めぐみ)예요. 라쿠고(落語, 일본 전통 만담—옮긴이)의 락(落), 합동의 합(合)을 써서 오치아이입니다. 메구미는 히라가나로 쓰고요."

교스케는 반사적으로 주머니에서 메모를 꺼내 '오치아이 메구미'라고 적었다. 물론 별반 의미는 없었다.

"네. 류오 병원에 입원하신 분의 안부를 알고 싶으신 건가요?"

"아니요. 환자가 아니라 류오 대학 의대생인 고바타 고조(木幡耕三)요. 초목할 때 목(木)과 야하타(八幡)의 번(幡)을 써서 고바타예요. 이름은 경작할 때 경(耕)자와 숫자 3을 써서 고조(耕三)고요."

메모에 '고바타 고조'도 덧붙였다.

"의대생이라면 병원에는 실습차 간 건가요?"

"실습은 아니지만 어쨌든 어제는 병원에 있었어요. 그런데 휴대전화 전원이 꺼진 채 계속 연결이 안 되고, 그쪽에서도 연락이 없어서……."

"저, 고바타 씨와 오치아이 씨는 어떤 관계이신지?"

"약혼한 사이예요."

절로 오치아이 메구미에게 눈길이 갔다.

그때 메구미의 오른쪽에서 상담 중이던 남성이 의자에서 일어났다.

"이쪽으로 오세요."

교스케는 앞으로 나아갔다. 오치아이 메구미의 얘기를 좀 더 듣고 싶었지만 지시대로 접이식 의자에 걸터앉았다. 명함을 꺼내 상담원에게 건넸다. 상담원이 명함에서 눈을 떼고 교스케를 바라봤다.

"주간지 기자이신가요?"

"그렇습니다."

교스케가 고개를 끄덕이자 상담원은 곤란하다는 듯한 표정을 지으면서 명함을 볼펜 끝으로 툭툭 쳤다.

"여기는 취재에 응하는 곳이 아닙니다. 기자회견에서 발표되는 내용 외에는 저희도 모르고요. 기자회견장으로 가 보시죠."

솔직히 말하자면 교스케 스스로도 여기서 뭔가 얻을 만한 게 있을 것이라고 생각하지 않았다. 그렇다고 해서 물론 오치아이 메구미에게 흥미가 생겨서 줄을 섰다는 둥 말을 할 수도 없었다.

"물론 기자회견장에도 갈 거지만, 아시다시피 워낙 정보가 없어서요. 그래서 말인데, 병원에 들어갈 방법은 없습니까?"

"……."

상담원의 표정이 순식간에 바뀌었다. 머리가 어떻게 된 놈이라고 생각하는 듯했다.

"격리된 병원에 들어갈 수 있을 리가 없잖습니까."

"그, 물론, 제대로 안전책을 마련할 겁니다. 의료팀 요원들처럼 제대로 방호복을 입고, 필요하다면 검역도 받겠습니다."

상담원은 말이 안 통한다는 듯 고개를 젓더니 다시 교스케를 봤다.

"다른 데 가서 알아보시죠. 여기는 병원에서 격리 조치를 당한 분들을 진심으로 걱정하는 분들이 상담하러 오시는 곳입니다."

"저도 진심입니다. 위험을 무릅쓰고 취재하려는 거라고요. 시설 내 통행허가증이 필요하다고 들어서, 그 허가증을 어디서 발급받을 수 있을지를……."

"그런 거 발급 안 해 줍니다. 상식적으로 생각하면 알 거 아닙니까. 돌아가세요."

상담원이 화난 목소리로 교스케의 말허리를 끊었다. 그러더니 뒤쪽에 선 사람 쪽으로 고개를 들고 "이쪽으로 오세요." 하고 손을 뻗었다.

교스케는 의자에서 일어섰다. 문득 시선이 느껴져 옆으로 눈을 돌렸다. 오치아이 메구미가 교스케를 바라보고 있었다.

교스케는 그대로 방을 나섰다.

좀 실수했는지도 모르겠다고 머리를 쓸어 올리면서 계단을 내려갔다. 오치아이 메구미에게 얘기를 들어 볼까 생각했지만 지금 이 꼴로는 이상한 놈이라는 의심을 살지도 몰랐다.

편의점 봉투에서 신발을 꺼내 여전히 붐비는 현관 구석에서 신발을 신었다. 건물을 나오자 시민회관에 에어컨이 틀어져 있었다는 걸 깨달았다. 아니나 다를까, 건물 바깥은 숨이 턱턱 막힐 정도로 더웠다.

백팩에서 노트를 꺼내 '자, 이제 그럼.' 하고 생각하면서 등을 쭉 폈다. 오치아이 메구미가 나오는 걸 여기서 기다려도 되겠지만 이렇게 많은 관계자가 여기 시민회관에 모여 있었다. 병원에 못 들어가는 이상, 혈육이나 연인이 격리된 사람들의 얘기를 듣는 게 돌파구가 될 것 같았다. 이런 힌트를 준 게 바로 오치아이 메구미였다.

휴대전화다…….

모든 사람들이 휴대전화를 가지고 있다. 가족이나 절친, 연인은 휴대전화로 연락을 주고받는다. 그 휴대전화를 사용해 병원 안 사정을 취재하는 거다. 그게 가장 좋은 방법일 터였다.

"저기……."

누군가 말을 걸기에, 교스케는 깜짝 놀라 뒤를 돌아봤다.

"……."

오치아이 메구미였다.

"잠깐 얘기 좀 할 수 있을까요?"

"아…… 저, 그게……."

어쩐지 입장이 바뀌어 버렸다.

3

자기소개를 간단히 마치고, 바깥에 서서 얘기하기는 더우니 역 앞 상점가까지 메구미와 함께 걸었다. 자그마한 카페를 발견하고 그 안으로 들어갔다.

교스케는 아이스커피를 시키고는 다시 메구미를 봤다. 역시 매력적인 눈이라고 생각했다. 굳이 따져 말하자면 그 눈이 얼굴을 개성적으로 만들고 있었다. 어쩐지 다람쥐 같은 인상이었다. 코도 입도 얼굴의 아래쪽 반은 오밀조밀하게 모여 있었지만 눈은 커다랗고 맑았다.

"미안해요. 갑자기 말 걸어서."

교스케는 고개를 저었다.

"아뇨, 나…… 저야말로, 얘기를 듣고 싶었습니다. 이러면 안 되는데 싶었지만 말씀하시는 걸 약간 들었어요. 약혼자가 병원에 있다고 하셨죠?"

메구미는 "네." 하고 고개를 끄덕였다.

"저도 나카야 씨 얘기가 들렸거든요. 그러니까, 저…… 병원에 들어가시려는 건가요?"

"……아, 그게."

"방호복 말인데요, 우리가 손에 넣는 게 가능할까요?"

"글쎄요, 입수하려고 한다면 어지간한 물건이 아니면 가능하다고는 보는데…… 그게."

메구미가 테이블 위로 몸을 기울이려는 찰나, 아이스커피가 나왔다. 그녀의 얼굴에 여드름이 나 있다는 걸 그때 알았다. 오른쪽 콧방울과 머리털이 난 이마 쪽이 붉게 부풀어 올라 있었다.

"그래서 말인데요, 혹시 병원에 들어가실 거면 저도 같이 데려가시면 안 될까요?"

"……."

교스케는 깜짝 놀라 메구미를 쳐다봤다.

"뻔뻔한 부탁이라는 건 잘 알고 있어요. 그렇지만 아까 시민회관에서 상담원들한테 얘기하면서 이 사람들 전혀 도움이 안 되겠다는 생각이 들어서요."

"전혀 도움이 안 된다고요……?"

"얘기를 들어 줄 뿐이지, 그 사람들은 뭣 하나 해 주지 않는 게 아닌가 싶었거든요."

"흐음."

"고 짱…… 제 약혼자 이름은 고바타 고조예요. 어제부터 연락이 아예 안 닿아서 말 좀 전해 달라고 부탁했어요. 전화 걸어 달라고 말예요. 그게 안 되면 적어도 휴대전화 전원이라도 켜 달라고. 걘 병원에 있을 때면 조건반사적으로 휴대전화를 끄거든요. 근데 그 반대는 못 한단 말이죠."

"반대요?"

"금세 전원을 꺼 버린 걸 잊어먹는단 말예요. 그래서 아무리 시간이 지나도 '지금 거신 전화번호는 전원이 꺼져 있거나 전파가 닿지 않는 곳에……'라는 멘트가 나오곤 하죠. 이런 사태가 벌어져서 의사나 간호사를 돕고 있는 게 아닐까 싶어요. 학생이고, 의사보다는 연구자가 되는 게 목표지만 아무래도 의대생이면 의사를 돕는 게 일반적이겠죠? 아마도 너무 바빠서 휴대전화에 신경을 못 쓰는 게 아닌가 해요."

"……"

교스케는 메구미의 얘기와는 다른 생각이 들었지만 그녀에게 말할 수가 없었다.

외부와의 접촉이 완전히 끊겨 감금 상태에 놓이면 누구라도 가족이나 친한 사람에게 연락을 취하려 시도할 것이다. 아무리 바쁘게 돌아다닌다 하더라도 약혼자가 걱정할 거라는 생각이 들지 않을 리가 없다. 안부 전화가 안 걸려 온 데다가 이쪽에서도 연락이 안 닿는다면, 맨 먼저 생각해 봄 직한 것은 전화를 걸 수 없는 이상 사태가 벌어졌으리란 게 아닐까.

"그래서 연락을 취하고 싶다는 말을 전해 달라고 말했는데, 제 말을 메모해 두지도 않는 거 있죠. 말로는 고바타 씨를 찾아 전해 드린다지만, 찾을 생각조차 없다고요."

"아니, 안 찾지는 않을 것 같습니다. 병원 안쪽 일은 지금 단계에서 상상하는 수밖에 없지만 말이죠. 저 병원에서 우선 맨 먼저 하는 일은 병에 감염된 사람을 치료하는 것이겠죠. 전염되는 족족 죽어 나가고 있으니까요. 위험한 상태에 놓인 사람도 아직 꽤 있을 겁니다. 그런 사람들을 어떻게든 구하고자 하는 게 우선이지 않을까요?"

무심결에 그들을 변호하는 듯한 어조가 되었다.

"16명이 죽었다지요."

그렇게 말한 메구미의 얼굴이 일그러졌다. 목에 무언가가 걸렸는지 작게 헛기침을 했다.

"그다음엔 전염병에 감염된 사람과 그렇지 않은 사람을 필사적으로 분리하는 작업을 하지 않겠습니까? 격리당한 사람 수는 환자와 병원 의료진을 포함해 450명 정도라지만, 그 450명이 전부 감염되진 않았을 테니 말이죠. 감염된 사람을 병원 내에서도 또다시 격리하고 있는 게 아닐까 싶습니다. 오후 2시에 기자회견이 있다더군요. 그땐 지금보다도 꽤 사태가 분명해질 거라 봅니다. 뭐, 그랬으면 좋겠네요. 450명의 명단도 그 시점이면 발표되지 않을까 싶고."

후, 하고 메구미가 크게 한숨을 쉬었다. 손수건을 꺼내 이마에

맺힌 땀을 닦고 있었다. 냉방이 제대로 안 되는 듯했다.

"병원에 우리가 들어갈 가능성이 있기는 할까요?"

교스케는 "그게……." 하고 말을 꺼내며 머리를 긁었다.

"방호복을 구했다고 하더라도 실제로 허가를 받기는 그른 것 같습니다. 가능성은 찾아보고 싶은데 의료 관계자가 아닌 사람을 지금 류오 병원에 들여보내 줄 가능성은 거의 없다고 봅니다."

"이를테면."

메구미가 눈을 흡떴다. 동글동글한 눈이 똑바로 교스케를 바라보고 있었다.

"이를테면, 말인데…… 어딘가로 몰래 숨어들어 가는 것도 어려울까요?"

교스케는 자기도 모르게 웃음이 났다. 웃음을 산 게 의외였는지 메구미가 볼을 아주 약간 부풀렸다.

"아, 미안합니다. 마치 첩보 영화 같은 생각이네 싶어서요."

"이상한가요?"

교스케는 웃으면서 고개를 저었다.

"이상하다기보단…… 류오 대학병원은 악당의 아지트가 아니니까요."

"……."

"병원에 들어가고 싶은 이유를 말하자면, 저는 병원 내부 취재를 하고 싶어서이고 오치아이 씨는 약혼자를 만나고 싶어서입니다. 맞죠?"

"네."

메구미는 고개를 끄덕였다.

"몰래 숨어 들어가면 취재를 할 수 있을 리 없고, 경찰에게 붙들릴 겁니다. 그렇게 되면 일도 못 하게 되겠죠."

"그렇구나……."

메구미는 더위와 흥분 탓에 홍조를 띤 이마를 다시 손수건으로 훔쳤다. 교스케는 그녀의 콧방울과 이마뿐만 아니라 목덜미에도 여드름이 나 있다는 걸 눈치 챘다. 아이스커피를 한 모금 마시고 메구미에게 눈길을 돌렸다.

"오치아이 씨랑 고바타 씨의 얘기를 좀 들을 수 있을까요?"

메구미가 눈을 크게 떴다.

"저랑 약혼자 얘기요?"

"네. 고바타 씨는 의대생이라고 하셨죠. 류오 대학 의대에 다녔나요?"

"맞아요."

"오치아이 씨는요?"

메구미는 고개를 저었다.

"저는 아니에요. 아르바이트를 하면서 연극 공부를 하고 있어요."

"오호라, 여배우시군요."

메구미는 손수건을 든 손을 얼굴 앞으로 내밀고 크게 손사래를 쳤다.

"배역 공부를 하고 있을 뿐이에요. 여배우라든가, 그런 거…… 아직 전혀 아니에요."

"의대생인 고바타 씨와는 어떻게 알게 됐나요?"

"고등학교 선배가 류오 대학 학생이라, 소개받았다고나 할까요."

"아하, 소개팅 같은 거로군요?"

후훗, 하고 메구미가 웃었다. 쑥스러워서 그런지 뺨이며 목에 흐르는 땀을 연신 닦아 댔다.

"뭐, 그렇네요. 소개팅이랑 비슷한 거 같기도 하네요."

"좋겠어요. 흠…… 아까 고바타 씨는 의사가 아니라 연구원을 목표로 삼고 있다고 하셨는데, 어떤 연구를 하고 싶어 했나요?"

"자세한 부분은 어려워서 전혀 모르겠지만 머리 쪽을 연구하고 싶어 하는 것 같아요."

"머리 쪽이라면……?"

"뇌 장애라든지 그, 왜, 알츠하이머라든지 있잖아요?"

"아아."

"그런 장애를 치료하는 방법을 연구하고 싶다고 했었어요. 유전자를 재배열한다나 뭐라나."

"유전자 재배열이라……."

예전에 어딘가에서 읽었던 기사가 갑자기 머릿속에 떠올랐다.

"글쎄, 저도 자세한 부분은 전혀 모르겠습니다만, 유전자 재배열로 뇌 장애를 치료한다고요?"

"그렇다고 말했었어요."

"유전자 재배열이라는 게 바이러스를 가지고 한다고 들었던 적이 있는데요."

"맞아요. 그이도 바이러스 연구소의 연구생이라고 했었고요."

메구미를 빤히 바라봤다.

"바이러스 연구소라고요?"

"대학교…… 뭐라고 하더라, 부속기관 같은? 류오 대학 바이러스 연구소라고 했던 것 같아요."

"……"

물론 별다른 의미는 없는 우연의 일치겠지만, 450명이 격리될 정도의 감염이 지금 진행되고 있는 때에 바이러스라는 말을 들으니 기묘한 기분이 들었다.

"어떤 일을…… 고바타 씨는 연구소에서 하고 있는 걸까요?"

메구미는 고개를 갸웃했다.

"본 적도 없고 잘 몰라요. 봐도 아마도 모르겠지만요."

그러더니 픽 하고 혼자 웃음을 지었다.

"재미있어 보이는데요. 그런 얘긴 약혼자랑은 잘 안 하나 봐요?"

"네, 어차피 말해도 못 알아들을 거라 생각하는 게 아닐까요? 실제로도 그렇고. 실험기구라든가 현미경이나 컴퓨터라든지, 맨날 그 안에 있을 거 아니에요. 그리고 실험동물을 돌본다든가."

"아, 실험동물."

"왠지, 불쌍하잖아요? 물론 인간을 상대로 실험할 수는 없으니까 동물로 하는 걸 테지만 말예요. 그래도 연구를 위해서 일부러 병에 걸리게 한다든가 죽인다든가 한단 말이죠."

"……그런 동물들도 고바타 씨가 다루고 있는 거로군요?"

"그치만, 연구생이라는 게 서열이 맨 밑이니까요. 교수랑 준교수? 조교수인가랑 강사랑 그 위에 한참 많다고 말했던 적이 있어요. 줄줄이 허드렛일을 한다나요."

교스케는 문득 메구미를 쳐다봤다.

"그 뭐냐, 고바타 씨가 바이러스 연구소에 있다면 병원이랑은 별 관계가 없는 거죠?"

"네."

고개를 끄덕이는 찰나, 메구미가 심하게 콜록거렸다.

"왜 그래요? 괜찮습니까?"

메구미는 한 손을 들면서 교스케에게 고개를 저어 보였다.

"뭔가 들이마셨나 봐요. 죄송해요."

그녀는 재차 기침을 하면서 탱크톱을 입은 가슴께를 눌렀다. 아이스커피를 마시자 겨우 안정이 됐는지 수줍게 교스케를 향해 미소 지었다. 그러고는 손수건으로 얼굴에 부채질을 하면서 물었다.

"그래서, 무슨 얘기였죠?"

"아, 그게 별로 중요하진 않은데 고바타 씨가 무슨 일로 병원에 간 건가 궁금해서요."

아하, 하고 메구미는 고개를 끄덕였다.

"미안해요. 아는 사람이 있어요. 병원 환자 중에."

"아, 병문안 간 거예요?"

"연구소랑 병원이랑 엄청 가까워서 의외로 맨날 왔다 갔다 하는 모양이던데요. 저도 전에 소개받은 적이 있고, 두 번뿐이지만 고 짱이랑 같이 병실에 놀러간 적도 있고 말이죠."

"호오. 아는 사람이라는 게 가족이나 친척이 아닌가 봐요?"

"할아버지라고 부르긴 했는데요. 딱히 친척인 것 같지는 않아요. 살짝 나사가 빠졌다고나 할까…… 이런 말 하면 안 되나? 어쩌면 고 짱이 하는 연구랑 관계있을지도 몰라요."

유전자 재배열로 뇌 장애를 치료하는 연구.

"고바타 씨는 상냥한 분 같군요."

말하기 무섭게 메구미가 환한 웃음을 지었다. 그 웃는 얼굴에 교스케까지 덩달아 기쁜 마음이 들었다.

"상냥하고말고요. 고 짱 스스로는 상냥한 게 아니라 약한 거라고 말하지만요."

"약하다, 라."

"다른 사람이 아픈 것 때문에 괴로워지곤 하니까 의사는 성격에 안 맞는다고 그랬어요."

"아하, 과연. 왠지 알 것 같네요."

"저는 처음에 몰랐어요. 의사는 통증을 이해해 주는 사람이 좋은 게 아닐까 생각했었죠. 고 짱은 다른 사람의 기분이나 통증은 이해하는 게 좋지만 그 탓에 괴로워지는 건 의사가 안 맞는다는 얘기라고 했어요. 환자가 괴로워하는 걸 같이 괴로워하면 치료하는 것도 어려워지고, 게다가 수술 같은 건 절대로 못 하게 된다더라고요."

"그렇죠. 의사는 생각보다 냉정한 직업입니다. 환자로서는 가끔씩 아픈 것도 정신적으로 힘든데, 의사 입장에서는 병에 걸린 사람을 매일 수십 명을 진료해야 한단 말이죠. 일일이 아프다는 데에 감정이입하고 있을 순 없을 테니까요."

"치과 의사 말인데요, 제 생각에는 분명 엄청난 사디스트일 것 같아요."

교스케는 자기도 모르게 웃음이 터졌다.

"싫어하나 보네요, 치과 의사."

"정말 싫어요. 치과 의사를 좋아하는 사람이 있기는 할까요?"

"그러게요. 아마도 없겠죠. 치과 의사를 좋아하는 사람은 의사 아내뿐이지 않으려나요."

메구미가 손뼉을 치면서 꺄하하하 웃었다.

"그래서, 고바타 씨는 의사가 아니라 연구자의 길을 택했단 말이죠?"

"그럴지도요. 맨 밑바닥에서 혹사당하는 것 같아서 여러 가지로 힘들기도 한 것 같지만요."

"그야 뭐, 어떤 일이든 힘든 일은 있기 마련이죠."

"맞아요. 그래서 오히려, 지금 병원에 갇혀 있는 고 짱이 더 걱정이 돼요."

"'오히려'라고요? 최근 고민거리라도 있었습니까?"

메구미가 후우 한숨을 쉬었다.

"잘 얘기해 주진 않았지만, 되게 날이 서 있는 때도 있고 말을 걸어도 정신이 딴 데 팔려 있는 것처럼 대답도 안 해서…… 어제도 꽤나 난폭하게 굴었고요."

"어제요?"

"네."

메구미는 아이스커피를 마셨다.

교스케는 메구미를 응시했다.

무엇인가 정체를 파악할 수 없는 게 웅성거리며 기어 올라오는 것처럼 느껴졌다.

"그러니까…… 오치아이 씨. 어제 약혼자랑 만났다는 말씀인가요?"

"네."

"……난폭하게 굴다니, 어떻게 행동했다는 말이죠?"

"오키쓰 씨를 만나러 갔는데……."

"오키쓰 씨?"

"아, 그, 아까 말했던 할아버지요. 고 짱이 맨날 문병 간다고 했잖아요."

"아하. 그러니까 오치아이 씨랑 고바타 씨 둘이서 오키쓰 씨 문병을 갔다는 거죠?"

"맞아요."

"어제요?"

"네."

뭔가를 느꼈는지 메구미가 불안한 얼굴로 교스케를 바라봤다.

"약혼자가 난폭하게 굴었다는 건 무슨 말이죠?"

"……어제는 만날 때부터 기분도 나쁘고 비위도 안 좋았던 것 같아요. 뭔지 도통 알 수 없는 걸로 오키쓰 씨를 물고 늘어지질 않나."

"물고 늘어졌다고요?"

"네. 방 안이 너무 덥다나요. 병원이면서 에어컨 하나 제대로 틀지를 못하냐는 둥, 그런 건 입원해 있는 오키쓰 씨가 제대로 병원 쪽에 개선을 요구해야 한다고……."

"전에도 그런 일이 있었습니까?"

메구미는 고개를 저었다.

"처음이에요. 큰 소리로 화를 내서 간호사도 달려오고, 그래도 계속 소리를 질러 대고. 끝내는 저한테 '나가 버려, 집에 가 버려!'라고 하지 뭐예요…… 그래도 그렇게 집에 가는 게 아녔었는데."

"……."

메구미의 콧방울 옆에 살짝 곪은 듯 빨갛게 부풀어 오른 발진이 있었다. 머리털이 난 가장자리에도 하나. 목덜미에도 하나. 빨갛게 솟아오른 그 정점에 약간 노란 기가 도는 것처럼도 보였다.

여드름이라고 생각했었는데…….

"오치아이 씨, 그다음엔 어쨌어요?"

"그다음에요? 일요일이고 원랜 데이트를 할 계획이었는데, 고 짱이 막 그러니까 그냥 집에 갔죠, 뭐."

"그 뒤로 전화를 걸어도……."

"네. 전원은 계속 꺼져 있고 메일에도 회신이 없어요."

"거기에다가 병원이 격리돼 버렸다 이거죠."

"맞아요."

말을 마치고 메구미는 가볍게 콜록거렸다.

"……."

교스케는 무의식중에 의자를 뒤로 물렀다.

"오치아이 씨, 원래 여드름 나는 편입니까?"

"여드름요?"

그녀는 미간을 찌푸리고 교스케를 마주 봤다.

교스케는 자신의 코 옆을 눌러 보였다. 수상쩍은 표정으로 메구미는 코 왼쪽을 매만졌다.

"그쪽 말고, 이쪽."

"……어?"

손가락 끝에 발진이 닿자 메구미는 눈을 번쩍 떴다.

"그리고 여기 언저리랑 목덜미 이쪽도."

"……."

메구미는 가방에서 손거울을 꺼내들었다.

"뭐야…… 이게."

이런. 교스케는 배에 힘을 줬다. 자기도 모르게 몸이 떨리고 있었다. 이렇게나 더운데도 몸이 부들부들 떨렸다.

주머니에서 휴대전화를 꺼내들었다. 119에 전화를 걸었다.

"구급 상황입니까, 아니면 화재가 났나요?"

바로 담당관이 물었다.

"구급 상황이에요. JR중앙본선 시오자키 역 앞에 '란(蘭)'이라는 카페에 있는데요, 전염병에 감염됐을지도 몰라요."

"어떤 전염병 말씀이신지요? 먼저 전화 거신 분 성함을 알려주시겠습니까?"

귀찮긴 했지만 교스케는 천천히 사정을 설명했다.

자기는 주간지 기자인 나카야 교스케이며, 류오 대학병원에서 발생한 원내감염을 취재하려고 오늘 야마나시에 왔다, 오치아이 메구미는 현재 병원에 격리돼 있는 고바타 고조를 어제 만났는데 그때 전염병에 옮은 것 같다, 지금 당장 문제가 있는 건 아닌데 겉보기엔 열이 올라 있고 가끔 기침을 한다고. 얼굴 등 피부 몇 군데에 발진이 있고 본인에 따르면 오늘 아침까지만 해도 없었다, 교스케 자신은 아직 전염병 자각증상이 없지만 이미 상당한 시간을 오치아이 메구미와 보내면서 마주 보고 얘기를 하고 있었다, 만일 오치아이 메구미가 전염병에 걸려 있다면 자신도 감염됐을 가능성이 있다, 라고 말이다.

"대충 이런데요, 어떤 상황인지 파악되셨나요?"

"네, 알겠습니다. 그 자리를 떠나지 마시고 구급차가 도착할 때까지 기다리세요. 지금은 카페 안에 계신 거죠?"

"네, 맞아요."

"카페 안에서 바깥으로 나가지 마십시오. 그대로 움직이지 말고 계세요. 아시겠죠?"

"알겠습니다."

"카페 안에 다른 손님도 있습니까?"

교스케는 카페 안을 둘러봤다.

"아뇨, 지금은 저희 둘뿐입니다. 제 전화에 쇼크를 받은 카페 직원 한 분이 옆에 서 있고요."

"그분한테 카페 문을 닫고 폐점 안내판을 걸라고 전해 주세요. 실수로라도 새 손님을 받지 않도록."

"알겠습니다."

10분도 채 안 됐는데 가게 앞에 흰 밴이 정차했다. 흰 방호복으로 무장한 네 남자의 재촉을 받아 교스케와 메구미, 그리고 카페 주인이 밴에 올라탔다. 보통 길거리에서 볼 수 있는 구급차와 생김새가 약간 달랐다. 흰색으로 칠해져 있긴 했지만 왠지 장갑차 같아 보였다.

밴 안에 설치된 침상에 교스케와 메구미, 카페 주인이 나란히 걸터앉았다. 메구미가 주인을 향해 고개를 숙였다.

"폐를 끼쳐서 정말 죄송해요."

"네……."

주인은 이렇게만 말하고 눈을 감았다.

메구미는 교스케에게 시선을 돌렸다.

"미안해요."

교스케는 후우 숨을 내쉬며 뺨의 긴장을 풀었다.

"뭐, 방호복은 못 입었지만 이걸로 병원에 들어갈 수 있겠네요.

저는 병원 내 취재가 가능해질 테고, 오치아이 씨는 약혼자를 만날 수 있고요."

금방이라도 울음을 터뜨릴 것 같은 표정으로 메구미가 미소 지었다.

4

물론 이때 교스케를 지배했던 것은 공포심이었다.

경험한 적 없는 이상 상태…… 전염병.

그것도 이 병으로 이미 16명이나 사망했다. 여차하면 흉악한 독성을 띤 병원체가 몸 안에 침입해 이미 교스케의 생명을 자근자근 갉아먹기 시작했는지도 모를 일이었다. 지금 현재 교스케 스스로는 아무런 자각증상이 없었다. 다만 전화 단 한 통에 채 10분도 되지 않아 도착한 장갑차같이 생긴 구급차 안에 처넣어졌다. 스스로 건 전화에 구속된 꼴이다. 구급차에 태워지기 전후로 교스케의 사고는 정지했다.

당초 자신의 감정을 표현하는 걸 잘 못했다. 다른 사람들은 교스케더러 무얼 생각하는지 모르겠는 놈이라느니 냉정한 남자라고 말했다. "마음이란 게 있기는 해? 당신한테." 그렇게까지 내뱉은 여자도 있었다.

자신의 내면을 다른 사람에게 전달하는 게 왠지 모르게 잘 안 됐다. 어떻게 전해야 할는지 잘 알 수 없었다. 마음이 패닉에 빠지면 빠질수록 교스케의 얼굴에서는 표정이 사라져 갔다.

구급차 안을 둘러봤다. 옆에 걸터앉은 메구미는 목덜미의 땀을 손수건으로 필사적으로 닦아 내면서, 거칠게 숨을 쉬며 고개를 계속 흔들고 있었다. 카페 주인은 메구미의 맞은편에서 머리를 거의 다리 사이에 끼워 넣은 모양새로 등을 굽히고 있었다. 두 사람의 상태는 파악하기 쉬웠다. 이런 게 일반적인 반응이리라. 등을 곧게 펴고 앞을 바라보고 있는 사람은 교스케와 구급대원뿐이었다. 방호복을 입은 구급대원 세 사람이 고글 너머로 교스케 일행을 관찰하고 있었다. 교스케는 그 세 사람을 바라봤다. 결코 냉정해서가 아니었다. 공포로 패닉에 빠졌는데 그걸 솔직하게 표현하지 못할 뿐이었다. 다만 다른 사람 눈에는 냉정한 것처럼 보일 터였다.

그는 한숨을 쉬면서 말문을 열었다.

"지금 가는 곳이 류오 대학병원입니까?"

맞은편에 앉은 구급대원에게 물었다. 처한 상황과는 맞지 않게 침착한 어투가 싫었다.

구급대원이 고개를 끄덕였다.

"그렇습니다. 자유가 제한될 수 있습니다. 한동안은 외부와의 접촉이 금지됩니다만, 여기에 대해서는 병원에서 검사를 받은 다음에 자세한 설명을 들을 수 있으실 겁니다."

정식 명칭 같은 게 있는 걸까…… 교스케는 방호복이라는 것을 가까이에서 본 것도 처음이었다. 흰색의 매끈매끈한 소재로 된 옷이었는데 말 그대로 전신을 덮고 있었다. 목 주변과 가슴에서 대퇴부에 걸쳐 파란색 라인이 들어가 있었다. 머리 부분은 물론 손에는 장갑이, 신발도 커버로 싸여 있어 피부가 노출된 곳이 전

혀 없었다. 투명한 고글로 보호받는 눈이 가만히 교스케 일행을
바라보고 있었다.

　이런 방호복으로 보호하고 있는데도 불구하고 이들은 최저한
도로 필요한 만큼만 교스케 일행과 접촉하려 들었다. 그게 왠지
굴욕적으로 느껴졌다. 접촉을 꺼리고 있는 게 눈에 보일 정도였
다. 자신이 한없이 더러운 것처럼 느껴졌다. 아니…… 사실이 그
러하리라.

　교스케 일행은 지금 극도로 위험한 오염 물질 취급을 받고 있
었다. 모든 것은 검사 결과를 기다려 봐야 알겠지만, 결과가 나올
때까지는 오염 물질 취급을 받을 터였다. 이 구급대원이 말한 '자
유가 제한될 수 있다'는 말은 그런 의미였다.

　"병원체는 밝혀졌나요?"

　구급대원이 방호복으로 하얗게 감싸인 고개를 저었다.

　"아직입니다. 현재로서는 파악이 안 됐습니다."

　"사망자가 있는 것 같은데, 감염된 경우 치사율이 얼마나 됩니
까? 병원에 격리된 사람이 450명인데 방금 전 16명이 사망했다는
정보에 따르면 대체로 3~4퍼센트 정도라고 봐도 되는 건가요?"

　구급대원은 재차 고개를 저었다.

　"그런 것도 전혀 파악이 되지 않고 있습니다. 저희들은 연구소
소속이 아니라서 자세한 건 모르겠지만 현재 최선을 다해 동정
(同定) 작업…… 그러니까 병원체에 대해 조사하고 있습니다."

　"……알려지지 않은 바이러스일 가능성도 있다는 건가요?"

　구급대원은 심호흡을 하듯 어깨를 들썩였다. 아마도 한숨을 쉬
었겠지.

"그런 일체의 것…… 가능성이 있을지 없을지를 포함해서 전부 파악이 안 되고 있습니다. 걱정이 되시겠죠. 불안하신 건 알겠습니다. 하지만 정말로 아직 아무것도 알려지지 않았습니다. 지금으로서는 감염된 분들과 감염됐을지도 모르는 분들을 격리한 다음 대증 요법을 취하는 상황입니다."

말미에는 이제 좀 그만하라고 말하는 것처럼 들렸다.

구급차가 멈춰 서는 걸 느낀 교스케는 고개를 돌렸다. 하지만 이 구급차에는 창문이 없었다. 운전석과의 사이에 있는 벽에 가로로 긴 창이 있었다. 하지만 그 크기로는 도저히 앞유리 너머의 풍경이 보이지 않았다.

구급차는 잠깐 주행했다가 멈춰 서기를 몇 번인가 반복하더니 엔진을 껐다. 병원에 도착한 듯했다.

뒷좌석 문이 열리자 교스케 일행은 구급차에서 내렸다. 갑자기 다시 강렬한 열기에 휩싸였다.

"무서워요……."

내리기 직전에 메구미가 교스케에게 속삭였다.

"괜찮을 겁니다."

이렇게 대답은 했지만 쓸데없는 말이라고 느꼈다. '괜찮다'는 근거 따위 어디에도 없었고 위로도 안 되는 말이었다. 하지만 그런 말에 메구미는 작게 고개를 끄덕였다.

규칙이라도 있는 건지 교스케 일행은 따로따로 휠체어에 앉혀졌다.

"저기…… 걸을 수 있는데요."

이렇게 말해도 방호복을 입은 남자는 고개를 저으며 앉으라고 재촉했다. 교스케는 백팩을 무릎에 놓고 휠체어에 몸을 맡겼다.

원래 병원은 어딜 가나 똑같은 인상을 준다. 특히 큰 병원일수록 개성 없는 공간에서 기시감 같은 게 느껴지는 법이다. 너무 개성적인 병원은 환자에게 불안감을 안겨 주는지도 모른다.

그런데 교스케 일행이 안내받은 곳은 일반 병원과는 상당히 인상이 달랐다. 구급차가 멈춰 선 곳은 정면 현관 앞이 아니라 건물 뒤편에 있는 반입구처럼 생긴 문 앞이었다. 휠체어 세 대는 방호복으로 몸을 감싼 세 사람에게 밀려 그 반입구처럼 생긴 문을 통해 건물로 들어갔다.

교스케는 휠체어에 앉아 주위를 둘러보며 미간을 찌푸렸다.

"……."

그곳은 비닐로 된 터널이었다.

철문을 들어서자마자 안쪽으로 통로가 똑바로 뻗어 있었다. 아무리 생각해도 급조한 것 같은 통로는 휠체어 두 대가 겨우 지날 수 있을 만큼 폭이 좁게 만들어져 있었다. 철 파이프로 만들어진 틀에 도톰해 보이는 투명 비닐이 씌워져 있었다. 몇 장이 겹쳐져 있었는지 투명 비닐인데도 그 너머가 희미하게밖에 보이지 않았다.

비닐 터널은 마치 창고처럼 넓은 공간을 비스듬하게 가로지르듯 안쪽 벽까지 뻗어 있었다. 거기에 다다르자 벽에 엘리베이터 문이 있었다. 문은 벌써 입을 벌리고 교스케 일행을 기다리고 있었다. 사람을 옮기기 위한 엘리베이터가 아니었다. 아무리 봐도 화물 전용이었다. 내부는 넓었지만 칠도 벗겨져 있었고 벽에는 바닥에서 1미터 정도 높이까지 베니어판이 붙어 있었다.

'가면 갈수록 오염 물질 취급이군.'

교스케는 옆에 있는 메구미에게 눈길을 주면서 그렇게 생각했다. 메구미는 손수건으로 코 밑을 누르고 있었다. 눈에 물기가 도는 것처럼 보여 교스케는 시선을 돌렸다.

엘리베이터는 휠체어 세 대를 맨 위층인 4층까지 실어 날랐다. 4층 복도에도 비닐 터널이 만들어져 있었다. 분기점이 몇 개인가 있는 터널을 몇 번인가 꺾으면서 나아가 교스케 일행은 한 좁은 방으로 안내됐다. 병실처럼 보이지는 않았다. 물론 진찰실은 아니었다. 창문이 없는 정사각형의 공간은 일시적으로 설비를 정리한 창고인 것 같기도 했다. 방 입구는 현수막처럼 매달린 이중 비닐로 차단돼 있었다. 내부는 약 반절로 나뉘어, 교스케 일행이 있는 쪽만 비닐로 둘러싸여 있었다.

"잠시 여기서 기다려 주세요. 곧 검사를 시작할 겁니다."

방호복을 입은 한 사람이 그렇게 말하고는 방을 나섰다.

절로 한숨이 났다.

메구미의 입에서 "아아……." 하고 작은 목소리가 새어 나왔다.

"미안해요……정말로 미안해요."

교스케는 휠체어에서 내려 메구미 앞에서 허리를 굽혔다.

"오치아이 씨 때문이 아니에요. 당신도 몰랐으니까."

"그래도……."

"게다가 정말로 병인지 어떤지는 검사해 봐야 알잖아요. 내 착각일지도 모르니까. 내가 지레짐작해서 구급차를 불러 버렸을 가능성도 높고. 어쨌든 당신 탓은 아니에요."

"……."

메구미는 작게 고개를 젓더니 눈을 감았다. 기분 탓인지 머리털이 난 언저리의 발진에 붉은 기운이 더 짙어진 듯했다.

교스케는 뒤를 돌아봤다. 카페 주인이 휠체어에 앉아 팔짱을 끼고 자기 무릎 쪽을 바라보면서 가쁜 숨을 쉬고 있었다.

"폐를 끼쳤네요. 죄송합니다."

사과를 하자 카페 주인이 고개를 들었다.

"언제…… 돌아갈 수 있을까요?"

교스케는 고개를 저었다.

"글쎄요. 모르겠네요."

"재난이군, 이런……."

그러고는 말이 없었다.

문득 정신이 들어 교스케는 휴대전화를 꺼냈다. 열어 보니 다행스럽게도 전파가 잡혔다. 우선 어쨌든 아카네 기쿠에에게 전화를 걸었다. 병원 내에서 휴대전화 사용이 금지돼 있을지도 모르지만 그런 걸 신경 쓸 처지가 아니었다.

"나카야 씨, 마침 잘됐네. 연락하려던 참이었어."

아카네 기쿠에와의 통화는 역시나 인사가 생략됐다.

"그 전에 잠깐 괜찮으세요?"

"……뭔데?"

"앞으로 어떤 식으로 연락을 취할 수 있을지 모르겠어서요. 훼방꾼이 오기 전에 중요한 것만 알려 드릴게요."

"뭐길래…… 참나."

"저, 지금 류오 대학병원 안에 있습니다."

"어…… 어디 안이라고?"

"병원 안입니다. 4층 병실인데요, 그 병에 감염된 게 의심돼서 구급차를 타고 왔습니다."

"뭐? 그런…… 뻥이지?"

"농담하고 있는 게 아닙니다. 휴대전화 사용도 제한될지 몰라요. 사정을 말하고 연락은 취할 수 있게 해 두고 싶지만."

"잠깐…… 그, 나카야 씨, 아무리 그래도 병원 안이라니……."

"그리고 병이 병인 만큼 언제까지 여기에 있게 될지 모르고 최악의 경우……도 생각 못 할 건 아니라서."

목소리를 낮추고 말했다.

"잠깐 잠깐, 뭐라는 거야. 취재를 부탁하긴 했지만 그렇게 해 달란 적 없다고. 대체 어떻게 된 건데?"

"복잡하게 꼬여서 설명이 어렵네요. 어쨌든 저도 다른 사람들과 같이 격리되리란 걸 전해 드리려고 전화했습니다. 앞으로 어떻게 될지는 전혀 상상도 안 되네요. 어, 그리고 시청별관 옆 도서관 주차장에 제 차를 그냥 세워 뒀거든요. 방치돼 있더라도 저는 별 상관없는데, 오래 지나서 렉카를 불러야 하게 되거나 하면 귀찮으시더라도 수속 좀 부탁드려도 될까요? 필요한 물건은 항상 백팩에 넣고 다녀서 상관없거든요."

"물론 그러겠지만…… 나카야 씨, 당신 정말 괜찮아?"

왠지 모르게 입에서 웃음이 터졌다. 웃을 생각도 없었고 그런 상황도 아니었다. 자기도 이유를 모른 채 교스케는 웃고 있었다. 교스케의 웃음소리에 아카네 기쿠에는 말을 잃었다.

"컴퓨터도 들고 다니니까 허가를 받을 수만 있다면 병원 내에서 르포 기사를 보낼 수 있을지도 모르겠습니다. 이거 꽤나 구미

당기는 얘기 아닌가요?"

"······물론 기사는 받겠지만, 나카야 씨, 정말로······."

병실 문에서 인기척이 느껴져 교스케는 아카네 기쿠에에게 사과하고 전화를 끊었다.

"이시자키 가즈히코 씨?"

방호복을 입은 남자가 병실에 들어오면서 물었다.

"네."

카페 주인이 휠체어에서 몸을 일으켰다. 교스케는 그의 이름을 이때 처음 알았다. 이시자키는 방호복을 입은 사람이 재촉하는 대로 방을 나섰다.

하지만, 교스케가 이시자키 가즈히코를 본 것은 그때가 마지막이 됐다. 카페 '란(蘭)'의 주인 이시자키 가즈히코는 그 뒤로 약 이틀 후에 사망해 버렸다.

5

그 뒤에 있었던 일은 나카야 교스케의 기억에서조차 이곳저곳에 파편이 돼 있었다.

방호복 너머로 검사와 문진······이라기보다는 지금까지 돌아다닌 곳과 접촉한 사람 등에 대한 취조가 끝난 후, 교스케는 비닐로 구획이 나뉜 8인실에 넣어졌다. 침상 일곱 개는 벌써 들어차 있었고 여기저기서 끊임없이 격렬한 기침 소리와 신음이 들려왔다. 잠꼬대인지 아니면 불안 탓인지 의미를 알 수 없는 말을 계속해 중얼거리는 사람도 있었다. 당연한 일일지도 모르겠지만 오치아이 메구미는 그 방에 없었고 이시자키 가즈히코도 다른 방에 있는 듯했다.

교스케 입장에서 보면 병의 자각증상도 없는 상태로 환자가 득시글거리는 병실에 들여보내진 셈이었다. 그날은 불안한 채로 배정받은 침상에서 눈을 붙이고 그다음 날 밤중에 발열과 두통, 의식 혼탁이 교스케를 덮쳤다. 그 이후로 기억이 끊어졌다.

결국…… 나카야 교스케는 열흘 동안 의식불명상태였다.

16명이 사망했다는 뉴스는 교스케를 겁에 질리게 했지만, 그 시점에서 전해진 소식은 겨우 이 감염 재해의 시작에 불과했다.

그로부터 두 달 동안 감염증으로 인한 사망자는 실제로 372명에 달했다. 류오 대학 의학부속병원 내 원내감염자 수는 98명으로 그중 96명이 사망했다. 병원 바깥에서는 가이 시를 중심으로 고후 시 등 야마나시 현 내 감염자가 689명이었다. 그중 233명이 사망했다. 야마나시 현 외부로 튄 불똥에 국내에서 133명이 감염됐고 31명의 사망이 확인됐다. 게다가 해외에서도 68명이 감염돼 그중 12명이 목숨을 잃었다.

당연히 드센 병원체에 대한 동정검사가 이뤄졌지만 이미 알려진 바이러스, 세균, 진균, 기생충, 프리온 등 그 어느 것에도 해당 사항이 없어 의료팀은 첫 발병이 확인된 지 5일 후인 7월 15일에 이것은 신종 전염병이라고 발표했다. 바이러스성 뇌염일 가능성이 높고 단순 헤르페스뇌염과 광견병의 특징을 함께 띤 변종이지 않을까 싶다는 발표가 열흘째에 이뤄졌다. 치료법은 발견되지 않았지만, 완벽하지는 않아도 어느 정도 유효한 백신이 만들어졌을 땐

2주가 지나 있었다. 하지만 그때까지 거의 100퍼센트였던 사망률이 그 백신 덕택에 마침내 20퍼센트 근처로 낮아졌다.

어느 신문에선가 쓰기 시작한 명칭이지만 세간에서는 이 신종 전염병을 '용뇌염(竜腦炎)'이라고 부르기 시작했다. 물론 류오 대학병원에서 따온 이름이었다. 이 명칭이 널리 퍼져 일본 내에서 거의 고착화된 탓에 세계보건기구는 'dragonviral encephalitis'라는 명칭을 정식으로 채택했다. 직역하면 '드래건바이러스 뇌염'이다.

용뇌염은 첫 발병 이후 약 한 달째에 차츰 진정 기미를 보이기 시작했다. 백신이 만들어지면서 치사율이 낮아지긴 했지만 감염되면 여전히 5명 중 1명은 죽음에 이르는 무서운 병이라는 점은 변하지 않았고, 둘러보면 길거리를 다니는 사람들 태반이 마스크를 착용하고 있었다. 하지만 그래도 두 달이 넘어갈 무렵 세상은 한때의 패닉 상태에서 가까스로 빠져나왔다.

다만, 사회 전체가 평정을 찾아가고 있는데도 나카야 교스케는 아직 격리상태에서 벗어나지 못하고 있었다.

그날 이후 두 달 동안 교스케는 류오 대학병원 4층에 여전히 갇혀 있었다. 직장 동료나 가족 면회는 언제나 유리를 사이에 두고 마이크와 스피커를 사용해서만 허용됐다. 8월 초부터는 사정을 고려해서인지 휴대전화와 컴퓨터 사용 허가가 내려졌다. 병실에서 인터넷을 통해 보내는 원고는 《주간 이터니티》에 '류오 일기'라는 새 연재물로 실리기 시작했다. 격리된 병원 내부에서 하는 보고서라서 꽤나 편파적인 시선으로 쓰였지만 큰 주목을 끌었다.

하지만 그래도 병원을 떠나는 일은…… 아니, 4층에서 내려가는 것조차 교스케에겐 허락되지 않았다.

"불현성감염이라고 합니다만."

의사가 교스케에게 말했다.

"불현…… 뭡니까, 그게?"

"불현성감염입니다. 아니면 잠복감염이라고 해야 하려나……
나카야 씨 몸에는 아직 드래건바이러스가 자리 잡고 있다 이 말
이죠. 지금으로서는 나카야 씨의 몸에 더 나쁜 영향을 끼치고 있
지는 않습니다. 이제까지 엄청 고생하셨지만요. 나카야 씨의 몸
과 바이러스가 타협했다고나 할까요. 그래도 바이러스가 계속 얌
전히 있을 것이냐, 그건 저희들도 모릅니다. 이를테면 나카야 씨
가 감기에 걸려서 몸의 저항력이 떨어지거나 면역력이 저하되면
다시 날뛸지도 모르죠. 그리고 불현성감염이란 나카야 씨가 지금
여전히 드래건바이러스의 매개체라는 말이기도 합니다."

"매개체……."

의사는 천천히 끄덕였다. 물론 지금 의사는 유리 반대쪽에 있
었다.

검진이나 진찰 때 여전히 방호복을 착용하고 오거나 그 외에는
이 유리를 사이에 둔 면회실을 사용하게 돼 있었다. 한 달여 전에
만들어진 방이지만 마치 감옥 면회실로 끌려나온 것 같은 기분
이 들게 했다.

"뭐, 물론 그럴 의도는 없으시겠지만…… 나카야 씨가 거리에
나가서 다른 사람 사이에 섞여 들 경우 바이러스가 다시 확산될
지 어떨지 저희도 아직 확증이 없다 이 말입니다. 죄송합니다."

"……."

"다만 나카야 씨와 바이러스가 오래 같이 있다 보면 점점 독성

이 옅어질 가능성도 충분히 있을 법하니까요. 이젠 괜찮지 않을까 싶은 상태이지만, 독성의 강도를 계측해서 판단할 시간이 조금 더 있었으면 합니다. 조금만 더 참아 주셨으면 한다 이거죠."

참으라고 한다면, 끄덕이는 수밖에 없었다.

통상 감염 징후가 보이지 않더라도 일단 격리되면 잠복기일 가능성을 고려해 열흘간 상태를 보게 된다. 드래건바이러스는 꽤나 잠복기가 짧아 24시간에서 나흘 정도 상태를 본다. 따라서 닷새간 발병하지 않으면 안심해도 된다고 할 수 있지만 안전을 고려해 감염자와의 접촉이 있었던 사람은 열흘간 구속토록 정해져 있었다.

또한 용뇌염이 발병된 사람은 치료를 받은 뒤 완치가 확인되더라도 2주간은 병원에 구류된다. 이 또한 안전을 확보하기 위한 규정이었다.

단, 용뇌염에 걸렸던 사람은 사망하지 않고 생존한 경우에도 안타깝지만 뇌와 신경, 심지어 정신에 후유증이 남는 경우가 꽤 높은 확률로 나타났다. 때문에 비록 퇴원했다고 하더라도 나중에 신경과나 정신과 등 다른 치료를 계속 받게 된다. 그 역시 힘든 일이긴 하지만, 적어도 완치만 되면 2주 뒤 격리상태에서는 해방되는 것이다.

하지만 교스케의 경우에는 완전히 치료된 지 한 달 이상이 지나도록 감염물질 취급에서 벗어나지 못했다.

애초에 이 용뇌염 재해에서 교스케는 꽤나 특수한 존재였다.

용뇌염이 발병하면 두통과 함께 높은 발열이 일어난다. 구토가 계속되고 목 근육이 경직되거나 빛을 극도로 눈부시게 느끼거나 환각을 보는 등 여러 의식장애가 나타나고, 길어도 하루, 짧으면 5~6시간 만에 죽음에 이르게 된다. 백신이 만들어지기 전에는 거의 100퍼센트가 이런 경위를 밟았다.

하지만 교스케는 달랐다.

병원에 격리된 이튿날인 7월 12일에 교스케는 용뇌염이 발병했다. 증상은 다른 감염자와 동일했지만 발병 후 하루가 지나도 교스케는 계속 살아 있던 것이다.

의식불명상태가 열흘간 계속됐다. 의료팀은 교스케를 주목했다. 치료법, 예방법을 찾을 절호의 샘플이 발견된 걸지도 모른다고 기대를 가졌다. 실제로 백신을 제조하는 데 교스케에게서 채취한 혈청도 한몫했다.

의료팀을 거듭 감격시켰던 것은 발병 후 11일째인 7월 22일에 교스케의 병세가 차도를 보이기 시작했다는 점이었다. 의식이 돌아오고 의사와 말을 나눌 정도까지 됐다. 다소 환각이 나타난다는 후유증이 확인됐지만 생활에 지장이 있을 정도로 심각하지는 않다는 진단을 받았다.

의료팀은 교스케를 연구 대상으로 삼았다. 의사가 설명한 불현성감염 얘기가 거짓말은 아니겠지만, 사실 연구 재료를 놓치고 싶지 않아서는 아닌가…… 교스케는 자꾸만 이런 생각이 들었다.

게다가 사실은 의료팀이 연구 재료로 확보해 놓은 생존자가 교스케 외에도 세 사람이 있었다. 세 사람의 이름을 들은 순간 교스케는 자기도 모르게 그걸 알려 준 연구원의 얼굴을 쳐다보았다. 왜냐하면 그 세 사람 모두 이름을 들은 적이 있는 사람들이었기 때문이었다.

6

첫 번째 인물은 오치아이 메구미였다.

교스케는 분명 그녀에게서 바이러스를 옮았다. 메구미는 교스케보다도 하루 먼저 발병해 하루 먼저 의식불명상태에 빠졌다. 듣자하니 메구미와 교스케는 병의 경과가 거의 동일했다고 한다. 그녀는 12일 동안 생사의 기로를 헤맸다.

살아남은 두 번째 인물은 고바타 고조였다.

그는 오치아이 메구미의 약혼자다. 아마도 오치아이 메구미는 그에게서 용뇌염이 감염됐을 것이다. 그리고 기록된 바에 따르면 류오 대학병원에서 가장 먼저 피를 토하면서 쓰러진 게 고바타 고조였다. 다시 말해 의료팀은 그를 최초의 감염자라고 보고 있다.

고바타 고조의 경과는 교스케나 메구미와는 상당히 달랐다. 그 역시 의식불명상태에 빠져 생사의 틈을 헤맸지만 발병한 지 두 달이 지난 지금도 아직 의식이 돌아오지 않고 있다. 그는 생명유지 장치를 단 상태로 지금도 계속 잠들어 있는 상태였다.

그리고 최후의 생존자 1인은 93세의 노인이었다.

오키쓰 시게루는 애당초 입원 환자였다. 류오 대학병원에 입원해 있던 많은 환자가 용뇌염에 감염돼 목숨을 잃었지만 그는 그중에서 유일하게 살아남은 사람이었다.

오키쓰 시게루는 가이 시내에 있는 양로시설의 입소자였다. 용뇌염 소동이 일기 한 달 전쯤에 그는 시설의 복도에서 넘어져 오른쪽 발목뼈가 부러졌다. 입원 치료를 받고 있던 그의 병실에 종종 고바타 고조가 찾아왔다. 오치아이 메구미도 고바타와 함께 두 번 정도 오키쓰 노인을 찾아간 적이 있었다.

의료팀 조사에 따르면 두 번째 병문안 때 메구미가 돌아간 후 그 병실에서 고바타 고조가 격렬하게 몇 번이고 각혈을 하다가 쓰러져 의식을 잃었다. 그게 모든 일의 시발점이 돼 비정상적이라고도 할 만한 속도로 바이러스가 병원 안에 전파된 것이다.

다만 오키쓰 시게루는 다른 세 사람과 전혀 다른 경과를 거쳤다. 그는 끝까지 의식을 잃지 않았다. 고열에 시달려도, 구토를 해도, 그의 의식은 분명했다. 모든 감염자 중 가장 증상이 가벼웠다.

의료팀은 부단히 그 원인을 조사해 여러 가지 가설의 검증을 거쳤지만 여전히 성과는 올리지 못하고 있었다.

"오키쓰 씨 말인데, 뭔가 이상하다는 생각 안 들어?"

어느 날 메구미가 교스케에게 속삭였다. 병원 4층의 휴게실에서였다.

배정받은 병실은 역시나 왠지 모르게 음침해서 기분도 우울해지는 터라 교스케는 하루의 대부분을 여기 휴게실에서 보내고 있었다. 장기간 격리돼 있는 교스케 일행을 의료팀이 아쉬운 대로 배려해 준 것이다.

이때 4층은 크게 두 영역으로 나뉘어 있었다. 한쪽은 새로 들어온 중증 환자를 위한 공간이었고 다른 한쪽은 불현성감염이 확인되는 장기 격리 환자가 거주하는 공간이었다. 즉, 간단히 말하자면 교스케와 메구미, 오키쓰 노인 세 명만의 공간이었다. 고바타 고조는 살아남긴 했으나 중증 환자 구역에서 집중치료를 받고 있었다. 두 영역은 의료팀 외에는 왕래가 불가능했다.

"이상하다고?"

반문하자 메구미는 입을 삐죽이 내밀고 끄덕였다. 낮잠 시간인지 당사자인 오키쓰 노인의 휠체어는 휴게실에 없었다.

"예전엔 저렇지 않았거든."

"무슨 말이지?"

"나, 병에 걸리기 전에 두 번 정도 오키쓰 씨 만난 적 있는데 그때엔 제대로 말도 못 했었단 말이야."

"……무슨 말인지 감이 안 잡히는데."

그러자 메구미가 하하 하고 웃었다.

"미안. 오키쓰 씨 노망이 나은 것 같은 느낌이 들어서."

"노망……."

'그러고 보니…….'

교스케는 문득 떠올렸다.

메구미가 처음 오키쓰의 얘기를 했을 때 마치 나사가 빠진 것 같았다는 말을 들었던 기억이 있었다. 하지만 교스케가 오키쓰 시게루와 얘기를 나눈 것은 한 달여 전에 이 휴게실에서 메구미의 소개를 받았을 때가 처음이었으니, 예전과의 차이를 알 수가 없었다.

"전엔 어떤 느낌이었는데?"

"고 짱이 몇 번이고 병문안을 갔을 텐데, 누군지 못 알아보더라고. 식물인간 같은 느낌이었고, 대체로 말을 해도 우물우물할 뿐이라 잘 들리지도 않았는데. 어쨌든 의사소통이 안 된달까, 엄청 어렵달까."

"흐음……."

교스케는 창문으로 눈을 돌렸다.

휴게실 창문 밖으로는 멋진 풍경이 펼쳐져 있었다. 원래 고후 분지는 사방이 산으로 둘러싸여 있다. 병원이 있는 가이 시는 예외이지만, 남동쪽으로 후지산이 보였고 서쪽으로는 아카이시 산맥의 줄기를 한눈에 볼 수 있었다. 동쪽에는 고후 시가지가 펼쳐져 있었다.

창문을 열고 가슴 한 가득 바람을 들이쉬고 싶다는 욕구가 몰려들었다. 물론 허가되지 않은 일이었다. 현재 이 류오 대학병원의 창문은 전부 완전히 밀봉돼 있었다.

"확실히 오키쓰 씨, 노망난 것 같지는 않더군."

"그렇지?"

메구미가 고개를 끄덕였다.

교스케가 볼 때 오키쓰 시게루는 93세라는 나이가 실감 나지 않게 활기찬 할아버지였다. 휠체어를 타고 있었지만 도움을 필요로 하지도 않고 스스로 좌우로 핸들링하면서 어디로든 술술 잘만 다녔다. 말하는 것도 또박또박했고 알아듣기 어렵다는 생각이 든 적이 단 한 번도 없었다.

"왠지 전혀 다른 사람인 것 같은 느낌이란 말이지."

분명 예전의 오키쓰가 메구미의 설명처럼 **노망난 늙은**이였더라면 이상한 일이었다.

메구미가 재빨리 말을 이었다.

"오키쓰 씨 말인데, 용뇌염에 걸린 게 오히려 잘된 일이 아니었을까?"

"……"

메구미를 돌아봤다. 그녀는 가볍게 어깨를 으쓱해 보였다.

그러기 무섭게 휴게실 안에 스콜 같은 비가 세차게 내리기 시작했다.

흠칫 놀란 교스케는 엉겁결에 일어섰다.

물론 비 같은 건 아무 데도 내리지 않았다.

"왜 그래?"

메구미가 토끼눈을 뜨고 교스케를 쳐다보고 있었다.

"아니……."

교스케는 고개를 젓고 갑자기 일어난 걸 얼버무리려는 듯 창문 쪽으로 걸어갔다. 창문 밖에도 역시 비는 내리지 않았다.

한여름은 진즉에 지났고 달력상 슬슬 가을이 시작될 법한 시기가 되었는데도, 병원 바깥은 아직 여름이 채 지나지 않은 듯했다. 한 발자국도 바깥에 나가지 못하는 데다 창문을 열고 바깥 공기를 쐬는 것조차 허락되지 않은 교스케가 실감하기에는 거리감이 있지만, 뉴스를 듣자하니 올해 여름은 이상할 정도로 더웠다는 듯했다.

때때로 환각이 덮쳐 왔다. 지독하게 현실감 있는 환각에 교스케는 항상 당황했다. 의사의 말로는 용뇌염의 후유증인 듯했다.

"꽤나 심각한 정신장애나 뇌장애가 남는 사람도 많으니까요. 나카야 씨는 가벼운 정도입니다."

의사는 교스케에게 이렇게 말했었다. 위로를 해 주려던 걸지도 몰랐다. 아니면 감사하라는 말이라도 하려 했던 걸까.

"미안."

바로 뒤에 메구미가 서 있었다. 돌아보니 그녀는 눈을 감으면서 작게 고개를 저었다.

"병에 걸려서 다행이라니, 참 바보 같은 소리를 했네."

"아냐, 그게 아냐. 네 말이 어떻다는 게 아니니까."

교스케는 메구미의 어깨를 눌렀다.

"나, 내가 왜 안 죽었을지 생각하곤 해. 그렇게나 많은 사람을 죽였는데 왜 나만 죽지 않았는지."

눈물이 메구미의 뺨을 타고 떨어졌다. 메구미는 그걸 감추려는 듯 교스케의 옆에 서서 창밖으로 시선을 던졌다.

교스케는 메구미의 고통을 알고 있었다.

병에서 회복한 뒤 다양한 용뇌염 관련 보도를 접하면서 사태를 알면 알수록, 메구미는 드래건바이러스가 병원 바깥으로 퍼져나간 원인이 자기에게 있다고 믿게 됐다.

물론 메구미를 탓하는 사람은 아무도 없었다. 다만 용뇌염 대유행에서 가장 중요한 인물이 오치아이 메구미라는 점은 여러 보고가 인정하는 사실이었다.

메구미는 오키쓰 시게루의 병문안을 갔을 때 같이 병실에 있던 고바타 고조에게서 드래건바이러스를 옮았다. 고바타한테 쫓겨나듯 그녀는 병원을 나섰다. 그 이후의 족적을 철저히 조사해 메구미가 돌아다닌 곳을 찾아낸 결과, 상당수의 감염자가 발견됐다. 야마나시 현은 일시적으로 가이 시는 물론 고후 시 일부를 봉쇄 조치 대상으로 지정해 교통 출입을 금지했다. 메구미가 병원에 격리되기 전 마지막 1시간 정도는 교스케가 동행했었다. 류오 대학병원이 격리된 것과 관련해 상담 등을 받았던 가이 시청 별관 뒤편에 있는 시민회관에서는 그 시간 이후 방문한 많은 사람이 용뇌염에 걸렸고 그중 거의 대부분이 사망했다. 병에 걸린 사람들

은 제각기 바이러스를 다른 장소로 옮겨 2차, 3차 감염을 불러
왔다.

　메구미는 가족을 전부 잃었다. 고후에 있는 자택에는 부모님과
할머니, 가끔 놀러 오곤 하는 오빠가 모여 있었다. 그들 전부가 용
뇌염에 감염돼 사망했다.

　"왜 나만 아직껏 살아 있는 걸까? 왜 죽지 않은 거지?"

　"……."

　교스케가 메구미의 어깨를 감싸 안았다. 메구미는 교스케의
품에 얼굴을 파묻었다.

　"뭔가 이유가 있겠지."

　휴게실 입구에서 목소리가 들려 교스케와 메구미는 그쪽으로
고개를 돌렸다. 오키쓰 시게루였다. 오키쓰는 휠체어를 조작하면
서 교스케와 메구미가 있는 창가로 다가왔다.

　"단풍이 늦구먼, 올해는."

　오키쓰가 창문 너머를 바라보면서 말했다.

　"저 산이 시뻘겋게 되면 예쁘겠군."

　"이유라면…… 어떤 이유요?"

　메구미가 오키쓰에게 반문했다.

　"글쎄. 모든 일의 이유란 건 아무래도 두 가지가 있는 것 같단
말이지."

　메구미를 계속 안고 있었단 걸 깨달은 교스케는 메구미의 등
뒤에서 손을 풀고 창가에 바싹 다가갔다. 메구미도 교스케 옆에
서 오키쓰를 마주 봤다.

　"간단히 찾을 수 있는 이유하고 좀처럼 못 찾겠는 이유, 이렇게

두 가지. 지면이 젖은 건 비가 내렸기 때문이다, 이런 건 간단하지. 그렇지만 왜 태어났는가 하는 문제는 자칫하면 평생이 걸리도록 이유를 못 찾기도 한단 말이네."

'노망이 나은 것 같은 느낌이 든다.' 오키쓰를 바라보면서 메구미가 했던 말을 떠올렸다.

노망난 것처럼 보이지는 않았다.

"우리 인간이라는 건 말이지, 좀처럼 보이지 않는 이유를 찾아가면서 살아가는 게 아닌가 하는 생각이 든다네. 왜 내가 이런 거에 푹 빠져 있는 건지, 왜 이런 놈이 좋은지 아닌지, 뭐 때문에 내가 살아가는 건가 싶은 게지."

"……."

"왜 이유가 필요한 겐가? 이유를 모르면 사람들은 대부분 엄청 불안해하더군. 그러니 안심하고 싶어서 이유를 찾는 걸지도 모르지. 불안하니까 그때 떠오른 걸 이유랍시고 자신을 어르는 게지. 즐거우니까 하는 것일 뿐이라는 둥 말이네. 어떤 이유든 상관없는 게야. 중요한 건 자기만의 이유를 찾아내는 거니까."

갑자기 오키쓰가 휠체어의 방향을 틀었다. 휴게실 구석에 있는 냉장고로 가서 물이 든 페트병을 꺼냈다. 뚜껑을 돌리더니 입을 대고 꿀꺽꿀꺽 마신 뒤 후우 하고 한숨을 내쉬었다.

"메구미도 나카야도 나도 어떤 이유에선지 살아남아 버렸지. 많은 사람이 죽었으니 송구스럽고 괴롭지만 말일세. 전쟁에 나갔다가 생환한 병사도 그렇게 생각했지. 겁이 날 정도로 많은 사람이 죽었어. 그런데 나는 뻔뻔스럽게도 살아 돌아왔지. 너무나도 송구스러워서 전쟁이 끝나자 자해한 동료도 있었네. 살아 있다는 게 그렇게나 괴로운 일일 거라곤 생각도 못 했었지. 그래도, 그런 데도 이유가 있는 걸세. 죽지 않았던 건 살아야만 했기 때문인 게지. 살아 있을 이유가 있기 때문인 게야."

메구미가 떨리는 목소리로 물었다.

"제가…… 제가 살아 있는 이유는 뭘까요?"

"으하하."

오키쓰가 소리내 웃었다.

"살아남은 이유야 직접 찾아야지. 나는 전쟁터에서 돌아온 뒤엔 한동안 아무것도 하지 않고 있었네. 아이들은 주일미군에게 몰려가 구걸을 했지. 자기네가 싸웠던 상대한테 동냥을 받았던 게야…… 내가 무슨 짓을 했던 건지 당최 알 수가 없어졌지. 초등학교 선생이 되려고 생각했어. 선생이 돼서 아이들이 두 번 다시 똑같은 실수를 하지 않도록 알려 줘야겠다고 생각했어. 나 혼자 뭐가 될 리가 없으니까 이 아이들이 총을 쥐는 일이 없도록, 서로 죽고 죽이는 게 얼마나 슬픈 일인지 알려 주고 싶어서였지. 그게 내가 살아남은 이유였는지 어쨌는지는 모르겠어. 그래도 그래서라고 생각하기로 했다네."

메구미가 테이블 쪽으로 걸어가 의자에 걸터앉았다. 그러고는 테이블 위에 풀썩 엎어졌다.

한동안 아무도 입을 열지 않았다. 벽에 걸린 시계가 오후 2시를 가리키면서 찰칵 하고 작은 소리를 냈다.

7

호출을 받고 면회실에 가니, 유리 너머로 아카네 기쿠에가 손을 들었다. 그 옆에는 우스이 도시히로가 있었다.

유리를 사이에 마주 보고 접이식 의자에 앉았다. 옆에 스위치를 켜면 마이크에 전원이 들어온다. 이 방의 인상은…… 역시나 감옥의 면회실이었다. 다른 점이라면 간수의 감시를 받지 않는다는 정도일까.

"이거 말인데. 나중에 간호사한테 부탁해서 건네줄 테니까."

아카네 기쿠에가 갈색 봉투를 교스케에게 보여 줬다. 내용물은 《주간 이터니티》의 최신호였다. 그걸 보고 오늘이 화요일인 걸 알았다. 화요일은 《주간 이터니티》의 발행일이다. 편집자 둘이 나란히 야마나시 변두리까지 면회를 나온 것은 주말 마감까지 여유가 있어서였다. 연재 중인 '류오 일기'는 이번 주로 5회째다.

면회실 벽에 걸린 달력으로 눈을 돌렸다. 9월 13일. 격리 생활도 두 달을 넘어섰다.

"어때? 상태는."

교스케는 고개를 저었다.

"똑같죠, 뭐. 지루해서 죽을 것 같다는 거 빼고는."

"저기 말인데……"

갑자기 아카네 기쿠에가 상반신을 유리 가까이로 기울였다. 그러고는 자기 앞에 있는 가느다란 마이크를 가리켰다.

"내 목소리, 어디서 녹음되고 있다든가 그래? 혹시?"

교스케는 쓴웃음을 지으면서 목덜미를 문질렀다.

"난데없이 무슨 말씀이세요?"

"확인차. 어디선가 이 대화를 듣고 있지는 않은가 하는 생각이 들어서."

"아니겠죠. 잘 모르지만요. 그런 의혹이 있나요?"

기쿠에는 고개를 저었다. 우스이를 보니 그는 히죽 웃어 보였다.

"있지. 우리들끼리 한 추측은 아닌데, 드래건바이러스의 발원지에 대해서 약간 억측이 나돌고 있더라고."

"어떤 거죠?"

"류오 대학 바이러스 연구소가 만든 게 아닌가 하는 거지."

아하, 하고 교스케는 끄덕였다.

"인터넷에도 나돌고 있더라고요. 그럴싸한 억측이랄지, 황당무계한 억측이랄지."

"실제로 나카야 씨가 내부에서 봤을 땐 어때?"

"글쎄요."

교스케는 고개를 움츠렸다.

"아카네 씨도 알고 계시잖아요? 저, 여기 4층에서 전혀 움직일 수가 없어요."

"음. 그건 알고 있지. 그래도 의사나 연구소 사람이라든가, 이런 저런 사람을 만나 얘기는 할 거 아니야?"

"의사는 만나고 있죠. 매일 진찰이 있고 검사도 맨날 받고 있으니까요. 잡담도 하고 가라오케도 하죠."

"가라오케?"

교스케는 웃었다.

"가라오케 기계를 들여 줬더라고요. 매일같이 하지는 않지만요. 전파 송수신이 되는 건 아니라 곡 수도 적고요. 그래도 가끔 의사나 간호사랑 같이 노래도 부르고 합니다. 그 사람들은 역시 나 방호복을 입고 있어서 오랫동안은 안 되지만요. 방호복을 입고 노래를 하면 한 곡 만에 산소 결핍 상태가 되나 보더라고요."

"아하하."

우스이가 소리내 웃었다.

"음…… 그럴 때 바이러스 주변 정보를 빼내는 거……는 어려우려나."

"어렵다기보다도 저희들을 만나는 사람들은 순수한 의료진이니까요. 국립감염증연구소라든가 WHO 쪽이나 정부 공무원 같은 사람이랑 얘기할 수 있는 게 아니라서요."

"바이러스에 관한 얘기를 전혀 못하거나 그런 건 아니지?"

"합니다. 저희들이 의심스럽다고 생각한 거는 어지간하면 대답해 주거든요. 딱히 비밀을 숨기고 있는 것 같지는 않았어요. 아니면 혹시 그런 건가요? 인터넷에 떠도는 생체병기가 어쩌고 하는 얘기를 상상하고 계신 거예요?"

기쿠에가 고개를 갸웃했다.

"그렇게까지 비약해서 생각하는 건 아니지만. 그래도 경우에 따라서는 그런 병기 개발이 영화나 소설 속에서만 있을 법한 일은 아니라는 것도 그럴싸하지 않아?"

교스케는 머리를 긁적였다.

"이를테면 미 국방부 장관이 막대한 자본을 들여 류오 대학 바이러스 연구소를 구워삶았다고 치고. 거기서 비밀리에 위험한 바이러스를 연구하고 있었는데, 개발 중이던 바이러스가 사소한 실수로 누출돼서 용뇌염이라는 명칭까지 붙는 재해를 초래했다…… 뭐 이런 건가요?"

웃으면서 그렇게 말하니 기쿠에도 겸연쩍은 듯한 표정을 지었다.

"뭐, 그런 건 B급 영화 소재지."

"아니, 얼마 전에 인터넷에서 발견한 기사예요. 뭐라더라…… 기억은 안 나는데 어느 군사 평론가였어요, 분명. 대단하다고 오히려 감탄이 나더라고요."

"정말? 우스이, 알고 있었어?"

우스이가 고개를 저었다.

"캐 봐. 재미있어 보이면 인터뷰 좀 따자고."

교스케는 "아이고야." 하고 고개를 절레절레 저었다.

기쿠에가 다시 유리로 바싹 다가와 말했다.

"그래도, 여기에 갇혀 있다는 건 알지만, 역시 사태의 중심에 가장 가까이 있다는 거잖아. 다른 사람이 상상하거나 억측할 법한 게 아니라, 좀 더, 이렇게, 날것의 감각이라고나 할까."

"……"

'응?'

교스케는 주변을 둘러봤다. 거기가 류오 대학병원 면회실이 아니라 《주간 이터니티》의 편집부였기 때문이다. 어수선한 데스크 앞에서 아카네 기쿠에가 노트를 펼치고 메모에 낙서를 하면서 휴대전화를 귀에 대고 있었다.

"그렇지. 보통 이런 바이오해저드 사건은 시나 현이 총괄하게 돼 있나 보더라고. 시청이나 현청에서 기삿거리가 될 만한 실마리를 잡을 수 있는지 확실하지는 않지만…… 기대하고 있지. 이쪽으로 들어온 정보는 나카야 씨한테도 알려 줄 테니까."

'뭐지, 이건?'

교스케는 눈앞을 응시했다.

기쿠에는 휴대전화를 덮더니 그걸 데스크에 내던지고 크게 숨을 내쉬었다. 검지 손가락을 콧구멍에 쑤셔 넣고 빙글 돌리더니 그 손끝을 바라봤다. 천천히 티슈를 뽑더니 손가락을 닦았다.

"그 원내감염?"

맞은편 데스크에서 다테가 말을 걸었다. 기쿠에는 몇 번인가 끄덕이고는 얼굴을 찌푸렸다.

"그 뭐냐, 병원이 재빨리 손을 쓴 탓에 순식간에 모든 정보가 차단되어서 곤란해. 아무것도 들어오는 게 없어."

쾅쾅 유리를 두드리는 소리가 들려 교스케는 정신을 차렸다.

……거기는 면회실 안이었다.

"나카야 씨, 왜 그래? 괜찮아?"

기쿠에가 불안한 표정으로 교스케를 보고 있었다.

교스케는 숨을 후우 내뱉었다. 그러고는 고개를 젓고 기쿠에와 우스이에게 손을 들어 보였다.

"죄송합니다. 아무것도 아닙니다."

"나야말로 미안하게 됐어. 좀 피곤하게 했나 봐."

"아니, 정말로 괜찮습니다."

교스케가 이렇게 말했지만 아카네 기쿠에는 의자에서 일어났다. 기척을 느끼고 우스이도 일어섰다. 두 사람은 마치 도망치는 것처럼 물러갔다.

'환각…… 방금 건 환각이었나?'

교스케는 휴게실로 돌아가면서 머리를 쓸어 올렸다. 테이블에 메구미가 보였다. 만화 잡지에서 눈을 떼더니 교스케를 향해 가볍게 손을 들어 보였다.

'환각, 이었던 걸까?'

교스케는 다시 생각했다.

잊혀지지 않았다. 방금 기쿠에의 전화 내용은 기억 속에 있었다. 그건 7월 11일…… 모든 악몽이 시작된 날이었다. 교스케는 원내감염 취재를 위해 처음 이 병원을 찾아왔다. 봉쇄돼 바리케이드가 쳐진 병원 앞에서 교스케는 방황하다가 편집부에 전화를 걸었다. 그때 휴대전화 너머로 들려오던 아카네 기쿠에의 말이었다.

하지만 지금 교스케가 본 광경은 자신의 기억에서 끄집어내진 게 아니었다. 아카네 기쿠에가 데스크에서 코를 후비는 기억 따위가 교스케의 머릿속에 있을 리 없었다.

대체 뭐였을까?

환각이라는 건 이렇게도 현실감이 있는 걸까? 마치 정말로 편집부에 있는 것 같은 느낌이었다.

문득 환각 속에서 기쿠에가 했던 말에 신경이 쓰였다.

"그 뭐냐, 병원이 재빨리 손을 쓴 탓에 순식간에 모든 정보가 차단되어서 곤란해. 아무것도 들어오는 게 없어."

'그러고 보니……'

교스케는 테이블에 그대로 놓아뒀던 자기 컴퓨터 앞에 앉으면서 생각했다. 그런 얘기를 듣고 보니 분명히 재빨리 손을 썼다. 고바타 고조가 오키쓰 노인이 있던 병실에서 쓰러진 뒤 대학병원 전체가 봉쇄되기까지 하루도 채 걸리지 않았다.

물론 이만한 재해를 불러일으킨 감염 사고였다. 병원 측과 가이 시의 대응이 늦었더라면 피해 규모는 더욱 커졌을 터였다. 그러니 눈 깜짝할 새에 재빨리 손을 쓴 건 칭찬할 만한 일이었다. 책망할 일은 아닌 것이다.

하지만 무서운 감염 사고의 방아쇠가 된 바이러스는 지금까지 확인된 적 없는 미지의 것이었다. 병원 내에서 연달아 발병했다고는 하지만, 미지의 바이러스가 일으키는 증상을 보고 즉시 병원 전체를 격리한다는 판단을 그렇게 빨리 내릴 수 있는 걸까?

잘 이해가 되지 않았다.

고개를 한번 털고는 마실 게 없다는 걸 깨닫고 휴게실 구석에 있는 냉장고로 걸어갔다. 우롱차 캔을 꺼내들었을 때 맞은편 테이블에서 메구미가 소리 높여 말했다.

"아, 나카야 씨, 미안. 나도 우롱차 마실래, 아직 남아 있어?"

있다고 말하려던 찰나, 교스케의 눈앞에서 믿을 수 없는 일이 벌어졌다. 갑자기 그가 들고 있던 캔이 손을 빠져나오더니 허공을 날아서 3미터는 더 떨어져 있던 메구미의 손에 들어간 것이다.

"……."

교스케는 눈을 크게 뜨고 메구미를 바라봤다. 그걸 눈치 챈 메구미가 고개를 갸웃했다. 교스케는 아무 말 없이 메구미의 손에 들린 캔을 가리켰다.

"응?"

메구미는 자신의 손 주변과 교스케를 번갈아 봤다.

"대체 뭘 한 거야?"

"뭐라니?"

'이것도 환각인가……'

교스케는 저도 모르게 눈을 감았다.

8

담당의 사카베 아쓰시는 경증이라고 했지만, 교스케로서는 자
신이 겪고 있는 이 후유증만큼 '중증'인 게 없다고 생각했다.

물론 사카베 의사가 하는 말도 이해할 수 있다. 무엇보다 용뇌
염은 어마어마한 수의 사망자를 냈다. 살아남은 교스케가 운이
좋았던 건 틀림없었다. 게다가 다행히도 목숨을 부지한 사람도 태
반이 뇌나 정신에 장애를 입고 괴로워하고 있다. 그들 대부분은
일상생활에 지장이 있고, 고통 속에서 자살 미수를 반복하는 환
자도 적지 않다고 들었다.

그런 사람들에 비하면 교스케가 보는 환각 정도는 별거 아니
란 얘기였다. 듣고 보면 틀린 말은 아니었다.

의사가 하는 말은 긍정적으로 생각하라는 격려이자 위로이기
도 했다. 용기를 북돋아 줄 요량으로 해 준 말이라는 것도 잘 알
았다.

하지만 이 말, 어딘가 이상하지 않은가?

이를테면 사고로 한 손을 잃었을 때 '양손을 잃은 사람에 비
하면 당신은 행운이다'라는 말을 들어서 솔직하게 기뻐할 사람이
얼마나 될까? 자신보다도 불행한 사례를 들면 그걸 부정할 말은 없
다. 없지만 납득이 되지는 않는다. 어물쩍 넘어가려는 게 아닌가?

"점점 잦아지는 것 같아요."

이렇게 말하자 사카베는 유리 너머로 천천히 끄덕였다.

"잦아진다면 어느 정도로요?"

"전에는 하루에 한 번 있을까 말까 했지만 지금은 환각이 무슨 박자에라도 맞춰서 나타나는 것 같은 느낌입니다."

"'무슨 박자'라면 환각이 보이는 계기라는 게 있다는 거군요. 어떤 게 계기가 되는 건가요?"

"어떤 거라니……."

생각나는 게 없었다. 뭔가 계기가 있는 걸까?

"이를테면 갑자기 졸음이 몰려올 때라든가, 기분이 나빠졌을 때라든가 말이죠."

"아하……."

과연, 하고 생각해 봤지만 역시 떠오르지 않았다.

"잘 모르겠네요. 문득 나타나요. 갑자기 거기에 있을 리가 없는 풍경이 보이곤 해서 꽤나 충격을 받곤 합니다."

"있을 리가 없는 풍경 말입니다만. 그 풍경이라는 게 환각이 사라져도 기억에 남나요?"

"네."

그렇게 말하는 순간, 교스케의 왼쪽 어깨를 스치듯 그림자가 앞에 섰다.

"……."

중년의 부인이었다. 부인은 가지고 있던 큰 감자칩 봉투와 여성 주간지를 눈앞 카운터에 올렸다. 어느 편의점의 계산대였다. 카운터 너머로 젊은 남자 점원이 *"죄송합니다. 이쪽 손님이 먼저*

여서요."라고 교스케 옆의 남성을 가리켰다. 옆에 서 있는 남자는 사카베였다. 흰 가운이 아니라 티셔츠에 청바지의 가벼운 차림이었다. 사카베의 손에는 도시락과 차 페트병이 들려 있었다.

"급하다고! 빨리 좀 해 줘!"

중년 부인이 소리를 질렀다. 점원은 얼굴을 찌푸리고 부인과 사카베를 번갈아 봤다.

"끼어들지 말아 주세요. 순서대로 처리해 드리니까요."

"뭐야, 이 가게."

부인은 점원을 노려봤다.

"교육을 어떻게 받은 거야? 얼른 못 해?"

점원은 크게 한숨을 쉬었다.

"금방 해 드리겠습니다. 이쪽 손님이 먼저 줄을 서셨잖아요."

"……뭐라는 거야. 먼저 계산대에 올린 건 나잖아! 사람을 바보 취급해? 기분 나쁘네. 손님을 뭐라고 생각하는 거야!"

부인은 그렇게 내뱉고는 카운터에 올려둔 물건을 그대로 두고 자동문으로 돌진해 가게를 나섰다.

점원과 사카베는 얼굴을 마주 보고 묘한 공기 속에서 쓴웃음을 나눴다. 점원은 "죄송합니다."라고 사과하면서 사카베의 손에 들린 도시락과 차로 손을 뻗었다.

"나카야 씨?"

유리를 똑똑 두드리는 소리에 교스케는 사카베를 다시 봤다. 물론 여기는 면회실 안이었다.

"아…… 죄송합니다."

유리 너머로 사카베가 교스케의 얼굴을 응시하고 있었다.

"환각이 나타났나요?"

교스케는 양손으로 얼굴을 쓱쓱 문지르고는 후우, 하고 숨을 내뱉었다.

"역시나. 갑자기 이러네요."

사카베는 교스케의 눈을 들여다봤다.

"몸은 괜찮습니까?"

교스케는 호흡을 가다듬으면서 끄덕였다.

"신체적으로 나쁜 건, 아닌데 정신적으로는 울컥 뭔가 치미는 느낌이네요."

"그렇군요. 그런데 이번엔 어떤 게 보였습니까?"

"선생님이 보였어요."

사카베가 눈을 깜빡였다.

"선생님이라니…… 저요?"

"네."

고개를 끄덕이자 사카베는 뺨 부근을 손끝으로 긁으면서 곤란하다는 듯이 웃음을 지어 보였다.

"제가 어쨌나요? 괴물로 변하기라도 했나요?"

교스케는 고개를 저었다.

"선생님께서 물건을 사고 있는 게 보였습니다."

"물건을 사요……?"

"네. 편의점에서 계산대에 서려는데 웬 철면피 아줌마가 끼어들어서 꽥꽥 소리를 질러 대더니 나가 버리더군요."

"네?"

사카베가 미간을 좁혔다.

"뭐죠, 그게? 나카야 씨가 본다는 환각이 그런 건가요?"

"맞아요. 실감 나서 현실과 구분이 안 됩니다. 그래서 더 불안하고요."

"아니…… 잠깐 있어 봐요. 지금 환각을 좀 더 자세하게 설명해 보세요. 편의점 안이 보였다는 건가요?"

"보였다기보다는, 저도 그 안에 있었습니다. 제 옆에 선생님이 도시락과 차를 들고 계산대 앞에 서 계셨죠."

"도시락과 차……"

"거기에 웬 아줌마가 끼어들어서, 멋대로 감자칩이랑 주간지를 카운터에 놔 버리더군요. 못된 할망구 같으니."

"……"

묵묵히 그저 빤히 바라보는 사카베를 향해 교스케는 고개를 저었다.

"최근엔 이런 풍경을 보는 일이 잦습니다. 제가 경험한 적이 없는 풍경을. 마치 그 자리에 있는 것처럼 말이에요."

"저, 그 자리에 있는 것 같다는 말은 그 풍경이 엄청나게 실감 난다는 말입니까?

사카베가 머리를 쓸어 올리면서 물었다.

"실감 나죠."

"이를테면…… 음, 저는 어떤 옷을 입고 있었죠?"

이상한 기분으로 사카베를 쳐다보았다.

"옅은 하늘색 티셔츠와 청바지였습니다. 가슴팍에 노란색으로 'FIRST CONTACT'라고 찍혀 있는……"

사카베가 다시 미간을 좁혔다. 등을 쭉 펴더니 크게 숨을 들이

쉬고는 후우 내뱉었다.

"나카야 씨는 제 사복 차림을 본 적이 있습니까?"

"아뇨, 없습니다."

"이를테면 휴게실 창문에서 아래를 내려다보면서 제가 사복 차림으로 걸어가고 있었다든가."

교스케는 고개를 저었다.

"없네요. 흰 가운을 입은 선생님밖에 뵌 적이 없어요. 그래서 기억 어딘가에서 끄집어낸 풍경이 아니라고 생각하는 겁니다. 기억 어디에도 없는 풍경이에요."

"어허……."

사카베는 빤히 교스케를 바라보면서 흰 가운 가슴 쪽의 단추를 풀기 시작했다.

"어……."

흰 가운 밑으로 나타난 걸 보고 교스케는 자기도 모르게 작게 탄성을 내뱉었다. 환각 속에서 목격한 티셔츠 그대로였다. 옅은 하늘색 티셔츠 가슴팍에 'FIRST CONTACT'라고 쓰여 있었다.

"……."

"하나만 더 묻죠. 나카야 씨가 방금 본 환각에서 저는 도시락을 사고 있었죠. 그 도시락이 어떤 건지 기억나십니까?"

'대체 어떻게 된 일이지……?'

그렇게 생각하며 교스케는 고개를 저었다. 사카베의 가슴팍에 쓰여 있는 'FIRST CONTACT'에서 눈이 떨어지지 않았다.

"돈가스 도시락이었던 것 같아요. 소스가 뿌려져 있었는데, 그거 미소가스였으려나? 그리고 1리터짜리 녹차 페트병하고……."

"이럴 수가."

중얼거리듯 그렇게 말하면서 사카베는 가운 단추를 채웠다.

"왜 그러시죠?"

교스케는 다시 의사의 얼굴을 봤다.

"왜 같은 티셔츠일까요?"

사카베는 머리칼을 쓸어 올렸다.

"물어보셔도, 저도 전혀 영문을 모르겠습니다. 나카야 씨가 본 환각은 아무래도 제가 어제 겪은 일인 것 같네요."

"……."

문득 사카베가 부끄럽다는 듯이 웃어 보였다.

"옷도 안 갈아입고, 어제랑 똑같은 셔츠를 입고 있는 걸 들켰지만요. 저는 어제 집에 돌아가는 길에 편의점에 들러서 미소가스 도시락과 차를 샀습니다. 계산대에서 뻔뻔한 아줌마가 끼어들어서 기분이 상했죠. 나카야 씨는 마치 그 상황을 보고 있던 것 같군요. 아니, 환각이 어제의 저를 보여 줬다고 해야 하려나요."

교스케는 다시 양손으로 얼굴을 문질렀다. 뺨에 손바닥을 대 봤다. 딱히 열이 있지도 않았다.

"왜 그런 걸 보게 되는 겁니까?"

의사는 목덜미를 쓸면서 으음, 하고 신음을 흘렸다.

"참 흥미로운 일치 현상인 것 같은데, 이 정도로는 설명하기도 좀처럼 쉽지가 않네요. 뭐 해석은 다양하게 할 수 있다고 봅니다. 나카야 씨는 본 적이 없는 풍경이라든가 기억에도 없는 풍경이라고 말하지만, 의식하고 있는 기억 속에는 없어도 무의식 속에서 본 것일 수도 있죠."

"무의식?"

사카베가 끄덕였다.

"이를테면, 제 티셔츠에 있는 'FIRST CONTACT'는 흰 가운 아래로 비쳐 보였을지도 모르죠."

말하면서 사카베는 흰 가운의 가슴께를 몸에 밀착시키듯 눌러 보였다. 과연 흰 가운 밑으로 희미하게 알파벳 열이 비쳐 보였다.

"이 'FIRST CONTACT'를 본 건 오늘이라고 한정할 수는 없습니다. 저는 지금까지 몇 번인가 이 티셔츠를 입고 왔으니까요. 다만 나카야 씨가 그걸 전혀 신경 쓰지 않았을 뿐이죠. 봤다는 명확한 기억도 없고요. 하지만 나카야 씨의 뇌 속 깊숙이 'FIRST CONTACT'가 기억돼서, 사복 차림의 저를 상상했을 때 무의식적으로 이 티셔츠를 입혀 놓았을지도 모르죠."

"……."

"무의식 속에서 무언가를 체험하는 건 자주 있는 일이죠. 물론 개인차가 있으니까 모든 사람한테 해당하는 건 아니지만요. 아, 그래, 이를테면…… 영화에선 BGM이 사용되지 않습니까? 배경에 흐르는 음악 말이죠. 사람들은 영화 스토리를 좇으면서 배우들의 대화를 듣고 있으니까 BGM은 거의 무의식 속에서 듣고 있는 셈입니다. 하지만 그 영화를 보고 얼마 지나고부터는 문득 그 BGM을 흥얼거리는 일이 있죠. 입으로 흥얼거리면서도 정작 어디서 들었는지 생각이 안 나는 겁니다. 아니면 들었던 적이 없다고 생각해 버리죠. 엄청 이상하다는 생각이 들고요. 기시감이라는 것도 그런 무의식 속의 기억이라는 게 꽤나 포함돼 있는 게 아닐까 합니다. 의식적으로 기억되지 않더라도 뇌 속에 남아 있는 건 있으니 말이죠."

교스케는 유리 너머로 담당의를 바라봤다.

"그렇다면, 미소가스 도시락이라든가 차 페트병이나 새치기한 아줌마도 무의식에 기억돼 있던 거라는 말인가요?"

왠지 모르게 말투에 짜증이 묻어났다. 그 말에 의사는 엷은 웃음을 지어 보였다.

"그럴지도 모르고, 다른 요인이 있을지도 모르죠."

"다른……."

"어떤 부분은 나카야 씨의 상상력으로 만들어진 걸지도 모릅니다. 환각으로 나타나는 이미지가 무얼 지표로 삼아서 나타났는지는 특정하기가 꽤나 어려우니까요. 머릿속에서 벌어지는 일이니만큼. 꿈도 마찬가집니다. 꿈속에서도 체험한 적 없는 행동이나 본 적 없는 풍경이 펼쳐지는 일이 있죠. 스스로 실제로 체험한 적이 없더라도 영화나 TV에서 본 적이 있는 장면이라든가, 소설에 묘사된 장면 같은 게 만들어 낸 이미지일 수도 있고, 섞여서 나타났을 수도 있지요."

"……."

사카베의 말은 얘기가 특정 방향으로 흘러가지 않도록 제어하려는 의도가 느껴졌다. 일단 맞닥뜨린 묘한 얘기의 전개 방향을 허둥지둥 변경하려는 것 같은 느낌이었다.

왠지 우스꽝스러웠다. 얘기를 묘한 방향으로 흐르게 한 건 교스케가 아니었다. 오히려 사카베가 그랬다.

—나카야 씨가 본 환각은 아무래도 제가 어제 겪은 일인 것 같네요.

그렇게 말한 건 사카베 본인이었다. 사카베는 자기가 한 말을 스스로 필사적으로 부정하려 들고 있었다.

'설마하니…… 설마하니 이 의사는 나보다 더 패닉 상태에 빠져 있는 건 아닐까?'

교스케는 사카베를 바라보면서 생각했다. 교스케의 환각이 어제 사카베의 행동과 거의 완전히 겹쳐졌다. 그 사실에 쇼크를 받은 건 교스케보다도 오히려 사카베가 아닐까. 흰 가운 밑의 티셔츠를 보여 줄 때 사카베의 표정은 어딘지 궁지에 몰린 쥐 같았다. 하지만 쇼크를 받아 패닉에 빠져 있을 입장이 아니라는 걸 깨닫고 화제를 돌려 '무의식의 기억' 같은 설명을 시작한 건 아닐까.

'왜냐하면 이 사람은 의사니까. 과학자니까…….'

그런 생각을 떨쳐낼 수가 없었다.

9

교스케는 휴게실로 돌아와 컴퓨터를 켰지만, 워드프로세서를 열어 둔 채 멍하니 액정 화면을 바라보았다.

환각…….

대체 무슨 일이 벌어지고 있는 거지?

분명히 교스케의 머릿속에서 무언가 정체를 알 수 없는 게 움직이기 시작했다. 용뇌염의 후유증인 건 틀림없었다. 하지만 대부분의 환자가 겪고 있는 뇌 장애 혹은 정신 장애와, 교스케의 머릿속에서 벌어지고 있는 이상 상태는 어딘지 전혀 달랐다. 그런 느낌이 들었다.

전에는 아카네 기쿠에와 얘기하는 도중에 《주간 이터니티》편집부의 환각이 나타났었다. 그 환각 속에서 기쿠에가 받은 전화는 두 달여 전 자신이 건 것이었다. 그녀의 대답은 기억 속에 또렷이 남아 있었다.

설마하니 그 환각도 실제로 있었던 일은 아니었을까? 방금 전 사카베의 환각이 그러했듯이…….

"있었네?"

고개를 들자 휴게실 입구에 메구미가 서 있었다.

"있었지. 병실이나 면회실, 화장실. 거기에 없으면 여기밖에 있을 데가 없으니까."

"일하는 중이야?"

교스케는 고개를 저었다.

"시간을 죽이고 있지."

"그렇구나."

고개를 끄덕이면서 메구미가 다가왔다. 테이블을 돌아 교스케와 마주 보는 자리에 앉았다.

"무슨 고민이라도 있어?"

교스케는 웃음 지으며 메구미를 돌아봤다.

"무슨 소리야? 내가 고민하고 있는 것처럼 보여?"

메구미는 헤실헤실 웃는 표정을 지었다. 그 순간…….

등 뒤에서 누군가가 말을 걸었다.

"조명이 밝아서 그런 표정을 짓는 건가? 아니면 눈에 먼지라도 들어갔나?"

돌아보자 넓은 마루방에서 털이 숭숭 난 남자가 의자 위에 앉아 메구미를 노려보고 있었다. 메구미가 얼굴을 찌푸렸다. 그녀는 방 한가운데서 젊은 남자와 함께 바닥에 흩뿌려진 서류를 주워 모으던 참이었던 듯했다.

"웃은 건데요. 이래 봬도 웃는 얼굴이라고요."

털보 남자는 비위가 상한 듯 대답하는 메구미를 얕보는 것처럼 눈을 감았다.

"너랑 관객은 10미터 이상 떨어져 있다고. TV에 나오는 것도 아냐. 누구도 네 표정을 클로즈업해 주지도 않지. 웃을 거라면 또렷하게 웃어야지."

메구미는 입을 떡 벌리고 눈을 모았다. 못 참겠는지 젊은 남자가 풉 하고 웃음을 터뜨렸다.

"나카야 씨?"

팔을 붙들려 제정신이 돌아왔다. 물론 휴게실 안이다.

"나카야 씨…… 가끔 이러네. 괜찮아?"

후우, 하고 교스케는 숨을 토해 냈다. 고개를 끄덕여 보였다.

"미안. 환각이 보여서. 머릿속 기록이 뒤죽박죽이 된 것 같아."

"아아, 전에도 잠깐 말한 적 있었지. 아직도 그런가 보네. 갑자기 가면 같은 표정이 돼 버려서 깜짝 놀랐네."

"가면…… 그런가? 그렇게 되는구나."

"갑자기 표정이 없어지고 도자기로 만든 가면 같은 느낌이 된달까."

"그런…… 무섭네."

교스케는 메구미를 돌아봤다.

'혹시나.'

교스케는 생각했다. 어쩌면, 의사에게 상담하는 것보다 메구미에게 말하는 게 나을지도 몰랐다. 그녀도 용뇌염 생존자니까.

"나, 고민하고 있는 것처럼 보여?"

한 번 더 물어봤다.

메구미는 교스케의 눈을 들여다보는 듯 고개를 갸웃했다.

"고민하고 있는지 어떤지는 잘 모르겠지만, 생각에 빠져 있는 것 같아서. 쓸데없는 오지랖이었네. 미안."

"아니, 오지랖이 아니야. 정말로 고마워. 사실은 메구미가 말하는 대로 어떻게 생각해야 좋을지 모르겠는 때가 있어서."

메구미가 의자에서 자세를 바꾸려는 듯 살짝 허리를 들어 올렸다.

"모르겠다고?"

"뭐라고 말해야 하지? 꽤나 맥락이 붕 뜬 얘기라서 믿어 줄지는 모르겠지만."

메구미가 고개를 저었다.

"물론 믿을게. 혹시 그 환각 얘기야? 붕 뜬 얘기라는 게."

"맞아. 최근 잦아져서. 지금도 그랬지만 아까처럼 갑자기 환각에 빠져들어. 꽤나 자주 그런단 말이지."

"응."

"그런데 내가 보는 환각은 아무래도 단순한 뇌 속에서 그려지는 이미지인 것 같지가 않아."

"……무슨 말이야?"

교스케는 크게 숨을 들이쉬었다. 그리고 사카베의 환각과, 편집부에 있던 아카네 기쿠에의 환각에 대해 시간을 들여 설명했다.

"진짜로……?"

메구미는 토끼눈을 뜨고 반문했다.

"이를테면 말이지, 아까 가면 같은 얼굴이었잖아, 내가?"

"응."

"네가 보였어."

메구미가 허리를 폈다.

"……어땠는데?"

"아마도 연극 연습이었던 것 같아. 체육관…… 정도로 넓지는 않지만 마루방이었는데 메구미랑…… 다른 사람은 남자 둘이 있었어."

"……"

"한 사람은 젊고 바닥에 흩어져 있는 서류 같은 걸 너랑 같이 줍고 있었고. 다른 한 사람은 수염이 수북하고 약간 연배가 있는 남자. 그 사람만 의자에 앉아서 지시를 내리고 있었어. 그 사람이 연출가인가?"

"대단하다……."

메구미가 속삭이듯 말했다.

"네가 웃는 게 맘에 들지 않는지 수염 난 남자가 관객은 10미터나 떨어져 있으니까 좀 더 또렷하게 웃지 않으면 전달이 안 된다고 지시를 했지. 그 지시에 너는 장난치는 표정을 지어서 상대역인 젊은 배우를 웃기고 있었어."

"대단하다, 진짜. 정말로."

"실제로 있던 일이야?"

"응."

메구미가 끄덕였다.

"수염 난 사람은 유키요시라는 극작가이자 연출가. 젊은 쪽은 쓰키시로라고 나랑 동기인 연습생이야. 연습실에서 연출에 지적을 받았을 때 있던 일이고."

"그럼…… 역시 과거가 보인 건가."

"예전부터 그랬던 건 아니지?"

"예전부터?"

"병에 걸리기 전에는 그런 환각 안 보였을 거 아냐."

"아, 그렇지."

"그렇다면 병이 그런 능력을 줬다 이거네."

"……"

교스케는 메구미를 바라봤다.

"믿어?"

"응? 믿냐니……."

메구미가 교스케를 쳐다보았다.

"아니, 그렇잖아. 도저히 상식적으로 말이 안 되니까. 보통 이런 얘긴 거의 믿어 주지 않을 거라고 생각했거든."

"믿어. 왜냐면……."

메구미가 머뭇거렸다. 창문 쪽으로 눈길을 돌리더니 금세 다시 교스케에게 시선을 향했다.

"사실, 나도 똑같은 걸로 고민하고 있었거든."

"어?"

교스케는 메구미를 응시했다.

"메구미도 환각을 본다고?"

메구미가 부르르 고개를 저었다.

"그런 건 아닌데. 나는 말이지, 아마…… 나카야 씨도 본 적이 있을걸?"

"봤다고……?"

"기억 안 나? 전에 나카야 씨가 들고 있던 우롱차를 내가 가로챘잖아."

"아……."

교스케는 자기도 모르게 눈을 크게 떴다.

"기억 나?"

"아니, 그게…… 그거, 환각이 아니었던 거야?"

메구미는 고개를 저었다.

그랬다. 냉장고에서 꺼낸 우롱차 캔이 교스케의 손을 떠나 공중을 날아 메구미의 손에 쏙 들어갔었다. 메구미는 이 일을 이야기하는 것이리라.

"나, 그때 자각했어."

"자각?"

"응."

메구미가 끄덕였다.

"그때까지도 뭔가 이상하다고는 생각했었어. 약간 떨어져 있는 물건을 집으려고 일어서려고 하면 이미 그 물건이 손에 쥐어져 있다든가."

"……."

"TV 채널을 바꾸려고 생각했는데 리모컨도 안 들고 있었는데 제멋대로 채널이 바뀐다든가. 울고 싶은 걸 참고 있었더니 보고 있던 거울에 금이 가 버리고…… 근데, 그런 일이 있어도 어쩐지 찜찜하다고만 생각했었거든. 그런데 아까 나카야 씨 손에서 우롱차를 가로챘다는 걸 알았을 때 역시 내가 이상하다고 생각했어. 그래서 의식한 채로 시험해 봤더니 그게 되는 거 있지."

"됐다고……?"

메구미는 고개를 끄덕이더니 일어섰다. 휴게실 맞은편에 있는 냉장고로 걸어가더니 우롱차를 두 캔 꺼냈다. 그 두 캔을 냉장고 위에 올리고는 그대로 교스케 옆으로 돌아왔다. 의자에 걸터앉고는 교스케에게 웃어 보였다.

"해 볼게."

교스케는 묵묵히 끄덕였다.

메구미는 눈을 감고 천천히 크게 심호흡했다. 그러고는 냉장고 쪽으로 눈을 돌렸다. 그녀와 냉장고 사이 간격은 4미터 정도였다. 한 번 더 심호흡을 하더니 메구미는 냉장고 쪽을 향해 오른손을 내밀었다. 캐처처럼 손바닥을 우롱차 캔으로 향하고는 스읍 숨을 들이쉬었다.

"이얍."

메구미가 작은 목소리를 낸 직후, 냉장고 위에 올려 뒀던 우롱차 캔 하나가 굴러 떨어졌다.

"실패……."

메구미가 고개를 갸웃했다.

"요령이 아직 터득이 안 돼서 그런지 실패하는 경우가 많더라."

"……그치만 요전에는 멋지게 캔이 손에 쏙 들어갔잖아."

"응. 무의식적으로 할 때는 잘 되더라고. 그런데 내가 하려고 들면 왠지 모르게 아직 실패하는 경우가 많아서. 제대로 컨트롤하려면 아직 연습이 필요한 것 같아."

그렇게 말하더니 메구미는 다시 냉장고 쪽으로 오른손을 뻗고 크게 심호흡했다.

"이얍."

우롱차 캔이 맞은편 테이블 모서리에 격렬하게 부딪치더니 바닥에 떨어졌다.

"안 되네. 아까는 잘만 되더니."

교스케는 의자에서 일어서 바닥을 나뒹구는 캔 두 개를 주워서 가져왔다. 캔 하나는 몸통이 찌그러져 있었다. 멀쩡한 캔을 메구미에게 건넸다.

"연습하려면 처음엔 훨씬 가벼운 걸로 하거나 거리를 좁히거나, 좀 쉬운 것부터 시작하는 게 낫지 않아?"

"뭐어, 그럴지도."

메구미는 건네받은 우롱차 캔을 테이블 위에 올렸다. 약간 떨어진 곳에 캔을 놓고는 테이블 위에 손 모양을 잡고 올렸다. 그리고 심호흡을 했다.

"얍."

캔이 테이블 위를 슬슬 미끄러져 오더니 메구미의 손에 쏙 들어왔다.

"됐다……."

교스케는 후우 숨을 내쉬었다.

"나카야 씨는 의사한테 말했나 보지만, 나는 아직 얘기 안 했어. 얘기해도 되는 건지 잘 모르겠더라고. 그래도 연습이랄까, 트레이닝은 해 두는 게 좋다고 생각해서, 이것저것 시험하는 중이야."

"트레이닝이라."

"갑자기 물건이 날아온다든가 유리가 깨지거나 위험한 일이 벌어질 수 있잖아? 내가 상처 입는 것도 싫고, 남이 상처를 입는 것도 싫고. 컨트롤이 안 되면 나는 그냥 위험인물이 돼 버리잖아. 그런 거 싫단 말이야."

"잘 컨트롤할 수 있을 것 같아?"

"아마도. 시간이 걸릴지도 모르겠지만 여기에 갇혀 있는 동안은 어차피 할 일도 없으니깐. 나카야 씨도 그 능력을 컨트롤할 수 있도록 트레이닝을 하는 게 좋지 않을까?"

"그게…… 내 능력이라는 게 항상 뜬금없이 시작돼 버리니까 말이지. 컨트롤이라고 해도 어떻게 해야 할지 전혀 모르겠어. 컨트롤 못 하지 않을까."

메구미가 갸웃했다.

"그래도, 아까 나카야 씨가 가면 같은 상태가 됐을 때 내가 팔을 잡으니까 이쪽으로 돌아왔잖아."

"……."

"그렇다면 환각을 멈추는 건 가능하다는 얘기잖아. 나는 팔을 잡았을 뿐이니까, 이쪽으로 되돌아오게 한 건 내가 아니란 거지. 그렇다면 나카야 씨가 어느 시점에선가 멈추게 한 건 아닐까?"

교스케는 듣고 보니 그렇다고 생각했다.

아카네 기쿠에나 사카베의 환각을 봤을 때도 면회실 유리를 두드리는 소리에 현실로 돌아왔다. 그건 자신 안의 어딘가에서 정지 명령을 내렸던 걸까.

메구미가 말을 이었다.

"만약 그걸로 멈추는 게 가능해진다면 시작하는 것도 되지 않을까? 컨트롤은 할 수 있다고 생각하는데. 트레이닝하면 꽤 자유자재로 환각을 볼 수 있게 될지도 몰라. 흐음. 환각이라는 단어가 별로인 것 같기도 하고. 뭐라고 해야 하나…… 천리안? 아니면 투시라고 해야 하나? 맞네, 맞네. 투시라고 하는 게 좋지 않을까?"

"투시……."

'과연.'

교스케는 메구미를 바라봤다.

'환각'이라는 단어는 왠지 수동적이고 보고 싶지도 않은 광경이 억지로 보인다는 뉘앙스가 있다. 반면 그걸 '투시'라고 부르면 순식간에 능동적인 뉘앙스를 풍기게 된다.

'환각을 본다'고 말하지 '환각하다'고는 말하지 않는다. 하지만 '투시하다'라는 말은 있다.

단지…….

역시 어떻게 컨트롤을 하면 되는 걸까.

―'무슨 박자'라면 환각이 보이는 계기라는 게 있다는 거군요.

사카베가 했던 말을 떠올렸다.

어떤 계기가 있는 걸까…….

잘 모르겠다.

고개를 돌려보니 메구미는 테이블에 올려둔 우롱차 캔을 몇 번이고 자기 쪽으로 끌어당기는 연습을 하고 있었다.

10

컨트롤…….

교스케는 우롱차 캔을 가지고 놀고 있는 메구미를 멍하게 바라보고 있었다.

자기 안에서 기분도 사고도 둘로 나뉘어 있었다. 한쪽에서는 이런 일은 있을 리가 없다고 머릿속에서 계속 말하고 있었다.

애당초 교스케는 초자연 현상이니 초능력 따위와는 관련 없이 살아왔다. 불가사의한 일은 이 세상에 엄청 많다. 평범하게 생각하면 당장 믿을 수 없는 일이 때론 벌어지곤 한다.

하지만 그런 불가사의한 일을 단순히 '초(超)'라든가 '영(靈)'이라는 단어를 붙여 결론짓는 걸 좋아하지 않았다. 그저 그래서야 사태를 피하기만 하는 게 아닌가. 설명이 안 되는 걸 전부 한 상자 속에 던져 넣는 셈이었다. 그건 옛날 사람들이랑 다를 바 없는 행동이다. 우리 선조들은 천둥을 두려워해 '신의 소리'(神鳴り, 천둥을 의미하는 雷와 같이 '가미나리'라고 읽는다. —옮긴이)라고 불렀다. 병도 대부분 악마나 도깨비의 소행이었다. 인간은 이해할 수 없는 걸 직면하면 자신들을 넘어선 존재나 힘을 탓한다. 그건 결국 회피하는 것에 불과하다.

하지만 여기에 오고 나서 그런 불가해한 일이 자기 몸에서 벌어져 버렸다.

천리안?

투시 능력?

메구미는 자신의 손을 움직이지 않고 물건을 이동시키고 있었다.

염력?

그런 말도 안 되는 소리.

교스케는 고개를 저었다.

초능력이라니.

의자에서 일어나 휴게실을 나서 옆에 화장실에 갔다. 세면대에 양손을 짚고 크게 심호흡을 했다. 수도꼭지를 비틀자 물이 힘차게 뿜어져 나왔다. 그 물을 손에 받아 얼굴을 싹싹 닦았다.

물기에 젖은 얼굴을 들어 거울을 봤다.

"……."

거울에 Y자를 기울인 듯 방사형으로 줄기처럼 금이 가 있었다.

—울고 싶은 걸 참고 있었더니 보고 있던 거울에 금이 가 버리고…….

메구미의 말이 되살아났다.

환각이 보인다. 그건 아카네 기쿠에나 사카베나 오치아이 메구미의 과거 영상이었다. 메구미는 환각이 아니라 투시라고 말했다.

어쩌다 이렇게 된 걸까?

메구미는 컨트롤할 수 있도록 트레이닝해 두는 게 좋겠다고 말했다. 교스케도 그게 올바른 사고방식이고 긍정적이라고 생각했다.

자기한테 깃든 능력을 컨트롤하지 못하는 건 위험하니까. 제대로 된 사용 방법을 모르고 총을 휴대하고 있으면 언젠가 사고를 일으키기 마련이다. 조금 전에 메구미는 우롱차 캔을 끌어오려고 했지만 테이블 모서리에 격렬하게 부딪혀 버렸다. 캔이 찌그러졌다는 건 꽤 힘이 실렸다는 증거였다. 테이블이 아니라 사람이 맞았더라면 상처를 입을지도 모른다. 그래서 메구미는 저렇게 연습을 계속하고 있는 것이리라. 자신에게 주어진 능력과 정면으로 마주하려는 자세로.

주어진 능력.

무심결에 한숨이 나왔다.

한 번 더 흐르는 물을 손에 받아 얼굴을 씻고 휴게실로 돌아갔다. 메구미는 테이블 위에 놓인 캔을 노려보고 있었다.

노트북 앞에 앉았다. 워드프로세서를 끄고 덮개를 닫았다. 메구미를 따라 심호흡을 해 봤다. 기분을 안정시키고 메구미를 바라봤다. 누군가를 투시해 보려 한다면 지금 여기엔 메구미밖에 없었다. 다른 사람의 사생활을 훔쳐보는 것은 칭찬받을 일은 아니다만 원래 교스케는 잡지에 기사를 쓰는 프리라이터였다. 이런 일은 지금까지 계속해 왔었다.

아카네 기쿠에도 사카베도 그리고 메구미도, 이들의 과거를 투시했을 때 교스케는 그들 앞에 서 있었다. 그리고 그들을 바라보고 있었다. 그렇다면 똑같은 상황을 재현해 보자.

메구미는 자기 일에 몰두해 있는 듯했다. 캔을 손으로 가리듯 하고는 얼굴을 가까이 가져갔다가 떼었다가 하고 있었다. 그 움직임에 맞춰 우롱차 캔이 테이블 위에서 이리저리 움직였다.

환각은…… 아니, 투시는 일어나지 않고 있었다.

시험 삼아 메구미를 바라보는 시선에 힘을 줘 봤다. 있는 힘을 짜 내서 노려봤다.

역시나 교스케의 시야에 변화는 전혀 없었다.

후우, 하고 한숨을 내쉬었다.

컨트롤 같은 게 가능하긴 한 건가?

메구미를 바라보던 눈이 피로해져서 감아 버렸다. 그 순간 귓가에서 누군가가 외쳤다.

"*살인자!*"

깜짝 놀라 눈을 떴다.

휴게실 안이었다. 눈앞에는 메구미가 있었다. 그녀가 외친 것 같지는 않았다.

방 안을 둘러봤다. 교스케와 메구미 외엔 아무도 없었다. 오키쓰 시게루는 낮잠을 잘 시간인지 모습이 보이지 않았다.

외친 목소리가 남자인지 여자인지도 잘 알 수가 없었다. 아니면 메구미가 예전에 '살인자!'라고 소리친 적이라도 있는 걸까? 이를테면 연극 대사 중에 그런 게 있었다든지. 그랬을지도 모른다.

물론 외침 한마디를 들었다고 해서 컨트롤했다고 말할 수는 없었다. 정말로 뜻하지 않게 들은 것이었다. 힘주어 메구미를 응시했을 때엔 아무 일도 벌어지지 않았었다. 오히려 그 힘을 뺐을 때 목소리가 들려왔다.

한 번 더 교스케는 눈을 감았다.

눈을 감은 채 의식을 메구미에게 향했다. 다소 거칠어진 숨소리를 들으면서 메구미가 하는 행동을 그려 봤다. 시험 삼아 머릿속으로 '살인자'라고 속삭였다.

갑자기 주위가 소란스러운 분위기에 휩싸였다.

눈을 떴다.

"……."

어느 길 위였다. 길 옆으로 무릎 높이 정도로 낮은 나무 울타리가 이어져 있었고 맞은편에는 길고 가는 풀길이 만들어져 있었다. 잎을 떨어뜨린 철쭉이 가느다란 가지를 서로 얽듯이 점점이 늘어서 있었다. 아무래도 공원인 듯했다. 공원 옆길 말이다.

수많은 사람들이 길에 서 있는 메구미를 멀리서 포위하듯 둘러싸고 있었다. 메구미는 양손으로 입을 틀어막고 눈을 크게 뜬 채 자신의 발치를 응시하고 있었다. 그녀의 발밑에 한 남자가 위를 쳐다보고 쓰러져 있었다. 남자의 목에는 칼이 꽂혀 있었고, 흘러나온 피가 길 위에 퍼져 나가고 있었다.

"살인자!"

주위의 인파 중 한 여자가 외치는 소리가 들렸다.

그 목소리를 신호로 포위하고 있는 사람들이 제각기 비명을 지르면서 도망치기 시작했다.

메구미는 고개를 흔들었다.

"아니야! 아니란 말이야."

교스케는 멈추고 있던 숨을 한 번에 내뱉었다. 크게 호흡을 반복하면서 방 안을 둘러봤다.

휴게실 안이었다. 눈앞에서 메구미가 그를 바라보고 있었다.

"보였어?"

메구미가 교스케의 얼굴을 들여다보며 물었다.

심호흡을 반복하면서 교스케는 끄덕였다. 자기 옆구리에 찌그러진 우롱차 캔이 있다는 걸 깨닫고 집어서 캔 고리를 잡아당겼다. 그리고 단숨에 목구멍에 우롱차를 쏟아 넣었다. 그러다 목에서 사레가 약간 들렸다.

"괜찮아? 뭐가 보였는데?"

교스케는 다시 크게 숨을 들이쉬면서 고개를 저었다.

"뭔지 잘 모르겠어. 뭔가 보이긴 보였는데 그게 뭔지 모르겠어. 제대로 컨트롤이 안 되네."

왠지 보였던 걸 그대로 얘기할 수가 없었다. 사실이라고는 생각할 수가 없었고 만일 그게 사실이라고 한다면 그야말로 무서운 일이 아닐 수 없었다.

메구미는 슬쩍 고개를 움츠려 보였다.

"어렵지. 나도 좀처럼 잘 안 되더라."

이렇게 말하면서 메구미도 자기 음료수 캔을 땄다.

"역시 트레이닝이라는 건 힘들어. 수영 못 하는 사람이 갑자기 올림픽 수영 선수가 될 수는 없으니깐. 열심히 연습하는 수밖에."

메구미는 말을 마치고 우롱차를 한 모금 마셨다. 교스케 것도 마찬가지였지만 이미 차는 미지근해져 있었다.

"나에 비하면 메구미는 훨씬 진도가 나갔잖아. 꽤 능숙하게 움직이는 것 같은데."

메구미는 고개를 저었다.

"전혀. 이렇게 저렇게 해 보고 있는데 힘을 어떻게 가감할 수 있는지 전혀 모르겠어. 가볍게 움직이려는데 퓽 하고 속도가 나 버린다든가. 움직이려는 방향이랑 정반대로 가 버릴 때도 있고."

"어떤 식으로 움직여?"

"으음."

메구미는 손에 들고 있는 캔을 눈높이까지 들어 올리고는 바라봤다.

"영상화라고 해야 하나."

메구미는 들고 있던 캔을 테이블 위에 놓은 뒤 손으로 왼쪽에서 오른쪽으로 천천히 미끄러뜨렸다.

"이런 식으로 한번 손으로 움직여 보면 영상화하기 쉽잖아? 그래서, 이번엔 캔을 바라보면서 머릿속으로만 움직여 보는 거지. 방금 전 이미지를 재현하는 것 같은 느낌으로."

메구미는 테이블 위에 놓인 캔을 지그시 바라봤다.

다음 순간 캔이 기세 좋게 넘어져 우롱차가 주위로 튀었다. 교스케는 황급히 노트북을 들어 올렸다.

"……미안. 요컨대, 아직 이 정도 수준이야."

메구미가 그렇게 말하고 의자에서 엉거주춤 일어선 순간, 냉장고 옆 선반에서 행주가 활공하더니 그녀의 손 안에 쏙 들어왔다.

"……"

교스케는 넋을 놓고 메구미의 손에 들린 행주를 바라봤다.

메구미가 키득거리며 웃었다.

"의식하지 않으면 이런 식이야. 컨트롤하려고 하면 매번 실패하고."

그녀는 그렇게 말하면서 젖은 테이블을 닦았다.

흐음, 하면서 교스케는 조금 떨어진 곳에 노트북을 다시 놓았다.

"그래도 거기에 힌트가 있을 법한데? 아마 방금 넌 행주를 가지러 가려고 생각하고는 일어서려고 했잖아. 그랬더니 행주가 날아왔지. 물건을 움직이려는 이미지가 아니라 움직인 다음의 상태를 머릿속에 그린다든가…… 그게 나을지도 모르겠는데."

"움직인 다음이라…… 그런가?"

메구미는 행주를 든 채로 의자에 걸터앉았다. 그리고 행주를 테이블에 내려놨다. 다음 순간 행주가 교스케 쪽으로 미끄러져오더니 눈앞에 튄 우롱차를 닦아 냈다.

"됐다…… 진짜네."

메구미는 행주와 교스케를 번갈아 보면서 방긋 미소 지었다.

눈앞에 있는 행주가 다시 테이블 표면을 미끄러졌다. 긴 테이블의 가장 끝부분까지 미끄러지더니 거기서 갑자기 방향을 꺾고 반대쪽 끝까지 순식간에 이동했다.

"아하하."

메구미가 재미있다는 듯 웃었다.

왠지 엄청나게 부러웠다. 메구미는 특수한 능력을 가지게 된 자신의 상황을 오히려 즐기고 있는 듯했다. 즐길 수 있는 메구미가 부러웠다. 교스케에겐 즐거운 마음 따위 전혀 솟아나지 않았다.

"나카야 씨도, 봐 봐. 좀 더 트레이닝해야지."

교스케는 자기도 모르게 쓴웃음을 지었다.

"트레이닝해도 되나?"

"되다니? 왜? 안 좋은 거라도 있어?"

"그렇지만, 여기엔 지금 메구미밖에 없잖아. 내가 트레이닝을 한다는 건 네 사생활을 들여다보게 된다는 말이라고?"

"……."

메구미가 교스케를 바라봤다.

"그렇게…… 되는구나."

교스케는 부러 크게 어깨를 으쓱해 보였다.

"지금은 전혀 컨트롤이 안 되니까 그렇게 싫어할 것까지는 없을지도 모르지. 그래도 방금 흠칫 위험하다고 생각했지?"

"응."

"솔직히 나는 컨트롤할 수 있게 된다는 게 어느 정도인 건지 상상도 안 돼. 지금 메구미는 맘먹은 대로 행주를 움직였잖아. 나도 맘대로 투시가 가능해질까? 그런데, 그렇게 되면 친구도 전부 잃게 되겠지."

"……."

"뭐, 내 지인들은 내가 용뇌염에 걸린 걸 전부 알고 있어. 벌써 그 사실만으로도 친구가 거의 없어졌을 테지. 거기다가 투시 능력까지 있다면 아무도 내 옆에 가까이 오려 하지 않을걸. 나 같아도 싫을 거야. 같이 있는 놈이 나를 전부 파악하고 있다고 생각하면 어울리고 싶지 않으니까."

"그러네."

메구미는 묘하게 납득했다는 듯한 표정으로 끄덕였다.

"나카야 씨는 궁극의 스토커가 돼 버린다 이거구나."

교스케는 자기도 모르게 웃음이 터져 나왔다.

"궁극의 스토커라니!"

"응…… 싫겠다."

"야, 트레이닝하라고 부추겨 놓고는 그건 좀 심하잖아."

"그치? 그래도 그렇게 생각하니까 나카야 씨가 갖고 있는 능력이라는 게 참 터무니없네. 생각하기에 따라서는 그러니까 오히려 더 트레이닝해 두는 게 좋을 거 같지만."

"그런가?"

"그게, 영 컨트롤을 못 해서 맨날 이상한 것만 갑작스레 투시해 버리면, 성가셔서 생활할 수가 없을 거 아냐?"

"아, 벌써부터 그런 상태가 돼 가고 있는데."

"그러면 적어도 자기가 투시하고 싶은 걸 선택할 수 있어야 제

정신으로 있을 수 있지 않을까?

"그런가? 그러네."

"역시 부럽다."

교스케는 메구미를 바라봤다. 이 아가씨는 뼛속부터 긍정적인 사고를 하고 있었다.

"그래도 이거 하나는 말해 둘게."

"뭔데?"

"나, 나카야 씨를 믿어."

"……."

돌아보니 메구미가 천천히 끄덕였다.

"믿고 있으니까, 그건 알아줘. 내 믿음을 저버리지 마."

교스케는 쓴웃음을 지으면서 목덜미를 쓸었다.

천천히 끄덕였다.

다시 말하자면, 다른 사람의 과거를 훔쳐보더라도 인간으로서의 상식을 가지고 정도를 지켜 달라는 말이리라.

—살인자!

방금 전에 봤던 투시가 되살아났다.

그건 대체 뭐였을까?

"거기들, 모여 있었군."

입구에서 목소리가 들려 교스케와 메구미는 그쪽으로 고개를 돌렸다.

11

두 사람은 동시에 얼어붙었다.

"……."

오키쓰 시게루였다.

두 사람은 오키쓰 시게루가 걸어서 휴게실로 들어왔다는 데 놀랐다.

"오키쓰 씨……."

교스케는 자기도 모르게 일어섰다.

"……휠체어는요?"

"후후."

오키쓰가 웃었다. 오키쓰 노인은 교스케와 메구미가 있는 곳까지 걸어오더니, 테이블 아래에서 의자를 꺼내 털썩 앉았다.

"걸어 다니셔……."

메구미의 말에 오키쓰는 살짝 웃어 보였다.

"이삼 일 전부터 휠체어는 안 쓰고 있다네. 왠지 모르게 쑥쓰러워서, 여기에 올 때엔 휠체어를 타고 왔었는데. 너무 쑥쓰러워하는 게 오히려 더 이상한가 싶어서 말이야."

"그게……."

말이 나오지 않았다.

"엄청 젊어 보이세요, 할아버지."

메구미가 감탄한 듯 말했다.

교스케도 새삼스레 오키쓰의 얼굴을 바라봤다. 그건 93세의 피부가 아니었다. 오키쓰의 뺨은 40대, 혹은 그보다 더 젊은 듯

반들반들 빛나고 있었다.

"솔직히 말해서, 나도 이 회춘이 당혹스럽네."

오키쓰 시게루는 부끄러운 듯 교스케와 메구미를 번갈아 봤다.

교스케는 메구미를 바라봤다. 마음 어딘가에서 통하는 걸 느꼈는지 메구미는 교스케에게 고개를 끄덕여 보였다. 오키쓰에게 시선을 되돌렸다.

"젊어졌다는 걸 언제 알아채셨어요?"

면도 자국의 촉감을 즐기는 듯이 오키쓰는 턱을 매만지고 있었다.

"병에 걸리고 나서부터지."

"……병이라면, 용뇌염 말씀이시죠?"

"열도 있고 머리도 지끈지끈 아프고 토할 것 같고 괴롭긴 괴로웠는데, 침대에 누워 있는 동안 왠지 내가 전이랑 달라진 것 같다는 생각이 들더군."

그랬다. 교스케나 메구미와 달리, 오키쓰 노인은 끝끝내 의식불명의 혼수상태에 빠지지 않았다.

"달라졌다니, 구체적으로 어떤 느낌이었는데요?"

"처음은 눈이었지."

"눈……."

"침대에 있었으니 안경은 안 끼고 있었다네. 그런데도 주위가 잘 보이는 게 아닌가. 원래 나는 눈이 안 좋아서, 멀리를 볼 때에도 가까운 데를 볼 때에도 안경이 필요했어. 내 눈으로는 아무 데도 초점을 맞출 수가 없어서. 노안인 것도 확실하지만 그 전부터 원래 엉망이었다네. 그런데 병 때문에 끙끙 앓고 있는 와중에도 의사라든지 간호사라든지 병실 상황이 잘 보이는 거 아닌가. 안경을 안 쓰고 있었는데. 그것도 안경을 쓰고 봤을 때보다도 훨씬 분명하게 보였다네. 꿈을 꾸고 있는 건가 싶었어. 뭔가가 뚜렷하게 보이는 건 꿈속에서만 그랬으니까. 그런데 꿈이 아닌 게야. 잠든 게 아니었다네. 진짜로 내 눈이 보고 있었던 게야."

오키쓰의 눈을 들여다봤다. 또렷하고 큰 눈동자가 교스케를 마주 쳐다봤다. 깨끗하고 맑은 눈동자였다. 이 눈의 반짝임도 아흔을 넘은 노인의 것이라고 보이지 않았다.

"정신을 차려 보니 귀도 잘 들리더군. 나는 자각을 못 하고 있었는데 언젠가부터 귀도 잘 안 들렸었나 보네. 누가 말을 걸어도 무슨 의미인지 모르겠는 일이 자주 있었지. 대충 대답을 했는데, 점점 말을 걸어 주는 사람도 줄어들더군. 의사소통 능력이 떨어지는 사람은 말상대로 삼지 않는 게지. 그런데 이제 들리는 게 아닌가? 큰 소리로 말해 주지 않아도 의사나 간호사가 하는 말이 또렷이 들렸네. 의미도 알겠고. 아, 어디선가 모터가 웅웅거리고 있는 것마저도 들리더군. 바깥에서 매미나 벌레가 우는 소리도 들리고. 늙은이한텐 더할 나위 없는 기쁨이네."

싱글거리는 오키쓰에게 메구미가 웃어 보였다.

"할아버지, 전에 저랑 고 짱…… 고바타 고조가 병문안 갔던 거 기억 못 한다셨죠."

"그래."

오키쓰가 고개를 끄덕였다.

"미안한 일이지만, 전혀 기억이 안 나네. 그 고바타라는 사람 얼굴도 기억이 안 나는군."

"입원 전에 계셨던 양로시설은 기억하고 계세요?"

교스케가 묻자 오키쓰는 입을 비틀더니 눈을 감았다. 한숨이 푹 오키쓰의 코에서 흘러나왔다.

"확실히 그건 기억하고 있네. 별로 즐거운 기억은 없지만……."

중얼거리듯 말하는 오키쓰의 모습이 갑자기 공기라도 빠진 듯 오므라들기 시작하더니 얼굴과 손에 주름이 자글자글해졌다.

'뭐지?'

깜짝 놀라 등을 곧추 펴자 교스케의 눈앞에서 미닫이가 미끄러져 닫히더니 노인으로 되돌아간 오키쓰의 모습을 감췄다. 교스케는 널빤지를 댄 가느다란 복도에 서 있었다.

'양로원……?'

교스케는 주변을 돌아봤다. 어디에선가 이상한 냄새가 떠돌고 있었다.

복도 저편에서 지팡이를 짚은 노인 한 사람이 천천히 다가왔다. 소매가 있는 앞치마 차림의 중년 여성이 그 뒤에서 노인에게 말을 걸었다.

"이시마루 씨, 나중에 방에 찾아갈게요. 새로 만든 보험증, 가져갈게요."

노인이 "그러시오." 하고 쉰 목소리로 대답을 하자 중년 여성은 그를 앞질러 복도를 빠른 걸음으로 빠져나갔다. 이시마루라고 불린 노인은 천천히 오키쓰의 방 앞까지 걸어왔다. 거기서 걸음을 멈추고 허리를 펴면서 복도의 양쪽을 눈으로 훑었다.

그러더니 이시마루는 지팡이와 같이 들고 있던 봉투에서 작은 병을 꺼내들었다. 샐러드유 병인 듯했다. 그는 노란색 뚜껑을 열더니, 오키쓰의 방 앞 복도에 기름을 뚝뚝 떨어뜨렸다.

이시마루는 뚜껑을 닫고 병을 다시 봉투에 넣었다. 그리고 오키쓰 노인 방의 미닫이문을 흘긋 보더니 지팡이를 짚고 방금 왔던 복도를 천천히 돌아가기 시작했다.

"나카야."

메구미가 팔을 누르자 교스케는 머리를 흔들었다. 돌아보니 물론 거긴 휴게실 안이었다.

반대로 이번엔 오키쓰가 교스케의 얼굴을 들여다보고 있었다.

"죄송합니다."

교스케가 사과를 하자 오키쓰는 고개를 갸웃했다.

"선 채로 기절한 듯 보였는데…… 괜찮은 겐가?

훗, 하고 교스케의 얼굴에 웃음이 배어났다.

"아무래도 우리 모두한테 기묘한 일이 벌어지고 있는 것 같습니다."

"……."

오키쓰는 지그시 교스케를 바라보고 있었다.

"용뇌염 후유증인지 정상적으로 있을 수 없는 일이 오키쓰 씨뿐만 아니라 메구미랑 저에게도 벌어지고 있습니다."

오키쓰는 교스케에게서 메구미로 시선을 옮겼다.

메구미는 빙긋 웃어 보였다. 그리고 미소 띤 채 테이블 위에 있던 행주를 세 사람이 있는 반대쪽 끝으로 이동시켰다. 그러고는 오키쓰 씨 바로 옆까지 미끄러뜨려 보였다.

"이거 참……."

오키쓰는 눈을 크게 뜨면서 앞으로 미끄러져 온 행주를 집어

들었다. 그리고 메구미를 되돌아봤다.

"자네가 움직인 건가?"

"네."

메구미가 끄덕였다.

노인은 후우 한숨을 내쉬며 교스케에게 눈을 돌렸다.

"나카야한테도 뭔가가 벌어지고 있나?"

"아까 선 채로 기절한 것 같다셨잖습니까?"

"……그랬지."

"그런 상태가 됐을 때 저는 환각을 본다고 할까, 메구미 말을 빌리자면 뭔가를 투시하고 있습니다."

"투시?"

"아까 본 건 아마도 오키쓰 씨가 계시던 양로원 안이었던 거 같습니다."

"뭐라고?"

"입원하시기 전 말이에요. 이시마루라는 분과 사이가 안 좋으셨나요?"

오키쓰의 표정이 굳었다.

"이시마루를…… 자네는 이시마루를 알고 있는 겐가?"

"아뇨, 모릅니다. 보였을 뿐입니다. 직원인 것 같은 아주머니가 그분을 '이시마루 씨'라고 부르더군요."

"보였다고……."

"좀 여쭤 보고 싶은 게 있는데, 골절로 입원하신 건가요?"

"그렇네만."

"어쩌다가 뼈가 부러진 거죠?"

오키쓰는 머리를 짚었다. 전에는 새하얬던 머리칼이 이제는 백발이 섞인 거뭇한 머리로 바뀌었다. 머리숱도 한 달 전에 비해 늘어난 것 같았다.

"잘 기억이 안 나네. 듣자하니 굴렀다더군."

"어디서 굴렀는지 설명은 들으셨나요?"

"방을 나서려는데 헛디뎠는지 어쨌는지 굴렀다고 하더군. 오른쪽 다리 두 군데가 부러졌지."

"제가 본 건 이시마루 씨가 오키스 씨 방 앞 복도에 샐러드유를 떨어뜨리고 있던 광경이었습니다."

"뭐?"

소리를 낸 건 메구미였다.

"오키쓰 씨는 방을 나서다가 기름을 밟고 미끄러져 구르면서 골절을 당하셨겠죠. 이시마루 씨가 꾸민 일이 아닌가 합니다."

"심하다. 대체 그게 무슨 짓이래?"

메구미가 분개한 듯 말했다.

오키쓰가 천천히 일어서서 휴게실 구석으로 가더니 냉장고를 열고 이쪽을 돌아봤다.

"마실 게 필요한 사람 있나?"

교스케는 옆구리에 낀 우롱차 캔을 들어 보이면서 괜찮다고 고개를 저었다.

"저도 지금은 괜찮아요."

메구미도 고개를 숙였다.

오키쓰는 냉장고에서 물병을 꺼내들고 뚜껑을 열면서 돌아왔다. 의자에 털썩 앉고 병에 입을 대고 물을 마시는 모습은 노인이라는 인상과 거리가 멀었다.

테이블에 병을 내려놓고 오키쓰는 갑자기 미소 지었다.

"내가 다리뼈가 부러져 입원한 걸로 이시마루는 만족했을까?"

"범죄라고요. 이시마루 씨가 한 짓은 범죄예요."

"그런 짓을, 그 사람이 하다니."

"뭐…… 지금으로서는 아마도 이시마루 씨의 범행을 입증할 수 있는 증거가 없을지도 모르죠. 양로원 직원 중에 복도에 있던 기름을 눈치 챈 사람이 있겠지만, 그게 이시마루 씨의 짓이라는 증거가 되지는 않을 테고요."

"아하하."

오키쓰가 소리 내어 웃었다.

"증거가 있다고 해도 고소하지는 않을 걸세."

"용서하시는 겁니까? 자칫했으면 돌아가셨을지도 모르는데?"

"글쎄. 뭐, 이시마루는 나를 죽이고 싶었을지도 모르지. 보기 좋게 실패했지만. 예전의 나면 길길이 날뛰면서 죽여 버리겠다고 생각했을 텐데. 용서하는 거냐고 물으면 지금도 대답은 '아니요'일세. 다만 동시에 그 친구한테 감사해야 하나 싶은 마음도 있다네."

"감사요?"

"그래. 그 친구가 기름을 뿌려 놓지 않았으면 나는 다리가 부러지지 않았겠지. 입원할 일도 없었을 테고. 용뇌염에 걸릴 일도 없었을지도 몰라. 그렇다면 말이지, 나한테 벌어지고 있는 일이 나카야의 말대로 용뇌염 후유증이라면, 이시마루에게 고마워해야 할지도 모른다 이거네. 덕택에 나는 회춘하고 있어. 눈도 잘 보이게 됐지. 귀도 잘 들려. 부러졌던 다리도 원래대로 돌아왔고……

아니, 그게 아니지. 휠체어도 지팡이도 필요없어. 자유롭게 걸어
다닐 수 있고 달릴 수도 있을 거 같네. 지금 와서 보면 기름을 뿌
려 놔서 고맙다고나 할까.”

오키쓰는 다시 껄껄 웃었다.

교스케는 메구미와 마주 봤다. 메구미도 오키쓰 씨의 웃음이
전염됐는지 싱글거리면서 고개를 움츠려 보였다.

“바깥에 나가 보고 싶구먼.”

오키쓰는 휴게실 창문으로 눈을 향했다.

“회춘한 몸으로 맘껏 바깥을 달려보고 싶네.”

모두 창문 바깥을 바라봤다. 맑게 갠 하늘이 믿기지 않을 정
도로 푸르렀다.

12

어릴 적부터 나카야 교스케는 단체 활동을 썩 잘하지 못했다.
다른 사람들과 함께 무언가를 한다는 게 고통스러웠다.

그래서 애초에 학교가 싫었다. 학교라는 곳은 뭐만 하면 금세
모든 애들을 일렬로 세웠다. ‘앞으로 나란히’ 같은 건 아무리 생
각해도 군대식 호령이었다. 그런 말을 초등학교에 들어가자마자
배우고 머릿속에 쑤셔 넣어야 했다.

“나카야, 열을 흐트리지 마!”

이렇게 자주 혼나곤 했다.

딱히 ‘내 개성을 인정해 달라’고 주장하고 싶었던 건 아니다.

애당초 자기한테 인정할 만한 개성이 있는지 없는지도 잘 몰랐다.

물론 친구들과 같이 놀긴 했다. 사이좋은 그룹, 나쁜 짓을 하는 그룹, 패거리. 초등학교, 중학교, 고등학교, 대학교에도 항상 패거리는 있었다. 하지만 그런 패거리 속에서 교스케는 항상 모종의 위화감을 느꼈다.

'나는 거짓말을 하고 있어…… 패거리에게도 자기 자신에게도 거짓말을 하고 있어. '보통'이라는 걸 연기하고 있을 뿐이야. 혼자 동떨어져 있는 게 겁나니까, 그러니까 모두와 함께 있는 거야. 실제로는 너희들이랑 같이 있는 게 힘들어.'

교스케는 '제복'이 싫었다. 교복뿐만이 아니었다. '제복'이라는 느낌을 주는 전반적인 게 싫었다. 군대도, 스포츠 선수의 유니폼도, 가게 종업원이 입은 옷도. 게다가 종교나 데모 행진, 평판이 난 가게 앞에 늘어선 행렬까지…… 어쨌든 사람을 어딘가에 모아놓고 한 가지 색으로 물들이려는 모든 일이, 뭐가 됐든 교스케를 불쾌하게 만들었다. 프리라이터를 직업으로 택한 데 그런 게 영향을 끼쳤을지도 몰랐다.

오치아이 메구미나 오키쓰 시게루와 용뇌염으로 인한 **후유증**에 대해 솔직하게 터놓은 다음 주 9월 27일에 《주간 이터니티》의 편집자 두 사람이 교스케를 면회하러 왔다.

"뭔가 소문이 들려서 말이야."

면회실 유리 너머 접이식 의자에 앉으면서 아카네 기쿠에가 갑자기 말했다. 우스이 도시히로가 그 옆에 노트를 펼치면서 앉았다.

"소문이라뇨?"

되물으면서 교스케는 두 사람을 번갈아 봤다.

"그게 아무 근거도 없는 소문인지, 아니면 어딘가에 뿌리가 있는 소문인지 확인하려면 나카야 씨한테 묻는 게 제일 나으니까."

"어떤 소문이죠? 또 용뇌염의 숨겨진 진실 같은 건가요?"

기쿠에가 속내를 털어놓듯 크게 숨을 들이쉬었다. 그 옆에서 우스이가 지긋이 교스케를 바라보고 있었다.

"뭐, 소문이라고 해야 할지 아무튼 일반인들 사이에 떠도는 낭설 같은 건 아니고, 굳이 말하자면 극비 정보에 가까워. 매스컴 쪽으로는 쫙 퍼져 있고."

"……."

교스케는 유리 너머로 기쿠에를 바라봤다. 그런 기쿠에가 도움을 청하듯 우스이를 쳐다봤다. 우스이는 무표정하게 고개를 갸웃했을 뿐이었다.

"뭐라고 해야 하나. 진짜 실없는 얘기라면 실없긴 한데……."

모호한 말투였다. 평소의 아카네 기쿠에가 아니었다.

"말씀을 안 하시면 저도 모릅니다. 어떤 극비 정보가 들어왔는데요?"

"그게, 당신이랑 오치아이랑 오키쓰, 소위 말하는 생존자 3인에 관련된 얘긴데. 뭐, 고바타 고조도 살아남긴 했지만 계속 혼수상태니까, 세 사람에 관한 얘기지."

애매모호하게 구는 기쿠에 때문에 속이 끓는지 우스이가 말문을 열었다.

"나카야 씨를 비롯한 세 분이 사이킥이 돼 가고 있다는 정보입니다."

"사이킥……."

"아니면 에스퍼라고 하나. 어쨌든 초능력자 말이죠. 용뇌염이 거기에 관련된 건지 어쩐지는 모르지만, 살아남은 세 사람이 모두 그렇다면 가능성이 있는 게 아닌가 하는 그런 얘기예요."

"……."

곧장 되받아칠 수가 없었다.

전혀 예상도 못 했던 질문이었다. 어떻게 대답해야 할지 판단이 서지 않았다. 긍정하는 게 좋은 건가, 부정해야 하나? 부정해야 한다면 금세 웃어넘겨 버리는 게 좋았을지도 모른다. 하지만 그럴 타이밍은 이미 진작 놓쳐 버렸다.

기쿠에가 부끄럽다는 듯이 웃으면서 손을 흔들어 보였다.

"아니, 그게. 얼토당토않은 말인 건 아는데. 이 정도로 세상을 떠들썩하게 만든 바이러스고, 나카야 씨네는 계속 격리돼 있는 데다 정보도 거의 없잖아. 유일하게 기댈 게 나카야 씨의 '류오 일기'뿐이니까. 슬쩍 속을 떠봤는데 신문이나 TV 같은 큰 매체는 당연히 전부 상대도 안 해 주고 무시하고 있어. 그냥 살짝 신경이 쓰이기도 해서."

"……신경이 쓰인다는 게 무슨 말씀이신지?"

"뜬금없기 짝이 없지? 다른 것도 아니고 사이킥이라잖아? 황당하다는 생각 안 들겠어? 어디서 그런 걸 끌어다온 거냐 싶고. 그런데 너무 뜬금없어서 그런지 되레 신경 쓰이더라고. 왜 그런 얘기가 흘러나온 건지. 그쪽에 관심이 있어."

교스케는 어떻게 반응해야 할지 모른 채 그저 입을 다물고 기쿠에를 바라보았다.

"또 하나가 더 있어. 이건 사이킥이랑 다른 얘기라고 생각하는

데, 용뇌염 바이러스가 안티에이징 특효약 개발을 촉진할 거라는 정보야. 이것 역시 황당하지."

"……."

"대체 왜 이런 정보가 흘러 다니는 건지 당최 알 수가 없던 참이야. 이를테면 도시전설처럼 떠다니는 소문이면 혹시 몰라도, 아무래도 어느 정도 신뢰도가 높은 곳에서 나온 극비 정보랄까, '새어 나온' 정보 같아서."

"새어 나왔다고요?"

교스케는 무심결에 기쿠에와 우스이를 번갈아 봤다.

"신뢰도가 높은 곳이라니, 대체 어디서 나온 얘기죠?"

"그게 말이지, 여기인 거 같더라고."

기쿠에는 말하면서 검지 손가락을 아래로 향하더니 카운터 위를 톡톡 두드렸다.

"여기요?"

"이름을 밝힌 것 같지는 않은데 의료팀 멤버라고 했대. 그러니까, 요전 토요일 밤에. 24일……이네? 남자 목소리였어. 우리 쪽에서 그 전화를 받은 건 내가 아니라 다른 사람이었지만, 정보가 정보잖아? 장난이라고 생각은 했는데 어쨌든 확인한 것 같더라고. 그랬더니 전화가 걸려 온 데가 류오 대학 의학부속병원 안이었어. 그러니까 여기란 말씀."

"……의료팀 멤버라고 했다고요?"

"응. 짚이는 데 있어?"

"글쎄요……."

대체 뭐지? 교스케는 손끝으로 뺨을 문질렀다.

아직도 뭐라고 대답해야 할지 판단이 서지 않았다. 다만 편집부에 걸려 온 전화 내용이 완전히 거짓말은 아니었다. 오키쓰에게 벌어지고 있는 현상으로 안티에이징 특효약을 만들 수 있을지 어떨지는 별개로, 그가 회춘하고 있다는 걸 모르면 그런 정보를 전할 수는 없을 터였다. 그리고 어떤 의미에서 교스케와 메구미는 사이킥이었다.

이런 상황을 정확히 파악하고 있는 건 바로 교스케, 메구미, 오키쓰뿐이었지만, 의료팀 역시 세 사람의 변화를 눈치 채고 있다 해도 이상할 게 없었다. 그들은 매일 세 사람을 진찰하며 관찰하고 있으니까. 특히 오키쓰의 변화는 감추려야 감출 수가 없었다.

하지만 누가 무슨 목적으로 그런 전화를 건 걸까?

"의료팀이 아니더라도 이 병원에 있는 사람이라면 그렇게 이름을 대고 전화를 걸 수도 있겠지. 일단 확인해 두겠는데, 당신들 셋 중에 누가 전화를 건 적은 없는 거지?"

"저나 메구미나 오키쓰 씨 말인가요?"

교스케는 자기도 모르게 웃음 지었다.

"없습니다. 애초에 저희들에게 허락된 이 4층에는 전화 자체가 없거든요. 저와 메구미는 휴대전화가 있지만, 편집부에 걸려 온 전화는 휴대전화로 건 게 아니었잖아요?"

"응. 유선전화였지."

"저는 노트북을 가지고 있으니까 IP전화를 사용할 수도 있겠지만, 안타깝게도 IP전화 소프트웨어는 안 깔려 있어요. 그렇다면 이 병원에 설치돼 있는 전화 중 어느 것인가를 사용했다는 말이 되겠네요. 정확히 저는 이 건물에 전화기가 몇 대 설치돼 있는지도 모릅니다. 알고 계시다시피, 자유롭게 걸어 다닐 수가 없으니까요. 너스 스테이션이나 접수처, 사무실 같은 데엔 확실히 전화기가 있겠죠. 의료팀의 누군가가 전화를 걸었다면 그 전화기를 사용했을 가능성이 있을 겁니다."

"응, 그렇겠지."

"나머지는 아마도 각 층 복도라든지 대합실 몇 군데에 공중전화가 있지 않을까요? 병원 내에서는 휴대전화 사용이 금지돼 있으니까 공중전화가 필요하잖습니까. 중환자가 있는 4층을 제외하고는 입원 중인 환자 병문환도 비교적 허가를 받기도 쉬울 테고, 일반 방문객이라도 병원을 드나드니까요."

"아, 그렇구나. 병문안 온 사람 중 누군가가 건 장난전화일 수도 있겠네요."

우스이가 말했다.

"하하…… 그런 건가."

기쿠에가 끄덕였다.

결국 기쿠에의 질문에 교스케는 제대로 된 대답을 못 했다.

그들은 멋대로 대답을 찾아내더니 멋대로 결론을 내려 버린 듯했다. 상식적인 결론을 찾아내어 안심이 된 모양이었다. 사이킥 같은 비정상적이고 옛날 얘기에나 나올 법한 대답은 그들 안에 애초부터 존재하지 않았다. 그게 보통 사람의 반응이다.

"거 참, 아쉽게 됐네."

기쿠에가 웃으면서 가방 안을 뒤지더니 숟가락을 하나 꺼내들었다.

"나카야 씨가 초능력자라면 이거 구부러뜨려 보라고 시키려고 가져왔는데 말이야."

교스케는 쓴웃음을 지었지만, 우스이는 기쿠에가 한 말이 개
그 코드에 맞았는지 숟가락을 가리키며 숨넘어갈 듯이 웃어 젖혔
다. 한동안 웃음이 잦아들 기미가 보이지 않았다.

문득 교스케는 여기에 메구미가 없어서 다행이라고 생각했다.
그 아가씨라면 구부러진 상태를 상상하는 것만으로도 손으로 만
지지 않고 숟가락을 못 쓰게 만들어 버렸을지도 모르니까. 무엇보
다 그렇게 됐을 때 기쿠에의 반응도 보고 싶다는 생각이 들었다.

13

9월 29일. 류오 대학병원 4층 휴게실에서 드물게도 미팅이 잡
혔다. 아니, 드물다기보다는 교스케 일행이 격리된 이후 처음 있
는 미팅이었다.

창 측 의자에는 교스케, 메구미, 오키쓰가 일렬로 앉아 있었다.
그리고 맞은편에 의료 스태프 7명이 참석했다. 의료팀 총책임자인
우메자와 나오아키가 한가운데에, 나머지 의사 5명과 간호사 2명
이 자리에 앉았다.

교스케 일행은 그중 누구도 방호복을 입지 않고 있다는 데 놀
랐다. 방호복뿐만 아니라 마스크도 안 하고 있었다.

어제까지와는 전혀 달랐다.

매일 적어도 한 차례 이뤄지는 진찰 때면 담당의와 간호사가
각 병실에 찾아왔는데, 꼭 방호복을 착용하고 있었다. 문진만으로

도 될 때에는 개별적으로 면회실로 불러들여 유리 너머로 진찰했다. 어제까지는 그 규칙이 철저히 지켜져 왔다.

우메자와 의사가 싱글싱글 웃으며 교스케 일행 셋을 둘러봤다.

"좀 놀라셨을지도 모르겠군요. 죄송합니다. 그래도 오늘부터 여러분과는 방해가 되는 벽 없이 진찰이나 얘기를 하기로 결정했습니다."

"……"

교스케도, 나머지 둘도 아무 말 없이 우메자와를 바라보았다.

"우선은 무엇보다도 이 점을 진심으로 축하드리고 싶군요. 저기, 그것 좀 가져오게."

말하기 무섭게 간호사 두 명이 일어섰다. 그들은 일단 휴게실을 나서더니 케이크가 올려져 있는 트레이를 들고 왔다. 의사들이 일제히 박수를 쳤다.

교스케와 메구미는 서로를 마주 봤다. 의사들은 웃고 있었지만 교스케도 메구미도, 그리고 오키쓰도 웃고 있지 않았다.

간호사 두 명이 케이크를 접시에 나눠 담는 것을 곁눈질로 보면서 웃음 짓던 우메자와가 말을 이었다.

"오키쓰 씨, 나카야 씨, 그리고 오치아이 씨. 지금까지 여러 테스트를 반복해 왔는데, 드디어 여러분이 안전하다는 게 확인됐습니다. 여러분의 몸에서 드래건바이러스가 사라졌다는 건 아니지만, 다른 사람에게 전염되지는 않는다는 게 실증되었죠. 그래서 여러분을 격리상태에서 풀어 드리려고 합니다. 축하드립니다."

"축하드립니다."

의사들의 목소리가 휴게실을 채웠다.

"잠깐만요."

교스케의 말에 우메자와는 웃으며 끄덕였다.

"예, 말씀하시죠."

"격리상태를 푼다고 하셨는데, 퇴원이랑 다른 겁니까?"

간호사들이 각자의 앞에 케이크 접시와 홍차를 가져다 놨다.

"퇴원이랑은 좀 다르지만, 오늘로 딱 80일 동안, 그러니까 약세 달이라는 긴 시간 동안 여러분은 계속 격리상태에 있으셨지요. 그 상태를 해제할 수 있게 됐다는 겁니다."

교스케는 머리를 긁적였다.

"좀 이해가 안 되는데요. 지금까지의 설명으로는 우리…… 아니, 저희 몸에는 아직 드래건바이러스가 눌러앉아 있고, 다만 바이러스가 저희들을 괴롭히지 않게 됐다, 하지만 그게 다른 사람들도 괴롭히지 않을지 어떨지는 모르니 격리는 해제할 수 없다는 거였죠. 맞죠? 그리고 마침내 다른 사람에게 전염되지 않는다는 게 실증됐다고 선생님께서 말씀하셨고요. 그러니 선생님들도 방호복을 입지 않고 여기에 계실 수 있는 거죠. 축하한다고, 격리를 해제하자고 말씀하셨죠. 그런데 퇴원은 안 된다고요? 그건 무슨 뜻이죠? 저희는 아직 치료를 받아야 하는 겁니까?"

우메자와가 고개를 끄덕였다.

"나카야 씨 말씀대로 드래건바이러스 그 자체에 대해서는 세 분 모두 위험한 상황은 지났다고 보고 있습니다. 그러나 자각하고 계시겠지만, 여러분들은 각자 용뇌염 후유증이라고 여겨지는 증상이 있으시죠."

"……."

"여러분에게서 관찰되는 후유증, 이건 용뇌염에 걸리고도 목숨을 건진 다른 환자들에게 나타나는 것과는 상당히 다른 형태라고 봅니다. 솔직히 말씀드리자면 저희도 당혹스럽습니다. 굉장히 말이죠. 애당초 여러분에게 나타난 증상을 치료해야 하는지 어떤지에 대해서도 판단이 서지 않고 있습니다. 증상을 억제하기 위한 노력을 해야 하는 건지, 아니면 그걸 후유증이라고 부정적으로 파악하는 게 아니라 새롭게 획득한 형질이라고 봐야 하는지 솔직히 전혀 모르겠습니다."

교스케는 메구미와 오키쓰에게 시선을 돌렸다. 왠지 모르게 셋이서 시선을 교환하는 모양새가 됐다.

다시 말해 의료팀도 교스케 일행의 변화를 눈치 채고 있었다는 것이다. 앞서 사카베는 교스케의 투시에 대해 무의식적 기억이라고 해석했지만, 그때 그의 태도에서 교스케는 왠지 모를 위화감을 느꼈다. 벌써 그 시점에서 의료팀은 **후유증**의 실체를 파악하고 있었다는 게 될 터였다. 다만 그때엔 아직 의료팀 전체의 의사 결정이 내려지지 않은 상황이라 얼버무릴 수밖에 없었는지도 모른다.

맞은편 벽 쪽에 앉아 있는 사카베 아쓰시에게 시선을 던졌다. 사카베는 교스케를 보고 있었다. 눈이 마주치자 그는 크게 고개를 끄덕였다. 교스케는 살짝 어깨를 으쓱해 보였다.

그러자 갑자기 사카베가 일어서서 이쪽을 향해 걸어왔다. 그가 있는 곳은 이 휴게실이 아니라 로커룸인 듯했다. 열쇠로 로커 중 하나를 열고 있었다. 옷을 갈아입나 싶었는데 그렇지 않았다. 사카베는 로커 안에서 회색 상자를 꺼냈다. 그리고 로커를 잠그더니 상자를 들고 방을 나섰다. 복도 좌우를 살피더니 빠른 걸음으로 안쪽으로 걸어 들어갔다. 아무래도 한밤중인 듯했다. 실제로 본 적은 없지만 대학병원 안이라는 건 쉽게 상상이 됐다.

사카베는 회색 상자를 손에 든 채로 복도 가장 안쪽에 있는 매점 앞에서 멈춰 섰다. 이 시각에 물론 매점 입구는 셔터가 내려져 있었다. 주머니에서 열쇠를 꺼내든 사카베는 셔터 옆 문을 열고 안으로 들어갔다. 문을 닫고 벽의 스위치를 더듬어 찾아 매점 안 불을 켰다. 원래 종합병원이라 그런지 매장 면적은 작은 편의점 정도는 됐다. 하지만 조명이 켜지자 진열대에 높인 상품에 왠지 모르게 먼지가 쌓인 것처럼 보였다. 입구 옆에 계산대가 있었다. 사카베는 계산대 뒤로 돌아 들어가더니 잠입하듯이 아래에 놓여 있던 전화기를 꺼내들고 레지스터 옆에 놓았다.

심호흡을 한 뒤 다시 손에 들고 있던 회색 상자를 전화기 옆에 놓았다. 상자 속에는 담뱃갑 크기만 한 장치와 모듈러잭(전화기와 로제트를 접속하는 데 사용되는 작은 커넥터 — 옮긴이)이 달린 전화 케이블이 하나 들어 있었다. 사카베는 전화기와 장치를 접속시켰다. 다시 말해 전화 회선과 전화기 사이에 회색 장치를 끼워 넣은 모양새였다.

사카베는 거기서 한 번 더 심호흡을 했다. 장치 전원을 켜자 빨간 램프에 불이 들어왔다. 수화기를 들고 전화 후크 버튼을 몇 번인가 딸깍딸깍 눌렀다. 수화기를 귀에 대고 신호음을 확인하더니 수화기를 전화기에 내려놨다.

그리고 흰 가운의 주머니를 뒤져 접힌 종이를 꺼내들었다. 종이를 펼치고 거기에 쓰여 있는 리스트의 맨 첫 번째 행을 손가락으로 훑으면서 수화기를 들고 전화기 버튼을 눌렀다.

"나카야 씨?"

누군가가 부르는 소리에 교스케는 시선을 들었다. 휴게실 안이었다. 정면 테이블 맞은편에서 우메자와가 교스케를 바라보고 있었다. 옆에서 메구미가 교스케의 팔을 가볍게 누르고 있었다.

우메자와가 고개를 끄덕였다.

"과연. 뭔가 영상이 보인 겁니까?"

"죄송합니다. 말씀 계속해 주세요."

"그건 그렇고, 지금 어떤 게 보였지요?"

질문에 교스케는 고개를 저었다.

"죄송합니다. 나중에 말씀드리겠습니다. 얘기를 중간에 끊어 버렸네요. 계속해 주십시오."

"그렇습니까."

우메자와가 끄덕였다.

"아, 그 케이크, 어서들 드세요. 퇴원이 아니라 썩 기쁘지 않으실지도 모르겠습니다만 일단 축하하려고 준비한 거니까요. 여기 케이크가 꽤 맛있더라고요."

"잘 먹겠습니다."

메구미가 제일 먼저 말했다. 기다리고 있던 듯했다. 포크로 한입 크게 베어 물더니 갑자기 "우, 우, 우……" 하는 이상한 소리를 냈다. 그 소리에 휴게실에서 한바탕 웃음이 터졌다.

그녀는 쳐다보고 있던 교스케와 눈이 마주치자 "그치만." 하고 말하며 실눈을 떴다.

"그치만, 케이크 같은 거 오랜만이란 말이야."

또 웃음이 일었다.

각자 케이크를 먹고 홍차를 마시면서 분위기가 누그러지자 우메자와가 입을 열었다.

"저희들은 오키쓰 씨와 나카야 씨, 오치아이 씨에 대해 몇 번이고 얘기를 나눴습니다. 앞으로 어떻게 해야 할지, 저희 의료팀 나름 생각을 정리하려고 의견 씨름을 해 왔죠. 어쨌든 여러분은 용뇌염을 기적적으로 극복한 분들입니다. 여러분의 혈청으로 백신을 만들 수도 있었고요. 가장 중요한 드래건바이러스에 대해서는 다른 팀에서 씨름을 하고 있습니다만, 알 수 없는 부분이 너무 많아 연구는 아직 초입 단계에 불과합니다. 흉악한 바이러스를 어떻게든 통제할 수 있게 만들고 싶은데, 갈 길이 아직 먼 것 같군요."

얘기를 들으면서 교스케는 갑자기 투시에 제멋대로 빠져 버리는 상태를 어떻게든 피할 방법이 없는지 생각하고 있었다. 사람 앞에서 가면(假眠)상태가 되는 건 역시나 아무래도 썩 좋지 않았다.

"세 분의 후유증…… 그렇게 파악하는 건 무리가 있다는 의견도 많습니다만, 편의상 지금은 후유증이라고 부르고 있습니다. 여러분의 후유증은 무척 특수한 겁니다. 상식이나 통념은 이런 걸 부정하거나 무시하려고 듭니다만, 적어도 과학자인 저희가 눈앞에 실제로 벌어지고 있는 현상을 즉시 부정할 수는 없지요. 오키쓰 씨는 분명히 최근 약 3개월 동안 젊음을 되찾으셨습니다. 오키쓰 씨 전신의 세포는 마치 어린아이의 것처럼 활성화되어, 93세라는 연령에는 있을 수 없는 대사(代謝)를 반복하면서 몸을 계속해 정화시키고 있습니다. 게다가 입원 당초에 보였던 치매도 지금은 흔적조차 찾아볼 수 없고요. 왜 그렇게 된 건지는 아직 파악을 못 하고 있습니다. 잘은 모르겠습니다만 부정은 할 수 없죠. 물론 회춘한다는 건 멋진 일입니다. 오키쓰 씨는 지금 무척 반짝이고 계십니다. 제 부모님 세대보다도 연령이 높으신데도 겉보기에는 저보다 훨씬 젊고요."

돌아보니 오키쓰는 싱글벙글 웃고 있었다.

"그러나, 이건 나카야 씨와 오치아이 씨에게도 해당하는 말이지만 지금 여러분에게 나타나고 있는 현상을 정말로 기뻐하기만 해도 되는지…… 저희들은 판단이 서지 않는군요. 왜냐하면 여러분이 회득한 능력은 용뇌염에 걸리기 전에는 존재하지 않았기 때문입니다. 이를테면 오키쓰 씨의 회춘은 어디에서 멈출까요? 앞으로 30대가 되고, 20대가 될까요? 더 나아가 10대까지 회춘하게 되는 걸까요? 만약 그렇다면 그다음은?"

"아기가 돼 버리는 건가요?"

메구미가 반쯤 웃으며 말했다. 의사들 사이에도 웃음이 일었다.

"멋지다고 생각하시는 분이 계실지도 모르지만, 만약 그렇게 된다면 무서운 일입니다. 3개월이 채 안 되는 시간 동안 쉰 살이나 회춘했다고 하면 앞으로 3개월 뒤엔 어떻게 돼 버릴지."

"……."

"오키쓰 씨뿐만이 아닙니다. 나카야 씨는 특수한 환상을 보고 있죠. 속칭 천리안이라고 부르는 능력을 획득하신 걸로 압니다. 오치아이 씨는 손을 쓰지 않고 물건을 움직일 수 있고요. 초능력이라고 하면 되려나요? 어떤 의미로는 그것도 멋진 능력일지도 모릅니다. 아니, 멋지다고 생각합니다. 그래도 그게 드래건바이러스로 인해 생긴 능력이라면 앞으로도 계속 멋진 상태로 있어 줄지, 전혀 알 수 없습니다. 격리상태는 해제하겠지만, 퇴원은 아직 상태를 좀 더 봤으면 한다는 저희의 결론은 그래서 나온 겁니다."

우메자와는 교스케와 메구미, 오키쓰 사이에서 천천히 시선을 옮겼다.

"3개월 가까이 갇혀 있는 상태가 계속되고 있으니 이제 좀 해방시켜 달라고 생각하시는 것도 당연합니다. 더구나 저희한테 후유증 치료를 어떻게 진행하겠다는 견적도 안 나왔다니 더더욱 입원에 대해 의문을 가지는 것도 당연합니다."

우메자와는 한 번 호흡을 뒀다. 그리고 한 번 더 교스케 일행을 둘러봤다.

"그러니 이건 저희의 제안이라고 받아들이셨으면 좋겠군요. 의료팀이 붙어 있으면 앞으로 뭔가 예기치 못한 사태가 발생하더라도 여러분 한 분 한 분이 대처하는 것보다 적절한 처치가 가능할지도 모릅니다. 함께 끝장을 보도록 하죠. 후유증을 함께 관찰하고 어떻게 하면 좋을지 같이 생각하고, 저희와 여러분이 서로 협력해 하나씩 하나씩 찾아 나갔으면 합니다."

메구미가 손을 들었다.

"질문 있어요."

"하시죠."

"입원을 계속하더라도 더 이상 격리하지 않는다면 외출 같은 건 오케이라는 건가요?"

음음, 하고 우메자와가 끄덕였다.

"물론입니다."

"앗싸!"

메구미가 주먹 쥔 양손을 치켜 올리면서 외쳤다.

우메자와는 웃으면서 자기 오른쪽에 앉아 있는 의사에게 작은 목소리로 무언가를 물었다. 둘이서 뭔가를 속삭였다.

그들을 바라보고 있던 바로 그때였다.

마치 타고 있던 광차(鑛車)가 전력으로 밀리듯이, 교스케는 우메자와 쪽으로 갑자기 접근했다.

"연구소 쪽은 이제 준비가 다 끝난 건가?"

우메자와의 귓속말에 오른쪽에 있는 의사가 작게 끄덕였다.

"네. 남은 건 각자의 사물 같은 걸 옮겨 넣으면 쓸 수 있는 상태인 것 같습니다."

"그렇군."

우메자와가 끄덕인 순간 교스케는 원래 위치로 돌아갔다.

"……"

순간 자기가 어떻게 된 건지 알 수가 없었다.

"왜 그래? 또 투시해 버린 거야?"

메구미가 들여다보고 있었다.

교스케는 손으로 얼굴을 쓱 문질렀다.

"아니, 지금까지랑은 좀 달라."

"다르다니?"

"우메자와 선생님이 귓속말했잖아?"

메구미는 끄덕이면서 의사 쪽으로 시선을 돌렸다.

"무슨 얘길 하는 거지?'라고 생각했는데…… 아니, 생각했다고 하기도 뭐한 정도의 느낌이었는데 그 순간 선생님들이 내 눈앞으로 당겨지더니 시간이 되돌아갔어."

"어……?"

방 안의 시선이 교스케에게 집중됐다.

"그러니까, 저와 이쪽 사쿠마 선생이 나눈 비밀 얘기를 들었다는 건가요?"

"네. 되감기한 것 같았어요."

"되감기라……."

"그거, 비디오 리모컨을 조작한 것 같은 느낌이야?"

메구미가 끼어들었다.

"그렇긴 한데, 그뿐만 아니라 얘기가 잘 들리는 위치까지 가까이 갔다는 느낌이랄까."

"그…… 저희들은 어떤 얘기를 하고 있었습니까?"

우메자와는 주변을 둘러보더니 교스케를 응시했다.

"얘기해도 되나요?"

"네, 얘기해 보세요."

"선생님께서 '연구소 쪽은 이제 준비가 다 끝난 건가?'라고 묻자, 사쿠마 선생님이 '네. 남은 건 각자의 사물 같은 걸 옮겨 넣으면 쓸 수 있는 상태인 것 같습니다.'라고 대답하셨습니다."

"……."

사쿠마가 "어엇." 하고 작게 소리를 냈다.

"속삭이는 소리가 직접 들린 건 아니었고요?"

"네. 사쿠마 선생님이 작은 목소리로 말씀하시는 건 보였습니다. 그때엔 말소리가 하나도 안 들렸어요. 두 분을 보고 있는데 갑자기 그렇게 됐어요. 이 부분을 한 번 더 재생한다는 느낌이었다고 해야 하려나요.”

“저도 속삭이는 소리가 전혀 안 들렸는데요.”

메구미가 옆에서 말했다.

이번에는 우메자와 왼쪽에 있는 의사가 손을 들었다.

“저기…… 저는 선생님 옆에 있었는데, 여기서도 아까 하신 얘기는 소곤소곤 들리긴 했지만 내용까지는 못 들었습니다.”

“허어, 그렇군요.”

우메자와는 후우 한숨을 쉬었다.

“그러니까 나카야 씨 앞에서는 뭘 숨길 수가 없게 되는 거로군요. 아니, 사쿠마 선생과 몰래 한 말은 숨길 일은 아닙니다.”

“……”

아주 약간이지만 불쾌하게 들렸다.

“음, 몰래 한 얘기에 대해 설명할까요. 요 3개월간 여러분은 병원에서 생활할 것을 강요당했습니다. 격리상태라 어쩔 수 없다고는 해도 이런 생활을 계속하는 건 건강한 정신을 유지하는 데도 별로 좋다고 할 수는 없습니다. 게다가 모처럼 격리상태가 해제됐는데 앞으로도 여기 병실에 묶여 있어야 하는 건, 신체적으로는 건강할지는 몰라도 도저히 견딜 만한 게 아니죠. 그래서 앞으로 세 분이 생활하실 거처를 준비해 뒀습니다.”

“생활할…… 거처?”

“네. 고급 호텔이나 고급 맨션 같은 방을 준비하지는 못했지만 이럭저럭 괜찮은 수준으로 마무리된 것 같더군요.”

“저희가 살 집이라는 건가요?”

메구미가 불안한 듯한 목소리로 말했다.

"물론 오치아이 씨, 나카야 씨, 오키쓰 씨 각자 개인 방을 쓰실 겁니다. 건물은 하나지만요. 그리고 방 넓이는 다다미 여덟 장 정도라고 합니다. 거기에 화장실, 욕실, 작은 부엌이 딸려 있습니다."

우메자와는 마치 부동산 중개업자라도 된 것처럼 줄줄이 읊었다.

"그 방에서 저희들은 여기로 오가는 생활을 하는 건가요?"

"아뇨, 저희가 여러분이 계신 곳에 갈 겁니다. 그러니까, 저기에서 보일 겁니다."

우메자와는 교스케 일행 뒤쪽의 창문을 손가락질하면서 의자에서 일어섰다.

'보인다고?'

교스케는 뒤를 돌아봤다. 우메자와가 테이블을 돌아 창가로 걸어오자 교스케 일행도 의자에서 일어나 창가에 늘어섰다.

"저기에 건물이 보이죠? 정사각형 건물 말이에요. 잔디밭에 둘러싸인 저쪽 말입니다."

우메자와가 창 너머로 손가락을 들어 올렸다.

"아하, 네."

그곳도 류오 대학 의대 부지였다. 잔디를 깐 공원 같은 곳의 한 구석에 외벽을 그슬린 듯한 회색 건물이 있었다. 우메자와 의사 말대로 주사위처럼 정사각형인 큰 건물이었다.

"저쪽은 류오 대학 바이러스 연구소입니다."

교스케 옆에서 메구미가 숨을 들이쉬는 소리가 들렸다. 그렇다. 메구미의 약혼자 고바타 고조는 저 연구소의 연구생이었던 것이다. 그는 지금 여기와는 동떨어진 ICU(집중치료실) 안에서 잠자고 있었다.

"저 연구소의 맨 꼭대기 층인 6층은 자재실로 쓰고 있었는데 원래 다른 동으로 옮길 계획이 있었습니다. 그래서 6층을 전부 개방해서 오키쓰 씨, 나카야 씨, 오치아이 씨가 각자 거주할 공간과 여러분과 저희가 같이 쓸 공간, 진찰실 등을 만들었습니다."

교스케는 깜짝 놀라 우메자와를 돌아봤다.

"그런 공간을 새로 만든 건가요?"

"뭐, 급조한 조립식 주택 같은 거지만요. 그래도 여기 계시는 것보다는 훨씬 쾌적하지 않을까 싶군요."

"나도 질문해도 되겠소?"

처음으로 오키쓰가 입을 열었다.

"네, 물론이죠."

"그런 공간을 마련해 주신 건 양로시설에서 지내던 나로서는 엄청나게 고맙지만…… 단지, 그런 비용…… 월세 같은 건 어떻게 되는지? 부끄럽지만 저축해 둔 게 전혀 없어서."

"아하. 거기에 대해서는 걱정하지 않으셔도 됩니다. 여러분의 생활에 관한 비용을 비롯해 치료나 검사, 필요할 경우 재활운동 등 갖은 비용은 전부 류오 의대의 재원재단이 부담할 겁니다. 뭐, 나중에는 국가에서 원조를 받을 수 있게 로비하고 있지만요."

"왜…… 우리 같은 사람들을 위해 그렇게까지."

불안한 목소리로 말하는 오키쓰의 등에 우메자와가 손을 얹으며 대답했다.

"하나는 보답입니다."

"보답?"

"아까도 말씀드렸습니다만, 여러분 덕분에 백신을 만들 수 있었습니다. 현재 확인된 바로는 500명 이상이 그 백신 덕택에 목숨을 건졌습니다. 여러분의 사회 복귀를 돕는 비용을 내는 것 정도는 당연한 겁니다. 그리고 드래건바이러스에 대해서는 아직 연구해야 할 게 많습니다. 앞으로도 세 분에겐 여러모로 힘을 빌리게 될 것 같습니다. 그러니 비용 같은 것에 대해서는 전혀 걱정하지 않으셔도 됩니다. 오히려 뭔가 필요한 게 있으시면 주저 말고 말씀해 주세요. 되는 한 구해 드리도록 하겠습니다."

오키쓰가 우메자와에게 크게 고개를 숙였다.

"아, 이러시면……."

당황한 듯 우메자와가 양손을 저었다.

수줍은 표정을 숨기려는 듯 우메자와는 교스케에게로 몸을 틀었다.

"나카야 씨, 그러고 보니 아까 얘기하던 도중에 본 환각……아니, 투시는 어떤 내용이었습니까?"

교스케는 한 번 한숨을 내쉬었다.

"사카베 선생님의 며칠 전 모습을 봤습니다."

"네?"

맞은편에서 사카베가 소리를 질렀다. 교스케는 그런 사카베에게 시선을 향했다.

"선생님. 매스컴에 저희가 사이킥이라는 정보를 왜 흘리신 겁니까?"

"어?"

멍한 표정으로 사카베가 교스케를 바라봤다. 모두의 시선이 그에게 쏠렸다.

"알고 지내는 편집자한테 묘한 극비 정보가 있다는 얘길 들었습니다. 9월 24일 한밤중이었던 것 같습니다. 방송국이랑 신문사, 출판사…… 누군가 여기저기 매스컴에 전화가 걸어 용뇌염 생존자에 관한 정보를 흘리겠다고 말했다더군요. 그 정보 제공자는 의료팀 멤버라고 스스로를 밝혔고, 편집부에서 알아보니 그 전화가 아무래도 여기 류오 대학병원 안에서 걸려 왔다고 하고요."

"……."

우메자와 의사는 교스케와 사카베 사이에서 비교하듯이 시선을 왕복하고 있었다.

"극비 정보 내용은 용뇌염 생존자가…… 그러니까 저희죠, 저희가 사이킥이 돼 가고 있다는 것과, 드래건바이러스가 안티에이징 특효약 개발을 촉진할 거라는 내용이었습니다."

"분명…… 그런 문의가 몇 건 병원 측에 있었다고 들었지만."

우메자와가 중얼거리듯 말했다.

"아까 본 영상은 한밤중의 병원이었습니다. 저는 움직이는 게 허용된 이 4층이 아닌, 병원의 다른 곳이 어떤지 모릅니다만 아마 1층이었던 것 같습니다. 1층 로커룸을 나선 사카베 선생님이 복도 안쪽 매점에 들어가셨습니다. 셔터가 내려져 있었지만 옆쪽 문의 자물쇠를 열고 매점에 들어가서 계산대에 놓인 전화기로 리스트를 보면서 전화를 걸고 계셨습니다. 기묘했던 점은 전화기에 담뱃갑 크기의 장치를 부착하고 있었다는 겁니다. 그냥 상상한 건데, 그건 음성변조기더군요."

"음성……."

우메자와가 사카베 쪽으로 시선을 돌렸다. 사카베는 부들부들 고개를 저었다.

"목소리를 바꿔서, 그건…… 익명으로 전화를 걸었다는 거라고 봅니다. 로커에 항상 음성변조기를 넣어 두시나요?"

사카베는 다시 고개를 저었다. 얼굴에 웃음을 지으며 머리를 긁적였다.

"대단한데요. 정말 그런 환각을 봤나요? 그렇다면 나카야 씨의 후유증은 투시 능력 같은 게 아니라 환시, 환청이라고 접근해야 할 것 같은데요. 보다 상세한 관찰이 필요할 것 같네요."

"매스컴에 전화를 걸었다는 건 사카베, 자네가 아니라는 얘기로군."

우메자와가 묻자 사카베는 웃으면서 고개를 끄덕였다.

"물론이죠. 문 닫은 매점에 숨어들 리도 없고, 게다가 매스컴에 전화 같은 걸 할 리가 없잖습니까. 그런 짓을 해서 얻는 것도 없고요."

사카베는 엷은 웃음을 띤 채로 말했다.

"……."

어딘지 뭔가를 보류하고 있는 것 같은 묘한 분위기가 휴게실에 흘렀다. 이날 미팅에서는 얘기가 더 진전되지도 않고, 이 건에 대해서는 흐지부지됐다.

사카베는 교스케의 투시를 웃어 넘겼지만 결국 이날이 교스케 일행이 사카베 아쓰시와 만난 마지막날이 됐다. 이 뒤에 어떤 일이 있었는지 교스케 일행은 아무 얘기도 듣지 못했다. 사카베의 소지품에서 음성변조기가 발견됐다는 걸 나중에 전해 들었다. 하지만 그에 대해 의료팀이 어떤 판단을 내렸는지 교스케 일행은 알지 못했다.

사카베 본인은 부정했지만 용뇌염 후유증으로 환자에게 초능력이 생겼다는 정보를 매스컴에 흘렸다는 게 공연해지면, 그는 두 가지 의미로 곤궁한 상황에 처하게 된다.

하나는 너무나도 황당무계하고 비과학적이라는 인상을 사회에 주게 돼 의사로서의 신용을 잃을 가능성이 높다는 것. 다른 하나는 비밀 엄수 의무를 위반했다는 추궁을 받을 가능성이 있다는 것이다. 의료 행위 중에 알게 된 환자의 개인정보를 정당한 이유 없이 타인에게 흘리는 건 위법이기 때문이다.

하지만 실제로는 사카베의 행동이 널리 알려지는 일은 없었다. 그가 체포되었다든지 검찰로 사건 서류가 송치됐다고 들은 바도 없고, 뉴스는 물론 인터넷상에서 소문이 도는 일도 없었다.

단지 그날 이후, 사카베 아쓰시가 교스케 일행 앞에서 모습을 감췄을 뿐이었다.

14

휴게실을 휩싸고 있던 미묘한 분위기를 깨뜨린 건 우메자와의 한마디였다.

"자, 그럼 여러분이 새로 거주할 곳을 안내해 드리죠."

"……"

교스케는 메구미와 마주 봤다.

"안내……."

메구미가 중얼거리더니 크게 숨을 들이쉬었다.

우메자와가 말한 새 거주지는, 물론 류오 대학 바이러스 연구소 6층에 만들었다는 교스케 일행의 거주 공간이었다. '그 연구소로 이동한다.' 목적지보다도 이동한다는 것 자체가 교스케 일행에게 있어서는 가장 큰 이벤트였다. 이동하기 위해서는 병원 바깥으로 나가야만 하니까.

3개월 만의 바깥세상……

창밖으로 시선을 돌렸다. 바이러스 연구소의 주사위 같은 건물 너머 강을 따라 거리가 펼쳐져 있었다. 그 너머로는 산등성이가 거대한 벽을 형성하고 있었다. 사람들이 살고 있는 곳은 끝없는 여름이라는 보도가 나올 정도로 늦더위가 계속되고 있는데도 능선 꼭대기 부근은 벌써 옅게 흰 눈이 쌓여 있었다.

의사들의 재촉에 따라 엘리베이터를 탔다.

문득 정신을 차리고 창가에서 바깥을 바라보고 있는 오키쓰에게 말을 걸었다.

"가요, 오키쓰 씨. 바깥에 나가서 직접 경치를 맛보는 게 더 기분이 좋을 겁니다, 아마도."

"음? 아아……"

뒤돌아본 오키쓰의 표정이 왠지 모르게 불안해 보였다. 그 표정이 갑자기 사카베의 얼굴로 바뀌었다.

"……"

깜짝 놀라 응시했을 땐 이미 원래 오키쓰 씨의 얼굴로 돌아와 있었다. 휴게실 안을 둘러봤지만 정작 사카베는 이미 거기에 없었다.

"뭔가 걱정되는 일이라도 있나요?"

복도 쪽으로 걸어가기 시작한 오키쓰의 옆에 서서 교스케는 작은 목소리로 물었다. 오키쓰는 작게 고개를 저었다.

"아니, 아무것도 아닐세. 내 변화에 당황하고 있었을 뿐이네."

"변화……라니 어떤 변화요?"

오키쓰는 흥, 하고 코웃음을 쳤다.

"역시나 마음은 신체에 깃드는 것이란 생각이 들어서. 양로시설에서 지낼 때엔 생각한다든가 떠올리는 게 전부 옛날 기억뿐이었네. 이런 말은 하면 안 되겠지만 지금이 즐겁다는 생활을 한동안 한 적이 없으니까. 과거를 돌이켜보는 것밖엔 하지 않았지. 앞으로의 일 따윈 생각하거나 걱정할 기력도 없었어. 그런데 이렇게 몸이 젊어지고 나니 앞날이 걱정되기 시작한 거야. 앞으로 얼마 남지 않은 인생 따위 어찌되든 상관없다고 생각했었는데, 최근엔 급기야 앞으로 어떻게 되는 걸까 하는 생각을 하게 됐다네. 미래에 대한 불안을 느끼려면 젊음이 필요하다는 게지. 이런 사치스러운 불안을 느끼는 것도 회춘한 덕택일세. 고마운 일이지."

"그렇군요……."

생각해 본 적도 없었다.

자기 미래에 불안해하는 건 젊기 때문이라는 건가. 미래에 대한 불안 같은 건 없는 편이 좋다고 굳게 믿어 왔었다. 마음이 유약해서 불안함이 생겨나는 거라고, 자신을 한심하게 생각하기도 했다. 잘못 생각했는지도 모른다. 불안은 젊기 때문에 품을 수 있는 사치였다.

엘리베이터 앞까지 왔을 때, 메구미가 우메자와에게 말을 걸었다.

"저기요…… 뭐 좀 여쭤 봐도 되나요?"

"뭔가요?"

우메자와는 엘리베이터 버튼을 누르면서 메구미를 돌아봤다.

"아주 잠깐 어디 들렀다가 가면 안 되나요?"

"어디를 들르시게요?"

"잠깐이라도 좋으니 고조를 만나게 해 주세요."

"……아하."

"여기 온 뒤로는 계속 못 만났단 말예요. 여기 4층에 있다고 들었어요. 고백하자면 몇 번인가 여길 벗어나서 ICU에 숨어들어 갈까 하는 생각도 했었어요. 그런 짓을 했다간 엄청나게 민폐를 끼치게 될 거라고 생각하고 관뒀지만. 물론 그이가 아직도 의식불명이라는 건 알고 있어요. 그래서 얘기도 못 하고 눈을 떠 저를 봐주지도 못하겠죠. 그래도 얼굴만이라도 보고 싶어요. 안 될까요?"

음음, 하고 우메자와는 크게 끄덕였다.

"거기까진 생각하지 못했군요. 그럼 먼저 고바타 씨가 계신 곳에 들를까요?"

그러더니 교스케와 오키쓰를 돌아봤다.

"두 분은 어떻게 하시겠습니까?"

"저도 고바타 씨를 뵙고는 싶지만…… 그래도 메구미 혼자라고 해야 하나, 고바타 씨와 단둘이 있는 게 좋을지도 모르겠어서요."

말을 마치기 무섭게 메구미가 웃음을 터뜨렸다.

"무슨 생각 하는 거야? 유리 너머라고. 유리벽 반대쪽에 있는데 단둘이고 뭐고 그런 게 어딨어? 신경 써 줘서 기쁘긴 하지만. 아니, 오히려 나카야 씨나 오키쓰 할아버지한테도 고 짱을 소개시켜 주고 싶어."

셋이서 함께 면회하게 됐다.

우메자와는 아키노 미즈에라는 간호사만을 남기고 나머지 스태프는 하던 일로 돌려보냈다.

ICU는 4층 서쪽에 있었다. 물론 교스케 일행이 그 구역에 발을 들이는 건 처음이었다. 격리된 다른 병실에 여전히 중증 환자가 꽤 있는 모양이었지만, 아무래도 현재 ICU에서 치료를 받고 있는 건 고바타 고조뿐인 듯했다.

"……."

좁고 길게 안쪽으로 뻗은 병실 왼쪽으로 여덟 개의 창문이 있었고, 각 창문 하나하나 앞에 침대가 놓여 있었다. 일곱 개는 비어 있었고 가장 안쪽에 커튼으로 둘러싸인 침대 다리가 보였다.

아키노 간호사가 성큼성큼 걸어가 그 커튼을 좌르륵 걷었다. 그 여덟 번째 침대에는 투명한 상자가 올려져 있었다. 아무래도 메구미가 상상했던 유리 너머로의 대면과는 다른 모양이었다. 인큐베이터를 성인 사이즈로 확대한 것 같은 유리 상자였다. 침대 주위에 여러 가지 의료기기만 빼면, 최악의 비유이지만 '유리로 만든 관'처럼도 보였다.

유리 상자 안에 남자가 뉘어 있었다.

"고 짱."

메구미가 유리 상자 옆에 서서 남자에게 말을 걸었다. 남자의 몸에는 온갖 관이 꽂혀 있었다. 그 관이 가늘게 떨리고 있는 것처럼 보였다.

메구미가 간호사 쪽을 돌아봤다. 손을 집어넣을 수 있는 창문을 가리키면서 "괜찮나요?"라고 허가를 구했다. 간호사는 끄덕이더니 장갑을 끼는 시범을 보였다.

"라텍스를 찢거나, 구멍을 뚫지 않도록 주의하면서 천천히 손을 집어넣으세요."

메구미는 천천히 둥근 구멍에 손을 집어넣었다. 바깥과 안쪽을 차단하는 고무장갑이 메구미의 손을 감쌌다. 직접은 아니지만 그녀는 약혼자의 손에 살짝 자신의 손을 겹쳤다.

그러자, 고바타 고조가 갑자기 메구미의 손을 마주 잡더니 어깨를 끌어안았다. 벤치 위였다. 어딘가의 공원인 걸까? 메구미는 교스케 일행에게 한 번도 보인 적 없는 표정으로 고바타를 바라보고 있었다.

"알려 줘."

"그러니까 원숭이 같은 실험동물을 돌보는 거야. 물론 여러 가지 다른 일도 있지만 매일 정해져 있는 일은 그 녀석들을 돌보는 거지."

"원숭이 말인데, 좀 무섭지 않아?"

"원숭이는 꽤나 힘이 있으니까. 게다가 지능도 높아서 인간적인 감정도 있고, 다루기 힘들 때가 있지."

"감정…… 그러네. 다른 동물한테만 계속 신경 쓰고 있으면 질투라든가 할 것 같고."

"질투도 하고, 침울해하거나 삐치기도 해. 초등학교 저학년 남자애 정도의 지능이 있지."

메구미는 갑자기 약혼자의 얼굴에서 그의 손으로 시선을 떨구었다.

"그래도 실험에 사용하면 죽여 버리는 일도 있겠네."

"뭐, 그렇지."

"잔인하다고 생각 안 해?"

"인간은 제멋대로라고 생각하지만 그렇게 해서 우리들은 병을 극복해 온 거니까, 잔인하다든가 불쌍하다는 것만으로는 결론지을 수 없어."

"그렇겠지만 보살펴 주면 점점 정이 붙거나 하지는 않아?"

고바타는 메구미에게 쿡쿡거리는 웃음을 지어 보였다.

"한 마리 굉장히 날 따른다고 해야 하나, 날 맘에 들어 하는 필리핀 원숭이가 있는데 말이야, 결국엔 이름을 붙여 버리는 엄청난 실수를 했지."

"이름?"

"느낌상 그냥 '커스터 장군'이라고 부르곤 했었는데. 이름 같은 거 붙이면 안 되거든. 그 녀석도 원래는 PT-034라고 코드로 불러야 했는데."

"코드…… 무미건조하다고 해야 하나, 불쌍하네."

"아니, 무미건조하지 않으면 안 돼. 실험동물이니까. 정이 붙을 만한 행동을 하면 나중에 힘들어지니까."

"그런가…… 그 커스터 장군은 아직 있어?"

"응, 있지. 오늘도 만나고 왔어. 내가 널 만날 걸 아는지 굉장히 기분이 안 좋더라고."

"엣, 거짓말."

"진짜야 진짜. 동물의 감이라고 해야 하나, 그런 게 꽤 대단하다고."

"그래도 나에 대해서 모르잖아."

"그렇겠지만 아는 듯하더라고."

"우와……."

"선배는 데이트하는 날엔 내 옷차림이 평소랑 다르니까 그걸 느끼고 기분이 안 좋아지는 것 같다더라."

말이 끝나자마자 메구미가 파안대소했다.

"고 짱, 데이트 날엔 평소랑 옷차림이 다르구나."

"잘 모르겠지만…… 뭔가가 다른 모양이지."

"그렇구나. 다른가 보구나."

히죽히죽 웃고 있는 메구미에게 고바타도 부끄러운 듯한 웃음을 지어 보였다.

"소바 같은 거 먹고 싶지 않아?"

벤치에서 일어서려는 고바타의 팔을 메구미가 잡아당겼다.

"어떤 식으로 다른지 자세히 알고 싶어."

"자루소바 먹으러 가자."

교스케는 자신을 잡아끌었다.

'안 돼. 지금 내가 하고 있는 건 훔쳐보는 짓이야.'

고개를 작게 저었다. 머릿속에서 메구미가 한 말이 들렸다.

―나, 나카야 씨를 믿어.

앞을 보니 메구미는 같은 자세로 고바타를 바라보고 있었다. 상자 옆으로 뻗어 들어간 메구미의 손이 고바타의 손을 꼭 쥐고 있었다. 잠든 채 누워 있는 고바타의 얼굴엔 아무런 표정이 없었다. 메구미의 약혼자는 무표정인 채 눈을 감고 있었다.

교스케는 옆에 있는 오키쓰 씨에게 눈을 돌렸다. 아무래도 같은 생각을 하고 있던 모양인지, 오키쓰는 교스케에게 고개를 끄덕이더니 천천히 방의 출입구로 걸어가기 시작했다. 교스케도 그 뒤를 따랐다. 메구미와 아키노만 남겨 두고 교스케와 오키쓰, 그리고 우메자와는 ICU를 나섰다.

그러고 보니 이 3개월 동안 메구미는 거의 고바타 고조 얘기를 입 밖에 꺼내지 않았다. 아무런 말 않는 메구미의 기분을 좀 더 살폈어야 하는 건 아니었을지 교스케는 생각했다. 하긴 살폈더라도 교스케가 메구미에게 해 줄 수 있는 일은 아무것도 없었지만.

복도에서 교스케도 오키쓰도 우메자와도 계속 묵묵히 있었다. 메구미가 ICU에서 나오기까지 10분 동안 세 사람은 복도 벽에 등을 기대고 기다렸다.

"죄송합니다. 기분이 좀 가라앉았어요. 그이가 어떤 상태인지 분명하게 알았어요."

메구미가 기다리게 했다며 사과했다.

우메자와에게 한 그 말은 의외로 밝은 어조였다. 명랑한 메구미의 어투에 세 남자는 한결 마음이 가벼워졌다.

엘리베이터를 탄 뒤 내려가기 시작했을 때 교스케는 어떤 점을 눈치챘다. 그 엘리베이터는 세 달 전 이곳에 들어올 때 탔던 게 아니었다. 그때엔 건물 뒤편에 있던 자재창고의 반입구 같은 곳에서 화물용 엘리베이터로 옮겨졌었다. 당연하겠지만 이 엘리베이터는 평범한 것이었다.

이때 교스케는 겨우 실감했다.

드디어 오염 물질 딱지가 떨어졌구나. 몸에서 마침내 바이오해저드 마크가 사라진 것이다.

15

1층에서 엘리베이터 문이 열리자 소독약 냄새가 코를 찔렀다.

이상하게도 4층에서는 맡을 일이 없었던 냄새가 현관 플로어를 가득 채우고 있었다. 게다가 여기 현관 접수처 로비 전체가 보통 병원에서는 본 적이 없는 모양으로 개조돼 있었다.

"병원 자체는 아직 격리상태입니다."

우메자와가 로비 중앙으로 나아가면서 말했다.

"용뇌염 발생 건수는 꽤 적어졌지만 그래도 일주일에 서너 명 정도 새로이 입원하는 환자가 있더군요. 여기는 지금 일본에서 단 하나뿐인 용뇌염 전문병원으로 지정됐습니다. 병문안을 오는 분들은 직접 병원 안으로는 못 들어오시죠. 접수처 수속을 밟은 다음 소독실을 거쳐야만 로비로 들어올 수 있고, 나갈 때도 마찬가지로 소독실을 거쳐야만 합니다. 저희도 마찬가지입니다."

우메자와는 이렇게 말하면서 두꺼운 아크릴 벽에 감싸인 이중 문 안으로 들어갔다. 투명한 문 한가운데에 '출구'라고 파란 글자가 떠 있었다. 아크릴로 감싸여진 통로가 소독실인 듯했다. 소독실로 들어가는 문이 이중, 거기서 나오는 문도 이중이었다. 자동문이었지만 한쪽 문이 완전히 닫히지 않으면 반대쪽 문이 열리지 않게 되어 있는 듯했다.

소독실 바닥은 온통 유백색 소독액이 뒤덮고 있었다. 1센티미터 정도 깊이의 소독액 위를 신발을 신은 채 찰박찰박 걸었다. 아무래도 막 산 신발을 신고 올 곳은 아닌 듯했다. 자극적인 소독약 냄새에 진저리를 치면서 문을 빠져 나온 교스케 일행은 드디어

병원 밖으로 나왔다.

"⋯⋯."

피부가 드러난 부분에 갑자기 직사광선이 내리꽂혔다. 바람은 거의 없었고 공기는 찌는 듯했다. 초가을의 선선함 같은 건 어디에도 없었다.

하지만 교스케는 그런 공기가 왠지 모르게 기뻤다. 자외선을 한껏 포함한 햇빛이라도 역시 기뻤다.

옆에선 메구미가 양손을 크게 벌리고 눈을 감고 있었다. 눈을 뜨고 교스케와 시선이 마주치자 부끄러운 듯 웃었다. 그 눈에 물기가 어려 있었다.

보자니 오키쓰는 주저앉아 있었다. 달궈진 돌계단에 손을 얹고 그 감촉을 즐기고 있었다. 그리고 천천히 일어서더니 정면의 산울타리를 향해 걸어가, 이번에는 심겨 있는 철쭉 잎을 손끝으로 매만지기 시작했다.

교스케는 아무래도 이곳보다 4층에서 필터를 거친 공기가 몸에는 해가 없을 것이라고 생각하며, 막 빠져나온 건물을 올려다봤다. 적정 온도로 설정된 병실은 푹푹 찌는 듯한 돌계단 위보다는 훨씬 쾌적했을 게 분명하다. 하지만 그곳으로 돌아가고 싶다는 생각은 이미 어디에서도 찾아볼 수 없었다. 분명 메구미나 오키쓰도 같은 생각을 할 터였다.

"왠지⋯⋯ 평생 저기에서 못 나올 것 같은 기분이었는데."

메구미가 옆에서 속삭였다.

"응."

교스케가 끄덕였다.

앞쪽 사각형 건물을 향해 잔디밭 사이에 돌계단이 쭉 뻗어 있었다. 4층 창문에서 볼 때와는 인상이 꽤나 달리 느껴졌다. 날것 그대로의 콘크리트 벽이 햇빛을 받아 희부옇게 빛나고 있었다. 창문이 몇 없는 그 벽면이 어딘가 위압적인 긴장감을 풍겼다. 커다란 건물이었다.

또 소독실을 통과해야 하나 생각했지만 연구소 현관에는 그런 게 없었고, 이중 자동문 너머는 도서관에라도 들어온 것 같은 인상을 풍기는 로비가 있었다.

"……."

로비에 발을 들인 교스케는 놀라서 그 자리에 멈춰 섰다. 12명 정도의 남녀가 웃는 얼굴로 교스케 일행에게 박수를 보냈기 때문이다. 흰 가운을 입은 사람도 있었지만 절반 정도는 그렇지 않았다. 우메자와가 싱글벙글 웃으며 세 사람을 돌아봤다.

"어디 보자…… 전부 다 있는 건 아닌 듯하지만 여기 류오 대학 바이러스 연구소 직원과 연구원입니다. 세 분은 이 건물 6층에서 생활하게 되시지만 출입은 여기나 옆쪽의 출입구를 통해야 해서, 연구소 안에서 이동하실 때 얼굴을 마주칠 일도 많을 겁니다. 그러니 일단 이 사람들이랑 대면하시는 게 좋을 듯해서요."

연구원들을 둘러보았다.

연령대는 제각각이었다. 풍채가 좋은 백발의 남성도 있노라면, 크레이프라도 물고 거리를 걸어 다닐 것 같은 여성도 있었다. 이 모든 사람들이 교스케 일행을 보고 있었다.

왠지 모르모트가 된 것 같은 기분이 들었다. 아니, 실제로 그럴지도 몰랐다. 여기에 있는 이 사람들에게 교스케 일행은 연구 대

상이리라. 드래건바이러스에 감염돼 정체모를 후유증을 떠안게
된 샘플인 것이다. 저들에게 세 사람은 고바타 고조가 보살피던
커스터 장군과 같은 존재일지도 몰랐다.

문득 옆에 선 메구미에게 눈길을 줬다.

메구미의 눈에는 이 연구원들이 어떻게 비춰질까? 고바타 고
조도 3개월 전까지는 여기서 일하고 있었다. 메구미에게 이곳은
결혼 약속까지 나눈 남자가 일하던 곳이었다.

교스케의 시선을 눈치 챈 메구미가 고개를 돌렸다. 기분 탓인
지 메구미의 얼굴이 쓸쓸해 보였다.

우메자와의 신호로 젊은 남자 한 사람이 앞으로 걸어 나왔다.
위는 흰 티셔츠를 입었지만 아래는 위장 도색이 된 바지를 입고
있었다. 통통한 체형을 보면 딱히 외인부대를 동경하는 것은 아
닌 듯했다. 아마도 아직 학생일 터였다.

"어, 하코자키 준인데요. 생체반응 연구 그룹 소속입니다. 6층
의 개조한 방을 안내해 드릴 테니, 잘 부탁드리고요."

하코자키 준이 꾸벅 인사를 하자 맞은편 갤러리에서 "좋아! 제
대로 인사했다."라고 놀리는 목소리가 들려와서, 로비는 웃음바다
가 되었다.

로비 왼쪽에 엘리베이터 두 대가 있었다. 하코자키는 그 버튼
을 누르고 열린 문 안으로 성큼 들어갔다. 놀리는 동료들에게서
도망치려는 듯이 보였다.

"위로 갈 거예요."

하코자키가 문을 누르면서 말하자 교스케 일행은 왠지 모르게
서로 얼굴을 마주 보면서 엘리베이터 안으로 들어섰다. 메구미의

얼굴이 웃음을 띠고 있었다.

우메자와와 아키노가 마지막으로 탄 다음 문이 닫혔다. 연구원들의 시선이 문 너머로 가려지자 교스케는 자기도 모르게 한숨을 토했다.

사실 교스케는 의료진이 준비해 뒀다는 거주 공간에 별반 기대를 갖고 있지 않았다. 사전 설명에 따르면 6층은 자재실로 사용하던 곳이었던 듯싶었다. 즉, 창고를 구획을 나눠 사람이 생활할 수 있는 방으로 억지로 개조한 것이다. 가구 같은 걸 놔둔다고 해도 어차피 창고는 창고이겠거니, 그렇게 생각했었다.

하지만 안내받은 6층을 보고 교스케는 깜짝 놀랐다.

엘리베이터에서 내리고 대나무를 짜서 만든 가리개 용도의 파티션을 지나자, 깔끔한 라운지 같은 공간이 나왔기 때문이다. 창문은 두툼한 커튼으로 빛을 가려 뒀지만, 방 전체가 부드러운 조명으로 차 있었다.

우측에는 거대한 TV 스크린이 벽에 박혀 있었고, 그 앞에 낮은 유리 테이블과 긴 소파, 원통형 스툴이 놓여 있었다. 라운지 중앙에는 탄탄하게 짜인 목제 테이블이 설치돼 있었고 그 주변에는 다리가 여섯 개 달린 의자가 배치돼 있었다.

연한 연지색 벽지는 누구 취향인 걸까? 정신을 차려 보니 카펫도 약간 짙은 연지색을 바탕으로 하고 있었다.

"음, 여기는 같이 쓰실 공간이니 자유롭게 사용하시면 되고요."

하코자키는 테이블 너머로 손가락을 가리켰다.

거기엔 약간 작은 시스템키친이 설비돼 있었다.

"제대로 물이라든가 온수도 나오고요."

하코자키는 말하면서 테이블을 돌아서 들어가 싱크대의 수도 꼭지를 틀어 보였다. 옆의 커다란 냉장고도 열어서 보여 줬다. 음식이랑 약간의 식재료가 채워져 있었다.

"남쪽, 그러니까 이쪽인데요, 문 세 개가 여러분이 각자 쓰실 개인실입니다."

하코자키가 왼쪽을 손가락질으로 가리키며 말했다.

하코자키의 말대로 왼쪽 벽에는 문 세 개가 간격을 두고 나란히 있었다. 그 손잡이에서 비닐봉지를 떼어 냈다.

"음, 그리고 어느 방을 누가 쓰느냐는 저희가 정해 두지 않아서요. 서로 상의하시든가 가위바위보를 해서 정하시면 되고요."

"아, 어느 방을 쓸지 저희가 자유롭게 결정해도 되는 건가요?"

교스케가 묻자 하코자키는 침을 삼키듯이 고개를 끄덕였다.

"그렇죠. 저희가 정하는 건 민주적이지 않아서요."

하코자키의 어투를 더는 못 참겠지 메구미가 풉, 하고 웃음을 터뜨렸다. 눈길을 돌린 그에게 메구미는 입을 가리고 "죄송합니다."라며 고개를 저었다.

"그래서, 이것 말인데요. 여기에 들어 있는 카드가 일단 방 열쇠입니다."

하코자키는 손에 쥔 비닐 봉투를 들어 보였다.

"아아, 카드키로군요."

"맞아요. 오늘은 현관을 열어 놔서 그냥 들어오셨지만 보통은 카드가 없으면 연구소 자체에 들어올 수 없으니까요. 이 카드, 방뿐만이 아니라 현관이나 출입구에서도 사용하는 거니 잃어버리지 마시고요."

말을 마친 하코자키는 비닐 봉투를 문고리에 다시 걸어 놨다.

"아, 그리고…… 어떤 방을 쓸지 정하셨으면 등록을 해야 하는데요. 1층 사무실…… 그러니까 아까 들어온 현관 오른쪽으로 가면 있으니까, 거기에 카드를 들고 가서 전해 주세요. 컴퓨터에 등록하는 것뿐이라 금방 끝날 겁니다."

"그렇군요."

교스케는 엘리베이터 정면 벽에 있는 두 개의 문에 시선을 던졌다.

"저 문은 뭡니까?"

또다시 하코자키가 침을 삼키듯 고개를 끄덕였다.

"진료실입니다. 개인 상담실이라고 생각해 주시면 될 거 같네요. 상담 일정은 나중에 선생님과 결정하시는 걸로."

"저 방은 열쇠가 필요 없는 거죠?"

"필요 없어요. 개인실만 필요해요."

"저기." 하는 목소리가 들려 교스케는 뒤를 돌아봤다. 우메자와가 씨익 웃으며 머리를 긁었다. 교스케는 거기에 우메자와와 아키노가 있다는 사실을 까맣게 잊고 있었다.

"이제 방을 보셨으니 여기를 여러분이 생활할 거점으로 삼을지 어떨지 최종 결론을 듣고 싶습니다. 전에도 말씀드렸지만, 희망사항, 요구사항이 있으시면 주저하지 말고 말씀하세요. 아, 그리고, 하코자키의 설명을 좀 보충드리죠."

말을 하면서 우메자와는 TV 스크린 쪽으로 걸어갔다. TV 옆벽에 작은 인터폰 같은 게 달려 있었다.

"이건 긴급한 상황이 벌어졌을 경우에 연락을 취할 때 사용하시면 됩니다. 어떤 일이든 누군가 사람을 부르고 싶으실 때, 이 버튼을 누르세요. 경비실과 사무실로 연결됩니다. 사무실은 밤에는 아무도 없는 때도 있습니다만 경비실은 24시간 사람이 있습니다. 이것과 동일한 게 개인실에도 각각 설치돼 있으니 근처에 있는 걸 사용하시면 됩니다."

교스케는 소파로 걸어가 시험 삼아 거기에 앉아 봤다. 앉았을 때 느낌이 나쁘진 않았다.

권유한 건 아니었지만 메구미도 다가와 교스케 옆에 나란히 앉았다. 앉기 무섭게 메구미는 커다란 한숨 같은 걸 내쉬었다. 시선을 던지니 메구미는 교스케에게 고개를 끄덕여 보였다. 그 끄덕임의 의미는 알 수 없었다.

오키쓰는 의사와 간호사 옆에 멍한 표정으로 서 있었다. 급격한 환경 변화에 당황하고 있는 것이리라. 그 기분은 교스케도 마찬가지였다. 그는 우메자와에게 눈길을 돌렸다.

"질문해도 됩니까?"

"하시죠."

"상담이라셨는데, 어떤 페이스로 진행됩니까?"

"시간대라면 말씀을 나누고 정하고자 합니다만, 최저 매일 1시간 정도를 채워서 진행하려고 합니다."

"그 외의 생활은 자유인가요?"

"네. 일을 하셔도 되고 물론 외출하시는 것도 자유입니다. 다만, 보안 문제가 있으니 여기로 손님을 초대하시는 건 곤란합니다. 그리고 여기와 1층 현관, 사무실을 제외하고는 기본적으로 연구소의 다른 곳으로는 들어가지 마십시오. 알고 계시다시피 여기는 바이러스 연구소입니다. 꽤나 위험한 바이러스도 취급하고 있습니다. 최대한 안전을 기하고 있습니다만, 만일의 사태가 발생하면 안 되니까요."

메구미가 교스케 옆에서 또 한숨을 쉬었다. 오키쓰는 카운터 쪽 의자에 앉아 있었다.

"그리고 여러분께는 용뇌염 후유증과 관련된 진찰, 상담을 진행하는 것과 동시에 그 과정에서 수집한 정보를 저희들에게 제공하는 것을 동의하셔야 합니다. 사무실 쪽에 형식적인 동의서를 준비해 놓고 있으니, 카드를 등록하러 가실 때 한번 읽어 보시고 서명, 날인을 부탁드립니다. 아, 인감이 없으시면 물론 지장도 상관없습니다."

우메자와도 서 있기에 지쳤는지 유리 테이블 맞은편에 있는 스툴로 이동해 걸터앉았다.

"그리고 그 동의서에도 쓰여 있습니다만, 여러분께는 귀중한 데이터를 얻기 때문에 그 보수랄까, 생활비 플러스 알파를 지급해 드릴 겁니다."

"네……?"

옆에서 메구미가 말했다.

"돈…… 받는 건가요?"

"당연하죠."

"여기에 거주하는 것 말고도요?"

우메자와는 빙긋 웃어 보였다.

"아까도 말씀드렸습니다만, 여러분 덕택에 많은 사람을 구할 수 있었습니다. 그리고 여러분의 후유증에 관한 정보에는 보수를

145

지급할 만한 가치가 있죠. 여기서 생활하시더라도 식료품을 사거나 의류를 사거나, 생활비는 필요하잖습니까."

"……"

교스케는 메구미와 얼굴을 마주 봤다.

"아, 잊을 뻔했군요."

우메자와가 교스케를 보고 바로 앉았다.

"나카야 씨 자동차를 뒤쪽 주차장에 옮겨 놨습니다. 허락 없이 그랬습니다만, 출판사 쪽에 맡기신 열쇠를 빌려서 이쪽으로 이동시켜 놨습니다. 여러 가지로 이동 수단이 필요할 테니까."

우메자와는 그렇게 말하더니 호주머니에서 사무봉투를 꺼내, 교스케에게 건넸다. 봉투를 열어 내용물을 흔들어 꺼내 보니, 바로 교스케의 자동차 열쇠였다.

교스케는 자기도 모르게 메구미에게 눈길을 돌렸다. 메구미는 작게 한숨을 토했다.

16

더할 나위 없다는 건 바로 이런 걸 두고 하는 말일 터였다.

우메자와와 아키노, 그리고 연구원 하코자키가 떠나고 나서 교스케 일행 셋은 준비된 개인실 문을 열어 봤다. 비닐 봉투에 들어 있던 카드키를 문손잡이 위 슬럿에 꽂아 넣자 찰칵하는 작은 소리와 함께 빗장이 풀렸다.

"짱이다……."

메구미가 속삭인 말은 결코 과장되지 않았다.

세 개의 방은 모두 동일했다. 인상이라면 꽤 고급인 가구가 딸린 원룸 맨션이랄까. 다다미 여덟 장 정도 넓이의 거실에 아담한 부엌, 욕실, 화장실이 있었다.

침실에는 담담한 색조의 침구가 완비돼 있었고 부엌에는 기본적인 조리기구가 모두 갖춰져 있었다. 냉장고와 전자레인지뿐만 아니라 푸드 프로세서까지 마련돼 있었다.

병원에서 준비해 줬으니 당연할지도 모르겠지만 욕실과 화장실은 밝고 청결한 느낌이 가득했다. 세탁기도 큰 게 설치돼 있었고, 옷장도 꽤나 컸다. 개인실에도 TV가 있고 책상이 놓여 있었다. 그런데도 협소하지 않았다. 오히려 혼자 살기에는 충분한 크기였다.

세 방 모두 안쪽은 동일했으니 굳이 골라야 할 이유는 위치밖에 없었지만, 레이디 퍼스트로 메구미가 가장 안쪽 방을 골랐다. 오키쓰가 자기가 서 있는 쪽에 가까운 방을 골랐기 때문에, 교스케는 한가운데에 있는 방을 쓰게 됐다.

의료팀의 제안을 거절할 생각은 누구도 하지 않았다. 거절할 이유가 어디에도 없었기 때문이다. 모르모트로 이용하겠다면, 부디 내키는 대로 하라는 마음이 들었다.

용뇌염 **후유증**에는 세 사람 다 공포감을 가지고 있었다. 상식을 벗어난 능력은 스스로 감당할 수 없을 정도로 무거웠다. 미래에 불안을 느끼는 건 오키쓰뿐만이 아니었다. 그렇다면 의료팀의 지시를 따르면서 **후유증**과 맞서는 게 훨씬 나았다.

결국 순식간에 세 사람은 결론을 내렸다. 그리고 이 결론이 유일한 것이라는 확신을 심어 주는 사건이 그로부터 며칠 뒤에 벌어졌다. 그것은 세 사람에게 꽤나 충격적인 현실을 알게 되는 일이기도 했다.

연구소 6층에 준비된 방에는 생활에 필요한 게 대부분 갖춰져 있었지만, 그런데도 각자 입원 전까지 써 왔던 물건들을 이삿짐을 싸서 들고 올 필요가 있었다. 세 사람 다 그다지 커다란 물건은 없었으므로, 교스케의 자동차로 옮기기로 했다.

연구소로 이사한 지 사흘째 되는 날, 달력은 10월로 바뀌었고 세 사람은 한데 모여 오치아이 메구미네 자택으로 향했다.

메구미는 뇌염으로 가족 전부를 잃었다. 당연한 일이지만 아무도 없는 집의 전화는 걸어 보아도 받는 이가 없었고, 직접 가 보는 수밖에 없었다. 메구미의 안내에 따라 자동차를 운전했다. 고후 시 남쪽 외곽, 후에후키가와 너머에 작은 세공 공장 일대가 있었다. 그 구획에 메구미의 자택이 있을 터였다.

"어, 뭐야……"

좁은 길을 오른쪽 왼쪽으로 나아간 끝에, 낡은 민가를 양쪽에 낀 공터가 있었다.

"거짓말…… 어떻게?"

자동차에서 내린 메구미는 넋을 잃은 표정으로 공터에 섰다.

"왜? 무슨 일이야?"

다른 차가 오면 비켜 줘야 하겠다고 생각하면서 자동차를 길가에 바짝 세우고, 교스케도 운전석에서 내렸다.

"우리 집이, 없어……"

"……"

교스케는 공터와 그 주위를 둘러봤다.

"여기야?"

물어보니 메구미는 작게 끄덕였다.

그다지 넓지는 않았다. 빈터가 된 땅은 좁아 보인다고는 하지만 그 공터는 정말로 작았다. 양쪽 민가 사이에서 이가 하나 빠진 것처럼 보였다.

집이 없어졌다고?

바로 그때 옆집 현관이 열리더니 중년 여성이 길가로 나왔다. 메구미가 정신을 차리고 여성에게 달려갔다.

"아주머니······!"

부인은 흠칫 놀란 표정으로 메구미를 돌아봤다.

"왁!"

그렇게 소리를 지르더니 부인은 방금 나온 집으로 뛰어 들어가 문을 잠갔다.

"아주머니! 메구미예요. 오치아이 집안 딸인 메구미라고요!"

잠긴 문을 두드리며 메구미는 부인을 불렀다.

"어디로 가 버려! 병 옮는단 말이야!"

"나았어요. 더는 옮기지 않아요. 괜찮다고요."

"무슨 말을 하는 거야! 남편도, 아저씨도 너희 가족한테 옮아서 죽었단 말이야! 이 살인자!"

"······."

메구미는 양손으로 입을 가렸다.

"두 번 다시 알짱거리지 마! 또 소독해야겠네. 꺼져, 괴물!"

교스케는 메구미에게 걸어가 등에 손을 얹었다. 가냘프게 떨리는 메구미의 어깨를 교스케는 살짝 안았다. 건넬 말조차 떠오르지 않은 채 메구미를 차로 데리고 갔다. 조수석에 앉힌 뒤 자동차를 돌아 운전석에 앉자, 뒷좌석에 앉아 있던 오키쓰가 괴로운 표정으로 고개를 저었다. 여기 있어 봤자 될 게 아무것도 없다고 생각한 교스케는 자동차를 출발시켰다. 그 순간 무너져 내린 듯, 메구미가 엉엉 울기 시작했다.

고후 중심지를 향해 달려가다가 커다란 스포츠 공원을 발견해 거기에 차를 세웠다.

메구미가 계속 울고 있어서, 교스케는 대신 시청 전화번호를 눌렀다. 몇 번을 돌려 받은 끝에 결국 알게 된 것은 이런 경위였다.

메구미 가족이 전부 용뇌염에 감염된 이후 그녀의 집은 완전한 소독 처치를 시행했다는 것.

구석부터 구석까지 집 전체를 거의 소독약에 절이다시피 철저하게 조치를 취했는데도, 인근 주민들은 납득하지 않았다. 오치아이 메구미가 바이러스를 뿌렸다는 소문이 퍼지자 어디서라고 할 것도 없이 오치아이의 집을 태워 버리라는 주장이 나오기 시작했다. 나머지 가족이 전부 용뇌염으로 죽었고 딸도 병원에 입원한 채 나오지 못하는 상태이니, 병을 확산시킨 집을 처리하는 일은 시에서 해야 한다며 사람들이 연일 시청에 밀려들었다. 메구미네는 세입자였던 터라 집주인까지 비난을 받게 됐다.

내버려 뒀다가는 누가 불을 지를 위험성이 있었다. 건물이 빽빽하게 들어선 곳에 화재가 발생해서는 안 된다고 판단해 최종적으로 집주인이 결단을 내렸다.

집은 완전히 해체돼 가재도구를 포함해 전부 소각됐다. 건물을 부순 뒤에는 맨땅의 흙마저 태워 버렸다.

"시에서 맡고 있는 오치아이 씨의 은행 계좌가 있습니다. 유족께서 수속을 하시면 넘겨 드릴 수 있습니다만 건물 해체, 소각에 든 비용을 집주인에게 지불하게 될 테니 실제로 남는 금액은 얼마 안 될 거예요."

너무나도 지독한 처사였다.

메구미는 존재 자체가 말살된 것이다.

다만, 그건 메구미뿐만이 아니었다.

오키쓰 시게루가 입원했던 양로시설은 그가 지내던 방을 벌써 다른 입소자에게 배정해 뒀다. 오키쓰의 물건은 한데 묶어 창고에 넣어 둔 모양이었지만, 예금 통장을 포함해 값나가는 물건은 전부 빼돌려져 분실된 상태였다. 누가 빼돌렸는지는 전혀 알 수가 없었다.

교스케도 사정은 크게 다르지 않았다.

도쿄 아사가야의 아파트는 다음 임대인을 찾지 못한 채 봉쇄돼 있었다. 용뇌염에 감염된 이후로는 아파트에 다녀가지 않았는데도 집 안은 약에 전 상태가 될 정도로 소독된 데다 봉쇄된 모양이었다. 당연히 안쪽의 가재도구는 전부 쓸 물건이 못 됐다.

바이러스 연구소 6층을 거주지로 마련해 주지 않았더라면 교스케도 메구미도 오키쓰도 돌아갈 곳조차 없는 상태였던 것이다. 이렇게 돼 있었다는 사실을 이 3개월 동안 아무도 알려 주지 않았다.

의사는 그들이 드래건바이러스의 유행을 종식시키고 많은 사람들을 구했다고 말했었지만, 세간에서는 세 사람을 그런 식으로 보고 있지 않았다. 교스케 일행은 오물이었다. 세상 사람들에게 그들은 말살해야 할 존재였다.

격리상태가 해제된 순간, 교스케 일행은 이러한 현실을 보게 됐다.

드래건바이러스는 교스케 일행들로부터 모든 것을 앗아갔다. 남은 것은 정체 모를 후유증뿐이었다.

이 쇼크는 한동안 세 사람을 떠나지 않았다.

17

상담의 나날이 시작됐다.

세 사람에게는 담당 상담의가 각각 둘씩 배정됐다. 교스케의 경우 정신과 의사와 뇌과학 전문가를 소개받았다. 정신과 의사인 사쿠라이 이쿠요는 살짝 통통하고 활기 찬 아줌마였고, 다른 의사인 니시키도 도시히데는 가부키 배우 같은 얼굴을 한 젊고 멋진 사내였다.

현실을 마주했을 때 받은 쇼크는 사라지지 않았지만 교스케 일행은 셋 다 상담에 힘을 쏟았다. 사실 힘을 쏟았다기보다는 현실에서 조금이라도 떨어지기 위해서 그럴 수밖에 없었다.

상담이라기보다는 오히려 트레이닝 같은 모양새로 진행됐다. 메구미나 오키쓰도 마찬가지였던 듯하지만, 상담사가 고민을 듣고 문제를 해결하는 쪽으로 이끌어 주는 게 전혀 아니라 용뇌염 후유증으로 얻은 교스케의 능력을 분석해 확인하고 끌어내는 데

주안점을 두고 있는 듯했다.

매일 최저 1시간이라고 들었지만 2~3시간은 당연하다는 듯이 들었고, 때로는 5시간 가까이 세션이 이어졌다. 적극적인 분석과 트레이닝은 교스케의 능력을 착실하게 키워 갔다.

"오늘은 나카야 씨의 투시를 어느 정도 제어할 수 있는지, 통제할 수 있는지를 시험해 보죠."

진찰실 의자에 앉아 있는 교스케에게 니시키도가 말했다. 니시키도는 교스케 옆에, 사쿠라이 이쿠요는 정면에 앉아 있었다.

"통제요……? 하고는 싶지만."

"우선 어제처럼, 이를테면 사쿠라이 선생님을 평범하게 투시해 보십시오. 그래서 투시한 이미지가 나타나면 그 영상 속에서 나카야 씨가 움직일 수 있는지 어떤지를 봅시다."

"움직일 수 있는지…… 어떤지요?"

"자, 어제 영상에서는 그 자리에 나카야 씨 본인도 있는 것 같다고 말했잖아요."

정면에서 이쿠요가 얼굴을 들이밀었다.

"네."

"이를테면, 나를 투시해서 그런 나를 보고 있는 나카야 씨가 내 주변을 걷거나 정면에서 보던 걸 등 뒤쪽으로 돌아가서 볼 수 있는지, 뭐 그런 거 말예요."

"하하, 그렇군요."

말한 대로 투시 영상에는 교스케 자신이 가담해 있었다. 어딘가에 서서 그 광경을 바라보고 있는 감각인 것이다. 확실히 지금까지 그 시점을 자신의 의지로 움직여 본 적이 없었다.

교스케의 머리에는 네트가 씌워져 있었다. 네트는 두피 여기저기에 붙인 전극을 고정하기 위해서 씌운 것으로, 목 뒤쪽으로는 가느다란 코드가 무수히 늘어져 있었다. 머리뿐만이 아니라 전극은 오른손의 손등에도 붙여져 있었다. 뇌파를 측정하고 있는 것이다. 교스케의 뇌파는 실시간으로 컴퓨터에 입력돼 갔다.

교스케는 작게 헛기침을 한 번 하고는 정면의 사쿠라이 이쿠요를 바라봤다. 이쿠요도 진지한 눈으로 교스케를 보고 있었다.

꽤나 요령을 터득하고 있었지만 처음 10초 정도는 아무런 영상도 보이지 않았다.

상대방을 바라보고는 자신의 기분을 그 상대방을 향해 조금 밀어 보았다. 잘 되는 경우는 아직 20회에 1회 정도였다.

"아야!"

이쿠요의 비명에 깜짝 놀란 교스케는 그녀를 다시 봤다.

어느 방 안이었다. 분위기로 보자면 이쿠요 본인의 방일 터였다. 그녀는 분홍색 파자마를 입고 바닥에 주저앉아 있었다. 무릎 사이에서 갈색 아기 고양이가 이쿠요를 올려다보고 있었다.

"발톱 세우면 아프단 말이야. 응, 발톱 세우면 안 돼. 자, 봐 봐, 피가 나 버렸잖아."

교스케는 아까 들었던 말을 생각하고는 자신이 서 있는 위치를 확인했다. 시험 삼아 주변을 둘러봤다. 꽤나 소녀 취향의 방이었다. 이쿠요 본인은 꽤나 나이를 먹은 것 같은데 정말로 그녀의 방인 걸까. 방의 거의 전부가 분홍색 톤으로 채워져 있었다. 게다가 침대 위에는 동물 봉제인형이 줄줄이 늘어서 있었다.

아무래도 그 장면에서 보고 싶은 장소를 보는 것은 가능한 듯했다. 다음으로 둘러보는 게 아니라 자신의 위치를 움직여 보기로 했다.

마음속으로 자신을 옆으로 비껴 보았다.

갑자기 이쿠요의 방에서 시계(視界)가 튀어나갔다. 꽤나 놀랐지만 그대로 계속해 이동해 봤다. 벽을 뚫고 나가 계단을 내려가와식 방으로 들어갔다. TV 앞에서 노부부가 차를 마시고 있었다. 그곳을 더욱 지나가 집 바깥까지 뛰쳐나오고 말았다. 돌아가려고 반대 방향으로 마음을 비끼자 그대로 현실로 돌아와 버렸다.

"어땠어요?"

곧바로 니시키도가 교스케 쪽으로 얼굴을 들이밀었다.

교스케는 두 사람에게 고개를 끄덕여 보였다.

"움직일 수 있어요."

"움직일 수 있군요."

"컨트롤까지는 못하지만, 움직이려고 했더니 생각지도 못했던 곳까지 벗어나 버렸어요."

"벗어났다…… 그런 감각인 건가요."

"저기, 무얼 봤나요?"

이쿠요가 교스케의 팔을 두드렸다.

"본 게 언제적인지 판단할 만한 근거가 부족하지만, 사쿠라이 선생님은 본가에서 살고 계시나요?"

"아, 네…… 그렇습니다만."

"갈색 고양이와 장난치며 놀고 계셨습니다. 분홍색 방에서요."

에엣, 하고 이쿠요보다도 먼저 니시키도가 반응했다.

"분홍색 방이라고요?"

이쿠요가 에헴, 에헴 헛기침을 했다.

"으음, 설마, 제가 험한 꼴로 있던 건 아니겠지요……?"

교스케는 빙긋 웃어 보였다.

"험한 꼴은 아니었습니다. 분홍색 파자마를 입고 계셨어요."

니시키도가 신음했다.

"오오오…… 취향에 일관성이 있으시네요."

그러자 이쿠요가 웃으면서 니시키도의 어깨를 잡아당겼다.

어떤 의미로, 이것 역시 심리상담인지도 모른다고 교스케는 생각했다.

이들 덕분에 투시하는 것에 거부감이 없어졌다. 자신의 능력이 이상하다고 생각할 필요도 없어졌다.

다시 말해, 자신이 안고 있던 가장 큰 고민이 확실히 해소돼 가고 있는 것이다. 이들이 실시해 주고 있는 것은 보다 효과적인 치료인지도 몰랐다.

연구소에서의 생활이 시작된 지 닷새째, 라운지에서 커피를 끓이고 있는 교스케에게 오키쓰가 다가왔다.

"오키쓰 씨도 드시겠어요?"

"아아, 좋네. 마시지."

말하면서 오키쓰는 테이블에 착석했다. 뜨거운 커피를 부은 컵을 오키쓰의 앞에 놓았다.

"뭔가 하실 말씀이 있는 것 같은데요."

교스케가 말을 건네자 오키쓰는 커피를 바라보며 끄덕였다.

"이전부터 계속 신경 쓰이는 건데, 사카베 씨……아니, 사카베 선생은 그 뒤로 전혀 모습을 보이지 않는군."

"아, 그렇군요."

커피를 한 모금 마시고 오키쓰에게 다시 시선을 던졌다.

"자네의 투시 능력을 의심하는 건 아니지만, 사카베 선생이 매스컴에 정보를 흘렸다는 건 정말일까?"

"의심하셔도 물론 상관없습니다. 저 스스로도 진짜가 아니라고 생각할 때도 있으니까요."

"아니…… 밤에 병원 매점에서 전화를 걸었다고 했었지? 목소리를 변조해서."

"그렇죠, 제가 봤던 건 그런 광경이었습니다."

"그거 말인데, 내가 아닐까 하는 기분이 들어."

무슨 말인지 알아듣지 못하고 오키쓰를 바라봤다.

"그날 밤 매점에 숨어들어 매스컴에 전화를 건 기억이, 나한테는 있단 말이지."

무마하려는 듯한 웃음이 오키쓰의 입가를 일그러뜨렸다. 노인은 인상을 쓰고 바라보는 교스케에게 겸연쩍다는 웃음을 지은 채 고개를 저어 보였다.

"나 스스로도 잘 모르겠지만 말이야."

"아니, 그…… 전화를 거셨다는 건, 우리들의 **후유증**에 대해 오키쓰 씨가 매스컴에 흘렸다는 말인가요?"

고개를 끄덕이면서 오키쓰는 커피 컵을 손으로 잡아끌었다.

"물론 연금된 몸으로 1층으로 빠져나가는 건 불가능하지. 그래서 꿈을 꿨던 거라고 생각했어. 그런데 그게 자네가 말한 투시와 너무나도 일치하는 게 아닌가. 그래서 계속 묘한 기분이 사라지지 않고 있어."

"그건, 그러니까, 저랑 같은 능력을 갖고 있으시단 말 아닌가요?"

"나도 투시를 했다는 건가?"

"네. 오키쓰 씨께도 그런 능력이 있다고 해도 이상할 게 없잖습니까?"

"글쎄, 그건 아닌 것 같은데. 사실은 사카베 선생 때만이 아닐세. 가끔 내가 내 자신을 빠져나가 있는 것 같은 기분이 드네."

"자신을 빠져나간다고요?"

오키쓰는 컵을 입으로 옮겨 커피를 한 모금 마셨다. 컵을 테이블에 내려놓고는 교스케에게 시선을 던졌다.

"나도 잘 모르겠어. 뭐가 어떻게 된 건지. 그래서 자네가 나를 투시해 주면 어떨까 생각했네."

"……."

"이를테면, 사카베 선생이 정보를 흘렸다는 날 밤, 그때와 동일한 시각의 나를 투시하는 건 불가능한가?"

"같은 시각……."

"그게 가능하다면 밤에 매점에 숨어들어 간 게 나인지, 아니면 내가 꿈을 꾸고 있었을 뿐인지 알 수 있을지도 모르네."

교스케는 머리를 쓸어 올리며 신음했다.

"분명 컨트롤하는 연습은 하고 있습니다. 투시도 전보다는 어느 정도 컨트롤이 가능해졌지만 그래도 정해진 시간의 광경을 보는 건 시도해 본 적이 없어서요……."

"시험해 보는 것도 재미있지 않겠나?"

교스케는 싱긋 미소 짓는 오키쓰를 마주 쳐다봤다.

오키쓰는 점점 젊어지고 있었다. 지금의 오키쓰는 교스케보다

몇 살 선배라고 소개해도 의심받지 않을 정도가 돼 있었다. 다만 말투만큼은 가끔 노인 투가 묻어났다.

한숨을 쉬며 고개를 끄덕이자 오키쓰는 빙긋 웃고 의자째로 교스케 쪽을 향해 바로 앉았다.

교스케는 양손으로 얼굴을 쓱쓱 문지르고 심호흡을 한 번 하더니 오키쓰의 눈 속을 들여다보았다.

"……."

사카베가 폐점한 매점에 숨어들어 가서 여러 매스컴에 전화를 걸었던 것은 열흘 전, 9월 24일의 심야였다.

어떻게 하면 투시의 일시를 한정할 수 있을까. 애초에, 그런 게 가능하기는 할까?

교스케는 오키쓰의 눈을 바라보면서 자신의 마음을 그 눈 안쪽으로 **밀었다**. 제대로 안 돼서 몇 번이고 반복했다. 꽤나 요령을 터득했는데도 마지막에 어느 정도로 조절해야 하는지 알 수가 없었다. 어느 정도 힘을 실을 필요가 있지만 너무 강하게 **밀더라도** 투시에 들어갈 수 없었다. 적절한 힘 조절을 찾는 게 맨 처음이자 최대 난관이었다.

"화면 중앙의 둥근 부분이 파랗게 빛나면 버튼을 누르세요."

갑자기 디스플레이 모니터 너머로 흰 가운의 젊은 의사가 말했다. 오키쓰는 오른손을 책상 위 버튼 위에 올리고 모니터를 바라보며 끄덕였다. 상담실 안이었다.

"빨갛게 빛나거나 녹색이거나 노란색이거나, 여러 가지 색으로 변합니다만 파랗게 변했을 때에만 버튼을 눌러 주세요. 아셨죠?"

아무래도 반사신경 테스트 같은 걸 하고 있는 모양이었다. 곁

보기로는 계속 회춘하고 있는 오키쓰가 신체능력이나 반사 신경 같은 것도 회춘하고 있는지 측정하는 것일 터였다. 오키쓰는 모니터를 바라보면서 버튼을 눌렀다. 정말로 즐거워 보였다.

'있어 보자.'

교스케는 버튼을 누르고 있는 오키쓰를 바라보면서 생각했다.

지금 보고 있는 것은 비교적 최근의 오키쓰의 모습이었다. 어제인지 그제인지…… 언제가 됐든 최근 며칠 내에 실시된 오키쓰의 상담을 투시하고 있었다. 그건 알고 있었지만 일시를 특정할 수가 없었다.

적어도 시간을 알아보려고 교스케는 상담실 안을 둘러봤다. 벽에 시계 같은 건 걸려 있지 않았다. 책상 위에는 컴퓨터가 두 대 올려져 있었고 그중 모니터 한 대와 오키쓰가 격투를 벌이고 있었다. 다른 한 대는 노트북으로, 이건 여자 의사가 다루고 있었다. 컴퓨터 화면에는 현재 시각이 표시돼 있다는 사실을 생각해 내고 여의사 쪽으로 초점을 옮겼다.

컴퓨터 옆에 빨간 휴대전화가 놓여 있다는 걸 깨달았다. 닫혀 있기는 했지만 덮개 부분의 액정 디스플레이에는 시각이 표시돼 있었다. 좀 더 초점을 당기자 '10:37AM'이라고 표시된 아래 부분에 10월 3일이라는 날짜도 보였다. 아무래도 어제 오전 10시 37분인 듯했다.

투시 속을 공간이동하는 것은 어느 정도 가능해졌다. 스스로도 꽤나 잘한다고 생각하고 있었다. 다만 그다음이 문제였다. 공간을 이동할 수는 있어도, 시간은 가능할까?

오키쓰의 상담 장면을 바라보면서 침착하게 생각해 보기로 했다. 초조해할 필요는 없었다.

공간을 이동할 수 있다면 시간도 이동할 수 있다고 생각할 만하다. 그렇게 생각하기로 하자.

'시간을 이동한다.'

어떻게 하면 될까. 공간 이동과 같은 방법으로 하면 되려나? 공간을 이동할 때엔 투시하고 있는 대상을 바꿔 그곳으로 초점을 이동하는 듯한 감각을 느끼면 됐다. 지금도 멍한 상담실 광경에서 여의사에게 초점을 옮겨, 그다음으로 노트북 옆에 놓여 있던 휴대전화로 이동했다. 다시 말해 공간을 이동할 때에는 이동할 곳이 보인다. 하지만 지금 보고 있는 광경 속에 그 며칠 전의 광경은 보이지 않는 것이다. 초점을 이동시킬 대상이 어디에도 없었다.

괜히 휴대전화 덮개 디스플레이를 바라봤다.

시각이 표시돼 있었다. 10시 37분이었던 게 39분이 돼 있었다.

혹시…… 혹시, 이 시각 표시를 바꿀 수 있다면 투시하고 있는 일시도 옮길 수 있는 걸까?

'시계의 표시를 바꾼다.'

어떻게 하면 표시를 바꿀 수 있지?

교스케는 빨간 휴대전화의 덮개 디스플레이를 시험 삼아 **밀어** 봤다.

"됐어. 알았다고."

갑자기 주위의 광경이 바뀌어 교스케는 깜짝 놀라 주변을 둘러봤다. 어딘가 역의 개찰구인 듯했다. 아까 전의 여의사가 휴대전화를 귀에 대고 있었다. 발권기와 매점 사이 즈음이었다. 그녀의 복장은 흰 가운이 아니라 외출복이었다. 에스닉풍 원피스에

데님 소재 베스트를 입고 있었다. 도저히 의사로 보이지 않았다.

"기대 같은 걸 했던 내가 잘못했지."

의사는 휴대전화에 말하고는 큰 한숨을 쉬었다. 휴대전화를 쥐고 있는 그녀의 손에 가려 시각이 보이지 않았다. 문득 정신이 들어 옆 매점에서 팔고 있는 신문으로 눈길을 돌렸다. 초점을 맞춰 보니 거의 1년 전의 날짜가 찍혀 있었다.

"그러니까 알았다고 하잖아. 안 틀렸어. 내가 제멋대로 생각해 버린 것뿐이니까."

그렇게 말하더니 그녀는 휴대전화를 덮고 꽉 쥐었다.

교스케는 후우 한숨을 내뱉고 자신의 의식을 투시에서 라운지 테이블로 되돌렸다.

"어땠나?"

기다리고 있었다는 듯 오키쓰가 교스케 쪽으로 얼굴을 들이밀었다.

"뭔가 알아냈나?"

"아뇨."

교스케는 고개를 저었다.

"아직입니다. 조금만 더 시간을 주세요. 시간을 이동하는 힌트는 얻은 것 같은데 꽤나 어렵네요."

오키쓰가 고개를 끄덕였다. 컵을 집어 들고 커피를 마셨다.

교스케는 자신의 이마에 손가락을 짚었다. 천천히 손끝으로 이마를 쓸었다.

지금 투시 속에서 휴대전화를 밀었을 때, 시간이 1년 정도 앞으로 움직였다. 그에 따라 공간도 어딘가 역의 개찰구로 이동했다. 다만 그 공간이동은 휴대전화를 따라 움직인 것이다. 제멋대로 시간이 돌아간 게 아니었다.

포인트는 아무래도 이 **미는** 감각에 있는 것 같았다. 미묘하게 조절하는 게 어렵지만 감각적으로 **밈**으로써 시간이 과거로 이동한 것이다.

교스케는 천천히 숨을 들이쉬었다.

스스로가 고양된 상태라는 게 느껴졌다. 그건 자신의 능력을 컨트롤하는 핵심이 보이기 시작했다는 감각을 지금 느끼고 있기 때문이었다.

지금까지 교스케에게 투시는 툭 튀어나온 제멋대로인 환각에 불과했다. 생활 중에 갑작스럽게 나타나는 환각은 오히려 방해되고 귀찮기 짝이 없었다. 그 귀찮다는 생각이 한번에 사라지고 있었다.

'민다.'

그 자체는 지금에서야 안 게 아니었다. 투시를 하려고 할 때 먼저 하는 것은 대상을 **밀어** 보는 것이었다. 예전부터 몇 번이고 반복해 왔다.

그렇다. 애초에 **미는** 것은 투시를 시작하기 위한 절차가 아니었다. **미는** 것 자체가 대상의 시간을 거슬러 올라가게 만드는 것임을 교스케는 처음 알게 됐다.

그래서 휴대전화를 **밀었을** 때, 휴대전화의 시간이 과거로 이동한 것이다. **미는** 대상은 인간만 되는 게 아니었다.

'이를테면……'

교스케는 테이블 위의 커피 잔을 가까이 끌어 당겼다.

컵을 응시했다. 가볍게 그걸 **밀어** 봤다.

"이런 쪽이 더 나아요."

그 컵을 손에 들고 있는 것은 연구원인 하코자키 준이었다. 이류오 대학 바이러스 연구소 6층을 개조한 방을 처음 안내해 준 젊은 연구 스태프였다.

보아하니 하코자키가 있는 곳은 아무래도 백화점 같았다. 사기그릇 같은 게 늘어 놓여 있는 식기 매장인 듯했다. 그의 앞에는 약간 통통한 체형의 여성이 꽃무늬가 프린팅된 커피컵을 들고 하코자키를 보고 있었다.

"그러니까, 이렇게 무늬 같은 게 들어가지 않은 심플한 쪽이 질리지 않을걸요."

"준은 의외로 그런 취향이구나."

웃음을 건네는 여성에게 하코자키는 어깨를 으쓱해 보였다.

'그런가. 이 컵은 하코자키가 골라준 것이로군.'

교스케는 고개를 끄덕이며 의식을 원래대로 라운지로 되돌렸다.

투시는 상대가 인간인지 아닌지를 따지지 않았다. 마법인지 뭔지로 인해 갑자기 나타난 게 아닌 이상 모든 사물은 '과거의 시간'을 가지고 있다. **미는** 행위로 인해 교스케는 그 과거를 들여다보는 게 가능한 것이다.

이제는 그 **미는** 정도를 마스터하면 됐다.

확인해 보지는 않았으나 어느 정도 과거를 투시하는지는 **미는** '강도'에 따라 달라지는 게 아닐까 하는 생각이 들었다. 강하면 먼 과거를 투시하게 되고, 약하면 가깝게 된다. 그런 게 아닐까? 시험해 보기로 했다.

다시 한 번 커피 컵을 바라봤다. 바라보면서 다양한 정도를 시험해 봤다. 라운지와 투시 사이를 오가며 **미는** 강도를 바꿔 갔다. 투시 속에서 컵은 찬장에 들어가 있거나 공장 컨베이어벨트에 올려져 가마에서 구워졌다가, 종국에는 산속 바위로 돌아가기에 이르렀다.

날짜와 시각을 한정해서 그걸 투시하는 것은 무리지만 투시 속에서 시간을 전후로 움직이는 것은 더듬더듬이긴 하지만 어떻게든 가능하게 됐다.

'**미는** 힘을 미묘하게 변화시킨다.'

그것은 마치 요가의 호흡법을 훈련하는 것 같았다.

민다기 보다는 어딘가 조용히 숨을 토해 내는 이미지에 가까웠다. 거의 힘을 주지 않고 코끝에서 자연스럽게 숨이 흘러나가는 감각으로 대상을 받아들이면 마치 영상이 팔락거리며 거꾸로 돌아가는 것 같은 이미지로 시간이 역행했다. 너무 돌아갔다 싶을 땐 토해 낸 숨을 조용히 멈추고 천천히 들이쉬었다. 그러면 투시하고 있는 대상의 시간이 빨리 감기를 하듯 앞으로 나아갔다.

재미있었다.

주어진 능력을 컨트롤할 수 있다는 게 이렇게 감동을 줄 것이라고는 생각하지도 않았었다. 그건 처음으로 자신의 양발로 일어선 어린아이의 감동과 닮았는지도 몰랐다.

한동안 커피 컵을 가지고 논 다음, 교스케는 오키쓰에게 시선을 되돌렸다.

"꽤나 고민하고 있는 듯한데, 무리해서 어려운 문제를 부탁해서 미안하구먼."

교스케는 고개를 저었다. 아무래도 오키쓰에게는 **미는** 정도의 연습을 하고 있던 교스케가 그저 고민하는 것처럼 보였던 듯했다.

"아니에요, 꽤 파악이 됐어요. 제대로 되면 오키쓰 씨의 의문에 대한 대답도 발견할 수 있을지 몰라요."

말하면서 교스케는 오키쓰의 얼굴을 바라봤다.

"어려운 부탁을 들어 달라고 해서 미안하이. 무리하지 않아도 되니까."

"무리는 하지 않고 있어요. 괜찮아요. 해 보죠."

"……"

오키쓰는 천천히 고개를 끄덕이고, 부리부리한 눈으로 교스케를 바라봤다.

18

솜털을 입으로 부는 것처럼 부드러운 느낌으로 오키쓰를 **밀어**보자 그의 주변이 어지럽게 변화하기 시작했다.

어디까지나 닿은 듯 닿지 않은 듯한 부드러운 감촉이었다. 목표는 열흘 전 심야이지만 자칫 힘이 들어가 버리면 몇 년 전으로 이동해 버릴 터였다. **미는 듯 밀지 않는 듯** 미묘하게 힘 조절을 유지하면서 교스케는 오키쓰의 시간을 거슬러 올라갔다.

체감 속도라고 불러도 되는 걸까? 하루를 역행하는 게 약 1분 정도 걸리는 것처럼 느껴졌다. 천천히 이동하려고 했는데, 그런데도 시간 변화는 어지러울 정도였다. 엄청난 기세로 오키쓰의 세계가 계속해서 역행했다.

'어라……?'

나흘째 거슬러 갔을 때 오키쓰의 몸이 순간 흐려진 것처럼 보였다. 돌연 **미는** 것을 멈췄다.

오키쓰는 영화관 안에 있었다. 아무래도 액션 영화를 상영 중인 것 같았다. 스크린에서는 격렬한 자동차 추격전이 펼쳐지고 있었다. 다만 그런 신이 한창 진행 중인데도 오키쓰의 표정은 어딘지 졸린 듯했다. 영화관 안은 비어 있었다. 관객은 드문드문밖에 보이지 않았다.

'방금 전 광경은 대체 뭐였지?'

아주 잠깐이었지만 오키쓰의 몸이 크게 흔들리더니 동시에 그 주변 광경도 변화한 것처럼 보였다. 스크린의 영상이 투시에 섞여 들었던 걸까? 그런 것처럼도 느껴졌다.

시험 삼아 지나온 시간을 돌려보기로 했다. 아직 별로 익숙하지는 않지만 **미는** 게 아니라 천천히 숨을 들이쉬는 듯한 감각으로 오키쓰를 자기가 있는 쪽으로 **끌어당기는** 것이다. 투시 중인 세계가 기세 좋게 빨리 감기를 시작했다. 다음 순간 교스케는 시간 이동을 멈췄다.

"……."

눈앞을 걷고 있는 사람은 오키쓰가 아니었다. 슈트 상의를 한쪽 손에 걸고 영화관 앞의 보도를 큰 걸음으로 걷고 있었다. 어떤 회사의 영업사원인 걸까? 30대 전반인 것 같은 인상이었다.

'이건…… 대체 누구지?'

한동안 보고 있자니 남자는 빌딩 옆 주차장에 들어가 안쪽에 세워 둔 회색 왜건에 올라탔다. 들고 있던 재킷을 조수석에 내던 지고 화가 난 듯한 표정으로 난폭하게 시동을 걸었다. 약간 무모 하게 핸들을 놀리면서 주차장에서 도로로 향했다. 아, 하고 교스 케가 고개를 움츠린 순간 그 남자의 왜건은 주차장 출구 옆에 세 워져 있던 승용차에 범퍼를 긁었다.

하지만 남자는 그대로 주차장에서 도로로 나가 버리는 게 아 닌가. 그리고 더 놀랍게도, 남자는 도로에서 액셀을 한껏 밟았다.

왜건은 교통량이 많은 도로에 확인도 없이 뛰어들었다. 그 순 간 오른쪽에서 달려온 덤프트럭이 왜건 옆 부분과 격돌했다.

영화관 좌석에 묻히다시피 자고 있던 오키쓰가 충격을 받은 듯 벌떡 일어났다. 좌석에 앉아 등 근육을 펴고 두리번두리번 주 변을 둘러봤다. 어딘가 멍한 표정으로 스크린에 눈길을 주더니 크게 숨을 들이쉰 오키쓰는 다시 의자 등받이에 몸을 내맡겼다.

"……"

뭐가 뭔지 알 수가 없었다.

방금 전 것은 뭐였을까. 그 남자는 대체 누구지? 왜 저 남자가 오키쓰를 투시하는데 끼어들어 온 걸까.

알 수가 없었지만, 모르는 채로 교스케는 이 투시를 진행하기 로 했다. 어떤 예감 같은 것이 불안감을 불러일으켰다.

다시 솜털을 부는 것 같은 부드러운 느낌으로 오키쓰를 **밀 기** 시작했다. 엿새 전이 지나고 이레 전을 넘어갔다. 여드레, 아흐 레…… 그리고 열흘 전에 들어간 시점에서 다시 오키쓰의 모습이 흐려졌다.

'여기구나……'

교스케는 미는 힘을 더욱 뺐다. 흐려지는 게 나아지는 것처럼 보인 시점에서 교스케는 시간 이동을 멈췄다. 9월 24일 토요일.

당연한 얘기지만 거긴 연구소 6층이 아니었다. 대학병원 4층, 오키쓰에게 주어졌던 병실이었다.

밤이었다. 오키쓰는 침대에 누워 있었다. 침대 옆에는 방호복으로 전신을 보호하고 있는 간호사가 서 있었다. 간호사는 오키쓰의 체온을 다 재고는 모포를 정리하고 오키쓰를 들여다봤다.

"오키쓰 씨, 그러면 가 볼게요. 안녕히 주무세요."

"그러시오."

오키쓰는 침대에 앉아 끄덕였다.

간호사가 병실을 나선 그 순간, 오키쓰의 전신이 침대 위에서 경련을 일으킨 것처럼 격렬하게 튀어 올랐다.

동시에 투시의 시계가 오키쓰가 있는 병실에서 떨어져 병원 복도로 바뀌었다. 복도를 걷는 방호복 차림의 간호사를 뒤쫓고 있었다.

"……."

투명한 비닐로 감싸인 터널이 복도를 돌아 이어졌다. 간호사는 너스 센터 옆 작은 방에 들어갔다. 이중으로 된 밀폐 문을 닫자 간호사의 전신이 방호복 채로 소독약 안개에 휩싸였다. 상하좌우로부터 뿜어져 나오는 안개가 잦아드는 것을 기다린 뒤 정면의 빨간 램프가 파랗게 변화는 것을 확인한 간호사는 들어온 데와 반대쪽에 있는 문을 통해 옆방으로 옮겨 갔다. 그곳에서 방호복을 벗기 시작했다. 머리 덮개를 벗고 고글과 마스크를 빼니, 그 아래에서 나타난 얼굴은 아키노 미즈에였다. 벽에 더스트 슈트를 닳은 투입구로 아키노는 벗은 방호복을 던져 넣고 버튼을 눌렀다. 옆쪽 세면대에서 손을 씻고 거울을 보며 머리와 캡을 정리하더니, 다시 맞은편 문을 열었다.

"고생하셨어요."

데스크에서 고개를 든 간호사가 그녀를 맞았다.

아키노는 옆 데스크로 걸어가 서류를 들여다봤다. 펜으로 항목을 몇 개인가 채우고는 후우 숨을 내쉬었다.

"아키노 씨, 내일 쉬는 날이죠?"

이 말에 그녀는 어깨 위로 고개를 돌리면서 끄덕였다.

"쉬는 날. 겨우 쉬는 날이네. 그럼, 뒷일 부탁할게. 먼저 갈게."

"수고하셨습니다아."

너스 센터를 나온 아키노는 엘리베이터로 향했다.

'대체 이건 뭘까?'

교스케는 그렇게 생각하고 있었다.

오키쓰를 투시하고 있었는데 다른 인물이 끼어들었다. 아까는 난폭 운전으로 사고를 낸 영업사원이었다. 이번에는 아키노였다.

왜 투시를 하다가 오키쓰에게서 멀어져 버리는 걸까?

엘리베이터를 타고 1층에서 내린 아키노는 빠른 발걸음으로 복도를 걸어 여자 탈의실로 들어갔다. 안쪽 로커 하나를 열더니 백의와 캡을 벗고 사복으로 돌아갔다.

그러더니 그녀는 로커 위쪽 상자에서 열쇠 두 개, 접은 메모지 한 장, 회색 상자를 꺼냈다. 로커를 잠근 뒤 꺼낸 물건을 손에 쥐고 탈의실을 나섰다. 복도에 인기척이 없는 것을 확인한 그녀는 옆의 남자 탈의실로 들어갔다.

목표로 한 로커로 곧장 걸어가서는 한 열쇠로 그걸 열었다. 서둘러 자기 로커에서 가져온 회색 상자를 선반에 밀어 넣고는 곧장 로커를 잠갔다. 빠른 발걸음으로 탈의실 문 쪽으로 걸어갔다. 열쇠 두 개와 메모지를 손에 쥔 상태라는 걸 깨닫고는 그것들을 문 옆 작은 테이블에 올렸다. 탈의실을 나섰다.

복도에는 역시 인적이 없었다.

아키노는 심호흡을 한 번 하더니 현관을 향해 걸어가기 시작했다. 접수 카운터까지 돌아갔을 때 그녀의 뒤편에서 엘리베이터 문이 열렸다. 그녀가 돌아보니 거기서 내린 사람은 사카베 아쓰시였다. 아키노가 의사와 목례를 한 뒤 접수처로 몸을 돌린 순간 그녀의 몸이 흔들린 것처럼 보였다.

그 박자에 맞춰 투시의 시계가 다시 변화했다.

시계는 병원 1층 복도를 걷는 사카베로 바뀌어 있었다.

"……."

사카베는 그대로 남자 탈의실로 들어갔다. 문을 들어서자마자 옆의 작은 테이블에 열쇠 두 개와 접은 메모지가 올려져 있었다. 그는 그걸 집어 들고는 가운 주머니에 넣었다. 로커를 향해 걸어갔다. 주머니에서 열쇠 하나를 꺼내 그 로커를 열었다. 사카베는 선반 안쪽에서 회색 상자를 꺼내 들었다.

그 뒤 사카베의 행동은 교스케가 예전에 투시했던 그대로였다. 그는 문을 닫은 매점에 숨어들어 계산대에 놓인 전화기에 음성변조기를 장착한 뒤 몇몇 매스컴에 전화를 걸었다.

사카베는 매점을 뒤로 하고 다시 탈의실로 돌아갔다. 음성 변조기를 로커 선반 안쪽에 숨기고는 마침내 사복으로 갈아입었다.

탈의실을 나선 사카베는 검사실 앞 벤치가 있는 곳까지 오더니 갑자기 복도에 주저앉았다. 순간 기절한 것처럼 보였다.

그 순간, 병실 침대 위에서 오키쓰가 돌연 일어섰다.

영화관에서 펄쩍 일어났던 때와 마찬가지로 오키쓰는 병실을 두리번두리번 둘러봤다. 목덜미를 쓸더니 두세 번 고개를 젓고 그대로 모포 속으로 몸을 파묻었다.

교스케는 투시에서 나와 라운지로 의식을 되돌렸다.

"어땠나?"

교스케는 얼굴을 들여다보는 오키쓰를 입을 다문 채 쳐다봤다.

"그날 밤 나를 투시하는 데 성공했나?"

교스케는 후우 숨을 내뱉었다.

"사카베 선생님입니다."

"선생……이 한 일인가."

중얼거리는 오키쓰의 표정은 안심하는 것처럼 보이면서도 동시에 실망한 것처럼도 보였다.

"숨어든 것은 사카베 선생님이고, 매스컴에 정보를 흘린 것도 사카베 선생님입니다. 다만 오키쓰 씨가 그분을 조종한 걸지도 모릅니다."

"조종했다고……?"

교스케는 고개를 저었다.

"잘 모르겠습니다. 투시를 하고 있으면 가끔씩 오키쓰 씨가 사라지고 다른 인간이 되고는 했어요……."

"무슨 뜻인가?"

교스케는 다시 한 번 고개를 저었다.

"나흘 전에 영화를 보셨나요?"

"······뭐라고?"

"영화 말입니다. 지난달 30일, 영화관에 가지 않으셨나요?"

"아아, 갔지. 고후에 가서 시간이 남길래 영화를 보기로 했지. 오랜만에 커다란 스크린으로 영화를 봤어. 하지만 그게 어쨌다는 거지?"

"그때 뭔가 이상한 일이 없었나요?"

"이상한 일······."

오키쓰는 의심스럽다는 표정을 지은 채 교스케를 바라봤다.

"딱히 영화를 보려고 고후로 걸어간 건 아니었지만. 병실에서 막 해방된 데다 상담도 일찍 끝나서 조깅이라도 하려고 바깥으로 나갔지. 몸이 젊어진 탓에 최근에는 움직이는 게 신나서 어쩔 줄을 모르겠어서. 모처럼 외출도 허락받았다네. 그럼 좀 멀리 가 볼까 하고 고후 쪽으로 달렸지. 물론 달리다가 걷다가 하면서 갔네. 전력 질주한 건 아니고."

말하면서 오키쓰는 교스케의 얼굴을 살폈다.

"재미있어 보이는 가게가 있으면 좀 들여다봤지. 꽤나 달려서 땀도 났으니 어딘가에서 좀 쉴까 했는데 영화관이 있지 않은가. 오랜만에 좀 볼까 해서 들어갔네. 남자다운 액션이 격렬한 영화로. 총을 탕탕 쏘기도 하고 자동차로 추격전도 있었네."

"자동차 추격전이라면······? 어떤?"

의외라는 표정으로 오키쓰가 교스케를 봤다.

"액션 영화를 좋아하나? 그게 엄청나게 박력 있는 신이 있었지. 젊은 놈이 자동차를 타고 도망치는데, 옆에서 맹렬한 스피드로 트럭이 부딪혀 와서 납작하게 찌그러지는 장면이었네."

"……."

생각이 났다는 듯 오키쓰는 아아, 하고 고개를 끄덕였다.

"맞다, 맞다. 놀랐던 건 영화가 끝나고 영화관을 나서니 도로에 사람들이 잔뜩 모여 있더라고. 물어보니 사고가 있었다지 않겠나. 사고를 낸 트럭과 승용차가 옆 주차장에 비껴서 놓여 있었는데 승용차? 아니, 왜건이라고 하나, 완전히 찌부러져 있어서 안에 타고 있던 사람은 눈 깜짝할 새에 죽지 않았을까 싶더라고. 놀랐던 건 트럭도 왜건도, 게다가 사고가 있던 도로도 영화에서 본 신이랑 똑같았단 걸세. 신기한 기분이 들더군."

교스케는 머리를 쓸어 올렸다.

"그거…… 정말로 영화의 장면이었나요?"

"음?"

오키쓰가 교스케를 쳐다봤다.

"어떤 신이었는지 세세하게 기억하고 계신가요?"

"……그럼, 강렬했으니 말이지."

"어떤 신이었나요?"

의심스러운 표정을 지은 채 오키쓰는 고개를 갸웃했다.

"젊은 놈이 주차장에서 차를 빼더군. 화면은 그 젊은 놈의 시점에서였고. 그래서 박력감이 있었지. 액셀을 한껏 밟아 도로로 나간 순간 갑자기 옆에서 트럭이 달려왔네. 놀랐었지. 나도 모르게 영화관에서 소리를 지를 뻔했으니."

"그거, 영화가 아니라 진짜 사고를 오키쓰 씨가 체험한 걸지도 모릅니다."

"……."

어떤 식으로 설명하면 좋을지 말을 찾지 못한 채 교스케는 오키쓰에게 고개를 저어 보였다.

투시의 의미를 알 것 같으면서도 모르겠다는 생각이 들었다.

19

다음 날 3시간 정도의 상담을 마치고 교스케는 연구소를 나서 대학 병원으로 발을 옮겼다.

소독실을 통해야만 하는 건 귀찮았기 때문에 먼저 접수처에 물어보기로 했다.

"죄송합니다. 연구소로 옮긴 나카야 교스케라고 합니다만."

"물론 알고 있습니다."

접수처 간호사는 웃으며 고개를 끄덕였다.

"간호사인 아키노 씨를 만나고 싶은데요, 시간이 괜찮으실 때 만나 뵐 수 있을까요?"

"네, 잠시만 기다려 주세요."

간호사는 옆의 수화기를 들었다.

"4층인가요? 아키노 씨 계시나요? 네…… 아, 네. 1층 접수처인데요, 나카야 교스케 씨가 오셔서요. 아키노 씨를 만나 뵙고 싶으시다는데요. 네…… 알겠습니다. 부탁드립니다."

간호사는 수화기를 내려놓고 다시 웃는 얼굴을 교스케에게 향했다.

"15분 정도 뒤에 이쪽으로 내려오신다고 합니다."

"아, 지금 시간이 괜찮으신가 보네요."

"그러신 것 같네요. 저쪽에 앉아서 기다려 주세요."

간호사는 교스케 뒤쪽으로 손을 들어 보였다. 로비 현관 옆에는 소파가 놓여 있었다.

"아, 여기 신문 있나요?"

"있어요."

간호사가 뒤쪽 데스크에서 신문을 꺼냈다.

"아, 오늘 게 아니라 9월 30일부터 10월 1일 현(縣)내 신문이 있으면 읽고 싶어서요."

"어디 보자."

간호사는 의자에서 일어서 벽 옆쪽 로커로 걸어갔다. 로커 옆 상자를 뒤적이더니 신문 더미를 가지고 돌아왔다.

"9월 30일과 10월 1일 조간입니다. 이거면 될까요?"

"죄송합니다. 번거롭게 해서. 잠시 빌릴게요."

소파로 옮겨 얼른 신문을 펼쳤다. 찾던 기사는 10월 1일자 조간에 실려 있었다. 상상했던 것보다 큰 사고였는지 사진이 들어간 기사가 사회면 구석을 점령하고 있었다.

사고를 일으킨 건 33세의 부동산 회사 사원 하기와라 다카히로였다. 그는 구급차로 실려 갔지만, 실려 간 병원에서 사망 확인 판정을 받았다. 부딪힌 트럭 운전수도 늑골이 부러지는 중상을 입었다. 기사는 하기와라 다카히로의 전방 부주의와 운전 실수가 사고의 원인으로 보인다고 서술해 놨다.

투시 속에서 봤던 사고가 되살아났다. 하기와라 다카히로가 도로에 자동차를 내다 꽂은 그 순간, 오른쪽에서 트럭이 왜건에 격돌했다. 갑자기 나타난 대형 트럭이 하기와라의 오른쪽 시계를 채워 갔다.

다만 투시로 본 것은 거기까지였다. 그 직후 투시는 영화관의 좌석에서 벌떡 일어나는 오키쓰로 바뀌고 말았다.

—가끔 내가 내 자신을 빠져나가 있는 것 같은 기분이 드네.

오키쓰는 그렇게 말했었다.

교스케는 신문 기사에 첨부된 사진을 바라봤다.

휴대전화 착신음이 울려 전원을 끄는 걸 잊고 있었다는 걸 깨달았다. 당황해서 신문을 소파에 펼쳐 둔 채 현관으로 향했다. 디스플레이를 보니 전화를 건 사람은 아카네 기쿠에였다.

"나카야 씨? 오늘 시간 비나?"

항상 그렇지만 기쿠에의 전화는 인사가 없었다.

"비어 있어요. 오시려고요?"

"좀 바빠서 퇴원했는데도 축하하러 가질 못해서. 시간 비어 있다면 갈게. 그래서 말인데, 혹시 괜찮으면 다른 두 사람도 소개해 줄 수 있을까?"

"두 사람?"

"뻔하잖아. 오키쓰 시게루 씨랑 오치아이 메구미 씨. 지금까지는 나카야 씨랑만 얘기할 수가 있었으니 나머지 두 사람도 만나 볼 수 있을까 해서."

교스케는 왠지 모르게 주위를 둘러봤다. 오늘도 맑았다. 분명 축축 처지는 더위는 아니었지만 가을이라고 부를 만한 기후도 아니었다. 계절은 미련이 남아 있는 듯 여름을 질질 끌고 있는 것 같았다.

"두 사람 사정은 물어봐야 알 것 같은데, 본인들이 괜찮다고 한다면 같이 보죠."

"으음, 그래서 말인데 병원엔 더 없는 거지? 어디로 만나러 가면 되나?"

"대학병원이랑 같은 부지에 바이러스 연구소라는 게 있어요. 그 건물 앞이 약간 공원처럼 돼 있으니까 거기서 기다릴게요. 몇 시쯤에 오시죠?"

"으음…… 다른 일을 정리하고 갈 거니까 3시 정도가 될 것 같은데. 2시 30분에서 3시 정도. 고속도로 빠져나오면 전화할게."

"알겠습니다."

전화를 끊고 뒤를 돌아보니 아키노 미즈에의 모습이 로비에 보였다. 현관에 들어서면서 간단히 목례를 하고 소파로 향했다. 펼쳐 뒀던 신문을 접고 아키노와 마주 보고 소파에 앉았다.

"바쁘실 텐데 죄송합니다."

이렇게 말하자 아키노는 손사래를 치며 미소 지었다.

"전혀 아니에요. 어떠세요? 새로운 방은 익숙해지셨나요?"

"완전히 적응한 건 아니지만요. 잘 갖춰져 있으니까요."

"저희들도 나카야 씨 일행이 떠나셔서 왠지 모르게 적적하다고 생각하곤 한답니다. 물론 격리가 해제된 건 정말로 기쁜 일이지만요."

키득키득 웃으면서 아키노는 교스케를 빤히 바라봤다. 이야기를 꺼내기가 어렵다고 생각하면서 교스케도 그녀의 웃음에 응했다.

"바쁘실테니 단도직입적으로 여쭤 보고 싶은 게 있는데요."

"네, 뭔가요?"

"껄끄러운 일이라면 대답하지 않으셔도 상관없습니다만……."

"뭘까요? 제가 아는 일이라면 뭐라도 대답해 드릴게요."

"사카베 선생님 일입니다."

"아, 아아……."

아키노의 표정이 약간 굳었다. 그리고 긍정하는 듯 고개를 천천히 끄덕였다.

"나카야 씨는 신경이 쓰이시겠네요. 그렇겠지요."

"그 뒤로 전혀 만나 뵙질 못하고 있습니다. 그만두신 건가요?"

"선생님께서 사직서를 내서서 그게 수리된 걸로 들었어요."

"실제로는 희망 퇴직이 아니라 잘렸다는 얘기인가요?"

그녀는 고개를 저었다.

"그런 자세한 부분은 윗분들과 사카베 선생님 본인께서 이야기를 나누셨을 거예요. 저희들 귀에까지는 들어오지 않는답니다. 제멋대로인 억측이나 소문뿐이죠. 다만 나카야 씨가 신경 쓰실 필요는 없다고 생각해요. 투시하신 걸 그대로 말씀하셨을 뿐이니까요."

"감사합니다. 근데 조금 신경이 쓰이는 게 있는데, 매점 말이죠."

"매점요?"

그녀가 교스케를 쳐다봤다.

"네. 매점이랄까, 거기 열쇠가 신경 쓰여서요."

"네."

"내…… 제 투시에서는 사카베 선생님께서 한밤중에 셔터를 내린 매점에 열쇠를 열고 들어가셨죠. 나중에 깨달은 건데, 같은 병원 안이라고 해도 매점은 의사의 영역에서는 벗어나 있지 않나 하는 생각이 들었어요. 매점 열쇠…… 같은 걸 과연 의사 선생님이 손에 넣을 수 있는 건가 하는 생각이 들어서요. 어디에도 접점은 없잖습니까?"

아키노가 고개를 끄덕였다.

"아아, 그렇네요. 저도 몰랐는데 말씀을 듣고 보니 그렇네요."

주의 깊게 그녀의 반응을 관찰했다. 하지만 미심쩍은 표정이나 행동은 전혀 없었다.

"사카베 선생님은 어떻게 매점 열쇠를 손에 넣으신 걸까요?"

"글쎄요…… 신기하네요. 모를 일이네요, 정말로."

"혹시 간호사 분들은 매점과 접점이랄까, 그런 게 있나요?"

으음, 하고 아키노 간호사는 먼 곳을 바라봤다.

"일반적으로 간호사도 매점을 이용하긴 하지요. 물론 간호사뿐만 아니라 의사도 간단한 물건이라면 매점에서 사는 분도 계셔요. 그래서 매점 사람이랑 사이가 좋아지는 분도 계실 수 있겠지만 지금은, 접점은 아무것도 없네요. 계속 문이 닫힌 채니까요."

교스케는 그 사실을 깨달았다.

"아…… 매점은 폐쇄 중인가요?"

"네, 이 병원이 격리된 이후로 계속 폐쇄 중이에요. 매점에서 근무하시던 분도 용뇌염에 감염돼서 돌아가셨고 그 뒤로는 여기에 근무해 주실 분도 찾질 못해서 지금도 계속 문을 닫은 채죠."

거기까지 생각이 미치지 못했다. 심야니까 영업을 마치고 셔터를 내렸을 거라고만 생각하고 있었다.

"그렇다면, 그 열쇠 같은 건 지금은 어디에 놓여 있나요?"

"1층 사무실이죠."

말하면서 아키노는 뒤를 돌아봤다.

"저 접수처 뒤쪽인데요, 사무실에 놓여 있어요."

"허허. 그렇다면 사카베 선생님도 사무실에서 열쇠를 손에 넣을 수 있었다는 얘기네요."

"글쎄요, 어떨까요. 사카베 선생님은 대부분의 스태프와 마찬가지로 의료팀으로서 외부에서 오신 분이니까요. 저는 몇 안 되는 불감염조로 원래 이 병원에 대해 아는 게 있지만 사카베 선생님께서는 외부에서 오신 분이라 열쇠가 있는 장소도 모르셨겠죠. 손에 넣는다고 한다면 저처럼 사정을 아는 사람에게 묻든가…… 그렇게 하지 않으면 무엇보다 수많은 열쇠 중에서 매점 열쇠만을 발견하는 것도 어려운 일일 거예요."

"바보 같은 질문입니다만, 아키노 씨는 사카베 선생님한테 매점 열쇠에 관한 질문을 받거나 건네 달라는 부탁을 받은 적은 없으셨죠?"

"없었어요. 그렇네요. 전혀 눈치를 못 채고 있었네요. 사카베 선생님께서 매점 열쇠를 손에 넣는 건 정말 어려운 일이네요. 어떻게 된 일일까요?"

"아키노 씨 말고도 매점 열쇠에 대해 알고 있는 분이 얼마나 계시죠?"

"사무직인 분들은 대부분 열쇠가 있는 장소를 파악하고 있다고 생각하는데요, 격리 후에 보충된 사무직 분들은 모르실지도 모르겠어요. 누가 있으려나요. 두세 명 정도이지 않을까요, 저 말고는. 그거 알아 두실 필요가 있나요?"

교스케는 고개를 저었다.

"아니요, 죄송합니다. 이상한 걸 여쭤 봐서. 물론 사카베 선생님의 일은 경찰을 부르는 소동으로 번진 것도 아니고, 수사 흉내를 내려는 생각도 없습니다. 다만 그 뒤로 선생님과 만나 뵙지를 못해서 어떻게 된 건가 해서요."

"신경 쓰지 마세요. 괜찮으실 테니까요."

"그리고, 이것만 알려 주세요. 사카베 선생님께서는 다른 병원에서 일을 계속하고 계신 거죠? 의사 면허를 박탈당한다거나 그런 일은……."

아키노가 크게 고개를 저었다.

"면허 박탈이라뇨. 전혀 그렇지 않아요. 안심하세요. 왜 사카베 선생님께서 그런 일을 하셨는지는 저희들도 이해가 안 되는 부분이 있지만, 그 일에 관해서는 외부 사람에게 말하지 말라는 얘기가 내려왔고 아무 일도 없었던 일로 돼 있을 거예요."

교스케는 아키노를 바라봤다. 그녀는 교스케를 안심시키려는 듯 몇 번이고 고개를 끄덕여 보였다.

아무래도 아키노에겐 정보 유출에 자신이 관여됐다는 자각이 없는 듯했다. 투시 중 그녀는 열쇠를 준비하고 정보를 흘릴 곳의 메모를 준비하고, 그리고 음성변조기까지 준비했었다. 즉, 사카베가 그날 밤에 했던 일 대부분의 채비는 본격적인 일이 있기 전 그녀가 준비했던 것이다. 그런데 그녀 자신에겐 그 자각이 전혀 없었다.

―가끔 내가 내 자신을 빠져나가 있는 것 같은 기분이 드네.

즉, 이런 일일지도 모르겠다고 교스케는 생각했다.

아키노에게도, 그리고 사카베에게도 자신이 정보를 유출했다
는 기억은 전혀 없는 것이다.

옆에 뒀던 신문에 눈길을 줬다.

게다가 사고사해 버린 하기와라 다카히로에게도 아마도 무모
한 운전을 할 기분 같은 건 전혀 없었을 게 분명했다.

후우 숨을 내쉬고 눈을 들자, 아키노의 상냥한 눈길이 교스케
를 바라보고 있었다.

20

서두를 필요가 있었다.

아키노에게 감사를 표하고 병원을 나오자마자 교스케는 연구
소로 되돌아왔다.

다행히 오키쓰 시게루는 자기 방에서 덤벨 체조를 하고 있었
다. 긴 상담을 막 끝낸 오치아이 메구미도 교스케가 말을 걸자
라운지로 얼굴을 내밀었다.

"무슨 일이야? 뭔데, 얘기할 거라는 게?"

교스케는 독촉하는 메구미를 소파에 앉힌 뒤, 무언가를 느끼
고 긴장한 표정을 보이고 있는 오키쓰도 그 옆에 앉혔다.

"아무래도 오키쓰 씨의 능력이 뭔지 알 것 같아."

교스케는 두 사람을 정면으로 마주 보고 앉았다.

"오키쓰 씨의 능력? 회춘하는 것 말고?"

메구미가 눈을 반짝였다.

"오키쓰 씨는 회춘하는 것 말고도 능력을 획득했어. 그건 우리들 가운데서 가장 강력한 능력이야. 그리고 동시에 아마도 가장 다루기 힘든 위험한 능력이지."

"……."

메구미는 교스케와 오키쓰를 번갈아 쳐다봤다.

교스케는 투시를 통해 알게 된 사카베 의사의 일과 하기와라 다카히로의 사고사, 그리고 아키노 간호사와 이야기를 하면서 받은 자신의 인상을 두 사람에게 얘기했다.

"그러니까 오키쓰 씨는 다른 사람에게 씌는 게 가능한 건 아닌가 하는 생각이 들어. 씐 쪽은 자신의 의사 같은 건 없어져 버리고, 오키쓰 씨가 떨어져 나오면 씌어 있던 동안의 기억이 전혀 없어지는 거지."

"빙의……인가."

오키쓰가 작게 중얼거리자 교스케와 메구미는 그를 응시했다.

"뭐라고 하셨어요?"

메구미가 되물었다.

"빙의라고. 나는 악령이 되어 버렸구나……."

"오키쓰 씨."

교스케는 한숨을 내뱉었다. 어떤 말을 건네야 할지 알 수가 없었다. 오키쓰는 가슴 앞으로 팔짱을 낀 채 바닥의 한곳을 응시하고 있었다.

판단이 서지 않는 채로 교스케는 말을 이었다.

"나도, 나도 투시 능력이 있다는 걸 알았을 때엔 내가 괴물인 것처럼 느껴졌어요. 아니, 과거형이 아니죠. 지금도 역시 내가 괴물이라고 자각하고 있어요. 눈앞에 있는 인물의 프라이버시가 뭐든 보여 버리고 말죠. 그런 놈, 싫겠죠. 절대로 친구로 삼고 싶지 않을 테고, 아무리 작은 접촉이라도 피하고 싶을 겁니다. 내 능력을 안 사람은 모두 그렇게 생각할 겁니다. 앞으로 사람과 사귀는 일 따윈 절대로 불가능할 겁니다."

메구미가 고개를 비스듬하게 기울이듯 오키쓰를 바라봤다.

"오키쓰 씨의 능력을 뭐라고 불러야 좋을지 모르겠지만, 지금 가장 문제인 건 오키쓰 씨가 아직 전혀 그 능력을 컨트롤하고 있지 못하고 있다는 점이라고 생각해요. 오키쓰 씨의 능력이 가장 위험하다고 나카야 씨가 말했지만, 그럴지도 모른다고 저도 생각해요. 저랑 나카야 씨는 매일 선생님들의 힘을 빌려서 우리들의 후유증을 컨트롤할 수 있도록 연습을 계속해 오고 있죠. 오키쓰 씨도 자신의 의지로 사람한테 씌었다가 되돌아올 수 있도록 연습하는 게 좋을 거예요. 그렇죠?"

오키쓰는 입을 다문 채 아래를 보고 있었다.

메구미는 일어서서 카운터로 걸어갔다. 포트에 담긴 따뜻한 물로 홍차를 우리기 시작했다. 홍차 향이 라운지를 채우고, 메구미가 눈앞에 컵을 내려놓아도 오키쓰는 입을 다문 채였다.

교스케가 메구미의 말을 받아 이었다.

"컨트롤하기 어려운 것은 오키쓰 씨의 경우 그게 무의식중에 일어나는 게 아닌가 싶습니다. 사카베 선생님 때에도 아키노 간호사 때에도 그리고 하기와라 다카히로 씨 때에도 오키쓰 씨는 주무시고 있었죠. 설마하니 잠들지 않으면 다른 사람에게 씌는 건 불가능할지도 모릅니다. 가장 큰 문제는 그 점이라는 생각이 듭니다."

"아아, 그런가……."

메구미가 컵을 손에 쥐고 끄덕였다.

교스케도 끄덕이며 메구미가 우려 준 홍차로 손을 뻗었다.

"오키쓰 씨가 의식하고 있지 못한…… 이건 단순한 상상이지만, 하기와라 다카히로 씨는 오키쓰 씨가 보고 있던 영화 장면에 의해 움직여진 게 아닌가 하는 생각이 들어요. 오키쓰 씨는 영화를 보면서 꾸벅꾸벅 졸고 계셨죠. 스크린에서는 과격한 액션이 펼쳐졌습니다. 영화관 음량은 엄청나죠. 자고 있더라도 귀는 최대 음량의 자동차 추격전을 듣고 있는 겁니다. 한편 하기와라 다카히로 씨는 일을 땡땡이치고 영화관에서 시간을 죽이고 있었죠. 확인한 건 아닙니다만 오키쓰 씨 근처 좌석에 하기와라 씨가 앉아 있었을 거라고 생각합니다. 한 번 더 오키쓰 씨를 투시해 보면 하기와라 씨가 어디에 앉았었는지 확실하게 확인할 수 있겠지만 그럴 필요는 없겠지요."

신경이 쓰여 오키쓰를 바라봤다. 여전히 그는 아래쪽을 바라보고 있었다. 홍차에도 손을 대지 않고 있었다.

"오키쓰 씨는 끄덕끄덕 졸면서 액션 신의 음향을 귀로 듣고 있었습니다. 그때 무언가의 박자로 인해 오키쓰 씨 능력의 스위치가 들어왔다고 생각합니다. 오키쓰 씨는 깊은 잠에 빠져들었고, 오키쓰 씨 안에 잠들어 있던 무언가가 거꾸로 깨어난 거죠. 그리고 그게 근처에 앉아 있던 하기와라 씨에게 썬 게 아닌가 생각합니다. 영화는 아직 상영 중이었지만 하기와라 씨는 좌석에서 일어나 영화관 바깥으로 나갔습니다. 이때 오키쓰 씨는 그 하기와라 씨의 행동을 꿈으로 봤던 듯합니다. 오키쓰 씨에게 조종당해 하기와라 씨는 난폭하게 자동차를 출발시켰고 사고를 당하고 만 거죠."

"……."

라운지에 침묵이 찾아왔다. 꽤 오랜 시간 아무도 입을 열지 않았다. 교스케와 메구미는 홍차를 다 마셔 버렸지만 끝내 오키쓰는 컵에 입을 대지도 않았다.

침묵을 깬 것은 메구미였다.

"역시, 오키쓰 씨가 해야만 하는 건 연습이야. 사람에게 씌는 연습."

"죽여 버렸다고."

겨우 오키쓰가 입을 열었다.

"나는 사람을 죽여 버렸어. 하기와라 씨는 내가 들러붙어서 죽은 거야."

메구미가 고개를 저었다.

"그러니까 더더욱 연습을 해야 하는 거라고요. 컨트롤이 안 되면 들러붙은 뒤에 어떤 일이 벌어질지 알 수가 없어요. 들러붙든, 씌든 잘 모르겠지만 분명 컨트롤이 될 거라고 생각해요. 저도 맨처음에는 전혀 안 됐었지만, 봐요, 이런 것도 이제는 가능해졌으니까요."

이렇게 말한 메구미의 몸이 둥실 하고 공중에 떠올랐다.

"……."

교스케는 라운지 안을 둥실둥실 떠다니는 메구미를 멍하게 바라봤다.

"그죠?"

그렇게 말하면서 메구미는 다시 오키쓰의 옆에 앉았다.

"나카야 씨도 처음에는 갑자기 보이기 시작한 환각에 미쳐 버릴 것 같았었잖아요. 그래도 보고 싶은 걸 골라서 볼 수 있게 됐고, 앞으로도 훨씬 더 멋진 일이 가능해질 거라고 생각해요."

오키쓰의 입에서 아아, 하는 소리가 새어 나왔다.

"나는 드래건바이러스에 씌었다고 생각했었는데. 남은 삶이 짧다고 생각해서 어떤 벌이라도 달게 받으려는 각오는 하고 있었네. 앞으로는 죽음을 기다리는 일뿐이라고 생각했으니 말일세. 드래건바이러스에 씌는 게 벌이라면 그것도 별수 없다고 생각했지. 그런데 그게 내가 들러붙는 쪽이 될 줄이야. 내가 괴로운 건 상관이 없다만 그게 들러붙어서 다른 사람을 죽게 만드는 괴물이 되어 버릴 줄이야……."

그러고는 오키쓰의 입이 다시 닫혔다.

21

혼자 있고 싶다면서 오키쓰 시게루는 자기 방으로 들어갔다.

잠깐 나갔다 오지 않겠냐는 메구미의 제안에 따라 교스케는 그녀와 함께 엘리베이터에 탔다.

"신경 쓰이는 게 있는데 말이야."

엘리베이터가 내려가기 시작하자 메구미가 속삭이듯 어깨를 바싹 붙여 왔다. 그냥 말하더라도 바깥으로 목소리가 새어 나갈 일은 없었만, 교스케도 메구미의 장단에 맞춰 작은 목소리로 대답했다.

"뭔데."

"사카베 선생님이나 아키노 씨를 오키쓰 씨가 조종했다는 게
되는 거잖아?"

"그런 거 같아."

"사카베 선생님이 한 일은 매스컴에 우리들의 정보를…… 우
리들의 **후유증**에 대해 흘렸다는 거잖아?"

"응."

"그렇다는 건, 오키쓰 씨는 우리들에 대해서 세간이 알아주길
바란다는 걸까?"

"……."

"그렇게 되는 거 아냐? 계속 자기나 나나 나카야 씨에 대해 세
간에서 알아주길 바랐던 거야. 그런데 격리돼 있어서 스스로는
어떻게든 안 되니까 사카베 선생님하고 아키노 씨를 이용해 그
목적을 달성한 거지."

"아니, 그런데 말이지……."

말을 하려던 순간 엘리베이터가 1층에 도착했다.

대화가 도중에 끊긴 채 교스케는 메구미와 함께 건물을 나섰
다. 연구소 앞 잔디 벤치에라도 앉을까 생각했지만 이야기의 내용
이 다소 미묘하다고 느껴 그대로 건물 뒤편의 주차장으로 발길을
옮겼다. 의사를 확인하지도 않았지만 메구미는 조용히 쫓아왔다.

자동차에 올라타 어디로 가려는 목적도 없이 시동을 걸었다.

대학병원 부지를 나서 한동안은 두 사람 모두 입을 열지 않았
다. 갑자기 생각이 난 교스케는 강 쪽으로 자동차를 향했다. 병원

서쪽에 가마나시가와라는 강이 흐르고 있었다. 이 강은 고후 시 남쪽으로 흘러 내려간 부근에서 후에후키가와 강과 합류해 더 나아가서는 후지가와라는 강과 합쳐진다. 국도 근처에 있는 소바 집 옆에서 작은 도로를 따라 내려가 둑에서 강변으로 빠지는 길을 찾았다. 콘크리트로 굳혀 놓은 강기슭에 차를 댔다. 차에서 내리자 강가라서 그런 것도 있겠지만 아주 약간 청량감이 느껴졌다.

교스케는 강 쪽으로 걸어가면서 입을 열었다.

"확실히 사카베 선생님과 아키노 씨가 한 일은 우리들의 정보를 매스컴에 흘리는 일이었지. 그걸 시킨 건 오키쓰 씨였고. 다만, 그렇다고 해서 오키쓰 씨가 세간에 우리들의 정보를 흘리고 싶었다고 하기에는…… 글쎄."

콘크리트로 된 강기슭에 앉았다. 메구미가 옆에 와 앉았다.

"그렇지만 그렇게 되는 게 아닐까?"

"오키쓰 씨에게 그런 의식은 없었을 거라고 생각해. 적어도 다른 사람을 조종하려는 의사가 없었으니까."

앞쪽의 강 가운데 모래톱에 사람 그림자가 있는 걸 그제야 교스케는 깨달았다. 중년의 남자가 혼자 자갈 위에 이젤을 세우고 그림을 그리고 있었다.

"조종하려고 생각했는지 어쨌는지 그런 문제가 아냐."

메구미가 작게 고개를 저었다.

"다른 사람에게 들러붙을 수 있는 능력이 있다는 걸 안 건 오키쓰 씨도 방금 전이었고. 나도 그분이 악의가 있어서 사카베 선생님을 조종하거나 사고로 죽은 남자에게 난폭한 운전을 시켰다고 생각하지는 않아. 그런 게 아니라 오키쓰 씨의 마음속에 자신에 대해 세간에 알리고 싶은 마음이 없었더라면 사카베 선생님에게 그런 일을 시켰을 리 없다는 거야."

"아아…… 역시."

"사고를 일으킨 남자도 오키쓰 씨가 보고 있던 영화에서 자동차 추격전이 벌어졌기 때문이잖아? 오키쓰 씨는 그럴 생각이 없었더라도 영화에 영향을 받아 난폭한 운전을 시킨 거잖아?"

"그렇네. 네 말대로야."

"아키노 씨는 매점 열쇠라든가 음성변조기를 준비해 매스컴 리스트까지 만들었지. 사카베 선생님은 그걸 사용해 실제로 전화를 했고. 그런 건 무척 복잡한 행동이잖아. 그런 행동을 조종한다는 건 아무것도 없는 상태에서 가능한 건 아니라고 생각해. 오키쓰 씨 마음속 어딘가에 자신에 대해 많은 사람이 알아주길 바라는 마음이 있었기 때문에 그걸 실현시킬 행동을 사카베 선생님과 아키노 씨가 했다고 봐."

교스케는 천천히 고개를 끄덕였다.

"심층심리라는 건가? 그러게. 그 말대로인 것 같아."

"그래서 왜 그게 신경이 쓰였냐면, 사실 나 역시 그러길 바라고 있다는 걸 깨달아서야."

메구미는 강의 흐름에 시선을 던진 채로 등을 쭉 폈다.

"그러길 바란다……는 건?"

메구미가 고개를 끄덕였다.

"세상 사람들이 나에 대해 알아주길 바란다고."

"……"

"나카야 씨는 어떤지 모르겠지만 나는 무섭고 무서워서 어쩔 도리가 없어. 격리는 풀렸다고는 하지만 결국 병원에서는 떨어질 수가 없어. 돌아갈 집도 없고 의지할 사람도 없어. 혼자 살아간다고 하더라도 취직도 될 리 없을 것 같아. 앞으로 어떻게 되는 걸까? 더는 평생 동안 저기서 못 나오게 되는 걸까?"

교스케는 한숨을 토해 냈다.

"그건…… 나도 마찬가지야."

"나카야 씨는 그래도 주간지에 기사를 쓰고 있으니까 완전히 세상이랑 연이 끊긴 건 아니잖아?"

아, 하고 문득 생각이 난 교스케는 손목시계를 봤다. 2시 30분이 지나 있었다. 슬슬 아카네 기쿠에가 찾아올 시간이었다.

"아니, 나 역시 불안해. 어떻게 될지 알 수가 없어."

메구미가 고개를 끄덕였다.

"응, 그래서 오키쓰 씨의 기분을 나 역시 잘 알 것 같아. 모두들 알아줬으면 좋겠어. 병원 바깥의 세상이 날 알아줬으면 좋겠어. 그래서 최근 생각한 건데, 나, 연예인이 될 수 있지 않을까?"

"연예인?"

메구미를 쳐다봤다.

"연예인이랄까, 마술사 같은 거."

"……."

"매일 연습하면서 생각했어. 이런 거, TV 버라이어티 쇼 같은 데서라면 먹혀들지 않을까 하고."

말을 하면서 메구미는 손을 앞으로 쭉 뻗었다. 강가에 굴러다니던 주먹만 한 돌 두 개가 갑자기 공중에 떴다.

"……."

교스케는 자기도 모르게 주위를 둘러봤다. 메구미를 보고 있는 사람은 아무도 없었다. 강 가운데 모래톱에 있는 남자도 계속해 그림을 그리고 있었다. 공중에 뜬 돌에 신경 쓰는 사람은 아무도 없었다.

"이런 거, 재미있어하지 않을까?"

공중에 뜬 두 개의 돌이 서로의 주변을 빙글빙글 돌기 시작했다. 가까이 다가갔다가 떨어졌다가 세로로 회전하는 듯 싶으면 가로로 방향을 바꿔 마지막에는 딱 하는 소리를 내면서 부딪치더니 그 자리에서 얼어붙은 듯 딱 붙어 공중에서 정지했다.

"대단한데……."

"뭐어, 구경거리지. 동물원의 희귀 맹수랑 마찬가지로. 사람들이 재미있어하면서 봐 준다면 그런 삶의 방식도 가능하지 않을까 생각했어."

그때 공중에 떠 있던 돌이 콘크리트 위에 떨어졌다.

교스케는 메구미를 바라보고 있었다.

"어디서든 세상과 이어져 있고 싶어. 더는 원래 생활로 돌아갈 수는 없겠지만…… 그건 알고 있지만, 바이러스 연구소 6층에서만 평생을 보내고 싶지는 않아. 세상과 이어져 있을 수만 있다면 구경거리든 뭐든 상관없어."

"……."

메구미의 말을 교스케는 아플 정도로 이해할 수 있었다. 교스케 스스로도 앞으로 닥쳐 올 불안감에 겁먹고 있었기 때문이다.

어떤 형태라도 좋으니까 세상이랑 이어져 있고 싶다…….

공터가 돼 버린 메구미의 집 흔적이 눈에 선했다. 그 광경 속에

선 순간 메구미는 자신이 모든 것으로부터 잘려 나갔다는 걸 알게 된 것이다.

기분을 어떻게 표현하면 좋을지 모르겠는 채로 교스케는 다시 시계를 봤다.

"이따 만나기로 한 사람이 있는데, 그 사람이 메구미를 소개해 달랬어."

메구미가 눈을 동그랗게 떴다.

"소개? 나를?"

"내가 드나드는 주간지의 편집자야. 오키쓰 씨도 소개해 달라고 부탁했지만, 오키쓰 씨는 지금 그럴 기분이 아닐 것 같고. 그래도 메구미한테는 바깥세상하고 접점을 만들 기회가 될지도 몰라."

"왜…… 나를?"

교스케는 고개를 으쓱했다.

"주간지니까. 기사를 쓰기 위해서 얘기를 듣고 싶어 하는 걸 거야. 싫지 않다면 어때? 만나 볼래?"

메구미는 입을 다문 채 끄덕였다. 일어서자 옆에서 메구미가 크게 숨을 들이쉬는 소리가 들렸다.

22

평소와 같이 우스이 도시히로와 둘이서 오겠거니 생각하고 있었지만 아카네 기쿠에는 우스이 외에도 남자 두 사람을 더 데리고 왔다.

연구소 앞 잔디밭 위에서 수염이 난 남자로부터 명함을 건네받
고 교스케는 자기도 모르게 그 남자와 명함을 번갈아 봤다.

　"람다기획?"

　물어보니 수염이 난 남자는 흉한 갈색 이를 내보이며 씨익 웃
었다.

　"이소베라고 합니다. TV방송 기획 제작을 하고 있는 회사입니
다. 이쪽은 카메라맨인 가와타니입니다."

　이소베는 뒤에 서 있는 또 다른 남자를 돌아보면서 말했다. 가
와타니라고 불린 남자는 옆구리에 비디오카메라를 끼고 발밑에
는 커다란 검은 백을 놓고 있었다. 마치 프로레슬러 같은 체격이
었다.

　"람다기획 쪽은 전부터 우리랑도 연이 있어. 왠지 모르게 베낀
기획이 많긴 하지만 히트 방송을 연발하고 있는 회사야."

　"어이어이."

　이소베가 웃음을 터뜨리며 기쿠에를 향해 고개를 저었다.

　"베낀 기획은 아니잖아. 마음속으로 생각하더라도 그런 건 입
밖으로 내는 게 아니라고."

　이소베는 으하하 소리내어 웃었지만 정작 웃는 사람은 그뿐이
었다.

　어쨌든, 하고 벤치를 봤지만 모두가 앉을 수 있는 여유가 없어
서 교스케는 잔디 위에 바로 앉았다.

　"서 있는 것도 좀 그러니까요."

　카메라맨인 가와타니를 제외한 모든 사람이 둥그렇게 둘러 앉
았다.

메구미를 보고 있는 기쿠에를 눈치 챈 교스케가 숨을 내쉬었다.

"흠, 오키쓰 씨한테는 타이밍이 맞질 않아서 기쿠에 씨 얘기를 전하지 못했고요, 이쪽이 오치아이 메구미 씨입니다."

"나카야 씨한테서 얘기는 많이 들었어요. 《주간 이터니티》의 아카네입니다. 이쪽은 우스이입니다."

메구미는 기쿠에와 우스이가 내미는 명함을 굳은 표정으로 받아들었다.

교스케는 카메라맨인 가와타니가 신경에 쓰였다. 가와타니는 혼자 잔디에 앉지도 않고 둥그렇게 둘러 앉은 바깥쪽에서 교스케 일행을 내려다보고 있었다. 옆구리에 끼고 있는 비디오카메라에 눈길이 갔다. 렌즈가 드러난 카메라 상부가 가와타니의 소맷부리에 숨겨져 있었다.

교스케는 이소베와 가와타니를 번갈아 보면서 작게 손을 들었다.

"잠깐 괜찮습니까? 왜 지금 카메라를 돌리고 있는 거죠?"

"어, 저기⋯⋯."

이소베 쪽이 당황한 듯 가와타니를 돌아봤다. 가와타니는 무표정한 채로 멀뚱하게 서 있었다. 옆구리에 낀 카메라 렌즈는 여전히 교스케를 정면으로 잡고 있었다.

"물론 여기서 촬영된다고 해서 곤란할 건 하나도 없습니다. 그래도 양해 한마디 없이 비디오카메라를 돌리시고, 그것도 파일럿 램프를 소매에 숨기시다뇨. 마치 몰래카메라 같네요. 저희들은 이소베 씨가 동석한 이유를 아직 못 들었습니다."

"어, 어이. 카메라 돌아가고 있어?"

이소베가 가와타니에게 턱을 추켜 보였다.

"네. 버릇이 돼서요."

"안 되지. 아직 부탁도 뭣도 안 했는데. 멈춰. 어쨌든, 멈춰."

가와타니는 무표정한 채로 카메라 스위치를 껐다.

교스케는 시험 삼아 해 보자고 생각하고는 그 비디오카메라를 가볍게 **밀어** 봤다.

"비디오 처음부터 돌려봐."

우스이가 운전하는 자동차 뒷좌석에서 이소베가 가와타니에게 말하고 있었다. 가와타니는 말없이 고개를 끄덕였다.

기쿠에가 조수석에서 뒤를 돌아봤다.

"처음부터라면 나카야 일행을 만나는 부분부터 촬영하려고?"

"첫 만남은 찍어 둬야지."

"그치만 람다 데려간단 얘기도 안 해 뒀는데?"

이소베가 더러운 이를 내비치면서 웃었다.

"그런 건 어떻게든 될 테니까. 허가는 나중에 받으면 된다고. 원칙이라는 게 있어서. 그런 허가라든가 교섭을 먼저 해 버리면 만나는 순간 같은 건 전혀 못 찍잖아. 일단은 찍고 보는 거야. 발각돼서 뭐라 그러면 그때 사과하면 되지. 투덜거리면 더욱 사과하고. 그걸로 되는 거라고. 주간지도 마찬가지잖아?"

기쿠에가 고개를 으쓱하더니 앞을 향해 고쳐 앉았다.

교스케는 작은 한숨을 쉬면서 고개를 저었다.

기쿠에가 다소 곤란하다는 듯한 표정을 지으면서 끼어들었다.

"있잖아. 이쪽 람다기획에서 나카야 씨 일행을 다큐멘터리로 찍는 기획을 세우고 있어. 그렇게 맹위를 떨치던 드래건바이러스

에 걸렸다가 싸워 이겨 돌아온 용사들의 귀중한 기록을 남기고 싶은가 봐."

으음, 하면서 이소베는 옆에 뒀던 숄더백 안에서 노트를 꺼냈다.

"나카야 씨가 연재하고 계신 '류오 일기'를 참고로 하고 있습니다. 다만 드래건바이러스는 처음에 류오 대학병원에 재적하고 있던 고바타 고조 씨를 덮쳤고 그리고 오치아이 메구미 씨와 오키쓰 시게루 씨에게 감염됐죠. 나카야 교스케 씨는 오치아이 씨한테서 감염된 거고요."

노트에서 눈을 떼고 이소베는 교스케와 메구미를 번갈아 봤다.

"그 뒤로 용뇌염은 엄청난 기세로 고후 시를 공격했고 그리고 엄청난 수의 사망자가 나오게 됩니다. 하지만 가장 초기에 감염된 네 분만은 수개월 뒤에 완치됐죠. 아니, 완치된 건 세 분뿐이지만요. 고바타 씨는 아직도 의식이 돌아오지 않고 계시죠. 세 분이지요. 그리고…… 생존한 용사라고 아카네 씨가 멋지게 표현해 주셨습니다만, '실제로 이 세 사람한테 무엇이 벌어지고 있는가? 그리고 용뇌염은 대체 무엇인가?'라는 걸 검증하고 싶습니다. 그런 다큐멘터리 방송을 방송국에 제안한 상태입니다."

보고 있노라니 카메라맨인 가와타니가 드디어 이소베의 비스듬하게 뒤편에 앉았다. 카메라는 책상다리의 무릎 부분에 올려져 있었다.

"기획 자체는 실은 훨씬 전부터 세우고 있어서 일부 취재와 촬영은 이미 진행돼 있습니다. 다만 가장 중요한 류오 대학은 엄중하게 격리돼 있고 의료 현장에 들어가 취재하는 허가도 받지를 못하죠. 나카야 씨나 오치아이 씨를 만날 수가 없었습니다. 그게 드디어 퇴원이라는 소식을 들어서 아카네 씨에게 소개를 부탁한 겁니다."

교스케는 후우 숨을 뱉었다.

"구체적으로 저희에게 어떤 걸 바라고 계신 거죠?"

이소베가 고개를 끄덕였다. 다시 갈색 치아가 보였다.

"네, 우선은 여러분들 모두에게 이야기를 듣고 싶습니다. 인터뷰어를 준비할 테니 감염된 후의 일이라든가 격리병동에서의 에피소드라든가 현재 생활이라든가…… 아마도 꽤나 다채로운 질문에 대답하게 되실 것 같습니다. 물론 TV 방송이기 때문에 그땐 촬영을 하게 될 겁니다. 그게 기초적인 인터뷰가 될 겁니다. 그 다음에 거기서 얻은 이야기를 기초로 심층 취재를 할 겁니다. 인터뷰가 추가될 수도 있겠네요. 듣기로는 나카야 씨 일행은 퇴원한 뒤로도 이 병원 안에서 생활을 하고 있는 걸로 알고 있습니다. 당연히 자택으로 돌아가셨을 거라고 생각했던지라 의외였습니다만."

"정확히는 병원 안이 아니라 연구소에서 지내고 있습니다."

"연구소군요."

교스케는 뒤를 돌아봤다.

"이 건물이 류오 대학 바이러스 연구소입니다. 여기 6층에 살고 있지요."

"여기에…… 이 건물 6층에 살고 계신 겁니까?"

이소베는 건물을 올려다봤다.

"그렇습니다."

"으음…… 이에 대해서는 아직 류오 일기에 쓰지 않으셨지요?"

기쿠에에게 눈길을 던졌다.

《주간 이터니티》의 류오 일기에 대해서는 수일 전에 한 달 정도 연재를 쉴 수 있을지에 대해 의사를 타진한 상태였다. 아카네 기쿠에로부터는 어쨌든 일주일 정도 쉰 다음 그다음 이야기를 얘기해 보자는 메일을 받았었다. 그래서 오늘 기쿠에가 온 것은 그와 관련한 얘기가 있어서일 거라고 교스케는 생각하고 있었다. 다큐멘터리 방송 얘기가 될 거라고는 생각조차 못 하고 있었다.

"안 썼습니다. 그 연재도 잠시 휴재를 할까 생각 중이어서요."

기쿠에는 교스케를 바라보면서 가볍게 고개를 으쓱여 보였다.

"저, 왜 연구소에 살고 계신 거죠?"

대답하려는 순간 메구미가 처음으로 입을 열었다.

"아까 이소베 씨가 저희가 완치됐다고 말씀하셨는데 병은 나았지만 후유증이…… 그런 게 좀 있어서 연구소에서 진찰을 받고 있어요."

"아아…… 용뇌염의 후유증에 대해서는 들은 바 있습니다. 역시 노이로제라든지 그런 게 있는 건가요?"

"아뇨, 저희들의 후유증은 조금 달라요. 그러니까……."

교스케는 메구미의 팔을 눌렀다.

"잠깐 기다려. 그다음 말은 우리 결정만으로 함부로 말할 게 아냐."

"아…… 그렇지."

메구미가 고개를 끄덕였다.

정면에서 이소베가 미간을 좁혔다.

"뭡니까?"

교스케가 메구미의 뒷말을 이었다.

"아닙니다. 용뇌염이라는 병……이랄까요, 드래건바이러스에 대해서는 아직 모르는 게 많습니다. 이소베 씨는 저희들 인터뷰나 취재뿐만 아니라 용뇌염 의료팀이나 바이러스 연구소 현장에 들어가시는 것도 생각하고 계실 것 같습니다만, 어떠신지요?"

미심쩍어하는 표정을 지은 채로 이소베가 고개를 끄덕였다.

"물론 그럴 생각입니다. 다만 무엇보다도 실제로 용뇌염에 감염되신 여러분들 취재를 우선시할 겁니다. 아까도 말씀드렸지만 여러분께 듣는 게 향후 모든 것들의 기초가 될 거니까요. 여러분 얘기를 들은 뒤에는 물론 병원이나 연구소 취재도 진행하게 되겠죠."

"저희들은 연구소 안에서 생활하고 있습니다. 아마도 이소베 씨 여러분의 취재를 받으면서 그 생활을 어느 정도 보여 드리는 게 되지 않을까 싶습니다."

"……그렇군요."

"그렇다고 친다면 저희들만의 판단으로 취재를 받을지 말지 정할 수가 없습니다. 저희들의 일상은…… 지금까지 수개월 동안 그래 왔습니다만, 의료팀이나 연구자가 상시 관여돼 있습니다. 아시겠나요?"

이소베가 교스케를 빤히 쳐다보고 있었다.

"저희를 취재하시게 되면 반드시 의료팀이나 연구자를 끌어들이게 됩니다. 저희들의 이야기를 기초로 더욱 취재를 확장한다는 건 분명 의료팀이나 연구소 안으로 들어오시는 게 됩니다. 그러니 먼저 의료팀 책임자와 저희들 사이에서 얘기를 조율할 필요가 있습니다. 저희들은 그분들께 도움을 받고 있어요. 바이러스에 감염된 이후로 오늘까지 계속해 도움을 받아오고 있는 겁니다. 그런 그분들에게 폐를 끼칠 수는 없습니다. 양해해 주시겠습니까?"

"……여부가 있겠나요. 다시 말해 나카야 씨 여러분과 직접 교섭을 하는 게 아니라 의료팀 쪽과 먼저 이야기를 해 줬으면 한다 그런 거죠?"

"아뇨, 그런 게 아닙니다. 저희들과 의료팀이 이야기를 하겠습니다. 그다음 한 번 더 이야기를 조율할 시간을 가져 보지 않겠냐는 그런 말입니다."

"아아…… 알겠습니다."

이소베는 뒤쪽의 가와타니 카메라맨을 돌아봤다. 가와타니는 전과 같이 표정도 없이 이소베를 쳐다봤다.

목덜미 쪽을 쓰다듬으면서 이소베는 교스케에게 시선을 던져 왔다.

"어렵군요. 극비사항이 여러 가지로 있는가 봅니다."

이소베는 비꼬는 듯이 말하더니 잔디에서 몸을 일으켰다.

23

생각지도 못한 전개가 기다리고 있었다.

의료팀은 람다기획의 취재 요청을 거절할 것이라고 교스케는 상상하고 있었던 것이다. 하지만 결과적으로 사태는 반대 방향으로 나아가기 시작했다.

실제로 그다음 날 팀 총책임자 우메자와 나오아키가 참석해 얘기가 오갔지만 처음 의사들과 연구자들은 다큐멘터리 제작에 부정적인 의견이었다.

"세 분의 **후유증**을 공표하자는 건가요? 그건 곤란하잖아요."

"숨기고 방송을 만들어 달라는 건 어려울 테고."

"애초에 방송국 카메라가 들어오면 일에 집중이 안 된다고요."

"세 분을 우선적으로 생각해야 한다고 봅니다. 카운슬링이나 재활 운동은 안정된 환경 속에서 효과가 향상되니까 그 생활을 흐트러뜨리는 건 역효과를 불러일으킬 거라고 생각되네요."

이런 발언의 흐름을 바꾼 건 메구미의 한마디였다.

"저희 **후유증**이라는 게 감춰야만 하는 건가요?"

모든 이의 눈이 메구미에게 쏠렸다.

"알려 주세요. 저는 언제까지 연구소 6층에 있어야만 하나요? 물론 감금돼 있는 건 아니에요. 자유롭게 지낼 수 있게 해 주시고, 여기에 있을 수 있는 걸 감사하게 생각하고 있어요. 그래도 솔직하게 말씀드리자면 평범한 생활을 하고 싶어요. 여기를 나가서 연구소에 매일 왔다 갔다 하는 형태로 바꿀 수는 없을지 생각하기도 했어요."

메구미는 천천히 고개를 저었다.

"하지만 무리였어요. 제가 살던 집이 어떻게 돼 있었는지 선생님들은 아시나요? 저는 사회에서 단절되고 말았어요. 500명 넘는 사람이 용뇌염으로 죽었어요. 그중 250명은 저 때문에 죽은 거예요. 아니, 간접적으로는 더 많을지도 모르고, 대부분이라고 말하는 게 정확하겠네요, 분명. 제가 병원 바깥으로 드래건바이러스를 뿌리고 다닌 거예요. '괴물'이라고 불렸어요. 돌아가신 분들의 가족에게 저는 괴물이에요. 차라리 사형에 처해 줬으면 좋겠다고 생각했어요. 몇 번이고, 몇 번이고."

교스케는 슬며시 메구미에게 손수건을 건네줬다. 메구미는 그 손수건을 눈가에 대고는 꼭 쥐었다.

"무리예요. 연구소 바깥에서는 저는 더 이상 생활이 불가능해요. 그래도 어리광일지 몰라도 역시 이런 생각이 들고 말아요. 언제까지 여기에 있어야만 하는 걸까 하고. 알려 주세요. 저희들은 선생님들에게 무슨 존재인가요? 실험동물인 거죠?"

"……."

"저희들을 연구해서 만든 백신으로 많은 사람의 목숨을 구했으니 은혜를 갚기 위해 여기서 불편할 것 없는 생활을 보장해 주시겠다고 선생님께선 말씀하셨죠. 불편한 건 없어요. 돈까지 받고 있죠. 그래도 실제로 저희들은 연구 재료인 거죠? 실험동물인 거죠? 저희 셋의 **후유증**은 마치 만화 속 마법사의 능력 같아요. 과학이 부정해 온 걸 저희들은 하고 있죠. 그러니까 연구하고 있는 거죠? 선생님들께서는 드래건바이러스를 사용할 길을 연구하고 계신 거죠? 드래건바이러스를 퇴치하는 연구가 아닌 거예요, 그렇죠? 길러 적응시킬 순 없을까 하고 계신 거죠?"

의료팀의 면면이 침묵을 이어 나갔다. 우메자와가 무언가를 말하려고 입을 달싹였지만 다시 테이블 위로 시선을 떨궜다.

"마련해 주신 방은 정말로 지내기가 좋아요. 외출해서 쇼핑도 할 수 있고, 그런 의미에서 불만은 하나도 없어요. 나카야 씨와 오키쓰 씨가 함께 있어 주시는 것도 정말로 감사드려요. 두 분 덕분에 아직 제 자신을 잃지 않고 있을 수 있다고 생각해요. 저 혼자만이었더라면 아마도 고 짱…… 고바타를 죽이고 자살했을 거예요. 지금 제가 이렇게 있을 수 있는 건 선생님들과 나카야 씨, 오키쓰 씨 덕분이에요. 정말로 그렇게 생각하고 있어요. 그래도…… 저는 사회에서는 떨어져 나간 거예요. 저에겐 더 이상 실험동물로써 사육될 운명밖에 남아 있질 않은 거예요.”

우메자와는 끙끙거리듯 낮은 한숨을 흘렸다. 그리고 목에 걸린 걸 헛기침으로 털어냈다.

“좀 더…… 그러니까, 저희들은 좀 더 오치아이 메구미 씨나 오키쓰 씨, 나카야 씨의 입장이 돼서 생각했어야 한다는 걸 지금 오치아이 씨의 말씀을 통해 새삼 느꼈습니다. 말로 하더라도 전해지지는 않을 거라고 생각하지만 여러분을 실험동물이라고 생각했던 적은 한 번도 없습니다. 결단코 없습니다.”

의사는 부들부들 몇 번이고 고개를 저어 보였다.

“말씀하신 대로 세 분의 협력 덕분에 연구를 진척시키고 있습니다. 세 분은 저희들에게……라기보다 인류에게 미지로 남아 있는 영역을 지금 보유하고 계십니다. 그게 나타나는 방식은 삼인삼색이지만, 수수께끼를 풀어낼 강력한 공통점을 저희는 알고 있습니다. 그게 드래건바이러스입니다. 오치아이 씨 말씀대로 저희들은 용뇌염을 격퇴하는 방법을 확립하는 것과 동시에 이 드래건바이러스에서 인류가 취할 만한 가치가 있는 것을 발견하려 하고 있습니다. 위험한 바이러스죠. 취급은 만전의 안전책을 강구하면서 진행해야만 합니다. 바이러스 누출 등이 발생하지 않도록 완벽한 안전 관리를 철저히 하고 있습니다. 오치아이 씨의 말씀을 들으면서, 그런 마음이 혹여나 저희들 사이에서 배타적인 분위기를 만들어 버렸을지도 모른다는 생각이 들었습니다.”

그때까지 잠자코 얘기를 듣던 도가시 지즈코라는 정신과 의사가 메구미 쪽으로 몸을 기울였다. 도가시는 메구미를 담당하고 있는 상담의 중 한 사람이었다.

“오치아이 씨를 매일 뵙고 있는데도 마음을 눈치채지 못한 건 담당의로써 정말 부끄럽습니다. 죄송합니다. 지금 저희들이 가장 우선적으로 생각해야 하는 건 세 분의 마음이겠군요. 저희들의 사정보다도 먼저 세 분께서 이번 일을 어떻게 생각하시는지가 중요하겠지요. 그래서 말인데, 오치아이 씨는 어떠신가요? 다큐멘터리 취재를 받아 보고 싶으신 건가요?”

메구미는 교스케의 손수건을 꽉 쥔 채로 끄덕였다.

“어제도 나카야 씨랑 얘기를 했지만 저는 적어도 어떻게든 사회와 연결돼 있고 싶어요. 여러 가지로 생각해 봤지만, 지금의 저로서는 평범한 연결고리를 만들지 못할 것 같아요. 어쨌든 바이러스를 뿌리고 다닌 여자라는 인상이 먼저 와 닿겠죠. 그렇다면 TV라면 어떨까 생각해 봤어요. 저랑 접촉하면 아직도 용뇌염에 걸릴 거라고 생각하는 사람도 TV라면 안심하고 볼 수 있지 않을까 하고요.”

“아아…… 그렇겠군요.”

“이를테면, 저는 다큐멘터리 방송보다는 버라이어티 방송에 나갈 수 있으면 좋겠다고 생각하고 있어요. 제 특기…… **후유증**이긴 하지만, 굳이 특기라는 형태로 취급해 줬으면 하고 생각해 봤어요. 손을 대지 않고 뭐든 움직이거나 모양을 바꿔 버리는 여자라는 거, 특이한 취급을 받을 수 있을 것 같지 않나요? 구경거리죠. 동물원 우리 속에서 빙글빙글 돌고 있는 희귀 맹수. 괴이하고 희귀한 맹수 취급을 받을 수 있으면 제 이미지도 조금은 바뀌지 않을까 해서요."

"희귀 맹수……."

한동안 방에서 발언이 끊겼다.

다만 방의 공기가 처음과는 꽤나 달라져 있는 걸 교스케도 느낄 수 있었다. 메구미가 의사들의 생각을 움직인 것이다.

방 분위기를 바꾸려고 생각했는지 한 의사가 람다기획에 대해 알아보는 게 좋을 것 같다고 말했다. 제대로 돼먹지 못한 프로덕션이 들쑤시고 다니지 않았으면 좋겠다는 것이었다. 하지만 인터넷에서 알아본 결과, 람다기획은 업계에서 손꼽히는 실적을 가진 회사였다. 사원수도 150명 이상으로 드라마, 정보, 버라이어티 등 다양한 방송 제작을 하고 있었다. TV뿐만이 아니라 극장 영화까지도 만들고 있는 곳이었다.

결국 이번에는 의료팀도 함께 람다기획과 이야기를 나누는 걸로 얘기가 됐다. 아카네 기쿠에게 이소베를 소개받은 이후로 정확히 일주일 뒤인 10월 12일의 일이었다.

24

대학병원도 바이러스 연구소도 아닌 만남의 장소는 류오 대학 의학부 0호동 지하에 있는 회의실로 결정됐다. 참석한 사람은 교스케 일행 3명 외에, 의료팀 쪽에서는 우메자와 6명의 상담의 전원이었다. 람다기획에서는 이전에 왔던 이소베와 가와타니에 우노 신지라는 제작부장이 참석했다.

방송 제작과는 원래 관계가 없지만 그 자리에는 아카네 기쿠에와 우스이 도시히로도 의미불명의 참관객으로서 참석했다. 이날 이야기는 촬영을 하지 않았으면 좋겠다고 람다기획 측에는 미리 연락을 해 뒀더니 가와타니 카메라맨은 회의실에 빈손으로 나타났다.

의료팀과 람다기획 측이 자기소개와 인사를 마치자 이소베와 가와타니는 참석한 모두에게 20쪽 정도의 '기획서'를 나눠 줬다. 컬러로 출력된 기획서 표지에는 「더 다큐멘트: 용의 손톱 자국─드래건바이러스와 싸우는 사람들(가제)」라는 제목이 들어가 있었다.

그 기획서에 따라 먼저 우노 부장이 방송 기획 의도를 설명했다. 대부분 있는 그대로를 읽어 내려가는 부장의 설명은 얄팍한 내용도 있어 꽤나 지루했다. 발화되는 단어가 전혀 머릿속에 남질 않았다.

한참 동안 이어지던 프레젠테이션이 끝나자 의료팀 책임자로서 우메자와가 입을 열었다.

"먼 곳까지 오시느라 고생이 많으셨습니다. 생각하시는 방송 기획을 정성 들여 설명해 주셨는데, 감상이나 생각을 말하기에 앞서 먼저 저희 쪽에서 몇 가지 꼭 설명드리고자 합니다."

우메자와는 말하면서 람다기획 사람들의 얼굴을 돌아봤다. 우노 부장과 이소베가 싱글벙글 웃으면서 끄덕였다. 가와타니 카메라맨은 여전히 무표정했다.

"일주일 전 나카야 교스케 씨와 오치아이 메구미 씨를 만나신 듯한데 오키쓰 시게루 씨의 소개가 아직 안 됐다고 생각합니다."

우메자와는 오키쓰 쪽으로 손을 들어 보였다.

"오키쓰 씨, 일어서 주세요."

"……."

람다기획의 세 사람과 출판사의 두 사람이 약속이라도 한 듯 깜짝 놀란 표정으로 일어선 오키쓰를 바라봤다.

"오키쓰 시게루라고 합니다. 부디 잘 부탁드립니다."

오키쓰는 고개를 숙이고 의자에 앉았다.

"어라……?"

맨 처음 소리를 낸 것은 아카네 기쿠에였다.

"잠시만요. 저기…… 오키쓰 시게루 씨는 93세의 고령이라고 들었는데요."

"네. 부끄럽습니다만 아흔이 넘었습니다."

오키쓰가 끄덕였다.

"아흔…… 어, 하지만……."

교스케는 왠지 모르게 옆에 앉은 메구미와 얼굴을 마주 봤다. 저도 모르게 키득키득 웃음이 나서 뺨 근육이 풀렸다.

지금의 오키쓰를 보고 93세라고 생각할 사람은 아무도 없었다. 어떻게 봐도 그는 30대 전반, 즉 교스케와 별반 차이나지 않는 인상밖에 주지 않았다.

기쿠에도 우스이도, 람다기획의 세 사람도 모두 다 복잡한 표정을 짓고 있었다. 이걸 엉터리 농담이라고 받아들여야 할지 아니면 자기들을 바보 취급하고 있는 건지 판단이 서지 않는 모양이었다.

"'대체 이건 뭐야?'라고 생각하고 계시겠죠. 이무라 선생님, 오키쓰 씨의 사진을 보여 주세요."

우메자와도 입가에 엷은 웃음을 띠고 말했다.

맞은편 끝에서 이무라 사나에가 일어섰다. 오키쓰를 담당하는 상담의였다. 이무라는 긴 테이블 너머를 돌아 흰 가운의 주머니에서 사진 몇 장을 꺼냈다. 그 사진을 한 장 한 장 정중히 우노 부장의 앞에 늘어놨다. 다섯 장이 준비돼 있었다.

"사진에 기록돼 있는 날짜에 주의해서 봐 주십시오. 맨 첫 장에는 날짜가 들어가 있지 않습니다만 그건 오키쓰 씨가 요양원에 계실 때 찍은 거라 그렇습니다. 나머지 네 장은 오키쓰 씨가 병에서 회복한 뒤에 의료팀 스태프가 찍은 겁니다. 오키쓰 씨의 사진은 자료로써 매일 찍고 있습니다만, 보름에서 한 달 간격으로 가져왔습니다."

자기가 있는 곳에서는 잘 안 보였는지 우스이가 일어서서 우노 부장 뒤쪽에서 사진을 들여다봤다.

"거짓말……."

우스이가 내뱉은 말이 너무나도 비참하게 들려서 교스케는 웃음을 터뜨릴 뻔했다.

"저희들이 속이고 있다고 생각하실 것 같습니다. 하지만 사진은 조작한 게 아닙니다. 아무런 트릭도, 가공도 없답니다."

"아니, 그러니까, 잠시 기다려 주세요."

이소베가 사진에서 눈을 떼고 우메자와를 바라봤다.

"회춘했다고밖엔 보이지 않는군요. 그것도, 이거, 보름에서 한 달 간격이라면 엄청난 속도로 젊어지셔서……."

말하더니 이소베는 오키쓰를 살피듯이 쳐다봤다. 사진보다도 더 젊어 보이는 오키쓰가 이소베에게 가볍게 목례를 했다.

우메자와가 말을 이었다.

"말씀하신 대로입니다. 오키쓰 씨는 용뇌염의 가장 초기 감염 자죠. 그 당시 감염자는 여기에 계신 세 분과 집중치료실에서 혼수상태에 계속 빠져 계시는 고바타 고조 씨까지 네 분을 제외하고는 전부 사망했습니다. 오키쓰 씨는 감염된 지 8일째부터 상태가 호전되기 시작해 저희들도 놀랄 정도로 회복하셨습니다만, 오키쓰 씨의 몸 안에서는 그때부터 신기한 일이 벌어지기 시작한 겁니다. 전혀 상식을 벗어난 일입니다만 오키쓰 씨 몸의 여러 세포가 활발히 신진대사를 반복해 더욱이 점점 젊어지기 시작한 겁니다."

"……."

믿어질 리가 없었다. 교스케는 다섯 사람을 보며 생각했다. 일반적인 정신 상태로 이 얘기를 들으면 어설픈 거짓말을 하고 있다고밖엔 생각이 들지 않는다.

후우 숨을 토해 낸 교스케는 우메자와를 쳐다봤다.

"선생님, 오키쓰 씨보다도 메구미를 먼저 소개하는 게 낫지 않을까요? 이 친구가 훨씬 이해하기 쉬울 테니까요."

"아아, 그렇네요."

우메자와는 교스케와 메구미를 번갈아 봤다.

교스케는 다섯 명의 시선이 이번에는 자신에게 쏠리는 걸 느꼈다. 이들의 시선은 뿔뿔히 흩어졌다가 메구미 쪽으로 쏠렸다.

"실은, 여기 계신 세 분…… 오키쓰 씨, 나카야 씨, 오치아이 씨는 제각각 용뇌염을 극복하시면서 동시에 모종의 능력을 획득하셨습니다. 저희들은 일단 그 획득한 능력을 용뇌염의 **후유증**이라고 부르고 있습니다만, 통상 병으로 인해 생기는 후유증과 세 분의 **후유증**은 전혀 성격이 다릅니다. 오키쓰 씨는 회춘이라는 형태로 나타났습니다만 오치아이 메구미 씨의 경우에는, 이것도 믿기 어려우실 거라 봅니다만 놀라운 능력을 획득하셨습니다."

우메자와가 고쳐 앉으며 다섯 사람을 향해 말했다. 그런 뒤 메구미를 돌아봤다.

"오치아이 씨, 뭐라도 하나 보여 주세요."

"네."

고개를 끄덕인 메구미는 가볍게 심호흡을 한 번 하더니 의자에서 일어서서 회의실의 반대편으로 몸을 향했다. 텅 빈 플로어 끝에 벽에 기대어 접이식 의자가 쌓여 있었다. 메구미는 쌓인 의자의 산을 향해 손가락을 들어 올렸다.

"저쪽 의자를 봐 주세요."

이렇게 말하자 그녀의 손가락 앞쪽에서 맨 위에 쌓여 있던 접이식 의자가 붕 하고 공중에 떴다.

"어?"

누군가가 목소리를 냈다.

의자는 미끄러지듯 공중을 이동해 칠이 안 된 플로어 중앙에 딱 멈춰 섰다.

"……."

접혀 있던 의자가 공중에서 천천히 펼쳐져 그대로 조용히 바닥으로 내려왔다.

메구미는 부끄럽다는 듯이 웃으며 다섯 사람 쪽으로 돌아섰다.

"저…… 저기. 방금 전 건 뭡니까?"

이소베가 목이 막힌 듯한 목소리를 냈다.

메구미는 어깨를 으쓱했다.

"접혀서 쌓여 있던 의자를 방의 한가운데로 옮겼습니다."

"아니…… 그건, 뭐랄까, 당신이…… 그러니까 오치아이 씨가 의자를 옮긴 겁니까?"

"네."

"그런……."

이소베가 미간을 좁혔다.

"마술이 아니에요. 장치 같은 건 없답니다. 조사해 볼까요? 아니면 다른 거라도 해 볼까요?"

"아, 아아…… 음. 그럼, 이건 초능력인가요?"

"모르겠어요. 저희들은 후유증이라고 부르고 있죠."

메구미는 웃었다.

다섯 사람이 서로 얼굴을 마주 보고 있었다. 모두 다 안정을 찾지 못하는 듯했다.

"그러니까, 소위 숟가락을 구부러뜨리는 일도 가능하다는 얘긴가요?"

이소베가 머리를 긁적이며 메구미를 바라봤다.

"네, 그런 구부리기 쉬운 물건은 엄청 간단해요. 으음……."

메구미는 그렇게 말하면서 회의실 안을 둘러봤다.

"숟가락은 없네요."

교스케는 서 있는 메구미를 올려다봤다.

"굽히거나 이동시키는 걸 이분들더러 지정해 달라고 하는 게 어때?"

"알았어."

메구미는 고개를 끄덕였다.

"물건을 움직이거나 변형시킬 수 있답니다. 시켜 보고 싶으신 게 있으면 말씀해 주세요."

다섯 명은 다시 서로의 얼굴을 쳐다봤다. 이들이 어딘가 미심쩍다고 여기고 있는 게 느껴졌다.

"그러면 저를 공중에 띄워 보세요. 그렇게 하면 뭔가로 매달아 뒀는지 어쨌는지를 알 수 있을 테니까요."

우스이가 일어섰다.

"알겠어요. 다만, 전에도 선생님들과 연습해 본 적이 있긴 한데 갑자기 공중에 뜨게 되면 정신적으로 꽤나 쇼크를 받는 듯해서요, 그 의자에 다시 앉아 보시겠어요?"

우스이는 뒤쪽의 의자와 메구미를 번갈아 봤다.

"의자? 앉으라고요?"

"네. 처음에 의자에 앉아 계시면 의자째로 공중에 띄울게요. 그렇게 하면 갑자기 무중력상태가 되지는 않으니까요. 쇼크가 적을 거예요. 완전히 공중에 뜬 다음에 의자만 내려놓을게요."

"으음…… 알겠어요."

말하면서 우스이는 의자에 앉았다. 그대로 공중에 뜨면 무릎이 테이블에 부딪힐 거라 생각했는지 앉은 채 덜컥거리며 의자를 뒤로 뺐다. 모두의 시선이 우스이에게 쏠렸다.

"준비됐나요?"

메구미가 물었다.

"……오케이. 준비됐어요."

"다리는 앞으로 모으시고, 양손도 축 늘어뜨려서 의자 가장자리를 잡아 주세요. 앉아 계신 다리 쪽 가장자리요, 허벅지 옆."

"네에…… 이러면 될까요?"

"네. 그러면 천천히 올릴게요. 떠올라도 너무 당황하지는 마세요."

메구미는 양손을 우스이 쪽으로 올렸다. 무언가를 퍼올리는 제스처로 손을 들어 올렸다. 동시에 아, 하고 우스이의 입에서 탄성이 새어 나왔다.

조용히, 똑바르게 우스이의 몸이 상승하기 시작했다. 의자에 앉은 채로 우스이의 몸이 공중에 떠올랐다.

"괜찮으세요?"

메구미의 질문에 우스이는 소리도 못 내고 끄덕였다.

바닥에서 1미터 정도 뜬 지점에서 메구미는 우스이를 멈춰 세웠다. 그 순간 우스이가 탄성을 내뱉었다.

"오, 오오오……."

"무섭지 않으세요? 괜찮으세요?"

"끄, 끝내주는데…… 나 떠 있다고요. 아카네 씨, 알겠어요? 나, 떠 있어요."

"알아."

기쿠에가 대답했다. 목소리가 흥분된 기미를 띠고 있었다.

"괜찮으시면 알려 주세요. 의자를 내릴게요."

메구미의 말에 우스이는 눈을 감고 심호흡을 했다.

"오케이. 자, 해 주세요."

"그럼 먼저 가장자리를 잡고 있는 손을 놔 주세요. 천천히 놓으셔도 돼요. 절대로 뒤집히는 일 같은 건 없으니까 천천히 놓아 주세요."

"이…… 이렇게 하면 되나요?"

"네. 좋아요. 그럼 먼저 조금만 우스이 씨의 몸을 의자에서 떼어 띄울 거예요. 몸 주변에서 중력이 사라져 가는 것 같은 느낌이 들고, 조금 두근거릴지도 몰라요. 위험하지는 않으니까 패닉에 빠지지 마세요. 그런 뒤 의자만 내릴게요. 아시겠죠?"

"네…… 부탁드리겠습니다."

우스이의 몸이 의자에서 아주 조금 뜬 것처럼 보였다. 그 순간 "우아아아아……" 하는 소리가 우스이의 입에서 새어 나왔다.

"괜찮으세요?"

메구미의 질문에 우스이는 고개를 끄덕이는 것만으로 답했다.

"그럼 의자를 내릴게요. 마음 편히 먹으세요. 힘이 들어간 것처럼 보이는데 힘을 빼고 마음 편히 있으세요. 아시겠죠?"

"……네."

우스이의 몸이 스윽 의자에서 떨어졌다. 의자는 소리도 없이 바닥으로 내려졌다. 공중에는 완전히 우스이만이 떠 있었다. 회의실이 고요했다.

"괜찮으세요? 힘을 빼고 천천히 호흡을 해 보시면 편해질 것 같은데요."

공중에서 우스이가 고개를 끄덕였다.

"그러면 다리를 그대로 아래쪽으로 뻗어 보실까요? 이제 우스이 씨는 완전히 떠 있으니까 어떤 자세든 그 자리에서 가능하세요."

"오, 오오오……."

소리를 내면서 우스이는 앉은 채로 구부리고 있던 다리를 바닥 쪽으로 뻗었다. 다리를 쭉 뻗었는데도 바닥에는 닿지 않았다. 우스이는 회의실 공중에 똑바르게 서 있었다.

"어떻게 하시겠어요? 더 높이 올라가실 수도 있고, 이 방 안을 빙 둘러 날아 보시는 것도 가능하세요."

말하면서 메구미는 자기 자신을 공중에 띄웠다. 둥실둥실 공중을 날아 메구미는 우스이의 옆에 나란히 섰다. 회의실의 모든 사람이 떠 있는 두 사람을 놀라움에 사로잡힌 채 바라봤다.

"공중산책, 해 보시겠어요?"

"아니…… 저, 그러니까."

우스이는 크게 심호흡을 반복했다.

"잠깐, 일단…… 내려 주실 수 있을까요?"

메구미가 방긋 웃었다.

"그렇죠. 익숙하지 않으면 지쳐 버리죠. 그럼 천천히 내릴게요. 괜찮죠?"

우스이는 다시 고개를 끄덕였다.

우스이의 몸이 공중에서 서서히 가라앉았다. 발끝이 바닥에 닿은 순간 패닉을 일으킬 뻔한 것을 메구미는 그의 손을 잡아 안정시켰다. 발이 완전히 바닥에 닿아 자신에게 체중이 돌아오자 우스이는 의자에 풀썩 주저앉듯 몸을 기댄 채로 아아아, 하고 배 속 깊은 곳에서 소리를 냈다.

"대박인데……."

넋이 나간 것 같은 소리를 낸 건 이소베였다.

메구미는 그대로 공중으로 떠올라 회의실 안을 둥실둥실 한 바퀴 돌고는 원래 자리로 되돌아왔다.

"이게…… 이게 후유증입니까?"

우노 부장이 입을 열었다.

우메자와는 입을 다문 채 씨익 부장에게 웃어 보였다.

기쿠에가 교스케를 바라보면서 말했다.

"나카야 씨, 류오 일기를 휴재하고 싶다는 이유가 이것 때문이었구나. 이제야 알았어."

기쿠에의 어투에 담긴 의미를 알아챈 교스케는 쑥스러움을 웃는 얼굴로 감췄다.

기쿠에는 교스케를 바라본 채로 고개를 갸웃했다. 그러고는 가지고 있던 볼펜 뒷부분으로 테이블을 툭툭 두드렸다.

"그래서, 나카야 씨의 후유증은 뭐야? 전에 물어본 것 같은데. 나카야 씨 일행에 대해 묘한 소문이 돌고 있다는 거 확인차 물어본 적 있잖아. 나카야 씨네 일행이 사이킥이 되고 있다고."

교스케는 끄덕였다.

"물어보셨죠."

"소문이 진짜였던 거네?"

"그때엔 아카네 씨도 소문을 믿지 않으셨죠. 지금 메구미가 자기 능력을 선보였지만 눈앞에서 봤다고 하더라도 아마도 아직 무슨 속임수에 놀아나는 게 아닌가 하는 생각을 하시겠죠? 소문이 흘러나갔을 땐 저희들도 스스로에게 벌어지는 일을 믿지 못했으니까요. 그때와 비교하면 지금은 저희들의 능력을 컨트롤할 수 있게 됐고, 어떻게든 이 후유증과 타협할 수 있게 됐어요. 그래도 메구미도 그렇고 오키쓰 씨도 그렇고 저도 마찬가지지만, 이 드래건 바이러스로부터 받은 능력을 사람들에게 보여 주는 건 꽤나 용기가 필요한 일이에요."

"아아, 그렇겠지. 알 것 같아."

기쿠에가 고개를 끄덕였다.

"초능력 같은 걸 믿는 사람은 거의 없잖아? 영화라든가 애니메이션 같은 데서는 익숙한 능력이지만, 현실에서 그걸 눈앞에서 보게 된다면 먼저 마술이라고 생각할 테고 자칭 초능력자는 머리가 어떻게 됐거나 사기꾼이라고 여겨질 테지. 여기 계신 의사 선생님들도 마찬가지야. 이분들은 과학자지. 초능력과 과학은 상극에 있다는 게 일반적인 이미지잖아? 자칫 어설프게 발표했다가는 과학자로서의 생명을 빼앗길 수도 있지."

으음, 하고 우노 부장이 신음하는 듯한 소리를 냈다.

"저희들도 마찬가지네요."

모두의 시선이 이번에는 우노 부장에게 쏠렸다.

"TV 역시 취급하기가 꽤나 어렵습니다. TV는 초능력이라든지 초자연현상이라든지 유령의 존재라든지 UFO정보라든가…… 그런 류의 것을 자주 다루죠. 이런 화젯거리는 비교적 시청률 올리기에는 좋은 점도 있습니다만 동시에 양날의 검 같은 성격도 가지고 있죠. 조심해서 다루지 않으면 방송국이 초능력이나 영력을 긍정한다는 인상을 주고 맙니다. 비과학적이라고 여겨지는 것은 일부러 흥미 본위로 출연시킨달까 재미있어하니까 취급하고 있는 것뿐이라고요. 방송으로서는 믿지 않지만 이런 화제는 재미있잖아, 하는 제작 방식을 취할 수밖에 없는 부분이 있습니다."

말하면서 우노 부장은 교스케에게 시선을 돌렸다.

"오치아이 씨의 놀라운 능력은 보았습니다. 회춘이라는 오키쓰 씨의 경이적인 면도 봤죠. 나머지 한 분, 나카야 씨의 능력을 본 다음에 검토하고 싶은데요."

교스케는 크게 숨을 들이쉬었다.

"내가…… 제가 용뇌염의 **후유증**으로 얻은 건 조금 미묘합니다. 오키쓰 씨의 회춘이라든가, 물건을 이동시키는 메구미의 능력은 눈으로 보면 아실 수 있지만 제 능력은 눈에 보이는 형태의 것이 아니라서요."

"그렇다면요?"

"천리안, 이라는 게 있죠. 투시 능력이라고나 할까요."

"천리안…… 나카야 씨의 능력은 천리안이십니까?"

"뭐라고 불러야 할지는 모르겠지만 천리안에 가까운 게 가능합니다. 이를테면 사람의 과거가 제게는 보인달까요."

"……"

우노 부장이 교스케를 속내를 살피는 듯한 눈으로 쳐다봤다. 교스케는 그런 우노 부장을 시험 삼아 아주 약간 밀어 봤다.

"제 과거도…… 보이는 겁니까?"

교스케는 고개를 끄덕였다.

"네. 부장님이 오늘 아침 나오실 때, 아드님께서 야마나시에 갈 거면 '겐키카이(元氣甲斐)'라는 명물 에키벤 도시락을 사다 달라고 부탁하신 것도 보입니다."

"어……? 어어?"

우노 부장이 눈을 흡떴다. 두 번 놀란 듯이 보였다.

이소베가 부장을 돌아봤다.

"부탁받으신 겁니까?"

"어, 어어……."

우와아 하는 묘한 탄성을 지르며 이소베는 교스케를 뚫어져라 봤다.

"아니, 그럼, 이를테면…… 유실물 같은 것도 알 수 있습니까?"

우노 부장이 목덜미를 쓰다듬으며 물었다.

"유실물……."

교스케는 역시나 하고 질문의 의미를 깨닫고는 부장을 쳐다봤다.

"잃어버린 물건을 찾는 건 이제껏 해 본 적은 없지만 관련된 정보를 주신다면 가능할지도 모릅니다. 어떤 물건인가요?"

우노 부장은 부끄러운 듯 웃으면서 더더욱 목덜미를 긁적였다.

"시계입니다."

"시계요?"

"아버지가 유품으로 남기신 회중시계인데, 항상 몸에 지니고 있었습니다. 월텀 사의 철도시계로 정말 마음에 꼭 들었었는데 잃어버리고 말았습니다."

"아아, 그렇죠. 부장님, 전에는 계속 회중시계를 쓰셨죠. 그러고 보니 최근에는 본 적이 없네요."

이소베가 말했다.

"3년 전이려나. 방송국 프로듀서와 디렉터랑 같이 아소(阿蘇) 쪽에 놀러 간 적이 있는데, 골프장에서 소매치기를 당해서."

"어, 잃어버린 거, 그거…… 소매치기를 당하신 거였어요?"

"응, 코스를 도는 동안 당했지 뭔가. 귀중품을 맡기지 않고 로커에 넣어 둔 나한테도 잘못이 있지만. 경찰에도 신고했고 골프장 쪽 관리 책임이 어쩌고 하는 일까지 가기도 했는데 결국 잃어버린 물건은 돌아오질 않았어."

"봉변을 겪으셨네요."

그렇게 말하면서 이소베가 교스케에게 시선을 던졌다.

"부장님의 회중시계, 찾을 수 있겠습니까?"

"될지 잘 모르겠지만 잠시 시간을 주십시오. 3년 전 언제쯤이었나요?"

우노 부장은 공중으로 시선을 던졌다.

"어디 보자. 7월 초쯤이었다고 생각합니다. 꽤나 더웠으니까요. 그런 시기였습니다."

교스케는 고개를 끄덕이고 우노 부장을 가볍게 **밀었다.**

우노 부장의 시간이 엄청난 속도로 되감기기 시작했다. 부장의 주위에 다양한 정경이 뒤섞여 나타났다가는 사라져 갔다. 관계없는 것은 무시하고 오로지 3년 전의 골프장만을 목표로 했다.

아무래도 우노 부장의 생활에서 골프는 꽤나 비중을 차지하고 있는 것 같았다. 골프장이나 공을 친 뒤의 배경이 꽤나 빈번히 나타났다. 그 배경의 계절감을 주의 깊게 관찰하면서 3년 전을 카운트했다.

갑자기 잔디의 반짝임이 선연한 골프장을 지나온 것 같은 느낌에 **미는** 힘을 조절했다. 골프장의 배경이 사라지는 것을 기다렸다가 되돌리기를 멈췄다.

"⋯⋯."

공항 앞 터미널인 듯했다. 아치형의 진입 통로 위에 '구마모토 공항'이라는 표시가 있었다. 우노 부장을 포함해 다섯 남자가 짐을 바닥에 내려놓고 주위를 둘러보고 있었다.

"맞이하러 온다던 사람, 어디로 오기로 돼 있는 거야?"

우노 부장이 휴대전화에 대고 묻고 있었다.

"아니, 없다고. 그렇지? 그쪽에서 연락해서 차 어떻게 됐는지 좀 알아봐 줘. 15분이나 기다리고 있다고, 우리는."

부장은 말하면서 바지 주머니에 손을 넣었다. 주머니에서 꺼낸 것은 회중시계였다. 금색 체인이 벨트 고리에 쇠장식으로 고정돼 회중시계에 이어져 있었다. 부장은 엄지손가락으로 핑 하고 뚜껑을 튕겨서 열어 문자판을 바라봤다.

'좋았어.'

교스케는 거기서 포커스를 부장에서 회중시계로 옮겼다. 그리고 천천히 빨리 감기를 시작했다.

골프장 로커룸에서 회중시계는 우노 부장에게서 떨어졌다. 작업복을 입은 중년 남자가 로커룸 청소를 시작했는데 손님들이 사라지자 그는 도둑으로 변신했다. 가지고 있던 못뽑이로 방 안에 있는 로커를 억지로 열어 안에서 값나가는 물건들을 빼내기 시작했다. 우노 부장의 회중시계도 그의 손에서 마대 자루 속으로 옮겨 갔다.

거기서부터는 시종일관 회중시계가 가는 길을 좇았다. 도둑의 정체를 밝혀내고 싶다는 욕구도 일었지만, 지금 우노 부장이 기대하고 있는 것은 '유실물 발견'이라고 되뇌면서 시계를 좇는 데만 전념했다.

요소요소에서 반복해 왔다 갔다 하며 회중시계를 계속 지켜봤다. 여러 사람의 손을 거쳐 마침내 시계는 어떤 남자 거실 서재에 장식됐다. 회중시계가 지금도 그 남자의 손에 보관돼 있는 것을 확인하고 투시를 끝내려고 한 순간…… 교스케는 깜짝 놀라 투시 정경 한가운데에 멈춰 섰다.

그 투시 속에 우노 부장이 나타났기 때문이다. 회중시계를 거실에 장식하고 있는 남자와 우노가 웃으면서 악수를 교환했다.

"정말 잘됐습니다. 왠지 저도 기쁘군요."

남자의 말에 우노는 악수하는 손을 섬기듯이 고개를 숙였다.

'이건 대체…….'

교스케는 크게 숨을 들이쉬었다. 거실을 둘러보다가 TV 옆에서 디지털 시계를 발견했다. 날짜를 확인하니 10월 23일이라고 표시돼 있었다.

'이건 과거가 아니야. 오늘은 아직 10월 12일이야. 11일 후…….'

'현실을 돌파해서 나는 미래를 보고 있어.'

심호흡을 반복해서 교스케는 스스로를 안정시켰다.

과거뿐만이 아니었다.

밀면, 포커스를 맞춘 대상의 시간이 과거로 이동한다. 반대로 **당기면** 대상의 시간은 현재를 향해 나아가기 시작한다. 하지만 대상의 시간이 현재와 중첩돼도 더더욱 **당기기**를 계속했을 때, 그 시간은 현재를 지나 미래의 영역에 들어가는 것이다.

그걸 교스케는 처음 알았다.

웅성웅성 침착해지지 못하는 기분을 억누르고 교스케는 투시에서 나와 눈을 떴다. 회의실의 시선이 모두 자신에게 쏠려 있었다.

"……죄송합니다."

저도 모르게 사과를 하면서 교스케는 옆에 있는 메구미에게 시선을 던졌다.

"꽤 오래 가 있었어?"

물어보니 메구미는 고개를 으쓱해 보였다.

"그렇지도 않아. 20초 정도?"

20초…….

그 시간도 의외라고 생각하면서 교스케는 정면의 우노 부장에게 시선을 돌렸다.

"기다리셨죠?"

"……찾으셨나요?"

주저하는 듯한 어투로 우노 부장이 물었다.

교스케는 천천히 고개를 끄덕였다.

"회중시계는 가까운 시일 내에 부장님 손에 돌아올 겁니다."

"어…… 돌아온다고요?"

"제3자의 손에 들어가 있어서 되사는 형태가 되겠습니다만, 그래도 괜찮으시다면 아버님의 유품을 찾는 건 가능합니다."

"……물론 되살 용의는 있습니다. 도둑질당한 물건에 돈을 지불하는 게 어딘가 납득이 안 되긴 하지만 다른 물건도 아니니 말입니다. 돌아가신 아버지께도 면목이 서지 않는다고 계속 생각해 왔으니 되찾을 수만 있다면 얼마라도 지불할 겁니다. 그렇지만, 정말로 아신 겁니까?"

"아소 다와라야마 컨트리클럽의 클럽하우스에서 도둑맞은 시계는 후쿠오카로 옮겨져 기타큐슈의 고물상의 손에 들어갔습니다. 거기서 히로시마, 오카야마의 고물상을 전전해 오사카 덴노지 동물원 근처 앤티크숍에 진열됐습니다. 그곳에 9개월 정도 전시돼 있었습니다만, 지난해 가을 가마쿠라에서 레스토랑을 경영하는 사와타리 하지메라는 사람이 어쩌다 그 앤티크숍에 들러 83만 엔에 부장님의 회중시계를 샀습니다."

"83만……."

교스케는 우메자와에게 말을 걸었다.

"메모할 만한 걸 빌릴 수 있을까요?"

리포트 용지와 볼펜을 빌려 교스케는 그곳에 투시로 확인할 수 있었던 사와타리 하지메의 이름과 주소, 휴대전화 번호를 썼다.

"이거 부장님께 전해 줘."

교스케의 말에 메구미가 고개를 끄덕였다. 리포트 용지는 5센티미터 정도 뜬 상태로 테이블 위를 활공해 우노 부장 앞으로 이동했다.

"……."

우노 부장은 아무 말 없이 눈앞에 날아온 메모와 메구미, 그리고 교스케를 번갈아 봤다. 한동안 메모를 바라보더니 마음을 정했는지, 안쪽 주머니에서 휴대전화를 꺼내들어 전파 상태를 확인하는 듯 디스플레이를 체크한 다음 메모를 보면서 버튼을 누르기 시작했다.

"아, 사와타리 하지메 선생님 계십니까? 갑자기 전화를 드려 죄송합니다. 저는 우노 신지라고 합니다. 도쿄 람다기획이라는 TV 방송 기획사에서 제작부장을 맡고 있습니다. 아, 아뇨, 영업 전화가 아닙니다. 그, 뜬금없이 여쭤 볼 게 있는데요, 지난해 가을에 오사카 앤티크숍에서 회중시계를…… 월텀 사의 철도 시계를 구입하셨나요? 아, 네, 실은 말이죠, 제가 3년 정도 전에…….”

우노 부장은 주머니에서 꺼낸 손수건으로 이마의 땀을 훔치면서 사정을 간단히 설명하고 나중에 다시 연락드리겠다고 말하면서 전화를 끊었다. 그러고는 큰 숨을 내쉬고 교스케를 바라봤다.

“나카야 씨께서 말씀하신 대로였습니다. 실물을 보기 전까지 단정할 수는 없습니다만 사와타리 씨는 아버지의 시계를 구입하신 것 같습니다.”

우스이 도시히로가 히익, 하고 탄성을 내뱉었다.

“끝내주잖아, 정말 대단해.”

25

람다기획과 《주간 이터니티》 사람들이 돌아가자 교스케는 의학부 부지를 벗어나 혼자 마을로 나갔다.

류오 시 주택지를 터덜터덜 걸었다. 목적지가 있는 게 아니었다. 침착함을 잃은 스스로를 동지나 의사 들에게 보이고 싶지 않았던 것뿐이었다. 괜히 혼자가 되고 싶었다.

하교 시간인지 좁고 굽은 언덕길을 교복 차림의 중학생들이 빠른 걸음으로 달려 올라왔다. 자전거를 탄 주부가 그 옆을 빠져나가듯이 내려갔다. 담을 따라 비탈길을 꺾자 작은 놀이터가 있었다. 교스케는 그저 놀이터로 들어가 페인트가 벗겨진 낡은 벤치에 앉았다. 맞은편 벤치에는 손녀를 데리고 나온 노인이 앉아 있었다. 작은 여자아이는 벤치 위에 늘어놓은 나뭇잎 위에 하나씩 작은 돌을 얹고 있었다.

미래가 보인다.

교스케는 벤치에 앉아 눈을 감았다.

투시할 수 있는 것은 과거뿐만이 아니었다.

자신한테는 사람이나 물건의 미래가 보인다. 물론 우노 부장의 11일 후의 미래를 내다봤을 뿐으로, 아직 능력을 완전히 꿰뚫고 있는 것은 아니었다. 다만 우노 부장은 사와타리 하지메로부터 돌아가신 아버지의 유품을 양도받게 될 터였다. 그 정경이 분명히 보였다. 23일 사와타리가의 거실에서 두 사람은 굳게 악수를 주고받게 될 것이다.

교스케는 크게 숨을 들이쉬었다. 심호흡을 반복하자 머릿속이 차게 식어 왔다.

문득 앞에 있는 여자아이를 바라봤다. 네 살이나 다섯 살 정도려나. 아직 학교에는 들어가지 않은 듯했다. 할아버지와 벤치에 앉아 소꿉놀이를 하고 있었다.

그 여자아이에게 포커스를 맞춰 봤다. 살짝 숨을 들이쉬듯이 **당겨** 봤다. 갑자기 그 아이의 시간이 앞으로 나아가기 시작했다. 눈이 어지러울 정도로 배경이 바뀌었다. 동시에 그 아이도 성장을 시작했다. 키가 자라고 얼굴도 어린아이에서 소녀로 바뀌었다.

"……."

정경의 변화가 갑자기 멈추자, 교스케는 깜짝 놀라 시간의 진행을 늦췄다.

초등학교에 들어가 4학년쯤으로 보이는 소녀를 둘러싸고 있던 정경이 갑자기 흰색으로 고정됐다.

병실이었다. 병원 침대에 소녀는 가로누워 눈을 감고 있었다.

"······."

기분이 무거워졌다. 설마 이런 미래를 보게 될 줄은 생각도 못 했었다.

'아니, 그저······.'

마음을 고쳐먹은 교스케는 기대를 품고 그녀의 시간을 더더욱 전진시켰다.

하지만 얼마나 시간을 앞으로 돌려도 그녀의 주위는 흰색인 채였다. 병실에서 몇 년인가가 지나고 중학교에 다니는 일도 없이 갑자기 소녀의 시간이 끝나 버렸다. 얼어붙은 듯이 스톱모션 장면 으로 비춰진 소녀의 최후는 역시 흰 침대 위였다.

투시에서 빠져나와 교스케는 다시 앞을 바라봤다. 나뭇잎을 손에 얹고 맛있다는 듯이 작은 돌을 먹는 시늉을 하는 할아버지 를 올려다보면서 여자아이가 방긋방긋 웃고 있었다.

"······."

교스케는 입안으로 "거짓말이야." 하고 중얼거렸다. 여자아이 의 미소를 보는 게 괴로워져서 벤치에서 일어섰다. 마치 도망치듯 이 놀이터에서 나왔다.

완만한 언덕을 내려가 국도를 넘어 가마나시가와 강 쪽으로 걸 음을 옮겼다. 둑에 올라 상류를 향해 걸었다.

'구원이 있다고 한다면······.'

교스케는 강을 건너 불어오는 바람을 맞으며 생각했다. 구원이 있다고 한다면, 보고 싶지 않은 미래는 보지 않으면 된다는 것이었다. 스스로에게 그렇게 되뇌면서 둑을 따라 걸었다.

아직 컨트롤이 되지 않았던 때에는 시야에 갑자기 날아 들어오는 환각에 시달릴 뿐이었다. 자신이 뭘 보고 있는지도 이해가 되지 않았고 그곳에서 빠져나오는 방법조차 몰랐었다. 지금은 달랐다.

교스케는 자신의 능력을 거의 완벽하게 컨트롤할 수 있게 됐다. 대상인 인물이나 사물에 포커스를 맞추고 **밀어** 본다. 혹은 **당겨** 본다. 그렇게 스스로의 의지로 하고 있었다. 보고 싶은 것만을 투시하고 있는 것이다.

아니, 하고 다음 순간 교스케는 고개를 저었다.

보고 싶은 것만이라니, 속이고 있는 게 아닌가. 과거나 미래를 투시할 대상을 고르는 건 할 수 있지만 그 과거나 미래가 어떤 것인지는 볼 때까지 알 수가 없다.

그 여자아이가 불치병에 걸려 병원 침대에서 생애를 마감하게 될 줄은 투시를 해서 처음 알게 된 일이다. 투시하기 전부터 알던 일이 아닌 것이다. 알고 있었더라면 볼 일도 없었으리라.

생각해 보면 어떤 인간의 미래를 투시하는 일이란 그 인간이 가는 길을 지켜보는 것이다. 사람이 가는 길 끝에는 반드시 '죽음'이 기다리고 있다.

"……."

침대 위에서 시간을 얼어붙게 만든 소녀의 얼굴이 눈에 선했다. 그녀에게, 그 뒤로는 어떤 미래도 없는 것이다.

교스케는 둑에서 강가로 내려갔다. 풀이 우거진 가장자리까지 걸어가 강의 흐름을 바라봤다.

미래를 보는 능력이 있다는 걸 안 순간 교스케는 흥분했다. 그 의미도 생각지 않고 그저 단순히 흥분했다.

물론 과거를 투시하는 것도 능력으로서는 비할 데 없지만 어쨌든 과거는 과거다. '과거를 기록한 방대한 라이브러리에서 특정 영상을 꺼내 재생한다.' 그런 이미지가 교스케에겐 있었다.

미래는, 달랐다.

미래를 기록한 영상을 모으는 것은 불가능하다. 기록하려고 해도 그건 아직 일어나지도 않은 일이니까.

점은 예전에는 미래를 알고자 하는 마음에서 비롯한 종교적인 의식이었다. 밑져야 본전이라고들 하지만 그게 맞았든 틀렸든 사람들은 앞으로의 일을 알고 싶어 한다. 고대에는 예언자라고 불리는 사람이 많이 존재했다. 나라를 통치하기 위해 점이나 예언을 이용한 사례도 드물지 않았다.

실제로 점이나 예언, 예지는 인간이 쌓아온 것들의 토대를 만들어 왔다. 미래를 점치기 위해 우리들의 선조들은 자연 관찰을 시작했다. 점은 천문학이나 기상과학, 자연과학의 기초를 낳았다. 미래를 알고 싶다는 욕망이 문명을 만들어 왔다는 의견도 결코 틀렸다고는 할 수 없었다.

그런 생각이 있었기 때문에 교스케는 자신의 능력이 과거에 멈추지 않고 미래를 투시하는 힘도 가지고 있다는 사실에 단순하게 흥분했다.

미래를 투시한다.

교스케의 능력은 점을 보는 일의 영역을 훨씬 넘어서 있었다.

검증 같은 건 전혀 하지 않았지만 교스케가 본 미래는 틀림없이 본 그대로 발현될 것이다. 과거 투시에 틀렸던 게 없었듯이 미래 투시의 신뢰성도 의심할 여지가 없었다. 점은 '밑져야 본전'이지만 교스케의 투시는 틀리지 않는다.

그렇기에 투시 능력의 현실이 교스케의 기분을 침잠시켰다.

그 소녀는 자신의 운명을 몰랐다. 소꿉놀이의 상대를 해 주던 소녀의 할아버지도 그리고 아마 부모님도 소녀에게 남은 시간이 얼마나 짧은지를 모르고 있는 것이다.

교스케만이, 그걸 보았다…….

강변의 모래 위에 교스케는 주저앉았다. 앞쪽 강 위로 몇 마리의 잠자리가 교차하며 날아다녔다.

'운명.'

스스로 떠올린 말을 입안으로 반복해 봤다.

운명은 존재하는 걸까? 사람의 행동이나 생사를 지배하는 운명, 거부할 수 없는 운명이라는 게 실제로 있는 걸까?

'아니…….'

교스케는 강 흐름을 응시했다.

운명이 있다고 한다면 우노 부장의 회중시계가 도둑맞아 3년 후에 사와타리 하지메로부터 그걸 되사는 것도 정해져 있던 일이 돼 버린다. 그 되사는 과정에는 교스케가 개입해 있었다. 교스케가 투시를 하지 않았더라면 아마도 회중시계가 우노 부장의 손에 돌아오는 일은 없었을 것이다. 다시 말해 우노 부장의 운명에는 교스케의 행동도 엮여 있는 게 돼 버린다.

'틀린 건 아닐까?'

일어서서 교스케는 주변 강변을 둘러봤다.

'뭔가 시험해 볼 만한 게 없을까?'

찾지를 못하고 교스케는 수면에 시선을 던졌다. 시험 삼아 앞쪽 강의 흐름에 포커스를 맞췄다. 너무 앞으로 나아가지 않도록 미묘하게 힘을 가감하면서 강의 흐름을 **당겨** 봤다. 강의 시간이……라기보다는 이 강 전체의 시간이 미래를 향해 가속하기 시작했다. 보고 있자니 파란 끈 모양의 비닐이 상류에서 흘러와 강가에 자라난 긴 풀에 얽혔다.

'좋았어, 이거다.'

교스케는 끄덕이고 투시에서 빠져나왔다. 물론 아직 앞쪽 풀에는 파란 비닐 끈은 감겨 있지 않았다.

신발 바닥을 적셔 가면서 교스케는 강가의 풀 쪽으로 걸어갔다. 투시한 풀을 몇 가닥 양손으로 잡고 힘을 다해 뽑았다. 뽑아낸 풀을 손에 든 채로 조금 뒤쪽으로 물러섰다.

한동안 보고 있자니 상류에서 파란 비닐 끈이 흘러 내려왔다. 비닐은 당연하게도 풀에 얽히는 일 없이 그대로 하류로 흘러 내려갔다. 투시한 미래에서는 여기에 풀이 자라 있었다. 그 풀은 지금 교스케의 손에 들려 있었다. 자라지도 않은 풀에 얽히는 비닐은 없다.

교스케는 끄덕이면서 가지고 있던 풀을 강에 던졌다.

미래는 바꿀 수 있다.

오늘 우노 부장은 교스케에게 회중시계의 행방을 물음으로써 미래를 바꾼 것이었다. 그게 없었더라면 유품인 시계는 계속해 사와타리 하지메의 소유물로 남았을 게 분명했다. 공원에 있었던 소녀처럼 불치병의 경우에는 어려울지도 모르지만 내일 교통사고를 당할 사람을 구하는 건 가능했다.

"내일 오후 3시경에는 큰길을 걷지 않는 게 좋아."

그런 교스케의 말을 들으면 사고는 회피할 수 있다.

미래는 고정돼 있지 않은 것이다.

병실의 소녀를 보고 가라앉았던 기분이 조금이나마 가벼워졌다.

사람의 힘이 미치는 범위라면 미래는 바꿀 수 있다.

쏟아져 내리는 비를 멈추게 할 수는 없지만 우산을 가지고 나가면 옷이 젖지 않을 수 있다. 인간은 지진을 억제할 방법을 모르지만, 지진의 발생을 알고 있으면 미리 안전한 장소로 피난할 수 있다.

그렇다.

길흉을 점치는 건 '흉'을 감수하기 위한 게 아니라 그걸 '길'로 바꾸고자 하는 마음이 있기 때문이다.

교스케는 필사적으로 스스로에게 되뇌었다.

다만, 되뇌고 되뇌어도 마음속에서 계속 퍼져 나가는 어둠이 있었다. 교스케는 그 어둠에서 도망치려고 했다.

두려웠다. 그저, 이유도 모른 채 두려웠다.

26

이 새로운 발견을 교스케는 꽁꽁 숨기지 않고 동료들과 상담의에게 보고했다. 모두가 놀란 동시에 납득했다. 과거를 투시할 수 있다면 미래도 가능하다 하더라도 이상할 게 없다는 듯했다. 간단하게 납득된 게 교스케에겐 새로운 불안을 불러일으켰다.

상담의인 사쿠라이 이쿠요가 팔짱을 끼면서 말했다.

"이를테면, 내일 조간 1면 톱기사가 어떤 제목인지 알려 줄 수 있나요?"

교스케는 이런 질문도 어느 정도는 위험을 내포하고 있다고 생각하면서 이쿠요에게 포커스를 맞췄다. 내일 아침 시간의 사쿠라이 이쿠요까지 시간을 흘려보냈다. 그녀는 분홍색 파자마를 입은 채 샌들에 발을 쑤셔 넣고 빠른 걸음으로 현관을 나서 문 옆 우편함에서 신문을 빼냈다. 그리고 그 자리에서 신문을 펼쳐 1면을 바라보며 와아, 하고 탄성을 질렀다.

"딱 맞았네!"

교스케는 투시에서 빠져나와 이쿠요에게 시선을 돌렸다. 옆에 서는 니시키도 도시히데가 교스케를 들여다보고 있었다.

"신문에 따라서 다를 것 같은데, 사쿠라이 선생님께서 들고 계시던 신문의 내일 톱기사는 '저소득층에 대충격'입니다."

이쿠요는 메모를 꺼내 교스케의 말을 받아 적었다. 내일 그녀가 그걸 확인했을 때의 반응은 이미 투시로 확인을 끝낸 뒤였다.

밤, 연구소 6층 라운지에서 오키쓰와 메구미와 커피를 마시고 있을 때 문득 오키쓰가 말했다.

"내 장래를 봐 줄 수 있겠나? 나는 언제까지 회춘을 거듭하는지. 내 끝은 어떻게 되는지."

교스케는 천천히 고개를 저었다. 공원에서 봤던 소녀의 이야기를 했다.

"마음은 알겠지만 그런 건 보고 싶지 않습니다."

이렇게 말하자 오키쓰는 고개를 끄덕였다.

"그런가…… 그렇겠군."

"저도 미래가 보이는 건 대단한 일이라고 생각합니다. 그래도 동시에 두렵고 위험한 것이라고도 생각해요."

메구미가 커피컵을 손에 쥐고 말했다.

"알아. 세상 사람들이 모두 죽음을 향해 가는 걸 보는 게 돼 버리니까."

"능력을 막 깨달은 상태라 나 자신이 미래가 보이는 것의 의미를 잘 모르고 있다고 생각해요. 예를 들어 지금의 나라면 도박을 하는 것만으로도 떼부자가 될 수 있죠. 그걸 자금으로 주식을 움직이고 회사를 몇 개씩이나 거느리는 것도 가능할지 몰라요. 어떤 의미로는 꿈인 거죠. 사람들이 가지고 있는 이룰 수 없는 꿈 한 가지를 나는 손에 쥐고 있는 셈입니다. 그래도 그 꿈은 꿈이기 때문에 멋진 거예요."

오키쓰가 다시 고개를 끄덕였다.

"과연. 결과를 알고 있으면 도박에서 이겨도 재미있지 않다, 이건가. 성공하는 데 노력 같은 건 하나도 필요없어지는군. 노력이 보상받는 데 따른 성취감도 전혀 맛볼 수 없겠고. 그런 생활을 한다면 마지막엔 모든 게 덧없게 느껴질지도 모르겠군. 나카야는 그 나이치고 꽤나 달관한 듯한 사고를 하는구먼."

"오키쓰 씨는 그 나이에 꽤나 젊은 피부를 지니고 계시죠."

메구미가 꺄하하 웃어 제꼈다.

달관하고 있는 게 아니었다. 단지 교스케는 무서웠을 뿐이었다.

미래를 꿰뚫어 볼 수 있는 자신의 미래가 가장 두려웠다. 물론 그걸 보고자 하는 생각은 전혀 들지 않았다.

하지만 이후 교스케의 상담 시간에는 새로운 과정이 추가됐다. '미래 예지'라는 항목이었다.

한편 람다기획의 등장은 교스케 일행의 일상에 큰 변화를 가져왔다.

의료팀에서 제시한 취재, 촬영, 방송 제작에 관한 제한 항목과 요청에 따라 각서와 계약서를 람다기획과 나눠 가졌다. 촬영이 가장 큰 제한을 받는 것은 시설 안 진입에 관련한 것이었다. 바이러스 연구소와 대학 병원 안 진입은 안전을 고려해서 일절 금지됐다.

대학 병원에서는 지금도 용뇌염 치료가 진행 중이었다. 병원 전체가 격리상태인 것도 그대로였다. 이제 류오 대학 의학부속 병원은 세계 유일의 용뇌염 전문병원이 돼 있었다. 세간에서는 병에 대해 다양한 편견을 가지고 있었다. 입원 환자나 병문안을 위해 찾아오는 사람들의 프라이버시를 고려하면 병원에서의 직접 취재는 불가능했다.

또한 류오 대학 바이러스 연구소에서는 드래건바이러스 외에도 다양한 병원체 연구가 진행되고 있었다. 건물 바깥에서 봤을 때엔 대단한 게 아닌 것처럼 보이지만, 여기는 국내에서도 손에 꼽을 정도로밖에 없는 BSL4(바이오 세이프티 레벨 4) 취급을 허가받은 시설이었다.

이런 시설 내에서 TV 촬영 팀이 작업을 진행하는 것은 너무나도 위험이 컸다. 세심한 주의를 기울인다고 하더라도 만에 하나 병원체가 누출된다면 대참사를 불러일으킬 수 있었다. 처음에는 람다기획에서 취재 허가를 받으려고 꽤나 들러붙은 모양이지만 후생노동성의 서류를 의료팀이 제시하는 지경에 이르자, 꼬리를 내리는 수밖에 없었다.

궁지에 몰린 촬영팀은 의료시설이라는 분위기만이라도 확보하기 위해 류오 대학 의학부 연구실 일부와 회의실을 촬영에 사용할 수 있게 해 달라고 교섭해, 이것만은 겨우 허가를 받았다.

또한 교스케 일행 세 사람에 대해 방송에서 다루는 방식에 대해서도 의료팀이 요구한 조건이 있었다.

가장 큰 조건은 고바타 고조를 포함한 네 사람이 용뇌염 대유행의 근원이라고 보는 시각에서 방송을 제작해서는 안 된다는 점이었다.

고바타 고조는 용뇌염 최초 감염자라고 판명되었다. 그리고 오치아이 메구미는 드래건바이러스를 병원 바깥으로 전파시켜 대유행을 촉발한 계기가 된 것으로 확인돼 있었다. 3개월 정도 전에 일부 매스컴은 실명을 넣어 용뇌염 감염 경로를 보도했다. 그 보도는 감염자에 대한 차별을 초래하여, 결국에는 오치아이 메구미의 집이 완전히 파괴되는 최악의 사태로 전개됐다.

그런 일을 방송이 재연해서는 안 된다고 의료팀은 방송 제작팀에 의뢰한 것이다.

"이분들은 많은 사람들의 목숨을 구했습니다."

의료팀도 참석한 제작 회의 석상에서 우메자와가 호소했다.

"이분들 덕분에 백신을 만들 수 있었습니다. 그 백신이 없었더라면 용뇌염으로 인해 지금보다도 수백 명 혹은 그 이상의 사망자가 발생했을 겁니다. 그리고 이분들은 지금도 우리의 치료와 연구를 계속해 지원해 주고 있습니다."

이러한 의료팀의 지원도 있던 덕분에 방송 촬영 현장은 교스케 일행에게 있어 꽤나 기분 좋게 형성됐다. 특히 촬영팀이 신경 써 대한 것은 오치아이 메구미였다. 그녀가 젊은 여성이라는 점도 물론 한몫 했겠지만 가장 큰 이유는 그녀의 **후유증**이 가장 대단하다는 이유에서였다.

교스케 일행도 예상했던 바였지만, 당초 람다기획이 생각하고 있던 것과 실제 방송 취지는 꽤나 다르게 변화한 듯했다. 최초 미팅 때 모두에게 돌린 기획서는 굳이 말하자면 딱딱한 다큐멘터리 방송 느낌이 있었다. 그런 방송 자체가 버라이어티로 바뀌어 바이러스 재난이라는 어둡고 무거운 이미지는 불식된 것 같았다. 교스케 일행을 용뇌염의 생존자라기보다 경이로운 초능력자로 취급하는 듯한 인상이 꽤나 명백하게 느껴졌다.

물론 그 취급은 교스케 일행에게도 고마운 일이었다. 구경거리 취급을 받아도 좋으니 세상과 연결돼 있고 싶다던 메구미의 바람이 그대로 이뤄지는 형태가 됐기 때문이다. 용뇌염의 어둡고 비참한 이미지를 짊어지고 소개되는 건 사양하고 싶다고 세 사람 모두 생각하고 있었다.

후유증을 피력하게 되면 가장 알기 쉽고 위력이 대단한 것은 메구미의 능력이었다. 물체를 부유시키거나 변형시키는 것. 거의 마술을 보고 있는 것 같은 기분을 들게 한다. 메구미도 명백하게 쇼를 인식하고 있는 듯했다. 가능하면 그걸 직업으로 삼고 싶다고 생각하고 있는 걸 교스케는 잘 알 수 있었다. 따지고 보면 메구미에게 이 방송은 방송계 데뷔나 마찬가지인 것이다. 원래 메구미는 연극 공부를 했었고 여배우를 목표로 삼고 있었다. 지금은 그 여배우로의 길이 닫혀 있지만 TV에 나와 탤런트가 될 기회가, 잘 하면 마침내 드라마나 무대, 영화로 나아갈 가능성도 전무하지는 않게 된다고…… 그렇게 생각하고 있는지도 몰랐다.

촬영은 거의 2주 동안, 이틀에 한 번 꼴로 쉬면서 진행됐다. '오쿠라마쿠라'라는 젊은 개그맨 콤비가 리포터로 기용돼 적재적소에서 바보와 똑똑이 역할을 하며 촬영을 진행해 나갔다. 오쿠라라고 불리는 쪽이 똑똑이 역할을 담당하고 마쿠라라고 불리는 쪽이 바보 역할을 담당하고 있었다. 교스케는 이들을 몰랐지만 메구미에 따르면 젊은데도 꽤나 잘나가는 인기인이라는 듯했다. 오쿠라, 마쿠라는 제각각 본명에서 따온 예명이고 본명은 오쿠라 히로시와 마쿠라 이쓰로라는 사실은 촬영 틈틈이 본인들에게 들었다.

처음에 교스케는 그들의 존재를 성가시게 여겼다. 이쪽에서 인터뷰에 답하면 마쿠라가 그걸 되도 않는 멍청한 소리로 받아쳤다. 오쿠라는 즉각 마쿠라를 냅다 때리면서 궤도를 수정했다. 그런 상황이 계속 반복되자 교스케 같은 일반인은 흥이 깨지고 마는 것이었다. 웃음 포인트가 정곡을 찌르면 교스케도 웃었지만 재미없는 얘기도 꽤나 많았다.

다만 촬영이 진행됨에 따라 이 촬영에는 그들이 필요하다는 사실을 교스케도 느꼈다.

결국 이들은 TV를 보고 있는 시청자의 대역인 셈이다. 이들이 있기 때문에 시청자들은 주목해야 할 포인트를 알 수 있었다. 이들이 놀라기 때문에 시청자들도 놀라움을 느끼고 이들이 웃어

240

주기 때문에 시청자들도 재미를 느끼는 것이었다. 이들의 리액션은 교스케가 쓴웃음을 지을 정도로 호들갑스럽지만 그 리액션이 없으면 시청자의 반응도 밋밋해져 버린다. 그런 임무를 짊어진 사람들이라고 교스케도 이해하게 됐다.

작은 사고가 발생한 것은 촬영이 시작되고 10일째인 10월 27일의 일이었다.

그날 촬영은 평소와는 달랐다. 교스케 일행은 소형 버스를 타고 고후 시 외곽에 있는 텅 빈 공터로 이동했다. 오쿠라와 마쿠라는 먼저 그 공터에 도착해 교스케 일행을 기다리고 있었다.

낡은 창고가 공터 북측에 두 채 서 있었다. 어느 쪽도 지금은 사용하지 않는 듯했으나 창고 앞에는 녹슨 듯한 건설 자재가 덮개도 없이 쌓여 있었다.

공터 중앙에는 각 3미터 정도의 철판이 깔려 있었고 그 옆에는 철제 블록이 쌓여 있었다. 그 옆에는 크레인 차가 준비돼 있었다.

"안녕하십니까?"

이소베가 세 사람에게 인사를 건넸다.

"으음, 빛의 각도가 좋아서 빨리 시작하고 싶은데, 오치아이 씨 괜찮으신지요?"

"네."

메구미가 고개를 끄덕이자 이소베는 그녀를 공터 중앙의 철판 앞으로 데리고 갔다. 오쿠라와 마쿠라 두 사람이 동시에 "잘 부탁드립니다아~" 하고 말하며 메구미 옆에 섰다. 카메라 위치가 정해지고 이소베가 확인을 하려는 듯이 주위를 둘러봤다.

이 촬영은 완전히 메구미가 주역이었다. 그녀만 있다면 교스케나 오키쓰는 필요가 없었다.

교스케와 오키쓰가 따라온 것은 순전히 메구미의 부탁 때문이었다. 혼자는 불안하니 함께 와 달라고 메구미는 두 손을 모으고 빤히 교스케와 오키쓰를 바라봤다.

"그치만, 어차피 한가하잖아?"

촬영에 방해가 되지 않도록 교스케와 오키쓰는 창고 앞까지 내려가 자재를 놓은 자리 앞 지면에 앉아 메구미의 촬영을 견학하기로 했다.

맞은편에서 이소베의 손이 올라가자 신호와 함께 마쿠라가 두리번거리면서 주위를 둘러봤다.

"어, 장소가 바뀌어 버렸네. 멋지다아! 이것도 메구미 씨의 초능력?"

오쿠라가 마쿠라를 냅다 때렸다.

"아니야, 멍청아. 이건 카메라 워크야. 초능력이 아니라고."

메구미가 입을 가리고 웃었다.

"그래서, 넓은 곳으로 장소를 옮겨서 더 실험을 진행해 보려고 하는데요."

"무슨 실험?"

"아까 메구미 씨가 손을 쓰지 않고 덤벨을 들어 보였잖아."

"운동이 안 될 텐데. 제대로 손을 써서 들지 않으면."

"그런 게 아니잖아, 바보야. 그러니까 아까 덤벨이 1킬로그램짜리였죠. 물론 1킬로그램도 멋지지만 메구미 씨, 얼마나 무거운 것까지 들어 올릴 수 있나요?"

메구미는 두 사람이 치고받는 것에 웃음을 보이며 고개를 갸웃거렸다.

"모르겠어요. 훨씬훨씬 무겁더라도 전혀 상관없을 것 같긴 한데."

마쿠라가 옆에서 끼어들었다.

"그럼 인생. 인생의 무게를 그대는 들어 올릴 수 있는가?"

"멍청한 소리 그만 좀 해! 뭘 멋진 척하고 있는 거야."

메구미가 키득키득 웃으면서 고개를 저었다.

"다른 사람의 인생이라면 무리일지도 모르지만 마쿠라 씨의 인생이라면 가벼울 것 같네요."

으하하하, 하고 오쿠라가 웃음을 터뜨리면서 그 말대로라며 고개를 끄덕였다.

"그럴싸한데! 정말로 가볍지, 네 인생은."

"에에, 거짓말. 꽤나 무겁다고, 나도오."

"내버려 두고 진행하자고. 으음, 보시다시피 눈앞에 철제 블록이 쌓여 있습니다. 한 개당 무게가 10킬로그램, 50개가 준비돼 있는데요, 전부 500킬로그램이죠. 참고로 웨이트 리프팅 최고 세계 기록이죠. 여성이 들어 올린 최고 무게는 186킬로그램이고 남성도 263킬로그램이라지요, 아마. 500킬로그램이나 준비하다니 스태프도 대체 무슨 생각을 한 걸까요? 으음, 어쨌든 처음엔 10킬로그램부터 시작하죠. 어이 마쿠라, 블록을 하나 저쪽으로 옮겨 봐."

"헉! 나보고 옮기라고?"

마쿠라가 큰 소리를 냈다.

"너 아무런 쓸모도 없으니 말이야. 적어도 그 정도는 해야지."

"그래도 나는 초능력이 없으니까 손을 쓰지 않으면 못 한다고."

"네 손으로 하란 말이야, 귀찮게스리."

마쿠라가 투덜투덜거리면서 10킬로그램짜리 철제 블록을 철판 위로 옮겼다.

"그럼 메구미 씨, 어서 이 블록을 들어 올려 보시겠어요?"

마쿠라가 입으로 드럼 소리를 내기 시작했다.

오쿠라와 마쿠라가 말을 잃고, 이소베를 비롯한 스태프가 얼어붙은 건 다음 순간이었다.

"……."

지면에서 공중으로 둥실 떠오른 것은 철제 블록만이 아니었다. 블록은 물론 그 아래에 깔려 있던 철판째 공중에 떠오른 것이었다.

"거, 거짓말……."

오쿠라가 말문을 열 때까지 한 박자 이상의 시간이 걸렸다.

"잠깐만, 기다려 봐. 아래쪽에 있는 철판도? 거짓말."

메구미가 답했다.

"아, 죄송합니다. 블록만 들어 올렸으면 됐겠네요. 죄송합니다. 헷갈렸네."

블록을 얹은 철판이 조용히 지면으로 내려왔다.

"죄송합니다. 다시 할게요."

아니아니아니, 하고 오쿠라가 고개를 저었다. 카메라 옆 스케치북에 쓰인 **큐 카드**를 보면서 오쿠라는 자기 머리를 눌렀다.

"저 철판, 몇 킬로그램짜리야? 어? 거짓말, 200킬로그램? 200, 킬로, 그램? 그렇게나? 그럼 벌써 210킬로나 들어 버린 셈이잖아! 이럴 수가……."

메구미는 "죄송합니다, 죄송합니다." 하고 고개를 숙였다.

오쿠라가 크게 손을 저었다.

"아니, 미안할 건 아니지. 괜찮아요. 메구미 씨가 사과할 일이 아니니까. 단지 너무 놀라서."

마쿠라가 조심스럽게 말을 꺼냈다.

"저기. 아까 블록을 들어 올릴 때 메구미 씨를 봤는데, 뭐랄까. 엄청 아무렇지도 않은 표정이었잖아."

"응? 뭐라고?"

"그러니까 메구미 씨가. 200킬로그램을 들었잖아? 나는 아까 10킬로그램짜리 블록을 운반하는데도 으윽, 하고 힘을 썼단 말이야. 200킬로그램 들어 올리는 거면 얼굴이 열 배는 빨갛게 달아올라야 되는 거 아니야?"

"정말 그렇네……! 왜지? 메구미 씨, 무겁다든가, 그런 느낌 전혀 안 들어요?"

메구미가 부끄럽다는 듯이 웃었다.

"무게가 아닌 것 같아요."

"……무슨 말인지?"

"저도 제 손으로 들어 올린다고 생각하면 얼굴이 새빨갛게 될테고, 애초에 들어 올리지도 못할 거예요. 손을 쓰지 않고 정신을 써서 들어 올릴 때엔 그런 거랑 다르더라고요."

"……"

오쿠라와 마쿠라가 얼굴을 마주 봤다. 한순간 눈을 마주친 후 두 사람은 동시에 고개를 기울이고 그대로 천천히 메구미를 쳐다봤다.

메구미는 입을 꾹 누르고 실룩실룩 어깨를 떨었다.

"뭔 소리야?"

그 말에 메구미는 웃으면서 고개를 저었다. 웃음을 견딜 수 없어져서 말이 나오지 않는 상태인 듯했다.

그때, 견학 중이던 교스케가 앉아 있는 자리 위에서 삐거덕하고 무언가 단단한 물건이 끊겨 떨어지는 듯한 소리가 났다.

교스케와 오키쓰는 거의 동시에 소리가 난 쪽을 올려다봤다.

금속 더미가 서로 부딪히면서 큰 소리와 함께 교스케와 오키쓰 뒤에 쌓여 있던 철 파이프 산이 머리 위로 무너져 내려오기 시작했다.

"……"

다음 순간 믿을 수 없는 일이 벌어졌다.

교스케와 오키쓰를 짓이길 것 같던 철 파이프 산이 산산조각이 나면서 주위로 튕겨 나갔다.

"……"

교스케도 오키쓰도 당황해서 일어섰다.

무슨 일이 벌어진 건지 전혀 알 수가 없었다.

발밑을 돌아보니 주변에는 작은 금속 조각과 분말 상태가 된 금속이 교스케와 오키쓰를 중심으로 도넛 형태의 분화구를 이루고 있었다.

"괜찮아……?"

달려온 메구미가 물었다.

메구미에 뒤이어 오쿠라와 마쿠라, 이소베도 왔다.

"어떻게 된 거야?"

교스케는 후우 한숨을 쉬면서 고개를 저었다.

"모르겠어. 묶어 뒀던 와이어인지 뭔지가 녹슬어 끊어져서 철 파이프가 무너진 거겠지."

"저기…… 방금 전 거, 한 번 더 보여 주시는 거 무리일까요?"

이소베가 흥분한 어투로 말했다.

"한 번 더요?"

돌아보니 이소베는 뺨의 수염을 벅벅 긁으면서 뒤를 돌아보고 있었다.

"가와타니! 방금 전 여기 안 찍었지?"

카메라 너머에서 가와타니가 크게 손을 젓자 이소베는 쯧 혀를 찼다.

"아니, 그러니까요. 지금과 같은 철 파이프를 한 번 더 준비할 테니까 이런 걸 해 주실 수는 없으신지."

이소베가 교스케를 들여다봤다. 이소베는 말하면서 금속가루로 만들어진 분화구를 손가락질했다.

교스케는 메구미와 얼굴을 마주 보고 이소베를 돌아본 뒤 고개를 저었다.

"그렇겠죠……."

이소베는 그렇게 중얼거리고는 카메라 쪽으로 되돌아갔다.

"괜찮으세요?"

오쿠라가 겁먹은 눈으로 교스케와 오키쓰에게 물었다.

"괜찮습니다. 감사합니다."

오쿠라와 마쿠라는 딱딱하게 굳어 세 사람에게 고개를 숙이고는 스태프들 쪽으로 갔다.

교스케는 한 번 더 숨을 내쉬었다.

오키쓰가 낮은 목소리로 말했다.

"겁나는구먼. 도와줘서 고맙네만 간이 얼어붙는 줄 알았어."

"어쨌든 정말 고마워. 자칫했으면 죽을 뻔했는데."

교스케가 메구미를 돌아보고 말했다.

메구미가 눈을 깜빡였다.

"응? 나…… 아무것도 안 했는데?"

교스케가 응시하니 메구미는 고개를 끄덕였다.

"진짜라니까."

"안 했다고?"

메구미가 이번에는 고개를 옆으로 저었다.

"메구미가 파이프를 날려 버린 게 아니었다고?"

"그런 거…… 안 했어."

교스케는 오키쓰를 돌아봤다.

"오키쓰 씨……가 하신 거예요?"

"설마. 내게 그런 게 가능할 리가 없잖은가."

"……"

그럼 무슨 일이 벌어진 걸까?

교스케는 금속 가루 분화구를 바라보고 그걸 밀어 봤다.

시간이 역류해 철 파이프가 원래 장소로 쌓였다. 천천히 시간을 재현해 봤다. 몇 번이고 교스케는 파이프가 산산조각 난 순간을 재생했다.

하지만 아무것도 알 수가 없었다.

무슨 일이, 벌어진 걸까?

메구미가 부들부들 고개를 흔들었다.

27

실은 이 일련의 촬영 기간 중에 동일한 사고가 한 번 더 벌어진 바 있었다.

다만 이 시점에서 그 두 사건이 같은 부분에서 발생했다고 생각한 사람은 아무도 없었고, 사태를 심각하게 보고 행동한 사람도 전혀 없었다. 그 나머지 한 번의 사건이 발생했을 때 카메라 렌즈는 교스케를 향하고 있었다.

"가리야 마사히코 씨입니다."

이소베로부터 소개받은 남자는 풍채가 좋은 50대 신사였다.

"잘 부탁드립니다."

가리야는 악수하려고 손을 내밀었으나 교스케가 거기에 응하려고 손을 내밀었을 때 문득 자신의 손을 내뺐다. 교스케가 용뇌염 감염자였다는 사실을 위험하다고 느끼는 듯한 인상이었다.

가리야는 어딘가 겉꾸미는 듯한 몸짓으로 테이블 위를 돌아다보면서 준비된 의자에 앉았다. 그런 가리야를 보고 순간 마쿠라가 미간을 좁힌 것을 교스케는 놓치지 않았다. 진행 역은 이날도 오쿠라와 마쿠라 두 사람이었다.

류오 대학 의학부 9호동 지하 회의실 중앙에 간단한 세트가 설치돼 강한 조명을 받아 신기한 공간이 떠올라 있었다. 오키쓰와 메구미는 그 조명에서 비껴서 벽가에 늘어놓은 의자에 앉아 있었다. 촬영에는 전혀 필요 없지만 상담의인 사쿠라이 이쿠요와 니시키도 도시히데도 두 사람 옆에서 견학하고 있었다.

오쿠라가 큰 소리로 말했다.

"자, 그럼 이번엔 나카야 교스케 씨. 나카야 씨에게 나타난 후유증, 아니, 이 후유증이라는 지칭은 좀 아니지. 후유증은 부정적인 이미지잖아."

마쿠라가 응수했다.

"긍정적인 이미지를 가진 걸로 바꾸는 게 좋겠네요. 와카다이쇼(도호 주식회사가 1961년부터 1971년까지 제작했던 17부작 희극 영화. 가야마 유조가 주인공으로 출연 ― 옮긴이), 라든가 말이죠?"

"가야마 유조냐, 멍청아. 너무 낡아빠졌잖아. 젊은 사람한테는 안 먹힐 거 아냐. '이쇼'(후유증(こういしょう)의 발음인 '고이쇼'와 와카다이쇼(わかだいしょう)를 이용한 말장난 ― 옮긴이)밖에 안 맞잖아. 후유증! 그래서 이 나카야 씨가 획득한 능력이라는 게 다름 아닌 천리안."

"한신(일본 프로야구 구단 이름 ― 옮긴이) 그만둔 뒤로 어떻게 지내고 있으려나요?"

"그건 제러드 리건(천리안(せんりがん)의 발음인 '센리간'과 제러드 리건(ジェロッド·リガン)의 말장난 ― 옮긴이)이잖아! 또 야구팬만 알아들을 수 있는 얘기나 하고 있기는. 천리안! 조력자인 외인 투수 얘기가 아니라, 천리안이라고! 뭐든 알고 있는 사람 말이야. 나카야 씨는 사람의 과거라든가 미래를 뭐든 봐 버린다고."

"뭐든? 정말로?"

얼굴을 들이미는 마쿠라에게 교스케는 쓴웃음을 지어 보였다. 이날 오쿠라마쿠라는 왠지 되는 대로 입을 놀리고 있었다.

"뭐든지는 아닙니다. 보이지 않는 것도 많이 있어요. 마쿠라 씨가 무슨 생각을 하고 있는지는 보이지 않거든요."

"아, 그건 말이죠. 보이지 않는 이유는 이 녀석이 아무 생각도 안 하고 있어서예요. 머릿속이 항상 텅텅 비어 있거든요."

"안 그래. 망상이 가득 차 있다고."

"먼저 치고 나가지 말아 줄래? 그래서 나카야 씨의 천리안 능력을 시험해 보려고 오늘 이 자리에 모셔 온 분이 도쿄 아카바네에서 회사를 경영하고 계시는 가리야 마사히코 씨입니다. 정말, 부러 여기까지 와 주시다니, 감사합니다."

가리야는 "아닙니다." 하며 고개를 숙였다.

"그럼, 으음, 뜬금없지만 가리야 씨는 무려 수년 전부터 따님의 행방을 알 수가 없으시다는 듯합니다."

"네."

가리야는 다시 고개를 숙였다.

람다기획 우노 부장의 회중시계를 찾아 준 일을 응용한 게 이 가리야 마사히코인 셈일 것이다. 방송용으로는 찾는 대상이 시계보다 인간인 편이 낫다는 것이었다. 행방불명된 가족을 찾아 눈물의 대면식으로 이어지면 방송은 한 번에 달아오르게 될 터였다.

"7년 정도 전 일입니다만 갑자기 딸이 없어져서 짐작 가는 곳을 찾아봤고 경찰에도 찾아가 봤지만 여전히 찾질 못하고 있습니다."

"그렇군요. 참고로 따님은 몇 살이십니까?"

"스물한 살이었습니다."

"스물한 살…… 7년 전, 행방불명이 되셨을 당시 21세였단 말씀이죠?"

"그렇습니다."

"그렇다면 지금은 스물여덟 살이라는 얘기군요."

"그렇습니다."

"으음."

오쿠라는 카메라를 향해 자세를 틀었다.

"나카야 씨와 가리야 씨는 물론 오늘 처음 대면하셨고, 가리야 씨에 대한 정보는 나카야 씨에게 전혀 전달하지 않았습니다. 그렇죠?"

오쿠라는 말하면서 교스케와 가리야 쪽을 뚫어져라 쳐다봤다. 가리야가 고개를 끄덕였고 교스케도 작게 끄덕였다.

뭔가 안 좋은 기분이 교스케의 뱃속에 침전하기 시작했다. 공원에서 미래를 투시했던 소녀의 얼굴이 기억 속에 되살아났다. 가리야의 딸을 투시하는 일로 인해 무엇이 명백하게 될지 불안했다.

"자, 나카야 씨 어떠신지요? 가리야 씨의 따님을 찾아낼 수 있을 것 같나요?"

교스케는 앞머리를 쓸어 올리면서 심호흡을 한 번 했다.

"잘 모르겠습니다만, 한번 해 보죠."

갑자기 비디오카메라 두 대가 교스케의 바로 옆까지 다가왔다. 한쪽 카메라를 지고 있는 것은 물론 가와타니였다.

"그럼 시작해 봅시다! 나카야 교스케 씨의 투시입니다."

오쿠라가 목소리 톤을 높였다.

드럼 치는 소리라도 내는 건 아닐까 싶었지만 아무래도 그건 아닌 듯했다.

교스케는 한 번 더 크게 가슴에 숨을 들이쉬었다. 가리야 마사히코를 정면에서 바라보고 조용히 **밀어** 봤다.

엄청난 기세로 가리야의 시간이 역행을 개시했다. 먼저 계절 변화를 세어 가면서 7년 전을 찾았다. 딸의 존재를 좀처럼 특정할 수 없어서 그 두 배인 15년 전까지 이동했다.

원래부터 이 부녀는 꽤나 제한적인 관계밖에 맺고 있지 않았던 듯, 가리야의 생활 속에 등장하는 딸의 시간 자체가 굉장히 적었다. 드디어 중학생 시절의 딸을 어느 날 아침 식탁에서 포착할 수 있었다. 여기서부터는 초점을 딸 쪽에 맞췄다.

딸의 시간을 이번에는 현재를 향해 진행시켰다. 때때로 시간의 흐름을 늦추거나 되돌리면서 교스케는 그녀의 성장을 좇았다.

"……"

관찰을 계속해 나가면서 교스케의 기분은 점점 가라앉았다. 지금으로부터 6년 10개월 정도 전의 겨울날 심야, 그녀는 작은 짐만을 가지고 아카바네에 있던 집을 나섰다.

무거운 기분으로 교스케는 그녀의 그 뒤 7년간을 좇았다.

투시에서 빠져나와 지하의 회의실로 돌아왔을 때 교스케는 완전히 기분이 어두워져 있었다.

"……"

가리야 마사히코를 바라보고 그 시선을 오쿠라에게 향했다.

오쿠라와 마쿠라가 교스케를 들여다보듯 몸을 굽혔다.

"으음…… 어땠, 을까요? 가리야 씨 따님의 행방은 알았나요?"

천천히 교스케는 고개를 끄덕였다.

"알았다고요? 알아냈군요! 그럼 따님은 지금 어디에 계시죠?"

교스케는 크게 한숨을 쉬었다.

"말할 수 없습니다."

대답하자 오쿠라는 '어라?' 하는 표정으로 교스케를 쳐다봤다.

"가리야 씨의 따님은 지금 무척 행복하게 살고 계십니다. 그래도 그분이 어디에서 무엇을 하고 계시는지는 죄송하지만 말씀드릴 수 없습니다."

"……왜 그렇죠?"

"여기서 따님의 현재 상황을 말씀드리면 그분의 지금 행복한 삶이 무너져 버리기 때문입니다."

"행복한 삶이 무너져…… 아니, 나카야 씨. 으음, 물론 주소 같은 개인 정보를 방송에 내보내지는 않을 겁니다. 나카야 씨께서 투시하신 내용을 가리야 씨와 저희들만 먼저 듣고 방송에 NG라고 생각되는 부분은 편집으로 잘라낼 겁니다. 그러니까……."

교스케는 고개를 저었다.

"그런 게 아닙니다. 개인 정보를 공개하지 않는 건 당연합니다만, 여기에서 현재 그분의 삶을 이야기하는 것만으로도 가리야 씨 따님의 행복을 무너뜨리게 된단 말입니다. 사람을 불행하게 만드는 일은 해선 안 됩니다. 할 수 없습니다."

"……."

테이블 맞은편에서 가리야 마사히코가 콧방귀를 흥 뀌었다. 모든 이들의 시선이 가리야에게 쏠렸다.

"뭐, 그럴 줄 알았지."

깔보는 듯한 웃음을 교스케에게 던지면서 그는 턱을 쓸었다.

"사기꾼이구만. 진짜 천리안이 들으면 어이가 없겠어. 아무것도 안 보이는 거 아냐."

"아니, 가리야 씨."

오쿠라가 진정시키려 했지만 가리야는 손을 저으며 막았다.

"유키코의 행복이 무너진다고? 뭐야, 그건? 딸의 행방을 알 수가 없어 행복이 무너진 부모 쪽은 어떻고? 멍청한 소리 하기는. 지독한 사기꾼 자식."

교스케는 가리야를 쳐다봤다. 할 생각도 없던 말이 제멋대로 입에서 튀어나갔다.

"6년 10개월 전 겨울날, 날이 밝기 전 따님은 집을 나섰습니다. 원인은 가리야 씨도 알고 계시겠죠? 따님은 당신으로부터 도망치신 겁니다."

"뭐라고?"

가리야가 교스케를 노려봤다.

"가출을 한 뒤에서야 겨우 따님께선 평온한 생활이 가능해졌습니다. 모든 것을 버리고…… 아니, 아버지에게서부터 도망치기 위해 모든 것을 던지고 그분은 몸을 숨기고 생활하고 계십니다. 호적에서 빠져나오면 추적이 가능할 거라 생각하고 아직 결혼도 못 하고 계시죠. 이름을 바꾸고 과거를 지우고 생활하고 계십니다."

"이 자식이……"

가리야가 의자에서 몸을 일으켰다.

"결혼도 할 수 없는 생활이지만 그래도 그분에게는 아버지에게 발견되는 것보다는 훨씬 행복한 생활입니다. 폭력이 휘둘려지는, 자유를 빼앗겼던 그 지옥에서 해방된 겁니다. 그런 그분의 행복을 빼앗는 일은 할 수 없습니다."

"얌전히 들어 줬더니 우쭐대기는."

가리야가 발로 접이식 의자를 뻥 찼다. 의자는 엄청난 소리를 내면서 뒤쪽으로 넘어졌다.

"까불지 마, 이 자식아!"

오쿠라와 마쿠라의 제지를 밀어내듯 가리야는 테이블을 빙 둘러 왔다. 양손을 쭉 뻗어 교스케를 잡으려는 그 순간…….

"으억!"

둔탁한 비명이 회의실에 울려 퍼졌다. 동시에 무언가에 다리를 잡힌 건지 가리야의 몸이 바닥으로 푹 고꾸라졌다.

"……."

무슨 일이 벌어진 건지 전혀 알지 못한 채로 교스케는 의자에서 일어섰다.

오쿠라도, 마쿠라도, 촬영 스태프들도 바닥에 쓰러져 계속해 신음을 흘리고 있는 가리야 마사히코를 한동안은 겁먹은 듯 바라보고 있었다.

당연한 얘기지만 촬영은 거기서 일시 중지됐다.

가리야의 상태가 정상이 아니라는 걸 알아채고 방 맞은편에서 견학하고 있던 두 의사가 달려왔다. 의사들이 진단한 결과 구급차를 부르기로 했다. 놀랍게도 가리야는 양팔 팔꿈치부터 앞쪽으로 복합골절이 벌어져 있었다.

나중에 경찰이 와서 회의실에 있던 모든 이들에게 사정청취를 했으나, 최종적으로는 격앙한 가리야 마사히코가 교스케를 붙잡으려던 순간 스스로 발이 미끄러져 바닥에 양손을 짚으면서 체중으로 인해 양팔이 골절되었다는 판단이 내려졌다.

다친 사람이 나오긴 했으나 이 사건은 방송 제작을 진행하는 데 그다지 지장이 되지는 않았다. 왜냐하면 그 자리에 있던 모든 사람이 쓰러진 가리야를 보고 있었기 때문이었다. 교스케에게 덤비려다가 제풀에 넘어져 스스로 손 뼈를 부러뜨린 가리야를 전원이 보고 있었다. 오쿠라와 마쿠라는 그를 제지하려고 했으나 오히려 밀려났다. 만담 콤비가 가리야에게 상해를 입힌 게 아니었다. 그리고 교스케는 계속 의자에 앉아 있었다. 교스케가 의자에서 일어난 것은 가리야가 넘어진 뒤였다. 그들의 옆에 있던 카메라맨 2명, 그리고 약간 떨어진 곳에 있던 감독과 부감독, 음성 스태프 중 누구도 가리야에게는 손가락 하나 대지 않았다.

이날 촬영은 중단됐고 교스케의 투시 능력 검증은 가리야 대신 다른 사람으로 바꾸어 나중에 다시 찍기로 했다.

교스케는 촬영 현장 철수 작업이 일단락되는 걸 기다려 이소베에게 말을 걸었다.

"잠시 드릴 말씀이 있는데 괜찮으세요?"

"네. 거 참, 죄송합니다. 저런 사람일 거라곤 상상도 못 했거든요. 조사 부족으로 폐를 끼쳐드렸습니다."

이소베가 교스케를 보면서 머리를 긁적였다.

오쿠라와 마쿠라 두 사람도 옆으로 와서 고개를 숙였다. 물론 그들에겐 어떤 책임도 없었다. 교스케는 고개를 저었다.

"아뇨, 오늘 촬영으로 새삼 느꼈는데, 저의 이 투시 능력이라는 게 꽤나 미묘한 걸 포함하고 있는 것 같아서요."

"예."

"투시해서는 안 되는 게 있고, 투시하더라도 거기서 본 걸 공표해서는 안 되는 경우도 있죠."

"그렇죠. 오늘 같은 사정이 있으면 공표하는 게 도의적으로 곤란해지죠. 게다가 저 가리야 씨도 말했듯이 투시를 했는데도 공표할 수 없게 되면 마치 나카야 씨의 능력이 사기꾼처럼 보일 가능성도 있죠."

교스케는 어깨를 으쓱해 보였다.

"사기꾼으로 비춰지는 건 어쨌든 각오하고 있습니다. TV에서 아무리 진짜라고 소개하더라도 사기꾼이라고 생각하는 사람은 끝까지 사기꾼이라고 생각할 테니까요. 그건 상관없습니다. 제가 생각한 것은 제 능력을 소개하는 경우의 원칙을 정해 두는 게 좋지 않을까 하는 겁니다."

"아아…… 원칙 말입니까."

이소베의 표정이 조금 어두워졌다.

교스케는 그런 이소베에게 고개를 끄덕였다.

"저도 주간지에서 일을 하곤 했으니까 취재나 그걸 정리하는 경우에 규제를 두는 건 유쾌하지 못하다는 걸 잘 압니다. 그러니까 제 자신도 되도록 그런 룰은 만들고 싶지 않습니다. 방영할지 말지 최종 판단은 제작 측에서 제대로 책임을 지고 하실 테니, 취재나 촬영은 제약 없이 하고 싶다고 생각해요."

음음, 하고 이소베가 고개를 끄덕였다.

"그래서 제가 부탁드리고 싶은 원칙은 최소한 지켜야만 한다고 생각하는 당연한 것들입니다. 아까 이소베 씨는 도의적이라고 말씀하셨습니다만, 정말로 도의적 규범 같은 걸지도 모르겠습니다."

"그렇군요."

"이를테면, 이해하기 쉬운 예를 들죠. 설령 이소베 씨가 언제 돌아가시게 될 것이라는 정보를 제가 봤다고 하더라도 전해서는 안 된다고 생각합니다."

"아아……."

"이건 방송에서 자를 테니까 찍을 때는 찍자는 수준의 문제가 아니라는 거죠."

"그렇네요. 말기 암 선고를 받고 남은 생을 통보받는 것만으로도 꽤나 쇼크일 테니까요. 몇 년 몇 월 며칠, 몇 시 몇 분에 죽는다는 얘길 들으면 제정신이 어떻게 될지 자신이 없네요."

"그다음으로 도박이나 스포츠 결과 역시 전해 드리면 안 된다고 봅니다."

"음. 그것도 알겠습니다. 방송 시에 잘라 낸다고 할지라도, 경마에서 이길 놈을 안 스태프 중 누군가가 장외 마권을 사는 것도 있을 법한 일이니까요. 잘못했다간 그걸로 그 녀석의 운명이 바뀔 가능성도 없다고는 말할 수 없고요."

"그리고 이게 가장 미묘한 겁니다만 오늘 가리야 씨처럼 투시 결과를 공표하거나 전하는 행위로 인해 미래에 악영향이 있을 게 확실한 경우에는 그 역시 말할 수 없다는 겁니다."

이소베가 고개를 끄덕였다.

"확실히 미묘하군요."

"이건 제가 판단할 수밖에 없습니다. 미래에 악영향이 있을지 어떨지는 일단 그 세부 내용을 듣지 않고서는 판단할 수 없다는 의견도 있을 거라 봅니다. 네 판단에만 맡긴다니 그건 대체 뭐냐고 말이죠. 다만 오늘 같은 경우도 있다는 겁니다. 제가 가리야 씨 따님의 현재 주소를 입에 올린 순간 그녀의 운명이 바뀌기 시작합니다. 가리야 씨에게는 전하지 않고 일단 이소베 씨 등에게만 말씀한다고 하더라도 스태프 중 누군가가 가리야 씨에게 말할 가능성이 없다고는 할 수 없습니다. 가리야 씨가 말하라고 협박하거나 돈을 찔러 줄 경우도 있을지도 모르고요."

이소베가 으으음, 하고 눈을 감았다. 눈을 감은 채 두 번, 세 번 끄덕였다.

"확실히 그 부분에 있어서는 나카야 씨를 믿는 수밖에 없겠군요. 뭐, 투시 결과를 알려 주시느냐 마시느냐의 선 긋기가 역시 미묘하다고 생각하니, 어쨌든 알려 주실 수 없다면 그 판단의 근거를 되도록 상세하게 말씀해 주시기로 합시다. 그 부분에 대해서는 부탁드리고 싶군요."

"말씀드릴 수 있는 범위 내에서 최대한 설명해 드리도록 하겠습니다."

서로 "잘 부탁드리겠습니다." 하는 인사로 이날은 해산하기로 했다. 회의실을 나서려는 순간 마쿠라가 교스케에게 접근해 왔다.

"저기…… 혹시 제 개인적인 일을 봐 주실 수는…… 그런 건 안 되나요?"

교스케는 그에게 웃어 보였다.

"저기요, 점 보는 거랑은 다르다고요. 제가 투시하는 것은 사실입니다. 점을 보는 거라면 이 부분을 노력하면 가능성이 커질지도 모른다는 조언을 받을 수 있을지도 모르죠. 그게 맞든 틀리든 그 부분은 별개로 치고 말예요."

"아아, 네."

"그렇지만 제가 보는 것은 사실이라고요. 내일 마쿠라 씨가 교통사고에 당하는 광경을 본다면 그 자리에는 가지 말라든가 그 자동차는 타지 말라고 말할 수는 있겠죠."

말하면서 교스케는 가볍게 마쿠라를 밀어 봤다.

"그래도 아유미 씨에게 고백해서 그 결과가 어떻게 될지 정말로 알고 싶나요?"

"네? 아, 아…… 그게."

마쿠라가 눈을 동그랗게 뜨고 교스케를 쳐다봤다.

교스케는 웃어 보였다.

"결과는 알려 달라고 할 게 아니라 스스로 내는 게 좋지 않나요? 좋은 결과가 나오든 그렇지 않든 말예요."

"……그렇네요. 네. 감사합니다."

마쿠라가 고개를 숙였다.

옆에서 귀를 쫑긋 세우고 듣고 있던 파트너 오쿠라가 갑자기 그런 마쿠라의 뒤통수를 냅다 때렸다. 그 타이밍이 너무 절묘했던 탓에 교스케는 자기도 모르게 폭소를 터뜨렸다.

그게 그날 이들의 마지막 리액션이었다.

28

한때는 끝날 것 같지 않다고 말했던 기나긴 여름이 손바닥을 뒤집듯 계절이 바뀌었다.

대형 태풍이 세 번 연속해 일본 열도를 습격해 각지에 커다란 피해를 입혔다. 태풍이 지나간 하늘에 가을이 느껴졌고, 길거리를 다니는 사람들의 복장도 한번에 겨울을 준비하는 모습을 보이기 시작했을 무렵 방송 제작은 최종 단계를 맞이하게 됐다.

그건 도쿄에서의 스튜디오 녹화였다.

그에 앞서 교스케 일생은 이소베로부터 녹화에 대한 개략적인 설명을 받았다. 종합 사회는 지성파 이미지가 정착된 남성 배우 구보타 가오루가 맡았다. 그를 보조할 여자 아나운서와 낯익은 오쿠라마쿠라. 거기에다가······.

"패널 다섯 명을 준비할 겁니다. 모험이긴 합니다만, 패널은 항상 초능력과 오컬트적인 것을 부정하는 입장을 표명하고 있는 사람들을 모을 겁니다."

이소베가 말했다.

교스케는 이소베를 쳐다봤다.

"우리들을······ 부정하겠다는 겁니까?"

이소베는 고개를 저었다.

"아뇨, 그게 아니라, 그들이 부정할 수 없도록 방향을 잡고자 합니다. 초능력을 부정하는 이들이 여러분의 능력은 인정할 수밖에 없게 말이죠."

교스케가 고개를 갸웃거렸다.

"으음, 그게 그렇게 될까요."

"무리는 아니라고 봅니다. 제겐 자신이 있습니다. 이건 여러분의 초능력을 촬영하는 가운데 굳어진 자신감입니다. 실례가 된다면 사과하겠습니다만 여러분의 능력은 어중이떠중이랑은 달라요. 지금까지 초능력자라고 자칭하는 이들이 여럿 TV에 나왔죠. 모두 어딘가 수상하고 허술한 점 투성이인 사람들뿐이죠. 그래도 여러분들은 다릅니다. 실은 저 자신도 초능력을 믿지는 않았습니다. 지금은 다릅니다. 그, 제 감각으로 말씀드리자면, 초능력을 부정하는 세력을 입 다물게 만드는 게 절대적으로 여러분의 대단함을 시청자들에게 전달할 수 있다고 생각합니다. 반드시 엄청난 반향이 올 거라고 생각합니다."

"……."

교스케와 메구미, 오키쓰 세 사람은 제각각 얼굴을 마주 봤다.

그리고 세 사람은 그 당일인 11월 2일, 우메자와 나오아키와 이무라 사나에, 두 의사와 함께 중앙본선을 탔다. 전차를 타는 것은 세 사람 모두 꽤나 오랜만이었다.

"몇 년 만인지 알 수가 없군."

오키쓰의 말에 모두가 웃었다. 오키쓰가 요양원에 입원한 뒤로 벌써 20년 가까운 세월이 흘렀다. 입소 이래 전차에 타 본 기억이 없다고 오키쓰는 덧붙였다.

세 사람 모두 흥분했고 동시에 불안한 마음을 안고 있었다. 교스케는 앞으로 뭐가 기다리고 있을지 투시하고 싶은 욕구를 필사적으로 억눌렀다. 앞날을 알고 싶은 욕구는 강했으나 거기엔 그 수 배에 달하는 공포가 함께했다. 비참한 미래를 본 뒤에는 수습이 안 될 터였다.

특급이 신주쿠 역에 도착하자 마이크로버스가 다섯 명을 맞이하러 나와 있었다. 방송국으로 안내를 받아 전실(前室)이라고 부르는 대기실로 이동했다. 부감독이 떠나자 5명만이 남게 됐다. 오랜 시간을 그곳에서 대기했다.

30분 정도 기다리고 있자니 이소베가 두 남자를 데리고 왔다. 한쪽은 방송을 내보낼 방송국 쪽 PD였고 다른 한쪽이 감독이었다. 이들은 형식적인 인사를 마치고 "조금만 더 기다려 주세요." 하고는 대기실을 나섰다. 바통 터치라도 하듯이 부감독이 등장하여 꽤나 빠른 어조로 녹화 절차를 설명하고는 총총히 나갔다. 나가기 전 "맛있게 드세요." 하고 테이블 끝에 올려져 있는 도시락을 가리켰다. 도시락을 먹을 여유는 그 누구에게도 없었다.

다음으로 들어온 것은 오쿠라와 마쿠라 두 사람이었다. 두 사람의 웃는 얼굴을 보고 셋은 겨우 안심이 됐다.

"오늘 저희들은 비디오 도입부를 소개할 뿐인 역할이라, 스튜디오에서 엮일 일은 거의 없을 테지만, 사회가 구보타 씨니까 걱정하실 필요는 없을 겁니다. 베테랑이고 배려해 주시는 것도 초일류니까, 안심하세요."

나가기 직전이 돼서 들어온 사람은 메이크업을 해 주는 여성이었다. 메구미에게는 심혈을 기울여서 메이크업을 해 주었으나 교스케와 오키쓰에게는 그 뒤에 "유분기만 잡아 주세요." 하고 얼굴에 퍼프만 했다.

조감독의 안내로 세 사람은 통로를 이동해 스튜디오로 들어갔다. 약간 어두운 베니어판으로 만든 벽 뒤쪽에 서서 신호를 기다리라고 작은 목소리로 지시를 받았다. 벽 너머에서는 벌써 방송이 진행 중인 듯했다. 대기실에서 들은 설명에 따르면 방송 전반은 비디오로 구성되고 교스케 일행의 등장은 후반의 하이라이트가 될 터였다.

젊은 여성이 다가와서 "실례합니다."라면서 가슴팍에 작은 마이크를 달았다. 마이크에 연결된 코드 끝에는 검은 상자가 이어져 있었고, 여성은 그 상자를 교스케의 바지 허리춤에 단단히 매었다.

조감독이 세 사람에게 말했다.

"네. 준비되셨나요? 커튼이 열리면 동시에 연기가 분출되니까 그 가운데를 통해서 플로어 중앙으로 나아가세요."

"……."

어딘지 별세계에 잘못 들어온 것 같은 느낌이었다. 마음속 깊은 곳에서 바스락바스락하며 바짝 말라 버린 게 붙어 있었다. 몸 전체의 피부 위에 작은 벌레가 기어 다니는 듯한 찌릿찌릿한 가려움이 계속됐다.

세 사람의 앞에서 커튼이 열리고 그 순간 양쪽에서 희고 차가운 연기가 분출됐다. 스튜디오 너머에서는 환성과 박수가 울려 퍼지고 있었다.

"……."

아무것도 알지 못한 채로 교스케 일행은 플로어 중앙으로 나아갔다. 눈부신 조명이 앞에서 몸을 감쌌다.

"오키쓰 시게루 씨, 오치아이 메구미 씨, 그리고 나카야 교스케 씨입니다!"

사회자인 구보타 가오루가 박수를 치면서 세 사람을 소개했다. 교스케 일행은 다소 허둥지둥 가벼운 인사를 반복하면서 재촉당하는 대로 그의 옆으로 다가가 섰다.

"먼저 드래건바이러스의 마수에서 멋지게 생환하신…… 생환했다고 말씀드려도 되겠지요? 회복하신 세 분께 축하드린다는 말씀을 드리고 싶군요."

구보타의 말에 다시 박수가 크게 일었다.

오른쪽에는 가늘고 긴 카운터석이 마련돼 그 맞은편에 5명의 패널이 나란히 앉아 있었다. 교스케 일행을 어떻게 보고 있는지는 모르겠으나 그들도 적어도 형식적으로는 박수로 축복을 해 주고 있었다. 왼쪽에서는 오쿠라와 마쿠라 두 사람이 싱글벙글 웃으며 박수를 쳤다. 카메라 몇 대가 설치된 스튜디오의 맞은편에는 계단식으로 관객석이 마련돼 있었다. 30명 정도의 여성들이 역시나 박수를 치고 있었다.

구보타가 양손을 비비면서 등 근육을 쭉 폈다.

"그러면, 스튜디오의 여러분께선 그 무서운 용뇌염 발생일로부터 오늘날까지의 기록과 이 세 분의 놀라운 후유증이라고 할까, 획득하신 능력의 경이로운 모습을 비디오로 보셨습니다만, 아직 반신반의하거나, 그 능력을 솔직하게 받아들이지 못하는 분들도 계실 겁니다. 어떠신지요? 이렇게 본인들을 직접 만난 첫인상은?"

구보타는 패널 중 한 사람에게 의견을 물었다. "네." 하고 고개를 끄덕인 것은 지성파로 알려진 남성 탤런트였다.

"뭐, 비디오로도 여러분의 인품은 무척 호감을 가지고 봤고, 이렇게 눈앞에 서 계신 여러분들에게서도 **나는 초능력자다** 같은 느낌은 전혀 들지 않네요. 다만 오키쓰 씨……가 맞으시죠? 93세라니 이렇게 실제로 봐도 점점 말도 안 된다는 느낌이지만요."

"과연, 그렇군요."

구보타가 고개를 끄덕였다.

"그럼 세 분께선 여기에 앉으시고, 먼저 오키쓰 시게루 씨께 여러 가지 여쭙기로 할까요? 지금 말도 안 된다는 감상이 나왔는데요, 피부의 윤기나 탄력을 이렇게 가까이서 보자면 정말로 서른 전후라는 인상입니다. 아니, 20대 후반이라고 해도 좋겠군요."

"잠시 여쭈어도 될까요?"

손을 든 것은 사회인류학 교수로 여러 TV방송에서 해설자로 출연하고 있는 여성 평론가였다.

"93세시면 어릴 적의, 옛날 추억이라든가 기억이라든가 있으실 텐데요?"

"네. 잊어버린 것도 많다고 생각하지만."

오키쓰가 고개를 끄덕였다.

"기억하고 계신 것 중에 초등학생 때 가장 기억에 남는 일은 무엇인가요? 가장 인상에 남아 있는 추억을 말씀해 주세요."

"초등학교 때 말인가요. 가만 있자……기억에 남아 있는 건 역시 지진이려나요."

"지진…… 관동대지진을 말씀하시나요?"

"네. 제가 어렸을 때는 국민학교라고 했었지만요. 초등학교가 아니라. 2학년 때인가, 저는 고후에 있었는데, 그건 여름 방학이 끝난 후 어느 등교일에 당번을 마치고 집에 돌아가 밥을 먹으려고 돌아갈 준비를 하고 있었습니다. 학교 교구를 보자기에 싸서 다녔을 때 일이죠. 갑자기 지진으로 교실이 흔들려서 모두 긴장을 했죠."

"고후라고 하셨죠? 고후에서도 그렇게 흔들렸었나요?"

"무서울 정도였죠. 도쿄에서는 떨어져 있습니다만 그래도 저희들에게는 겁이 날 정도로 흔들렸습니다. 교사의 흙으로 된 담벼락에는 금이 가 여기저기가 벗겨졌고 집이 무너지기도 했죠. 뭐, 그 당시의 집이니까 허술하게 지은 집도 많았지만. 죽은 사람도 나왔습니다."

"고후에서도 사망자가 나왔나요?"

"전기도 수도도 끊겼지요. 정말로 엄청난 소동이었어요. 철도 선로가 가라앉았다느니 그런 이야기를 듣고 이튿날인가 악동들이 몇 명 보러 갔었죠. 아라카와 철교 근처였습니다. 커다란 균열이 가서 지면이 깨져 있었고 선로는 소문대로 일 척 정도 가라앉아 있었습니다."

"……."

"호외로 도쿄가 엄청난 사태가 났다고 어른들이 소란을 피웠고 어린 저희들도 어떻게 하지, 일본이 끝나 버리는 건 아닐까, 하고 꽤나 불안해했던 걸 기억합니다."

"……대단하네요."

평론가는 옆의 지성파 탤런트와 얼굴을 마주 봤다. 93세의 추억 이야기 속에서 이상한 점을 찾으려고 생각했었지만, 오키쓰의 이야기가 오히려 그녀를 압도해 버린 것 같았다.

"죄송합니다. 뭔가 저보다 나이는 젊어 보이시는 분이 엄청나게 옛날 추억을 얘기하시는 게 대단하신데요. 지금 하신 말씀 중에 조금 신경 쓰이는 부분이 있어서요. 아라카와 철교라고 말씀하셨지요. 지진 이튿날 고후에서 도쿄로 나오신 겁니까?"

지성파 탤런트가 뺨을 쏠면서 말했다.

"도쿄? 아, 아닙니다. 도쿄가 아니라 고후에 아라카와라는 강이 흐르고 있습니다. 세월이 흐르면서 후에후키가와로 이름이 바뀌었다가 그 이후에는 후지가와로 바뀌었습니다. 그 아라카와에 철교가 놓여 있었지요."

"아아, 고후에 아라카와가…… 몰랐네요. 고후 이야기였군요. 아니, 대지진 이튿날 초등학교 2학년짜리가 도쿄로 나온다니 그건 말도 안 된다고 멋대로 생각해 버렸거든요. 죄송합니다."

"저희들이 항상 놀았던 강이지요."

스튜디오 맞은편에서는 출연자가 발언할 때마다 관객들이 웃거나 놀라거나 납득하는 목소리가 들려왔다. 방송에는 필요한 목소리겠지만 때로는 꾸며 낸 듯이 들렸다.

지성파 탤런트와 여성 평론가 외 패널은 3명이 더 있었다. 생물물리학 교수, 퀴즈 방송에서는 여왕이라고 불리는 여성 탤런트, 그리고 마지막 한 사람은 초절정 인기 마술사였다.

"다른 분들은 오키쓰 씨에게 질문 없으신가요?"

구보타의 말에 퀴즈의 여왕이 손을 들었다.

"서민적인 걸 여쭙고 싶은데요. 그, 오키쓰 씨께서 초등학교를 입학하셨을 무렵에 유행하던 노래는 어떤 게 있었나요?"

"유행가 말입니까…… 아아,「센도코우타」를 여기저기서 불러 댔지요."

퀴즈의 여왕은 눈을 깜빡였다.

"「센도코우타」라는 건…… 어떤 노래인가요?"

오키쓰가 수줍게 웃었다.

"'나는 강변의 마른 참억새, 똑같은 너도 마른 참억새……' 뭐 이런 겁니다."

"아, 아아…… 왠지 들어 본 적 있어요. 흐음, 그게 관동대지진 시기의 노래였군요. 다시 말해 다이쇼(大正) 시대로군요."

"리얼리티가 있네요."

웃으면서 지성파 탤런트가 말했다.

"아니, 뭐, 공부하셨을 가능성도 있잖습니까? 뭐랄까 93세로 보이지 않으니 그런 생각이 드네요."

마술사가 끼어들었다.

구보타가 호들갑스럽게 끄덕였다.

"과연. 오키쓰 씨의 말만으로는 정말로 이분이 오키쓰 시게루 씨로 93세의 고령이라는 사실을 확증할 수 없지요. 그래서 저희 방송은 과학적으로 확인해 보기로 했습니다."

스크린에 오키쓰의 사진이 비춰졌다. 약 반년 전에 요양원에서 찍은 오키쓰의 기념사진이었다. 그 사진과 스튜디오에 있는 현재 오키쓰가 나란히 비춰지자 다시금 스튜디오에서 경탄하는 소리가 울렸다. 그건 그럴 법도 했다. 척 보기에는 할아버지와 손자 같았으니 말이다.

검증을 위한 비디오가 흘러나오기 시작했다.

교스케 일행에게도 알려 주지는 않았으나, 람다기획의 촬영팀은 요양원에 남겨져 있던 오키쓰의 사물을 입수한 듯했다. 입원 전 방에 방치돼 있다가 요양원 직원 손에 의해 창고에 보관돼 있던 오키쓰 시게루의 일용품이었다. 그 물건의 일체를 방송 스태프는 국립대학 연구소로 옮겼다. 그 일용 잡화에서 여러 올의 머리칼이 발견되었다. 100엔숍에서 팔 것 같은 파란색 빗에서 떼어 낸 것이었다. 그 모발과 현재 오키쓰의 모발을 비교해 보기로 했다.

으음, 하고 지성파 탤런트가 신음하더니 생물물리학 교수쪽으로 상체를 내밀었다.

"선생님, 이렇게까지 했는데…… 어떻게 보십니까?"

교수는 미소 지으며 고개를 들었다.

"글쎄요. 오키쓰 씨가 회춘했다는 것을 증명하는 재료 중 하나가 될 거라고는 봅니다. 다만 DNA 분석 시료로써 모은 모발이 확실히 요양원에 계실 때 오키쓰 씨의 것인지 어떤지는…… 지금의 VTR 자료로는 엄밀함을 놓치고 있지는 않은가, 그런 생각이 드네요."

"아아, 다시 말해서 마음만 먹으면 모발을 바꿔치기할 수도 있다는 거로군요."

여성 평론가가 고개를 끄덕였다.

교수가 호호호 웃었다.

"뭐, 그렇게까지 의심해 버리면 부정을 위한 부정이 되니까요. 그것도 과연 어떨지 하는 생각은 듭니다만. 그래서 말씀드리기를 증명하는 재료 중 하나가 될 거라고 본다는 거죠."

"알겠습니다. 비디오로 촬영하고 편집한 것을 보여 드려도 이의 없이 믿는 건 어렵다는 거로군요. 그럼 지금부터는 여러분께서 직접 눈으로 그 진위를 꿰뚫어 봐 주시길 바랍니다. 먼저 오키쓰 시게루 씨에 대해서는 유보해 두기로 하고, 이번에는 젊고 아름다운 여성분께 스포트라이트를 비춰 볼까요. 오치아이 메구미 씨의 능력을 검증해 보고자 하는데요, 그 전에 광고부터 보고 가시죠."

플로어 맞은편에서 "네, OK입니다." 하는 소리가 들렸다.

"15분간 휴식 들어갑니다. 잘 부탁드리겠습니다."

구보타를 비롯해 TV에 익숙한 탤런트들은 즉각 자리를 떠 스튜디오 바깥으로 발걸음을 옮겼다. 조감독이 "밖에서 쉬셔도 되는데요." 하고 교스케 일행에게 말해 주러 왔으나 셋 다 앉은 채로 있었다. 그렇다기보다는 누구도 의자 위에서 움직일 수가 없었다.

휴식 시간 15분은 눈 깜짝할 새에 지나고 플로어 디렉터의 신호에 따라 녹화가 재개됐다. 메구미가 주인공인 이 코너가 아마도 이 방송의 절정일 터였다.

"방금 전 비디오로도 보셨다시피 이 오치아이 메구미 씨가 획득한 능력은 어마어마한 겁니다."

구보타는 앉아 있는 메구미 쪽으로 손을 뻗었다. 메구미가 그 손을 잡자 사회자는 그녀를 일으켜 세워 플로어의 중앙, 패널들의 정면으로 데리고 갔다.

"어떤 의미로는 오치아이 메구미 씨의 능력은 저희가 '초능력'이라는 말을 들었을 때 가장 먼저 떠오르는 그런 걸지도 모르겠네요. '염력' 혹은 '염동력'이라고 부르죠. 오치아이 메구미 씨가 지금부터 그 능력을 이 스튜디오에서 펼치실 겁니다. 비디오로도 소개드렸다시피 오치아이 씨나 오키쓰 씨, 그리고 나중에 소개시켜 드릴 나카야 교스케 씨의 능력에 대해서는 현재 의사와 과학자 분들이 매일 연구를 계속하고 계십니다. 때문에 어떤 의미로는 그 시점에서 이미 세 분의 능력은 진짜라고 말해도 될 법합니다만, 여기서는 일부러 그러한 선입관을 배제하도록 하죠. 왜냐하면 지금까지도 TV에서는 초능력자가 몇 명이고 등장한 바 있기 때문입니다. 하지만 그들의 능력이 진짜인지 물으시면 고개를 갸웃거리게 되는 경우가 꽤 있는 것도 사실입니다. 오늘은 패널 중 마술 전문가 오서리티 씨를 초대했습니다."

마술사가 빙긋 웃으며 구보타에게 가볍게 인사를 했다.

"오치아이 메구미 씨의 능력이 정말로 진짜인지 어떤지 여러분의 눈으로 판단해 주십시오. 그럼 오치아이 씨, 준비되셨나요?"

"네, 약간 긴장하고 있긴 한데 괜찮은 것 같아요."

"그럼 뭔가 해 볼까요? 뭐, 이런 데서 가장 인기 있는 것은 역시 숟가락 구부리기죠."

그 순간 메구미가 폭소를 터뜨렸다.

"숟가락을요? 물론 구부리라고 하시면 구부리겠지만, 숟가락 같은 건 아무나 다 구부릴 수 있잖아요. 안 그런가요?"

마지막 물음은 마술사에게 향한 것이었다.

마술사는 빙긋 웃으며 고개를 끄덕이더니 품에서 숟가락을 꺼냈다. 차분한 표정을 짓더니 숟가락을 얼굴 앞에 가져다 대고는 미간에 주름을 잡고 목 부분을 손끝으로 문지르기 시작했다. 이윽고 숟가락은 목을 휘청하고 굽혀 종국에는 둘로 쪼개져 카운터로 떨어졌다.

오오, 하며 박수가 일었고 메구미도 기쁜 표정으로 함께 박수를 쳤다.

"초능력 같은 걸 사용하지 않더라도 숟가락은 구부릴 수 있어요. 제일 간단한 건 양손으로 잡고 콱 하고 구부려 버리는 거죠. 유연하니까 누구든 구부릴 수 있잖아요. 그런 걸 구부려 보인다고 해도 별반 쓸모는 없지 않나요? 기왕 할 거면 일반적으로는 절대로 못 구부리는 걸 구부리는 게 좋을 것 같은데요."

"일반적으로는 절대로 못 구부리는 거요…… 으음, 이를테면 어떤 게 좋을까요?"

"제가 '이걸 구부릴게요.'라고 말하면 뭔가 장치를 해 뒀을 거라고 생각할지도 모르니 아무 분이나 지정해 주시는 게 좋을 것 같아요."

카운터 끝에서 생물물리학 교수가 손을 들었다.

"일반적으로는 절대로 못 구부리는 거면 되죠?"

"네."

"예전에 역시 초능력을 쓴다는 사람이 있었는데 그럼 이 나무젓가락을 구부려 보라는 말에 그건 못 하겠다며 도망친 적이 있어서요. 지금 여기에 나무젓가락은 없지만 제가 항상 사용하는 이게 있습니다."

교수는 그렇게 말하며 연필을 들어 보였다.

"지금도 메모를 적을 때 저는 이 연필을 쓰고 있는데요, 방금도 이걸 사용하고 있었죠. 이걸 구부리실 수 있나요? 물론 부러뜨리는 게 아닙니다. 구부려 보세요. 괜찮습니까?"

메구미는 약간 고개를 갸웃거리며 끄덕였다. 휙 하고 마술사쪽으로 시선을 옮겼다.

"으음, 마술로 저걸 구부리는 게 가능한가요?"

마술사는 숨을 들이쉬었다.

"그게 재료를 만들면 가능한 방법이 있을지도 모르겠지만, 이를테면 지금 여기에서 구부러뜨릴 수 있느냔 말이죠? 그렇다면, 으음, 나무니까요. 구부러뜨리지 못하죠. 부러지고 말 테니까요."

"그렇다면, 해 볼게요."

메구미가 미소를 지었다.

"하는 건가……."

지성파 탤런트가 속삭이듯 말했다.

구보타가 교수에게서 연필을 받아들어 메구미에게 내밀었다. 그런 구보타에게 메구미는 고개를 저었다.

"아, 건네주지 않으셔도 괜찮아요. 모든 분들이 보기 편하신 자리에 놓아주세요."

"음? 쥐지 않아도 되는 건가요?"

"뭐, 손으로 구부러뜨리는 게 아니니까요."

"……"

"뭔가 대단한데……."

지성파 탤런트가 다시 속삭였다.

급하게 플로어 중앙에 둥근 테이블이 마련됐다. 카운터석의 패널리스트들이 지켜보는 가운데 구보타는 테이블 위에 교수의 연필을 놓았다. 카메라 한 대가 스윽 하고 그 테이블로 다가왔다.

"그럼 오치아이 씨, 부탁드립니다."

"네. 그럼 구부리겠습니다. 봐 주세요."

메구미가 말한 다음 순간 스튜디오는 얼어붙었다.

연필이 마치 작은 뱀처럼 구불구불 테이블 위에서 꿈틀거리기 시작한 것이다. 그건 도대체 연필처럼 보이지 않았다. 살아 있는 생명체였다.

어, 하는 소리가 어디선가 났고 이윽고 반응은 스튜디오 전체로 확산됐다.

연필은 연체동물처럼 돼서는 S자로 구부러졌다가 마침내는 양 끝이 얽히듯 매듭을 지었다.

"됐어요."

메구미가 목소리를 냈을 때, 테이블 위에는 나비매듭이 지어진 연필이 놓여 있었다.

"……"

다시금 스튜디오가 침묵에 빠져들었다.

카메라 옆에서 플로어 디렉터가 갑자기 상황을 깨달은 듯 신호를 보내자 거기에 조종당하는 것처럼 구보타가 "아, 아, 아……." 하고 소리를 낼 뿐 말을 잇지 못했다.

지성파 탤런트가 "뭐지, 이게." 하고 말하자 퀴즈의 여왕은 "거짓말……!" 하고 거의 비명에 가까운 소리를 질렀다.

"장난 아닌데, 이거 무진장 대단한데."

지성파 탤런트의 말은 더 이상 지성적이지 않았다.

구보타가 헛기침을 하더니 스튜디오 안을 둘러봤다. 패널 전원의 눈이 원탁 위에 못 박혀 있었다.

교수가 자리에서 일어나 홀린 듯이 테이블 앞으로 걸어왔다. 얼굴을 테이블 표면에 가져다 대고 나비매듭이 지어진 자신의 연필을 바라봤다. 그 시선은 연필과 구보타 사이를 오갔다.

"저, 이거…… 만져 봐도 됩니까?"

"아, 네."

구보타의 목소리도 기분 탓인지 상기된 것 같았다.

교수는 변형된 연필을 집더니 눈앞으로 들어 올려 삼킬 듯이 바라봤다. 손가락으로 튕기자 연필 특유의 마른 소리가 났다.

"말도 안 돼……."

교수의 입에서 말이 새어 나왔다.

구보타가 교수 옆에 나란히 섰다.

"이런 건 있을 수 없어."

또다시 교수가 중얼거렸다.

패널들이 줄줄이 테이블 주변으로 몰려들었다. 모두들 교수 손의 연필을 들여다봤다.

"아니, 선생님. 실제로 구부려졌잖아요. 가능하잖습니까."

교수는 부들부들 고개를 저었다.

"그게 아니라요. 이런 식으로 구부리는 건 있을 수가 없는 일입니다. 현존하는 어떤 기술을 사용하더라도 이런 식으로 구부릴 수는 없어요. 자, 보세요."

교수는 모두의 얼굴 높이로 나비매듭이 지어진 연필을 들어 보였다.

"껍질도 뭣도 없어요. 뭐 나무를 이런 식으로 구부러뜨리는 일 자체가 무척 어려운 일이긴 하지만 그게 가능하다 하더라도 구부리게 되면 곡선 부분의 안쪽과 바깥쪽에 힘이 정반대로 가해진단 말입니다. 바깥쪽은 잡아당겨지게 되고 안쪽은 눌리게 되죠. 그리고 이 연필은 표면에 도장을 했다고요. 보세요. 이렇게 구부러뜨려서 꽈악 조이는 형상이 돼 있는데도 마치 이런 형태로 만든 다음에 칠을 한 것 같이 깨끗한 상태라니."

"정말이네요……."

"연필을 구부렸다면 곡선 부분의 바깥에서는 칠이 늘어져 벗겨지게 되고, 잡아당겨져서 변형을 일으키게 되죠. 안쪽은 반대로 짓눌려서 쭈글쭈글해지고 역시 벗겨지게 마련이죠. 물론 그 이전의 문제도 있습니다. 이렇게까지 건조한 나무를 물이나 열, 약품도 무엇도 사용하지 않고 구부린다는 게 물리적으로도 불가능합니다."

"거짓말이지……?"

퀴즈의 여왕이 넋 나간 반응을 보였다.

"게다가 모종의 방법으로 구부리는 게 가능하다 하더라도 어느 정도의 시간이 필요합니다. 단시간 안에 구부리려고 든다면 이렇게 마른 나무는 부러지고 맙니다. 구부릴 수가 없죠. 그런데 지금 저희들은 믿을 수 없는 장면을 봤습니다. 연필이 마치 지렁이처럼 몸부림쳤죠. 즉, 물리적으로 말하자면 오치아이 메구미 씨는 이 연필을 분자 수준으로 분해시켜 다시 조립했다는 게 됩니다."

교수는 다소 흥분한 듯한 목소리로 말했다.

"분자 수준으로 분해시켜서 다시 조립했다고요?"

지성과 탤런트가 교수의 말을 앵무새처럼 반복했다.

교수가 크게 고개를 저었다.

"아, 아닙니다. 죄송합니다. '그런 가능성을 가정한다면'이라는 겁니다. 그런 일이 현실로 일어날 거라곤 믿을 수 없습니다만, 물질을 구성하고 있는 분자를 그 구성 레벨로 해체시켜 변형시킨 뒤 변형이 끝난 뒤에 원래 구조로 재구축한다는…… 그런 게 만약 가능하다면 방금 일어난 일도 있을 법하지 않나 그렇게 생각한 겁니다."

지성과 탤런트가 교수의 손바닥 위에 있는 연필을 가리켰다.

"아니, 선생님. 있을 법하지 않나요, 지금 일어났지 않습니까. 그전에 선생님께서 하신 말씀을 전혀 이해하지 못하겠는데요."

"저, 여러분, 일단 자리로 돌아가 주십시오."

당황한 목소리로 구보타가 말했다.

아, 하고 정신을 차린 듯 패널들은 카운터 너머로 물러났다. 교수는 나비매듭이 지어진 연필을 단단히 챙겼다.

"으음, 저도 상당히 놀라서 진행 순서를 잊어버렸네요. 죄송합니다."

구보타는 메구미 쪽으로 몸을 돌렸다.

"우와, 갑자기 대단한 걸 보여 주셨습니다. 오치아이 씨는 괜찮으신가요?"

"괜찮냐고요? 뭐가요?"

"아니, 지치진 않으셨나 해서요."

메구미는 양손으로 입을 가리고 키득키득 웃으며 구보타를 쳐다봤다.

"지치다뇨, 저 정도쯤은 아무렇지도 않아요."

구보타는 다소 과장스럽게 후우 숨을 내뱉고는 카메라 쪽으로 몸을 틀었다.

"음, 시청자 여러분 중에는 지금 보신 게 CG가 아닌지 생각하실 분도 계실 텐데요. 맹세코 말씀드립니다. 이 방송은 그런 촬영상, 편집상의 트릭은 전혀 사용하지 않았습니다. 너무나도 비현실적인 영상을 보여 드립니다만, 초현실적이라고 부를 만한 그런 영상을 보셨을 거라고 생각합니다. 눈앞에서 봤는데도 불구하고 저자신도 스스로의 눈을 믿을 수 없는 기분입니다. 시청자의 입장에서라면 저라도 지금 본 걸 CG라고 생각할 겁니다."

"뭐랄까, 만약 방금 전 게 CG라면 저희들도 거짓말을 하는 꼴이 되잖습니까. 실제로는 CG라서 아무것도 없는데 모두가 놀란 게 되어 버리니까요. 방송국과 저희가 결탁하고 시청자를 속이는 게 되잖습니까. 그건 있을 수 없다는 것만은 말해 둘 필요가 있어요. 사실, 오늘 온 패널들은 모두 초능력에 대해서는 부정하는 사람들이지요. 그런 저희들이 이런 일에 거짓말을 할 리가 없어요."

지성파 탤런트가 끼어들었다.

"으음, 하지만 그건 어리광일지도 모르겠군요."

여성 평론가가 관자놀이를 문지르면서 말했다.

"어리광?"

"저희가 거짓말이 아니라고 주장하더라도 거짓말이라고 확신하고 계신 시청자를 바꿀 수는 없는 거잖아요? 이를테면 방금 구보타 씨가 말씀하신 것처럼 이 방송을 집에서 보고 있었더라면 저도 일단은 못 믿을 거라고 생각하거든요. 원탁 위에 올려 둔 연필이 아무도 손을 안 댔는데 흐물흐물 구부러지기 시작해서 나비매듭이 지어졌잖아요? 있을 수가 없는 일이죠. CG잖아요, 어떻게 생각하더라도."

"뭐, 그건 그렇네요……. 일반적으로 그렇겠네요."

지성파 탤런트가 난처한 표정을 지었다.

"저희들이 거짓말을 하는 건 있을 수 없다셨지만, 시청자 입장에서는 그럴 수도 있는 거예요. 연필이 지렁이처럼 몸부림치는 게 말이 안 되잖아요. TV가 거짓말을 하는 건 시청자들도 지금까지 여러 번 겪어 온 일이고요. 아무리 거짓말이 아니라고 크게 소리쳐 봐도 저희를 거짓말쟁이라고 생각하시는 분은 있을 거예요."

"그런가……. 이 일을 맡은 게 잘못이었나 보네."

지성파 탤런트는 한숨을 쉬었다.

그 말에 긴박감이 돌던 스튜디오 안에 웃음이 일었다.

교스케는 스튜디오 중앙에 서 있는 메구미를 바라봤다. 패널들의 말을 들으며 '역시 그렇겠지.' 하고 작게 고개를 저었다.

교스케도 메구미도 오키쓰도, 사기꾼이라는 소리를 들을 각오는 하고 있었다. 메구미는 구경거리가 되도 좋다고까지 말했다. 희귀 맹수 취급을 받더라도 사회와 연결돼 있고 싶다고 말했다. 지금 그게 정말로 실현되려 하고 있었다.

다만 사회적인 신뢰를 얻고 있는 학자나 평론가, 지성파 탤런트로서는 거짓말쟁이 소리를 듣는 게 엄청난 차이가 있을 터였다. 그것도 그 거짓말이라는 게 다름 아닌 초능력 긍정이었다. 그들은 이제야 겨우 자신들이 덫에 걸렸다는 걸 깨닫기 시작했다. 이소베 디렉터의 꾀는 멋지게 성공했다고 말할 수 있을지도 몰랐다. '일을 맡은 게 잘못'이라던 지성파 탤런트는 농담조로 말했지만, 아마 그의 진심이기도 할 것이었다.

그저 덫이라는 걸 깨달은 게 너무 늦었다. 촬영은 최후의 고비를 맞이하고 있었다. 여기서 도망치는 건 그들에게 불가능했다.

"으음, 저희들은 더더욱 있을 수 없는 현상을 지금부터 목격하게 될 겁니다."

구보타가 목소리를 높였다.

"아까 보셨던 비디오에도 있었습니다만 오치아이 메구미 씨는 200킬로그램에 달하는 철 덩어리를 공중에 띄우는 게 가능합니다. 방송 스태프는 그 염동력의 대단함을 스튜디오에서도 재연해 보려고 합니다. 무얼 들어 올리게 할지 여러 가지 의견이 나왔습니다만 오치아이 메구미 씨께서 놀라운 제안을 하셨다고 합니다."

"말도 안 되게 무거운 걸 들어 올린다는 건가요?"

퀴즈의 여왕이 물었다. 구보타는 그녀를 향해 씨익 미소를 지어 보였다.

"스태프의 아이디어는 '얼마나 무거운 걸 들어 올릴 것인가'였습니다. 이를테면 승용차 같은 걸 말이죠. 하지만 오치아이 메구미 씨의 제안은 스태프들이 상상도 못 했던 것이더군요. 준비해 주세요."

구보타가 스튜디오 맞은편으로 손짓을 했다.

"……."

분명 거대한 게 등장할 거라고 기대했던 사람들은 운반되어 나온 것을 보고 서로 얼굴을 마주 봤다. 펫숍의 열대어 코너 근방에 있을 법한 흔해 빠진 대형 수조였다. 수조에는 80퍼센트가량 물이 차 있었고 거기에 새빨간 금붕어 열 마리가 있었다.

"이걸 마술로 공중에 띄우는 건 가능한가요?"

구보타의 질문에 마술사는 크게 고개를 끄덕였다.

"공중부양 마술은 종류도 다양하고 여러 가지 테크닉이 고안돼 왔죠. 물건을 띄우는 것뿐만 아니라 마술사 스스로가 공중 부양을 하는 것도 있습니다. 물론 그 나름의 준비는 필요하고요. 물이 차 있고 금붕어가 헤엄치고 있다는 점은 난이도가 조금 높습니다만, 수조를 공중에 띄우는 건 마술로 가능합니다."

"으음. 조금 다르군요. 오치아이 씨께서 지금부터 보여 주실 건 아무도 상상도 못 했던 거라고 생각합니다. 제가 설명하는 건 꽤 어렵기 때문에 오치아이 씨께서 직접 설명해 주셨으면 합니다."

구보타가 메구미에게 시선을 던졌다. 메구미는 "네." 하고 고개를 끄덕였다.

"제가 들어 보려는 건 수조가 아니라 그 안의 물입니다."

"……물?"

마술사가 등을 쭉 폈다.

"네. 그러니까, 뭐랄까. 마술로 무언가를 띄워 올리는 건 관객들에게 보이지 않게 무언가로 매달거나 들어 올리는 거라고 생각하는데요, 아닌가요?"

마술사가 머리를 쓸어 올렸다.

"……그렇지요. 실제로 물건이 떠오르는 일은 없으니까 위에서 매달아서 끌어 올리거나 밑이나 뒤, 옆에서 들어 올리는 형태가 되죠. 트릭은 그 매달거나 끌어올리는 것을 얼마나 관객들이 눈치채지 못하게 잘하느냐에 달려 있습니다."

"물을 띄우는 건 가능한가요?"

"물……이라는 건 물만을 말하는 건가요?"

"네. 이 수조가 아니라 안에 있는 물만 들어 올리는 거요."

"그건……."

지성과 탤런트가 "거짓말이지?" 하고 작게 말했다.

"금붕어가 들어 있으니까, 금붕어가 헤엄치는 물을 공중에 띄우고 수조는 그대로 아래에 두고자 하는데, 그런 마술이 있는지 어떤지를 묻고 싶었어요."

마술사는 천천히 고개를 저었다.

"들어 본 적이 없네요. 그릇에 든 물을 공중에 띄우는 마술은 가능합니다. 그래도 물만 들어 올리는 건…… 투명한 용기라든가 비닐에 넣은 걸 띄우는 게 되려나요. 물론 그 용기가 보이면 안 되지만 말입니다."

"그럼 어쨌든 해 볼게요. 봐 주시는 게 빠르겠네요."

그 순간 스튜디오의 어디에선가 누군가가 아, 하는 짧은 탄성을 내뱉었다.

모두의 시선, 그리고 물론 카메라가 향해 있는 가운데 수조 속물이 그 표면을 둥글게 부풀렸다. 동시에 금붕어 열 마리가 놀란 듯 격렬하게 헤엄쳤다.

"……"

그건 신기한 광경이었다.

수조에서 둥그런 물 표면이 몽글몽글 솟아올랐다. 물은 수조 상부의 테두리를 크게 뛰어넘어 밑에서부터 밀려 올라오더니, 결국에는 수조를 빠져나왔다. 공중에 떠 있는 것은 거대한 물로 된 공이었다. 미친 듯이 헤엄쳐 대는 금붕어를 가둔 물로 된 공이 스튜디오 안 공중 2미터 정도 높이에 떠 있었다. 물로 된 공은 매끄러운 표면이 조용히 물결치면서 조명을 받아 반짝반짝 빛났다. 그 커다란 물로 된 공 안을 빨간 금붕어 열 마리가 빛을 발하며 계속 헤엄치고 있었다. 그야말로, CG의 세계였다.

"대단해, 예쁘다……."

퀴즈의 여왕이 한숨을 토하듯이 말했다.

"좀 더 잘 보이게 할게요."

메구미가 말했다.

그러자 거대한 물 덩어리가 가로로 늘어나더니 땅콩 모양으로 변했다. 그리고 그대로 분열하기 시작했다.

"진짜냐고."라고 말하는 지성과 탤런트의 반응에서는 더 이상 지성의 '지'자도 찾아볼 수가 없었다.

아까 전보다도 작은 물 덩어리 다섯 개가 스튜디오 중앙에 떠 있었다. 물구슬 하나하나에 금붕어가 두 마리씩 갇혀 헤엄치고 있었다. 붕 뜬 물속이라는 환경이 물고기들을 미치게 하고 있었는지 일부 금붕어는 몸을 눕혀 헤엄치고 있었고 어떤 녀석은 배를 위로 향하고 있었다. 다섯 개의 물 구슬은 서로의 주변을 천천히 도는 듯 매끄러운 궤적을 그리며 다섯 패널 각자의 바로 앞으로 날아가 멈춰 섰다.

"……."

패널들은 말없이 두 마리의 금붕어가 헤엄치고 있는 물구슬을 바라보고 있었다. 금붕어의 움직임이 빛과 만나 음영과 강약을 만들어 주위에 아름다운 줄무늬를 그려 내고 있었다.

"저, 저기…… 이거 만져 봐도 괜찮은 건가요?"

교수가 다 갈라진 목소리를 냈다.

"괜찮긴 한데, 만지시려면 물 위쪽을 만지는 게 좋을 것 같아요. 물론 아래쪽도 만질 수는 있는데, 아래쪽을 만지면 물이 손가락을 타고 떨어져서 축축하게 젖을 수가 있거든요. 위쪽이면 만진 손가락만 젖고요."

"아아……."

교수는 눈앞에 떠 있는 물구슬에 뻣뻣하게 손을 내뻗었다. 정말로 그게 떠 있는지를 확인하려는 듯 물에는 직접 손을 대지 않고 물구슬의 상하좌우의 공간을 탐색하고 있었다. 그런 교수의 모습에 부추김을 당했는지 다른 패널들도 마찬가지로 제각기 물구슬로 손을 뻗었다.

교수는 물구슬의 상부에 손가락을 가져다 댔다. 손끝으로 가볍게 만지고는 놀란 듯 다시 뗐다. 그러고는 닿았던 손끝을 눈앞으로 가져와서는 바라봤다. 손가락과 손가락을 맞대고 비비더니 그 젖은 손가락을 코끝에 가져다 대고 냄새를 맡았다. 생각을 고쳐 먹은 듯 이번에는 손바닥 전체로 물 구슬 상부를 만졌다. 탁탁 두

드리듯 만지자 물구슬이 눌려 퐁퐁 하고 튕기듯 휘어졌다.

"도저히 믿을 수가 없군요. 물이 떠 있어요. 아시겠어요? 여러분, 떠 있다고요, 물이. 이런 풍경은 우주비행사가 아니면 볼 수 없잖아요."

지성파 탤런트가 넋이 나간 것 같은 목소리를 냈다.

"금붕어 괜찮은 거예요? 배가 뒤집혀 있는데."

물구슬에 얼굴을 가져다 대고 말하는 퀴즈의 여왕에게 메구미가 웃어 보였다.

"무중력 상태니까 잘 모르겠지만 그 물 안에서는 인력이 닿지 않는다고 할까요, 위아래가 없어지죠. 금붕어도 깜짝 놀랐을 텐데, 긴 시간이 아니면 괜찮을 것 같아요."

"그야말로 우주 공간이군요. 마치 물구슬만이 다른 차원으로 연결돼 있는 것 같아요."

교수가 중얼거렸다.

"어떠세요, 감상은."

구보타가 마술사에게 물었다.

마술사는 재차 머리를 쓸어 올리며 고개를 저어 보였다.

"이건…… 마술로는 어렵습니다. 그렇다기보다도 제 머리로는 마술로 이 상태를 만드는 게 떠오르지 않습니다. 아까 오치아이 씨가 물의 아래쪽보다 위쪽을 만져 달라고 말씀하셨죠. 마술이라면 그 부분에 트릭 포인트가 있다고 생각됩니다만……."

음, 하고 뭔가 깨달았다는 듯 마술사가 의자에서 일어섰다.

"축축하게 젖는다고 하셨는데 아래쪽에서 만지면 어떻게 되는지 제가 직접 해 보겠습니다. 아마도 시청자들께서도 그 부분이 의심스럽다고 생각하시는 분들이 많을 것 같군요."

말하면서 마술사는 재킷을 벗고 셔츠의 소매를 걷어붙였다.

"아, 잠시만 괜찮을까요?"

메구미가 말을 걸자 마술사가 그녀를 돌아봤다.

"시험해 보시는 건 좋은데 금붕어가 불쌍하니 그 애들만 옮겨 놔도 될까요?"

"옮긴다고요? 무슨 말씀이죠?"

"아마도 물고기는 바닥으로 떨어져서 펄떡거리면서 괴로워하게 될 테니까요, 안전한 곳으로 피난시켜 놓는 게 좋지 않을까…… 그러면 더더욱 의심스러운가요?"

으음, 하고 지성파 탤런트가 신음했다.

"확실히 금붕어가 불쌍하긴 해도 의심을 불식시키기 위해서라면 일부러 이대로 진행하는 게 좋을 것 같은데요."

"흠, 그래도 그건 역시 잔인하지 않나요?"

퀴즈의 여왕이 지성파 탤런트를 돌아봤다.

"그런가……."

"알겠습니다. 그럼 물고기는 지금 옮기는 게 아니라 바닥으로 떨어질 때 구하도록 하죠. 괜찮아요."

메구미가 고개를 끄덕였다.

모두의 시선이 쏠린 게 메구미는 부끄러웠는지 어깨를 으쓱해 보였다.

"어쨌든, 해 보겠습니다."

마술사가 한 번 더 소매를 걷어붙이고 떠 있는 물구슬에 손을 내밀었다. 마치 그가 마술을 펼쳐 보이는 것 같은 손놀림이었다.

바로 아래에 뻗은 손가락을 직각으로 위를 향해 물구슬의 하부에 닿은 순간 구슬 형태가 아래쪽부터 무너지기 시작해 물이 전부 마술사의 팔을 타고 떨어지기 시작했다. 하지만 스튜디오에서는 그와 동시에 일어난 다른 현상에 대해 놀라움의 탄성이 터져 나왔다.

물구슬이 무너져 내리는 것과 동시에 두 마리의 금붕어는 그 흐름에 쓸려 마술사의 팔에서 팔꿈치를 따라 떨어져 내렸다. 하지만 두 마리는 바닥으로 떨어지지 않았다. 물고기는 바닥에 닿기 직전, 마치 물살을 거슬러 오르는 잉어처럼 공중을 뛰어 올라 마술사 옆에 떠 있던 퀴즈의 여왕의 물구슬 속으로 스르륵 미끄러지듯 들어갔다. 어디서라고 할 것도 없이 박수가 일었다.

"결국 그냥 대단한 거잖아."

지성파 탤런트의 말에 스튜디오는 박수와 웃음에 파묻혔다. AD가 건네준 타월로 젖은 팔을 닦으며 마술사는 큰 한숨을 내쉬고 의자로 돌아갔다.

"오치아이 씨에게 질문 있는 분 계십니까?"

구보타의 질문에 여성 평론가가 손을 들었다.

"계속 놀라움의 연속이어서 질문을 던지는 게 이상하게 느껴지는데, 제가 경이적이라고 느끼는 건, 이렇게 지금도 물을 공중에 띄우고 계시잖아요. 하나는 떨어졌지만 네 개는 떠 있죠. 물론 이 물은 지금도 오치아이 씨가 계속해 띄우고 계시는 걸 텐데요, 그런데도 얼굴색 하나 변하지 않고 있잖아요?"

"아, 그거, 저도 그 생각 했어요."

퀴즈의 여왕이 고개를 끄덕였다.

"아까 연필 때도 든 생각인데 오치아이 씨는 가볍게 연필을 구부리거나 물을 들어 올리거나 하시잖아요. 본질이랑은 다를지 모르겠지만, 그 부분이 가장 놀라웠어요."

들으면서 메구미는 입을 가리고 웃고 있었다.

"봐요, 웃고 있는데 물은 떠 있는 그대로잖아요. 초능력자라는 사람들은 숟가락을 구부러뜨리는 것만으로도 이마에 땀을 뻘뻘 흘리고, 필사적으로 덤벼들고는 그런데도 오늘은 몸 상태가 안 좋다는 별 볼일 없는 변명이나 늘어놓지 않나요? 그런데도 이 아가씨는 다르잖아요. 보여 주신 건 숟가락을 구부러뜨리는 것과는 급이 천지차이인데도 태연한 모습이시죠. 왜 그렇죠?"

메구미는 웃으면서 고개를 저었다.

"왜 그렇냐고 물으셔도 저도 잘 몰라요."

그러자 교수가 끼어들었다.

"이를테면, 방금 오치아이 씨는 흘러 떨어지는 물속에서 금붕어 두 마리를 저쪽 물구슬 속으로 날려 보냈죠. 그런데도 그때 다른 네 개의 물구슬은 미동조차 하지 않고 떠 있는 그대로였죠. 그게 정말로 불가사의한 일이란 말이죠. 믿을 수 없을 정도로 집중력이 대단하거나 아니면 그런 게 필요 없는 건지."

"집중력……"

"단순히 생각해서 무언가 작업을 할 때 저희들은 집중력이 필요합니다. 어떤 간단한 작업이더라도 집중력이 끊어져 마음이 다른 곳을 향하면 실수나 최악의 경우 사고로 이어지게 됩니다."

교수는 눈앞에 떠 있는 물구슬과 메구미를 번갈아 보며 무슨 의미가 있는 건지 물구슬의 윗부분을 손끝으로 쿡하고 찔렀다.

"그런데도 오치아이 씨는 물을 공중에 띄우고 그걸 더더욱 몇 개로 나눈 뒤 하나하나를 우리 앞으로 이동시키는 걸 해내셨죠. 그런데도 웃으면서 이야기도 가능합니다. 집중할 필요가 없는 듯도 보이네요."

"그래도 선생님께서도 그렇게 연필을 쥐고 이야기를 하고 계시 잖아요. 말씀하시는 순간 연필을 떨어뜨리는 일 같은 건 없죠."

"어라, 말도 안 돼……."

지성파 탤런트가 말했다.

"오치아이 씨가 하신 일이란 게 저희들로 치면 연필을 들고 있는 정도로 간단한 일이라는 얘기인가요? 이게요?"

지성파 탤런트는 말하면서 눈앞의 물구슬을 손가락질했다.

"이게 연필을 들고 있는 것 정도의 일이라면 오치아이 씨의 능력의 최대 레벨은 어느 정도인 거죠? 뭔가 엄청나네요. 오치아이 씨가 군대에 들어가시면 나라 하나쯤은 혼자 힘으로 괴멸시킬 수 있는 게 아닌가요?"

스튜디오가 다시 웃음에 묻혔다.

그 웃음소리에 메구미도 입을 누르며 어깨를 떨고 있었다.

다만 교스케는 솔직히 그렇게 같이 웃을 수가 없었다.

물론 지성파 탤런트의 말은 방송을 달아오르게 하기 위한 멘트였고, 그나 다른 패널들이 메구미에게 느끼고 있는 것은 순수한 놀라움일 터였다.

하지만 교스케는 무언가가 불안했다.

그리고 광고를 위한 휴식을 끼고 방송 녹화가 재개됐을 때 카메라 앞에 선 것은 교스케였다.

"나카야 교스케 씨가 획득한 능력은 소위 말하는 천리안입니다."

구보타가 교스케를 향해 바로 앉았다.

"이 눈, 말이죠. 뭐라고 할까요, 모든 걸 꿰뚫어 본다고 생각하면 조금 무서운 기분도 드는데요. 이렇게 앞에 서 있는 것만으로도 교스케 씨께선 제 모든 걸 아실 수 있는 건가요?"

교스케는 저도 모르게 쓴웃음을 지었다. 고개를 저었다.

"보려고 하지 않으면 아무것도 안 보입니다. 봤다고 하더라도 내…… 실례, 제게 보이는 건 현상뿐입니다. 다시 말해 그 자리에 있으면 누구라도 볼 수 있는 걸 저는 보고 있는 겁니다. 이를테면 구보타 씨가 무얼 생각하고 계신지는 저도 알 수가 없습니다."

퀴즈의 여왕이 손을 들었다.

"비디오 속에서 나카야 씨는 잃어버린 물건을 찾아내거나 다음 날 조간의 1면을 전부 맞히셨는데요, 제가 이해가 안 된달지 상상이 안 되는 건 어떤 식으로 보이냐는 거예요. 영상이 머릿속에 비춰지는 건가요?"

"꿈을 꾸고 있는 것 같다고 하면 되려나요? 제게는 지금 이렇게 주위를 보는 것과 동일하게 보입니다."

여성 평론가가 끼어들었다.

"그럴 때엔 현실 쪽은 어떻게 되는 거죠? 투시를 한창 하고 있을 때에 동시에 현실의 것도 보이나요?"

"아니요, 안 보입니다. 익숙해지지 않았을 때엔 그래서 엄청 위험했습니다. 컨트롤도 안 되니까 갑자기 나타나는 환각이 겁이 났죠."

"지금은 컨트롤이 된다는 거네요."

"네. 투시하려고 마음먹을 때에만 보이게 됐으니까요, 지금은 일상생활에 지장이 없습니다."

"그렇다면, 실은 오늘 와 계신 패널분들께는 이 스튜디오에 들어오시기 전에 종이를 건네 드려서 생각나는 걸 써 달라고 말씀드렸습니다. 다시 말해 본인 외에는 누구도 거기에 뭐가 쓰여 있는지를 모릅니다. 무엇을 쓰실지는 전적으로 일임했기 때문에 그게 문자인지 그림인지조차도 모릅니다. 그 봉투가 여기에 있습니다."

구보타가 등 뒤에 놓여 있던 커다란 화이트보드를 뒤집었다.

화이트보드 상부에 크림색 봉투가 늘어져 게시돼 있었다. 물론 봉투가 닫힌 상태였다. 봉투 위에는 제각기 그걸 적은 패널의 이름이 표시돼 있었다.

"여기에 뭐가 적혀 있는지를 지금부터 나카야 씨께서 투시해 주셨으면 합니다. 애매함을 배제하기 위해서 나카야 씨께서는 쓰여 있는 내용을 말로 설명하는 게 아니라 화이트보드 위에 그걸 써 주시면 됩니다. 실은 나카야 씨에겐 이것에 대해서는 전혀 전해 드리지 않았습니다. 봉투 안 내용물은 물론이거니와 이 실험 자체가 나카야 씨께선 처음 듣는 겁니다. 그렇다면 나카야 씨, 어서 이쪽으로 오시지요."

왠지 모르게 겸연쩍은 느낌을 받으며 교스케는 재촉받는 대로 화이트보드 앞으로 나아갔다. 마커를 건네받고 오른쪽 끝 봉투 앞에 섰다.

"준비되셨나요? 그렇다면 나카야 씨, 시작해 주세요."

"……."

첫 번째 봉투는 여성 평론가의 것이었다.

봉투를 바라보고는 살짝 **밀어** 봤다. 봉투의 시간이 역행하기 시작해 대기실에 있는 그녀가 나타났을 때 속도를 늦췄다. 그녀는 그 종이에 한 문장만을 썼다.

'과연……'

고개를 끄덕이면서 교스케는 투시에서 빠져나왔다. 마커를 재차 쥐고는 보고 온 문장을 화이트보드에 옮겨 적었다.

연애와 전쟁에서는 각종 전술이 허용된다.

오오, 하는 감탄에 가까운 목소리가 스튜디오에서 일었다.

"호오. 멋지군요."

구보타는 눈을 반짝이며 화이트보드 위의 봉투로 손을 뻗었다.

"그렇다면 실제로는 무엇이 쓰여 있었을까요?"

물론 봉투 안에서는 동일한 문장이 쓰인 종이가 나타났다. 스튜디오에서 박수가 일었다.

"이건 누구의 말인가요?"

물어보니 여성 평론가가 고개를 끄덕였다.

"근세 영국에서 버몬트와 플레처라는 두 극작가가 있었습니다. 공동 저작을 하곤 했던 사람들로 셰익스피어의 후계자라는 말을 들을 정도였는데요, 그 말은 플레처가 쓴 말이라고 하네요."

"굉장히 함축적인 말이라고 생각하는데요, 나카야 씨 멋지게 맞히셨습니다. 그럼 다음 봉투를 부탁드립니다."

옆 봉투는 마술사의 것이었다.

똑같이 투시를 행했지만, 그가 쓴 것을 본 교스케는 적잖이 당혹스러웠다. 종이에 쓰인 것은 문장이 아니라 묘한 도형이었기 때문이다. 흰색과 검은색 구슬을 염주처럼 엮은 이상한 도형이었다. 왠지 모르게 점치는 데에 쓰일 것처럼 보였다.

틀릴 수는 없었기에 교스케는 투시와 현실의 화이트보드를 오가면서 마술사가 그린 도형을 옮겨 그렸다.

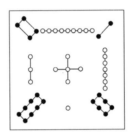

"이건……뭔가요? 아니, 봉투를 여는 게 먼저겠군요."

말하면서 구보타는 화이트보드에서 봉투를 떼어 안을 들여다봤다. 동일한 도형이 나타나자 다시 박수가 일었다.

"죄송합니다. 이상한 걸 그렸네요. 이건 구수도(九數圖) 혹은 구성도(九星圖)라고 하는 건데요, 소위 말하는 마방진입니다. 그려져 있는 구의 수는 1부터 9까지의 수를 나타내고 있고, 가로, 세로, 사면의 세 숫자를 더하면 어떻게든 15가 됩니다. 아니, 완벽히 맞히셨네요."

마술사는 머리를 긁적였다.

다음은 지성파 탤런트의 봉투로 그는 종이에 아무것도 쓰지 않고 서점에서 판매 중인 책의 띠지를 거기에 붙여 놓았다. 쓴 웃음을 지으며 교스케는 띠지에 쓰여 있는 광고 문구를 옮겨 적었다.

구보타가 봉투에서 띠지를 꺼내 카메라에 들이밀자 그때까지 스튜디오 맞은편에서 조용히 있던 오쿠라가 "무슨 광고를 하고 계신 겁니까!"라고 소리쳐 폭소가 터져 나왔다.

"죄송합니다. 그게, 이번에 책을 내서요, 엇…… 이런 곳에."

지성파 탤런트는 카운터에서 책을 꺼내 카메라 쪽으로 들어 올렸다.

네 번째로 퀴즈의 여왕이 쓴 것은 항목별로 쓴 문장이었다.

- 먹기 좋게 썬 고구마를 180도의 기름으로 튀깁니다.
- 냄비에 물, 설탕, 간장, 미림을 넣고 졸입니다.
- 졸인 꿀을 고구마에 버무려 참깨를 뿌립니다.
- 고구마 맛탕이 완성됐습니다.

여기서도 웃음이 일었다.

하지만 마지막으로 교수가 쓴 것에서는 웃음이 터지지 않았다. 그가 쓴 것은 화학식이었다.

$$C_6H_{12}O_6 + 6H_2O \rightarrow 6CO_2 + 12H_2O$$

"선생님, 이건 뭐죠?"

교수가 키득키득하며 혼자 어깨를 들썩였다.

"별반 의미는 없습니다. 사람의 폐 속에서 일어나는 화학반응

중 하나죠. 사람이 호흡을 하면 이런 게 폐 속에서 일어납니다."

"아, 네……."

교수는 또다시 키득키득 웃었다.

구보타는 헛기침을 한 번 하고는 교스케 쪽으로 자세를 고쳐 앉았다.

"전부 정답을 맞히셨습니다. 이건 봉투 안에 들어 있더라도 안이 보인다는 건가요?"

"아뇨, 그렇지 않습니다. 그런 X선 같은 눈은 가지고 있지 않아요. 제가 할 수 있는 건 과거나 미래를 보는 겁니다. 사람의 과거, 물건의 과거 그런 걸 보는 게 가능하죠. 그러니까 봉투를 투시하면 그 봉투가 거쳐 온 시간을 되돌리는 거죠. 대기실에서 여러분께서 몰래 종이를 채우는 시점까지 시간을 거꾸로 돌려 거기에 쓰인 것을 목격하고 왔다, 뭐, 그런 셈이죠."

"물건의 과거……."

여성 평론가가 중얼거리듯 말했다.

"그것 참 대단하네요. 어떤 물건이든 과거를 볼 수 있는 건가요?"

"다양한 물건을 시험해 본 건 아니라 어떤 물건이든 가능하다고 단언할 수는 없습니다. 그래도 지금까지 시험해 본 물건들은 전부 가능했습니다."

"이를테면 말이죠, 박물관이나 사료관 같은 곳에 가서 옛날 장수가 사용했던 갑옷이나 투구를 보면 그 무장이 싸우던 모습 같은 걸 목격할 수 있다는 건가요?"

아아, 하고 교스케는 고개를 끄덕이며 그녀를 쳐다봤다.

"해 본 적은 없습니다만, 그건 재미있을 것 같네요. 진짜 오다

노부나가의 모습을 보고 싶네요. 다음번에 시도해 보겠습니다."

"만일 그런 게 가능하다면 학술적으로도 꽤나 대단한 일 아닌 가요? 나카야 씨에게 역사를 검증하는 데 도움을 받으면 상당히 사실이 바뀔지도 모르는 일이죠."

교스케는 미소를 지었다.

"유감이지만 제 능력은 아직 인지되지 않고 있습니다. 지금까지 알고 지내 왔던 역사를 뒤집을 만한 걸 제가 봤다고 하더라도 지금 단계에서는 그걸 증거로 삼기가 어렵지 않을까 생각합니다."

"과연, 그렇군요……."

"그래도 범죄 수사 같은 데에서는 도움이 될 것 같네요. 나카야 씨의 투시가 증거가 되지는 못하더라도 그걸 토대로 수사를 하면 거기서 물적 증거라든가를 발견할 수 있을지도 모르고요."

옆에서 지성파 탤런트가 끼어들었다.

"이건 규칙 위반이려나요. 미래도 보이는 거잖아요? 그렇다면 미래의 기술을 미리 가져와서 기술 진화를 촉진시킨다든지 말예요."

퀴즈의 여왕이 덧붙이듯 말했다.

패널들의 말이 교스케에게는 의외였다. 그건 이미 의심하는 어투가 전혀 묻어나지 않았기 때문이다.

그런 교스케와 마찬가지의 것을 구보타도 느낀 듯했다.

"나카야 씨의 투시에 의문이 있는 분은 더 안 계시나요?"

"의문이고 뭐고, 오늘 이렇게나 여러 가지 대단한 걸 봐 버려서 의심할 기력조차 남아 있지 않다고요."

마술사가 고개를 저었다.

웃으면서 교수가 고개를 끄덕였다.

"오치아이 씨가 강렬했으니 말이죠. 진정하고 나면 의문점도 나올지도 모릅니다만, 지금 단계에서는 모두 중노동으로 나가떨어진 것 같은 느낌이지 않을까 생각합니다."

이 교수의 말이 방송의 결론이 됐다.

이후에 구보타는 '세 사람은 진짜'라는 말을 끌어내기 위해 노력한 듯했으나 결국 그 말은 누구의 입에서도 나오지 않았다. 다만 패널들의 반응을 보면 방송 계획은 멋지게 성공했다고 말할 수 있을지도 몰랐다.

보증서를 받은 건 아니었지만 누구도 세 사람의 능력을 부정할 수 없었기 때문이다.

29

2시간에 걸친 특별 편으로 방영된 방송은 엄청난 반향을 불러일으켰다.

교스케가 예상한 대로 반응의 태반은 초능력을 부정하고, 방송을 비판하는 형태로 나타났다. 람다기획이 독자적으로 시행한 조사에서 방송을 시청한 일반 개인 중 '세 사람의 초능력은 진짜'라는 반응은 과반수 이상이었으나 잡지나 TV 등 매스컴 쪽은 대부분 방송을 회의적으로 보고 있다는 결과가 나타났다. 대대적으로 긍정하는 입장을 밝힌 곳은 교스케의 기사를 싣고 있던 《주간 이터니티》와 의뭉스러운 기사를 잔뜩 싣는 컬트계 잡지뿐이었다.

대형 출판사의 모 잡지는 '오치아이 메구미의 트릭을 검증한다'

는 엄청나게 진지한 특집 기사를 실었다. 그 기사에서는 방송국에서 이뤄진 교묘한 트릭이 VTR 화면의 **과학적인 분석**에 의해 까발려져 있었다.

"만들어 낸 영상에 신빙성을 더하기 위해 방송에 등장한 패널들은 사전에 최면을 걸어 뒀다. 그 암시에 의해 스크린상에 비춰진 CG를 실제로 목격한 것처럼 착각한 것이다."라고 쓰여 있기까지 했다.

방송에 속아 이용당했다고 단정된 생물물리학 교수는 연구실로 가지고 돌아간 '나비매듭 연필'을 정밀하게 조사해 그게 가짜가 아니란 것을 발표해 반론을 제기했다.

비판 기사에는 연필이 처음부터 나비매듭 모양으로 조각된 것이며 그걸 도장해 마치 구부려진 것처럼 위장한 것이라고 쓰여 있었다. 그에 대해 교수는 가지고 돌아온 연필을 조사해 연필의 나뭇결 자체, 섬유 자체가 구부려져 있었고, 나비매듭 모양으로 조각했더라면 이런 나뭇결은 나오지 않는다고 주장했다.

잡지는 특집 기사 제2탄을 꾸려 거기에서 왜 이렇게 세간의 눈을 속이는 방송이 만들어졌는지에 대해 다뤘고, 관계자들을 아연케 만드는 추리가 펼쳐졌다.

논지의 핵심은 류오 대학 바이러스 연구소가 노출시켜 대유행된 용뇌염 재앙의 책임을 감추고 초능력처럼 세간이 흥미를 가지고 들러붙을 만한 화제로 바꿔치기하기 위해서라는 것이었다. 교스케 일행 세 사람은 여전히 완치되지 않은 용뇌염 치료와 재활을 위해 입원 생활을 계속하고 있을 뿐이며, 연구소에 거주하고 있는 것은 초능력 연구나 개발을 위한 것일 리가 없다. 애초에 그 정도 피해를 가져온 병이면서도 대학 지원재단을 등에 업은 민간 조직이 연구를 계속 한다는 게 이상한 얘기가 아닌가, 방영된 특집은 바보 같은 화제를 흩뿌려 재단의 책임과 불법 행위에서 눈을 돌리게 만들기 위한 계략이다, 그런 주장이었다.

패나 감정적으로 다룬 것도 많았으나 이상하게도 교스케 일행에게는 출연 의뢰나 잡지 취재 요청이 끊임없이 밀려들고 있었다. 당연한 일이지만 그 요청의 대부분은 메구미에 대한 것이었다. 초능력이 실제인지 가짜인지는 별개로 하고 그녀가 행하는 퍼포먼스는 사람들의 화제를 모으는 데 성공했다. 물론 메구미가 젊고 귀여운 여성이라는 것도 요인의 한 가지였음에 틀림없었다.

메구미는 오히려 그런 세간의 반응을 즐기고 있었다. 람다기획이 제작한 특별 방송 이후 그녀는 몇몇 TV 방송에도 홀로 출연하기도 했다.

"나카야 씨, 내 매니저, 안 해 줄래?"

어느 날 메구미는 교스케에게 그렇게 물어왔다. 교스케는 쓴웃음을 지으며 고개를 저었다.

"매니저 같은 거 경험이 없는걸. 정말로 연예계를 목표로 한다면 나 같은 사람한테 부탁할 게 아니라 소속사에라도 들어가는 게 좋지 않겠어?"

으음, 하고 메구미는 고개를 갸웃했다.

실제로 메구미에게는 몇몇 연예 소속사로부터 제의가 들어왔다. 그런 이야기가 있을 때마다 메구미는 교스케에게 상담을 청해 왔다. 요청이 들어오는 건 기쁜 일이고, 마음도 움직이지만 마지막 결정이 내려지지 않는다고. 어떻게 하면 좋을지, 묻고는 했다.

"그러니까아, 이를테면 어떤 곳으로 가는 게 결과적으로 가장 좋을지 **봐** 줄 수는……."

교스케가 조용히 쳐다보니 메구미는 부끄러운 듯 웃었다.

"미안. 좀 그렇겠지."

"마음은 알겠지만, 전부터 말했듯이 되도록 사람의 미래는 보고 싶지 않아. 봐도 별로 좋을 일은 없을 것 같은 기분이고."

메구미는 고개를 끄덕였다.

"응, 미안. 어리광 좀 부려 봤어."

메구미의 마음은 교스케도 잘 알고 있었다.

교스케 자신도 그렇지만 스스로가 다른 사람과는 다르다는 그런 생각이 메구미에게는 항시 들러붙어 있었다. **보통** 인간들 속에 홀로 뛰어드는 게 겁이 나는 것이다. 그 공포의 원점에는 완전히 무너진 집의 광경이 있을 터였다. 흔적도 없이 빈터가 돼 버린 집이 메구미의 뇌리에서 사라질 일이 없을 것이란 것은 분명했다.

그러니 그런 일체의 모든 것을 이해하고 있을 교스케가 옆에 있었으면 좋겠다는 메구미의 마음은 잘 알고 있을 터였다.

매니저는 될 수 없지만, 메구미가 취재나 TV 출연을 위해 외출할 때 교스케는 적극적으로 동행하기로 했다. 교스케가 운전하는 자동차가 메구미의 발이 되어 주고 있었다.

30

연말까지 한 달쯤 남은 11월 29일, 메구미는 TV 방송에 출연했다.

야마나시 지역 방송국에 있는 아침 정보 방송으로 그 코너 중 하나에 생방송으로 출연하게 된 것이다. 야마나시에 살고 있는 인물을 매일 한 명씩 소개하는 코너였다. 다루는 인물은 원석 가공의 장인이라든지 회사를 열두 곳 보유한 사장, 현에서 가장 장수하고 있는 운동선수라든지 다양한 물건을 악기로 삼는 초등학교 선생님 등 다채로웠다. 이날은 화제의 초능력자 오치아이 메구미 씨를 게스트로 맞이한 것이었다.

메구미가 불려 간 곳은 스튜디오가 아니라 가마나시가와 강변에 있는 공원이었다. 스튜디오에서 부르자 리포터 역의 여자 아나운서에 의한 코너 진행이 시작됐다.

실제 방송이 시작되는 것은 8시이고 메구미가 출연하는 시간은 대략 8시 40분부터라고 들었으나, 교스케와 메구미는 8시에 현장 공원에 도착했다.

디렉터, 그리고 아나운서와의 협의를 마치고 간단한 리허설을 끝내자, 그 뒤로는 기나긴 대기 시간이 찾아왔다. 주역인 메구미는 그런대로 괜찮을지 몰랐으나 그저 쫓아왔을 뿐인 교스케는 지루하기 짝이 없었다. 게다가 바람에 고스란히 노출돼 있는 바깥에서 주저앉아 있자니 꽤나 쌀쌀했다.

"댁도 출연하슈?"

갑자기 등 뒤에서 말을 걸어와 교스케는 벤치 위에서 돌아봤다. 몹시 두툼한 스웨터를 입은 아줌마가 교스케를 들여다보고 있었다.

"뭐라고요?"

"댁도 TV에 나오냐고."

둘러보니 중계차와 카메라를 멀리서 빙 둘러싸고 구경꾼들이 몰려들기 시작했다. 어디선가 정보를 듣고 몰려 온 듯했다.

"초능력을 가진 언니가 나온다고 들어서. 당신은, 그 뭐냐, 천리안을 가진 오빠잖아? 전에 TV에서 봤는걸."

아줌마는 메구미 쪽으로 눈을 돌렸다.

쓴웃음을 지으며 교스케는 고개를 저었다.

"아뇨. 난 나가지 않아요. 언니 쪽만 나가죠."

"흐흠, 그래요? 저기, 아들이 내년에 대학 수험을 보는데, 붙을지 어떨지 점쳐 줄 수 있어?"

교스케는 다시 고개를 저었다.

"난 그런 건 안 합니다."

"돈 안 내면 안 된다, 이거로구먼."

쯧쯧, 하고 생각하며 교스케는 앞으로 자세를 고쳐 앉았다. 아줌마는 그 뒤로도 뭐라고 몇 마디를 더 중얼거렸지만 상대를 않고 있자 콧방귀를 뀌면서 멀어져 갔다.

메구미가 출연할 코너가 다가오면서 바람의 차가움에 비해 햇살이 조금씩 따스함을 더해 가자 모이는 구경꾼 수는 더욱 불어났다. 세어 볼 생각은 들지 않았으나 50~60명은 되는 것 같았다. 메구미의 인기가 대단하다고 생각하면서 교스케는 손목시계에 눈길을 줬다.

갑자기 주위가 분주해지고 AD가 "여러분, 조용히 해 주세요!" 하고 구경꾼들에게 소리를 질렀다.

여자 아나운서가 높은 톤으로 소리를 질러 카메라 너머에서 벌어지고 있는 일을 정리하더니 손에 쥔 마이크를 메구미 쪽으로 내밀었다. 아무래도 본방송이 시작된 것 같았다.

특이한 마이크라고 생각하면서 교스케는 중계가 이뤄지고 있는 쪽으로 멍한 시선을 던졌다. 출연자는 제각기 핀마이크를 가슴에 달고 있었다. 그래서 핸드 마이크는 필요가 없을 터였다. 물어보지는 않았지만 실제로는 전원도 안 들어가 있는 건 아닐까.

교스케가 앉아 있는 벤치까지는 메구미 일행이 하는 말이 들리지 않았다. 무얼 말하고 있는지는 모르겠으나 종종 아나운서가 뱉는 경탄하는 목소리에 메구미가 무얼 하고 있는지 상상이 갔다.

TV가 메구미에게 요청하는 것은 물건을 공중에 띄우거나 구부리거나 하는 것이었다. 특히 말도 안 되는 걸 나비매듭으로 묶어 놓으면 모두가 기뻐했다. 리허설 때 AD가 강변에서 멜론빵 정도 크기의 돌을 주워 왔다. 그러니 오늘은 저 돌을 나비 모양으로 매듭짓는 것일 터였다. 메구미의 연습 풍경을 몇 번이고 봐 왔으니 직접 보지 않더라도 그 대단함은 잘 알았다.

돌이든 벽돌이든 직접 보기 전까지는 그런 걸 나비매듭으로 묶을 수 있을 리가 없다고 생각했었다. 이를테면 멜론빵 모양의 돌을 어떻게 매듭을 짓는단 말인가? 하지만 그걸 봤을 때엔 교스케마저도 놀랐다.

메구미는 먼저 둥근 돌을 부드러운 엿가락처럼 길게 늘여 버린다. 부드럽게 만드는 것 자체가 불가능한 단단한 돌이다. 돌이 그렇게 부드러워지는 것은 천 몇 도의 열에서 녹을 때뿐일 것이다. 빨갛게 빛나는 용암이라면 얼마든 엿가락처럼 휘어진다. 하지만 메구미는 상온에서 그걸 해냈다. 돌뿐만이 아니었다. 벽돌도 녹아

내리는 초콜릿처럼 늘여 버린다. 보고 있는 사람은 이미 그 시점에서 말을 잃어버린다. 늘어진 돌이나 벽돌이 뱀처럼 꾸불꾸불 몸부림치더니 결국 나비매듭이 지어지고 만다. 도저히 믿을 수 없는 일이었다. 믿을 수는 없지만 눈앞에서 그런 일이 당연한 듯이 벌어진다. 단지 보여지는 광경은 엄청나지만 완성된 나비매듭이 무척 귀여웠기 때문에 언제나 이 퍼포먼스는 인기가 있었다.

맞은편에서 여자 아나운서의 목소리가 들리고 박수 소리가 났다. 아마도 멜론빵 모양의 돌이 무사히 나비매듭이 지어진 것일 터였다.

메구미와 여자 아나운서, 그리고 감독이 교스케를 향해 왔다. 그들의 표정을 보고 메구미의 퍼포먼스가 오늘도 대성공이었다고 확신했다.

"기다렸지?"

메구미의 말에 교스케는 "수고했어." 하고 대꾸했다.

감독이 교스케에게 고개를 숙였다.

"오치아이 씨 배웅을 나카야 씨에게 맡겨서 정말 죄송합니다."

"아뇨, 어차피 한가한걸요. 수고하셨습니다."

"아, 그리고 이거, 약소하지만 거마비로 나오는 거라서요."

내밀어진 봉투에 놀란 교스케는 메구미와 감독을 번갈아 봤다. 메구미는 생긋 웃고 있었다.

"이런 거 받아도 되는 건가요?"

교스케가 그렇게 묻자 감독은 크게 고개를 저었다.

"아뇨, 정말로 약소한 겁니다. 죄송합니다만, 안에 영수증이 들어 있는데, 확인하신 후에 서명과 날인을 해 주실 수 있으신가요? 아, 인감을 안 가지고 계시면 사인을 하셔도 됩니다."

"네, 알겠습니다."

봉투를 열어 보니 안에는 1000엔짜리 지폐가 두 장 들어 있었다.

"으음, 인감이 차에 있어서요, 잠시만 기다려 주실 수 있나요?"

"번거롭게 해 드려서 죄송합니다."

주차장으로 향하자 바통 터치라도 하듯 구경꾼 일당이 메구미 쪽으로 몰려들었다. 펼친 노트를 내미는 여성도 있었는데 아마도 사인을 부탁하는 것일 터였다. 대부분 휴대전화를 꺼내들고 사진을 찍고 있었다.

'슬슬 메구미도 인기 탤런트처럼 되어 가고 있구나.'

교스케는 뺨의 긴장을 풀었다. 명백히 메구미는 즐거워 보였다. 곁눈질로도 들떠 있는 걸 알 수 있었다.

차로 돌아가 서명과 날인을 마치고 감독 일행이 있는 곳으로 돌아갔는데도 여전히 메구미는 둘러싸인 채였다. 그렇기는커녕 모여 있는 사람 수가 불어 있었다. 공원 옆 산책로로 끌려나온 메구미는 완전히 포위된 상태였다.

"대단하네, 왜 저렇게 인기가 있는 거지?"

교스케가 이렇게 말하자 여자 아나운서가 후후후 웃었다.

"그치만, 메구미 씨, 인기인이잖아요."

오쿠라였다면 곧장 한 소리를 했을 거라고 생각하면서 여자 아나운서를 쳐다봤다.

"그럼, 수고 많으셨습니다. 또 잘 부탁드립니다. 다음에는 나카야 씨께 부탁드릴지도 모릅니다만, 그땐 부디 잘 부탁드립니다."

스태프들에게 가볍게 인사를 하고 교스케는 일단 차로 돌아갔다. 언제 해방될지 모르는 메구미를 차에 타서 기다리기로 했다.

'나는 메구미처럼은 하지 못하겠지.'

교스케는 운전석에서 고개를 저었다. 원래부터 메구미는 여배우 지망생이었다. 사람들 앞에 나서는 걸 좋아하는 체질이다. 지금은 여배우와는 한참 멀리 떨어져 있지만 그 발판을 디딘 걸지도 몰랐다.

그때였다.

여성의 새된 비명이 들려 교스케는 움찔하고 뒤를 돌아봤다.

"……"

메구미가 있는 곳 주변이 묘하게 웅성거리고 있었다. 이상한 분위기였다. 방금 전까지와는 분위기가 달랐다.

교스케는 차에서 내렸다.

메구미가 있는 쪽을 향해 달렸다.

공원 출구 쪽 도로에 메구미가 서 있었다. 그런 메구미를 구경 꾼들이 멀찍이 빙 둘러 서 있었다. 메구미는 양손으로 자신의 입을 누르고 눈을 크게 뜬 채 자신의 발아래를 응시하고 있었다.

"……"

메구미의 발치에 이상한 물체가 누워 있었다. 그게 무엇인지를 알아채고 교스케는 자기도 모르게 발걸음을 멈췄다.

남자였다. 슈트 차림의 한 남자가 메구미의 발치에 하늘을 보고 쓰러져 있었다. 남자의 목에는 나이프가 꽂혀 있었고 거기에서 흘러넘친 피가 산책로 위로 퍼져 나가고 있었다.

"살인자!"

누군가가 외쳤다.

마치 그게 신호라도 되듯 메구미를 둘러싼 구경꾼들이 저마다 비명을 지르면서 사방으로 도망쳤다.

"아니야."

메구미가 고개를 저었다.

"아니란 말이야."

그리고 교스케는 깨달았다.

이미 수개월 전 일이지만, 교스케는 이 광경을 목격했다.

대학병원 4층 휴게실에서 지금 눈앞에서 보고 있는 광경을 투시했던 것이다. 아직 자신의 투시 능력을 컨트롤하지 못할 때 갑자기 보인 것의 의미도 전혀 이해할 수 없었던 때였다.

그건…… 이 광경이었던 것이다.

핫, 하고 정신을 차린 교스케는 메구미가 있는 곳으로 달려갔다.

"메구미."

메구미가 돌아보며 고개를 크게 저었다.

"아냐, 내가 아니야……."

산책로에 무릎을 꿇고 쓰러져 있는 남자를 들여다봤다.

목에 꽂혀 있는 나이프를 믿을 수 없는 기분으로 응시했다. 남자가 죽어 있는지 어쨌는지도 알 수가 없었다. 교스케는 허둥지둥 주머니에서 휴대전화를 꺼내들었다.

31

2시간 정도 뒤, 교스케는 경찰서의 어느 방에 있었다.

사무실 같은 커다란 방 안쪽에 칸막이로 만든 사각형의 작은 방이 있었다. 상반부에 반쯤 비춰 보이는 유리를 끼운 철제 칸막이로 그중 하나가 문처럼 만들어져 있었다. 수사관이 테이블 맞은편의 의자를 가리키며 "앉으십시오."라고 탁한 목소리로 재촉하는 대로 교스케는 거기에 앉았다.

경찰서로 온 이후로는 메구미와 떨어져 있었다. 둘이서 몰래 말을 맞추는 일이 없도록 하기 위해 경계하는 것일지도 몰랐다. 다만 교스케에게는 그런 경계 같은 게 무의미했다. 만일 미리 짜야만 하는 사정이 있다고 한다면 사전에 모의할 필요 같은 건 전혀 없었다. 모든 건 투시만 하면 될 일이었다. 메구미가 경찰관의 질문에 어떻게 대답하고 있는지 교스케는 뭐든 꿰뚫어 볼 수 있었다. 알려고만 한다면 메구미가 말한 것도, 앞으로 말할 것도 전부 투시할 수 있었다. 물론 지금의 교스케와 메구미에겐 투시해야만 하는 무언가가 전혀 없었다.

"기다리시게 해 드려서 죄송합니다."

쉰 목소리의 수사관은 교스케의 맞은편에 앉기 무섭게 그렇게 말했다.

동시에 문이 열리고 여성 경찰관이 서류철을 들고 들어왔다. 제복을 입고 있지 않았더라면 여성인지조차 헷갈릴 정도로 우락부락한 얼굴을 한 아주머니였다. 그녀는 교스케의 왼편에 털썩 앉더니 테이블에 올려져 있던 테이프 리코더의 녹음 버튼을 눌렀다.

"음, 야마나시 현 경찰서 수사 1과의 후카쿠라라고 합니다."

그렇게 말하더니 형사는 여성 경찰관으로부터 서류철을 받아 들고는 시선을 떨구고 쓰여 있는 내용을 일독했다. 그리고 후우 숨을 내뱉고는 서류철을 여성 경찰관에게 돌려주고 교스케에게 시선을 되돌렸다.

"나카야 교스케 씨께서 보신 것, 알고 계신 것에 대해 여쭙고자 합니다만 기록에 틀린 점이 있으면 안 돼서 일단 테이프 녹음을 하겠습니다. 괜찮으시죠?"

"네."

교스케가 고개를 끄덕이자 후카쿠라 형사는 테이프 레코드의 마이크를 향해 날짜와 현재 시각, 사정청취를 하는 장소와 방 안에 있는 세 사람의 이름을 차례로 말했다. 그에 의하면 여성 경찰관은 고구레 가오리라는 귀여운 이름이었다.

방금 이름을 호명했는데도 불구하고 쉰 목소리의 후카쿠라 형사는 교스케가 성명과 주소, 본적, 직업 등을 대답하는 것부터 사정청취를 시작했다. 사건이 벌어진 가마나시가와 강변의 공원에 오늘 9시경에 있었던 이유를 묻자 TV 방송에 출연하는 오치아이 메구미를 바래다 주기 위해서였다고 있는 그대로의 사실을 말했다.

"공원 옆 산책로에서 어떤 일이 벌어졌는지 나카야 씨가 본 것을 말씀해 주세요."

어떤 식으로 대답해야 하는지 교스케는 순간 주저했다.

"실제로는 저는 아무것도 본 게 없습니다. 제가 달려갔을 때 이미 그 사람은 지면에 쓰러져 있었으니까요."

"흐음."

"촬영이 끝나고 메구미는 구경하러 몰려든 사람들에게 둘러싸여 있었습니다. 부탁을 받고 사인을 해 주고 있었을 거라 생각합니다. 저는 그들로부터 떨어져서 제 자동차로 돌아가 있었습니다. 메구미가 돌아올 때까지 차에서 기다리기로 생각했거든요."

"그렇군요."

"여성의 비명이 들렸기에 놀라서 메구미가 있는 쪽을 봤습니다만, 무슨 일이 벌어지고 있는지 차 안에서는 잘 알 수가 없었습니다. 단지 분위기가 이상하다는 것만 알 수 있었습니다. 그래서 차에서 내려 메구미가 있는 곳으로 달려갔습니다. 슈트 차림의 남성이 산책로에 하늘을 보고 쓰러져 있었습니다. 목에 칼이 꽂혀 있었고 흘러나온 피가 길 위에 퍼져 나가는 게 보였습니다."

"나카야 씨가 달려갔을 때엔 그런 상태였다는 거로군요."

"그렇습니다…… 단지, 으음, 뭐라고 말해야 하려나, 꽤 미묘합니다만 직접 목격하지는 않았어도 거기서 무슨 일이 벌어졌는지 저는 정확히 알고 있습니다. 알고 계실는지 어떨는지…… 제게는 조금 특수한 능력이 있어서 말이죠."

"……."

두 경찰이 서로 얼굴을 마주 봤다. 여경은 이내 얼굴을 숙였고, 형사는 천천히 교스케에게 시선을 돌려왔다. 크게 숨을 들이쉬더니 한숨을 쉬면서 교스케를 응시했다.

"들었습니다. 오치아이 씨도, 나카야 씨도 초능력을 가지고 계신다죠."

"투시 능력이랄까요, 저는 그런 걸 가지고 있습니다."

"저기요. 뭐, 나카야 씨가 스스로 어떤 능력을 가지고 있다고 생각하시는 건 자유입니다. 그래도 오늘날 경찰은 증거주의를 표방하고 있죠. 범죄를 입증하는 데엔 증거가 필요합니다. 물론 목격자의 증언도 중요한 증거입니다. 그래도 말이죠, 그건 실제로 눈으로 본 것, 실제로 귀로 들은 것이 아니면 증거가 안 됩니다. 아시겠어요? 초능력이니 오컬트니 저주니 점이니 그런 거는 아무리 말을 해도 증거가 안 됩니다. TV가 아니라고요. 여기는 현실의 경찰서란 말입니다."

너무나도 예상했던 것과 동일한 반응이었다. 물론 이 형사의 반응은 옳았다. 옳았지만, 그렇다고 해도 메구미를 위해서라면 물러설 수가 없었다.

"증거로 채택되지 않을 거란 것은 저도 압니다. 그래도 뭐라고 하는지만이라도 들어 보실 생각도 없으신가요? 혹여나 제 이야기를 참고로 조사를 해 나가시다 보면 실제 증거를 발견하실지도 모릅니다. 믿어 주지 않으셔도 상관없습니다만 실없는 소리라고 생각하시고 들어주시는 것도 무리일까요?"

"실없는 소리를 듣고 거기에서 증거를 찾으라는 겁니까?"

"이를테면……."

교스케는 가볍게 후카쿠라 형사를 밀어 봤다.

"후카쿠라 씨의 오른쪽 주머니에는 티슈로 감싼 이쑤시개가 세 개 들어 있군요."

"……."

후카쿠라가 웃옷 오른쪽 주머니를 누르면서 미간을 좁혔다.

"오늘 아침 고후 역에서 서서 소바를 드실 때 한 개는 입에 물고 나머지 세 개는 티슈로 감싸 주머니에 넣으셨죠."

형사는 주머니에서 작은 티슈를 꺼냈다. 펼치자 거기에는 이쑤시개가 세 개 들어 있었다. 그는 티슈에서 눈을 떼고 교스케를 노려봤다.

"무슨 짓을 한 거야……."

이번에는 여경인 고구레 가오리를 **밀고**, 그다음 **당겨** 봤다.

"또, 고구레 씨가 키우고 계시는 라임이는 안됐지만, 모레에는 퇴원할 수 있을 겁니다. 조금 불편하긴 해도 제대로 걸을 수 있을 겁니다."

고구레 가오리가 눈을 번쩍 뜨고 입을 가렸다.

"뭐야, 그건? 라임이?"

후카쿠라 형사의 말에 고구레 가오리는 작게 고개를 저었다.

"고양이예요. 유기견한테 습격을 당해서 오른쪽 앞다리가 뜯겨 나갔거든요. 지금 동물병원에 있는데……."

형사는 다시금 교스케를 쳐다봤다.

"무슨 말을 하는 거지, 당신은."

"죄송합니다. 제멋대로 사생활을 들여다봤습니다. 단지 얘기를 들어만 주십사 하고요. 물론 이 정도의 투시로 제 능력을 믿어 주실 거라고 생각지는 않습니다. 형사님들에 대해 사전에 알아볼 수 있다면 이쑤시개 건도, 라임이의 일도 얘기할 수 있을 테니 말이죠. 다만 두 분과 나는 이제 막 만났을 뿐이고 오늘 두 분을 만날 예정은 없었죠. 아시겠습니까? 그 존재조차 몰랐던 두 분의 일을 미리 조사해 둔다는 건 불가능합니다."

"……."

'저'가 '나'로 어느새 바뀐 것을 깨달았지만 개의치 않고 계속 말을 이어 나가기로 했다.

"물론 필요하다면 더 다양한 걸 시험해 보셔도 좋습니다. 다만 내 능력을 얼마나 피력해 보인다고 해도 믿어 줄 거라는 보장은 없지요. 메구미의 능력도 그렇지만 그런 건 있을 수가 없다고, 사기꾼이라고 생각하는 분이 믿어 주시는 건 이만저만한 일이 아니니까요. 그러니까 믿으시지 않아도 됩니다. 그래도 이야기만큼은 들어 주셨으면 합니다. 나는 실제로 아무것도 보질 못했으니 목격자 증언은 할 수가 없겠죠. 말씀드리려는 건 투시를 통해 본 광경입니다. 거기서 무엇이 벌어졌는지를 정확하게 말씀드릴 수 있습니다. 후카쿠라 씨가 오늘 아침 서서 먹는 소바집을 나서서 개찰구를 향해 가려고 할 때, 노인 한 분의 발치에 신경이 쓰이셨던 걸 정확히 말씀드릴 수 있듯, 그 공원 옆에서 벌어진 일을 말씀드릴 수 있습니다."

"……."

"노인분은 좌우 색이 다른 신발을 신고 걷고 계셨죠. 오른쪽은 갈색 구두였고 왼쪽은 흰색 스니커였습니다. 후카쿠라 씨는 그 노인의 뒤를 따라 개찰구로 갔습니다. 걷는 속도를 늦춰 노인을 앞지르지도 않고 개찰구까지 쫓아갔죠. 역 계단을 내려가실 때 후카쿠라 씨는 마침내 노인을 앞지르고 계단을 아래까지 내려간 다음 뒤를 돌아봐서 노인의 얼굴을 확인했습니다."

후카쿠라 형사는 크게 숨을 토해 냈다.

"그러니까…… 나카야 씨는 그 공원 옆 산책로에서 무슨 일이 벌어졌는지를 투시해서 알려 주겠다는 거군요."

"나도 무슨 일이 벌어졌는지는 신경이 쓰이고, 무엇보다도 메구미가 의심을 받고 있습니다. 아무리 생각해도 본 적도 없는 남자를 메구미가 죽일 리가 없습니다. 그 뒤로 꽤 시간이 있어서요.

무슨 일이 벌어졌는지를 생각하면서 여러 가지를 투시해 봤습니다. 아무도 알려 주지 않았습니다만, 그 남성의 사망이 병원에서 확인된 것도 투시로 알게 됐습니다."

형사는 입가를 일그러뜨리면서 천천히 고개를 끄덕였다.

"말씀해 보세요. 일단 들은 다음 판단하도록 하죠."

"감사합니다."

교스케는 테이블에 팔을 올렸다.

"오사나이 데쓰지 씨는 아내분과 따님을 용뇌염으로 잃었습니다."

"오사나이…… 당신은 피해자를 알고 있습니까?"

"투시로 알았습니다."

"……용뇌염으로 아내분과 따님을?"

"네. 본인이 장기 출장으로 싱가포르에 간 동안 고후에서 용뇌염이 발생한 겁니다. 유행에 휩쓸려 아내분과 따님이 잇달아 발병했고 두 분 모두 순식간에 돌아가셨습니다. 부고를 듣고 오사나이 씨는 황급히 귀국했습니다. 그런데 고후는 이미 시 전체가 패닉상태였습니다. 무엇보다도 오사나이 씨는 자택에도 들어가지 못했습니다. 오사나이 씨의 자택 주변은 봉쇄 조치가 취해져서 탓에 보름 정도 출입이 일절 금지돼 있었습니다. 아내분과 따님의 부고를 받았지만 시신을 확인하는 것도 허가받지 못했습니다. 안타깝게도 오사나이 씨는 화장된 아내분과 따님을 건네받았습니다."

"……"

"그런 현실을 오사나이 씨는 받아들일 수가 없었던 겁니다. 이

건 상상입니다만, 그런 때에 메구미가 용뇌염 대유행의 원인을 제공했다는 주간지 기사를 읽으셨던 거겠죠. 아니면 실명을 보도한 와이드쇼를 보신 걸지도 모릅니다. 오사나이 씨의 머릿속에는 오치아이 메구미라는 이름이 박혀 버렸을 겁니다."

"그건…… 당신이 지금 하는 말은 진짜입니까?"

"알아봐 주십시오. 아니…… 벌써 오사나이 씨의 자택과 회사에 수사관들이 나가 있겠지요."

"……."

"오늘 아침, 오사나이 씨는 아침 준비를 하시던 중 틀어 났던 TV에 오치아이 메구미가 나오는 것을 보셨습니다. 최근 메구미는 TV나 잡지 등에서 서로 모셔 가려고 끌어당기는 상태였으니까요. 오사나이 씨도 그런 메구미를 TV로 보고 계셨겠죠. 이것도 상상입니다만 아마도 오사나이 씨는 메구미를 증오하면서 보고 계셨던 건 아닐까 싶습니다. 메구미는 TV에서는 늘 웃는 얼굴을 보이기 위해 애쓰고 있었습니다. 아내와 딸을 죽음으로 몰아낸 장본인이 TV 속에서 생글생글 웃고 있는 거죠. 오사나이 씨에게는 그게 용서할 수 없었던 걸지도 모릅니다. 그리고 오늘 아침, 오사나이 씨는 TV로 「안녕 야마나시」를 보고 계셨습니다."

으음, 하고 후카쿠라 형사 입에서 소리가 새어 나왔다.

"방송 첫 부분에 '오늘의 볼거리'라는 식으로 각 코너에 대한 소개가 짤막하게 들어갑니다. '고슈 사람 만세'라는 코너에 오치아이 메구미가 출연한다는 걸 오사나이 씨는 알게 된 거죠. 예고 영상에서는 메구미 뒤로 가마나시가와 강이 흐르고 있었습니다. 본 적이 있던 공원이 비춰졌죠. 오사나이 씨는 거기서 촬영이 이뤄진다는 걸 알게 된 겁니다. 출근 준비는 다 제쳐 두고 부엌으로 가서 식기 서랍장에서 과도를 꺼내들었습니다. 목재 칼집이 끼워져 있고, 손잡이 부분도 목재인 과도였죠. 슈트 주머니에 칼집을 끼운 과도를 숨겨 문도 잠그지 않고 집을 뛰쳐 나왔습니다. 자전거를 끌어내 필사적으로 페달을 밟았죠. 15분 정도 걸려 목적지인 공원에 다다랐습니다. 메구미가 등장하는 '고슈 사람 만세' 코너는 아직 시작하지 않았습니다만, 대기 중인 메구미에게 다가가는 건 좀처럼 쉬운 일이 아니었습니다. 오사나이 씨는 몰려들기 시작한 구경꾼들 속에 섞여 기회를 엿보기로 한 것 같습니다. 이윽고 코너가 시작됐고, 그리고 끝났습니다. 카메라에서 벗어난 메구미를 구경꾼들이 둘러쌌습니다. 촬영 철수 작업에 방해가 되지 않게 메구미와 구경꾼들은 자연스럽게 공원 바깥으로 이동했습니다. 공원 입구 옆 산책로입니다. 오사나이 씨는 메구미의 바로 뒤로 이동했습니다. 그가 주머니에서 과도를 꺼낸 건 9시 8분이었습니다."

"9시 8분? 당신의 투시는 시간까지 아는 겁니까?"

"아뇨, 정확한 시간을 알기 위해 방송 감독의 손목시계를 확인했습니다. 그곳에서 가장 정확한 시계를 가지고 있는 건 감독일 거라고 생각했거든요."

"……감독의 시계."

"여기서부터 벌어진 일은 반복해 투시해도, 실은 나도 잘 모르겠더군요. 상식적으로 전혀 이해할 수 없는 일이 벌어졌습니다."

"그게 뭐죠?"

"네. 투시한 광경을 그대로 말씀드리겠습니다. 믿는 건 무리일지도 모릅니다만, 들어 주세요. 부탁드립니다."

후카쿠라 형사는 가슴 앞으로 팔짱을 끼더니 작게 끄덕였다.

"오사나이 씨는 메구미 뒤에 무서운 표정으로 서서 주머니에서 과도를 꺼냈습니다. 칼집을 빼서 주머니에 넣었습니다. 다음 순간, 과도를 머리 위로 들어 올려 메구미의 목 뒷부분을 있는 힘껏 내리쳤습니다. 그 순간 기묘한 일이 벌어졌습니다. 과도에 찔려 쓰러진 게 메구미가 아니라 오사나이 씨였던 겁니다."

"……"

"나도 무슨 일이 일어났는지 알 수가 없었습니다. 그래서 한 번 더 시간 흐름을 늦춰 다시 보기로 했습니다. 그러니까, 말하자면 비디오를 되감기해서 슬로모션으로 재생하는 겁니다. 사건 순간은 이랬습니다. 메구미의 목을 직격하기 직전에 휘둘러진 과도가 갑자기 오사나이 씨의 손에서 사라졌습니다. 공중에서 방향을 바꾸어 오사나이 씨의 목에 꽂혔던 겁니다. 동시에 오사나이 씨의 몸이 메구미에게 겹쳐지듯이 쓰러지려고 했습니다. 그런데 오사나이 씨는 튕겨 나간 듯 양손을 위로 뻗어 하늘을 보고 산책로 위에 쓰러졌습니다. 목에서 피가 콸콸 뿜어져 나왔지만, 그 피는 눈앞에 서 있는 메구미를 한 방울도 더럽히지 않고 메구미에게서 사인을 받고 있던 부인에게 쏟아졌습니다. 나는 그 부인이 지른 비명을 차 안에서 들은 겁니다."

후카쿠라 형사가 빤히 교스케를 바라보고 있었다. 형사는 숨을 들이쉬는 듯하더니 옆의 여성 경찰관에게 시선을 옮겼다. 그리고 입을 열면서 교스케에게 시선을 되돌렸다.

"그건…… 그러니까, 오치아이 메구미 씨가 초능력을 사용해 오사나이 씨에게 반격을 했다는 말을 하시고 싶은 건가요? 그녀가 오사나이 씨를 죽인 건 정당방위라고, 그렇게 말하고 싶은 겁니까?"

교스케는 고개를 저었다.

"아뇨, 아닙니다. 내가 봤을 때 메구미는 사태를 전혀 알지 못하고 있었습니다. 오사나이 씨가 뒤에 서 있던 것도, 자신을 나이프로 죽이려던 것도 전혀 모르고 있었습니다. 메구미는 눈앞에 서 있던 부인이 갑자기 피를 맞아 새빨개진 데 놀랐고, 그 부인의 비명으로 처음으로 발치에 남자가 쓰러져 있다는 것을 깨달았습니다. 무슨 일이 벌어졌는지 모르는 채, 어떻게 해야 좋을지도 모르겠어서 경직돼 버린 겁니다."

"……"

입을 다문 채 바라보고 있는 형사를 교스케는 쳐다봤다.

믿어 줄 만한 얘기는 아니었다. 아니, 그 전에 형사들은 교스케의 정신 상태를 의심할 터였다.

의지하려는 마음으로 교스케는 입을 다물고 있는 형사에게 첨언했다.

"당연히 조사하시겠지만, 오사나이 씨의 목에 꽂힌 칼의 지문을 조사해 주세요. 그 칼에는 오사나이 씨의 지문밖에 없을 겁니다. 내가 한 말이 황당무계하게 들리겠지만, 조사해 보시면 적어도 누군가의 손에 의해 오사나이 씨가 찔린 게 아니라는 건 아시게 될 겁니다. 그리고 아오노 다마에 씨와 오가와 마나미 씨라는 두 여성분에게서 사정을 자세히 청취해 주시기 바랍니다. 두 분 모두 공원에서 그다지 멀리 떨어지지 않은 곳에서 거주하고 있습니다. 그때 메구미의 앞에 서서 가장 가까이 있던 사람이 그 두 분입니다. 아오노 씨는 얼굴과 가슴에 오사나이 씨의 피를 맞았고, 오가와 씨는 약간이긴 하지만 피가 묻었습니다. 그분들은 메구미가 초능력을 사용해 오사나이 씨를 죽였다고 생각하고 계실지도 모릅니다만, 그래도 오사나이 씨가 칼을 들어 올린 걸 맨 처음 본 사람도 아오노 씨입니다."

혹시 모를 일을 위해 교스케는 아오노 다마에와 오가와 마나미의 주소를 여경에게 전했다.

형사도 여경도 입을 다물고 교스케를 바라보고 있었다.

노크 소리가 들리고 젊은 제복 경관이 들어왔다. 그는 후카쿠라 형사에게 작은 목소리로 귓속말을 하더니 그대로 방을 나갔다. 교스케는 형사를 가볍게 **밀어** 경관이 귓속말한 내용을 되돌려 들어 봤다.

"바이러스 연구소의 우메자와라는 의사가 오치아이 메구미, 나카야 교스케를 만나고 싶다며 와 있습니다."

자기도 모르게 교스케는 숨을 들이쉬었다.

32

얼마 지나지 않아 교스케는 귀가 허가를 받았지만 우메자와 나오아키의 노력도 메구미를 경찰서에서 곧장 해방시키지는 못했다. 교스케는 물론이거니와 메구미도 체포된 게 아니었다. 요청에 따라 참고인으로서 경찰서에 동행 출두했을 뿐이었다.

"구속영장을 받을지 어떨지를 획책하고 있는 거겠지. 사정을 들으면서 시간을 벌어 증거를 찾고 있을 거라 생각하네. 뭔가가 나와 주면 그대로 유치하려는 게 아닐까."

고개를 저으며 우메자와는 교스케에게 그렇게 말했다.

"아직도 놔 주지를 않을 모양이네요."

교스케는 가벼운 투시 결과를 우메자와에게 전했다.

"아직도……라는 건 체포까지는 안 간다는 건가?"

"거기까지는 투시해 보지 않았습니다. 지금 상태만입니다. 목격자들은 입을 모아 메구미가 오사나이 씨를 죽였다고 수사관에게 말하고 있는 듯합니다. 다만 목격자 전원이 초능력으로 죽였다고 주장하고 있습니다."

"……초능력으로 구속영장은 못 받겠지."

"개중에는 목격자의 말을 유도해 살인 증언을 얻어 내려는 수사관도 있습니다만 잘 안 되는 것 같군요. 그리고, 아무래도 증언을 거부하고 있는 사람도 있는 듯합니다."

그들은 메구미의 능력을 두려워하고 있다. TV 촬영을 보러 왔을 뿐인데 남자의 목에 나이프가 꽂히는 걸 봐 버린 것이다. 그때까지는 연필이나 돌을 구부려 나비매듭을 짓는 초능력에 놀라면서 즐거워했다. 그게 돌연 무서운 것으로 변해 버렸다. 메구미는 자신을 덮치려던 남자를 아무렇지도 않게 반격해 냈다. 경찰에 잘못 말했다가 보복을 당하는 건 사양이다, 살해당하고 싶지 않아, 그런 공포일지도 몰랐다.

메구미의 담당 의사와 혹시 모를 일을 대비한 변호사를 경찰서에 두고, 우메자와와 교스케는 일단 연구소에 돌아가기로 했다.

"오치아이 씨는 괜찮으려나?"

각자 차에 타기 전, 우메자와는 교스케에게 물었다. 교스케는 현 시점에서의 메구미를 투시해 작게 끄덕였다.

"꽤나 진정한 것 같습니다. 쇼크를 받고 겁도 먹은 상태이겠지만, 여기에 끌려왔을 때랑 비교하면 이미 꽤나 안정을 찾았습니다. 일관적으로 자신은 아무것도 하지 않았다고 말하고 있으니, 괜찮을 거라고 생각합니다."

연구소에 돌아가 6층에서 얘기를 하기로 했다. 교스케와 오키쓰, 세 의사, 그리고 무슨 의도가 있는지 젊은 연구원인 하코자키 준이 라운지에 집합했다. 모인 의사는 우메자와와 교스케의 담당인 니시키도 도시히데, 오키쓰 시게루의 담당인 이무라 사나에였다.

우선은 교스케가 재차 사건을 순서대로 설명했다. 사망한 오사나이 데쓰지가 과도로 메구미를 죽이려 한 배경은 심각했고, 벌어진 사건은 비참했다. 교스케가 말하는 동안 라운지의 공기는 무겁게 가라앉아 있었다.

"나카야. 그건 메구미 씨가 자신을 지키기 위해 돌발적으로 취한 행동은 아니라는 의미인가?"

오키쓰가 소파 위에서 팔짱을 낀 채 물었다.

교스케는 고개를 저었다.

"투시로 봤을 때엔 메구미는 등 뒤에서 가해지는 위험을 전혀 깨닫지 못하고 있었던 것 같습니다."

"무의식적으로 나이프를 튕겨내 버렸다든가."

"아닌 것 같습니다. 무의식적인 방어라고 하더라도 적어도 자신을 덮쳐 오는 오사나이 씨를 돌아보거나…… 그렇지 않으면 이상하지 않습니까? 오사나이 씨의 존재 자체를 깨닫지 못했었다고 생각합니다."

으음, 하고 오키쓰가 신음하는 듯한 소리를 냈다.

교스케의 정면에서 우메자와가 노트 페이지를 넘겼다.

"병원 쪽에서 오사나이 데쓰지 씨에 관한 정보를 넘겨받았네. 여기에 따르면 의사가 기묘한 소견을 냈더군. 과도가 총경동맥을 찢어, 그로 인한 출혈이 오사나이 씨를 죽음에 이르게 한 직접적인 사인이네만, 그것과는 별개로 이유를 알 수 없는 골절이 확인됐다는군."

"또다시 골절……."

니시키도가 옆에서 중얼거렸다.

"이건 구급대원도 말했던 듯하더군. 오사나이 씨를 옮기기 위해 들것에 실으려 했을 때 양팔과 양다리가 문어처럼 흘러내렸다더군. 팔을 잡았더니 기분이 나쁠 정도로 흐느적거리며 구부러졌다는 것 같더라고. 병원에서 확인했을 때 양팔과 양다리의 뼈가 조각조각 파괴돼 복합골절을 일으켰다더군. 지금은 법의학 쪽으로 넘어갔을 거라 생각하네. 거기서 어떤 소견이 나올지는 모르지만, 어쨌든 정보를 알려 준 의사 말로는 복합골절이라는 말로는 다 할 수 없는 모양이더군. 혹시 몰라 뢴트겐 촬영을 했는데 뼈가 가루 상태였다더라고."

"가루 상태……."

니시키도가 다시 중얼거렸다.

오키쓰는 그런 니시키도를 지긋이 바라보며 턱을 들어 올렸다.

"선생께서는 뭔가 생각하시는 게 있으신가 보군요."

니시키도는 오키쓰와 교스케를 번갈아 가며 쳐다봤다. 그리고 질문을 던지듯 우메자와에게 시선을 향했다. 아무래도 의사들끼리는 앞서 뭔가 얘기한 게 있는 듯 우메자와가 그에게 고개를 끄덕여 보였다.

"가리야 마사히코 씨 때와 공통된 부분이 있다고 생각합니다."

"가리야?"

교스케는 저도 모르게 그 이름을 되풀이했다.

"기억하고 계신가요? 의학부 0호동 지하에서 했던 촬영."

니시키도는 교스케에게 물었다.

교스케는 고개를 끄덕였다.

"물론 기억하고 있습니다."

"가리야 씨는 TV 촬영팀이 데려온 사람으로, 행방불명이 된 딸을 나카야 씨에게 찾아 달라고 부탁했죠. 그런데 나카야 씨는 투시하신 결과를 가리야 씨에겐 알려 드릴 수 없다며 거절하셨습니다."

"딸이 가출한 원인을 만든 게 그 가리야라는 사람 본인이었으니까요. 그 사람은 믿을 수 없을 정도로 무자비한 폭력을 딸에게 휘두르고 있었습니다. 모친은 그걸 알면서도 계속해 보고도 못 본 체를 해 왔죠. 그래서 딸은 아버지로부터 도망치기 위해 집을 나선 겁니다. 그녀가 있을 곳을 가르쳐 주었다가는 거기에서 다시 악몽이 시작되고 말 겁니다. 그런 일을 돕는 건 할 수가 없어서 투시 결과를 가르쳐 줄 수 없다고 대답한 겁니다."

니시키도가 고개를 끄덕였다.

"그 촬영은 저도 견학을 했었죠. 가리야 씨는 나카야 씨의 말에 화가 나 의자를 박차고 일어나 나카야 씨의 멱살을 잡으려고 했습니다. 그런데 그 순간 가리야 씨는 비명을 지르면서 바닥에 쓰러졌습니다. 무슨 일이 일어난 건지 아무도 알 수가 없었습니다. 저는 가리야 씨를 진찰하고 급히 구급차를 불렀습니다. 원인은 알 수 없었지만 그 사람 팔에 골절이 발생한 것만은 확실했으니까요."

"……."

"병원에서 보고받은 바로는 양팔에 복합골절이 있었습니다. 팔꿈치부터 앞부분이 상식적으로는 생각할 수 없는…… 27절 골절상이었다고 합니다. 그땐 가리야 씨가 발이 미끄러져 넘어지면서 바닥에 손을 짚었는데 자기 몸무게를 못 견디고 뼈가 부러졌다고 판단했었습니다. 많은 사람들이 보고 있었던 데다 저도 가리야 씨가 제 스스로 넘어지는 것처럼밖엔 보이지 않았으니까요. 높은 곳에서 떨어진 것도 아니고 단지 넘어졌을 뿐인데 서른 곳 가까이 뼈가 부러지는 건, 골다공증을 앓고 있었다고 해도 상상할 수가 없었지만 그냥 사고로 마무리 지었습니다."

입을 다문 채 교스케는 니시키도를 바라봤다. 별로 즐거운 기억은 아니지만 듣고 보니 확실히 이상하긴 했다.

이무라가 손가락을 하나 들어 올렸다.

"하나 더 있습니다. 이것도 TV 촬영 때 벌어진 사고입니다. 저를 포함해 의사는 아무도 참가하지 않았습니다만 나중에 이야기를 들었습니다. 공장 건설을 하던 넓은 공터에서 오치아이 씨의 염동력을 소개하는 촬영이었죠. 나카야 씨와 오키쓰 씨는 바짝 붙어 그 촬영을 견학하셨지요?"

"봤었죠."

교스케는 고개를 끄덕였다. 그녀가 무슨 말을 하려는지 상상이 됐다.

"들은 얘기에 따르면 자재가 잔뜩 쌓인 곳 앞에서 나카야 씨와 오키쓰 씨는 촬영 현장을 보고 계셨습니다. 촬영이 한창 진행 중일 때 갑자기 그 낡은 자재가 무너져 오키쓰 씨와 나카야 씨 위로 쏟아져 내려왔다지요."

"깜짝 놀랐소. 엄청난 소리가 나고 머리 위로 철 덩어리가 쏟아졌지요. 이걸로 끝인 걸까 하고 한순간 생각했지 뭐요."

오키쓰가 말을 받았다.

"하지만 상상도 할 수 없던 일이 거기에서 벌어졌죠. 두 분의 머리 위로 떨어져 온 철재가 튕겨져 나갔고, 그것도 가루가 되어 산산이 흩어졌습니다. 말도 안 된다고 생각했습니다. 그런데도 촬영팀의 사람은 흥분하면서 그 얘길 해 주었습니다. 오치아이 씨의 능력이 그렇게까지 대단한가 조금 두려웠던 기억이 납니다."

교스케는 소파 위에서 등을 쭉 펴면서 머리를 쓸어 올렸다. 앞에 앉아 있는 의사들을 둘러봤다.

"공통점이 있다고 생각하신 건 알겠습니다. 그래서 거기서 어떤 결론이 나오는 거죠? 메구미의 능력이 말도 안 되게 위험한 영역으로 들어가 있다는 건가요?"

"아니. 이건 오치아이 씨만의 능력은 아닐 거라고 우리는 생각하고 있네."

우메자와가 고개를 저었다.

"······."

교스케는 우메자와를 쳐다봤다.

"그날 0호동 지하에서 일어난 일은 오히려 나카야 씨로 인해 벌어진 게 아닌가 하고 생각하고 있어."

"······잠시만요. 무얼 말씀하시고 싶은지 잘 모르겠는데요. 알고 계시잖습니까? 제겐 메구미 같은 능력이 없다는 걸."

교스케가 미간을 좁혔다.

우메자와는 다시 고개를 저었다.

"우리들은 용뇌염 발병 이래 계속 여러분의 치료, 진료, 관찰을 해 오고 있네. 어느 시점에선가······ 3개월 전이 되지만, 우리는 여러분의 신체에 기묘한 현상이 벌어지고 있는 걸 알아차렸지."

"······기묘한 현상? 그건 저희의 능력 이외의 것을 말씀하시는 겁니까?"

우메자와는 고개를 끄덕이며 하코자키 쪽으로 눈을 돌렸다. 아아, 하고 하코자키는 무릎에 올려 뒀던 파일을 열고 거기에 시선을 떨궜다. 파일에서 눈을 떼더니 어딘지 쭈뼛쭈뼛한 표정으로 자신의 주변을 돌아봤다.

"그러니까······ 나카야 씨와 오키쓰 씨, 오치아이 씨로부터는 주당 1회, 예전엔 2일에 1회였습니다만 지금은 주당 1회가 됐죠, 혈액과 배설물을 저희들이 받아 보고 있습니다. 혈액과 대변과 소변을요."

교스케는 왠지 모르게 쓴웃음을 지으면서 하코자키를 바라봤다.

"그리고 정기적으로 내시경으로 검사할 때 채취한 세포 샘플이라든가 그런 걸 검사하고 있는데요, 전부터 어떤 게 문제가 되고 있습니다."

하코자키는 쭈뼛거리며 우메자와 쪽을 바라봤다. 우메자와는 계속하라는 듯 턱을 치켜들었다.

"우리 인간은 몸 안에 엄청나게 다양한 걸 키우고 있습니다. 박테리아라든가, 바이러스라든가. 종류도 엄청나게 많지요. 그런데, 세 분의…… 나카야 씨, 오키쓰 씨, 오치아이 씨의 체내에는 그런 게 믿을 수 없을 정도로 적습니다."

"적다고요?"

하코자키가 고개를 끄덕였다.

"가장 많은 것은, 이것도 놀라운 일인데요, 안정화된 드래건바이러스이고 세 분의 몸은 드래건바이러스의 배양기처럼 돼 있습니다."

"……"

"이 드래건바이러스는 이를테면 제 몸에 들어와도 용뇌염을 발병시키지 않는달까, 무척 안정돼 있다고나 할까, 어떤 의미로는 뇌염 환자의 체내에 있는 바이러스와는 전혀 성질이 다릅니다. 다만 압도적으로 드래건바이러스가 많고 그 이외의 박테리아 등은 굉장히 적지요. 장내 세균이라고 소위 착한 세균이라고 불리는 녀석들은 있고, 공존 관계에 있는 박테리아들은 일반적으로 눈에 띕니다만 그 이외의 것들, 특히 악성 세균이라든가 병원균은 전혀 없다고 해도 좋을 정도로 없습니다."

"왜……죠?"

하코자키는 고개를 저었다.

"저희도 모릅니다. 시험을 해 봤을 때 깜짝 놀랐습니다만 여러분의 혈액은 최강의 소독약이랄까, 살충제 같은 게 되어 버린 거 같습니다."

교스케는 미간을 좁혔다.

"……무슨 소리죠?"

"노벨상 급이 아니냐고 지금 저희들 사이에서는 가장 큰 화제가 되었습니다만, 일례로 테스트해 보면 말도 안 되는 결과가 나오고 있죠, 이게."

교스케는 오키쓰와 얼굴을 마주 봤다. 오키쓰는 모르겠다고 말하는 듯 고개를 갸웃해 보였다.

"이를테면 말이죠, 나카야 씨의 혈액에 무언가 병원체를 톡 하고 떨어뜨리면 엄청 대단한 일이 벌어집니다. 순식간에 사멸해 버리는 거죠."

"……."

"여러 가지로 테스트를 해 보고 있습니다. 인간의 몸을 공격하는 세균이라든가 바이러스 같은 게 모두 죽어 버립니다. 대단한 건 말이죠, 안정화되어 있지 않은 드래건바이러스가 나카야 씨의 혈액 속…… 그러니까 체내에서는 살아 있을 수가 없다는 거예요."

"드래건바이러스가?"

"네."

"저희의 혈액이 드래건바이러스를 죽이는 겁니까?"

"사멸시켜 흡수한달까…… 소멸해 버립니다. 그러니까 지금 나카야 씨 일행은 엄청난 건강체입니다. 감기 같은 건 걸리지도 않지요. 아마도 썩은 걸 먹더라도 식중독에 걸리지도 않을걸요. 이

건 최강의 치료약을 만들 수 있지는 않을까 하고 저희 연구의 메인 테마가 되어 있습니다. 아직 실험 단계여서 시간은 걸리겠지만."

교스케는 왠지 모르게 자신의 손바닥을 바라봤다.

확실히 생각해 보면 용뇌염이 완치된 이후로 아팠던 적이 없었다. 몸 상태도 최고조였고 식욕도 충분했다.

온갖 바이러스와 병원균을 사멸시키는 혈액.

"안정화된 드래건바이러스가 병원체를 퇴치하고 있다는 말인가요?"

하코자키는 '글쎄요.'라고 말하듯이 고개를 가웃거렸다.

"퇴치하는 모습은 관찰할 수가 없어요. 이를테면 체내에 침입해 온 병원균을 공격해 죽여 버리는 걸 저희도 상상했는데, 그런게 아닌 것 같아요. 병원균은 샘플 혈액 중에 투입되자마자 사멸해 버립니다. 순식간에 가루가 돼서 파괴되어 버리는 겁니다. 투입된 몇만 개의 병원균이 일제히."

"……."

"안정화된 드래건바이러스가 무언가를 분비하고 있는 것은 아닌지, 그게 병원체와 나쁜 세균을 파괴하는 게 아닌지 생각하면서 분석을 진행하고 있습니다만, 아직 결론을 내기엔 한참 먼 것 같은 느낌이네요."

하코자키는 그걸로 자기 얘기는 끝났다고 생각했는지 무릎 위 파일을 덮었다. 말할 때 그는 한 번도 그 서류를 보지 않았다.

교스케는 하코자키에게서 우메자와에게로 시선을 옮겼다.

"우리들의 몸에, 획득한 능력 이외의 변화가 일어나고 있다는건 알았습니다. 아니, 이해는 안 됩니다만, 일단 하코자키 씨가 한 말은 알겠습니다. 그래도 그것과 오사나이 데쓰지 씨가 돌아가신 일이나, 가리야 마사히코 씨가 상처를 입은 일이 어떻게 연관이 있다는 겁니까?"

음, 하고 우메자와가 고개를 끄덕였다.

"아직 아무것도 모른다네. 이 드래건바이러스에 대해서는 연구도 막 시작했을 뿐이고 상식을 뛰어넘는 이해할 수 없는 부분이 너무 많아. 그 이해 불가능한 현상의 중심에 있는 게 자네 일행 세 사람이지. 다만, 우리 의료팀과 연구팀은 조금 전부터 어떤 가능성에 대해 계속 이야기를 해 왔어. 결론 같은 건 내리지 못했고 결론을 내릴 수 있을지 어떨지도 모르겠지만. 단지 혹시나 오사나이 데쓰지 씨가 돌아가신 게 그 부분에 원인이 있지 않을까 보고 있는 거네."

빙빙 돌려 말하는 우메자와의 말을 교스케는 그저 조용히 듣고 있었다. 그렇게 바라보고 있자니 의사는 곤란하다는 듯 시선을 회피했다.

"여러분 스스로 무언가 낌새를 느낀 적은? 아픈 것뿐만이 아니라. 나카야 씨는 최근에 어딘가 다친 적이 있나?"

"다쳐요?"

"물론 크게 다치지는 않았겠지만, 이를테면 어디에 손끝을 베이거나 어디에 발끝을 부딪쳐 아팠다든가, 그런 식으로 작게 다친 적은 없나?"

"……."

무슨 말을 하려는 건지 의미를 알 수 없었지만 교스케는 기억을 더듬어 봤다. 듣고 보니 상처를 입은 적이 최근에는 없었다.

"오키쓰 씨는 어떠신지요? 최근……이랄까, 병이 나은 이후로 상처가 나신 적 있으신가요?"

입을 다문 채 오키쓰는 고개를 저었다.

"그럼 벌레는 어떻습니까? 모기에 물리거나 개미에 물리거나 요. 벌레가 아니더라도 개한테 물리거나 고양이가 할퀴거나 그런 일이 있었습니까?"

교스케는 우메자와 쪽으로 몸을 내밀었다.

"아뇨, 확실히 이상하다고 지금 느끼기 시작했습니다. 말씀을 들을 때까진 깨닫지 못했습니다. 최근, 그래요, 용뇌염에 걸린 이후로 아프지도 않고 상처도 난 적도 없습니다. 모기에 물린 기억도 그러고 보면 없어요…… 어떻게 된 거죠? 무슨 말씀을 하시고 싶은 거죠?"

"어떻게 명명해야 좋을지 모르겠지만 세 사람에겐 믿을 수 없을 정도로 강력한 방위 시스템이 짜여진 게 아닐까 하는 가설이 있네."

"방위 시스템."

"병원체는 나카야 씨의 몸 안에서는 살아갈 수가 없네. 침입하면 순식간에 파괴돼 죽임을 당하지. 올여름은 무척 더워서 이 일대에서도 상당량의 모기가 발생했어. 강이 근처에 있으니까, 모기가 많기 마련이지. 우리들도 매일같이 모기에 물렸고."

"……."

"그런데도 나카야 씨 일행은 그 모기에게도 물리지 않았어. 아니, 이건 상상이지만, 아마도 나카야 씨 일행을 물려고 했던 모기는 많았을 거야. 다만 물 수가 없었던 거겠지."

"……방위 시스템?"

교스케는 반복해 물었다.

"면역 등 생체 방위 기능을 우리 누구나 가지고 있네. 몸 안에서 만들어진 항체 덕택에 한 번 걸린 병은 두 번 걸리지 않지. 그런 기능이 몸에 정비돼 있어. 그런 방위 기능을 드래건바이러스는, 아니, 안정화된 드래건바이러스는 극한까지 높여 주는 게 아닌가 하는 구름을 잡는 것 같은 가설이야."

교스케는 옆에 있는 오키쓰에게 시선을 던졌다. 오키쓰는 교스케에게 시선을 되돌리며 '이러나저러나.'라고 말하듯이 뺨을 한 번 쓸었다.

"나카야 씨 일행을 물려고 했던 모기는 그 순간 파괴됐을지도 몰라. 계획은 있지만 아직 그 실험은 안 했어. 그래서 정확한 데이터는 이제부터 모을 필요가 있지만, 팔에 내려앉아 피를 빨려고 주둥이를 세운 순간 모기의 몸은 산산조각이 났을지도 몰라. 아마도 실험해 보면 그게 확실해지겠지. 이 방위 기능은 우리 상식이나 상상을 한참 뛰어넘고 있을 가능성이 있어. 병원체나 곤충 같은 것들의 공격뿐만 아니라 비생명체로부터의 공격까지도 막아낼 가능성이 있고. 돌연 나카야 씨와 오키쓰 씨의 머리 위로 철재가 낙하해 오더라도 두 사람의 방위 시스템은 그 철재를 가루로 만들어 튕겨내 버리지. 어떤 의미로 완벽한 방위 기구인 셈이야."

"그러니까…… 가리야 마사히코는 제 멱살을 잡으려고 했기 때문에 서른 곳 가까이 팔 뼈가 부러졌다는 겁니까?"

교스케는 우메자와를 바라봤다.

"모르겠군. 가설에 지나지 않을 뿐더러 이런 가설은 우리들 외엔 어디에서도 통하지 않을 거야. 우리는 오치아이 메구미 씨의 염동력을 봐 왔지. 오키쓰 시게루 씨의 회춘을 직접 지켜봐 왔고. 나카야 교스케 씨의 투시 능력을 실감해 왔지. 그래서 태어난 가설이네. 상식의 범주를 완전히 벗어나 있지."

"우리 세 사람에게는 어떠한 공격도 통하지 않는다는 그런 말씀이오?"

오키쓰가 한숨 섞인 목소리를 냈다.

"어떠한, 일지 어떨지는 모릅니다. 그래도 적어도 일단은 대부분의 병원체의 공격은 격퇴해 버립니다. 그리고 아마도 오키쓰 씨는 사자와 악어를 두려워하실 필요가 없으실 겁니다."

"비생명체의 공격도, 라고 말씀하셨는데 그건 어떻게 되는 겁니까? 하코자키 씨 여러분이 연구 재료로 쓰고 계신 저희들의 혈액은 주사기로 채취한 겁니다. 채혈할 때엔 바늘을 찌르죠. 하지만 그 바늘은 파괴되지 않고 바늘을 찌르는 선생님이 상처를 입는 일도 없습니다."

"가설 자체가 실증이 불가능하고, 예외 법칙도 전혀 가늠이 안 되고 있다만 박테리아더라도 공생 관계에 있는 것, 즉 착한 세균은 죽지 않네. 그러니 공격을 목적으로 한 게 아닌 채혈은 방위할 필요가 없는 걸지도 모르지."

"말씀하신 걸 알겠습니다. 다시 말해 나는 가리야 마사히코의 팔을 부러뜨렸고, 메구미는 오사카이 데쓰지 씨를 죽였다는 거죠."

교스케는 한 번 더 머리를 쓸어 올렸다.

"그게 아니라……"

말하려는 우메자와에게 교스케는 고개를 저었다.

"그럴 거라고 생각합니다. 방위 시스템 가설은 아마도 틀리지 않았을 겁니다. 실증이 가능한지 어떤지는 관계없습니다. 중요한 것은 거기에서 유도되어 나온 결론이, 우리들은 인류 중에서도 가장 위험한 세 사람이라는 겁니다. 우리들 자신은 완벽하게 안전할지도 모릅니다. 그런 실감이, 안타깝게도 아직 제 자신에게는 없지만 말입니다. 어쨌든 저는 안전하겠죠. 어떤 공격도 우리들에겐 통하지 않으니까요. 바꿔 말하면 이건 다른 사람들에게 이 이상 위험한 녀석은 없다는 뜻입니다."

교스케는 입을 다물어 버린 의사들을 둘러봤다.

"이전에 TV에서 패널 한 사람이 메구미에게 했던 말이 생각나네요. 그는 메구미가 군대에 들어가면 나라 하나쯤 홀로 괴멸시킬 수 있을 거라 했습니다. 물론 그건 웃기려고 한 말이었고, 정말로 그걸 두려워하는 사람은 적어도 그때 스튜디오에는 없었을 겁니다. 하지만 오늘 메구미는 그 탤런트의 말이 농담이 아니었다는 걸 증명해 버렸습니다. 메구미의 의지와는 관계없어요. 나도 가리야 마사히코의 팔을 부러뜨리려고 생각하지 않았습니다. 메구미도 오사나이 씨를 죽이려고 했던 게 아닙니다. 그래도 벌어진 일을 놓고 보면 나나 메구미의 의지는 문제될 게 아닙니다. 문제는 우리들이 간단히 사람의 뼈를 산산조각 낼 수 있고, 간단히 사람을 죽일 수 있다는 겁니다. 메구미를 죽이려던 오사나이 씨가 나쁘다고 생각하는 사람은 거의 없을 겁니다."

우메자와가 무언가 말을 꺼내려고 교스케를 봤다. 하지만 단념한 듯 입을 닫고 시선을 피했다.

"병원체를 죽이더라도 겁을 먹지는 않겠죠. 덮쳐 온 게 사자나 악어라면 자신을 지키기 위해서 죽여도 어쩔 수 없다고 생각해 줄지도 모릅니다. 하지만 상대가 사람인 경우에는 전혀 얘기가 달라지죠. 저에게 덤벼들려는 사람은 팔이 복합골절이 돼 버린다고요. 저희들을 죽이려고 하면 죽어 버리고요. 위험하기 짝이 없는 거라고요."

옆에서 오키쓰가 웅웅, 하고 고개를 끄덕였다.

"우리 세 사람만으로도 지구를 정복할 수 있다는 게요. 우리가 악의 화신이 된다면 누구도 거스를 수가 없는 거란 말이오."

오키쓰는 그렇게 말하며 소리내 웃었다. 물론 동조해서 웃는 사람은 하나도 없었다.

교스케는 다시 손바닥을 바라봤다.

'무얼 위해서…… 드래건바이러스는 대체 무얼 위해서 우리에게 이런 힘을 준 걸까?'

그것도 그런 것은 단 3명뿐이었다. 대부분의 감염자는 죽었고 완치된 사람들도 교스케 일행과는 전혀 다른 후유증을 겪고 있었다. 교스케 일행 3명에게만 이런 힘이 주어진 것이다.

방위 시스템?

대체 그게 뭐란 말인가.

그때까지 입을 다물고 있던 이무라가 무릎에 얹었던 노트를 손끝으로 톡톡 두드렸다. 시선을 향하니 그녀는 크게 숨을 들이쉬면서 고개를 끄덕였다.

"충격적인 일도 벌어졌지만, 나쁜 것보다는 좋은 걸 생각하는 게 낫다고 봐요. 하코자키 군도 말했지만 오키쓰 씨나 나카야 씨, 그리고 오치아이 씨의 방위 시스템을 해명해 내서 그걸로 치료기술이나 치료약을 만들 수 있다면 그거야말로 노벨상 급 공적이 될 거라고 생각해요. 그렇게 된다면 아무도 오치아이 씨를 책망하진 않겠죠. 보다시피, 어떤 병원균도 차단시킬 수 있는 치료약이 만들어질 수도 있으니까요. 꿈의 치료약이죠. 그렇지 않나요?"

그때 어디선가 작게 휴대전화 착신음이 울리기 시작했다. "실례합니다."라고 말하면서 우메자와가 재킷 안주머니에서 휴대전화를 꺼내들어 귀에 가져다 댔다.

"네. 그렇습니다. 아, 예예…… 네?"

우메자와의 표정이 일그러졌다.

"어쩌다가 그런 일이…… 그래서 오치아이 씨는요?"

교스케는 저도 모르게 우메자와를 응시했다. 모든 이들의 시선이 그에게 쏠려 있었다.

짧은 전화를 끝내고 우메자와는 미간을 좁힌 채 라운지에 있는 모든 이들을 둘러봤다.

"오치아이 씨가 경찰서에서 도망친 것 같습니다."

깜짝 놀라 교스케는 등을 쭉 폈다.

"도망?"

"자세한 건 모르겠네. 사정청취를 하던 형사 둘이 상처를 입고 병원으로 운송된 것 같더군. 오치아이 씨가 상처를 입히고 경찰서에서 도망쳤다는 것 같지만……."

오키쓰가 교스케의 팔을 잡았다.

"무슨 일이 있던 겐가? 알려 주게."

교스케는 끄덕이고는 고개를 들어 메구미의 방문에 시선을 던졌다. 문을 천천히 **밀어** 보았다.

이런 사태를 예상하지 못했기에 경찰서에서는 그 시점에서의 메구미를 투시해 봤을 뿐이었다. 좀 더 나중 일까지 봐 뒀어야 하는 거였다고 후회를 하면서 오늘 아침 이 방을 나서기 전의 메구미까지 일단 시간을 되돌렸다. 거기서부터 메구미의 시간을 따라갔다. 공원에서의 촬영을 통과해 오사나이 데쓰지와의 사건도 넘겼다. 경찰서로 이동해 사정청취의 경위를 흘려보냈다. 변화가 없는 풍경 속 갑자기 커다란 움직임이 나타나 교스케는 메구미의 시간을 조금 되돌렸다.

"장난도 정도껏 치지 그러십니까."

그 방은 물론 교스케가 안내받았던 칸막이가 돼 있는 작은 방과는 달랐다. 아무래도 취조에 사용되는 전용 방인 듯했다. 40대 중반의 형사는 메구미의 정면에 놓인 의자에 앉지 않고 방 가운데를 빙글빙글 맴돌고 있었다. 메구미는 지친 표정으로 책상 표면에 시선을 떨구고 있었다.

"손을 쓰지 않고 물건을 움직인다고? 공중에 떠올 수 있다고? 초능력? 바보 취급 하지 말라고. 우화 같은 얘길 들려 달라는 게 아니잖아."

방 한가운데에 놓인 테이블 외에도 방의 구석에는 작은 책상이 하나 더 놓여 있었다. 거기엔 여성 경찰관이 앉아 기록을 하고 있었다.

걸어다니던 형사가 작은 책상 위에서 볼펜 하나를 꺼내들었다.

"그럼, 이걸로 그 초능력이라는 걸 보여 주지그래, 엉? 이걸 구부리거나 날려 보라고, 자!"

형사는 말하면서 손에 들고 있던 볼펜을 메구미의 얼굴 쪽으로 던졌다.

다음 순간…….

볼펜이 공중에서 방향을 바꿔 일직선으로 형사 쪽으로 날아갔다. 그대로 그의 왼쪽 안구에 꽂혔다.

"아, 아, 아……."

형사는 뒷걸음질 치면서 자신의 얼굴에 손을 가져갔다. 기록을 하고 있던 여성 경찰관이 튕겨나듯 의자에서 벌떡 일어섰다. 메구미는 눈을 크게 뜨고 형사를 바라보고 있었다. 눈알에 볼펜이 꽂힌 형사는 털썩하고 엉덩방아를 찧듯이 바닥에 주저앉았다. 그리고는 그대로 쓰러졌다.

"우, 움직이지 마!"

작은 책상 쪽에 있던 여성 경찰관이 수갑을 꺼내들었다. 그리고 메구미를 제압하기 위해 그녀의 어깨를 잡으려고 했다.

"꺄아아아!"

취조실에 비명이 울려 퍼졌다.

무슨 일이 벌어지고 있나 확인하려고 제복을 입은 경관이 문을 열고 뛰쳐들어 왔다. 그는 남녀 경찰관이 바닥에 쓰러져 신음하고 있는 걸 봤다. 남자는 왼쪽 눈에 볼펜이 박혀 있었고, 여자는 양팔이 말도 안 되는 방향으로 구부려져 있었다.

"제가 한 게 아니에요. 전 아무것도 하지 않았어요……."

메구미는 그렇게 말하면서 테이블에 엎드렸다.

33

물론 거기서 투시를 끝낸 건 아니었다. 하지만 교스케는 그 자리에 가만히 있을 수가 없어져서 소파에서 일어섰다.

"오키쓰 씨, 같이 와 주세요."

일체의 설명도 않았지만 오키쓰는 고개를 끄덕이고는 일어섰다.

"어떻게 된 건가?"

우메자와가 교스케를 올려다봤다.

"선생님, 지금 저희에게 해 주신 이야기를 경찰에 해 주세요. 메구미에게 도움을 주십시오. 그녀를 공격하는 것만큼은 그만두도록 설득해 주세요. 오치아이 메구미를 공격하면 크게 상처를 입을 수 있고, 자칫하면 죽을 수도 있다고요."

의사는 교스케와 오키쓰를 번갈아 봤다.

"아니, 하지만 그건…… 노력은 해 보겠지만, 자네랑 오키쓰 씨는 어디로 가는 거지?"

교스케는 후우, 하고 한숨을 토했다.

"메구미를 도우러 갑니다."

"도우러? 아니, 돕는다니……."

교스케는 고개를 저었다. 테이블 위의 TV 리모컨을 집어 들고 전원 버튼을 눌렀다.

"……"

TV 액정 스크린에 고후 거리가 비춰지고 있었다. 울음을 터뜨릴 것 같은 표정으로 인도에 서 있는 메구미가 화면 중앙에 잡혀 있었다. 아나운서가 흥분한 목소리로 상황을 설명하고 있었다.

―아무래도 경찰관 2명이 오치아이 메구미 용의자를 설득하러 나선 모습입니다. 조용히, 뭐라고 말을 걸면서 경찰관이 오치아이 용의자의 앞뒤에서 다가가고 있습니다.

어조에 흥분이 느껴지고 있지만, 그 말은 속삭이는 것처럼 작았다. 연출을 위해서 그렇게 말하고 있는 걸까.

"뭐야…… 무슨 일이 벌어지고 있는 거야?"

우메자와의 말에 교스케는 다시 고개를 저었다.

"벌어질 일은 TV가 알려 주겠죠. 시간이 없으니 가 보겠습니다."

교스케는 오키쓰를 돌아봤다. 오키쓰가 입을 다문 채 끄덕였다.

멍하니 TV를 보고 있는 의사들을 거기에 남겨 둔 채, 교스케와 오키쓰는 엘리베이터를 탔다. 오키쓰는 질문을 던지지 않았다. 엘리베이터 안에서도 차에 올라타서도 그는 입을 다문 채였다. 자동차가 달리기 시작하자 그걸 계기로 삼은 듯 오키쓰는 크게 한숨을 토했다.

교스케라고 앞으로 무언가 대책이 있는 건 아니었다. 하지만 지금 메구미를 도와줄 수 있는 건 자신과 오키쓰밖에 없다고 느꼈을 뿐이었다.

핸들을 꽉 잡고 교스케는 앞으로 펼쳐진 도로에 의식을 집중했다. 남은 시간은 앞으로 아주 조금뿐이었다.

50분 정도 전 취조실에서 메구미는 테이블에 엎드린 채로 "아니야."라고 계속 중얼거렸다. 경찰서의 직원들이 차례로 나타나서는 소리 높여 메구미를 위협했다. 부상을 입은 형사와 여경이 실려 나가자 경찰관들은 메구미에게 곤봉을 들고 자세를 잡아 주변을 둘러쌌다.

연배가 있는 제복 경찰이 목소리를 높였다.

"일어서! 공무집행방해, 상해 현행범으로 당신을 체포합니다. 천천히 의자에서 일어나!"

메구미는 그 말에 따라 일어서 곤봉을 들고 있는 경찰관에게 고개를 저었다.

"제가 한 게 아니에요. 전 아무 짓도 안 했어요."

"장난치지 마!"

그는 소리를 지르더니, 메구미 등 뒤에 숨어 들어간 경관에게 턱짓으로 신호를 보냈다. 경관은 메구미를 제압하려고 한 발 내딛었다. 하지만 그는 메구미에게 손을 댈 수가 없었다. 왓, 하고 목이 멘 비명을 내지르며 바닥에 쓰러졌다.

"아, 어이!"

튕겨내듯 좌우에서 경관이 곤봉을 들어 올리고는 덮쳤다. 그 곤봉이 순식간에 둘 다 가루로 변해 흩어졌다. 동시에 두 경관도 비명을 지르며 바닥에 쓰러졌다.

취조실 입구를 막듯이 서 있던 연배의 경찰관이 기에 눌린 듯 뒷걸음질을 쳤다.

"아니라고요. 아니에요. 제가 아니에요."

경찰관의 뒤를 따르듯이 메구미는 취조실에서 복도로 나왔다. 뒤에서는 쓰러진 경찰관들의 신음이 들려왔다.

복도에도 5명의 경찰관이 있었다. 그중 둘은 권총을 쥐고 메구미 쪽으로 총구를 겨누고 있었다.

"움직이지 마!"

메구미의 눈에서 눈물이 뺨을 타고 떨어졌다.

메구미는 *"아니야."*라고 고개를 저으면서 경관 쪽으로 손을 뻗었다. 경관이 뒷걸음질을 쳤고 메구미는 그런 그를 뒤쫓았다. 취조실 안에서는 낮은 신음이 이어지고 있었다. 하지만 아무도 그 방에 들어가는 것조차 할 수 없었다.

"부탁이니까 제발 그만둬요!"

메구미가 울먹이며 말하면서 경찰들이 있는 쪽으로 걸어갔다. 일제히 그들이 후퇴했다. 그리고 메구미를 겨누고 있던 권총 중 하나에서 마른 소리가 났다. 동시에 그 총을 발포한 경찰관의 몸이 판자처럼 경직된 채 뒤로 넘어졌다. 옆에 있던 동료가 놀라서 그의 위로 몸을 굽혔다. 눈을 홉뜬 경찰관의 미간에 작은 구멍이 뚫려 있었다. 후두부에서 흘러나온 대량의 혈액이 복도에 퍼져 흐르기 시작했다.

교스케 앞에서 신호가 빨간불로 바뀌었다. 브레이크를 밟고 손목시계를 확인했다.

최악의 순간까지 앞으로 별로 여유가 없었다. 이미 앞쪽 도로가 붐비기 시작했다.

메구미로서는 계속 잠기기만 하는 흙으로 만든 배 위에 탄 기분일 터였다. 자신을 둘러싼 상황이 악화 일로를 걷고 있었다. 비참한 상황이 다음 순간에는 더욱 절망적인 사태를 불러일으켰다. 계속 낙하하고 있었다. 아무리 발버둥쳐 봐도 낙하를 멈출 수 없었다. 발버둥치면 칠수록 상황은 더 빨리할 추락뿐이었다.

메구미가 경찰서 건물을 나선 건 30분 정도 전이었다.

제복 경찰관 5명이 그녀의 앞을 가로막았다. 경찰서 앞 주차장에는 오사나이 데쓰지의 사건을 취재하기 위해 매스컴 여러 곳이

대기 중이었다. 그들은 모두 놀라 메구미와 그녀를 둘러싼 경찰관에게 렌즈를 향했다.

"오치아이 메구미! 이 이상의 저항은 그만둬!"

한 경찰관이 울부짖듯이 소리를 질렀다. 메구미의 얼굴이 일그러졌다.

저항 같은 건 하지 않고 있었다. 경찰의 추격으로부터 도망치려는 생각도 없었다. 메구미는 이 바닥이 없는 진흙탕에서 어떻게든 구원을 받길 바랄 뿐이었다.

경찰관 수가 늘고 있었다.

그들은 메구미의 앞을 막고 그녀의 발걸음을 막으려 했다. 여러 명의 경찰관이 메구미에게 다가가 제압하려고 팔을 뻗었다. 하지만 메구미에겐 닿을 수조차 없었다. 그들은 소리를 지르며 한 사람, 또 한 사람 길 위에 쓰러져 갔다.

메구미가 *"아니야."*라고 말하며 발을 내딛자 경찰관으로 만들어진 벽이 후퇴해 뿔뿔이 흩어졌다. 무너진 바리케이드 사이를 빠져 나와 메구미는 큰 길로 나왔다.

계속 넘쳐 흐르는 눈물을 닦으면서 메구미는 고후 역과는 반대쪽으로 걸음을 옮겨 교차점에서 '미술관거리'로 꺾었다. 그 발걸음이 향하는 방향은 뻔했다. 류오 대학 바이러스 연구소였다. 걸어서 약 1시간 30분 가까이 걸리는 거리를 메구미는 도보로 돌아오려고 하고 있었다.

고후 거리가 고요했다. 구급차 사이렌이 곳곳에서 울리고 메구미의 진행 방향 쪽에서는 이곳저곳에서 교통 흐름이 차단되기 시작했다.

메구미가 걷고 있는 인도를 따라 경찰차 세 대가 나란히 달리고 있었다. 그 뒤에서 매스컴 자동차가 따라붙고 있었다.

선두에 있는 경찰차가 메구미를 수 미터 앞질러 가서 정차하더니 거기에서 한 경찰관이 내렸다.

"오지 마세요!"

메구미가 울먹이며 소리쳤다.

"이런 짓을 해도 되는 건 아무것도 없습니다. 당신은 입장을 점점 악화시키고 있을 뿐입니다. 그걸 모르겠습니까? 이제 좀 그만두고 얌전히 따라오시죠."

경찰관의 말에 메구미는 부들부들 고개를 저었다. 그녀의 등 뒤에는 또 다른 경찰관이 다가가고 있었다.

"상황을 악화시키는 건 제가 아니에요. 아무 짓도 안 하고 있다고 아까부터 말하고 있었는데, 아무도 믿어 주지 않았잖아요. 나쁘게 만드는 건 제가 아니에요. 당신들이잖아요!"

메구미의 말은 옳았으나 그걸 제대로 받아들이는 경찰관은 아무도 없었다.

그녀는 손에 들고 있던 손수건으로 눈시울을 훔치고는 다시 걷기 시작했다.

경찰관은 역시 곧장 덮치려고는 않았으나 메구미의 앞길을 막으려는 듯 양팔을 벌렸다. 메구미는 그의 겨드랑이 사이로 빠져나가려는 듯 빙 둘러 갔다. 그런 그녀의 팔을 경찰관이 잡으려고 했다.

순간 경관은 덜렁 늘어뜨려진 자신의 팔을 바라보고 고통과 공포에 찬 비명을 지르면서 길 위에 쓰러졌다. 그와 동시에 다른 경찰관이 허리춤에서 권총을 빼들었다.

"멈춰!"

그는 총구를 길바닥에 향하고는 위협하기 위해 방아쇠를 당겼다. 그 총성에 메구미의 몸이 펄쩍 뛰었다. 순간 몸을 움츠리긴 했으나 메구미는 걸음을 멈추지 않았다. 걸어가려는 메구미의 발치를 향해 경찰관이 두 번째로 방아쇠를 당겼다. 그리고…… 길바닥에 쓰러진 건 그 자신이었다.

정체 때문에 전혀 움직일 기미조차 보이지 않는 차의 핸들을 쥔 채 교스케는 조수석에 있는 오키쓰에게 물었다.

"오키쓰 씨, 운전은 못 하시죠?"

오키쓰가 교스케를 향해 고개를 돌렸다.

"지금은 면허를 안 가지고 있지만 예전엔 운전을 했던 시기도 있었네. 자신은 없지만, 바꿔 줄까?"

"부탁합니다."

교스케는 말하면서 안전벨트를 풀었다.

"이 앞 현립 미술관 주차장에서 메구미가 서서 오도 가도 못 하고 있어요. 이 정체는 경찰의 교통 통제 때문입니다. 메구미는 경찰관에게 둘러싸여 있고, 앞으로 몇 분 내로 최악의 사태를 맞게 됩니다. 어떻게든 그것만큼은 막고 싶어요."

"뭐라뭐라 하지 말고 빨리 가지 그러나. 차는 어떻게든 될 걸세."

"부탁드립니다."

그 말을 남기고 교스케는 문을 열고 차에서 내렸다. 자동차는 상행선뿐만 아니라 하행선까지도 자동차들이 옴짝달싹을 못 하고 있었다. 그런 자동차 사이를 빠져 나와 교스케는 반대쪽 차선의 인도로 이동했다. 거기서부터 미술관까지 400미터를 달렸다.

투시로 본 미래. 그건 무서운 광경이었다. 지금 바로 그 광경이 실체화되려고 하고 있었다. 미술관 앞 주차장에서 지금 메구미는 경찰관들에게 둘러싸여 있을 것이다. 장갑차 세 대와 경찰차 다섯 대가 메구미의 앞길을 막고 있었다.

최악의 사태를 만들고 있는 것은 메구미를 둘러싼 기동대 전원이 총을 들고 있다는 사실이었다. 앞으로 수 분 뒤 대참사가 벌어진다. 기동대원 1명의 공포심이 모든 계기를 제공하게 된다.

이미 경찰관 2명이 사망했고 9명이 중상을 입었다. 오사나이 데쓰지를 포함하면 사망자 수는 세 사람에 이른다.

기동대원은 물론 그 정보를 알고 있었다. 3명을 살해하고 9명에게 중상을 입힌 여자. 모든 범행은 몸을 피할 새도 없이 순식간에 이뤄진다고 한다. 사망한 경찰관 2명을 살해한 흉기는 총이었다. 훈련을 받았다고는 하지만 기동대원 역시 사람이었다. 그런 괴물 같은 상대에겐 공포심을 안기 마련이다. 그리고 그 공포심은 메구미가 손수건으로 눈물을 훔치는 행동도 총을 꺼내 들어 자세를 잡는 것처럼 보이게 만든다.

기동대원의 총이 화염을 뿜고, 그게 순식간에 그 자신의 목숨을 빼앗는다. 주위의 대원들은 동료가 쓰러진 사실에 충격을 받고 반사적인 행동을 취한다. 그게 일제 사격이라는 패닉을 일으키고 마는 것이다. 최종적으로 17명의 기동대원이 사망한다. 그게 교스케가 투시를 통해 본 광경이었다.

그런 참사만큼은 막고 싶었다.

교스케는 내달렸다. 사람들이 모여 있는 인도를, 그 사이를 헤치면서 내달렸다.

겨우 미술관이 있는 구획에 당도했을 때 교스케는 제복 경찰관의 제지를 받았다.

"안 돼요, 안 돼. 여기는 지금 들어갈 수 없습니다."

"저는 안에 있는 오치아이 메구미와 아는 사입니다. 류오 대학 바이러스 연구소에서 왔습니다."

"……아는 사이?"

"네. 오치아이 메구미를 설득할게요. 들여보내 주세요."

"이름은?"

"나카야 교스케라고 합니다."

"잠깐 기다리십시오."

경찰관은 교스케에게서 몇 걸음 떨어져 어깨의 무선기에 손을 가져갔다. 연락을 주고받는 그를 보면서 교스케는 고개를 저었다.

'안 돼. 더 이상 시간이 없어.'

교스케는 각오를 다지고 경찰관의 옆을 빠져나가 미술관 앞 주차장으로 달렸다.

"아, 어이! 기다려!"

경찰관이 따라왔다.

'따라 잡혔다간 저 경찰도 상처 입는다.'

이렇게 생각하며 교스케는 전속력으로 달렸다.

주차장 중앙을 둘러싸듯이 경찰차와 장갑차가 둥글게 진을 치고 있었다. 차량과 경찰관에게 막혀 메구미의 모습은 전혀 보이지 않았다. 그들이 만든 바리케이드를 돌파하는 것도 어려워 보였다. 뒤에서는 경관이 쫓아오고 있었다.

그래서 교스케는 있는 힘껏 소리를 쳤다.

"메구미! 하늘이야! 날아!"

다음 순간 한 발의 총성이 울리는 것과 동시에 장갑차 너머에서 상공을 향해 무언가가 튕겨 날아올랐다. 그것은 일직선으로 쏘아올려진 소형 로켓탄처럼 보이기도 했다. 주변에서 순간 모든 소리가 사라졌다. 뒤이어 놀라움의 소리와 동요가 퍼졌다.

'시간에 맞췄다…….'

교스케는 숨을 푹 내쉬었다.

"어이! 너!"

뒤에서 들려온 목소리에 교스케는 그쪽을 돌아다 봤다. 경찰관이 곤봉을 손에 쥐고 그를 향해 다가오고 있었다.

"……."

저도 모르게 교스케는 양손을 들었다.

그리고 교스케도 놀란 건 그다음 순간이었다.

양손을 든 채로 그의 몸이 하늘로 떠오른 것이었다. 엄청난 속도가 교스케의 피부를 짓눌렀다. 온몸의 혈액이 발바닥까지 쏠렸다. 다음 순간 혈액은 역류해서 뇌수를 채웠다. 위장을 한 번 뒤집은 듯한 기묘한 감각이 교스케를 덮쳤다. 피부란 피부가 모두 소름이 돋아난 것처럼 느껴졌다. 이게 중력을 잃은 기분인 걸까.

대체 얼마나 높이 올라온 걸까. 발아래 현립 미술관이 성냥갑만 하게 보였다.

"나카야 씨."

눈앞에 메구미가 있었다. 그녀는 책상다리를 하고 앉은 자세로 이 상공에 떠 있었다.

"나카야 씨, 고마워."

양손으로 얼굴을 한 번 쓸고는 교스케는 메구미를 바라봤다.

"하늘에 뜬다는 거, 그렇게 기분이 좋은 건 아니로군."

메구미는 눈물이 가신 눈으로 키득키득 웃어 보였다.

"저기, 아래쪽 도로에서 내 차가 정체에 끼어서 옴짝달싹 못하고 있는데 말이지. 운전석에는 무면허인 오키쓰 씨가 앉아 있는데 어떻게 안 될까?"

"아, 그렇구나. 알았어. 잠깐 여기서 기다려 줘."

그렇게 말하더니 메구미는 책상다리 자세를 풀더니 거꾸로 뒤집어져 하강했다.

'기다려 달라니.'

교스케는 주위를 둘러봤다. 꽤나 세게 불어오는 바람 말고 지상 수백 미터 상공에는 아무것도 없었다. 이런 곳에 혼자 남겨지면 당연하게도 불안해졌다. 교스케가 스스로 떠 있는 게 아니었다. 메구미가 잠시라도 교스케의 존재를 잊으면 그 순간 땅으로 추락할지도 몰랐다. 하지만 그런 불안한 시간도 금방 끝났다.

아래쪽에서 교스케의 차를 끌고 올라오듯 메구미가 상승해 왔다. 아래에선 대소동이 벌어졌으리라. 교스케는 자그마한 고후의 길거리를 내려다봤다.

"나카야 씨. 아무래도 차 안에 있는 게 안정될 거 같으니까."

타라고? 보아하니 차 안에서는 오키쓰가 운전석에서 플로어 시프트를 넘어서 뒷좌석으로 이동하고 있는 중이었다.

"……."

왠지 모르게 묘한 기분이 드는 채로 교스케는 눈앞에 떠 있는 차 문을 열고 헤엄치는 듯한 자세로 운전석으로 미끄러져 들어갔다. 메구미도 반대쪽 문을 열고 조수석에 탔다. 메구미가 말한 대로 좌석에 몸을 맡기니 기분이 조금이나마 안정이 됐다. 역시 발아래에는 디디고 설 땅이 필요한 것이다. 대지가 없을 경우에는 불안정하더라도 적어도 바닥 정도는 있었으면 좋겠다고 생각했다.

"운전은 메구미가 해. 나한텐 무리니까."

문을 닫으며 말하자 메구미는 마른 웃음소리를 냈다. 교스케는 웃는 그녀를 감탄에 가까운 기분으로 바라봤다. 결코 웃을 수 있는 상황이 아니었다. 적어도 그라면 절대로 웃을 수 없었다. 다시금 메구미의 강함을 느꼈다. 있는 힘껏 기분을 무마하려고 하는 것이었다. 그걸 메구미의 웃음 소리를 듣고 알 수 있었다.

"오케이. 으음, 어디로 가면 돼? 연구소?"

"아냐, 연구소에는 경찰이 와 있을 거야. 우선 몸을 숨길 수 있는 곳으로 이동하자."

"모르겠어. 일단, 여기서 벗어나자."

"알겠어."

그 순간 차는 수백 미터 상공을 미끄러지듯 비행하기 시작했다.

34

사람 눈을 피할 수 있는 곳이라면 역시 산이라고 결론이 났다. 고후 주변의 산에 익숙한 사람은 아무도 없었지만 어쨌든 상공에서 적당한 장소를 발견하는 수밖에 없었다. 다만 하늘을 나는 승용차는 너무 눈에 띄었다. 잘못 하다가는 UFO보다 더 소동이 벌어질 터였다.

"메구미, 구름 위로 나갈 수 있을까? 어쨌든 아래 있는 사람들 시계에서 모습을 감췄으면 해서."

앞쪽 상공을 옅게 덮고 있는 흰 구름을 가리키자 메구미는 "응." 하고 고개를 끄덕였다.

그 순간 차는 상승 속도를 올려 순식간에 구름 지대에 숨어들었다. 두터운 구름층을 빠져나오자 강한 태양빛이 감쌌다. 당연한 말이지만 구름 위쪽은 맑았다.

"우우…… 춥구먼, 이건."

뒷좌석에 앉은 오키쓰가 신음하는 듯한 소리를 냈다.

고도계 같은 건 물론 자동차에 붙어 있지 않으니 얼마나 높이까지 올라왔는지 알 수 없었다. 아마도 2000미터는 넘었을 것이다. 여객기는 상공의 기압이나 기온으로부터 승객을 보호하도록 만들어져 있다. 하지만 이 자동차의 설계자는 2000미터 상공을 비행하는 일 따윈 전혀 상정하지 않았을 것이다. 구름 위를 나는 시간은 최대한 짧게 하는 게 좋을 듯했다. 추위도 문제였지만 구름 위에서는 지상이 어떤지 알 수가 없었다.

차는 북쪽 하늘을 향해 날아가고 있었다. 거기서 구름을 빠져나온 뒤 방향을 남서쪽으로 틀었다. 단순한 트릭이었다. 적당한 곳에서 고도를 낮추고 구름 사이로 아래쪽의 지형을 확인했다.

"설마 자동차로 유람 비행이 가능해질 줄이야. 오래 살고 볼 일이군."

오키쓰의 말에 메구미가 웃었고, 교스케도 웃었다.

"자동차로 하늘을 나는 건 우리들이 처음일 거예요. 보통은 아무리 장수한다고 하더라도 이런 경험은 못 할 겁니다. 메구미 덕택이니까요."

앞쪽으로 산맥이 보였다. 너무 높은 산은 피하기로 했다. 낮은 산이더라도 나무로 덮여 있으면 숨을 곳 정도는 얼마든 있을 법했다. 벌써 아래쪽 풍경은 사람들이 사는 곳에서 멀어져 있었다.

"저긴 어떨까?"

울창한 수목 사이로 아주 약간 흰 산의 겉면이 드러나 있었다.

"그러게…… 조금 경사면이 힘들지도. 울퉁불퉁하기도 하고."

메구미는 노출된 산의 겉면을 바라보면서 "좋아." 하고 한 번 고개를 끄덕였다.

"응?"

교스케는 놀라면서 앞쪽의 산맥을 응시했다.

사면의 일부가 차츰 깎여나가더니 계단식 논처럼 평탄한 지면이 조성된 것이다. 그건 마치 산 중턱에 평평한 무대가 나타난 것 같았다.

"대단하다……."

"이런 거려나."

메구미의 중얼거림과 동시에 공중에 멈춰 있던 차가 천천히 하강하기 시작했다. 평평하게 다듬어진 무대 위에 차가 천천히 내려갔다. 교스케와 오키쓰는 동시에 한숨을 토해 냈다.

혹여나 하는 마음으로 내비게이터로 확인한 결과, 교스케 일행이 있는 곳은 미나미알프스의 동쪽인 듯했다. 오가레아타마 산과 다카타니 산을 잇는 안부(鞍部)의 북측이었다. 500미터 정도 남쪽으로는 야샤진토우게라는 지명이 표시돼 있었다. 고후의 중심에서는 20킬로미터 정도 떨어져 있었다.

차에서 내려 막 조성된 지면을 밟아 봤다. 메구미가 만든 야외 주차장은 차의 주변을 자유로이 걸어 다닐 정도로 넉넉했다. 걸어 보니 메구미가 가진 능력의 대단함을 새삼 실감할 수 있었다. 발 아래 지면은 흙이 아니라 대부분이 바위였다. 울퉁불퉁하고 단단한 바위를 쩍하고 쪼개 내서는 층을 만든 셈이다.

그 층에 앉아 주머니에서 휴대전화를 꺼내들었다. 예상한 대로 전파가 닿지 않았다. 완전히 통화권 밖이었다. 메구미와 오키쓰도 나란히 앉자 교스케는 휴대전화를 주머니에 다시 넣었다.

"미안해요."

메구미가 말문을 열었다. 교스케는 메구미를 쳐다봤다.

"뭐가 미안하다는 거야?"

메구미는 천천히 고개를 저었다.

"나 때문에 이렇게 돼 버렸잖아."

"그렇지 않아."

교스케는 우메자와를 비롯한 의사들이 들려준 방위 시스템에 대해 얘기했다.

"그러니까 물론 그들이 상처를 입거나 죽은 건 메구미가 의식해서 그렇게 된 게 아냐. 알고 있어. 선생님들은, 그걸 알고 계셔."

"그건…… 나만이 아니라 나카야 씨랑 오키쓰 씨도?"

메구미의 맞은편에서 오키쓰가 고개를 끄덕였다.

"아무래도 드래건바이러스는 우리들을 인류 최강의 존재로 만들어 버린 것 같더군."

"인류 최강……."

교스케는 머리를 긁적였다.

"최강인 게 최악이라는 걸 처음 알았어. 무엇보다 악질인 건 우리가 이 방위 시스템을 일절 컨트롤할 수 없다는 거지. 우리들은 체내 박테리아를 무의식적으로 퇴치하고 있어. 선생님들 설명에 따르면 그거랑 같은 것 같아. 우리를 덮쳐 오는 걸 방위 시스템은 자동적으로 배제해 버리는 거지. 메구미는 자신의 위험을 회피하기 위해 태세를 갖출 필요가 전혀 없는 거야. 우리들을 때리려고 팔을 들어 올리면 그 팔뼈가 가루처럼 조각나 버리니까."

"정말로…… 최악이다."

메구미는 세우고 있던 무릎에 자신의 이마를 문질렀다.

"그건 그렇고, 문제는 앞으로 어떻게 할 것인지야."

오키쓰가 교스케와 메구미를 번갈아 봤다.

"……."

"범죄자로서 이대로 계속 도망쳐 다닐 건가?"

메구미가 고개를 들었다.

"범죄자는 저뿐이잖아요?"

"마찬가지야. 세간이 우리를 보는 눈은 셋 다 범죄자야."

"하지만 실제로는……."

교스케는 고개를 저었다.

"많은 사람이 우리가 하늘로 도망친 걸 봤어. TV 중계까지 하고 있었으니 이 자동차가 하늘을 나는 것도 방영됐을지도 몰라. 우리 세 사람 모두 차에 타고 있었지."

"……."

"오키쓰 씨 말대로야. 우리들은 그들에게 위험하기 짝이 없는 범죄자야. 누구도 우리들을 퇴치할 수 없지. 일반 테러리스트라면 사살해서 해결되겠지만, 우리들은 완벽한 방위 시스템이 있으니까. 손을 댈 수 없는 테러리스트지."

"상처 입힐 의도 같은 건 전혀 없는데……."

"겁이 나."

교스케가 그렇게 말하자 메구미가 그를 쳐다봤다.

"메구미도 봤잖아? 공포로 패닉을 일으킨 경찰관이 메구미에게 총을 겨눴지."

"……."

"그는 메구미를 제압하려던 동료가 비명을 지르며 쓰러지는 걸 봤어. 본 걸 이해할 수가 없었지. 왜 동료가 당했는지 전혀 알 수가 없었어. 이해할 수 없으니까 더욱 겁이 나는 거야. 그러니까 그는 총구를 메구미에게 겨눴지. 그리고 그가 방아쇠를 당기게 만든 것도 공포심이라고 생각해."

흐음, 하고 오키쓰가 고개를 끄덕였다.

"모든 게 공포심에서 비롯하고 있네. 폭력 사태는 공포를 강하게 느끼는 쪽이 먼저 손을 들어 시작하는 거니까. 궁지에 몰린 쥐는 고양이를 무는 법이지. 말다툼만이 아니야. 분쟁도 전쟁도, 힘으로 남을 억누르려는 건 공포심이 있기 때문이지."

"나는 그럼 어떻게 했어야 하는 거지?"

교스케는 고개를 저었다.

"상대가 공포심을 느끼고 있는 이상, 어떻게 할 수 없었을 거야. 내가 메구미의 입장이었더라도 같은 상황이 벌어졌을 거고. 이번 일로 아마 우리를 보는 세상의 눈이 바뀌었겠지. '뭐야, 사기꾼이 잖아?'라고 시끄럽긴 했지만 지금까지 우리는 그들에게 경이로운 초능력자였어. 하지만 오늘부터는 흉악한 범죄자가 되겠지. 세간이 가져 버린 공포심을 어떻게든 없애야만 해. 어렵겠지만."

"아니면, 모든 걸 무시하고 원래의 생활로 돌아가든지."

오키쓰가 입가를 일그러뜨렸다.

"돌아간다고요?"

오키쓰는 지긋지긋하다는 표정으로 산기슭에 눈길을 던졌다.

"경찰이 체포하러 오더라도 일절 상대하지 않고 그 녀석들이 얼마나 다치든 죽든 모른 척하고 있는 게지. 녀석들은 제 멋대로 우리들을 겁내고 멋대로 범죄자 취급을 하고 멋대로 잡으려 들고 있지. 하지만 아무도 우리를 잡을 수는 없어. 손을 댈 수조차 없지. 녀석들은 멋대로 우리들에게 덤벼들어 멋대로 상처를 입지. 멋대로 권총을 쏘아 멋대로 죽고."

"……."

"왜 우리들이 여기까지 도망쳐 왔는지. 그 이유조차 세상 사람들은 알 수 없겠지. 나카야가 내달렸던 게 조금이라도 늦었더라면 그 미술관 앞은 큰일이 났을 게야. 그대로 있었더라면 몇 명이나 죽었겠나?"

오키쓰는 교스케를 돌아봤다.

"17명요."

교스케의 대답에 메구미가 "거짓말……."이라고 중얼거렸다.

"나카야는 그걸 필사적으로 저지했지. 이 이상 많은 사람을 죽이거나 상처 입히고 싶지 않았으니까. 그러니까 지금 우리들은 여기에 있는 거고. 하지만 사람들은 그런 생각은 못 하겠지. 지금 사람들에게 우리들은 마천루에 나타난 킹콩 같은 존재야. 뭐가 어찌됐든 퇴치하려 들겠지. 하지만 슬프게도 우리들은 드래건바이러스의 부산물이지. 죽지 않는 몸의 용인 셈이네. 그렇다면 말일세, 차라리 모르는 척 연구소로 돌아가 녀석들이 뭐든 하게 내버려 두는 것도 나쁘지 않다고 생각하네. 우리 주변에는 시체가 겹겹이 쌓이는 참상이 벌어질지도 모르지만. 뭐, 그러다가 사람들도 우리들에겐 손을 댈 수 없다는 걸 배우겠지."

오키쓰가 입을 닫자, 산기슭에서 불어온 바람이 주위의 나뭇가지들을 흔들어 댔다.

35

기본적인 활동은 밤에 하기로 했다.

해가 저물고 나서 세 사람은 다시 하늘을 날았다. 트렁크에 쌓아둔 텐트지 시트를 잡아당겨 펼쳐 보니 사방 4미터 정도로 컸다.

"타요."

메구미는 교스케와 오키쓰에게 말했다.

시트 위에 앉자 메구미는 웃으며 고개를 저었다.

"마법 양탄자가 아니니까. 그렇게 말고. 배를 깔고 엎드려야지. 얼굴만 시트 바깥으로 내놓고 배 깔고 엎드려요."

비키라는 듯 손을 젓더니 메구미는 시트 한가운데에 엎드려졌다. 머리만 시트 바깥으로 쏙 내밀었다. 그녀는 자신의 양옆에 교스케와 오키쓰를 같은 자세로 눕혔다. 시트가 셋의 몸을 감쌌다. 마치 거대한 유충이 된 기분이었다.

유충이 된 세 사람이 하늘로 떠올랐다. 과연, 이렇게라면 지상에서는 거의 눈에 띄지 않으면서도 밤하늘의 찬 기운을 꽤나 막을 수 있었다.

"즐겁군."

오키쓰의 말에 메구미가 웃음소리를 냈다.

낮과는 달리 그다지 높이 올라갈 필요는 없었다. 지상 20미터 정도의 높이를 유지하면서 산을 내려갔다. 도중에 산길을 발견해 그 길을 따라 내려갔다. 산길은 점차 굵어지더니 이윽고 포장도로로 바뀌었다. 이제 막 7시를 넘긴 시각이었으나 보행자는 물론 달리는 자동차도 없었다. 강을 따라 난 길의 양옆으로 드문드문 건물이 나타났다. 메구미는 혹시 몰라 약간 고도를 높였다.

"여기, 어딘지 알아?"

묻는 메구미에게 교스케는 고개를 저었다.

"몰라. 알고 싶으면 이 날아다니는 양탄자에 내비게이션을 달아 달라고."

메구미는 하하하 소리내 웃었다.

취락은 길을 따라 마을로 바뀌었고, 산을 빠져나왔을 때 갑자기 도시가 펼쳐졌다. 조금 더 메구미는 고도를 높였다.

"어디가 좋을까?"

교스케는 지상을 내려다봤다.

"저쪽에 편의점이 있네. 저 뒷길이라면 아무도 안 걸어 다닐 것 같아."

"오케이."

천천히 유충형 비행체가 하강을 시작했다. 어두운 뒷길로 모습을 감추고는 교스케 일행의 몸에서 시트가 풀리듯이 떨어졌다. 접은 시트는 그대로 메구미가 들고 걷기로 했다. 들고 있는 것처럼 보이지만 실상은 그렇지 않았다. 무거운 시트 덩어리는 메구미의 어깨 위에 떠있을 뿐이었다.

오키쓰가 편의점에서 먹을거리를 사는 동안 교스케는 좁은 주차장 구석에서 휴대전화를 꺼내들었다. 메구미는 지면에 놓은 시트에 앉아 망을 봐 주고 있었다.

전화를 걸기 전에 교스케는 그 휴대전화를 가볍게 밀어 보았다. 수 시간을 되돌려 연구소의 우메자와에게 포커스를 옮겼다. 거기서부터 현재까지 시간을 흘려보내 봤다. 아무래도 지금 그가 있는 곳은 경찰서인 듯했다. 사정청취 중인 것은 아니었다. 회의실 같은 방 너머에는 여러 경찰관이 딱딱한 얼굴로 마주 보고 있었다. 우메자와 옆에는 낮에 교스케가 소개받은 변호사가 있었다.

"손 쓸 방도가 없나?"

우메자와가 변호사에게 묻고 있었다. 변호사는 고개를 끄덕였다.

"선생님까지 머리가 어떻게 된 사람 취급을 받고 계십니다. 어떤 방법이 있을 거라고 보시는 겁니까. 면역 정도는 누구나 다 알지만, 선생님께서 하시는 말씀은 동화 속 이야기 같은 거라고요. 다들 그렇게 생각할 겁니다."

'과연 그렇군.'

투시에서 빠져나와 교스케는 휴대전화 버튼을 눌렀다. 우메자와가 받자 교스케는 속사포로 보고했다.

"나카야입니다. 전파가 나쁜 척 연기를 해서 그 방을 나와 주세요."

사정을 이해한 우메자와는 "어라, 여보세요?" 하면서 되물어왔다. 전화 너머로 변호사에게 "미안하이, 아내 전화야."라고 말하는 게 들렸다.

"여보세요."

낮은 목소리로 우메자와가 말을 걸어왔다.

"의심받으면 곤란하니까 짧게 하겠습니다."

"그래, 알겠네."

"나서면 피해자를 늘릴 뿐이니, 당분간은 몸을 감추겠습니다."

"방법이 없지. 그렇게 할 수밖에 없을지도 모르네."

"나중에 다시 연락드릴게요, 말씀드리는 걸 준비해 주세요."

"그러지."

"배터리를 완전히 충전시킨 비디오카메라와 충전기, 녹음기. 포터블 TV, 이것도 배터리를 완전히 채워서 충전기랑 같이 부탁드립니다."

"알았네."

"그리고 또 현금도 좀 부탁드립니다."

"알겠네. 괜찮은 건가?"

"걱정하지 않으셔도 됩니다. 하나 더 부탁이 있습니다."

"그래."

"람다기획의 이소베 씨와 연락을 취해 주세요. 경찰 쪽 사람을 설득하는 건 어려울지도 모릅니다. TV로 우리들의 방위 시스템을 소개해 주세요."

"과연."

"우리들의 메시지도 비디오로 전달하겠다고 전해 주세요."

"알겠네. 준비한 물건은 어떻게 할까?"

"1시간 후에 다시 연락드리겠습니다. 끊을게요."

"그러게."

통화를 끝냈다.

이쪽을 바라보고 있는 메구미에게 고개를 끄덕여 보였다. 편의점에서 커다란 비닐봉지를 양손에 든 오키쓰가 나왔다.

2시간 정도 뒤, 교스케는 중앙자동차도의 후타바 고속도로 휴게소(야마나시 현 가이 시 류지의 중앙자동차도 위에 있는 휴게소—옮긴이)에 있었다. 휴게소 안에 고속버스 정류소가 설치돼 있었다. 정류소의 옆에는 일반 도로로 통하는 출입구가 있었고, 버스 이용객은 거기에서 센터 안으로 출입할 수 있도록 되어 있었다. 상행선 휴게소에 있는 정류소 벤치에 앉아 있자니 지정한 시각보다 5분 빨리 하코자키 준이 나타났다. 꽤나 긴장한 듯한 표정으로 그는 어색하게 교스케의 옆에 앉았다. 손에 들고 있는 스포츠백을 교스케의 발치에 놓았다.

"고맙습니다."

교스케가 말하니, 하코자키는 꿀꺽하고 침을 삼켰다.

"이거…… 첩보물 같네요."

버스를 기다리는 이용객은 딱히 없었다. 그래서 교스케는 하코자키를 향해 웃어 보였다.

"소동이 벌어진 건 어떻게 돼 가고 있죠?"

"장난 아닙니다. TV 같은 건 오치아이 씨의 영상을 반복하고 있는 것 마냥 내보내고 있으니까요."

"경찰관이 쓰러지거나 한 것도 방영됐으려나."

하코자키가 고개를 저었다.

"쓰러지기 전과 쓰러진 다음만요. 슈퍼 같은 데나 방송으로는 잔인한 장면은 쳐낸 것처럼 말하는데 완전 거짓말이죠. TV도 꽤나 거짓말쟁이예요."

"메구미가 날아간 거는요?"

"처음 뉴스에는 경관이 쓰러지는 영상도 나왔고, 오치아이 씨랑 나카야 씨가 날아가는 거라든가, 차가 하늘로 날아가는 장면도 나왔는데, 지금은 그런 건 어디서도 안 내보내고 있어요."

"그렇군요."

"지금은 초능력 같은 보도는 전혀하지 않고 있어요. '자칭 초능력자인 오치아이 메구미 용의자'라고 부르고 있죠. 취조 중에 수사관에게 부상을 입히고 틈을 타 도망쳤다고. 거기에다가 총을 빼앗아 경찰관 2명을 살해했다고요. 인터넷에서는 발포한 경찰관이 쓰러지는 장면이라든가 하늘을 날아가는 오치아이 메구미 씨랑 차 영상이 엄청나게 돌고 있는데, 공중파랑 엄청난 온도차죠. 이번 일로 저, TV는 외려 더 못미덥게 느껴지더라고요."

"알겠습니다. 고마워요."

교스케는 말하며 발치에 놓여 있던 스포츠백을 집어 들었다. 꽤 무게가 나가고 크기도 컸기 때문에 부탁한 것만 들어 있는 게 아니라는 생각이 들었다.

"이소베 씨 쪽이랑은 연락이 닿았습니까?"

"그쪽은 아직 못 들었어요. 우메자와 선생님께서도 경찰이 주시하고 있어서 움직이시기 힘든가 봐요."

교스케는 고개를 끄덕였다.

"또 연락하겠습니다. 고마워요."

고개를 끄덕이며 하코자키는 스포츠백을 가리켰다.

"안에 휴대전화 두 개가 더 들어 있어요. 휴대전화 전파는 어느 정도 거꾸로 탐지도 가능하다는 거 같으니 적당히 돌아가면서 써 주십사 해서요."

한 번 더 고맙다는 말을 하고 교스케는 휴게소를 나섰다. 게이트를 나서자 어두운 도로 맞은편에서 메구미가 작게 손을 흔들었다.

36

그 긴급 특별 방송이 방영된 건 그로부터 닷새 후인 12월 4일 밤이었다.

교스케 일행은 전파가 잘 잡히는 곳을 찾아 차째로 산을 내려왔다. 가마나시가와 강으로 흐르는 미다이가와 강변에 큰 공원이 있었다. 밤에는 전혀 찾는 이가 없는 곳으로, 주차장 안쪽에 교스케는 차를 세웠다. 포터블 TV에 전원을 넣고 셋이서 화면을 응시했다. 방송은 8시에 시작했다.

사회는 전에 교스케 일행이 출연했을 때와 마찬가지로 배우인 구보타 가오루가 맡았다.

"전에 저희들은 이 스튜디오에서 세 분을 소개한 적이 있죠."

구보타는 무거운 어투로 말하기 시작했다.

"오치아이 메구미 씨, 오키쓰 시게루 씨, 그리고 나카야 교스케 씨. 이 세 분이죠. 그들은 그 무서운 용뇌염에 감염돼…… 하지만 세 분은 보기 좋게 생환했습니다. 그리고 믿기 어려운 놀라운 능력을 획득했습니다. 지난번 방송 이후 엄청난 반응에 저희들은 정신을 못 차렸죠. 그건 그들 3명이 획득한 게 소위 말하는 초능력이라는 사실에 대한 반발이었습니다."

구보타는 지난 번 방송의 하이라이트 신을 돌아보는 것에서부터 방송을 개시했다.

연필을 나비 모양으로 묶거나, 금붕어와 함께 물구슬을 하늘에 띄운 메구미의 충격적인 장면이 얼어붙은 듯 스톱모션 기법으로 방영되었다.

"한창 보도 중이기 때문에 알고 계시는 분도 많을 거라 생각합니다. 이 오치아이 메구미 씨가 지금 살인 용의자로서 지명수배를 받고 있습니다. 동시에 오치아이 씨의 도망을 도와 함께 행방불명이 된 오키쓰 시게루 씨와 나카야 교스케 씨 역시 중요참고인으로서 수배 중입니다. 대체 오치아이 메구미 씨에게 무슨 일이 있던 걸까요. 오늘 밤에는 닷새 전 고후에서 벌어진 사건의 검증을 함으로써, 사건을 둘러싼 수수께끼를 풀고자 합니다. 사건 취재를 한 이와부치 고이치 기자가 나와 계십니다."

카메라가 물러나자 구보타 옆에 있던 남자가 가볍게 인사했다.

"이와부치 씨는 사건의 처음부터 끝까지 전부 취재하셨나요?"

"아뇨, 전부는 아닙니다. 저는 오치아이 메구미 용의자가 취조를 받고 있던 고후의 경찰서 앞에서 '뻗치기'를 하고 있었습니다.

그 덕택에 오치아이 용의자가 경찰서 바깥에 나타난 이후 믿을 수 없는 방식으로 도망칠 때까지를 취재할 수가 있었습니다."

구보타가 카메라를 향해 바로 앉았다.

"네, 여기서, 다시 한 번 말씀드리고자 합니다. 저희들은 경찰 측의 수사를 방해하려는 의도는 전혀 없습니다. 또한 현재 용의자로 지목된 세 사람의 정보를 숨기고 있지도 않고, 물론 그들의 도망을 방조할 의도 같은 것은 전혀 없습니다. 다만 이번 사건을 검증하면서 고개를 갸웃거리고 싶을 정도로 이상한 현상에 맞닥뜨리고 말았습니다. 저희들은 그 수수께끼를 여러분께 소개해 드리고 의문을 제기하고 싶습니다."

이와부치 기자의 해설이 섞인 5일간의 취재 영상이 흘러나오기 시작했다.

VTR은 경찰서 정면 현관을 비추고 있었다. 현관에서 수 명의 경찰관이 뛰쳐나왔다. 몇 명인가의 손에는 권총이 쥐어져 있다는 걸 알 수 있었다. 그런 경찰들에게 오히려 끌려나오는 모양새로 메구미가 나타났다. 그녀의 뒤로도 경찰관이 보였다.

이와부치 기자가 말했다.

"어떠세요? 우선 이 시점의 영상을 보시고 구보타 씨, 뭔가 느껴지시는 게 없나요?"

"그렇네요. 꽤나 위압감이 드는군요."

"나중에 경찰이 한 발표에 따르면 오치아이 용의자는 취조 중에 남성, 여성 경관 2명에게 상해를 입혔습니다. 게다가 도망을 저지하려고 한 경찰관 3명에게 상처를 입히고 1명을 사살한 뒤, 정면 현관으로 도망을 꾀하려고 했다는 게 되죠."

"이건 그때의 영상이고요."

"그렇습니다. 구보타 씨께서도 말씀하셨습니다만 꽤나 위압감이 들죠. 5명에게 상처를 입히고 1명을 사살했다고는 하지만 이런 여성 1명에게 왜 이렇게까지 해야만 하는가. 무엇보다도 경찰관을 사살했다고 한다면, 그 권총은 어디에 있는 걸까요. 보시면 일목요연할 거라고 생각합니다만 오치아이 용의자의 손에는 권총 같은 건 쥐어져 있지 않습니다. 그녀가 가지고 있는 거는 접은 손수건뿐이죠. 지금 눈물을 닦았습니다. 손수건이네요. 권총이 아니죠. 오치아이 용의자는 계속 울고 있었습니다. 취재를 하고 있는 제가 있는 곳까지 그녀의 목소리가 들렸습니다만, 그녀는 '아니야.'라고 계속해 말했습니다. '나는 아무 짓도 하지 않았어.'라고 오치아이 용의자는 계속해 말했습니다."

"'아니야, 나는 아무 짓도 하지 않았어.'라고 말이죠."

"네. 무기 같은 건 들고 있지 않은 무방비 상태인 아가씨 한 명이 상대인 거죠. 경찰관은 이 시점에서 9명이 있습니다. 9명의 경찰관이 앞뒤를 틀어막고 있죠. 9명 중 3명이 권총을 그녀 쪽으로 겨누고 있네요. 계속해 얌전히 굴라는 둥, 거기에 앉으라는 둥 소리를 지르고 있습니다. 오치아이 용의자는 보시다시피 울고만 있을 뿐입니다. 저항하려거나 혹은 경찰관들을 위협하려는 모습은 전혀 보이지 않습니다. 그리고 여깁니다. 주의해서 봐 주세요."

아, 하고 구보타가 소리를 냈다.

메구미의 정면에 있던 제복 경찰관 세 사람이 그녀의 앞으로 나아갔다. 뒷걸음질치는 메구미에게 두 경찰관이 제압하려는 듯이 달려들었다. 하지만 그도 그 자리에 무너지듯 쓰러졌다.

"보셨습니까? 한 번 더 이번엔 천천히 봐 주세요."

방금 전 장면이 슬로모션으로 재생됐다.

"으음, 잠깐 경찰관이 쓰러지는 장면에서 멈춰 주시겠습니까?"

영상이 한 번 더 슬로모션으로 재생됐고 이번에는 구보타의 신호와 동시에 멈췄다.

"손도 안 댔다고요! 손도 대기 전에 쓰러졌습니다."

"그렇습니다. 경찰관은 오치아이 용의자를 제압하려고 했습니다. 하지만 그녀에게 손을 대기도 전에 경찰관은 무너지듯이 쓰러졌습니다. 그리고 한 가지 더 신기한 점은 오치아이 용의자 쪽입니다. 아무리 봐도 그녀가 뭔가 하고 있다고 보이지는 않더군요, 제게는."

"저도 그렇게 생각합니다. 경찰들은 오치아이 씨에게 덤벼들어서는 그 직전에 쓰러진 것처럼 보입니다. 오치아이 씨가 공격한 것처럼 보이지는 않는군요."

"조금 앞으로 감아 보죠. 가장 결정적인 장면을 보십시오."

구보타가 끼어들었다.

"잠시 말씀 드리겠습니다. 지금부터 보실 장면은 충격적인 영상이기도 합니다. 심장이 나쁘신 분이나 어린이들은 주의해 주시기 바랍니다."

화면이 전환됐다.

"이건 방금 전 영상으로부터 30분 정도 흐른 뒤의 영상입니다. 국도 52호선, 통칭 '미술관거리'라고 부르는 이 길을 오치아이 용의자가 걷고 있습니다. 이미 이 시점에서 거리에는 교통 통제가 내려져 있어, 일반 차량은 주위에 없습니다."

"이것도 마찬가지로 위압적인 영상이네요."

"말씀하신 대롭니다. 아, 여기서부터입니다. 경찰차에서 경찰관이 내리고 오치아이 용의자에게 투항을 호소하고 있습니다. 오치아이 용의자는 거기에 굴하지 않고 계속해 걷는군요. 옆을 지나가려는 오치아이 용의자의 팔을 경찰관이 잡으려는 듯이 보입니다만, 아까와 마찬가지로 그는 그 자리에 쓰러져 버렸습니다. 그리고 주의해서 봐 주셨으면 하는 게, 여기서부터입니다. 팔을 잡으려고만 했던 경찰관이 쓰러진 것도 이상합니다만, 보세요, 방금 뒤에서 쫓아오던 또 다른 경찰관이 총을 빼들었습니다. 여기서 그는 길에다 위협사격을 합니다. 그걸로 오치아이 용의자의 걸음을 멈추려고 한 것 같습니다만, 그녀는 그대로 맞은편을 향해 걸어가고 있습니다. 경찰관은 여기서 두 발을 쏩니다."

"아……."

"한 번 더 슬로모션으로 봅시다. 위협사격 후, 경찰관은 오치아이 용의자에게 총구를 겨눠, 여기서, 탄환이 발사됩니다. 하지만 길 위에 쓰러진 건 오치아이 용의자가 아니라 경찰관이었습니다. 이 경찰관은 병원으로 이송됐습니다만, 사망이 확인됐습니다. 그가 죽음에 이른 원인 말입니다만, 다른 게 아니라 총에 의한 것이었습니다. 그는 얼굴 한가운데를 맞아 사망했습니다."

"……."

"그렇다면 그는 누구에게 저격당한 걸까요? 보신 것처럼 오치아이 용의자는 경찰관에게 등을 돌리고 있습니다. 물론 총 같은 건 손에 들고 있지도 않습니다."

비디오 영상이 끝나고 카메라는 구보타의 얼굴로 돌아왔다. 그는 움찔하고 고개를 한 번 털었다.

구보타는 손에 들고 있던 원고로 눈을 떨궜다.

"참고로, 야마나시 현 경찰 본부의 발표에 따르면 이 때 사망하신 노무라 다케히코 순사장은 오치아이 메구미 용의자가 빼앗았다는 권총으로 사살당했다고 합니다. 상처를 입은 다른 경관들도 경찰 측에서는 용의자가 휘두른 폭력에 의한 부상이라고 발표가 돼 있습니다. 이와부치 씨, VTR로 본 인상으로는 경찰의 발표와 영상이 꽤나 다르지 않나 싶은데요."

"말씀하신 대롭니다. 저는 VTR뿐만이 아니라 현장에서 직접, 물론 20미터 정도 안전한 거리를 두고는 있었습니다만, 이 눈으로 목격했습니다. 오치아이 용의자는 손수건 이외의 것을 손에 들고 있지 않았고, 폭력을 휘두르는 모습도 보이지 않았습니다. 현장에서 제가 본 솔직한 인상은 '어라? 무슨 일이 벌어진 거지?'에 가깝습니다. 전혀 이해할 수 없다는 게 솔직한 심정입니다. 보도에 종사하는 사람으로서 이해가 안 되는 채로 끝낼 순 없기 때문에 방송국으로 돌아와서도 몇 번이고 VTR을 돌려 봤습니다. 그런데도 돌려보면서 점점 더 알 수가 없어졌습니다. 대체 노무라 순사장은 누구에게 저격당한 것인가? 상처를 입은 경찰관들에겐 무슨 일이 벌어진 건가? 전혀 알 수가 없었습니다."

기자가 크게 고개를 끄덕이며 말했다.

구보타가 다시 카메라를 향해 자세를 고쳐 앉았다. 렌즈를 응시한 채로 한 번 호흡을 했다.

"여기서 저희들은 다시 물의를 일으킬지도 모르는 질문을 하고자 합니다. 처음에도 소개해 드렸다시피 현재 경찰관 살해 및

상해 혐의를 받고 지명수배 중인 오치아이 메구미에 대해 저희들은 이전, 이와 동일한 특별 방송 포맷으로 특수한 능력을 획득한 여성으로 소개를 드렸습니다."

다시 화면은 메구미의 초능력 VTR로 바뀌었다.

"그녀는 구부러질 리가 없는 연필을 구부려 나비매듭을 짓고, 수조에서 물과 그 안에서 헤엄치는 물고기들만을 공중으로 띄웠습니다."

구보타는 거기서 다시 한 번 호흡을 됐다.

"방영 후, 방송은 엄청난 반응을 받았습니다만, 그중에는 저희들이 완전히 거짓말로 시청자들을 속이고 있다고 매도하고 비난하시는 분들도 계셨습니다. 더 나아가 방송 윤리에 어긋난다는 의견을 표명하신 분들도 계셨습니다."

화면이 스튜디오로 돌아왔고, 구보타의 전신을 스포트라이트가 감싸고 있었다.

"다만 방송 윤리를 언급하자면, 벌어진 사실로부터 눈을 피하고 그 사실을 감춘 보도를 하는 쪽이 훨씬 방송 윤리에 어긋난다고, 저희들은 생각했습니다. 방금 보신 11월 29일의 영상은 지금까지 단 한 번밖에 방영되지 않았습니다. 그건 실황 중계로 생방송에서 흘러나온 게 전부입니다. 그 이후 보도 방송에서 흘러나오는 영상은 아까의 VTR에서 추출해 편집한 것들입니다. 부상을 당한 경찰관이 쓰러지는 장면, 노무라 순사장이 저격되는 순간 등은 모두 잘려져 제지하는 것도 듣지 않고 계속해 걸어가는 오치아이 용의자의 모습을 담은 것만 방영되고 있습니다."

구보타는 천천히 스튜디오의 중앙으로 나아갔다. 그를 감싼 스포트라이트가 뒤쫓았다.

"잔학한 장면은 방영할 수 없다는 게 그 이유라고 합니다. 물론 어린이들도 보는 TV에서는 당연한 말이겠죠. 하지만 그것만이 이유일 것인가, 하는 의문이 저희들에겐 있습니다. 문제의 부분을 잘라내고 방영한 것은 지방 방송국뿐만이 아닙니다. 저희 방송국에서도 마찬가지였습니다. 숨기는 것 없이 솔직히 말씀드리죠. 이번에 완전한 형태로 VTR을 방영하는 것과 관련해 저희는 두 번 회의를 거쳐 진짜 영상을 방영하는 것과 관련한 시비를 다뤘습니다. 진지한 회의가 이어진 결과, 이 특별 방송을 하기로 결정지은 것은 인터넷 때문이었습니다."

구보타는 아주 약간 오른쪽으로 이동했다. 유리로 된 하이테이블에 노트북이 올려져 있었다. 그걸로 뭔가를 보여 주기보다는 연출상 올려져 있는 듯했다.

"단 한 번 실황 중계된 영상은 현재 복제되어 동영상 사이트에 많이 올라와 있습니다. 그 영상들은 조회수가 일일 100만 건을 넘기는 기록적인 사태가 벌어지고 있지요. 그중에서도 가장 조회수가 가장 많은 것은 오치아이 용의자와 오키쓰 시게루 씨, 나카야 교스케 씨 세 사람이 저희들 앞에서 최종적으로 모습을 감춘 순간의 영상, 그 믿기 어려운 도망극을 기록한 영상이었습니다. 잔학한 장면은 방영할 수 없다는 이유에 이 영상의 어느 부분이 그렇다는 건지, 다음으로 넘어가기 전에 그 믿기 어려운 영상을 보도록 하겠습니다."

다시 VTR이 흐르기 시작했다. 현립 미술관 앞 광경이 비춰지고 있었다. 넓은 주차장 중앙에 장갑차와 경찰차로 원형 바리케이드가 만들어져 있었다. 오치아이 메구미가 그 가운데에 있을 터였으나 자동차의 그림자에 가려져 그녀의 모습은 전혀 보이지 않았다. 그때 화면의 가장자리에 작게 교스케가 나타나 바리케이드 안쪽을 향해 뭐라고 큰 소리로 외쳤다. 그 동작을 보면 큰 소리를 냈다는 걸 알 수 있지만, 무엇을 외치고 있는지는 알 수 없었다. 그 순간 주변에서 총소리가 났고, 동시에 장갑차 너머에서 무언가가 발사된 것처럼 보였다.

아마도 카메라맨은 그걸 깨닫지 못했을 터였다. 렌즈는 상공으로 사라진 메구미를 좇지도 않고 그대로 장갑차 바리케이드를 계속해 비추고 있었다. 그게 결과적으로 다음의 충격적인 영상을 잡는 결과를 낳았다.

제복 경찰관 한 사람이 곤봉을 손에 쥐고 교스케를 향해 다가왔다. 교스케는 경관을 돌아보고 양손을 높이 치켜들고 홀드업 자세를 취했다. 카메라맨의 주의가 그쪽으로 향한 그때, 갑자기 교스케의 몸이 2미터 정도 공중으로 떴다. 곤봉을 든 경관이 깜짝 놀라 뒷걸음질을 쳤다. 다음 순간, 교스케는 무언가에 튕겨진 듯이 상승하기 시작했다. 이번에는 카메라도 그걸 좇았다. 카메라맨이 놀란 탓에 처음엔 화면이 흔들렸으나 렌즈는 계속해 상승하는 교스케를 뒤좇았다.

눈 깜짝할 새에 교스케의 모습은 콩알만 해졌다. 화면은 흰 구름이 뜬 하늘을 잡고 있었다. 잘 보면 그 구름의 앞에 콩알만 한 검은 점 두 개가 떠 있는 걸 확인할 수 있었다. 렌즈의 성능을 최대한도로 당겼는데도 콩알만 하게 보인 것이다.

그러더니 콩알의 한쪽이 엄청난 기세로 급강하를 시작했다. 점점 커졌다. 그건 나카야 교스케가 아니라 거꾸로 날아 내려온 오치아이 메구미였다.

카메라는 있는 힘껏 그녀를 좇았다. 그러자, 화면은 더욱 경악할 만한 광경을 담아 냈다. 10미터 정도 공중에 정지한 메구미의 앞으로 정체 중인 도로에서 승용차 한 대가 떠오른 것이다. 그 운전석에 앉아 있는 것은 화면상으로 확인은 어려웠으나, 오키쓰 시게루였다.

메구미가 다시 상승하기 시작했고, 그 뒤를 따라 승용차가 상공으로 빨려 들어갔다. 콩알만 한 교스케가 기다리는 하늘 위에 도달하자 승용차의 상승이 멈췄다. 그리고 20초 정도 뒤, 승용차는 북쪽 하늘을 향해 구름 속으로 사라진 것이다.

화면이 스튜디오로 돌아왔을 때, 구보타는 얼굴을 약간 젖히고 눈을 감고 있었다. 그리고 의미심장하게 한 번 호흡을 하더니, 천천히 눈을 뜨면서 카메라로 시선을 돌렸다.

"방금 보신 영상도, TV에서 방영된 건 한 번뿐이었습니다. 인터넷상에서는 반복해 재생되면서 커다란 화제를 제공해 주고 있는 영상입니다만, 보도 방송에서는 이런 영상 같은 건 존재하지 않았던 것처럼 취급하고 있습니다. 한 번 더 경찰 발표를 들어 보도록 하죠."

구보타는 들고 있던 원고로 시선을 떨궜다.

"오치아이 용의자는 오사나이 데쓰지 씨를 살해하고, 일단은 경찰서에서 취조를 받았으나 권총을 빼앗아 경찰관 2명을 사살. 더 나아가 9명에게 중상을 입히고 도망쳤다는 겁니다. 어떤 식으로 권총을 빼앗아 어떤 식으로 경찰관을 사살했고, 어떤 식으로 상처를 입혀 어떤 식으로 도망을 쳤을까요? 그런 것들에 대한 구체적인 설명은 사건 발생으로부터 닷새가 지난 지금까지도 전혀 나오지 않고 있습니다. 그건 왜일까요?"

구보타는 스튜디오를 걸어 커다란 패널 앞으로 이동했다. 그 패널에는 공중에 뜬 승용차와 메구미의 모습이 잡혀 있었다. 억지로 늘인 비디오 영상은 희뿌연 상태였지만 그게 오히려 진실성을 연출해 내고 있었다.

"저희들의 회의에서도 다양한 의견이 나왔습니다. 초능력 같은 건 존재할 수 없다. 과학으로 증명되지 않은 것은 상상의 세계다. 상상한 세계는 화제로서 재미있을지는 몰라도, 진실을 보도해야만 하는 방송 중에는 그걸 긍정하는 건 논외다. 하지만 어떤 의견 때문에 회의의 방향이 바뀌었습니다. 실제로 이미 저희는 오치아이 용의자의 도주 영상을 실황 생중계로 방영했습니다. 그 영상은 인터넷에 업로드돼 어마어마한 조회 수를 기록하고 있습니다. 그 영상이 저희 방송국에서 방영된 것이라는 걸 인터넷에서는 이미 뻔하게 알고 있습니다. 앞서 특별 방송을 사기꾼 행각이라고 비판했던 사람들은 이번의 영상도 CG로 만든 거라고 하시겠죠. 그렇다면 저희들은 닷새 전, 돌발 사건이라면서도 굳이 CG를 준비해 그걸 생중계라고 시청자를 속이는 방송을 한 걸까요? 그 영상을 내보낸 저희들이 그게 거짓말이라고 부정할까요? 왜, 현장의 노력을, 회사가 전력을 다해 지지해 주지 않을까요? 그래서 이 방송을 여러분께 보내 드리게 된 겁니다."

구보타는 스튜디오를 빙글 돌더니 원래 장소로 돌아왔다. 아까 전에 이와부치가 앉아 있던 자리에는 어느 틈엔가 우메자와 앉아 있었다.

"스튜디오에는 용뇌염 치료팀 겸 연구팀의 총책임자이신 우메자와 나오아키 선생님께서 나와 계십니다. 선생님, 잘 부탁드립니다."

"잘 부탁드립니다."

"우메자와 선생님께서는 이전 특집 방송 때에도 VTR 출연을 하셨었는데요. 거기서 용뇌염의 마수에서 생환한 세 사람, 오치아이 메구미 씨, 오키쓰 시게루 씨, 나카야 교스케 씨가 획득한 경이로운 능력에 대해 연구자 입장에서 소개해 주셨습니다만, 오늘은 앞서 소개되지 않은 한 가지 능력에 대해 말씀해 주셨으면 합니다. 선생님, 거두절미하고 또 하나의 능력이란 어떤 것인가요?"

우메자와가 약간 긴장한 얼굴로 고개를 끄덕였다.

"지금부터 드릴 말씀을 대부분은 거짓말이라고 생각하실 거라 봅니다. 오치아이 메구미 씨의 염동력, 오키쓰 시게루 씨의 회춘, 나카야 교스케 씨의 투시 능력, 그걸 거짓말이라고 생각하시는 분들께서 앞으로 제가 드릴 말씀을 믿어 주실 거라 생각지 않습니다. 앞선 방송에서는 믿어 주시지 않는 것도 당연한 일이고, 어쩔 수 없다고 생각했습니다. 믿어 주시려면 저희들이 좀 더 연구를 추진해 실증해 나가는 수밖에 없다고 느꼈습니다. 거기에는 또 상당한 시간이 걸리겠지요. 다만 지금부터 드릴 말씀은 부디 믿어 주셨으면 좋겠습니다. 아니, 믿으시는 건 무리더라도 귀를 기울여 주셨으면 합니다. 지금부터 드리는 말씀을 마음에 담아 두셨으면 합니다. 왜냐하면 이미 돌아가신 분들, 상처를 입으신 분들이 계시기 때문입니다. 이 이상 피해를 키우고 싶지는 않습니다. 그러기 위해서 들어 주셨으면 합니다."

한번에 말하고 나더니 우메자와는 거기서 크게 한 번 심호흡을 한 번 했다.

"세 사람에게는 지금까지의 상식으로는 생각할 수 없는 생체 방위 능력이라고나 할까요, 방위 시스템 같은 게 갖춰져 있습니다."

"생체 방위 시스템……이라고요?"

뒷좌석에서 메구미가 후우 숨을 내뱉었다. 교스케도 오키쓰도 뒷좌석에 허리를 파묻고 있었다. 조수석의 등받이를 앞으로 넘어뜨리고 그걸 테이블 대신으로 삼아 포터블 TV를 올려 뒀다. 공원 주차장의 어둑한 조명 안에서 세 사람의 얼굴이 TV 빛을 받아 창백하게 빛나고 있었다.

TV에서는 우메자와의 말이 이어지고 있었다.

"……때문에 나머지 두 사람도 마찬가지입니다만, 오치아이 메구미 씨에게 공격을 하지 마십시오. 그녀를 지키기 위해서 하는 말이 아닙니다. 이 이상의 사상자를 내고 싶지 않기 때문입니다."

"그건…… 그러니까, 오치아이 씨가 초능력을 사용해 경찰관에게 상처를 입히거나 사살했다는 게 아니라, 그녀의 의지와는 관계없이 벌어지는 일이라는 건가요?"

"그렇습니다."

"앞선 방송에서 오치아이 씨는 경이적인 능력을 저희들에게 보여 주셨습니다. 저는 그 물만을 공중에 띄우거나 연필을 나비매듭 짓는 걸 직접 봤는데요, 그녀라면 뭐든 가능할 거라는 생각이 듭니다. 기록된 11월 29일의 영상에서 오치아이 씨에게 대항한 경찰관이 갑자기 쓰러졌습니다. 그녀를 겨누고 총을 쏜 경찰관이 역으로 사살당했죠. 오치아이 씨의 초능력을 직접 눈앞에서 본

저 같은 사람들은 그녀가 그 힘을 사용한 게 아닐까 하는 생각이
드는데요."

"그게 아니라는 겁니다. 말씀드린 대로, 그들의 생체 방위 시스
템은 말하자면 전자동입니다. 저희들 몸이 갖추고 있는 면역과 동
일한 겁니다. 이를테면, 구보타 씨. 구보타 씨는 홍역에는 걸리지
않으시겠죠?"

"아, 네."

"그건 왜 그럴까요?"

"으음…… 예방접종을 했기 때문이죠, 어릴 적이긴 하지만요."

"그겁니다. 예방접종을 하면 저희들의 몸에는 홍역 바이러스에
대항하는 면역 체계가 생깁니다. 뭐, 예방접종을 하더라도 드물게
홍역에 걸리는 사람도 있지만 그건 논외로 치고, 대부분은 면역이
생깁니다. 항체라는 게 생겨나는 거죠. 항체가 생겨 버리면, 그걸
의식할 필요는 전혀 없습니다. 구보타 씨는 홍역에 걸리지 않기
위해 대비를 할 필요가 없는 거죠."

"그렇지요. 평소에 홍역을 의식하면서 지낼 필요는 없죠."

"오치아이 씨 일행이 획득한 생체 방위 시스템은 그것과 비슷
한 게 아닐까 하고 저희들은 생각하고 있습니다. 그들 세 사람은
병에 걸리지 않습니다. 악성 병원체는 그들의 체내에 침입하더라도
순식간에 소멸해 버립니다. 모기나 벼룩도 그들을 물지 못합니다."

"모기…… 말인가요?"

"네. 모기는 그들을 찌르지조차 못합니다. 현재는 아직 연구 중
이기 때문에 정확한 결과를 보여 드릴 수는 없지만, 모기는 그들
의 팔에 앉아 입…… 아니, 주둥이, 그러니까 침이죠, 그걸 피부

에 꽂으려고 합니다. 그 순간 입이 파괴돼 모기는 죽어 버립니다. 오치아이 씨 일행은 그때문에 무언가를 의식할 필요가 전혀 없는 겁니다. 그들은 자신에게 위해를 가하는 모든 공격을 무의식적으로 격퇴하는 능력을 가지고 있는 겁니다."

"……."

"병원체나 흡혈곤충에 그치는 게 아닙니다. 방영되지는 않았습니다만, 이전 방송 녹화 중에 촬영 현장에서 오키쓰 씨와 나카야 씨의 머리 위로 낡은 건설 자재가 낙하하는 사고가 있었습니다. 대량의 철재가 무너져 내려왔습니다만, 그 철재는 그들을 짓누르기 전에 산산히 흩어져 버렸습니다. 그들 자신이 그런 일에 깜짝 놀란 모양이더군요. 오키쓰 씨도 나카야 씨도 철재를 가루로 만들어 버리겠다고 의식하고 있던 게 아닙니다. 모든 게 자동적으로 이뤄진 겁니다."

구보타는 크게 숨을 내쉬면서 천천히 고개를 저었다.

"그러니까, 돌아가시거나 상처를 입으신 경찰관 분들도……."

우메자와가 끄덕였다.

"같은 겁니다. 오치아이 씨를 향해 총을 발사하면 그 탄환은 오치아이 씨에게 도달하지 않고, 쏜 경찰관을 꿰뚫어 버리는 거라고 봅니다. 아직 왜 그런 일이 벌어지는가에 대해서는 전혀 해명이 되어 있지 않습니다만, 현상으로서 그들에게는 완벽한 생체 방위 시스템이 갖춰져 있습니다. 돌아가신 경찰관 일은 정말 안타깝게 생각합니다만 오치아이 씨의 방위 시스템이 발포한 경찰관을 자신을 공격하는 주체라고 인식해 버린 겁니다. 그 인식이 어떤 식으로 이뤄지는지는 전혀 알지 못합니다. 다만 이것만큼은,

그녀를 위해 반복해 말씀드리고자 합니다. 오치아이 씨는 경찰분들에게 위해를 가하려던 게 아니고, 더 나아가 죽이려고 생각했던 게 아닙니다. 모든 건 그녀의 의지와는 관계 없이 벌어진 겁니다. 그녀를, 그리고 오키쓰 씨와 나카야 씨를 공격하는 것은 그들의 의지와는 관계없이 방위 시스템의 스위치를 켜는 게 됩니다. 그들을 향해 총을 쏘거나, 덤벼들거나 하면 죽는 사람이나 상처를 입는 사람이 나오고 말 겁니다. 그들을 제어하려는 행동도 방위 시스템은 공격이라고 받아들이는 것 같습니다. 믿겨지지 않을지도 모르겠습니다. 솔직히 말해서, 이걸 연구하고 있는 저희들 자신도 잘 이해가 되지 않는 게 많습니다. 이렇게 말씀드리고 있습니다만, 이해할 수 없는 걸 설명하는 저 자신에게 과학자로서의 당혹감을 느끼고 있습니다. 하지만 이 이상 돌아가시거나 상처를 입는 사람이 늘지 않게 하기 위해 저희들이 포착한 현상에 대해 말씀드릴 기회를 얻은 겁니다."

우메자와는 그렇게 말하고는 깊이 고개를 숙였다.

구보타가 카메라를 향해 자세를 고쳐 앉았다. 한번 호흡을 한 뒤, 그는 손에 쥔 원고에 시선을 던졌다.

"노무라 순사장의 얼굴 한가운데를 꿰뚫고, 목숨을 앗아간 탄환은, 어느 총에서 발사된 걸까요? 그에 대해 저희들은 수사본부에 질의를 했습니다. 하지만 수사 중인 사건에 대해서는 본부에서 발표하는 것 이외에는 대답할 수 없다는 대답만을 들었습니다."

구보타는 다시금 스튜디오 중앙으로 나아갔다. 스포트라이트가 다시 그를 감쌌다.

"여러분은 어떻게 느끼고 계신가요? 초능력자의 존재는, 현재 과학으로서는 해명이 되어 있지 않습니다. 거꾸로죠. 이 세상이 오히려 신비로운 일로 가득 차 있다는 걸 인정한 뒤에, 그 신비로움을 해명하려고 노력해 나가는 게 과학자 여러분들이라고 생각합니다. 지금 여기에, 아직, 해명되지 않은 수수께끼가 있습니다. 우메자와 선생님께서도 말씀하셨지만 초능력을 부정하시는 분들께서 완벽한 생체 방위 시스템 같은 걸 믿으실 리는 없을지도 모르겠습니다."

구보타는 유리로 된 높은 테이블 쪽에 손을 뻗었다. 테이블 위에는 투명한 아크릴 받침이 놓여 있었고, 그 위에 작은 검은색 메모리카드가 올려져 있었다.

"여기서 마지막으로, 저희들에게 전달된 한 영상을 소개하고자 합니다. 이건 가정용 비디오에 사용되는 기록용 메모리카드입니다."

구보타는 테이블 위에서 검은 칩을 들어 올렸다. 화면은 그걸 확대해 비쳤다.

"실은, 이 카드는 발송되어 온 게 아닙니다. 실제 칩은 지문 등을 지우지 않기 위해 조심해서 다뤄, 안에 들어 있는 영상만을 복사한 다음에 포장지와 함께 경찰에 제출했습니다. 이건 오늘 아침, 이 방송의 프로듀서 앞으로 전달된 겁니다. 발송인은 오치아이 메구미, 나카야 교스케, 오키쓰 시게루로 되어 있었습니다. 날인된 소인을 봐서는 이와테 현 구노헤 군 구도무라 도다의 우체국에서 그저께, 즉 12월 2일 저녁에 발송된 것이란 걸 파악했습니다. 도다 우체국에 문의한 결과 소포 우편을 부탁하러 창구에 나타난 사람은 아무래도 오치아이 메구미 용의자 본인인 것 같습니다. 우체국 직원은 그게 오치아이 씨라는 걸 전혀 눈치 채지 못했던 것 같습니다. 그건 그렇고, 여러분은 이 영상을 어떻게 받아들이실까요?"

화면이 비디오로 바뀌었다.

세 사람이 일렬횡대로 있었다. 중앙에 오치아이 메구미, 왼쪽으로 오키쓰 시게루, 오른쪽은 교스케였다. 그 뒤쪽으로는 흑색의 평평한 암벽이 있었다. 메구미가 산 중턱에 만든 야외 주차장의 한쪽에 카메라를 설치해서 찍은 것이었다.

메구미가 카메라를 향해 고개를 숙였다.

"오치아이 메구미입니다. 이번 일로는 무척이나 소란을 일으켜 죄송합니다. 세 분이 돌아가시고 아홉 분이 부상을 입었다고 듣고 놀랐습니다. 아마도 무슨 말을 하더라도 믿어 주시지 않을 거라고 생각합니다. 경찰 쪽 분들도 믿어 주지 않으셨으니까요. 「안녕 야마나시」라는 방송에 출연하기 위해 촬영차 공원에 있었습니다. 촬영이 끝나고 거기에 모여 있던 사람들과 이야기를 하고 있었는데, 갑자기 제 뒤에 있던 남성분이 쓰러지셨죠. 많은 피를 흘리고 계셔서 깜짝 놀랐습니다. 경찰이 와서는 사정을 듣고자 한다셔서 경찰서로 갔습니다. 경찰분들은 모두 제가 그 남자를 죽였다고 생각하고 계신 것 같았습니다. 아무 짓도 하지 않았다고 몇 번을 말해도 믿어주지 않으셨죠. 제가 가지고 있는 능력을 말씀드리자, 형사님이 화를 내셨습니다. 그럼 이걸 구부러뜨려 보라고 말씀하시면서 들고 계시던 무언가를 제게 던지셨습니다. 저는 그다음에 벌어진 일을 납득할 수 없었습니다. '응?' 하고 정신을 차리니 형사님의 얼굴에 볼펜이 박혀 있었습니다. 형사님이 비명을 지르시는 것과 동시에 방 안에 계시던 여자 경찰관이 제게 덤벼들…… 아니, 그렇다기보다는 그렇게 보였습니다. 그런데 정신을 차리고 보니 그 여자 경찰관은 바닥에 쓰러져 있었습니다. 그 뒤의 일은 뭐가 됐든 악몽 같았습니다. 너무 겁이 나서 어떻게 해야 좋을지 알 수가 없었습니다. 아무도 믿어 주지 않았고, 제 얘기 들어주지도 않았습니다. 저항 같은 건 하지 않았는데도 저항하지 말라는 말을 들었습니다. 경찰들은 차례로 제게 덤벼들었고, 아무 짓도 하지 않았는데 지면에 쓰러지고 말았습니다. 그것도 전부 제가 한 짓이 돼 버렸습니다. 이런 말, 아무리 해도 소용없겠죠. 그저 부탁입니다. 이 이상 저를 쫓아오지 마세요. 위협할 생각 따위는 전혀 없습니다. 그런데도 제게 무슨 짓을 하려고 하면…… 저를 제압하거나, 총으로 쏘려고 하면 또다시 큰일이 나고 말 겁니다. 지금 도망쳐 다니고 있습니다. 한동안은 도망쳐 다니자고 나카야 씨, 오키쓰 씨와 결정했습니다. 부탁드립니다."

옆에서 교스케가 입을 열었다.

"연구소 선생님들에 따르면 우리들에겐 완벽한 방위 시스템이라는 게 갖춰져 있는 것 같습니다. 성가시게도 우리들 자신도 이 능력은 컨트롤할 수가 없습니다. 메구미는 사람을 다치게 할 생각이 전혀 없습니다. 유도를 배운 사람은 무의식적으로 몸이 반응해 태세를 갖춰 버리는 일이 있을 겁니다. 하지만 그것과도 다릅니다. 무의식이고 뭐고, 우리들 자신은 공격당했다는 사실조차 인지하지 못하고 있으니까요."

교스케가 슬쩍 메구미를 봤다.

오키쓰가 입을 열었다.

"혹여 시험해 보고 싶으신 분이 계시다면 우리를 찾아내서 밤에 푹 잠든 때를 노리시면 될 거요. 우리 셋 모두 꽤나 깊게 잠이 드는 모양이더군요. 숙면 중에는 약간의 소리 정도로는 깨지 않소. 그런 무방비 상태인 저희들을 덮쳐 결과가 어떻게 되는지를 시험해 보시면 될 겁니다."

교스케가 반쯤 웃으며 고개를 저었다.

"오키쓰 씨의 말씀은 농담입니다. 이 젊어 보이는 할아버지께서는 자조적이시거든요. 숙면 중이든 뭐든, 우리들을 공격하는 것은 그만두세요. 협박하는 게 아니라고 메구미도 말했습니다만, 정말로 협박하고 있는 게 아닙니다. 우리들을 향해 주먹을 들어 올리면 그 팔뼈가 산산이 부서지고 맙니다. 발로 차려고 하면 다리뼈가 복합골절을 일으키겠지요. 우리에게 던진 돌은 그걸 던진 사람의 정수리를 때려 부술 겁니다. 물론 발포하면 탄환이 향하는 곳은 저격한 사람의 정수리가 될 겁니다. 경찰 쪽에 부탁드립니다. 경찰관 두 분이 돌아가셨습니다. 두 분의 목숨을 빼앗은 탄환은 경찰이 회수했겠지요. 그 탄환의 라이플 마크를 조사해 주세요. 결과에 깜짝 놀라실 거라고 생각합니다. 조사하면 그게 본인이 쏜 권총에서 발포된 것이라는 게 명확해질 테니까요. 하지만 그 결과가 너무나도 비상식적이라고 해서, 부디 무시하지는 마세요. 이번 일은 정말로 유감입니다. 우리들은 도망쳤습니다만, 본의는 아니었습니다. 실은 제대로 여러분과…… 경찰 측과 마주 앉아 해결책을 찾고 싶습니다. 진심으로 그렇게 생각합니다. 하지만 동시에 우리들은 공포를 느끼고 있습니다. 메구미는 무엇 하나 공격을 하지 않았습니다. 이번 일에서 공격을 한 건 오사나이 씨고, 경찰이라는 사실을 인정해 주세요. 그런 뒤 온화하게, 적의나 미움이나 분노가 없는 대화의 장을 만들어 주세요. 대부분의 공격은 공포심에 기인한 게 아닐까 저는 생각합니다. 동료 경찰관이 쓰러져 겁을 먹었고, 그 공포심이 권총의 방아쇠를 당기게 만들었다고요. 그게 맞다면, 부디 공포심을 버려 주세요. 그런 기회를 만들어 주신다면, 일절 공격하지 않겠다는 약속을 받을 수 있는 장을 만들어 주신다면 우리들은 기꺼이 그 자리에 나갈 겁니다. 이제 더 이상 사상자를 내고 싶지 않습니다. 잘 부탁드립니다.”

세 사람이 카메라를 향해 고개를 숙이고 VTR 영상은 끝났다. 화면에는 ‘당신은 어떻게 생각하십니까?’라는 글이 크게 찍혀 있었다.

방송이 끝나자 교스케는 포터블 TV의 전원을 껐다.

옆에서 메구미가 작게 숨을 토했다.

“화장 안 한 건 실수였어. 얼굴 꼴이 말도 아니더라.”

교스케가 돌아보니 메구미는 억지로 얼굴을 일그러뜨리면서 웃고 있었다.

37

새벽녘, 교스케는 묘하게 숨쉬기 어려움을 느끼며 잠에서 깼다.

미나미알프스 동쪽의 산중. 야샤진토우게에서 북쪽으로 500미터 정도의 급경사면. 그곳을 크게 잘라낸 암반 위였다.

교스케 일행 세 사람이 이곳을 잠복 장소로 사용하기 시작한 지 벌써 1주일이 지났다. 의료팀이 바이러스 연구소 6층에 마련해 준 방과는 비할 바가 아니지만 생활해 보자니 이런 곳이라도 그렇게 큰 불편은 없었다. 물론 그건 메구미의 능력에 전적으로 의존하고 있기 때문이지만 말이다.

교스케는 침낭의 지퍼를 조금 열어 자신의 주위를 둘러봤다.

첫날 밤에는 차 안에서 시트를 접고 잤지만 그 불편함에 세 사람 모두 질려 버렸다. 숙면을 취할 수 있지도 않았고, 일어나서 한동안은 몸 이곳저곳이 아팠다. 방송국에 보낼 비디오를 소포로 우송하기 위해 이와테 현까지 비행했을 때 겸사겸사 모리오카(이와테 현 현청 소재지 — 옮긴이)에 들러 아웃도어 용품 전문점에서 제각기 침낭을 사들고 왔다.

"슈라프라고 해요, 침낭이 아니라."

메구미의 말에 오키쓰는 그녀를 노려봤다.

"침낭을 침낭이라고 부르는 게 뭐가 나쁜가? 월부는 월부야. 왜 할부라고 부를 필요가 있나."

메구미가 웃음을 터뜨렸다.

"왜 할부까지 불만을 터뜨리시는 거예요."

옆에서 웃고는 있었지만 교스케도 '슈라프'보다는 '침낭'파였다. 물론 월부라는 말은 확실히 거의 쓰이지 않고 있었다.

그 가게에는 지금 교스케 일행에겐 고마운 물건들이 한가득 모여 있었다. 캠핑 용품이나 보존 식품 등 손에 잡히는 대로 주워 담았다.

침낭에 몸을 반쯤 묻은 채 일어나 왼쪽으로 시선을 돌렸다.

"……."

오키쓰의 침낭이 텅 비어 있었다.

차를 사이에 두고 이쪽에는 교스케와 오키쓰가 침낭을 나란히 썼고, 메구미는 혼자 맞은편에서 자는 걸로 왠지 모르게 정해져 있었다.

아직 밤은 완전히 밝지 않았다. 암반에서 맞은편으로 시선을 돌리자 하늘이 밝아 오고 있었다. 고후분지 너머 맞은편 산의 실루엣이 떠올라 있었다. 공기는 맑았으나 그 청량감이 외려 쌀쌀함을 더하는 것처럼 느껴졌다. 연말을 산 표면에 놓아둔 침낭에서 보내게 될 줄은 꿈에도 몰랐다. 12월 6일. 앞으로 4주만 지나면 해가 바뀌는 것이다.

아까부터 계속 느껴지는 기묘한 감각에 교스케는 등 뒤를 돌아보고는 깜짝 놀랐다.

"……."

뒤쪽 사면에서 빛나는 눈이 교스케 쪽을 응시하고 있었다. 둥그스름한 검은 덩어리에 눈 두 개가 붙어 있었다.

원숭이였다. 원숭이에 대해서는 별반 지식이 없었지만, 아마도 야생의 일본원숭이일 터였다.

잘 보아하니 원숭이는 한 마리가 아니었다. 암반 배후의 사면, 그 드러난 산 표면 곳곳에 크고 작은 원숭이들이 몸을 숨기고 있었다. 모든 원숭이들이 교스케 쪽을 바라보고 있었다.

"……."

공포감을 느꼈다. 이런 종류의 공포를 느끼는 건 처음이었다.

시선을 떼지 못하고 있노라니 가장 앞쪽에 있는 커다란 원숭이 한 마리가 고개를 갸우뚱거리는 동작을 했다. 우두머리일지도 몰랐다. 그는 다른 원숭이에 비해 유달리 몸집이 컸다. 뒤쪽에 대기 중이던 원숭이들은 고작 실내견 정도의 크기였지만, 그 원숭이만큼은 어느 정도는 초등학생의 체격이었다.

"나카야 씨……."

속삭이는 듯한 메구미의 목소리가 차 맞은편에서 들려왔다. 그 소리에 원숭이들이 일제히 고개를 그쪽으로 돌렸다.

"일어나 있어."

교스케도 속삭이듯 대답했다. 다시 원숭이들이 교스케 쪽으로 눈을 돌렸다.

"완전 무서운데……."

"자극을 주지 않게 천천히 일어나자. 갑자기 움직이지 않는 게 좋을지도 몰라."

"오키쓰 씨는?"

"없어. 아마도 화장실에 간 게 아닐까."

"……우릴 덮치려는 걸까?"

천천히 침낭 지퍼를 활짝 열면서 교스케는 고개를 저었다. 우두머리에게서 눈을 뗄 수가 없었다. 그는 의연하게 교스케를 바라보고 있었다. 다른 원숭이들도 움직임이 없었다.

"모르겠지만 덮칠 의도는 없어 보여."

침낭에서 기어 나와 우두머리에게 시선을 고정한 채로 천천히 일어섰다. 원숭이들의 시선이 따라왔지만 그들은 역시 얌전히 있는 채로 움직일 낌새조차 없었다.

교스케는 조용히 차를 빙 둘러 메구미가 있는 쪽으로 이동했다. 메구미는 침낭 위에 납작하게 앉아 있었다. 교스케를 올려다보며 손을 뻗어 왔다. 그 손을 잡고 그녀를 조용히 일으켜 세웠다. 메구미가 안겨 왔다.

"우메자와 선생님이 말씀하셨잖아. 우리들은 사자나 악어라도 겁낼 필요가 없다고."

교스케는 메구미를 감싸면서 속삭였다.

"알고는 있지만 겁나는 건 겁나는 거야."

교스케는 우두머리에게 눈길을 던졌다.

그는 다시금 고개를 갸웃하는 동작을 해 보였다.

"혹시나, 이 녀석들은 우리를 습격해서는 안 된다는 걸 아는 걸지도 몰라."

교스케는 메구미의 등을 쓸었다.

"……무슨 말이야?"

교스케는 고개를 으쓱해 보였다.

"몰라. 그렇게 느낄 뿐이야."

메구미가 원숭이 쪽으로 시선을 던졌다.

"뭐…… 날 덮친 경찰관들보다는 말이 통할 것 같은 얼굴이긴 하네."

저도 모르게 웃음이 났다.

"있지. 오키쓰 씨 괜찮은 거야?"

메구미가 교스케를 올려다봤다.

"화장실에 갔겠지. 겸사겸사 산책이라도 하고 있는지도 모르고."

"걱정되니까 투시 좀 해 봐. 원숭이들은 내가 보고 있을 테니까."

"그러게."

교스케는 고개를 끄덕였다.

차 너머로 오키쓰의 침낭 끝이 보였다. 그 침낭에 포커스를 맞추고 천천히 **밀어** 봤다. 달빛밖에 없는 어둠 속의 침낭 속에서 오키쓰가 몸을 뒤척였다. 그 틈을 놓치지 않고 오키쓰에게 포커스를 이동시켰다.

현재를 향해 천천히 **당기자**, 차츰 주변이 밝아지기 시작했다.

갑자기 오키쓰가 눈을 떴다. 두세 번 눈을 깜빡이더니 지퍼를 열고 침낭에서 기어 나왔다. 팔을 있는 한껏 뻗더니 몸을 굽혔다 폈다하는 운동을 시작했다. 한동안 몸을 덥히더니 자고 있는 교스케 쪽을 확인하듯 들여다봤다. 그리고 차로 걸어가서는 소리나지 않게 뒷좌석 문을 열었다. 안쪽에서 타월과 칫솔을 꺼내들고는 다시 소리 없이 문을 닫았다.

타월을 목에 감고 칫솔을 물더니 오키쓰는 암반 끝으로 걸어갔다. 암반이 끊긴 곳에서부터 산림의 경사면을 타고 내려갔다. 미끄러지지 않게 조심하면서 나뭇가지를 잡아 가며 울퉁불퉁한 경사면을 내려갔다.

교스케는 오키쓰를 **당기는** 강도를 조절하면서 시간을 앞으로 진행시켰다.

천천히 5분 정도 내려간 부근에 아주 약간 평평하게 트인 지면이 있었다. 거기에 내려서더니 오키쓰는 우선 바지 지퍼를 풀었다. 산 아래를 향해 기세 좋게 방뇨를 했다. 도저히 93세 노인의 소변이라고 할 수 없었다. 그런 부분마저도 젊었다.

쌓여 있던 것을 해방한 뒤, 오키쓰는 지퍼를 올리면서 몸을 돌려 산 쪽으로 이동했다. 사면에 암반이 노출돼 있었고, 거기서 용수(湧水)가 흘러나오고 있었다. 오키쓰는 그 물로 손을 씻더니 얼굴도 닦았다. 칫솔을 흐르는 물에 대더니 다시 입에 물었다. 조용한 산림에 치카치카 이를 닦는 소리가 울려 퍼졌다. 산의 나무들은 이미 그 잎을 대부분 떨어뜨렸다.

이를 닦던 오키쓰의 손이 갑자기 멈췄다.

표정을 찡그리더니 뒤를 돌아봤다. 시선을 떨구니 커다란 일본 원숭이 한 마리가 오키쓰를 올려다보고 있었다.

"……."

'그 우두머리다.'

교스케는 알아차렸다.

어느 틈엔가 오키쓰의 주변을 원숭이 무리가 둘러싸고 있었다.

"뭐야, 네 녀석들……."

오키쓰의 목소리가 떨리고 있었다. 뒷걸음질치자 오키쓰의 신발이 흘러넘치는 용수에 젖었다.

"아무것도 가진 게 없어. 먹을 건 없다고."

양손을 펼쳐 보이자 우두머리가 일어섰다. 양팔을 지면에 대고 성큼성큼 오키쓰에게 다가섰다. 오키쓰가 손에 들고 있던 칫솔 냄새를 맡더니 돌연 그걸 물어 버렸다.

"……."

놀라서 오키쓰는 칫솔을 놓았다.

우두머리는 칫솔을 손으로 그럴싸하게 잡더니 신기하다는 듯한 표정으로 그걸 바라봤다. 다음 순간 우두머리는 다시 칫솔을 물더니 와드득 씹어 으깼다.

"이제 됐지…… 만족했으면 썩 꺼져. 먹을 건 없다고. 알았지……?"

그때 우두머리가 뒷다리로 일어섰다. 직립하자 그 키는 오키쓰 어깨 높이까지 왔다.

"뭐, 뭐야…… 나를 공격하려는 겐가? 공격해 봐. 죽을걸."

교스케는 투시하고 있는 와중에 침을 삼켰다.

우두머리가 천천히 오키쓰의 얼굴로 손을 뻗었다. 마치 상냥하게 쓰다듬듯이 그 손가락이 오키쓰의 뺨을 문질렀다. 그 순간 오키쓰는 힘이 빠진 듯 그 자리에 주저앉았다. 지면에 쓰러진 오키쓰를 들여다보듯 우두머리는 그의 얼굴 위로 몸을 굽혔다. 그리고 다시 그 손을 오키쓰의 뺨에 댔다. 얼굴을 쓰다듬고, 마치 열이라도 재는 듯한 손놀림으로 오키쓰의 이마에 손바닥을 얹었다.

우두머리는 왕왕 개처럼 짖더니 천천히 몸을 일으켰다. 그리고 고개를 갸웃하는 듯한 동작을 한 번 하고 사면에서 뻗어난 나뭇가지로 날아올랐다. 주위를 메우고 있던 원숭이 무리가 일제히 이동을 시작했다. 순식간에 원숭이들은 그 자리에서 모습을 감췄다.

오키쓰는…… 자리에 쓰러진 채로 있었다. 위를 보고 누워 눈을 크게 뜨고는 무언가를 말하려는 듯 입을 벌리고 있었다. 그 표정은 얼어붙은 듯이 움직이지 않았다.

투시에서 빠져나와 교스케는 저도 모르게 메구미를 안고 있는 손에 힘을 넣었다.

"뭐야? 어떻게 된 거야?"

교스케는 메구미를 바라봤다. 그녀의 손을 끌고 암반의 끝으로 향했다.

"어떻게 된 거야? 나캬야 씨……."

"오키쓰 씨한테 큰일이 났어."

"큰일이라니……?"

교스케와 메구미가 이동하자 사면을 메우고 있던 원숭이들이 일제히 도망쳤다. 우두머리만 두 사람의 움직임을 눈으로 좇고 있었다.

원숭이는 신경 쓰지 않고, 교스케는 메구미의 손을 이끌어 신중하게 사면을 내려갔다. 천천히 발밑을 확인하면서 내려갔다. 나뭇가지를 잡으면서 한 발 한 발을 차근히 내딛으면서 내려갔다.

그곳은 교스케와 메구미도 세수할 때 쓰는 곳이었다. 그래서 익숙한 길이긴 했으나 여하튼 쉽게 걸어갈 수 있는 길은 아니었다. 들짐승들이 다니는 길조차도 없는 바위뿐인 사면이었다.

"약수터로 가면 되는 거야?"

메구미가 뒤에서 물었다.

"어, 맞아."

대답한 순간 교스케의 몸이 공중에 떴다.

"우왓."

그는 균형을 잃은 줄 알고 순간 소리를 질렀다.

"급한 거면 말해 줘. 이쪽이 더 빠르고 편하니까."

공중으로 떠오르면서 교스케는 메구미를 돌아봤다.

"날 거면 날 거라고 미리 말 좀 해. 마음의 준비가 필요하다고."

말하는 사이에 약수터에 도착했다.

"오키쓰 씨……."

지면에 내려서면서 메구미가 말했다.

교스케는 오키쓰에게 달려갔다. 바위에서 흘러나오고 있는 용수에 양 무릎을 적시고 오키쓰는 하늘을 보고 누워 있었다. 눈을 부릅뜨고 입도 쩍 벌어져 있었다. 투시했을 때와 다를 게 없었다.

"오키쓰 씨, 어떻게 된 겁니까?"

교스케는 말을 걸면서 오키쓰의 어깨를 흔들어 봤다. 그의 고개가 흔들흔들 흐늘거렸다.

"……."

목에 손을 가져다 댔지만 맥박이 느껴지지 않았다. 손목을 들어 올려 맥을 찾았다. 코끝에 얼굴을 가져다 대고 호흡을 확인해 봤다. 전부 소용이 없었다.

교스케는 메구미를 돌아봤다.

"……안 돼."

메구미가 고개를 저었다.

갑자기 교스케는 오키쓰의 목 아래에 손을 집어넣었다. 목을 약간 들어 올리듯이 하고는 쩍 벌어진 입에 자신의 입을 가져다 댔다. 힘껏 숨을 불어넣었다. 오키쓰의 가슴이 조금 부풀었다. 하지만 호흡이 돌아오지는 않았다. 실제로 해 본 적은 없었지만 심장 마사지를 시험해 보기로 했다. 양손을 겹쳐 오키쓰의 가슴에 얹었다. 체중을 실으면서 리듬을 타 가슴을 반복해 압박했다.

10분 이상 그걸 반복해 봤지만, 오키쓰에게는 맥도 호흡도 돌아오지 않았다.

"……."

교스케는 지면에 주저앉았다.

옆에서 메구미가 양 무릎을 꿇고 오키쓰를 바라보고 있었다.

"어째서……."

그녀가 중얼거리듯 말했다.

정신을 차린 교스케는 주위를 둘러봤다.

“…….”

우두머리 원숭이가 약간 떨어진 나무 아래에 앉아서 이쪽을 보고 있었다.

“무슨 일이 있던 거야? 어째서 이렇게 된 거야?”

떨리는 목소리로 메구미가 말했다.

“저 녀석이야.”

교스케는 우두머리에게 시선을 고정시킨 채 말했다.

“저 녀석……이라니?”

메구미는 교스케의 시선을 따라 뒤를 돌아봤다. 그러고는 작게 아, 하고 내뱉었다.

“저 녀석이 오키쓰 씨를 죽였어.”

“죽였다니, 그치만…….”

“물거나 때린 게 아냐. 저 녀석은 오키쓰 씨에게 다가가서 살짝 뺨에 손을 댔어. 그랬더니 오키쓰 씨는 힘이 빠져서 여기에 쓰러져 버렸지. 그리고 저 녀석은 오키쓰 씨의 이마에 손을 얹었어. 무슨 일이 있던 건지 전혀 알 수는 없지만, 투시로 본 오키쓰 씨의 최후는 그랬어.”

“손을 댔다고?”

메구미는 일어서서 우두머리 쪽으로 방향을 틀었다.

“…….”

입을 다문 채 원숭이 쪽으로 한 발 내딛었다.

그러자 우두머리가 몸을 일으켜 이빨을 드러내며 위협하듯 캬악 소리를 냈다.

“뭐야. 나도 죽이겠다는 거야? 해 보시든가.”

그렇게 말하면서 메구미는 한 발 더 내딛었다. 우두머리가 다시 위협하는 소리를 냈다.

"메구미, 그만둬. 무슨 일이 벌어질지 몰라."

"벌어지든지. 어차피 내 인생 같은 거 끝난 거나 다름없으니까. 죽일 테면 죽여 봐."

교스케는 일어서서 다시 우두머리에게 다가서려는 메구미의 손을 잡았다. 하지만 그 순간 우두머리가 귀를 찢을 것 같은 소리로 짖었다. 동시에 주위를 메우고 있던 원숭이 무리가 흩뜨러지듯 사방팔방으로 튀어 올랐다. 그리고 우두머리도 나무로 뛰어 올라가더니 나뭇가지에서 나뭇가지로 옮겨 가며 모습을 감췄다.

"……."

우두머리가 사라진 쪽을 바라보다가 교스케와 메구미는 동시에 오키쓰에게로 눈길을 돌렸다.

"완벽한 방위 시스템이 있던 게 아니었어?"

메구미가 말했다. 교스케에게 물었다기보다는 오히려 쓰러져 있는 오키쓰에게 묻는 것처럼 보였다. 대답할 수 있는 사람은 아무도 없었다.

"메구미, 오키쓰 씨를 옮기자. 차가 있는 곳까지 조용히 옮겨 줄 수 있어?"

"응."

메구미가 화가 난 듯이 끄덕였다. 다음 순간 오키쓰의 몸이 공중에 떠올랐다. 이어 메구미 자신과 교스케도 떠올랐다.

오키쓰의 시체는 일단 침낭에 안치하기로 했다. 맨 위쪽까지 지퍼를 채우고자 오키쓰의 얼굴이 가려졌다. 그걸 차 뒷좌석에 신고 교스케와 메구미도 자리에 앉았다.

암반에서 차가 날아올랐다. 이미 완전히 날이 밝아 있었다. 고도를 올리자 태양빛을 받은 나뭇가지들이 검은 산의 표면에 세세한 그물코를 그린 것처럼 보였다. 도로가 시작되는 부근에서 사람 눈에 띄지 않게 조심하면서 차를 내렸다. 거기서부터는 교스케가 운전했다.

"메구미, 휴대전화 전파가 잡혀?"

"아니, 아직 통화권 밖이야."

거리까지 내려가 다시 인적이 없는 공원 주차장에 일단 차를 세웠다. 다시 휴대전화를 꺼냈다.

"네, 우메자와입니다. 나카야, 자네인가?"

"네. 이른 아침부터 죄송합니다."

"아니, 괜찮네. 무슨 일이라도 있나?"

"지금 바로 연구소로 가 주실 수 있나요?"

"연구소? 상관없네만, 어떻게 된 건가?"

"오키쓰 씨가 돌아가셨습니다."

"……뭐라고?"

"자세한 건 나중에 말씀드리겠습니다. 연구소로 가는 게 위험하다는 건 알고 있지만 도착했을 때 되도록 원활하게 안으로 들어가고 싶습니다. 그 준비를 해 주셨으면 합니다만, 지금부터 얼마 뒤에 가면 될까요?"

"글쎄…… 그럼 30분 후는 어떤가?"

"알겠습니다. 30분 뒤에 가겠습니다."

"조심해서 오게."

통화를 끝내고 교스케는 손목시계를 봤다. 지금 있는 곳에서 류오 대학 바이러스 연구소까지는 20분 정도였다. 조금 기다렸다가 출발하는 편이 나을 듯했다.

"그 원숭이가, 오키쓰 씨를 죽인 거야?"

다시 메구미가 물어왔다.

"모르겠어. 투시한 대로는 그 밖에 오키쓰 씨가 쓰러진 이유가 보이지 않아."

뭔가를 말할까 싶었으나 메구미는 그대로 입을 닫았다. 그 뒤로는 대화도 없었고, 시간이 다 되자 교스케는 차를 주차장에서 뺐다.

일주일 만의 연구소였다.

시간에 맞게 도착하자 보통은 잠겨 있는 정면 현관이 개방돼 있었고 그 앞에 하코자키 준이 청소를 하고 있었다. 청소하면서 잠복이라도 하고 있는 듯했다. 교스케는 주차장으로 가지 않고 현관 앞에 직접 차를 댔다. 차에서 내려 뒷좌석을 열었다. 메구미가 곧장 오키쓰의 시체를 담은 침낭을 공중이동시켰다. 감색 침낭이 끈이라도 달려 있는 듯 연구소로 빨려 들어갔다. 교스케와 메구미가 그 뒤를 좇는 형태가 됐다.

현관 로비에 우메자와가 있었다.

"이게……?"

우메자와가 아직 공중에 떠 있는 침낭을 바라보며 물었다. 교스케가 고개를 끄덕임과 동시에 뒤에서 현관문이 닫혔다. 자물쇠를 채운 하코자키가 침낭을 보고 눈을 홉떴다.

"떠 있잖아……."

"6층으로 옮길까요?"

"아아, 우선은 그게 좋겠군."

우메자와가 말했다. 엘리베이터의 문이 열렸다. 수평으로는 엘리베이터에 들어가지 않아 메구미는 침낭을 세웠다. 기묘한 감각을 모두가 맛보는 가운데 엘리베이터가 6층에 도착했다. 어디에 내려놔야 좋을지 판단이 서지 않아 침낭은 오키쓰의 방 침대 위에 올리기로 했다.

"……."

침대를 내려다보면서 모두 말이 없었다.

뭔가를 결심한 듯 우메자와가 침낭의 지퍼를 열었다.

"어라?"

침낭 안에서 나타난 오키쓰의 얼굴을 보고 교스케는 저도 모르게 소리를 냈다.

오키쓰의 얼굴이 변해 있었다. 불과 수십 분 전에 봤던 얼굴과 전혀 다르게 변해 있었다. 교스케의 눈에는 피라미드에서 갓 발굴해 낸 미라처럼 보였다.

"어떻게……."

안와는 푹 꺼지고 광대뼈가 돌출됐으며, 열린 입 사이로는 누렇게 듬성듬성 난 이빨이 보였다. 피부에는 크고 작은 주름이 패어 있었고, 그게 두개골에 들러붙어 있는 것처럼 보였다.

하코자키가 뭔가 목에 걸린 듯한 목소리를 냈다.

"나이가…… 나이가 돌아왔네요?"

듣고 보니 그런 듯도 했다. 20대 후반이라고 해도 의심받지 않을 정도로 젊어져 있던 오키쓰가 순식간에 본래 연령까지 되돌아와 있었다. 그의 원래 나이는 93세였다.

"무슨 일이 있던 거지……?"

우메자와가 중얼거리듯 말하고는 교스케를 돌아봤다.

우메자와는 교스케에게 사태의 경위를 들으면서 안쪽 주머니에서 투명한 폴리에틸렌 봉투를 꺼냈다. 밀봉돼 있는 봉투를 찢어 수술용 장갑을 잡아 꺼냈다. 그걸 착용하더니 가슴팍 주머니에서 펜라이트를 꺼내들었다. 그리고 오키쓰를 뒤덮듯이 펜라이트의 빛을 안구와 귓구멍, 입안 등에 대고 관찰을 시작했다.

"원숭이?"

그때만 우메자와는 오키쓰에게서 고개를 돌렸다.

"원숭이가 오키쓰 씨를 덮쳤다고?"

"아뇨, 덮친 건 아닙니다. 투시에서도 오키쓰 씨가 원숭이를 두려워하고 있다는 게 느껴졌습니다만, 원숭이 쪽에서 공격적인 행동을 보이지는 않았습니다. 아마도 우두머리인 것 같은데, 꽤나 몸집이 큰 녀석이었습니다. 뒷다리로 일어서니 오키쓰 씨의 어깨까지 키가 닿더라고요."

"흐음."

고개를 갸웃거리면서 우메자와는 침낭의 지퍼를 아래쪽까지 내렸다.

그때 어디선가 「일렉트리컬 퍼레이드」가 울리기 시작했다. 하코자키의 휴대전화였다.

"네…… 어, 뭐야, 그게. 거짓말…… 정말로? 알았어."

휴대전화를 닫더니 하코자키는 방 안의 모두를 둘러봤다.

"아래에 경찰이 온 것 같아요."

"……"

교스케와 메구미는 얼굴을 마주 봤다.

창문으로 달려가 바깥을 내려다보니 연구소 앞 길 위에 경찰차 두 대와 장갑차 한 대가 보였다. 차량의 주위에는 방패를 든 기동대원 6명이 보였다. 물론 그들이 전부는 아니었다. 이 창문에서 보이는 것은 동편뿐이다. 건물 주위는 경찰관으로 둘러싸여 있을 게 뻔했다. 경찰이 와 있다는 그런 간단한 문제가 아니었다.

교스케는 한숨을 쉬었다. 볼 것도 없다고 생각하면서 길 위의 기동대원 1명에게 초점을 맞춰 가볍게 **당겨** 봤다. 하지만 보인 광경에 질색해 금방 투시를 중단했다.

"이 뒤에 어떻게 돼?"

교스케는 메구미에게 고개를 저어 보였다.

"도망치는 수밖에 없을 것 같아."

우메자와도 창가에 서서 아래를 내려다봤다.

"저자들에게 학습 능력이라는 게 없나."

흥분한 듯이 콧방귀를 뀌었다.

"평화롭게 얘기할 생각은 안 드는 건지."

"그렇게 생각하는 경찰관도 있을 거라 생각합니다만, 개중에 1명이라도, 어쨌든 연행하는 게 먼저라고 생각하는 사람이 있으면 최악의 결과를 불러오게 되겠지요."

"보면 알지. 처음부터 평화롭게 얘기하려는 분위기가 아니잖아, 저 사람들."

메구미가 말했다.

교스케는 우메자와를 돌아봤다.

"정신없게 해서 죄송하지만, 저희들은 여기서 실례하겠습니다."

'여기서?'라고 말하듯 우메자와가 창문을 가리켰다. 교스케가 고개를 끄덕이자 그는 창문의 걸쇠를 풀려고 했다.

"아뇨, 그냥 두세요."

교스케가 우메자와를 막아섰다. "뭐라고?"라고 되돌아보는 그에게 교스케는 고개를 저어 보였다.

"조금 난폭한 형태로 탈출할게요. 도움이 될지는 모르겠습니다만, 선생님께서 우리들의 도주를 도왔다고 저들이 생각하게 하고 싶지 않아요. 자수를 권유했지만 거절하고 도망쳤다고 경찰에 설명하세요."

"아니, 하지만……."

"선생님이 경찰에 붙잡히시면 안 됩니다. 감옥에 들어가시면 선생님과 연락을 취하기도 어렵게 되고요."

"아아…… 그런가."

눈이 맞자 하코자키가 고개를 으쓱했다.

"창문에서 떨어지세요. 메구미, 세게 한번 가 보자고."

"오케이."

메구미가 고개를 끄덕인 순간 우메자와가 "잠깐 기다리게."라고 손을 들었다. 지갑을 꺼내 거기에 들어 있는 지폐를 전부 빼들더니 교스케에게 내밀었다.

"다음이 언제가 될지 모르니 가지고 가게."

"……."

순간 망설였지만 교스케는 감사히 그 지폐 다발을 받아들었다. 세어 보지는 않았으나 10만 엔 정도는 되는 것 같았다.

메구미를 돌아봤다. 그녀가 고개를 끄덕임과 동시에 큰 소리를 내며 창문 유리가 깨지더니 창틀째 아래로 떨어졌다.

다음 순간, 교스케는 메구미와 함께 벽에 크게 뚫린 구멍을 통해 하늘을 향해 날아 올랐다.

지상에서 기동대원들이 올려다보고 있었다. 위에서 보니 장갑차는 두 대, 경찰차는 네 대가 와 있었다. 기동대원, 경찰관을 합치면 40명 정도는 될 법했다. 하늘 위에 있는 교스케와 메구미에게 발포하는 자는 없었으나 몇 명의 기동대원이 상공을 향해 라이플총과 포신이 굵은 총을 겨누고 있었다. 그건 최루탄이라도 쏘기 위한 것이었을까? 마치 폭동을 제압하려는 장비처럼 보였다.

교스케의 차는 경찰차 두 대 사이에 꺼 있었고, 주위를 경찰과 기동대원 들이 둘러싸고 있었다.

"메구미, 자동차 돌려받을 수 있을까?"

"물론."

말하는 것과 동시에 연구소 현관 앞에서 교스케의 차가 떠올랐다. 놀란 경찰관들의 비명이 터졌다. 차에 타고 있던 한 경찰이 황급히 땅 위로 굴러 내려갔다.

메구미는 경찰관들이 부상을 입지 않은 것을 확인하고는 한번에 차를 끌어올렸다. 공중을 헤엄치는 듯이 이동하면서 교스케와 메구미는 차에 올라탔다. 운전석은 교스케가 앉았지만 물론 공중에서 컨트롤은 메구미의 몫이었다.

아래를 보니 경찰관들이 경찰차와 장갑차에 달려드는 모습이 보였다. 지상에서 추적이라도 하려는 걸까?

눈을 돌리니 연구소 6층 창문이 떨어진 구멍 옆에 서서 우메자와와 하코자키가 이쪽을 보고 있었다.

"산으로 돌아갈까?"

물어보는 메구미에게 교스케는 "잠깐만 기다려!"라고 손을 들어 올렸다.

"천천히 날아가자."

이 차에 경찰관이 탔던 걸 기억해 냈다. 눈앞의 핸들을 바라보며 차 자체를 가볍게 밀어 봤다. 교스케는 마음속으로 하하 웃으며 투시에서 돌아왔다.

"메구미, 경찰을 따돌린 다음이라도 괜찮으니까 일단 바깥으로 나가서 범퍼 뒤쪽을 조사해 줄래?"

"범퍼 뒤쪽? 왜?"

"경찰이 뭔가를 붙인 것 같아."

"……폭탄?"

"아니야. 아무리 그래도 그런 걸 붙일 리는 없어. 아마도 발신기 종류인 것 같아."

메구미가 교스케를 바라봤다.

"뭐야, 그게?"

교스케는 고개를 으쓱했다.

"이 차가 어디로 도망쳤는지 전파로 알 수 있게 발신기를 붙인게 아닐까?"

"헤에. 첩보물이잖아, 정말. 그럼 지금도 우리가 어디에 있는지 알려지고 있다는 거네."

"전파가 닿는 거리라는 게 있으니까. 얼마나 추적이 가능한지는 모르겠지만. 뭐, 상대는 경찰이야. 전국 각지에 경찰서가 있고,

이러이러한 전파를 잡으면 빨리 알려 달라고 부탁하는 것도 있을 법한 일이니까."

"아, 알았어. 발신기를 떼어 내서 누군가 다른 사람의 차에 붙여 놓자는 거지?"

메구미가 즐겁다는 듯이 말했다.

"떼어 내서 버릴 생각밖에 안 했어. 다른 차에 붙이려던 게 아니야."

"그쪽이 재미있을 것 같은데. 뭐, 조금 민폐일지도 모르겠지만. 이를테면 장거리를 주행하는 트럭이라든가, 그런 건 어떨 거 같아? 점점 멀리 도망치는 것처럼 보일 거 아냐."

교스케도 저도 모르게 웃었다.

"그럼 일단 떼어 내고 올게."

"잠깐 기다려."

교스케가 조수석 문을 연 메구미를 불러 세웠다.

"뭔데?"

"헬리콥터가 쫓아왔어."

백미러를 바라보며 교스케가 말했다.

"……."

메구미가 뒤를 돌아봤다. 교스케도 몸을 돌려 차 뒷면 유리창 너머로 시선을 던졌다. 하늘 위에서는 약간 거리감이 와 닿지 않았지만, 1킬로미터 정도 후방에 헬리콥터 한 대가 교스케의 차를 향해 다가오고 있었다.

"저걸 따돌리는 게 먼저겠네."

반쯤 열었던 문을 닫고 메구미는 차의 비행 속도를 높였다.

"으음, 속도를 내는 것도 좋지만, 이 차가 망가지지 않을 정도로 적당히 해 둬."

"응, 알고 있어."

뒤를 돌아보자 헬리콥터의 그림자가 점점 작아지고 있었다. 예전에 보통 헬리콥터는 시속 300킬로미터 정도가 최고 속도라고 어디선가 읽은 기억이 있었다. 그렇다면 이 차는 지금 그 이상의 속도로 날고 있을 가능성도 있었다. 알고 있다고 메구미는 말하지만 긴장한 탓에 저도 모르게 몸에 힘이 들어갔다.

1분도 채 안 돼서 헬리콥터는 완전히 시야에서 사라졌다.

구름 위에서 메구미가 떼어 온 전파발신기는 5센티미터 정도의 작은 검은색 상자였다. 약간 도톰한 안테나가 하나, 뿔처럼 솟아나 있었다. 상자의 옆면에는 꽤나 강력한 자석이 붙어 있었다.

나가사키 번호판을 단 운송 트럭을 발견한 메구미는 재미있다는 듯 발신기를 그 트럭의 짐칸 아래에 붙였다.

38

그걸로 경찰을 속일 수 있었는지 어땠는지는 모르겠지만 그로부터 몇 시간 뒤, 교스케와 메구미는 결국 원래 있던 암반 위로 돌아왔다. 트럭의 그 뒤를 투시하는 것쯤은 별로 대단한 일도 아니지만, 그럴 필요를 느끼지 못했던 데다가 흥미도 없었다.

암반에 주저앉아 늦은 점심 식사를 둘이서 먹었다. 캠프용 가스버너로 물을 끓여 편의점에서 사 온 인스턴트 된장국에 부었다. 된장국을 홀짝이면서 주먹밥을 먹었다. 이날의 첫 식사였다.

교스케도 메구미도 오키쓰에 대해서는 일절 언급하지 않았다. 둘러다 봤을 때 주변에 원숭이들의 모습은 보이지 않았다. 아직 해가 높이 떠 있었지만 공기는 차가웠다.

식사 후 신문을 읽고 있던 메구미가 "어라?" 하고 말했다. 주먹밥과 함께 편의점에서 사 온 신문이었다. 메구미는 그걸 평평한 바위 위에 펼쳐 놓고 겹치는 듯한 모양새로 읽고 있었다.

"나카야 씨가 쓰던 잡지가 《주간 이터니티》였지?"

교스케는 점심을 먹고 나온 쓰레기를 편의점 봉투에 욱여넣으면서 메구미 쪽으로 고개를 돌렸다.

"그래."

"이거…… 우연일까?"

"뭐가?"

"봐 봐. 이거, 어떻게 생각해?"

메구미가 지면을 가리켰다. 아무래도 광고란인 것 같았다.

봉투를 여미면서 교스케는 주저앉아 있는 메구미의 뒤로 다가갔다.

이번 호 《주간 이터니티》의 광고였다. 메구미의 손가락은 광고 왼쪽 구석을 누르고 있었다. 아무래도 그라비아 페이지의 작은 특집을 소개하고 있는 주변을 보라는 것 같았다. '연말연시에 방문하는 교토의 명소'라고 적혀 있었다.

"그게 뭐 어땠다는 건데?"

"뭔가 깨닫는 거 없어? 잘 봐 봐."

말하면서 메구미는 톡톡 광고 위쪽을 두드렸다.

"……."

메구미의 손가락이 누르고 있는 곳에 작은 활자로 6개 명소가
쓰여 있었다.

긴카쿠지(金閣寺)

아다시노넨부쓰지(あだしの念仏寺)

고류지(広陸寺)

라쿠시샤(落柿舎)

렌게지(蓮華寺)

교토고쇼(京都御所)

"그러니까, 뭔데."

옆에 앉자, 메구미는 교스케에게 얼굴을 들이밀었다.

"뭔가 공통점이 없는 목록이라고 처음에는 생각했는데 말이지."

"아아…… 확실히 그렇긴 하네. 소위 말하는 관광 명소랑 본격
적인 추천 장소가 섞여 있네."

"그래도 바라보고 있자니까 이상한 게 보였어."

"이상한 거?"

다시 광고로 눈을 돌렸다.

"전에 소개해 줬던 편집부의 여자분, 아카네 씨였지?"

"응. 아카네 기쿠에…… 아."

그때 교스케도 메구미가 알아차린 게 보였다.

쓰여 있는 명소의 첫머리만을 떼어 아래에서부터 읽으면 의미
있는 단어가 나타났다.

그냥 줄지어 쓰면 '京蓮落広あ金'가 되지만 마지막의 '金'을 '가네'라고 읽고 모든 글자를 가나로 바꿔 읽으면 '교렌라쿠코우아카네(きょうれんらくこうあかね)'라고 읽을 수 있다.

다시 말해······.

'京, 連絡請う(연락 바람). 赤根(아카네).'

맨 앞의 '京'는 '오늘(きょう)'이 아니라 오히려 '교스케(京介)'를 지칭하는 것일 터였다.

"알았어?"

"······어어."

"이거, 뭐라고 생각해? 메시지? 아니면 그냥 우연?"

"글쎄······ 확인해 볼게."

교스케는 눈앞의 메구미를 **밀어** 봤다. 정확한 날짜는 기억하지 못했다. 메구미를 아카네 기쿠에에게 소개해 준 건 두 달 정도 전이었다. 생각해 보면 그때부터 교스케와 메구미의 운명은 급속히 변화하기 시작했다. 연구소 앞 풀밭 위에서 두 사람을 소개시킨 시점으로 돌아가 거기서부터 아카네 기쿠에에게 포커스를 이동했다. 그리고 이번에는 **당기면서** 그녀의 시간을 최근까지 진행시켰다.

《주간 이터니티》는 주말에 교정을 마친다. 그러니 목표는 지난 주 금요일, 토요일 정도였다. 편집부 안에서 시간을 앞당겼다 되돌렸다 하네 드디어 그럴싸한 광경이 투시에 나타났다.

"*볼 확률은 꽤나 낮다고.*"

책상 위를 바라보면서 중얼거리듯이 말한 건 편집장인 오쿠보 유키야였다. 아카네 기쿠에는 그 옆에서 책상을 내려다보고 있었다. 책상에 펼쳐져 있는 건 전차 안에 거는 광고의 교정지였다.

"나카야 씨 일행이 전차에 탈 일 자체가 우선은 없겠죠."

기쿠에는 말하면서 양손을 허리에 가져다 댔다.

"신문 광고 쪽이 좀 더 확률이 높을지도 모르지만, 화요일 조간을 사지 않는 이상 볼 수가 없지."

"본다고 하더라도 이걸 읽어 낼지 어떨지가 그다음 문제죠."

"뭐, 기도하는 수밖에 없겠지."

투시에서 돌아오니 메구미가 교스케의 얼굴을 빤히 보고 있었다.

"어때?"

교스케는 쓴웃음을 지으며 고개를 끄덕였다.

"광고란을 전언판으로 쓰다니 제정신이 아닌가 봐."

"역시 그랬구나. 멋지다!"

"메구미가 제대로 짚었네. 나도 이 광고는 아까 봤는데 전혀 눈치 못 챘어."

꺄하하, 하고 메구미가 기쁜듯이 웃었다.

"나카야 씨랑은 머리가 전혀 다르다는 거겠지."

"반론 못 하겠군."

메구미는 몸을 흔들어 대면서 계속 웃었다. 웃고 있는 동안에는 오키쓰의 일도, 지금 자신들이 처한 상황도 잊어버릴 수 있을지도 몰랐다.

저녁이 되길 기다려 교스케와 메구미는 다시 산을 내려갔다. 미다이가와 강변에 있는 공원 주차장에 차를 대고 전에 하코자키에게서 건네받은 휴대전화 중 하나를 열었다. 이터니티 편집부가 아니라 아카네 기쿠에의 휴대전화 번호를 눌렀다.

"네."

기분 탓인지 기쿠에의 목소리가 딱딱했다.

"나카야입니다. 광고를 봤어요."

순간 정적이 흐르고 돌연 전화기 너머에서 "됐다!" 하는 소리가 들렸다. 스스로 그걸 깨달았는지 기쿠에는 목소리 톤을 낮추고 속삭였다.

"만날 수 있어? 지금 어디야? 아…… 아니다. 말 안 해도 돼. 말하지 않는 편이 낫겠지."

교스케는 메구미 쪽을 향해 쓴웃음을 지었다. 그녀는 쓱 하고 눈을 가늘게 떠 보였다.

"만날 수는 있는데요, 밤이 움직이기 편합니다."

"오늘 밤은?"

"괜찮아요. 어디서 만날까요?"

"나카야 씨 사정에 맞추지 뭐…… 으음, 뭐, 멀리 나가야 하면 조금 시간을 늦게 잡아야 하겠지만."

"상황을 봐야 되겠지만, 여차하면 편집부로 찾아가도 괜찮아요."

"아…… 여기로 와 줄 수 있어?"

"발매일이면, 밤에는 편집부도 조용하잖아요?"

"뭐, 그건 그렇지만…… 괜찮으려나."

"폐를 끼치진 않을게요. 으음, 옥상에 차를 댈 수 있죠?"

"차…… 응, 헬리콥터가 이착륙할 수 있으니까."

"밤에 옥상 계단실 문, 열어 주실 수 있나요?"

"알았어…… 왠지 두근두근하는걸. 음, 오치아이 씨랑 오키쓰 씨도 같이?"

"오키쓰 씨는 못 가지만 메구미와 제가 갈게요."

"오케이. 이쪽은 편집장이랑 우스이를 대동하지. 그리고……
저, 사진, 괜찮을까?"

"괜찮은데요, 옥상에서 플래시를 터트리면서 맞아 주시는 건
NG니까 하지 마세요."

"아, 그런가? 알겠어. 몇 시쯤 될 것 같아?"

"해가 지고 나서요. 도중에 다시 연락드릴게요."

"알았어. 고마워. 잘 부탁해."

휴대전화를 닫고 메구미에게 눈길을 줬다. 메구미는 후우 숨을
뱉었다.

"간만에 도쿄에 가는 거니까 쇼핑 정도는 하고 싶은데."

이렇게 말하고는 키득 웃었다.

39

2000미터 상공에서 도쿄 야경을 내려다보면서 메구미는 환호
성을 질렀다.

"예쁘다."

밤의 도쿄는 광대한 빛의 바다였다. 낮 동안의 난잡함이 어둠
속으로 가라앉으면, 거리를 본 뜬 윤곽만이 작은 광점의 집합이
되어 떠올랐다. 무질서하게 깔린 도로가 갯반디 무리처럼 흐름을
형성해 반짝임을 연출했다.

단지 이 방문이 얼마나 무모했는지를, 도쿄 상공을 날면서 교스케는 깨달았다. 눈으로만 봐서는 지금 날고 있는 장소가 어디 즈음인지를 전혀 알 수가 없었던 것이다. 낮 동안에도 어려운데, 밤이 되니 더했다.

도쿄 상공에는 레이더 감시망이 깔려 있을 가능성도 있으니, 최대한 저공비행을 하고 싶었다. 하지만 그윽하게 빛나는 수도의 하늘은 1000미터 정도의 고도로는 차가 드러날 가능성도 충분히 있었다. UFO 소동 같은 건 벌이고 싶지 않았다.

내비게이션으로 대충 현재 위치를 확인하고 우선은 도회 중심에 있는 검은 틈을 찾았다. 그게 바로 황궁이었다. 빛의 바다 속에서 그곳만이 이지러진 레몬처럼 검게 구멍이 뚫려 있었다. 거기로부터 약간 북쪽으로 눈을 돌리자 불이 켜진 도쿄돔이 희게 빛나는 구체처럼 보였다. 목적지는 그 돔에서 북서쪽 방향에 있을 터였다.

"조금씩 고도를 낮추면서 천천히 날아 줄래?"

"직진?"

"응. 방향은 이대로."

"오케이."

《주간 이터니티》의 편집부를 거느린 출판사는 10년쯤 전에 그간 있던 낡은 건물 옆에 20층이 넘는 신사옥을 세웠다. 고층 빌딩이 많은 도회이긴 하지만 20층을 넘는 빌딩은 그다지 많지 않았다.

"저기다."

"어떤 거?"

"저기 우뚝 솟아 있는 키 큰 건물."

"오오, 크다. 돈 좀 버나 보네."

교스케는 웃으며 메구미를 돌아봤다.

"얘기를 듣자하니, 최근에는 책이 잘 안 팔려서 별로 못 버는 것 같지만 말이야."

"버는 게 확실해. 저 정도의 빌딩을 세울 회사라면 사원 수도 장난 아닐 거 아냐? 도산하지 않고 그 정도의 사원을 거느리고 있으면 버는 게 분명해."

"역시 과연 그런가?"

교스케는 웃었다.

사각진 옥상에는 크게 H자가 조명에 비춰져 있었다. 메구미는 재미있어하면서 그 H자의 한가운데에 자동차를 착륙시켰다. 동시에 아카네 기쿠에가 달려왔다. 그 뒤에는 우스이 도시히로, 그리고 오쿠보 편집장이 우뚝 서서 교스케와 메구미의 도착을 지켜보고 있었다.

"대단해. 역시, 실제로 자동차가 날아다니는 걸 보다니 충격이야."

기쿠에가 조수석 쪽 문을 열면서 말했다.

아아, 하고 목 상태를 점검하는 듯한 소리를 내면서 편집장이 다가왔다. 차에서 내린 교스케와 메구미에게 머리를 쓸어 올리면서 가볍게 인사를 했다.

"이야, 나카야 씨, 오랜만입니다. 오치아이 씨로군요. 처음 뵙겠습니다. 오쿠보라고 합니다. 일부러 여기까지 와 주셔서 감사합니다."

메구미는 "별말씀을요." 하고 고개를 숙이고 교스케를 돌아봤다.

"어쨌든, 들어가자고. 여기서는 좀 그렇잖아."

기쿠에의 말에 모두 22층 편집부로 이동했다.

주간지로서는 주중 가장 한가한 밤이라고 생각했지만, 그런데도 편집부에는 대여섯 명의 남녀가 있었다. 교스케 일행이 들어가자 제각각 묵례를 건넸다. "아, 네." 하고 인사를 건네 가며 재촉받는 대로 안쪽으로 걸어 들어갔다. 어수선하게 책상이 늘어선 편집부 안쪽에 파티션으로 칸막이가 되어 있는 곳으로 교스케와 메구미는 안내를 받았다.

"그 광고, 용케 봤구나."

소파에 자리를 잡기 무섭게 기쿠에가 말했다.

"신문에서 봤어요. 나는 눈치를 못 챘는데, 이 메구미가 암호문을 해독해 줬어요."

"아, 그렇구나."

모두의 시선을 받은 메구미는 소파 위에서 부끄러워하면서 혀를 내밀었다.

"그런 짓, 해도 되는 겁니까?"

오쿠보 편집장에게 물으니 그는 쓴웃음을 지어 보였다.

"아니, 어떻게든 나카야 씨에게 연락을 취하고 싶다고 생각했습니다만, 아카네가 팔방으로 수소문해도 방도가 없어서 어떻게 할 수 없는 상황이었습니다. 아이디어를 낸 건 우스이였지만요."

에헤헤, 하고 우스이가 고개를 으쓱해 보였다.

기쿠에가 말을 이었다.

"그치만, 오치아이 씨 사건이 있고 난 뒤로 나카야 씨 휴대전화는 계속 꺼진 채였고 바이러스 연구소에 물어봐도 연락처를 모른다고 잡아떼더라고. 람다기획이나 방송국에서도 행방불명이래서, 어쨌든 연락을 취할 방법이 없었다고. 그것도 여기는 말이지."

기쿠에가 목소리를 낮췄다.

"일단은 나카야 씨가 들락거렸던 장소 중 하나라고 경찰에서도 몇 번인가 문의가 왔었단 말이야."

"아아, 들락거렸던 곳 말인가요."

"응, 그러니까 밑져야 본전이란 마음으로 편집장에게 상담을 하니까 해 버리라는 게 된 거지. 그런데 아무래도 거짓 기사를 만들어 내는 건 해선 안 되니까 왠지 그런 시선 끌기용 그라비아 기획이 돼 버렸지만 말이야."

"그런데 왜 그렇게까지 우리하고 연락하려 하신 거죠?"

편집장이 고개를 끄덕였다.

"네, 물론 기본적으로는 이쪽 사정 때문입니다. 아직 충격이 가시지 않은 상황에서 구성하고 싶은 특집이 있어서 말이죠. 물론 그것뿐만이 아닙니다. 우리는 나카야 씨의 '류오 일기'를 연재하고 있던 유일한 잡지죠. 비록 비난을 산다고 하더라도 나카야 씨와 오치아이 씨를 백업하는 게 우리들의 임무라고 생각합니다만. 아…… 그러고 보니 그건……."

편집장은 기쿠에에게 시선을 돌렸다.

기쿠에가 고개를 끄덕였다.

"네, 정보가 완전하지는 않다고 생각하는데 나카야 씨 일행을 잡으려는 소동이 오전 중에 바이러스 연구소에서 있었다고……."

"잡으려는 소동 말이죠."

교스케는 쓴웃음을 지으며 메구미와 얼굴을 마주 봤다.

"일부 신문이 석간에 작게 기사를 실었고, TV에서도 슬쩍 스

416

처 가듯이 뉴스에서 다룬 느낌 이었지만 말이야. 종합하자면 나카야 씨 일행이 바이러스 연구소에 나타난 걸 경찰이 궁지에까지 몰아넣었지만 연구소의 바이오 시큐리티에 막혔다는 정보도 있어서, 아쉽게 간발의 차로 놓쳐 버렸다더라고."

"일이 있어서 간만에 연구소에 얼굴을 비췄죠. 뭐, 여기랑 비슷하게 연구소도 우리들이 들락거리던 곳이네요. 경찰이 망을 보고 있었는지 무장한 기동대랑 경관…… 40명 정도가 있지 않았으려나요. 에워싸였죠."

"무장?"

편집장이 소리를 질렀다.

"그래요. 우리들은…… 특히 여기 메구미는 흉악한 테러리스트처럼 취급받고 있으니까요."

시선을 돌리니 메구미는 후훗, 하고 고개를 으쓱해 보였다.

"엉망진창이구먼."

기쿠에가 고개를 저으며 말했다.

"여느 때와 마찬가지로 하늘로 도망쳤는데, 그 자식들은 헬리콥터까지 준비해 놨더라고요."

"헬리콥터? 헬리콥터로 쫓아왔다는 거야?"

"공식적으로는 초능력은 인정하지 않는 게 방침이지만 말이죠. 그래도 실제로는 전의 경험에 비춰 봐서 헬리콥터도 준비한 것 같더라고요."

"그래도 도망치는 데 성공한 모양이네."

"메구미의 능력은 어마어마하죠. 헬리콥터를 따돌리는 것 따위, 아무것도 아니에요."

기쿠에가 한숨을 쉬었다.

그게 신호였는지 남녀 편집자가 들어왔다. 두 사람 모두 얼굴은 본 적 있었지만 이름까지는 몰랐다. 여성 쪽은 종이컵 다섯 개를 올린 트레이를 가지고 있었다. 남성 쪽은 두툼한 파일을 기쿠에 앞의 테이블에 내려놓았다. 제각기 앞에 종이컵 커피가 놓이고, 기쿠에는 파일을 무릎 위로 옮긴 뒤 교스케를 쳐다봤다.

"진짜 화제로 들어가자고. 아까 오쿠보 씨도 특집을 기획하고 싶다고 말씀하셨는데, 그 방향을 제시해 준 게 이거였어."

말하면서 기쿠에는 무릎 위의 파일을 눌렀다. 표지를 펼쳐서 교스케와 메구미의 앞에 내밀었다. 교스케는 테이블에 놓인 파일과 기쿠에를 번갈아 봤다.

"이건?"

"독자에게서 온 투고. 두 종류가 있는데 하나는 편집부 쪽에 나카야 교스케 앞으로 온 편지. 원래는 개봉하면 안 되는 건데 열어 본 걸 사과할게. 미안해. 다만, 그 사건이 있고부터 편지가 대량으로 밀려들기 시작했고, 말도 안 되는 비난을 담은 편지가 많을지도 모른다는 불안도 있었어. 그렇다면 부러 그런 편지를 나카야 씨에게 전달하는 것은 오히려 못 할 짓은 아닌가 싶었고. 읽어 보면 알겠지만, 비난하는 편지 같은 건 거의 없었어. 또 다른 건 편집부 앞으로 온 편지와 이메일인데 나카야 씨와 오치아이 씨, 오키쓰 씨에 대한 의견을 보내온 거야. 여기서는 찬찬히 읽어 볼 시간이 없을 것 같으니까 가지고 가도 상관없어. 다만, 우리들이 생각하는 걸 이해하기 위해서 잠깐이라도 훑어봐 주지 않겠어?"

"……"

편지와 출력한 메일을 복사한 것이었다. 파일의 두께로 보자면 100통은 족히 넘을지도 몰랐다. 두려운 기분으로 교스케는 맨 위의 한 장을 손에 쥐었다. 옆에서 "괜찮아?" 하고 메구미가 다음 한 장을 집어 들었다.

그건 손으로 쓴 편지였다. 작은 문자가 지면을 꽉 채우고 있었다. 초등학생이 쓴 것 같은 글씨와 문장이었다.

나카야 교스케 씨, 안녕하세요. 저는 열아홉 살 재수생입니다. 저는 나카야 씨나 오치아이 메구미 씨가 나쁘다고 생각하지 않습니다. 저는 나카야 씨의 **편**입니다. 경찰이나 보도는 심하다고 생각합니다. TV를 보고 울어 버렸습니다. 눈물이 멈추지 않았습니다. 왜 오치아이 씨를 범죄자 취급하는 걸까요. 이상하다고 생각합니다. 나카야 씨라면 저에 대해서도 알 수 있으시겠지만 저는 백수로, 수험을 쳐야만 합니다. 그래도 나카야 씨 일행이 걱정이 돼서 공부도 손에 잡히질 않습니다. 그 정도로 걱정하고 있습니다.

이런 내용이 줄줄이 이어져 있었다. '교스케는 내년에도 대학에는 못 가겠군.' 하고 쓴웃음을 지으며 다음 복사지를 집어 들었다.

이번에는 워드프로세서로 친 것이었다.

나카야 교스케 씨께.

이게 전달이 될지 어떨지 걱정됩니다만, 따로 보낼 곳도 없어 《주간 이터니티》 쪽으로 보냅니다. 갑자기 이런 편지를 보내게 되어 죄송합니다.

저는 반년 전에 결혼한 주부입니다. 결혼은 반년 전에 했습니다만, 2개월 전에 엄마가 되었습니다. 지금 저에게는 이 아이가 전부입니다.

어제 TV에서 오치아이 메구미 씨의 사건 중계를 봤습니다. 경찰의 지나치게 과도한 대응에 너무나도 화가 났습니다. 중계를 보지 않았던 남편은 저와는 다르게 생각하는 것 같습니다만, 고집스럽게 초능력을 인정하려 들지 않는 경찰과 매스컴에 정이 뚝뚝 떨어집니다.

2개월이 된 아이를 저도 모르게 생각하곤 합니다. 이를테면 이 아이에게 오치아이 씨와 같은, 혹은 나카야 씨와 같은 능력이 있어서 여러분과 같은 입장에 세워지게 된다면 저는 무엇을 할 수 있을까요? 큰 목소리로 진상을 외쳐도, 경찰이나 매스컴이 상대해주지 않는다면, 어떻게 해야 좋을까요? 생각해도 결론은 나오지 않았습니다.

그래서 이런 편지를 쓰게 됐습니다.

나카야 씨 일행을 응원하고 있는 인간도 있다는 것을 알아주세요. 나카야 씨 일행을 괴롭히는 경찰이나 매스컴에 화를 내고 있는 인간도 있습니다.

교스케는 편지와 메일을 하나하나 훑었다. 콧물을 훌쩍이는 소리가 들려 옆을 보니 메구미가 손수건으로 입가를 누르고 있었다.

기쿠에가 말했다.

"그런 내용의 투서들이야. 많은 사람들이 나카야 씨와 오치아이 씨를 응원하고 있고, 그런 편지들을 보내 준 거야. 몇 통인가 비판적인 내용도 있지만, 대부분은 동정해 주고 있고, 경찰에 대한 분노가 표출돼 있어. 세간의 의식을 조작해 사회 전체적으로 오치아이 씨 일행을 악당으로 몰아가려는 게 아니냐는 사람도 한두 명이 아니지."

교스케는 편집자들을 둘러보며 말했다.

"고맙네요. 연구소 선생님들은 우리들을 이해해 주고 계시고, 현상의 타개책을 모색해 주고 계셔요. 람다기획의 이소베 씨나 그분이 연락하고 있는 일부 TV 관계자들도, 우리들의 모습을 그대로 전달하려고 노력해 주고 계십니다. 그래도 사회적으로는 우리들은 범죄자입니다. 3명이 돌아가셨죠. 9명의 경찰관이 부상을 입었습니다. 메구미가 범인인 게 돼 버렸어요. 아니, 그렇게 된 게 아니라 실제로 그렇죠. 칼로 찌를 상대가 메구미만 아니었으면 오사나이 씨는 돌아가시지 않으셨겠죠. 역으로 그 사람이 살인자가 됐을 겁니다. 마찬가지로 권총을 발포한 상대가 메구미가 아니었더라면 두 경찰관은 자신이 쏜 탄환에 생명을 빼앗기지 않았을 겁니다. 이전에 TV 촬영 때 한 남자가 저 때문에 복합골절을 일으켜 병원에 실려간 적이 있습니다. 그 사람은 저를 붙잡으려고 했다가 양팔의 서른 곳 가까이가 부러져 버렸습니다. 다시 말해 저도 메구미도 사회의 상식에서 보면 범죄자인 거예요."

기쿠에와 편집장이 교스케의 말을 경청하고 있었다. 보아하니 우스이만 노트를 펼쳐 놓고 거기에 필사적으로 메모를 적고 있었다. 그의 앞에 있는 테이블에는 어느 틈엔가 소형 IC 레코더가 놓여 있었고 붉은 파일럿 램프가 반짝이고 있었다.

"슬픈 건 경찰에 자수도 못 한다는 겁니다. 메구미도 저도, 가능하면 자수를 해서 얘기를 하고 싶다고 생각하고 있습니다. 그쪽이 훨씬 편하니까요. 하지만 그렇게 한다면 결국 더 많은 사상자를 내게 될 거예요. 폭력을 휘두르는 범죄자는 힘으로 제압하라는 상식이 경찰에는 있을지도 모르겠습니다. 전쟁 전의 경찰과 지금의 경찰은 꽤나 체질도 바뀌었으니, 함부로 피의자에게 상해를 입히는 짓은 하지 않겠죠. 그래도 위협하는 어조를 쓰거나, 어깨를 가볍게 치는 정도의 일은 있을 법합니다. 그래도 나나 메구미를 툭 치면 그건 최악의 결과를 낳을 겁니다. 우리들을 제압하려고 하거나, 깔아 눕히려고 하면 엄청난 부상을 당합니다. 오늘도 경찰은 무장한 기동대를 우리들이 있는 곳까지 데리고 왔습니다. 그들은 평화롭게 우리들을 경찰에 안내하려는 생각은 않고 있어요. 무슨 일이 생기면 사살해 버리려고 하는 겁니다."

"분명 뭔가 있는 거야."

메구미가 그렇게 말하고는 종이컵을 집어 들었다.

"범죄자 취급이죠. 지금 경찰에게서 도망쳐 몸을 숨기고 있습니다만, 고독합니다. 이를테면 지금 우리들이 가장 신경 쓰고 있는 건 이 편집부에 경찰이 나타나지 않을까 하는 겁니다. 경찰이 오든 군대가 오든 우리들에겐 아무것도 아닙니다. 그래도 여러분에겐 확실히 폐를 끼치게 됩니다. 그렇게 생각하면 더 이상 사람 틈에 끼일 수가 없게 됩니다. 그래서 독자들의 말이 정말로 고맙습니다."

아주 잠깐 말이 끊겼다.

납득한 듯이 아카네 기쿠에가 고개를 들었다.

"응, 그래서 이 독자로부터의 투서랑 편지를 베이스로 한 특집을 기획하고 싶어서. 바이러스 연구소의 선생님께 얘기를 듣는 건 물론, 다른 과학자들의 의견이나 생각 같은 것도 넣을까 생각 중이야. 경찰의 말도 직접 취재해서 넣을까 하고, 되는 한 다양한 분야의 전문가들의 생각도 소개하려고. 그런 것에서부터 오치아이 씨랑 나카야 씨의 본질……이랄까, 뭐라고 말해야 좋을지 잘 모르겠지만, 이를테면 오치아이 메구미란 무엇인가, 라든가 나카야 교스케란 무엇인가 같은 점을 밀착해 취재할 수 없을까 해서. 그래도 그런 특집을 기획하려면 역시 가장 빠뜨릴 수 없는 게 있지. 바로 본인인 나카야 씨와 오치아이 씨의 말이라고 생각해."

이어서 오쿠보 편집장이 끼어들었다.

"최종적으론 말이죠, 이 이상 비극을 일으키고 싶지 않다는 생각이 있습니다. 나카야 씨가 말하신 것처럼 경찰은 여러분을 잡아서 범죄를 없애려고 하는데, 그게 새로운 비극을 만들고 있습니다. 나카야 씨가 하시는 말씀은 말 그대로 옳은 말씀이라고 봅니다. 나카야 씨 일행은 부상을 입히게 되니까 자신들을 공격하지 말라고 하셨죠. 협박하는 게 아니라고 말해도 경찰은 협박이라고 받아들입니다. 그러고는 그런 협박에는 굴하지 않는다며, 더욱 강경한 대책을 들고 나오는 겁니다."

교스케는 고개를 끄덕였다. 눈앞에 놓인 커피를 한 모금 홀짝였다. 엄청나게 단 커피였다.

"그 근저에는 자신이 믿어 온 상식이 뒤집히는 것에 대한 공포심이 있다고 생각합니다. 간단히 말하자면 초능력 같은 건 거짓말, 우화일 뿐이라는 상식 말입니다. 사실을 말하자면 초능력에 대해서는 저희도 **상식파**였죠. 절대로 믿을 수 없다고⋯⋯아니, 그런 바보 같은 얘기엔 관여하고 싶지도 않았죠. 그렇게 생각하면서 살아왔습니다. 하지만 나카야 씨와 연결이 되면서 어쩔 수 없이 저도 초능력과 관계되는 게 생기고 말았습니다."

"죄송합니다."

교스케가 웃으면서 그렇게 말하자 편집장이 "그러게나 말입니다."라고 답해 조금 분위기가 누그러졌다.

"지금은 믿게 됐습니다. 그렇게 되긴 했습니다만, 아까 옥상에 승용차가 착륙하는 걸 보고 역시나 무릎이 떨리긴 하더라고요. 다시 말해, 거꾸로 말하자면, 그런 소위 말하는 상식파의 생각이나 기분도 잘 알 것 같습니다. 자신이 믿어 왔던 게 뒤집히는 건 누구에게나 공포라고 생각합니다. 총구에서 발포된 탄환은 직선으로 날아가 전방에 있는 타겟을 꿰뚫습니다. 절대로 U턴해 자신의 얼굴을 파괴하는 일은 없습니다. 그런 말을 하는 녀석은 머리 어딘가가 이상한 겁니다. 왜냐하면 이치에 맞지 않기 때문이죠. 그게 상식파의 사고방식입니다. 이 사고방식을 바꾸는 것은 어렵고, 어떤 사람들에게 있어서는 불가능하다고 생각합니다. 다만 실제로 그렇게 사람이 죽었고 큰 부상을 입었습니다. 특집의 귀착점으로는 그걸 주장하고자 합니다. 그게 '류오 일기'의 연재를 하고 있던 저희들의 역할이 아닌가 생각합니다."

"감사합니다."

교스케는 고개를 숙였다.

그 특집기사가 기획되더라도 그걸로 상황이 호전되리라고는 생각하기 어려웠다. 편집장 자신도 그건 알고 있었다. 완고한 상식파를 바꾸는 건 불가능하기 때문이다.

다만 그렇게 특집을 꾸려 주는 것 자체가 교스케에게는 고마웠다.

"오치아이 씨는 어떻습니까? 이런 걸 생각하고 있는데, 어떻게 생각하시는지요."

기쿠에가 물었다.

메구미가 꾸벅 고개를 끄덕였다.

"기뻐요. 이 편지도, 읽게 해 주셔서 가슴이 꽉 찬 것 같아요. 나카야 씨도 마찬가지겠지만, 저도 계속 고독했어요. 용뇌염에 걸려 병원에 들어간 이후로는 계속 고독했어요. 병이 나은 뒤…… 랄까 다른 사람에게 감염시킬 가능성이 없어지고 병원에서 나와도 된다는 허락을 받았죠. 그래서 저는 나카야 씨에게 부탁해서 차로 원래 집에 데려다 달라고 했었어요."

"……."

아아, 하고 교스케는 눈을 감았다. 당연한 일이지만 메구미의 마음에는 그 광경이 언제까지고 남아 있을 터였다.

"제가 태어나기 전부터, 부모님은 고후 시 외곽에 있는 건물을 빌려 살고 계셨어요. 시내에 있는 작은 공장들이 밀집해 있는 곳으로, 길도 꽤나 좁아요. 그래도 가 봤더니 집이 있던 장소는 그냥 공터가 돼 있었어요. 용뇌염을 대유행시킨 원인은 저였고, 가족은 전부 죽었으니까, 말하고 보면 제 집이 진원지 같은 셈이었죠. 철저하게 소독했다는 듯하지만, 주위의 주민들은 그래도 납득을 못 했던 모양인지, 부숴서 전부 소각 처분해 버린 거예요. 그 사실은 전혀 듣지를 못했기 때문에, 집이 조그만 공터가 돼 있던 일은 정말로 쇼크였어요. 사정을 듣고 싶어서 옆집 아주머니께 인사를 드리려고 했는데, 살인자, 괴물이라는 소리를 하고 현관문도 열어 주지 않으셨죠. 전부 잃어버렸어요. 그때 이후로 저는 완전히 외톨이가 돼 버린 거예요."

"……."

아카네 기쿠에가 양손으로 입가를 누르고 메구미를 바라보고 있었다. 메구미의 말이 끝났는데도 아무도 입을 열지 않았다.

메구미는 커피로 입을 축이고는 훗, 하고 미소를 띠웠다.

"그 사건으로 저는 살인자가 됐지만, 실은 훨씬 전부터 살인자였던 거예요. 3명 정도가 아니에요. 저는 수백 명을 죽인 거죠. 대학병원에서 드래건바이러스를 가지고 나와 거리에 전파시키고 다녔죠. 많은 사람이 죽었는데, 그런데도 저는 살아남아 버린 거예요. 왜 바이러스는 절 죽여 주지 않은 걸까요. 죽이는 대신 이런 걸 줬죠."

메구미 눈앞에 있던 종이컵이 갑자기 눈높이까지 떠올랐다. 안의 커피가 종이컵에서 빠져나와 구체가 되어 천장 가까이까지 올라갔다. 종이컵만 테이블로 돌아가더니 그다음 순간 커피 구체가 한 줄기 폭포처럼 컵 안으로 쏟아졌다.

편집자들이 말을 잃고 종이컵을 응시하고 있었다.

"나카야 씨가 있어 주셔서 다행이에요. 이분이 없었더라면 저는 정말로 외톨이였을 테니까요. 분명 머리가 어떻게 됐을 거예요. 그래서 독자 여러분이 보내 오신 투서를 보고 엄청나게 기뻤어요. 응원한다고 써 주셨죠. 힘내라고 쓰여 있었어요. 오치아이 씨는 나쁘지 않다고 써 주신 분도 계셨고요. 만난 적도 없는 사람들인

데 그렇게나 상냥한 말을 해 줬죠. 고독한 건 변함이 없고, 경찰에 쫓기고 있다는 것도 변함은 없어요. 그래도 기뻐요. 행복한 기분이 들었어요."

메구미는 손수건으로 코를 누른 뒤 웃어 보였다.

그때 파티션을 돌아 남자 편집자가 들어왔다. 남자는 우스이를 손짓으로 부르더니 그대로 방 너머로 되돌아갔다.

"죄송합니다."라고 말을 끊고는 우스이는 남자의 뒤를 쫓아갔다.

설마 경찰인가 싶어서 교스케는 옥상의 상태를 투시해 봤다. 차는 착륙했던 때 그대로 있었다. 그 뒤로 차에 접근한 사람도 없었다. 불안감을 느끼게 할 만한 것은 전혀 없었다.

"그러면, 특집 기획은 이대로 진행시켜도 되는 거죠?"

오쿠보 편집장이 등을 쭉 폈다.

"네, 잘 부탁드립니다."

"그러면 아카네를 통해서 기초적인 취재를 하고자 합니다만, 시간은 아직 괜찮으신가요?"

"물론입니다. 오늘은 아무런 예정도 없으니까요."

교스케는 웃는 얼굴로 편집장을 돌아봤다.

편집장이 웃음소리를 냈다.

"음, 그럼 일단 취재를 끝낸 뒤 최종적인 부분에서 한 번 더 상담을 한다고 해야 할지, 얘기를 들을 필요가 있을 것 같은데요, 연락처……를 받는 것은 무리겠지요?"

"저희들 쪽에서 연락을 넣겠습니다."

"그렇게 해 주신다면 감사합니다."

고개를 갸웃거리면서 우스이가 돌아왔다. 돌아와서도 아무 말 않는 우스이에게 기쿠에가 고개를 돌렸다.

"뭐였어?"

우스이는 고개를 저었다.

"아무것도 아닙니다. 뭔가, 잘 알 수가 없는 정보가 들어왔을 뿐이에요."

"잘 알 수가 없다니, 뭐가?"

"아니, 관계가 있는지 어떤지는 별개로, 야마나시에서 벌어진 사건이라고 알려 준 겁니다."

"야마나시?"

"아무래도 원숭이가 인가를 엉망으로 만들고, 사람을 습격하고 있다는 것 같아요."

"······."

교스케는 저도 모르게 메구미와 얼굴을 마주 봤다.

"저, 그건 어디서? 야마나시라고 해도 넓잖아요."

"미나미알프스 시라고 하던데요."

교스케는 숨을 들이쉬었다.

그 순간 이유를 알 수 없는 불안감에 사로잡혔다.

"어, 좀 더 자세히 알려 주실 수 있나요."

"······자세히요? 무슨 일이 있나요?"

"아뇨, 아직은 모릅니다. 미나미알프스 시도 넓으니까 장소에 따라 달라지겠지만, 바이러스 연구소가 있는 고후 시랑 인접해 있어서요."

"아아······ 으음, 그럼."

우스이는 소파에서 일어서더니 방 너머로 말을 걸었다.

"사다, 잠깐만."

그러자 아까 그 남자가 나타났다.

"아까 그 원숭이 건, 나카야 씨에게 한 번 더 설명드려 줄래?"

사다라고 불린 편집자는 "아, 네에……" 하고 바지 뒷주머니에서 작은 메모장을 꺼내들었다.

사다는 메모와 교스케 사이에서 시선을 오락가락했다.

"그러니까 말이죠. 오늘 저녁 즈음…… 15시 후반이면 저녁이라고 하긴 이른가요. 야마나시 현 미나미알프스 시 시오노마에의 민가가 야생 일본원숭이 무리에 습격을 당했다는 것 같습니다."

교스케는 메구미에게 눈을 돌렸다. 메구미는 작게 고개를 저어 보였다.

시오노마에라는 지명은 몰랐다.

"근처에 강이 흐르는 곳인가요?"

"으음, 아, 있네요. 읽기 힘든 이름이네요. 으음. 오조쿠시, 가와?"

"미다이가와(御勅使川)군요. 미다이가와라고 읽습니다. 그 강 근처입니까?"

교스케가 정정해 줬다.

"네, 맞아요. 미다이가와라고 읽는군요. 네. 그게 남쪽으로 흐르고 있는 장소인 것 같습니다."

불안감이 더욱 커졌다.

"시오노마에라는 곳은 작은 촌락 같은데요, 40~50마리의 일본원숭이가 갑자기 습격해 와서는 민가에 올라가거나 실내를 어지럽혀서, 손에 닿는 대로 식재료를 훔쳐 갔다고 하더라고요."

"사람도 습격했다고……."

"네. 순경이랑 공무원들이 달려들어 포획하려고 했는데 역으로 공격을 당해서 두 명이 부상을 당해 병원으로 이송됐다고 합니다."

"그럼 결국 붙잡지는 못했다는 건가요?"

"······그런 듯하네요. 원숭이들은 한동안 어지럽히고 돌아다니다가 산으로 돌아갔다는 것 같습니다. 다만 전문가에 따르면, 먹을 걸 손에 넣었다는 경험이 있으면 다시 나타날 가능성도 높다고 하더라고요. 그래서 시에서 긴급하게 야생동물 포획 전문가를 불렀다고 합니다. 지금 있는 정보는 그 정도입니다."

"알겠습니다. 정말 감사합니다."

사다는 인사를 하고는 방 너머도 돌아갔다.

"뭔가 벌어질 것 같아?"

기쿠에의 질문에 교스케는 고개를 저었다.

"이웃한 시라고는 해도 거리는 꽤 있으니까 연구소까지 오지는 않겠지요."

다시 메구미에게 시선을 돌렸다. 그녀도 역시 불안한 눈길로 교스케를 쳐다봤다.

40

야마나시 지역에 한해서, 그 소식은 거의 톱뉴스에 준하게 보도됐다.

늘 들르던 그 공원 주차장에는 그날, 정차된 차가 많았기 때문에 교스케는 미다이가와 강을 따라 상류로 이동했다. 강변 공사를 위해 그렇게 해 놓은 건지 강변으로 이어지는 비포장의 가느다란 길을 발견해 거기에 차를 댔다. 조립식 가설 건물이 세워져 있었고, 크레인 등도 그 옆에 놓여 있었으나 사람 그림자는 어디에도 보이지 않았다. 그런데도 가설 건물에서는 되도록 떨어진 장소에 차를 세웠다. 메구미와 둘이서 뒷좌석으로 자리를 옮겨 포터블 TV의 전원을 눌렀다. 현내 뉴스를 하고 있을 법한 채널을 찾았다.

"그치만 말이죠……."

작업복 차림의 젊은 남자가 화면 속에서 마이크에 대고 말하고 있었다.

"한두 마리가 아니니까요. 그렇게 많은 수가 오면 도망치기 마련이라고요. 무섭잖아요."

"몇 마리 정도였나요?"

이번에는 화면 바깥에서 리포터가 물었다.

"제대로 세지는 않았는데요. 10마리 이상 있었어요. 12~13마리…… 정도려나요."

아무래도 어제 피해 상황 리포트가 이뤄지고 있는 것 같았다.

30대 중반의 주부에게로 인터뷰가 옮겨 갔다.

"무슨 소리가 나는 것 같아서 부엌을 들여다보니까 원숭이가 주저앉아서 양상추를 먹고 있더라고요. '으악!' 하고 소리를 지르니까 그쪽도 놀랐나 보더라고요. 창문을 넘어 도망갔어요."

"집 안까지 헤집고 다녔나요?"

"부엌이 완전히 뒤집힌 상태가 됐어요. 보아하니 귀여운 얼굴을 하고 있더라고요. 왠지 모르게 표정이 애잔하고요. 그래도 어린애랑 갓난아기도 있어서요. 아이들한테 해를 끼치면 큰일이죠."

화면이 줌 아웃되고 드디어 잡힌 리포터가 카메라를 쪽을 바라봤다.

"실제 피해를 입으신 분들의 얘기를 들어 봤습니다. 이상입니다."

"감사합니다."

스튜디오의 아나운서가 받았다. 여성 아나운서는 손에 들고 있던 원고로 시선을 떨어뜨렸다.

"미나미알프스 시에서는 원숭이에 의한 피해가, 매년 수확기를 중심으로 발생하고 있습니다. 그래프를 보시면 아시겠지만 해마다 피해 면적, 피해 금액은 커져만 가고 있습니다. 지난해 피해액은 2300만 엔으로 늘었고, 올해에는 이를 상회할 것으로 예측되고 있습니다. 후카오 씨, 이러한 상황에 시는 어떤 조치를 취하고 있습니까?"

아나운서는 옆의 남자에게 시선을 돌렸다.

"원숭이에 그치지 않고 멧돼지, 사슴, 쥐, 까마귀, 찌르레기, 참새 등 금수로 인한 피해에 시는 고민을 하고 있습니다만, 실제로 방지책이라고는 엽우회(獵友會)등에 의한 구제와 병행해 산과 인접한 마을 지역에서는 완충지대를 정비하거나 전기울타리를 설치하는 등의 조치를 취하고 있습니다."

"그렇지요. 엽총을 사용하는 거니까요. 포획과 구제라는 방식을 취하는 거군요."

"전에 동물 애호단체에서 항의를 한 적이 있기도 한데요."

후카오라고 불린 해설자는 쓴웃음을 지으면서 끄덕였다.

"네네. 귀여운 동물이기도 하고요. 종류는 일본원숭이인데, 동물원에서도 인기가 있고요. 그런 귀여운 동물을 쏴 죽인다는 게……라는 주장이었죠? 애초에 인간이 자연을 파괴해서 그들의 서식지를 좁혀 버린 건데, 그걸 구제하거나 쏴 죽이는 건 너무 제 멋대로인 데다가 잔혹하다는 주장을 하시는 단체나 개인들은 항상 계십니다. 그래도 방금 전 설명드렸다시피 농가 분들은 매년 상당한 피해를 입고 계십니다. 애호단체는 동물을 죽이지 말라고 하는데, 그런 분들이 성금을 모은다든가 자금을 끌어 모아서 금 수에 의한 피해를 보상해 주냐 하면, 그렇지도 않습니다. 그쪽으로 얘기가 나오면 그건 행정 문제라고 하시죠. 군이 따지자면, 감 정론인 거죠. 스키야키는 먹지만, 눈앞에서 소를 도축하는 걸 보는 건 싫다는 거랑 비슷하죠. 잔혹하니까 죽이지 말라는 건 간단합니다. 제3자의 공감을 얻기도 쉽고요. 하지만 정성 들여 키운 작물을 빼앗기는 건 사활이 걸린 문제니까요. 그저 죽이지 말아라, 동물을 쏘지 말아라, 라는 건 현실적이지 못하죠."

"그렇죠. 이건 자연과 우리들이 어떻게 관계를 맺어야 하는지에 대해 생각하게 하는 문제이기도 한 것 같네요. 그럼 다음 뉴스입니다. 고후 시에서는 전국 교통 안전 주간을 앞두고……."

메구미가 옆에서 한숨을 쉬었다.

"신경 쓸 만한 일은 아니었으려나."

"원숭이 때문에 피해를 입는 게 매년 있는 일이라니. 알고 있었어?"

메구미는 고개를 저었다.

"뉴스에서 방송은 봤던 것 같은데, 신경 쓴 일은 한 번도 없었어. 나하고는 관계없는 일이라고 생각했었거든."

433

TV 전원을 늦게 켰는지 원숭이가 사람을 습격한 상세한 내용은 나오지 않았다. 아마도 훨씬 전에 끝났을 터였다.

뉴스는 그 뒤로도 20분 정도 이어졌지만, 속보 형식으로 임시 뉴스가 편성된 건 바로 그 방송이 끝나려고 할 무렵이었다.

"방송은 앞으로 20초 정도 남았는데요, 방금 들어온 뉴스를 전해 드리겠습니다. 오늘 오전 9시경 야마나시 현 니라사키 시 아사히마치 가미조 미나미와리 농지 및 주택지가 여러 마리 원숭이의 습격을 받았습니다. 그때 시에서 파견된 엽우회 회원이 쏜 유탄이 같은 엽우회 회원인 후지키 요시노리 씨의 머리를 관통했습니다. 후지키 씨는 근처 구급병원으로 수송됐습니다만 방금 전 사망이 확인됐습니다. 방송이 끝나 갑니다만, 다시 한 번 말씀드리겠습니다. 오늘 오전 9시경 야마나시 현 니라사키 시 아사히마치 가미조 미나미와리 농지 및 주택지가……."

갑자기 컵 야키소바 광고가 흘러나오기 시작하면서 거기서 뉴스는 중단됐다.

교스케는 메구미와 서로 마주 봤다.

"니라사키?"

메구미의 말에 교스케는 고개를 갸웃했다.

"어제는 시오노마에라고 했었지. 다른 집단인가?"

거기에는 대답하지 않고 교스케는 TV 채널을 차례로 넘기기 시작했다.

야마나시 현지 방송국은 두 곳이 있었다. 하지만 어느 쪽도 새로운 뉴스는 하고 있지 않았다. 사망자가 나왔다는 뉴스는 현지 방송국이 아니라 전국망에서 나온 게 아닐까 하고 다른 채널로도 돌려 봤지만 결과는 마찬가지였다.

교스케는 일단 차에서 내려 운전석으로 이동했다. 뭔가 느낀 걸까 메구미도 반대쪽에서 조수석에 올라탔다.

시동을 걸고 내비게이션 지도로 주소를 검색해 봤다.

"아사히마치 가미조 미나미와리라고 그랬지?"

"그런 것 같아. 모르는 지명이지만."

"여기서라면 그렇게 멀지 않아."

"정말?"

"응. 어제 습격당한 시오노마에도 강 건너서 금방이야."

"인근 지역인 거야?"

"응. 그럼 같은 무리가 습격한 건지도 몰라. 가 볼까?"

"……그 아사히마치 어쩌고 하는 데에?"

"겁나?"

"그런 건 아닌데. 임시 뉴스를 방금 했다는 건 아직 사람들이 모여 있다는 뜻 아냐? 귀찮아지지 않을까 해서."

"위험해지면 곧장 도망치지, 뭐."

메구미는 어깨를 으쓱하더니 고개를 끄덕였다.

"오케이. 가자."

차를 강변에서 제대로 된 포장도로로 옮긴 뒤, 공민관 옆에서 다리를 건너 맞은편으로 이동했다. 내비게이션과 도로 옆 번지 표시에 따르면 거기는 벌써 시오노마였다. 기분 탓인지 오고 가는 차가 많았다. 눈에 띄지 않게 주행하면서 신중하게 차를 몰았다.

민가 옆을 빠져나오자 바로 뒤에 산이 있었다. 좁은 길의 양옆은 거의 다 과수원이었다. 복숭아밭인 것 같았다. 원숭이들에게는 보물산처럼 보일 게 뻔했다.

"저걸 봐."

메구미의 말에 교스케는 슬쩍 그녀에게 시선을 던졌다.

"저, 빨간 표식."

메구미의 시선 끝을 따라가니 도로 옆 울타리에 금속제 붉은 표식이 붙어 있었다. 거기에는 하얀색으로 '금수보호구역'이라고 쓰여 있었다.

"왠지 아이러니하지 않아?"

"원숭이들은 못 읽겠지만 말이야."

메구미는 웃으며 "아하." 하더니 교스케를 돌아봤다.

"그 반대일지도 몰라. 글자를 읽을 수 있는 똑똑한 원숭이가 있어서, 보호구역이라고 쓰여 있으니까 여기는 안전하다고 밥을 먹으러 오는 걸지도 몰라."

"그렇구나."

약간 속도를 내고 있는 와중에 미나미알프스 시에서 니라사키 시로 진입했다. 그곳이 아사히마치 가미조 미나미와리였다. 진입하기 무섭게 노상 주차한 차가 붙었다. 젊은 남자 두 명이 무언가를 외치면서 편의점 주차장으로 달려갔다. 그 주차장도 대형, 소형 자동차로 꽉 차 있었다. 차 전부가 편의점 이용객의 것이라는 생각은 들지 않았다. 오히려 사실은 원숭이 소동에 이끌려 모인 것일 터였다. 개중에는 뻔히 매스컴 차량이라는 생각이 드는 밴도 세워져 있었다.

"메구미, 저 글로브박스 안에 모자랑 마스크가 들어 있어."

"응? ……응응."

교스케가 한 말의 의미를 금세 이해하고, 메구미는 모자를 푹 눌러쓰고 마스크를 썼다.

"모자는 하나밖에 없어. 나카야 씨는? 마스크만이라도 할래?"

천천히 차를 몰면서 교스케는 고개를 저었다.

"나는 괜찮아. 메구미처럼 얼굴이 알려진 게 아니니까. 차에 타고 있는 두 사람이 전부 마스크를 쓰고 있으면 오히려 그게 더 눈에 띌지도 몰라."

"그런가."

앞쪽 길 위에 사람들이 무리지어 서 있었다. 모두 옆의 주택을 올려다보고 있었다. 카메라나 비디오를 쥐고 있는 모습도 보였다.

교스케는 차를 멈춰 세우고 창문을 열어 그들이 보고 있는 주택으로 시선을 던졌다. 메구미도 몸을 내밀어 보고 있었다.

옥상에 갈색 털뭉치 같은 게 두 개 올라가 있었다. 일본원숭이였다. 일본원숭이 두 마리가 옥상 위에 나란히 앉아 있었다. 두 마리 모두 양손으로 무언가를 그러쥐고 있었다. 아무래도 전리품을 가지고 옥상으로 올라가 식사를 하고 있는 것 같았다. 도로에서 올려다보고 있는 인간들은 그다지 신경을 쓰지 않는 듯해 보였다.

뒤에서 경찰차 한 대가 오는 걸 눈치 챈 교스케는 길 위에 넘치는 사람을 치지 않게 조심하면서 천천히 차를 움직였다. 한 블록 정도 가서 왼쪽으로 붙자, 경찰차는 교스케의 옆을 지나쳐 갔다. 적색등이 돌아가고는 있었지만 사이렌은 울리지 않았다.

잠시 망설였지만 교스케는 경찰차의 뒤를 좇기로 했다.

"너무 대담한 거 아냐?"

"이 차종하고 번호판은 아마도 전국에 수배가 내려졌을 텐데도 아무런 반응도 없었어. 지금 여기서는 다들 원숭이한테만 눈이 쏠리는 상태인 게 아닐까."

말하는 순간, 앞에서 경찰차가 좌회전을 했다. 산 쪽 방향이었다. 뒤를 쫓기로 했다. 경찰차가 향하는 곳이 현 시점에서 가장 중요한 지점일 가능성이 높다고 생각했기 때문이었다.

주택 모서리를 돌더니 비포장도로가 나왔다. 산기슭으로 이어지는 밭이 그 너머로 펼쳐졌다. 진흙탕 길에는 다양한 차량이 갓길에 정차돼 있었다. 그 옆을 지나가던 경찰차가 앞에서 정차한 것을 확인하고 교스케는 줄지어 서 있는 차량의 맨 뒤에 자기 차를 댔다.

정차된 차 중에는 사람이 탄 차량은 없었다. 모두가 밖에 나와 있었다. 보아하니 밭 쪽에 남자들이 일렬로 늘어서 있었다. 탕, 하는 마른 소리가 났다. 총성이었다. 서 있는 남자 중에는 총을 쥐고 있는 자가 몇 명, 곤충채집망을 크게 키운 것 같은 봉을 들고 있는 자도 몇 명, 그리고 등에 짊어진 배터리에 케이블을 접속시킨 작살 같은 걸 앞을 향해 쑥 내밀고 있는 자가 한 명, 막 도착한 경찰관 두 명은 그들 뒤에 섰고, 그 뒤로는 방송 관계자와 호기심 충만한 구경꾼들이 밭쪽을 주목하고 있었다.

교스케는 마음 단단히 먹고 차에서 내렸다. 메구미도 내렸다. 천천히 남자들이 있는 곳으로 걸어갔다.

아무래도 그 근방의 밭은 엄청나게 많은 수의 원숭이에게 점거당한 듯했다. 또다시 남자들이 있는 곳에서 총성이 들렸다. 아무래도 직접 원숭이를 쏘는 게 아니라 총구를 하늘로 향하고 있는 듯했다.

원숭이들은 총성에 놀라 파문이 일듯 수 미터를 후퇴했지만, 아무 일도 없었다는 듯이 다시 지면을 파헤치기 시작했다.

그때 메구미가 옆에서 교스케의 팔을 잡았다.

묵묵히 앞쪽을 바라본 채로 교스케는 고개를 끄덕였다.

원숭이 무리 중앙에 몸집이 유달리 큰 한 마리가 있었다. 때로 고개를 들고 주위를 둘러보다가 다시 지면 쪽으로 눈을 향했다.

그 우두머리다.

다음 순간, 문득 무언가를 깨달았는지 우두머리가 고개를 들었다. 뒷다리로 일어서더니 교스케와 메구미가 있는 쪽으로 시선을 던졌다. 우두머리와 교스케의 시선이 맞았다.

그 우두머리의 자세가 기회라고 생각했는지 엽우회의 남자 한 명이 갑자기 총을 쐈다. 그 주변에서 일제히 놀라는 소리가 났다. 교스케 옆에서 메구미도 작게 소리를 냈다. 쓰러진 건 우두머리가 아니라 총을 쏜 남자 쪽이었다.

팔을 붙잡고 있는 메구미의 손에 힘이 들어갔다.

교스케를 바라보고 있던 우두머리가 등을 뻗더니 귀청을 찢을 것 같은 소리로 울부짖었다. 그 순간 수십 마리의 원숭이들이 튀어 날아가는 듯한 기세로 산을 향해 도망쳤다.

그렇게나 밭을 꽉 메우고 있던 원숭이 무리가 순식간에 모습을 감췄다.

"가자."

교스케는 중얼거리듯이 메구미에게 말을 걸고 차로 돌아갔다.

앞쪽에서는 쓰러진 남자 주변이 거의 패닉에 빠져 있었다. 조수석에 메구미가 앉는 것을 확인한 교스케는 좁은 도로를 후진해서 돌아 나왔다. 우물쭈물 하고 있을 수 없었다. 오늘 두 번째 희생자가 나왔다. 곧 여기엔 구급차와 경찰, 매스컴으로 꽉 찰 터였다. 전국에 지명수배 중인 남녀가 그런 장소에서 얼굴을 드러내고 있을 수는 없었다.

"봤어?"

현도(顯道)까지 돌아오자 메구미가 물었다.

그게 우두머리를 말한 건지, 엽우회 남자 회원이 쓰러진 걸 말한 건지 판단이 서지 않았지만 교스케는 고개를 끄덕였다.

강을 건너 국도로 진입하기 바로 직전에 있는 편의점 구석에 교스케는 차를 댔다.

"어떻게 된 거야?"

메구미가 묻자 교스케는 고개를 저었다.

"잠깐 투시 좀 해 볼게. 녀석이 그 우두머리라고 생각하는데, 일단 확인해 두고 싶어."

"어어, 그렇지."

"혹시 내가 넋 놓고 있는 사이에 무슨 일이 생기면 메구미가 차를 움직여 줘."

"오케이. 다녀와."

우선은 눈앞 핸들에 올려둔 손을 가볍게 밀었다. 방금 전까지 있던 밭까지 시간을 돌려 거기에서부터 우두머리로 초점을 옮겼다.

틀림없었다.

우두머리는 어제 오키쓰 시게루를 죽이고, 밤에는 동료 원숭이들을 이끌고 시오노마에 과수원과 인가를 덮쳤다. 그리고 오늘 아침부터는 장소를 아사히마치 가미조 미나미와리로 옮겨 습격을 속행한 것이다. 수십 마리의 무리를 이끌고 내키는 대로 행동하고 있었다.

"어땠어?"

교스케는 메구미에게 고개를 끄덕여 보였다.

"그 녀석이야. 총성이 아니야. 그 녀석은 우리를 보고 산으로 도망간 거야."

말하면서 교스케는 휴대전화를 꺼내들었다.

"네…… 나카야?"

휴대전화를 손에 쥐고 있던 건 아닌가 싶을 정도로 우메자와는 곧장 전화를 받았다.

"그렇습니다. 지금 전화 괜찮으세요?"

"응, 괜찮아. 그 뒤로는 잘 도망간 모양이지. 경찰이 헬리콥터까지 준비한 건 놀랐지만."

"그 점이라면 걱정 안 하셔도 됩니다. 그것보다도 알아봐 주십사 하는 게 있어서, 전화를 드렸습니다."

"음. 뭔가?"

"선생님께서는 어제와 오늘, 원숭이 떼가 인가를 덮치거나 밭이랑 과수원을 헤집고 다니는 걸 알고 계시나요?"

"어어, 뉴스를 봐서 알고 있네. 다친 사람이랑 오늘은 사망자까지 나온 것 같더군."

"방금 전에도 한 명이 죽었습니다."

"응? 뭐라고?"

"저랑 메구미가 목격했습니다. 아마도 곧 뉴스로 나올 겁니다."

"두 명째……라는 건가?"

"네. 그래서 부탁드리고 싶은 건, 어제 시오노마에서 상처를 입은 두 사람, 그리고 오늘 아사히마치 가미조 미나미와리에서 돌아가신 두 사람의 상처를 입은 상태나 사인 같은 걸 알게 되시면 자세히 알려 주세요."

"……그건 왜?"

"가능한가요?"

"어어…… 아마도 알아보는 건 가능하다고 생각하네만. 어째서 그걸 알고 싶은 겐가? 오키쓰 씨와 관련이 있는 건가?"

"나중에 말씀드리겠습니다. 다시 전화 드릴까 하는데 언제가 괜찮나요?"

"……그러게. 밤이라면 조사도 돼 있을 거라 보네. 물론 그 시점에서 알아볼 수 있는 만큼이겠지만."

"그럼 7시나 8시쯤에 전화드릴게요."

"알겠네. 조심해서 행동하게."

"네. 잘 부탁드리겠습니다."

휴대전화를 끊고 옆을 보니 메구미가 교스케를 들여다보고 있었다. 어느새인가 마스크를 벗고 모자도 벗은 상태였다.

"그치만, 마스크 쓰고 있으면 후덥지근하고, 모자도 이거, 촌스러워서 쓰고 있을 수가 없단 말이야."

메구미가 묻지도 않은 말에 변명을 해 댔다.

웃으면서 시동을 걸었다.

"어디로 가는 거야?"

"일단은 산으로 돌아갈까 해. 집중해서 자세히 투시를 해 보고 싶어서."

"알겠어. 그래도 기왕이면 겸사겸사 여기서 식재료 같은 거라도 좀 챙겨서 가지 않을래?"

"아, 그럴까?"

교스케는 다시 시동을 껐다. 슬슬 주유도 해 두는 편이 좋을 것 같았다.

41

해가 저물자 역시나 공원 주차장도 텅 빈 상태가 됐다. 교스케는 가장 안쪽의 눈에 띄지 않는 장소에 차를 댔다. 왠지 그 위치가 지정석이 되어가고 있었다.

도망 중인 인간이 들르는 곳을 고정화하는 건 위험할지도 몰랐다. 어디에 어떤 눈이 있을지 알 수 없으니 말이다. 그런 경계심이 일지 않는 것은 아니었지만, 그때마다 장소를 바꾸는 것도 정신적으로 힘들었다. 실제로 하루 24시간 내내 신경을 곤두세우고 있는 것은 무리였다.

"나카야입니다."

"기다리고 있었네. 뭔가 이상한 상황일세."

우메자와의 어투가 어딘지 모르게 흥분한 것처럼 들렸다.

메구미는 혼자 뒷좌석으로 이동해 있었다. 뒤로 시선을 돌리자 시트 위에 다리를 올리고 웅크리듯 앉아 있었다. 그녀에겐 이미 우두머리를 투시한 결과를 얘기해 뒀다. 얘기한 뒤 메구미는 한 마디도 말을 하지 않고 있었다.

"이상하다니 뭐가 말입니까?"

"오늘 죽은 엽우회 두 사람은 둘 다 총알로 머리를 관통당해 뇌가 으스러진 게 사인으로 판단이 났네. 내 입장에서는 경찰 수사에까지 발을 들일 수가 없으니 저격과 관련한 자세한 내용은 모르지만."

"네."

"다만 신기하다고 생각한 건 어제 원숭이 포획을 할 때 두 사람이 입은 상처라네. 상처를 입은 건 공무원과 경찰관이었네. 본인들의 말에 따르면 원숭이를 잡으려고 둘이서 망의 양 끝을 잡고 덮치려는 순간 팔에 격렬한 통증이 느껴져서 쓰러졌다더군. 그들은 둘 다 팔에 복합골절이 일어났네."

교스케는 휴대전화를 귀에 댄 채 고개를 끄덕였다.

"역시 복합골절이군요."

"알고 있었나 보군."

"그걸 확인하고 싶었습니다."

"오치아이 씨나 나카야 씨의 케이스랑 비슷하네. 이건 어떻게 된 일인가?"

"오키쓰 씨가 쓰러졌을 때 몸집이 큰 원숭이가 있었다고 말씀 드렸지요."

"응."

"어제 두 사람의 팔에 복합골절을 일으키고, 오늘 두 사람의 목숨을 빼앗은 건 그 대왕원숭입니다.”

“그 원숭이는…… 뭔가? 그 녀석도 용뇌염에 걸렸다가 살아남은 건가?”

“그건 아니라고 봅니다. 그 대왕원숭이는 오키쓰 씨입니다.”

“……”

우메자와의 말이 순간 끊어졌다.

“뭐라 말했나? 원숭이가, 오키쓰 씨라고?”

교스케는 눈을 감고 크게 숨을 들이쉬었다.

“설명하는 데 조금 시간이 걸릴 것 같습니다. 이 전화로 괜찮으신가요?”

“어어, 내 시간은 상관 없네. 얘기해 주게.”

“오키쓰 씨에겐 선생님들께 말씀드리지 않은 능력이 하나 더 있습니다.”

“……하나 더?”

“사카베 선생님 일은 기억하고 계시지요.”

“사카베…… 사카베 아쓰시?”

“네. 이미 꽤나 전…… 9월 하순이라고 생각합니다. 그때엔 아직 공표되지 않았던 저희들의 능력에 대해, 매스컴 여러 곳에서 지라시처럼 정보가 흘러나간 적이 있었죠.”

“아아, 분명 그랬지. 그건 사카베 씨가 그랬다는 걸 알고, 의사로서 바람직하지 못하다는 판단을 내려 의료팀에서 내보낸 적이 있었지. 하지만 그게 어떻다는 건가?”

“사카베 선생님이 해고된 사정은 저희들에게 전달이 되지 않아서 상상할 수밖에 없었는데, 선생님은 그런 일은 절대로 하지 않왔다고 주장하셨지요?"

"……그랬지. 완강히 부정했네. 다만 증거라고 하기엔 좀 과장된 것 같다만 사카베 씨가 했다는 걸 뒷받침하는 게 몇 개가 나와서 말이지. 비밀 엄수 의무 위반으로 기소할 생각은 없었지만, 팀에는 맞지 않는다고 판단했었던 것 같네."

"실은, 엄밀히 말하자면, 사카베 선생님은 정보 누설 같은 건 하지 않으셨습니다."

"……무슨 말인지 이해가 안 되는데."

"전자적으로 목소리를 가공해서 병원 매점에서 정보 누설 전화를 걸었습니다. 분명히 그런 일은 있었습니다. 하지만 그건 사카베 선생님의 의지가 아니었습니다. 사카베 선생님은 오키쓰 씨에게 빙의당한 겁니다."

"……"

우메자와의 말이 다시 끊겼다.

뒤를 돌아보니 메구미는 아까와 같은 자세로 앉아 있었다.

"때마침 병동에서 6층으로 옮겼을 무렵의 일입니다. 저는 오키쓰 씨에게 상담을 해 드린 적이 있어요. 오키쓰 씨는 사카베 선생님 일에 대해 계속 불안감을 가지고 계셨던 듯합니다. 그건 자신의 기억에 대해서였습니다. 그에겐 자신이 매스컴에 전화를 걸어 정보를 누설시킨 기억이 있었습니다."

"……아직 잘 모르겠네만, 계속하게."

"꿈을 꾼 거라고 오키쓰 씨는 생각하고 있었습니다. 그래도 제가 말씀드린 사카베 선생님의 행동이 너무나도 그 꿈과 일치했기 때문에 기분이 나빠서 어쩔 줄 몰랐던 모양입니다. 왜냐하면 그 전에도 오키쓰 씨는 자기자신을 빠져나간 것 같은 기분을 몇 번인가 경험하셨기 때문이죠. 고민을 하던 오키쓰 씨는 자신을 투시해 달라고 제게 상담을 요청했습니다. 단순히 꿈을 꾼 건지…… 사카베 선생님이 정보를 누설한 그 시점의 오키쓰 씨를 제가 투시를 해 보기로 했습니다."

"그렇군."

"투시 결과는, 꽤나 충격적이었습니다. 오키쓰 씨는 자고 있는 사이에 다른 사람에게 빙의할 수 있는 능력이 있던 겁니다."

"자고 있는 동안?"

"네. 극복하려고 몇 번이고 노력했던 것 같습니다만, 결국 이 능력은 오키쓰 씨가 컨트롤하지 못했습니다. 다른 사람에게 빙의되는 건 오키쓰 씨의 의지와는 관계없이 자고 있는 동안 일어납니다. 그렇달까, 투시한 한에서는 빙의가 시작되면 오키쓰 씨의 의식이 끊어져 버려 자고 있는 상태가 되는 게 아닐까 생각합니다."

"구체적으로 얘기해 줄 수 있겠나?"

"사카베 선생님 건에 대해서는 꽤나 복잡한 빙의가 일어났습니다. 그때 저희들은 아직 격리병동에 갇혀 있었고, 선생님이나 간호사들은 방호복을 입고 저희들을 만났죠."

"응."

"그날 밤, 정확히는 9월 24일 밤, 오키쓰 씨는 침대에 누웠습니다. 간호사인 아키노 씨가 그날 마지막으로 체온을 재고, 병실을 나갔을 때 오키쓰 씨는 침대 위에서 경련을 일으킨 듯 튕겨 올랐습니다. 그 순간 오키쓰 씨를 투시하고 있었던 제 시계가 아키노 간호사의 시계로 바뀌었습니다. 투시하고 있는 저도 무슨 일이 벌어지고 있는지, 그때엔 이해할 수 없었습니다."

"아키노 간호사…… 그렇군."

"아키노 씨는 그날 그걸로 일을 끝마쳤는지 방호복을 벗고는 간호사실의 동료들에게 인사를 하고 엘리베이터로 1층까지 내려가 탈의실로 들어갔습니다. 그녀는 옷을 다 갈아입고는 자신의 로커에서 몇 가지 물건을 꺼냈습니다. 열쇠가 두 개, 접어 둔 메모가 한 장, 그리고 상자 하나. 그 상자에는 전화를 건 상대에게 자신의 목소리를 숨기기 위한 음성변조기가 들어 있었습니다."

"……뭐라고?"

"그리고 아키노 씨는 복도에 인적이 없는 걸 확인하고는 옆의 남자 탈의실로 들어갔습니다. 로커에서 가져온 물건을 내려 두고는 그녀는 곧장 남자 탈의실을 나왔습니다. 현관으로 향해 갈 때 엘리베이터에서 사카베 선생님이 내려왔습니다. 사카베 선생님과 목례를 한 다음 순간, 아키노 씨의 몸이 휘청이듯 비틀거렸습니다. 투시하는 시계가 그 박자에 맞춰 이번에는 사카베 선생님으로 바뀌었습니다."

"대체…… 그건."

"사카베 선생님은 탈의실에 준비된 열쇠와 메모지, 음성변조기를 가지고 문 닫은 매점으로 몰래 숨어 들어갔습니다. 그곳의 전화를 사용해 정보를 매스컴에 흘려보낸 겁니다."

전화기 너머에서 우메자와의 한숨 소리가 크게 들렸다.

"하지만, 그게……."

"모든 걸 끝내고, 복도를 걷던 사카베 선생님은 갑자기 현기증이 일어난 것처럼 주저앉았습니다. 그 순간 투시 시계가 침대에 누워 있던 오키쓰 씨에게 돌아왔습니다. 오키쓰 씨는 침대 위에서 벌떡 일어나 두리번두리번 병실을 둘러봤습니다. 꿈이라고 생각한 거겠죠. 오키쓰 씨는 머리를 흔들고는 다시 모포 안으로 들어갔습니다."

"사카베 선생이랑 아키노 씨에게 그때의 기억은 없다?"

"네. 나중에 아키노 씨에게 슬쩍 얘기를 꺼내 봤는데, 그녀는 자신이 그 밤에 했던 행동에 대한 기억이 전혀 없는 것 같았습니다. 사카베 선생님도 정보를 흘렸다는 기억은 어디에도 없었을 테지요. 선생님 입장에서 보자면 전혀 기억에도 없는 누명을 쓰고 해고를 당한 게 된 거죠."

"지금 당장은 믿기 어렵군…… 하지만, 왜 그걸 우리들에게 숨기고 있던 거지?"

"오키쓰 씨가 꽤나 낙담해 있었기 때문입니다. 실은 그것보다 더 큰 빙의가 벌어졌었거든요."

"더?"

"네. 연구실 6층으로 막 옮겼을 무렵인 9월 30일, 오키쓰 씨는 조깅을 하러 나간 김에 고후의 영화관에 들렀습니다. 영화를 보면서 오키쓰 씨는 잠기운에 못 이기고 잠에 들어 버렸습니다만, 그때 근처 좌석에 앉아 있던 하기와라 다카히로 씨에게 빙의가 일어난 겁니다."

"하기와라 다카히로?"

"부동산 회사에 근무하던 33세의 남성입니다. 그건 나중에 신문 기사를 보고 알았습니다."

"……"

"그때에도 투시의 시계가 오키쓰 씨에게서 하기와라 씨로 갑자기 바뀌었습니다. 오키쓰 씨에게 빙의당한 하기와라 씨는 영화가 상영 중임에도 불구하고 영화관을 나섰습니다. 무언가 화가 난 것 같은 모습으로 주차장에 있던 차로 돌아가더니 꽤나 난폭한 운전으로 급발진을 했습니다. 잠깐 정차하지도 않고 액셀을 최대한으로 밟아 도로로 나선 순간, 오른쪽에서 달려온 덤프트럭이 하기와라 씨의 차를 옆에서 박았습니다."

"……그건."

"동시에 투시가 오키쓰 씨에게로 돌아왔고, 오키쓰 씨는 좌석에서 펄쩍 뛰었습니다. 나중에 읽은 기사에 따르면 하기와라 씨는 돌아가셨고, 부딪힌 트럭 운전수도 늑골이 부러지는 중상을 입었다고 하더군요."

"빙의……."

"오키쓰 씨는 꽤나 충격을 먹었습니다. 그는 자신을 '괴물'이라고 말했습니다. 드래건바이러스 때문에 괴물이 되었다고. 그러니 저도 메구미도 그 능력은 오키쓰 씨가 말할 기분이 들 때까지 얘기를 하지 않았던 겁니다. 오키쓰 씨는 마지막까지 그것을 밝히지 않았죠. 말할 타이밍을 놓쳤고, 그게 여기까지 오게 된 겁니다."

"으음, 그 오키쓰 씨의 능력은 전혀 컨트롤이 안 되는 거였나?"

"네. 의식이 있을 때엔 빙의가 일어나지는 않습니다."

"의식이 있을 때에는…… 과연 그렇군. 다시 말해, 이를테면 이 녀석에게 빙의하겠다고 생각한대서 된다는 게 아니군."

"네. 그래서 서두가 장황해졌는데요, 여기서부터가 진짜 드릴 말씀입니다. 오늘 원숭이가 밭과 인가를 덮쳐 한 명이 죽었다는 뉴스를 듣고 메구미와 현장에 가 봤습니다. 밭을 어지럽힌 원숭이 무리 중에 유별나게 몸집이 큰 녀석이 있었습니다. 그다지 원숭이를 자주 본 건 아니지만 그게 오키쓰 씨를 쓰러뜨린 우두머리라는 건 한눈에도 확신할 수 있었습니다. 게다가 그 우두머리를 사살하려고 했던 사람이 총격을 받아 쓰러지는 걸 보고 마음속에 있던 불안이 한층 더 부풀었습니다."

"계속하게."

"선생님께 연락을 드린 뒤에 불안감의 근원을 찾기 위해, 돌아가시기 전후의 오키쓰 씨를 다시 한 번 투시해 보고자 했습니다. 우두머리가 손가락으로 뺨을 쓰다듬은 순간 오키쓰 씨는 기겁을 한 듯 털썩 주저앉았습니다. 우두머리는 오키쓰 씨의 얼굴을 들여다보듯 다시 그의 뺨을 쓰다듬고 이마에 손을 올렸습니다. 원숭이는 일갈하더니 몸을 일으켜 나뭇가지로 옮겨가 그 자리를 떴습니다. 그때는 그 광경을 본 뒤 투시를 중단하고 급하게 오키쓰 씨가 쓰러져 있는 장소로 달려갔습니다. 오키쓰 씨에게 벌어진 일이 쇼크여서 그때엔 깨닫지 못했는데, 보고 있던 투시가 부자연스럽다는 걸 깨달았습니다."

"부자연?"

"네. 전에 거리에서 본 작은 소녀를 시험 삼아 투시해 본 적이 있어요. 과거뿐만이 아니라 미래도 투시가 가능하다는 걸 막 알게 된 무렵으로, 그걸 시험해 보고 싶었던 거죠."

"응."

"상상조차 못 했던 소녀의 미래를 보게 됐습니다. 초등학교 4학년 정도에 병에 걸려 긴 입원 생활을 보내게 된 그 아이는 침대 위에서 성장하고, 그리고 결국에는 퇴원하지 못하고 짧은 생을 마감합니다. 그때 저에게는 투시가 돌연 얼어붙은 듯이 보였습니다. 스톱모션처럼요."

"아아…… 그렇군."

"우두머리가 뺨을 쓰다듬고 땅에 쓰러진 순간, 오키쓰 씨는 이미 돌아가신 게 아닐까 생각했습니다. 하지만 투시는 얼어붙지 않고 계속됐습니다."

"다시 말해……."

"네. 오키쓰 씨는 우두머리에게 빙의한 겁니다. 오키쓰 씨의 투시는 자연히 우두머리의 행동을 좇는 게 됐습니다."

"하지만…… 그런 게."

우메자와의 말이 목이 멘 듯 끊어졌다.

"그…… 하지만, 빙의했다고 하더라도 전에는 잠에서 깨면 돌아왔잖나? 왜 이번에는 원숭이에게 빙의된 채 있는 건가?"

"모르겠습니다. 그 뒤로 오키쓰 씨의 상태는 어떤가요?"

"미라일세."

"미라."

"나카야 씨도 봤지 않는가. 오키쓰 씨는 한번은 20대까지 젊어졌다가 그리고 한번에 원래 나이로 돌아와 미라처럼 돼 버렸네. 우리들도 오키쓰 씨의 변화가 전혀 이해가 안 된다네. 어쨌든 바싹 말라 있다네. 수분이 거의 없어. 믿을 수가 없어서 머리카락을 조금 잘라 DNA를 조사해 봤네. 오키쓰 씨인 건 분명해. 아주 조금만 부주의하게 굴면 부숴져서 가루가 될 것 같을 정도로 바싹 말라 있다네."

교스케는 후우 한숨을 내쉬었다.

"그럼 아마 오키쓰 씨가 원래 몸으로 돌아갈 일은 없겠네요."

"돌아간다면…… 기적이네만."

"단지, 생물학적인 분석은 전 못합니다만, 오키쓰 씨는 돌아가신 게 아닙니다. 그 우두머리가 오키쓰 씨입니다. 우두머리는 자신이 오키쓰 씨라는 자각이 아마도 전혀 없을 거라고 생각하지만요."

"으음. 하지만, 글쎄……."

"선생님께서도 들으셨잖아요. 원숭이를 공격한 사람의 상처나 죽은 양상이, 메구미나 제 경우와 비슷하다고."

"아니, 그건, 그야 그렇지만."

"선생님께 부탁드리고 싶습니다. 무리일지도 모르겠지만, 그 우두머리를 공격하지 않도록 행정기관과 경찰을 설득해 주셨으면 합니다."

"……"

"저희들과 마찬가지입니다. 원숭이를 사살하려고 총을 쏘면 그 탄환은 쏜 사람을 죽이고 말 겁니다. 라이플 마크를 조사해 보면 한 방에 알게 될 겁니다. 아사히마치 가미조 미나미와리에서 저희들도 목격했고, 거기에는 많은 사람들이 있었습니다. 경관도 두 명이나 있었죠. 그들도 봤습니다. 거기서 총을 쥐고 있던 사람은 몇 명이 있었습니다만, 그 순간 쏜 사람은 한 명뿐입니다. 아마도 상식을 우선시한다면 역시 유탄을 맞았다는 보도를 하겠죠. 하지만 거기에 있던 사람이라면 누구나 생각할 겁니다. 그 상황에서는 유탄에 맞는 것 자체가 불가능하다고요. 엽우회 사람들은 밭을 보고 일렬로 늘어서 있었습니다. 모두 다 밭을 점거한 원숭이에게 총을 겨누고 있었죠. 혹은 위협을 하기 위해 하늘을 향해 총구를 겨누고 있었습니다. 그들 역시 유탄이라고 발표가 나면 의아해할 겁니다. 동료를 오인사격 할 상황이 아니었으니까요."

"하지만, 오치아이 씨의 건도 그렇네만 경찰들은 그녀의 방위기능을 인정하려 들지 않고 있네. 완고하게 상식의 벽을 지키고자 하고 있다고. 더 나아가 원숭이가 상대가 되면……."

"그렇게 되면 앞으로 엄청난 피해가 나올 가능성이 있습니다. 그 우두머리를 공격하면 자살행위라고요."

우메자와가 앓는 소리를 냈다.

"문제가 큰 건 나도 자각하고 있네. 나카야 씨가 한 얘길 제대로 이해했다고 보니까. 다만 머리가 아프군."

"앞으로 《주간 이터니티》와 람다기획에도 연락을 해서 얘기를 해 볼 겁니다. 그래도 그들은 어차피 매스컴으로, 일반 독자나 시청자의 감정에 호소하는 건 가능하지만 경찰이라든가 공무원을 움직이지는 못할 겁니다. 그래서 선생님께 부탁드리고 싶은 겁니다."

"아니…… 이미 나도 머리가 어떻게 된 의사 취급을 받고 있네. 어떻게든 하지 않으면 안 된다고 생각은 하네만 가장 문제라고 생각하는 건, 오키쓰 씨가 빙의한 게 원숭이라는 걸세. 자네들의 경우에는 몸을 감춰서 피해가 커지는 걸 막아 주고 있네. 하지만 원숭이는 그런 판단을 하지 않을 거 아닌가."

"빙의했다고는 해도, 오키쓰 씨의 의지가 남아 있는 건 아닌 것 같으니까요. 식량을 확보하기 위한 행동은, 바로 원숭이일 테니까요. 실제로는 그런 행동을 하고 싶지 않지만, 미라화된 오키쓰 씨를 공개해서라도 이 상황을 설명해 주셨으면 합니다."

454

"음…… 좀 생각해 보겠네. 나카야 씨 쪽에서도 뭔가 생각이 있으면 알려 주게."

"알겠습니다. 그럼 오늘은 여기서."

"그래. 조심하게."

휴대전화를 닫고 뒤를 돌아보니 메구미와 눈이 맞았다.

"있지. 아까 그 대왕원숭이도 오키쓰 씨처럼 회춘하려나?"

메구미가 얼굴을 쓱쓱 문질렀다.

교스케는 고개를 갸웃했다.

"글쎄."

문득 전에 오키쓰가 한 말이 머릿속에 떠올랐다.

—우리들은 드래건바이러스의 부산물이지. 죽지 않는 몸의 용인 셈이네.

42

두려워하던 게 조금씩 현실이 되어 가고 있었다.

원숭이 무리는 매일 장소를 바꾸며 인가와 밭을 계속해 습격했다. 그리고 거의 매일같이 상해를 입은 사람이나 시체를 구급차가 옮기게 됐다. 뉴스는 야마나시 지역급에서 전국 톱으로 격상됐다.

우메자와를 대표로 류오 대학 바이러스 연구소가 우두머리의 특수한 위험성을 호소했고, 그건 TV나 신문에서도 다뤄져 이목을 끌었으나 공무원이나 경찰의 태도는 어딘지 애매모호했다.

다만 총기 사용은 날이 지날수록 확실히 감소했다. 그건 우두머리를 쏘면 저격한 사람이 죽는다는 우메자와의 말이 매스컴에서 인용돼 유명해졌기 때문이라기보다는, 오히려 원숭이 무리가 차츰 도시 안에서 등장하기 시작했기 때문이었다. 산림이라면 모를까, 사람들이 북적거리며 생활하는 주택지에서 발포 허가가 날 리 없었다.

총을 사용하지 못하자 대책은 망을 사용한 포획을 중심으로 이뤄졌다. 멍키도그라고 불리는 개들을 모아, 이들이 원숭이들을 쫓도록 만드는 것이다. 망을 설치한 장소로 개가 원숭이들을 몰아넣어갔다. 하지만 그것도 그럴듯한 성과를 내지는 못했다.

때로 획득한 먹잇감에 몰두해서 무리에서 떨어져 나오는 원숭이가 있었다. 그렇게 무리에서 동떨어진 원숭이를 잡는 건 지금까지도 몇 번인가 성공했다. 다만 문제는 항상 무리를 이끌고 있는 무적의 우두머리 원숭이였다. 아무리 개가 원숭이들을 궁지로 몰아넣어도 우두머리가 나타난 순간 형세는 역전돼 버리는 것이었다. 궁지에 몰린 원숭이들의 울음소리가 우두머리를 불렀다. 우두머리는 멍키도그 따위, 전혀 두려워하지 않았다.

TV로 보도된 영상에서도 그 모습은 꽤나 확실히 포착돼 있었다. 원숭이들을 향해 짖으면서 망이 있는 곳으로 몰아넣던 수 마리의 개들이 갑자기 짖는 것을 멈췄다. 성큼성큼 걸어오는 우두머리가 한 번 큰 소리로 위협하면 개들은 꼬리를 말고 뒷걸음질을 쳐 버리는 것이었다. 그 틈에 원숭이들은 포획망을 빠져나와 근처 주택 옥상으로 올라가 버렸다.

우두머리를 어떻게든 하지 않으면, 얼마나 시간이 지나더라도 결판을 지을 수 없을 거라고 모두들 생각했다. 하지만 우두머리를 잡는 건 전혀 불가능했다. 잡으려다가 상처를 입은 사람 수는 원숭이의 습격이 시작된 이후 일주일 동안 18명에 달했다.

제멋대로인 행동하는 건지 혹은 이유가 있어서인지 모르겠으나 원숭이 무리는 가마나시가와 강을 향해 계속 이동했다. 날이 저물면 무리는 어디론가 사라졌다. 그리고 이튿날 아침이 되면 다시 나타났다. 습격은 언제나 점심 무렵이었다. 가마나시가와 강에 다다르면 거기서 멈출지, 아니면 강을 건널지 알 수 없었다. 강 너머에는 류오 대학 의학부속병원이 있었고, 거기서 더 나아가서는 고후 시가지가 있었다.

"우리들끼리 어떻게 할 수는 없을까?"

메구미가 캔커피를 마시면서 말했다.

"네 힘은 대단하지만, 그 우두머리한테 그 힘을 사용했다가는 살해 당할 가능성이 커."

"어차피 나는 평범한 생활로 돌아갈 수 없고, 죽는다고 해도 상관없는데. 못해도 동시에 공격하게 만들고는 싶어."

교스케는 고개를 저었다.

"동시에 공격하는 건…… 어렵지 않을까. 내가 생각한 건 어떻게든 해서 그 우두머리가 우리들을 먼저 공격하게 만드는 거였는데 말이지."

"우두머리 쪽에서…… 아아, 그렇구나."

"물론 그걸로 어떻게 될지는 알 수 없어. 알 수는 없지만 할 수 있는 일이라면, 이라고 생각은 했지."

메구미가 신기하다는 표정으로 교스케를 바라봤다.

"왜 과거형이야?"

"과거형?"

"'생각은 했지'라고 했잖아, 더는 그렇게 생각하지 않는다는 거야?"

교스케는 머리를 쓸어 올렸다.

"우두머리는 나나 메구미를 공격하지 않을 거야. 기억나지?"

"……어렴풋이."

"처음 만났을 때, 메구미가 우두머리를 향해 다가갔어. 내가 말리는 것도 듣지 않고, 나를 죽일 테면 죽여 보라고 대들듯이 다가갔잖아?"

"응……."

"그 녀석은 이를 드러내면서 위협은 했지만, 결국 우리를 덮치지는 않고 도망쳤어."

"기억하고 있어."

"밭에서 우연히 마주쳤을 때도 그랬어. 엽우회 사람이 발포해서 쓰러졌지만, 그 총성에도 우두머리는 움찔거리지도 않았어. 우리들의 얼굴을 보고 도망쳤지. 본능인 건지 오키쓰 시게루 씨였을 때의 기억이 남아 있는 건지 모르겠지만, 그 녀석은 우리들을 공격해서는 안 된다는 걸 알고 있어."

"그럼, 그렇게 하면 되겠네."

메구미가 등을 쭉 폈다.

"그렇게라니?"

"우리들한테서 도망치는 거라면, 우리들이 우두머리를 뒤쫓는 역할을 하면 되잖아?"

교스케는 고개를 저었다.

"왜?"

"계속 뒤를 쫓을 수가 없어."

"아무리 빨리 도망친대도 나는 어디까지라도 쫓아갈 수 있어. 하늘에서 쫓을 거니까."

"아니, 그게 아니야."

"……무슨 말이야?"

메구미가 의아하다는 표정으로 교스케를 쳐다봤다.

"실은 시뮬레이션을 해 봤어."

"시뮬레이션?"

"뭐, 미래를 투시해 봤다는 거긴 하지만."

"아, 응."

"미래의 일은 불확실한 부분도 있고, 별로 알고 싶지 않다는 기분이 강한데, 살짝살짝 투시해 보고는 해."

"응. 난 개인적으로 좀 더 계속해서 미래를 투시해 주지 않을까 전부터 생각했었으니까 대환영. 그래서? 나라도 우두머리를 쫓을 수 없는 건 어째서야?"

교스케는 저도 모르게 한숨을 쉬었다.

미래를 투시하는 건 기분이 무거워질 뿐이었다. 조금이라도 좋아지도록 행동을 취해서 미래를 바꾸는 것도 어느 정도는 가능하지만, 자신이 벌인 행동으로 인해 더욱 사태가 악화되는 경우가 많았기 때문이다.

"메구미가 우두머리를 뒤쫓아."

"응."

"어디까지고 뒤쫓기는 상황에서 그 녀석은 패닉상태에 빠져."

"패닉……."

"그래. 그래서 메구미를 역습하면 결과는 좋게 나올지도 몰라. 하지만 그 녀석은 역시나 메구미한테는 공격을 하지 않아."

"흐음."

"그래서 공격의 화살은 다른 쪽으로 향해져."

"다른 쪽?"

"그 녀석은 산으로 도망치는 게 아니라, 점점 시내 쪽으로 가버려. 그 녀석이 뛰쳐나오는 바람에 놀라 교통사고가 벌어지고, 그 녀석에게서 도망치려는 사람들에게 덤벼들어. 우두머리는 손에 닿는 대로 주위 사람을 공격하고 목덜미에 이를 박아 넣어 숨통을 끊어 버려."

"……."

"우두머리의 패닉이 시내 전체의 패닉으로 확대돼 버려. 물론 경찰은 그런 원숭이의 폭주를 방관할 수는 없어. 다양한 방법을 사용해 우두머리를 죽이려 들어. 죽이려고 하면 경찰관의 시체가 늘어나. 그 녀석의 패닉은 점점 더 심해져서…… 뭐, 그런 전개야."

"최악……이로구나."

"물론 메구미가 쫓는다고 반드시 그렇게 될 거란 보장은 없어. 패닉을 회피하는 방법을 발견하면 잘 붙잡는 방법도 있을지도 몰라. 그래도 다시 말하지만 회피책이라고 생각해서 한 일이 더 심각한 사태를 불러일으킬 가능성도 있으니까."

"밝은 미래는 없는 거야?"

교스케는 묵묵히 눈을 감았다.

43

먹을거리를 확보하기 위해 산을 내려가 편의점 주차장에서 혹시 몰라 휴대전화를 열어 본 순간, 우메자와로부터 메일이 와 있다는 걸 알아차렸다.

"선생님한테서 메일이라니…… 처음 있는 일이네."

메구미는 교스케에게 불안한 듯한 눈빛을 보내왔다.

딱히 정해 둔 것은 아니었으나 세간에서 모습을 감추기 시작한 이래 우메자와와의 연락은 교스케 쪽에서 먼저 취하는 게 당연시되고 있었다.

"그러고 보니, 없었구나. 지금까지."

차에서 내리기 전에 메일 화면을 띄워 봤다. 딱 한 문장뿐인 메일이었다.

당장 연락 부탁하네 ─ 우메

조수석에서 들여다보는 메구미에게 교스케는 휴대전화의 액정을 보여 줬다.

"당장……? 무슨 일이 있던 거지?"

엄청난 일이 벌어진 건 확실했다.

교스케는 묵묵히 우메자와의 휴대전화 번호를 눌렀다. 물론 투시하면 용건을 알아볼 수도 있었다. 하지만 그렇게 하기보다는 직접 묻는 게 훨씬 빨랐다.

"나카야로군."

역시 우메자와는 신호음이 한 번 울리기 무섭게 전화를 받았다.

"메일 봤어요."

"거기에 오치아이 씨가 있나?"

질문에 교스케는 오치아이에게 시선을 던졌다.

"있는데요."

'뭔데?'라고 말하듯 메구미가 교스케를 쳐다봤다.

"오치아이 씨에게 직접 전하는 게 낫다고 생각하네. 바꿔 주지 않겠나?"

"네……."

휴대전화를 내밀자 메구미는 '나?' 하고 자신을 가리키면서 받아들었다. 흠칫 놀란듯한 표정으로 귀에 가져다 댔다.

"전화 바꿨습니다…… 네."

휴대전화의 수화음을 듣고 있는 메구미의 표정이 일순간 얼어붙은 듯이 보였다.

"어떻게 된 거야?"

작은 목소리로 묻자, 메구미는 교스케를 향해 휴대전화를 쥐지 않은 쪽의 손을 내밀었다. 교스케가 그 손을 잡자 그녀는 강하게 마주 쥐었다.

"정말로요……?"

전화 너머로 되묻는 메구미의 눈에서 갑자기 눈물이 떨어졌다.

"네…… 당장 갈게요. 감사합니다."

휴대전화를 닫고 교스케를 바라보는 메구미의 눈에서 다시 눈물이 흘렀다.

"……어떻게 된 거야?"

자기 눈물을 눈치 채지 못한 건지 메구미는 그걸 훔치지도 않고 등을 쭉 펴더니 숨을 크게 들이쉬었다.

"고 짱이……."

"고 짱…… 고바타 고조 씨?"

메구미가 고개를 끄덕였다.

"의식이 돌아왔대."

"뭐?"

교스케는 저도 모르게 메구미를 응시했다.

메구미의 약혼자, 용뇌염 최초 감염자로 추정되는 고바타 고조는 증상이 발병한 이후로 벌써 5개월 동안 의식불명에 빠져 있었다.

교스케와 메구미, 오키쓰 시게루에 더해 고바타 고조도 초기 감염자 중 생존자로 알려져 있다. 그럼에도 불구하고 그만은 계속해 집중치료실의 유리 상자 안에 누워 있던 것이다.

고바타 고조의 의식이 돌아왔다고…….

"병원에 가고 싶은데."

메구미는 차 앞쪽으로 시선을 던지며 말했다.

"아, 어어, 물론이지."

시동을 걸려고 한 순간 차가 갑자기 수직으로 급상승했다.

"으아……."

저도 모르게 핸들을 꽉 붙잡았다.

"미안해."

그 직후 차는 탄환처럼 수평비행을 개시했다.

도로로 가는 것보다 물론 하늘을 날아가는 편이 빨랐다. 차로 이동하려면 빨라도 20분은 걸릴 거리지만, 메구미의 힘으로 비행하면 2분도 안 걸렸다.

당연한 일이지만, 지금까지 사람 눈이 있는 곳에서의 공중비행은 되도록 피해 왔다. 편의점 앞 주차장에는 적어도 두 사람이 있었고, 그 반응을 확인하지는 못했지만 그들의 간이 철렁했을 건 분명했다. 하지만 오늘만큼은 교스케도 그런 행동을 책망할 수 없었다.

류오 대학 의학부속병원 옆 야외 주차장에 메구미는 차를 직접 착륙시켰다. 차를 내려 병원 현관으로 향하는 메구미의 뒤를 교스케는 필사적으로 쫓았다. 주차장에는 차가 열 대 정도 정차돼 있었고, 막 차를 타려는 사람도 있었다. 편의점에서 이륙할 때도 그랬지만 비행 중에도 그다지 고도를 높이지 않았고, 보행자가 올려다봤더라면 기묘한 광경을 봤을 터였다. 대체 몇 명의 목격자를 만든 걸까 교스케는 약간 걱정이 됐다. 정면 현관으로 급하게 향하는 지금의 메구미도 달리고 있다기보다는 오히려 날고 있었다.

필사적으로 메구미를 쫓아 대학 병원 현관 로비로 뛰어들었다. 지금까지 이 로비는 격리병원 특유의 입구가 설치돼 있었다. 접수 카운터 바로 옆에서 투명한 두꺼운 아크릴 판으로 칸막이가 쳐진 소독실이 통로를 겸해 이어져 있었다. 안쪽 로비에 들어가려면 유백색 소독액에 신발 바닥을 적시면서 나아가야만 했다. 최근에는 용뇌염에 감염돼 죽는 사람도 꽤나 줄어들었지만, 감염 환자는 아직 그 수가 많았다. 이 대학병원은 일본에서 유일한 용뇌염 전문 의료기관으로 지정돼 있었다.

거의 안면을 트다시피 한 접수처에 가볍게 인사를 하고 소독실을 통과하자 놀란 표정의 하코자키 준과 아키노 미즈에가 두 사람을 맞았다.

"이렇게 빨리……!"

하코자키는 메구미와 교스케를 번갈아 보면서 소리쳤다.

"두 분이 오면 안내하라고 우메자와 선생님께 방금 얘기를 들었어요. 도착하시는 건 앞으로 30분에서 1시간 정도 뒤라고 생각하고 있었는데……어디에서 오신 건진 모르겠지만요."

"날아왔습니다."

교스케는 메구미를 쳐다보면서 대답했다.

아아, 하고 하코자키도 메구미를 바라보면서 고개를 끄덕였다.

"워프 드라이브."

그런 하코자키의 말이 웃음보를 직격했는지 아키노가 입을 가리고 웃었다.

교스케는 문득 깨달았다.

"고바타 씨, 4층이 아니라 다른 장소로 옮겨졌나요? 안내해 주신다니……."

아직 웃음기가 남은 표정으로 아키노 간호사가 고개를 끄덕였다.

"네, 4층은 4층인데요, ICU에서 일반 병실로 옮기셨어요. 다만 고바타 씨의 경우에는 개인실이에요. 4인실이나 6인실이 아니라."

그렇게 말하면서 아키노는 엘리베이터 쪽으로 이동했다. 모두 그 뒤를 따랐다. 넷이서 엘리베이터를 타고 문이 닫히자 계속 입을 다물고 있던 메구미가 아키노에게 물었다.

"이제 고 짱…… 고바타는 완전히 의식이 돌아온 건가요?"

"아직 자고 있는 게 더 많은데요, 몇 번인가 눈을 뜨고 어눌하게 이야기도 하셔요."

"그…… 기억이라든가, 그런 건."

아키노는 메구미를 쳐다봤다.

"지금 상태는 깨어 있는 시간이 무척 짧아요. 다만 자신이 처해 있는 상황은 이해하고 있는 것 같으니까, 심각한 뇌장애 같은 증상은 없는 듯하다고 선생님께선 말씀하셨어요."

아아, 하고 메구미가 고개를 끄덕인 순간 엘리베이터가 멈추고 문이 열렸다.

엘리베이터를 내려도 복도를 걸어 그대로 병실로 이동할 수 있는 건 아니었다. 이 4층에는 가장 상태가 중한 환자들이 수용되어 있었다. 방역과 관련한 보안도 따라서 꽤나 엄격했다.

교스케 일행은 아크릴 벽으로 칸막이가 쳐진 짧은 터널을 걸어, 엘리베이터 옆의 작은 방에 들어갔다. 이중으로 된 기밀 문을 통과해 방으로 들어가자 벽에 죽 방호복이 걸려 있었다.

"우리들도, 이거 입어야 하나요?"

아키노가 건네준 방호복을 보면서 메구미가 물었다. 그에 동조해 교스케도 간호사를 쳐다봤다.

"우리들은 어떤 바이러스도 없애 버리는 몸인데요."

"네."

간호사는 고개를 끄덕였다.

"알고 있어요. 그러니까 오치아이 씨와 나카야 씨의 경우, 두 분을 위해서가 아니에요. 두 분이 옷에 바이러스를 묻힌 채 밖으로 나가는 걸 막기 위해서예요."

"아아, 그런가……."

납득한 교스케와 메구미는 고분고분하게 건네 받은 방호복을 입었다.

옆 방으로 이동하자 소독액 샤워가 기다리고 있었다. 네 사람은 방호복을 입은 채 소독액 안개에 싸여 방의 출구 램프가 빨강에서 파랑으로 바뀌기를 기다려야만 했다. 램프 색이 바뀌지 않는 이상 출구 문 자체가 열리지 않기 때문이다. 1분 정도라고 하면 얼마 안 되는 것 같지만 그저 안개를 맞고만 있는 1분은 괜스레 더 길게 느껴졌다. 마침내 중증 환자 구역에 들어서자 묘하게 밋밋한 크림색 복도가 앞쪽으로 펼쳐져 있었다. 전에는 비닐로 둘러싼 터널을 통과해 진찰실과 병실 사이를 오갔으나, 과연 그 터널은 모습을 감추고 없었다. 4층 전체에 실드를 치는 공사가 마침내 끝났다는 뜻일 터였다.

아키노가 이끄는 대로 교스케 일행은 복도 끝 병실을 향해 걸었다. 문을 노크하자 안에서 "네." 하고 남자 목소리가 들렸다. 아키노는 문을 열어 한 손으로 누른 채 옆으로 비켜섰다. 우선 메구미가, 그 뒤를 이어 교스케가 방으로 들어갔다.

"오오, 빠르군."

벽에 닿은 침대 옆에 서 있던 우메자와가 메구미 일행을 돌아봤다. 물론 우메자와도 방호복 차림이었다.

"……."

침대 위에서 고바타 고조는 눈을 감고 있었다. 유리 상자 속이 아니었다. 링거 바늘이 앞섶을 풀어헤친 가슴에 테이프로 고정돼 있었고, 몸 여기저기에 가느다란 케이블이 붙어 있었으며, 그게 전자의료기기에 접속돼 있었다. 하지만 그걸 제외하면 고바타는 그저 평범하게 침대에서 쉬고 있을 뿐인 청년으로 보였다. 안색도 매우 건강해 보였다.

메구미가 다가가자 우메자와는 침대 옆에서 비켜섰다.

메구미는 침대 옆에 서서 약혼자를 내려다봤다. 모포에서 나온 고바타의 손에 살짝 자신의 손을 얹었다. 라텍스제의 녹색 장갑이 고바타의 손을 아주 약간 들어 올렸다.

"고바타 씨의 의식이 돌아온 건 어제 밤 8시 정도였던 것 같더군. 그 2시간 전부터 모니터에 엄청난 변화가 나타나서, 담당의가 검사를 실시했다네. 그게 8시쯤 번쩍 눈을 떴다는 것 같더군."

우메자와가 온화하게 말했다.

"눈을……."

메구미는 고바타에게 눈을 고정한 채 말했다.

"그때엔 말을 걸어도 반응이 없고 그대로 곧 눈을 감았다는 것 같더군. 다만 의식을 잃은 게 아니라 분명히 잠에 빠져든 상태였다고. 그러고 나서 고바타 씨는 2~3시간 간격으로 각성과 수면을 반복했고, 세 번째 각성 때부터는 명료하진 않지만 말을 할 수 있게 됐다네. 오치아이 씨의 이름도 불렀다는 것 같더라고."

메구미가 처음으로 우메자와를 돌아봤다.

"……정말로요?"

"응. 내가 직접 들은 건 아니지만, 확실히 메구미라고 불렀다는 것 같더군."

"……."

메구미는 다시 침대를 내려다봤다. 천천히 고개를 저었다. 몇 번이고, 몇 번이고 고개를 저었다.

"저…… 이 장갑 벗으면 안 되나요? 나중에 확실히 소독할게요."

메구미가 목이 꽉 막힌 듯한 목소리로 말했다.

베개 밑으로 이동한 우메자와가 조용히 끄덕였다.

"알겠네. 괜찮겠지. 소독 방법은 아키노 씨에게 지도를 받도록 하게."

"정말 감사합니다."

메구미는 우메자와에게 고개를 숙였다. 동시에 메구미가 있는 쪽으로 아키노가 다가왔다.

방호복의 장갑은 이중으로 되어 있었다. 얇게 딱 달라붙어 있는 장갑 위에 약간 도톰한 장갑을 이중으로 착용하는 것이었다. 착용할 때도 여간 힘든 게 아니었지만 벗는 건 더 어려웠다.

아키노는 익숙한 손놀림으로 메구미의 장갑을 벗기기 시작했다. 겉장갑을 다 벗기자 허리춤에 찬 가방에서 작은 가위를 꺼내 들었다. 메구미의 손목 부근에서부터 얇은 라텍스를 찢었다. 양쪽 장갑을 벗긴 뒤 아키노는 말없이 구석으로 돌아갔다.

"정말 감사합니다."

메구미는 다시 감사 인사를 했다.

"……."

등 뒤에서 보고 있는 교스케에게도 메구미가 크게 호흡을 반복하고 있다는 사실을 알 수가 있었다.

천천히 메구미는 양손으로 고바타의 손을 그러쥐었다.

"아."

그 순간 고바타의 전신이 움찔하고 튕겨 오른 듯 보였다. 깜짝 놀라 메구미는 고바타의 손을 놓았다.

"……."

겁먹은 듯 메구미가 우메자와를 돌아봤다. 우메자와는 고개를 갸웃거리면서 침대 옆 녹색 디스플레이를 확인했다.

"저, 방금……."

메구미의 말에 우메자와가 고개를 끄덕였다.

"봤네. 맥박은 상승한 것 같은데, 별반 이상은 없는 것 같은데. 잠깐 실례."

우메자와는 메구미에게 비켜 달라고 하고는 고바타의 얼굴을 들여다보듯이 오른쪽 눈꺼풀을 들어 올렸다. 다시 고개를 갸웃거리고 침대에서 떨어졌다. '자.'라고 말하듯 메구미를 원래 있던 곳에 세웠다.

'괜찮은 건가요?'라고 묻는 듯한 메구미에게 우메자와는 고개를 크게 끄덕여 보였다.

"이상은 없는 듯하네. 한 번 더 시험해 보는 건 어떻겠나."

"……."

메구미는 다시 침대 옆에 섰다. 떨면서 손을 뻗어 고바타의 손을 그러쥐었다.

"우우……."

신음하는 것 같은 소리가 고바타의 목을 타고 나왔다. 그러더니 그의 가슴이 크게 위아래로 움직였다.

"고 쨩……."

메구미가 부른 순간, 고바타가 눈을 떴다. 동시에 우우우, 하고 목울대가 울렸다.

"고 짱. 알겠어? 고 짱, 나야. 알겠어?"

고바타의 얼굴이 메구미 쪽을 향했다.

"……."

가만히 메구미를 바라보고 있었다.

메구미는 눈치를 챈 듯이 고글을 벗고 두부 전체를 덮고 있던 마스크를 뒤쪽으로 젖혔다.

"고 짱, 나야. 알겠어?"

"메…… 메구, 미……."

그 말은 교스케에게도 확실히 들렸다.

"다행이다. 다행이다……."

메구미는 거의 울먹이면서 고바타의 손을 꽉 쥐었다.

"고 짱, 입원해 있는 거야. 알아?"

"……꿈, 꿨어."

"꿈? 무슨 꿈?"

"긴, 꿈…… 메구미가, 날고 있었어……."

"응?"

메구미는 고바타의 손을 쥔 채로 교스케를 돌아봤다. 교스케는 미간을 찌푸리며 고개를 저었다.

"몸, 이, 이상해."

말하면서 고바타가 베개에서 고개를 들어 올리려고 했다. 침대 위에서 일어서려는 것처럼 보이기도 했다.

"왜 그래? 고 짱. 어딘가 아파? 아직 일어나는 건 무리잖아. 누워 있어도 괜찮아. 고 짱!"

갑자기 우메자와가 메구미와 침대 사이로 끼어들었다. 아키노도 뛰어왔다.

우메자와는 발버둥치는 고바타를 안정시키려는 듯 가슴께를 쓸었다. 아키노도 계속해 움직이는 고바타의 양다리를 부드럽게 눌렀다.

"이건, 뭐야……."

고바타가 침대에서 몸을 떼어 내듯이 일어났다.

"고바타 씨, 괜찮아요. 괜찮으니까 누웁시다."

"일어나지 않으셔도 괜찮아요, 고바타 씨."

의사와 간호사가 번갈아 가면서 말을 걸었다. 메구미는 그 모습을 눈을 크게 뜨고 지켜보고 있었다. 고바타는 방금 전까지 메구미가 쥐고 있던 자신의 오른손을 눈앞에 가져다 대듯 바라보고 있었다.

말도 안 되는 일이 벌어진 건 다음 순간이었다.

"뜨거워……."

고바타는 중얼거리듯이 말하고는, 손에 묻은 이물질을 털듯이 오른팔을 머리 위로 들어 올리더니 흔들어 떨어뜨렸다. 동시에 쾅 하는 폭발음이 방 안에 울려 퍼졌다.

누군가가 와앗 소리를 질렀다. 고바타를 제외한 전원의 시선이 병실 벽에 못 박혔다. 고바타가 손을 휘두른 끝, 앞쪽 벽에 직경 50센티미터 크기의 구멍이 뚫려 있던 것이다. 구멍 너머로는 대학 캠퍼스의 앞동산이 보였다.

"고 짱!"

메구미가 소리를 질렀다. 고바타의 몸이 천천히 침대로 쓰러진 것이다.

메구미는 멍하게 서 있는 우메자와를 밀치고 고바타의 손을 잡고 머리를 가슴으로 끌어안았다. 벽에 구멍을 뚫은 고바타로부터 피하기 위해 교스케도 의사와 간호사, 하코자키와 함께 침대 사이로 이동했다.

"뭐라고? 고 짱, 뭐라고?"

고바타가 뭐라고 중얼거리고 있다는 사실을 교스케도 깨달았다. 메구미와 함께 교스케도 고바타의 얼굴에 귀를 가져다 댔다.

"내, 가, 해서."

"고 짱……?"

"내, 닷. 물렸, 어, 커스터 자……."

"고 짱……!"

얼굴을 보니 고바타는 눈을 감고 있었다.

"선생님."

메구미가 우메자와를 불렀다. 의사는 그 말에 정신을 차렸는지 침대를 응시했다. 고바타의 팔을 쥐고 녹색 디스플레이를 확인했다.

"잠든 것 같군."

"잠들었다고요?"

우메자와가 고개를 끄덕였다.

"걱정할 필요 없네. 갑자기 그런 힘을 휘두르면, 한번에 체력도 소모했을 테니까 말이야. 지친 거라고 생각하네."

저도 모르게 교스케는 벽에 뚫린 구멍에 시선을 던졌다.

"정말로, 잠든 것뿐인가요?"

묻는 메구미에게 우메자와가 미소를 지어 보였다.

"괜찮네. 5개월 이상 의식이 없었으니까. 그 의식이 돌아온 게 어젯밤이야. 그렇게 쉽게 회복할 수 있는 게 아니네. 그래도 뭐, 이런 걸 보면 의외로 빨리 회복할지도 모르겠군. 아…… 하코자키."

의사가 갑자기 뒤를 돌아봤다.

"이 구멍, 지금 당장 메워 주게. 우선 뭐라도 급한 대로 메우게."

"네."

하코자키는 그렇게 대답하고 방을 나섰다.

그때 어디선가 전자음이 울리기 시작했다. 아키노가 허리춤에 찬 가방을 뒤져 휴대전화를 꺼내들었다. 두부 마스크 위에서 귀에 가져다 대면서 그녀는 방 구석으로 이동했다.

교스케는 침대에 누운 고바타에게 시선을 되돌렸다. 메구미는 계속 고바타의 손을 쥐고 있었다.

아키노가 우메자와를 불렀다.

"선생님. 접수처에 경찰들이 온 것 같다는데요."

우메자와가 교스케와 메구미를 돌아봤다. 교스케와 메구미는 저도 모르게 얼굴을 마주 봤다.

"오치아이 씨가 여기에 있는 걸 알고 온 건가?"

"네. 바깥에 교스케 씨 차가 정차돼 있고, 여기에 두 사람이 들어오는 걸 본 사람이 있다고 말하는 것 같아요."

"두 사람을 체포하겠다는 건가?"

"아니요, 체포가 아니라 조용하게 이야기를 하고 싶다는 것 같아요."

우메자와가 다시 교스케를 돌아봤다.

교스케는 한숨을 쉬고는 경찰을 확인하려 투시를 하기로 했다.

44

　20분 정도 뒤 교스케와 메구미는 우메자와와 함께 대학병원 1층으로 내려갔다. 약속한 대로, 1층 로비의 접수처 앞에는 감색 점퍼 차림의 남자 한 명만이 교스케 일행을 기다리고 있었다.

　"처음 뵙겠습니다. 현(縣) 경찰본부 수사 1과의 하세가와라고 합니다."

　남자는 세 사람의 중간쯤에 인사를 하더니 우메자와에게 명함을 내밀었다. 옆에서 들여다보니 경시(警視)라는 직급이 보였다.

　"우메자와입니다. 장소를 준비해 뒀으니 일단은 이동할까요. 모쪼록 약속을 엄수해 주십시오."

　"알겠습니다."

　'자, 그럼.'이라고 말하듯이 우메자와가 현관 쪽으로 손을 뻗었다. 하세가와 경시를 선두로 병원을 나섰다. 교스케는 빙글 주변을 둘러보고는 경찰관들의 위치를 확인했다.

　투시했을 때 하세가와 경시 외에는 여섯 명의 수사관이 이곳에 와 있었다. 게다가 무선 연락 한 통으로 달려올 수 있도록 기동대가 국도 주변의 공원 근처에서 대기하고 있을 터였다. 경시의 지시를 따라 지금 이들은 정적을 지키고 있었다. 얘기를 하고 싶다고 경시는 전화로 뜻을 전해 왔으나 기회가 된다면 메구미와 교스케를 붙잡고 싶다고 생각하고 있는 게 분명했다.

　우메자와가 안내한 곳은 이전에 람다기획과 얘기할 때에도 사용했던 대학 0호동 지하의 회의실이었다. 텅 빈 지하실에 놓인 테이블 모서리를 끼고 네 명은 접이식 의자에 앉았다.

메구미는 교스케 옆에서 양 팔꿈치를 테이블에 대고 입을 다문 채 고개를 숙이고 있었다.

당연한 말이지만, 처음 그녀는 경찰 쪽 사람을 만나는 것에 반대했다. 그후 경찰서에서 취조를 받은 이후의 비참한 체험은 메구미에게 트라우마가 돼 있었다. 모든 악몽이 경찰서에서 받은 취조에서부터 시작된 것이었다.

게다가 고바타 고조가 의식을 막 되찾은 참이라는 사실도 메구미를 주저하게 만들고 있었다. 조금이라도 오랫동안 고바타의 옆에 있어 주고 싶다고 생각하는 건 당연할 터였다. 다시 2~3시간 정도는 눈을 못 뜰 거라는 말에, 적어도 오늘은 경찰에 연행되지 않을 거라는 말에 설득당해 마지못해 고바타의 병실에서 나온 것이다.

"오치아이 메구미 씨, 나카야 교스케 씨. 두 분은 각자 경찰의 수배를 받고 계시다는 걸 알고 있을 거라 생각합니다. 원래대로라면, 저희들은 직무로서 즉각 두 분을 구속해 연행해야만 합니다. 그게, 저희 경찰의 의무이기 때문입니다."

하세가와 경시가 말문을 열었다.

빤히 쳐다보니 하세가와 경시는 동안이었다. 둥근 얼굴이 중학생을 연상시켰다. 하지만 동안임에도 불구하고 수염은 꽤나 짙었다. 뺨에서 턱, 목을 따라 수염을 깎은 흔적이 파랗게 칠한 것처럼 이어져 있었다. 40대인지 50대인지 판단이 서지 않았다. 모자를 벗은 머리에는 듬성듬성 흰머리가 섞여 있었다.

교스케는 크게 심호흡을 하고 경시를 바라봤다.

"그 안 주머니에 체포영장을 가지고 계신 것도 알고 있고, 지금 하세가와 씨의 부하 여섯 명이 이 건물을 포위하듯 배치돼 있는 것도 압니다. 바로 근처의 공원에는 기동대의 장갑차까지 대기 중이죠. 우메자와 선생님과 전화로 약속하신 모양입니다만, 그분들은 마지막까지 우리들에게 접근하지 않도록 해 주십시오."

하세가와 경시가 교스케를 바라봤다. 크고 둥근 눈이 예리했다. 그는 점퍼 위에서 가슴을 눌렀다.

"당신 말대로, 체포영장을 지참하고 있습니다. 지참하고 있는데도 불구하고, 당신들을 눈앞에 두고 이걸 사용하지 않는 건 본래 직무에 어긋나는 행동입니다. 문제가 되면 저는 직무태만으로 벌을 받겠죠. 다만 지금은 얘기를 하고 싶다고 부탁을 드리고 있는 겁니다."

교스케는 천천히 고개를 저었다.

"얘기를 안 들어주는 건 당신네 쪽입니다."

"……뭐라고요?"

"당신들은 모든 걸 힘으로 정리하려고 듭니다. 얘기를 들어 달라고 호소하는데도, 범죄자가 터무니없는 소리 하지 말라며 강압적인 태도로 압박해 왔습니다."

경시가 테이블 위로 몸을 기울였다.

"모든 걸 힘으로 정리하려고 든다고 말하셨지만, 지금 저는 얘기를 하고 싶다고 방금 말한 참입니다."

"그래서 이 자리에 나온 겁니다. 나흘 전에 행해진 수사회의 석상에서 하세가와 씨는 가네모토 과장의 제언을 받아들여 이야기를 해 본 결과, 우리들을 대하는 방식을 고치는 게 좋을 것 같다고 작전 변경을 결정했습니다."

"……."

경시는 교스케를 노려본 채 미간을 찌푸렸다.

"우리들이 나타났기 때문에, 평소에는 현장에 좀처럼 나타나지 않는 하세가와 씨가 여기로 달려 왔습니다. 오늘은 체포가 가능할지 어떨지 상황을 봐서 그다음 적당한 판단을 내리려는 방침이겠지요. 체포라는 형식으로 제압하려고 하면 다시 도망칠 테니까, 우선은 얘기를 하고 싶다는 형식으로 거리를 좁혀 나가겠다고…… 그런 거죠. 그래서 오늘은 지금까지와는 다를지도 모르겠다고 생각하신 겁니다. 지금처럼 어쨌든 힘으로 공격을 해 오는 일은 적어도 처음에는 없을 것이라고, 우메자와 선생님이 참관하시는 가운데 만나자고 하신 걸 겁니다."

하세가와는 가슴 앞으로 팔짱을 끼고 크게 숨을 들이쉬었다.

"그게…… 당신의 투시 능력입니까?"

"우리들의 능력에 대해서는 당신들도 여러 가지 정보를 얻었을 겁니다. 분석이나 검토도 진행되고 있을 테고요. 다만 그걸 인정하느냐 어쩌느냐 하는 문제가 되면, 보류상태에서 빠져나오지 못하고 있죠."

"하나 묻고 싶은데요."

경시는 고개를 숙이고 있는 메구미에게 시선을 돌렸다.

"오치아이 메구미 씨, 당신은 자신이 한 일을 어떻게 생각하십니까?"

메구미가 고개를 들었다.

"제가 한 일요?"

"그래요, 당신이 한 일."

"저는 드래건바이러스를 온 거리에 전파시켰어요. 그때문에 수백 명이 죽었고요. 저 자신도 용뇌염에 걸렸지만, 뻔뻔하게 살아남았죠. 죽었어야 한다고 생각해요."

"아뇨…… 그게 아니라요. 제가 묻고 있는 건, 병 얘기가 아닙니다. 알고 있잖습니까. 오치아이 씨, 당신에게는 오사나이 데쓰지 씨를 비롯해 여러 경찰관을 살해한 용의가 있습니다. 또한 많은 경찰관에게 상처를 입혔습니다. 그 용의로 당신은 체포영장이 나온 상태입니다. 그걸 묻고 있는 겁니다. 바이러스를 흩뿌리고 다녔다는 게 아니라."

메구미는 고개를 저었다.

"저는 아무 짓도 하지 않았어요."

"과연. 아무 짓도 하지 않은 당신이, 그럼 왜 도망쳐 다니고 있는 겁니까?"

"……"

메구미가 경시를 바라봤다. 바라본 채로 그녀는 다시 고개를 저었다.

"아무 짓도 하지 않았다면 경찰에 출두해 당당하게 하지 않았다고 말하면 됩니다. 도망치면 도망칠수록 당신이 불리해집니다."

"진심으로…… 그런 말을 하는 건가요?"

"뭐라고요?"

메구미는 한숨을 쉬었다. 우메자와 쪽을 향해 말했다.

"고 짱이 있는 곳으로 돌아가도 될까요?"

좀 참으라고 말하듯이 우메자와가 메구미를 제재하는 제스처를 취했다.

"'진심으로'라는 건 무슨 뜻입니까?"

교스케는 메구미를 보면서 끼어들었다.

"내가 대답해도 됩니까?"

경시의 시선이 교스케에게 옮겨 왔다.

"저는 오치아이 씨에게 묻고 있는 겁니다."

"그런 식으로 질문하는 한, 메구미는 대답을 안 할 겁니다."

"그런 식으로?"

"메구미의 기분이나 생각은 나랑 거의 같다고 생각하니, 내 이야기를 들어도 되지 않을까 생각합니다만 말이죠."

"……알겠습니다. 그럼 우선은 나카야 씨 얘기부터 듣지요."

"반대로 묻겠습니다. 하세가와 씨는 왜 우리들이 도망치고 있다고 생각하십니까?"

"체포당하고 싶지 않기 때문이겠죠."

교스케는 고개를 저었다.

"메구미가 '진심으로'라고 물은 건 그 때문입니다."

"……무슨 말이죠?"

"정말로, 경찰에게 붙잡히고 싶지 않아서 우리들이 도망 다니고 있다고 생각하고 있느냐는 겁니다."

"그게 아니라는 겁니까?"

"그 대답은 하세가와 씨의 책상에도 전달돼 있을 텐데요."

"……책상?"

"과학수사연구소의 검정서 말입니다."

"……"

"이를테면 노무라 다케히코 순사장이 총탄을 맞아 돌아가셨습니다. 노무라 씨의 생명을 빼앗은 탄환은 연구소로 보내져 검사가 시행됐습니다. 그 검사 결과가 검정서에 기재돼 있습니다. 하세가와 씨도 읽으셨잖습니까. 자세히 말씀드릴까요? 검사 결과 탄환은 노무라 씨가 가지고 있던 권총……이라기보다는 노무라 순사장이 쏜 권총에서 발사된 것이라는 게 명확히 쓰여 있습니다. 실황 검사 조서도 책상 파일에 철해 두지 않았습니까. 조서에 따르면 사건 후 그 권총은 어디에 있었나요? 당연한 말이지만, 노무라 순사장의 손에 쥐어져 있었습니다. 오치아이 메구미의 손에 있던 게 아닙니다. 현장에 있던 여러 경찰관의 말에도 메구미가 노무라 순사장의 권총을 빼앗아 그를 사살한 뒤 총을 쥐여 줬다는 보고는 없습니다. 하세가와 씨는 탄환뿐만이 아니라 권총 자체의 검정 결과도 읽으셨죠. 권총에는 노무라 순사장의 지문밖에 발견되지 않았습니다. 오치아이 메구미의 지문 따윈 어느 권총에서도 발견되지 않았습니다. 우연히 TV 중계 카메라가 노무라 순사장이 쓰러진 순간을 포착했습니다. 거기엔 순사장이 총을 발포하는 모습도, 계속 메구미가 등을 돌리고 걸어가던 모습도 촬영돼 있습니다. 그 비디오 테이프도, 실황 검사 조서에 첨부돼 있죠. 알고 있습니다. 당신들도, 하세가와 씨조차도 무슨 일이 벌어진 건지 잘 알고 계실 겁니다."

"아니…… 나카야 씨가 어떻게 투시한 건지는 모르겠지만, 그 점에 대해서는 아직 완전히 조사가 끝난 게 아닙니다. 저희들은 불확실한 조사에 얽매여 수사를 실시할 수는 없습니다. 그리고 오치아이 씨의 체포와는 다른 차원의 문제입니다."

"아닙니다."

"아니라고요?"

"다른 차원이 아닙니다. 노무라 순사장이 돌아가신 것과 관련해 경찰은 '오치아이 메구미에게 빼앗긴 권총에 의해 사살당했다'고 발표했습니다. 그 발표는 과학수사연구소의 검사가 끝나기 전에 나온 겁니다만, 현장의 경찰관 보고나 TV 중계 화면은 수사본부에 전달돼 있었습니다. 순사장의 권총이 빼앗겼다는 둥, 그런 보고는 어디에서도 들어오지 않았습니다. 그런데도 불구하고 당신들은 그런 거짓말을 발표했습니다."

"……."

"불확실한 조사에 얽매여 수사는 할 수 없다? 순 거짓말 아닙니까? 당신들조차 알고 있습니다. 최초에 거짓말을 하나 했다고. 그게 거짓말이라고 고발하는 말에 당신들은 다른 거짓말을 가져와 덧붙이는 것 말고는 빠져나올 수가 없게 된 겁니다. 더욱 거짓말을 하게 된 거죠. 더 이상 뒤로 물러설 수는 없겠죠. 당신들은 자신들의 거짓말을 알고 있습니다. 그런데도 그걸 인정할 수 없게 된 겁니다. 알고 계시지 않습니까? 우리들이 도망 다니는 진짜 이유는 당신들도 알고 있을 겁니다. 용뇌염 후유증으로 획득한 우리들의 능력은 이해 못한다고 하더라도, 당신들도 알고 있을 겁니다. 우리들의 능력에 대해서는 누구도 이해하지 못하고 있습니다. 이 우메자와 선생님께선 계속 우리들의 능력을 연구해 오고 계십니다. 그래도 이해는 하지 못하고 계십니다. 당신들의 진심은 지금에 와서 초능력 따윌 인정할 수는 없다는 겁니다."

"……."

"사망자가 나왔죠. 크게 부상을 당한 사람도 많이 있습니다. 그 원인이 당신들 자신이 휘두른 폭력에 의한 것이라고는 인정할 수 없기 때문입니다."

"아니……."

교스케는 고개를 젓고 하세가와 경시가 하려는 말을 가로막았다.

"메구미는 아무 짓도 하지 않았습니다. 사람을 때리지도 않았고 권총으로 쏴 죽이지도 않았습니다. 오사나이 데쓰지 씨는 메구미를 칼로 찌르려고 했습니다. 그 칼이 오사나이 씨의 목숨을 빼앗은 겁니다. 노무라 순사장은 권총으로 메구미를 쐈습니다. 그 탄환이 메구미에겐 닿지 않고, 순사장의 머리를 직격했습니다. 우리들은 강력한 방위 시스템이 갖춰져 있습니다. 그건 TV에서도 말했죠. 어떤 종류의 공격이라도 우리들의 방위 시스템은 자동적으로 반응합니다. 우리들을 제압하려고 하면 팔뼈가 복합골절을 일으킵니다. 취조실에서 형사가 메구미에게 볼펜을 내던졌습니다. 그 볼펜이 그의 눈에 꽂혔습니다. 메구미는 아무 짓도 하지 않았어요. 그건 당신들도 알고 있을 겁니다. 그래도 그걸 인정하면 경찰이 피의자에게…… 아니, 그 시점에서는 피의자조차 아니었죠. 경찰은 임의로 동행한 인간에게 폭력을 휘두르고, 무방비인 인간을 권총으로 쏜 게 돼 버립니다. 그래서 당신들은 초능력을 인정할 수 없는 겁니다."

하세가와 경시가 손을 들었다.

"어딘가 오해를 하고 계신 것 같군요."

"오해? 무슨 오해죠?"

교스케는 얼굴에 웃음을 띠었다.

"노무라 순사장의 일도 오해입니다. 순사장은 결코 오치아이 씨를 쏴 죽이려고 하지 않았습니다. 그는 불러도 대답 않는 오치아이 씨에게 경고와 위협의 의미로 발포한 겁니다. 그 직전 오치아이 씨를 제지하려고 한 경찰관이 길 위에 쓰러졌습니다. 위험을 느낀 노무라 순사장이 총을 빼들어 위협사격을 한 겁니다. 그는 두 발을 쏘았습니다. 한 발은 위협. 돌아가신 노무라 순사장의 행동을 완전히 파악한 건 아닙니다만, 두 번째 발포는 위험을 회피하기 위한 총기 사용이었다고 단언할 수 있습니다. 법률에 따른 행위니까 문제는 없습니다."

교스케는 키득키득 웃었다.

"뭡니까?"

"하세가와 씨의 말을 그대로 되돌려 드리죠. 문제가 없는 거라면 왜 그걸 발표하지 않는 겁니까? 왜 총을 빼앗겨 사살당했다고 거짓말을 하는 겁니까."

"아니, 거짓말을 하고 있지 않습니다. 그거야말로 오해입니다."

교스케는 지긋지긋해져서 고개를 저었다.

"하세가와 씨가 하고 싶은 말은 알겠습니다. 요약하자면 어디까지나 경찰은 있는 힘을 다 했을 뿐이라는 거로군요."

하세가와 경시가 미간을 찌푸렸다.

"그런 말은 한 마디도 하지 않았습니다."

"하고 계시잖습니까. 보통 사람이 보면 지금 여기서 한 당신의 말은 비정상적으로 폭력적입니다. 다시 말하자면 응석받이 같다고요. 결국 뭐가 어쨌든 메구미를 체포하는 게 선결 문제인 거죠. 체면이 걸린 문제니까요. 있는 힘을 다 했다는 거는 말이죠, 이를테면, 지금 하세가와 씨가 무선으로 지시를 내리면 대기하고 있는 기동대가 여기로 뛰어들 겁니다. 기동대와 당신의 부하가 이 방에 쏟아져 들어올 거란 말입니다. 우리들은 아무것도 하지 않을 겁니다. 하지만 당신들은 저와 메구미를 체포하려고 들 겁니다. 우리들을 공격하지 않을 때엔 아무 일도 일어나지 않겠지만, 누군가가 나나 메구미를 제압하려고 들면 그 순간 그 경찰관은 팔뼈를 부러뜨리게 될 겁니다. 큰 소리를 내면서 바닥에 쓰러지는 동료를 보고 놀라 다른 경찰관들도 일제히 덤벼들 겁니다. 그들도 바닥에 쓰러질 거예요. 그런 광경을 보고 있는 건 싫으니까 우리들은 여기서 도망치려고 할 겁니다. 당신들의 부하들은 법률에 따라 총을 쥐고, 위협한 뒤, 발사할 겁니다. 자신이 쏜 탄환에 의해 많은 당신의 부하가 죽을 겁니다."

"······."

"왜 도망 다니냐는 데 대한 대답입니다. 당신들이 모든 일을 힘으로 해결하려 드는 한, 비참한 상황은 끝나지 않을 겁니다. 과학수사연구소에서 감정서에 뭐라고 써서 보냈든, 현장에서의 보고나 증언이 어떻든, 당신들은 온 힘을 다해서 우리를 체포하려 들죠."

"아뇨, 그게 아니죠. 지금 저는 얘기를 하고 싶다고 말씀을 드리고, 당신들의 조건도 모두 받아들여 여기에 와 있습니다. 이게 어딜 봐서 온 힘을 다하고 있는 겁니까?"

"그럼 왜 이 건물 출구를 여섯 명의 수사원이 둘러싸고 있는 겁니까? 왜 기동대 장갑차가 대기하고 있는 겁니까? 왜 그들은 전부 총을 가지고 무장을 하고 있는 겁니까?"

"그건 우리들의 직무이기 때문입니다."

교스케는 고개를 끄덕였다.

"그걸 계속 말씀드리고 있는 겁니다. 직무인 거겠죠. 당신들이 하고 있는 행동은 법률에 따른 행동이겠죠. 부하가 위험한 상황에 처할 걸 알면서도 그건 직무니까 할 수밖에 없는 거죠. 그저 우리들은 더 이상 사람이 죽거나 상처를 입는 걸 보고 싶지 않은 겁니다. 그래서 도망 다니고 있는 겁니다. 당신들과 접촉을 끊으면 적어도 당신들의 자살행위는 보지 않아도 되죠. 그게 대답입니다."

"……듣고 있자니 마치 저희가 전부 나쁜 사람이 된 것 같군요."

"나쁜지 어떤지 판단은 우리는 하지 않습니다. 대립하고 있는 사람들에게 있어서 서로 상대가 나쁜 사람일 테니 말이죠. 그저 이 대회를 전부 녹음하고 있는 것 같으니까 본부로 돌아가서 여러분들끼리 잘 돌려 들으세요."

"……."

"당신들은 세상 사람들을 나쁜 사람인지 아닌지 판단하고 있습니다. 용의자는…… 나쁜 짓을 하는 놈들은 그에 상응하는 취급을 하면 된다고. 다소 다루는 방식이 거칠더라도 나쁜 놈은 그 정도 취급을 당해도 싸다고. 물론 전쟁 이전의 경찰처럼 고문 같은 건 용납되지 않겠지만, 나쁜 놈을 붙잡은 뒤 깨닫게 해 주겠다는 영웅주의가 당신들의 원점인 거겠죠."

"다시 말해 어쨌든 앞으로도 계속해 도망쳐 다닐 거다, 뭐 그런 선언인 겁니까? 그건 도망 다니는 걸 정당화하려고 드는 것뿐이잖습니까. 책임을 전가해도 법률이 당신들을 용서하지는 않을 겁니다."

"아닙니다."

"뭐가 아니죠?"

"지금 법률은 우리들을 심판하지 않습니다. 우리들을 심판하는 법률이 없다는 건 당신도, 당신 상사도 알고 있습니다. 그게 아닙니다. 이 정도로 소동을 일으켜 사회적인 문제까지 부풀어 오른 일련의 사건을, 누구라도 나쁜 놈으로서 붙잡지 않으면 당신들의 체면이 완전히 찌부러지게 됩니다. 그러니 일단 체포를 하고 싶은 겁니다. 재판 결과가 어떻든 어떤 짓을 해서라도 우리들을 교도소에 처넣는 게 선결 과제인 겁니다."

하세가와 경시가 한숨을 쉬었다.

"꽤나 경찰이 싫으신가 보군요. 물론 좋아해 달라는 말은 않겠습니다만……."

경시의 주머니에서 삐삣, 하고 소리가 울렸다. 그는 점퍼 주머니에서 작은 상자를 꺼내들었다. 무전기인 듯했다. 이어폰을 귀에 꽂고 경시는 무전기에 답했다.

"뭐야…… 뭐? 원숭이? 원숭이가 어쨌다고."

움찔하고 교스케는 저도 모르게 메구미와 얼굴을 마주 봤다.

"부상? 누가."

메구미가 교스케의 팔을 잡았다. 교스케는 고개를 끄덕이고, 하세가와 경시를 가볍게 밀어 봤다.

경시의 행동을 좇아 통신 상대인 부하를 찾았다. 그 부하에게 초점을 맞추고, 시간을 더듬어 봤다.

원숭이 무리였다.

원숭이 무리가 대학병원을 둘러싸고 있었다. 그렇게 오래된 일이 아니었다. 단 몇 분 전에 벌어진 일이다.

갑작스런 야생동물의 출현에 주변 사람들이 도망쳤다. 병원 주위의 나무에 기어 올라서는 맹렬한 기세로 울어 대면서 나뭇가지를 흔들어 대고 있었다. 그 소동을 눈치 챈 수사관 두 사람이 담당 장소에서 떨어져 0호동 입구에서 병원으로 내달렸다. 두 사람은 양손을 펼쳐 큰 소리를 내며 원숭이를 쫓아내려 했다. 한 수사관이 근처에 있던 돌을 던졌다. 날아온 돌을 피해 원숭이 무리가 싹 후퇴했다. 수사관들은 여세를 몰아 길 위의 돌을 주우면서 원숭이들을 향해 던졌다.

그때 유달리 몸집이 큰 원숭이가 건물 맞은편에서 나타났다. 돌을 던지고 있는 수사관을 향해 이를 드러내고 위협을 가했다.

'우두머리다!'

교스케가 '그만둬!'라고 생각한 순간 수사관이 우두머리를 향해 주먹만 한 크기의 돌을 던졌다. 동시에 수사관은 하늘을 보고 뒤로 뻗었다. 이마가 움푹 패어 있었다.

깜짝 놀란 다른 수사관이 황급히 동료 곁으로 달려갔다.

우두머리는 병원 건물을 올려다봤다. 옆의 나무에 뛰어 올라 훌쩍 점프해서 병원 현관 위의 튀어나온 부분으로 뛰어 올랐다. 더 나아가 거침없이 벽을 타고 오르기 시작했다.

교스케는 황급히 투시에서 돌아와, 의자에서 일어섰다.

"우두머리야. 고바타 씨가 있는 병실로 가려고 하고 있어."

"뭐?"

메구미도 일어섰다.

메구미의 다음 행동을 예감하고 교스케는 그녀의 손을 쥐면서 말했다.

"나도 갈게. 데리고 가 줘."

다음 순간, 꽝음과 함께 지하실 벽에 구멍이 뚫렸다. 교스케는 메구미에게 손이 잡힌 채 그 검은 구멍 속으로 빨려 들어갔다. 구멍은 엄청난 기세로 앞을 향해 뻗어 나갔다. 속도를 높이면서 상승하더니 폭발음과 함께 지상으로 나왔다. 그대로 두 사람은 곧장 대학병원 건물로 날아갔다. 4층 벽에 구멍이 뚫려 있는 게 보였다. 아무런 주저도 없이 메구미는 그 벽 구멍으로 날아 들어갔다. 구멍을 넓히듯이 벽을 더 파괴하자, 메구미와 교스케는 다음 순간, 고바타의 병실에 서 있었다.

침대 위에 있던 대왕원숭이가 교스케와 메구미 쪽으로 고개를 돌렸다. 우두머리는 침대 위의 고바타 고조 위에 올라타 있었다.

"비켜! 고 짱한테 손대지 마!"

메구미가 외쳤다. 우두머리가 캬악 하고 위협하는 소리를 내면서 이빨을 드러냈다. 다음 순간 침대에서 뛰어올라 메구미와 교스케의 머리 위를 날아 벽 구멍을 통해 바깥으로 도망쳤다.

"고 짱!"

메구미가 침대로 달려갔다. 손을 쥐고 약혼자를 불렀다.

"고 짱, 고 짱!"

병실 문이 열리고 방호복을 입은 간호사가 들어왔다. 그녀는 그대로 우뚝 멈춰 섰다.

교스케는 절망적인 기분으로 침대 위의 고바타 고조를 바라봤다. 양눈을 크게 뜨고 입을 쩍 벌리고 있었다.

그건…… 오키쓰 시게루의 마지막 얼굴과 쏙 빼닮았다. 그의 코에 얼굴을 가져다 대 봤다. 호흡이 멈춰 있었다. 목에 손을 댔다가 간호사를 돌아봤다.

"심장이 멈췄어요. 호흡도 없어요. 어떻게 좀 해 주세요!"

방호복 밖으로도 간호사가 떨고 있는 게 보였다. 그녀는 벽에 붙어 있는 수화기를 들었다.

꺄아악, 하는 엄청난 비명을 메구미가 지르는 것과 동시에 벽의 창이 날아갔다. 거기에 난 구멍을 통해 메구미는 일직선으로 하늘을 향해 날아갔다.

45

메구미와는 달리 교스케에겐 4층 창문에서 하늘로 날아 올라갈 수 있는 특기가 없었다. 그래서 그런 교스케가 병원 바깥으로 나가기 위해서는 다시 귀찮은 소독 의식을 반복할 수밖에 없었다. 기분은 초조했으나 교스케까지 규칙을 위반할 수는 없었다.

입고 있던 의복을 전부 소각해야 한다는 얘길 듣고, 연구소의 개인실에서 가져온 옷으로 갈아입었다. 그리고 그렇게 소독하는 와중에 교스케는 재차 고바타 고조의 사망이 확인됐다는 얘길 들었다.

마침내 병원 현관으로 나오자 5명의 경찰관이 교스케를 기다리고 있었다.

"나카야 교스케 씨, 저희들과 서까지 동행해 주시죠."

하세가와가 정면으로 나와서 말했다. 교스케는 고개를 저었다.

"거절합니다. 지금은 메구미를 뒤쫓는 게 먼저입니다."

"오치아이 메구미 씨는 저희들이 추적해서 체포하겠습니다. 나카야 씨는 여기에서 저희들과 동행해 주시죠."

교스케는 하세가와 경시를 돌아봤다.

"오치아이 메구미를, 체포한다고요? 불가능할 겁니다."

"불가능한지 가능한지는 저희들이 판단합니다."

교스케는 오른쪽 전방에 있는 0호동을 가리켰다. 그 건물 바로 앞 지면에 커다란 구멍이 뚫려 있었다.

"하세가와 씨도 그 눈으로 보셨겠죠. 메구미는 지하실의 벽을 부숴서 어마어마한 속도로 땅속에 터널을 파 지상으로 나왔습니다. 그걸 표정 하나 변하지 않고 할 수 있는 아가씨입니다. 어떻게 체포하실 생각이죠?"

"……."

"메구미는 지금 꽤나 흥분한 상태입니다. 자기 약혼자가 막 살해당한 참입니다. 그를 죽인 우두머리를 쫓고 있다고요. 문제는 그 원숭이도 또한 우리들과 동일한 능력을 가지고 있다는 겁니다. 잘못하면 시가지에서 큰일이 벌어질 겁니다. 먼저 메구미를 찾아서 원숭이를 뒤쫓는 걸 멈춰야만 한다고요."

말하면서 교스케는 주차장을 향해 발을 옮겼다. 그 움직임에 하세가와 경시가 겁을 먹었는지 한 발 물러났다. 신경 쓰지 않고 계속 걸었다. 경찰관들은 묵묵히 교스케의 뒤를 따라왔다. 험악한 표정을 한 남자들을 쭐레쭐레 거느리고 있었다. 꼴이 우스웠다.

차 옆에도 제복 경찰관이 두 사람 대기하고 있었다. 지겹다는 듯 교스케는 고개를 저었다.

"비키세요."

문을 열려고 하니 "잠깐!" 하고 경관들이 다가왔다. 그 두 사람을 제지하고 손을 들었다.

"가까이 오지 마!"

교스케가 강하게 말하자 두 사람은 움찔하고 멈춰 섰다.

"상처 입고 싶지 않다면, 그 이상 다가오지 마. 당신들은 우릴 멈춰 세우지 못 해."

문을 열면서 하세가와 경시를 돌아봤다.

"이젠 현실을 좀 받아들이는 게 어때? 아까도 말했지만 나는 흥분한 메구미를 안정시키러 가야만 한다고. 지금 상태의 메구미를 침착하게 만들 수 있을지 어떨지 자신은 없지만 그녀를 침착하게 만들 수 있는 건 나밖에 없어. 메구미의 힘을 빌릴 수 없어서 이 차는 지금 날 수가 없어. 그러니 추적은 할 수 있겠지. 따라오고 싶으면 따라와. 단지 말해 두는데, 나나 메구미를 공격할 생각은 마. 공격하면 상처를 입는 건 당신들이야. 잘못하다간 죽는다고. 마찬가지로 지금 메구미가 뒤쫓고 있는 우두머리에게도 손 댈 생각 마. 그 우두머리도 우리들과 같은 능력을 가지고 있으니까. 죽이려고 든 인간이 죽는다고!"

차에 올라타 문을 닫았다. 시트에 푹 앉아 수초 간 투시를 한 다음 시동을 걸었다. 경찰관들은 허둥지둥 다른 차들로 달려갔다.

대학병원 부지를 나서 가마나시가와 강을 따라 국도를 북상했다. 병원에서 소독하느라 발목이 붙잡혀 있는 동안 우두머리는 상당 거리를 이동한 것 같았다.

투시했을 때 메구미는 처음에는 우두머리를 놓친 것 같았다. 한동안 병원 상공을 선회하면서 원숭이 무리를 찾았으나, 완전히 놓쳐 버린 모양새였다. 고도를 높여 매처럼 지상을 바라보고 있다고 생각하기 무섭게 급강하해서 지면에 닿을락말락 저공을 비행했다. 모기향의 나선무늬를 그리는 것처럼 병원을 중심으로 수색범위를 넓혀갔다. 하지만 추적을 개시하고 나서 15분간 메구미의 시계에는 무리는커녕 원숭이 한 마리도 나타나지 않았다.

원숭이의 사고나 감정이 어떤 건지 교스케는 몰랐으나, 그들을 통솔하고 있는 게 그 우두머리인 것만큼은 분명했다. 그 녀석은 메구미와 교스케에게 공포심을 안고 있었다. 달리 무서울 게 없었으나 오키쓰 시게루와 행동을 함께 한 두 사람에게만큼은 '다가서지 않는 게 좋다'는 공포가 본능처럼 찍혀 있는지도 몰랐다.

문득 메구미가 전방을 향해 시선을 들었다. 3미터 정도 상승해 공중에서 정지했다. 양손을 귀 뒤에 대고 눈을 감았다. 뭔가 멀리서 나는 소리를 듣고 있었다.

다음 순간 천천히 공중이동을 시작했다. 귀에 손을 댄 채로 조용히 앞을 향해 활공했다. 대학병원에서 북서쪽으로 3킬로미터 정도 고도를 낮춰 가더니 눈 아래에 소리의 정체가 보이기 시작했다.

그건 초등학교였다. 학교 교정에서 아이들이 떠들고 있었다. 꺄꺄 소리치는 아이들의 시선 끝에 있는 건 원숭이였다. 교정 가장자리에 심긴 나무에 올라가 네 마리 정도 되는 원숭이가 위협하는 듯이 나뭇가지를 흔들고 있었다. 거기에 교사처럼 보이는 남녀가 장대와 야구방망이를 들고 달려왔다.

그 원숭이들을 향해 메구미는 급강하했다.

이변을 깨달은 원숭이 중 한 마리가 하늘을 올려다보고는 찢어지듯이 날카로운 소리를 질렀다. 다음 순간 원숭이 네 마리가 마치 바람결에 불려 날아가는 낙엽처럼 나뭇가지에서 떨어져 나가더니 상공으로 올라갔다. 동시에 교정에서 놀라서 지르는 비명이 들렸다. 아이들도 교사도 하늘에 떠 있는 원숭이와 메구미를 바라보고는 그 소리를 집어삼켰다.

원숭이 네 마리는 지상 20미터 정도 공중에서 패닉에 빠져 꺄악꺄악 울어 댔다. 그걸 메구미가 노렸는지 어쨌는지, 그 필사적인 울음소리는 주변에 숨어 있던 원숭이 무리를 움직이게 만들었다. 긴급사태를 알리는 울음소리에 민가 정원에서 노지로 수 마리의 원숭이가 나타났다. 어떤 원숭이는 민가 옥상에서 옥상으로 뛰어 이동했다. 그렇게 나타난 원숭이들을 메구미는 차례차례 하늘로 끌어 올렸다. 공중에 포획당한 원숭이는 차례로 수가 늘더니 마지막에는 20마리를 넘겼다.

그리고 마침내, 마지막 한 마리…… 우두머리가 나타났다.

현도 옆에 세워 둔 소형 트럭 그림자에서 모습을 나타낸 우두머리는 짐칸으로 올라서더니 하늘에 있는 메구미를 보고 캬악, 하고 이를 드러냈다.

메구미는 주위를 둘러보고 등 뒤에 흐르고 있는 가마나시가와 강 쪽으로 공중에 떠 있는 원숭이들을 옮겼다. 20마리가 넘는 일본 원숭이가 활공하는 광경은 전혀 현실감이 없었다. 메구미는 강 가운데 모래톱에 원숭이들을 모아 내려놓고는 다시 우두머리에게 시선을 돌렸다.

"……."

잠깐 눈을 돌린 사이 우두머리의 모습은 트럭 짐칸에서 사라지고 없었다.

메구미는 소형 트럭 짐칸 옆에 착지했다. 주위 상점이나 민가 창문에서 몇몇 얼굴이 메구미를 훔쳐보고 있었다. 메구미는 트럭 아래를 들여다보고 이자카야의 처마 밑으로 시선을 돌렸다. 전기 점과 민가 사이의 블록 담에 그림자가 움직인 걸 메구미는 놓치지 않았다.

메구미의 몸이 뛰어 오르더니 블록 담 너머로 날아가 착지했다.

우두머리는 캬악캬악 소리를 지르면서 도로에 뛰어들었다. 그 뒤를 메구미가 쫓았다. 달려온 승용차와 맞닥뜨리고, 우두머리가 튕겨 나간 것처럼 보인 그 순간, 엄청난 소리를 내면서 승용차가 반회전했다. 차체 전면부가 완전히 구겨졌다. 주위에서 브레이크 소리와 경적이 울려 퍼졌다.

우두머리는 그대로 국도 쪽으로 달리기 시작했다. 네 다리를 사용해 엄청난 속도로 달렸다. 그 뒤를 메구미가 저공비행하면서 뒤쫓았다.

교스케가 투시로 본 건 거기까지였다.

최악의 사태가 되어 가고 있었다. 무슨 일이 벌어질지 알 수 없었고, 동시에 무슨 일이 벌어지더라도 이상할 게 없었다.

국도를 달리면서 교스케는 다시 액셀을 밟았다. 뒤를 경찰차 한 대와 위장차량 한 대, 그리고 그보다 더 뒤에서는 기동대의 장갑차까지 쫓아오고 있었으나 이런 때에 속도 위반 따위는 아무래도 좋았다. 그 뒤의 전개를 투시해 보고 싶었지만, 운전하면서는 아무래도 무리였다.

그대로 나아갔다면 우두머리와 메구미는 국도로 나갔을 터였다. 그대로 국도를 달릴 가능성은 낮지만 어쨌든 이대로 나아가는 수밖에 없었다. 계속해 나아가면 도로는 나가노 현으로 진입하게 되어 버리지만 말이다.

"……"

니라사키에 근접한 부근에서 갑자기 앞쪽이 붐비기 시작했다.

'좋았어……!'

즉흥적인 판단으로 왼쪽 갓길을 탔다. 가마나시가와 강의 둑에 올라타 좁은 길을 나아가기로 했다. 이 둑에서라면 국도의 상태도 어느 정도는 보였다.

"뭐지……?"

앞쪽에서 검은 연기가 뭉게뭉게 치솟고 있었다. 창문을 내리니 사이렌 소리가 근방에 울려 퍼졌다. 한두 대 정도가 아니었다. 꽤 많은 수의 구급차가 출동해 있었다.

'너무 늦었다!'

둑 길을 따라 차를 운전하면서 교스케는 이를 악물었다.

"……이쪽도인가."

앞을 미니밴이 막고 있었다. 비상등을 점멸시키고 있었다. 뒤에서는 경찰차와 위장차량이 와 있었다. 장갑차만은 어느새인가 사라져 있었다.

미니밴 뒤에 차를 붙인 순간 교스케는 문득 글로브박스에서 디지털 카메라를 꺼내 들었다. 시동을 끄고 열쇠를 꽂은 채로 차에서 내렸다. 디지털 카메라를 손에 쥐고 앞의 미니밴 옆을 달려 지나갔다. 뒤에서 경찰관들이 쫓아왔지만 신경 쓰지 않기로 했다.

둑 길 위에도 차는 한참 앞까지 이어져 있었다. 운전석에서 머리를 내밀고 운전자들이 앞을 보고 있었다. 그 앞에는 하늘을 덮을 기세로 검은 연기가 피어오르고 있었다.

"……."

검은 연기 아래에는 상상했던 것보다도 처절한 광경이 펼쳐져 있었다. 여기서 확인할 수 있는 것만으로도 여섯 대의 차 잔해가 노상에 흩뿌려져 있었고, 그중 한 대는 전복된 탱크로리였다. 반으로 쪼개진 탱크에서 새어 나온 휘발유가 불을 뿜어 다른 차의 폭발로 이어진 것일 터였다. 그 광경을 지켜보면서 교스케는 더욱 앞으로 달렸다.

'어디 있는 거지……?'

교스케는 달리면서 하늘을 올려다 봤다.

'메구미는 어디 있는 거지? 그리고 그 원숭이는 어디야?'

익숙하지 않은 달리기에 금세 숨이 찼다. 대퇴부가 모래주머니처럼 무거워졌지만 그래도 교스케는 계속해 달렸다.

사고 현장 바로 옆에서는 소방대와 구급대가 둑 쪽까지 올라와 있었기 때문에 강변으로 내려가야만 했다. 돌아보니 쫓아오던 경찰관이 소방대원 한 명과 이야기를 나누고 있었다.

사고 현장을 우회해 국도가 가마나시가와 강을 건너는 다리 바로 앞에서 다시 둑으로 올라왔다.

"……."

국도 위에 기묘한 광경이 나타났다. 국도 한가운데서 메구미와 우두머리가 마주 보고 있던 것이다.

그 주변에 차는 한 대도 없었다. 이쪽에서는 탱크로리 등의 화재사고로 인해 도로가 차단돼 있었고, 맞은편에서도 다리 위에서 올라오는 방면의 차가 서서 옴짝달싹 못하고 있었다.

우두머리는 크게 입을 벌리고 송곳니를 드러내면서 격렬하게 메구미에게 위협을 가하고 있었다. 그런 우두머리를 메구미는 허리춤에 손을 올리고 노려보고 있었다. 서 있는 것처럼 보였지만 메구미의 몸은 10센티미터 정도 길 위에 떠 있었다. 우두머리는 틈을 봐서 달아나려고 하지만, 내달리려고 할 때마다 돌아와서 길을 막는 메구미에게 앞길이 막혀 있었다.

제복 경찰관과 경찰차가 메구미와 우두머리를 둘러싸고 있었지만, 전혀 손을 쓸 수가 없는 듯했다.

우두머리가 캬아아아악, 하고 보다 큰 소리로 울부짖었다. 동시에 다리 쪽을 향해 내달렸다.

그다음 순간 교스케는 간담이 서늘해졌다.

엄청나게 땅이 흔들리면서 우두머리 앞에서 도로가 갑자기 크게 함몰된 것이다. 깜짝 놀라 우두머리는 도망치는 방향을 바꿨다. 그러자 다시 그 앞쪽에서 지진이 일더니 국도가 함몰됐다.

"메구미, 그만둬어어!"

저도 모르게 교스케는 소리를 질렀다. 하지만 메구미에겐 들리지 않는 듯했다. 문득 뭔가를 생각해 내고는 가지고 있던 디지털 카메라를 쥐고 메구미를 향해 플래시를 터뜨렸다. 메구미의 이름을 부르면서 몇 번이고, 몇 번이고 플래시를 터뜨렸다.

"……"

메구미는 전혀 눈치 채지 못했다.

우두머리는 슬슬 패닉에 빠지기 시작해 필사적으로 도망치려고 했다. 그럴 때마다 앞쪽 지면이 함몰되면서 벼랑을 형성했다.

메구미는 지상 20미터 정도 상공으로 날아오르더니 우두머리가 있는 발아래 직경 10미터 정도의 노면을 남기고 그 주변의 도로와 주변의 지면을 도넛 모양으로 함몰시켜 버렸다. 도넛의 폭도 약 10미터는 될 법했으나 깊이도 상당해 보였다.

우두머리는 도넛의 한가운데에 갇혀 미친 듯이 그 안을 내달리고 있었다. 메구미가 하고 있는 행동의 의미는 교스케도 알 수 있었다. 그녀는 우두머리를 직접 공격하지 않고 사로잡으려고 하고 있는 것이었다. 오키쓰 시게루로부터 물려받은 방위 시스템을 가지고 있는 이상, 그 우두머리를 공격할 수는 없었다. 한다면 아마도 죽는 쪽은 메구미가 될 터였다.

그래서 이해는 할 수 있었지만, 그녀가 하고 있는 행동은 너무나 상식을 벗어난 행동이었다.

다만, 경악할 일은 거기서 그치지 않았다.

옆을 흐르고 있는 가마나시가와 강의 수면이 갑자기 치솟듯이 거품이 일었다. 꿀렁거리는 소리와 함께 흐름을 거슬러 소용돌이치는 물기둥이 강에서 솟아올랐다.

"......"

교스케는 저도 모르게 뒷걸음질을 쳤다.

소용돌이치면서 20미터 정도 솟아오른 물기둥은 마치 용이 낫 모양으로 대가리를 치켜든 것처럼 보였다.

다음 순간 물기둥이 아치를 그리면서 우두머리의 주변을 둘러싼 도넛형 해자 안으로 대량의 물을 쏟아내기 시작했다. 1분도 채 지나지 않아 해자는 진흙물로 가득 찼다.

보아하니 우두머리는 둥근 못에 떠오른 섬 한가운데서 등을 둥글게 말고 위축돼 있었다. 이미 우두머리가 느끼는 공포는 극한을 넘어 버렸을 것일 터였다. 공포를 위협으로 바꾸는 일조차, 원숭이는 할 수 없게 돼 버린 것이다.

그때 푸드덕거리는 소리가 어디선가 들려와서 교스케는 하늘을 올려다봤다.

어느 틈에 온 건지 파란 기체의 헬리콥터가 하늘을 맴돌고 있었다.

—오치아이 메구미, 당장 파괴 행위를 멈추고 투항하세요.

메구미는 공중에 뜬 채로 헬리콥터를 올려다 봤다.

교스케가 기분 나쁜 예감에 사로잡힌 건 그 헬리콥터 옆 부분에서 반쯤 몸을 내밀고 있는 기동대원을 본 순간이었다. 그는 양손에 기관총을 쥐고 명백히 총구를 메구미 쪽으로 겨누고 있었다.

—이 이상 파괴 행위는 당장 그만두세요. 투항하세요.

'안 돼, 그만둬……!'

교스케는 힘없이 고개를 저었다.

메구미는 헬리콥터를 무시하고 우두머리 원숭이를 향해 자세를 고쳐 잡았다. 잔뜩 웅크려 있는 대왕 원숭이 앞에 메구미는 천천히 내려왔다. 우두머리를 향해 뭐라고 외쳤다. 우두머리는 깜짝 놀라 고개를 들고 다시 이를 드러냈다. 위협하는 표정을 지으면서 메구미로부터 떨어지려고 뒷걸음질을 쳤다. 메구미는 더욱 우두머리에게 다가섰다. 우두머리는 뒷걸음질쳤고 메구미는 다가섰다.

다시 말해 메구미는 우두머리를 궁지로 몰아넣어 퇴로를 막은 뒤 공포를 극한까지 증폭시킴으로써 녀석이 공격에 나서도록 만들고 있는 것이었다.

기왕이면 잘 되길 교스케도 바랐다.

―오치아이 메구미, 한 번 더 반복한다. 당장 투항하세요.

"시끄러워!"

그 메구미의 외침은 교스케의 귀에도 들렸다.

동시에 우두머리가 캬아아악, 하고 울부짖었다.

걱정하던 일이 벌어진 건 바로 그때였다.

헬리콥터의 기동대원이 기관총을 마구 쏘아 댄 것이다.

"……."

교스케가 걱정하던 게 현실이 됐다.

상공에서 빙빙 돌고 있던 헬리콥터의 기체가 갑자기 옆으로 갸우뚱했다. 지상에 기관총이 떨어져 내려왔다. 그대로 헬리콥터는 가마나시가와 강가에 비스듬하게 처박혔다. 회전날개가 격렬하게 지면을 때리고 기체가 두세 번 회전하더니 꼬리 회전날개가 조각조각이 나서 흩어졌다. 다음 순간 큰 폭발음이 들렸다. 그 파편은 둑 쪽으로도 상당히 날아갔지만, 교스케가 피할 필요도 없었다. 기세 좋게 날아온 커다란 금속 파편은 교스케에게 닿기 직전에 가루가 돼서 흩어져 버렸다.

비명이 들린 것 같아 메구미쪽으로 시선을 돌렸다. 그녀는 도넛형 못의 섬에 혼자 서 있었다.

우두머리의 모습이 어디에도 없었다.

"메구미!"

크게 소리를 지르면서 교스케는 둑을 달려 내려갔다. 메구미가 한 대 맞은 듯한 표정으로 돌아봤다.

교스케의 모습을 보고 메구미의 표정이 무너져 내렸다.

46

어쨌든 일단 이곳을 떠나자는 교스케의 제안을 메구미는 마지못해 받아들였다.

많은 경찰관, 소방대원, 구급대원, 그리고 그 자리에 있던 사람들이 둘러보는 가운데 둑에 대 뒀던 교스케의 차가 공중을 이동해 두 사람 앞에 놓였다. 메구미와 교스케가 거기에 올라타자 차는 한번에 수십 미터를 상승했다. 벌써 몇 번이고 경험한 일이지만 교스케는 여전히 이 급가속과 급정지에 익숙해지지 않았다. 위장이 입에서 튀어나올 것 같은 기분을 맛보았다.

"어디로?"

반쯤은 화가 난 듯한 어투로 메구미가 물었다.

"어디로든 괜찮아…… 어쨌든 보는 사람이 없는 곳으로……."

그 말이 끝나기도 전에 차는 남쪽을 향해 맹렬한 속도로 비행하기 시작했다.

"차…… 부수지 마."

교스케의 중얼거림은 메구미의 귀에 와 닿지 않은 듯했다.

어쨌든 메구미 입장에서 보면 그 우두머리를 죽일 때까지는 추적의 손길을 늦추고 싶지 않았을 터였다. 그런 자신의 기분에 제동을 걸려는 교스케에게도 화가 나 있는 것 같았다.

"그 녀석을, 제멋대로 내버려 두라는 말이야?"

더욱 고도를 높여 차를 구름 속으로 돌입시키면서 메구미가 말했다. 고속으로 구름 속을 날면 상당히 진동이 발생했다. 구름 위로 나가 진동이 줄어들기를 교스케는 기다렸다.

"그 녀석을 제멋대로 내버려 두는 건 곤란하지만, 아까 같은 건 너무 지나쳤어."

"그치만 직접 공격을 할 수가 없는걸? 나카야 씨도 그 녀석이 공격을 해 오도록 유도하는 게 좋다고 말했잖아."

"아니, 그랬지만, 도로를 끊는 건 아무리 뭐래도 지나치잖아."

"……그 녀석을 궁지로 몰아넣어야 한다는 생각만 했어."

갑자기 시야가 탁 트이자 교스케는 창문으로 바깥을 내려다봤다.

"……."

바다였다.

남쪽으로 날아왔으니까 아마도 아래쪽에 보이는 건 스루가 만일 터였다. 말도 안 되는 속도였다. 이대로 내버려 두면, 순식간에 호주까지 이동할지도 몰랐다.

"메구미…… 태평양으로 나와 버렸는데. 어딘가 침착하게 얘기를 나눌 수 있는 곳을 찾아서 차를 내려놓지 않을래?"

"어, 어어……."

속도를 늦추고 바다에 떠 있는 작은 섬을 발견해 메구미는 그 모래사장에 차를 착륙시켰다. 아무래도 무인도인 것 같았다. 이즈 제도의 어디쯤이지 않을까.

차 바깥으로 나오자 파도 냄새가 교스케를 품었다.

"하나 물어도 될까?"

백사장 위에 앉으면서 교스케는 메구미를 올려다봤다. 메구미도 교스케 옆에 앉았다.

"뭔데."

"지치거나 하지는 않아?"

"지쳐?"

교스케는 어깨 위에서 고개를 돌리며 크게 숨을 들이쉬었다. 엄청난 스피드에 노출된 덕택에, 긴장했던 탓에 완전히 목 근육이 뭉쳐 있었다.

"20마리 이상의 원숭이를 공중에 띄우거나, 도로에 구멍을 뚫거나, 강물을 끌어 올리거나, 차를 날게 하나…… 연달아 그런 일을 하면 지치지 않을까 생각했어."

메구미는 단박에 고개를 저었다.

"내 발로 걷거나 뛰는 것에 비해, 전혀 지치지 않아."

"그렇구나."

"응. 전혀 안 지친다고 하면 거짓말이겠지만, 완전히 축 처져서 더는 움직이지 못하겠다는 상태가 된 적은 없어. 얼마든 가능한 것 같아. 그렇다기 보다는 이 능력을 쓰고 있으면, 뭐랄까, 충전된다는 것 같달까?"

"충전?"

"응. 사용하고 있으면 거꾸로 에너지 같은 게 끓어오르는 것 같은 기분이 들어. 나카야 씨는 투시하고 나면 그런 기분 안 들어?"

교스케는 고개를 갸웃했다.

"으음. 그런 건, 없는데."

"없구나."

말하면서 메구미는 모래 위에서 뒹굴었다. 그걸 따라서 교스케도 뒤로 몸을 젖혀 봤다.

올려다보니 하늘이 말도 안 되게 푸르렀다. 그 푸른 하늘에 눈부실 정도로 흰 구름이 떠 있었다. 갈매기 여러 마리가 교스케의 시계를 가로질러 날아갔다.

교스케는 말을 이으려고 옆의 메구미에게 시선을 던졌다가 주워 삼켰다. 메구미의 눈에서 눈물이 뺨을 타고 흐르고 있었다.

교스케는 그대로 얼굴을 정면으로 돌렸다. 입을 다문 채 눈을 감았다. 그 박자에 따라 침대 위에 누워 있던 고바타 고조의 모습이 되살아났다.

―꿈, 꿨어.

고바타는 메구미에게 말했다.

그 고바타의 끊어지던 말이 어딘가 마음에 걸렸다. 그로부터 여러 가지 일이 벌어져 제대로 돌이켜 생각할 겨를도 없었지만, 이 모래사장에 누워 메구미의 눈물을 본 순간, 대학병원 4층 병실로 마음이 돌아갔다.

―긴, 꿈…… 메구미가, 날고 있었어.

고바타는 그렇게 말했다.

그건 대체 뭐였을까.

그는 용뇌염이 발병한 이래 5개월 동안 혼수상태에 빠져 있었던 것이다. 모든 용뇌염 감염자 중에서 그런 상태에 빠진 것은 고바타가 유일했다.

꿈? 꿈속에서 고바타는 메구미가 날고 있는 걸 봤어…… 그렇다면 그가 꾼 꿈은 꿈이 아니었다. 현실 속 광경이었다.

그도 용뇌염의 생존자라면 교스케, 메구미와 마찬가지로 특수 능력을 후유증으로 얻게 됐다고 하더라도 이상할 게 없었다. 사실, 침대에서 일어난 고바타가 손을 뿌리쳐 내리친 순간, 병실 전

방 벽에 커다란 구멍이 뚫렸다. 메구미가 한 게 아니었다. 그건 분명히 고바타가 한 행동이었다. 그는 메구미와 동일한 능력을 가지고 있었다.

그렇다면 그가 꾼 꿈이, 교스케의 투시 능력과 동일한 능력이라고 해도 이상할 게 없었다. 무의식적이긴 했겠으나, 고바타는 혼수상태 속에서 바깥 세계를 투시하고 있었는지도 몰랐다.

메구미의 능력도, 교스케의 능력도, 고바타에게 있었다면?

그렇다면 오키쓰 시게루의 능력도…….

'아니, 잠깐.'

교스케는 눈을 번쩍 떴다. 그리고 깜짝 놀랐다. 눈앞에 메구미의 얼굴이 있었기 때문이다.

"……"

눈을 깜빡이자 메구미가 고개를 갸웃해 보였다.

"미안. 자고 있었어?"

"아니……."

교스케는 몸을 일으켜 세웠다.

"생각 중이었어."

"있잖아."

메구미는 운을 떼더니 크게 한숨을 쉬었다. 그대로 바다 쪽으로 시선을 던지고는 한동안 입을 다물고 있었다.

교스케도 평온한 바다로 시선을 돌렸다. 메구미의 다음 말을 기다렸다. 재촉할 필요는 없었다.

다시 메구미는 한숨을 쉬었다.

"있지. 질문이 있어."

"응."

"왜…… 그 녀석, 고 짱이 있는 곳에 온 거야?"

"……."

교스케는 메구미에게 시선을 돌렸다. 메구미는 바다를 바라보고 있었다.

"원숭이들의 습격이라는 게 먹을 걸 훔치기 위해서잖아. 밭을 어지럽히거나, 인가에 들어가 부엌의 식재료를 빼앗거나."

"어어, 그렇지."

"병원을 습격한다는 게 이상하지 않아?"

"응."

"처음부터 그 녀석은 고 짱을 노리고 다가왔어. 그렇지? 그것 말고 다르게 설명할 수 있겠어?"

메구미가 바다에서 교스케에게로 시선을 옮겼다.

"그런 것 같아. 나도 그렇게 생각해."

"그 녀석은 오키쓰 씨를 죽이고, 이번에는 고 짱이 있는 곳으로 왔어. 왜야? 다음은 나야? 나카야 씨야? 전부 죽일 생각인 걸까?"

"아니…… 사실을 말하자면, 나도 생각했던 게 있어."

"말해 줘."

교스케는 모래 위에서 책상다리를 하고 앉았더니 메구미를 향해 고쳐 앉았다.

"명확하지는 않아. 확신이 있는 것도 아니고. 완전히 예상을 깨는 걸지도 몰라. 다만, 왠지 모르게 그렇게 생각했을 뿐이니까."

"응, 알겠어."

"기분 나쁜 말을 할지도 몰라. 기분 상할지도 모르니 미리 사과할게."

"괜찮아."

바라보는 메구미의 눈이 똑바로 교스케를 향해 있었다.

"고바타 씨의 마지막 얼굴을 봤을 때, 왠지 이상한 기분이 들었어."

"이상하다고?"

"오키쓰 씨의 마지막 얼굴과 똑같았거든."

"……."

"연구소로 옮긴 후 미라처럼 된 오키쓰 씨의 얼굴이 아니라, 산속 약수터에서 봤을 때, 아직 젊음이 남았던 때의 마지막 얼굴."

"……어."

"그래서 왠지 모르게 이런 생각이 들었어. 오키쓰 씨의 다른 사람에게 빙의하는 능력은 고바타 씨한테서 물려받은 게 아닌가 하고 말이야."

"……."

메구미가 눈을 둥글게 홉떴다.

"행여나…… 행여나 하는 말인데, 오키쓰 씨는 처음부터 고바타 씨한테 빙의해 있던 게 아닐까 하는 생각이 들었어."

"고 쨩이, 오키쓰 씨한테……."

"오키쓰 씨는 용뇌염을 직접 고바타 씨한테서 옮았어. 양로원에서 골절을 당해 입원 중인 오키쓰 씨를 고바타 씨가 병문안을 왔을 때야. 그때엔 메구미도 함께 있었지. 메구미는 자신이 병에 감염됐다는 건 전혀 모른 채 병원을 나섰지. 다만, 그 뒤로 병실에서는 엄청난 일이 벌어진 거야. 고바타 씨가 격렬한 각혈을 반

508

복하면서 의식을 잃고 쓰러졌지."

괜찮은지 어쩐지 교스케는 메구미의 표정을 살폈다. 메구미는 교스케를 바라본 채, 작게 고개를 끄덕였다.

"지금까지는 눈치 채지 못했는데, 여기서 이미 기묘한 일은 벌어지고 있었어. 기억해 내 줬으면 좋겠는데. 용뇌염 증상이 나타났을 때, 나도 메구미도 고바타 씨와 같은 상태가 되지는 않았어."

"……."

"얼굴이나 몸 이곳저곳에 발진이 생기고, 열이 나고, 자꾸 기침을 했지. 그런 상태가 하루 정도 지속됐고 피를 쏟는 증상이 나타난 건 그다음 날이 되어서였어. 그 뒤로 의식불명이 됐지."

"응."

"고바타 씨는 몸이 불편하다는 걸 호소하기 전에, 갑자기 피를 토하고, 그리고 그대로 의식불명상태가 됐지. 우메자와 선생님께 여쭤 볼 필요도 있겠지만, 용뇌염 환자 중에 그런 경험을 한 건 아마도 고바타 씨뿐일 거야."

"순식간에 의식이 없어진 것 말이지."

"응. 그리고, 오키쓰 씨의 경우에는 그 반대 경우였지."

"반대……."

"듣기로는 오키쓰 씨는 용뇌염 증상이 가장 가벼웠대. 나나 메구미는 10일인가 12일 동안 의식불명상태가 이어졌고, 중증 환자는 모두 그랬는데도, 오키쓰 씨만큼은 의식불명에 빠지지 않았어. 그래서 여기서부터는 상상인데."

"응."

"고바타 씨는 병실에서 쓰러졌을 때 오키쓰 씨한테 빙의한 게 아닐까 생각해. 오키쓰 씨가 다른 사람에게 빙의했을 때의 일을 생각해 봐. 빙의한 순간, 그는 의식을 잃은 듯 잠에 들어. 빙의하고 있는 동안, 오키쓰 씨는 자기 자신을 컨트롤할 수 없어지지."

"정말이네……."

"게다가 오키쓰 씨는 다른 사람에게 씌어 있는 동안 꿈을 꿨지."

"아……."

"그 꿈은 빙의한 상대의 체험, 그 자체였어. 기억하고 있어? 오늘 고바타 씨가 침대에서 했던 말."

침을 삼키는 것 같은 느낌으로 메구미가 고개를 끄덕였다.

"꿈에서 내가 날고 있었다고."

"그건 오키쓰 씨가 보고 있던 거야. 고바타 씨는 어제까지는 의식이 돌아오지 않았었지. 그 동안 긴긴 꿈을 꾸고 있던 거고."

"오키쓰 씨의 눈으로…… 말이지."

"상상이야. 정말로 그런지는 모르겠어. 다만 한 가지, 부합하는 게 있어."

"응."

"오키쓰 씨는 계속해서 젊어졌어. 93세인데도 점점 젊어져서는 마지막에는 나보다도 연하인 것처럼 보일 정도가 됐어. 하지만 잘 생각해 보면, 최근 한 달 동안에는 회춘이 멈춘 것 같은 인상이 있었지."

"아아, 그러고 보니 그렇네."

"처음에는 조만간 아기가 되는 건 아닐지 걱정하기도 했지만, 결국은 20대 후반에서 회춘이 멈췄어."

아, 하고 메구미가 소리를 냈다.

"고 짱의 나이로, 라는 거야?"

"잘 모르겠어. 부합한다는 것뿐이야. 오키쓰 씨는 빙의된 고바타 씨의 연령까지 회춘했어. 그리고 우두머리에게 빙의한 순간, 한번에 원래 나이인 93세로 돌아가 버린 걸지도 몰라. 동시에 5개월간 의식이 돌아오지 않던 고바타 씨가 자연스럽게 눈을 떴지."

"……."

메구미가 모래사장에서 일어섰다. 신발을 벗고, 맨발로 모래 위를 걸어 파도가 밀려오는 곳까지 걸어갔다. 느리게 철썩이는 파도가 메구미의 발을 적셨다.

갑자기 메구미는 교스케를 돌아다봤다.

"그래도, 뭔가 이상해. 오키쓰 씨는 그 우두머리한테 빙의했잖아? 그렇다면 고 짱이 눈을 뜬 건 왜야? 원숭이한테 빙의하면서 동시에 고 짱한테도 돌아온 거야? 두 사람으로 불어났잖아."

교스케는 머리를 긁적이면서 쓴웃음을 지었다.

"그러니까 상상이라니깐. 그저 그게 우두머리가 고바타 씨의 병실에 찾아온 이유일지도 모른다고 생각했을 뿐이었어."

"……무슨 말이야?"

교스케는 고개를 저으면서 옆의 모래를 퍼 올렸다. 아무런 저항도 없이 흰 모래는 손가락 사이로 넘쳐흘렀다.

"빙의한 상대가 사람이 아니라 원숭이라는 게 어디선가 묘하게 버튼을 잘못 누른 거지. 오키쓰 씨는 우두머리한테 완전히 빙의하지 못한 걸지도 몰라. 예전에 오키쓰 씨가 다른 사람에게 빙의했을 때엔 빙의된 순간에 오키쓰 씨의 의식이 사라지고 돌아온 순간 오키쓰 씨는 눈을 떴어. 하지만 고바타 씨의 의식이 돌아온

511

건 오키쓰 씨의 죽음과 동시에 일어난 게 아니야. 일주일이나 더 지난 다음에 우두머리가 여기저기 습격을 시작한 다음의 일이지. 그것도 완전한 상태로 의식이 돌아온 게 아니라 2~3시간 간격으로 각성과 수면을 반복하는 상태였어."

"······."

메구미는 파도가 닿는 곳에서 돌아오더니 다시 교스케의 옆에 앉았다.

"다시 말해 고바타 씨의 의식은, 우두머리 쪽에 가 있었다고 생각하면, 고바타 씨 자신으로 돌아왔다가 다시 2~3시간이 지나면 원숭이한테 날아가는 그런 일이 반복되고 있었을지도 모른다는 거야."

"왔다 갔다······."

"고바타 씨가 꿈을 꾸고 있었지만, 혹시 몰라 우두머리도 꿈을 꾸고 있었을 가능성이 있어."

"원숭이가, 꿈?"

"꾸지 않아? 어린 시절에 집에서 고양이를 길렀는데, 때로는 자면서 잠꼬대를 하기도 했거든. 고양이가 꾼다면 원숭이도 꾸겠지."

"어어, 그렇겠다."

"우두머리는 꿈속에서 병원 침대에 누워 있는 고바타 씨를 본 거야. 의식이 저쪽에 갔다가 이쪽에 왔다가 하는 게 우두머리한 테는 성가신 일이었는지도 모르지. 그 꿈속에서 우두머리는 고바타 씨가 병실 벽에 구멍을 뚫은 걸 본 거야. 거길 통해서라면 병실을 드나들 수 있다는 걸 그 녀석은 알게 된 거지."

"······."

"그 녀석의 사고 능력이 얼마나 되는지는 모르겠지만, 아마도 본능과 같은 게 녀석을 병원으로 불러들인 게 아닐까. 녀석은 오키쓰 씨와 맞닥뜨렸을 때를 생각하고는 고바타 씨의 의식을 완전히 자기 것으로 만들기 위해 병원에 온 거야. 메구미가 말하듯, 병원에 먹을 걸 가지러 오는 원숭이 같은 건 있을 리가 없고 말이지. 우리들이 봤을 때 그 녀석은 고바타 씨 위에 올라타고 있었어. 외상은 없었으니까, 아마도 고바타 씨의 뺨을 쓸어내리는 것 같은 행동을 한 게 아닐까. 오키쓰 씨 때도 그랬으니까. 그렇게 그 녀석은 고바타 씨의 의식을 완전히 자신의 안으로 옮겨 넣은 거지."

메구미가 크게 숨을 들이쉬었다.

"그렇다면, 나는 방금 전까지…… 고 짱을 죽이려고 뒤쫓아 다닌 게 되는 거잖아."

교스케는 고개를 저었다.

"아니, 그 우두머리는 고바타 씨가 아니야. 의식……이라고 불러도 될지 모르겠지만, 빙의한 건 '인격'이 아니야. 그렇잖아? 오키쓰 씨가 고바타 씨라는 생각이 들었던 적은 한 번도 없었잖아?"

"……뭐, 그건 그렇네. 아무리 내면이 고 짱이라고는 해도, 외견이 오키쓰 씨인 건 싫어."

"그렇게까지 말하면 오키쓰 씨가 좀 불쌍해지는데."

메구미가 빙글거리며 웃었다.

"그치만 93세라고. 불쌍한 쪽은 나야."

웃으면서 교스케는 다시 모래를 퍼 올렸다. 강한 척하고 있다는 걸 알고 있지만, 그런 메구미의 말에 아주 약간은 안심했다.

손에서 흘러넘치는 모래를 바라보면서 교스케는 다시 병실에서 들었던 고바타 고조의 말을 생각해 냈다.

"……."

갑자기 바람이 모래를 날렸다.

47

그날 밤 교스케와 메구미는 류오 대학 바이러스 연구소 6층 라운지에서 우메자와와 마주 보고 앉아 있었다.

"엄청난 소동이 벌어졌어. TV를 봤나 모르겠군."

우메자와가 피곤에 절어 있는 표정으로 커피를 내린 컵을 들어 올렸다.

"안 봤습니다. 볼 생각도 없고요."

"그런가…… 그렇겠군."

의사는 커피를 홀짝이고 고개를 끄덕이면서 컵을 테이블에 내려놓았다.

"알려 주셨으면 하는 게 있어서 시간을 내 봤습니다."

말하면서 교스케는 옆에 있는 메구미에게 시선을 던졌다.

메구미는 우메자와를 가만히 바라보고 있었다.

"내가 대답할 수 있는 일이라면야."

"고바타 고조 씨는 용뇌염 제1감염자였죠."

우메자와가 천천히 고개를 끄덕였다.

"일단은 그렇게 결론을 지었네."

"그 전에는 어땠나요?"

"그 전?"

교스케는 자기도 커피를 한 모금 마셔 입을 축였다.

"사실, 제가 걸린 병으로 너무나 특수한 능력을 갖게 됐기 때문에, 그것도 주간지에 그 체험 기사까지 실으면서도, 저는 드래건바이러스에 대해 제대로 알아보지도 않았습니다."

"……음."

"알아보지도 않았다는 사실조차도 인식을 못 하고 있었죠. 실제로 드래건바이러스에 대해서는 수수께끼 투성이입니다. 가장 큰 수수께끼는 아마도 메구미나 저일 테지요. 저나 메구미의 능력은 아직 선생님들께서도 모르는 게 엄청 많다고 생각합니다."

"말하는 대로네."

"다만, 저는 고바타 고조 씨 이전에 있던 일을, 전혀 모르고 있습니다. 그걸 여쭙고 싶은 겁니다."

"'이전'이라는 건 제1감염자 이전의 숙주에 대한 것인가?"

"그렇습니다. 바이러스가 갑자기 고바타 씨의 몸에서 발생했을 리는 없습니다. 제1감염자라고는 하지만, 그 역시 어디에선가 드래건바이러스를 체내에 받아들인 순간이 있을 겁니다. 하지만 새로 기사를 찾아봐도 거의 수수께끼로 남아 있었습니다."

"자네 말대로네. 고바타에게는 해외로 여행한 기록도 없었네. 의식불명상태가 지속되고 있었으니까, 그에게 증세 발현 이전의 행동을 물을 수도 없었지. 감염 경로를 찾았지만 결국 명확한 건 전혀 파악할 수가 없었네. 그래서 그의 의식이 돌아와서 이제 겨우 얘기를 할 수 있지 않을까 기대하고 있었다네. 안타깝기 짝이 없는 일이지."

"……"

교스케는 우메자와를 바라봤다.

"뭔가?"

"드래건바이러스는 선생님들께도 전혀 미지의 것인가요?"

"그렇다네. 아니라고 말하고 싶은 건가?"

"고바타 씨가 오키쓰 씨의 병실에서 피를 토하고 쓰러진 후 대학병원 전체가 봉쇄되기까지 하루도 채 걸리지 않았어요. 놀랄 정도로 손을 빨리 썼죠."

"……나카야, 무슨 얘길 하고 싶은 건가?"

"전혀 정체를 알 수 없는 병원체임에도 불구하고 그 증상을 보고, 순식간에 병원 전체를 격리한다는 판단이 내려졌습니다. 훌륭한 대응이었다고 생각하고, 그 판단이 늦었더라면 더욱 감염 피해가 커졌을지도 모른다는 우려도 충분히 있죠. 다만, 그 정도로 빨리 봉쇄할 수 있는 것이었느냐는 의문은 맨 처음부터 가지고 있었습니다."

우메자와가 '저런저런' 하고 말하듯 고개를 살짝 저었다.

"손을 빨리 쓴 게 문제라는 건가? 우리들에게는 구급사태에 대처하기 위한 매뉴얼이 있네. 특히 류오 대학 의학부속병원은 같은 부지 내에 일본에서도 유수의 시설을 갖춘 바이러스 연구소…… 뭐, 여기를 말하는 거네만, 연구소를 가지고 있다네. 그래서 다른 병원과 비교하더라도 그런 의식이 높은 걸세."

"연구소에서 바이러스가 누출될 위험도 있기 때문인가요."

"만에 하나라도 있어서는 안 되는 일이네만, 물론 그런 사태도 고려하여 안전을 위한 수순이 정해져 있다네. 거기에는 생화학 테러 같은 사태도 포함돼 있어. 그 수순에 따라 병원의 격리, 봉쇄 조치가 취해졌네."

"이번 일이 그 케이스였다는 건 아닙니까?"

"……그 케이스?"

"오늘 메구미랑 제가 고바타 씨의 병실에 갔을 때, 우메자와 선생님께서도 계셨죠."

"있었지."

"고바타 씨는 벽에 구멍을 뚫고 그 뒤에 잠들기까지 짧은 사이에, 작게 중얼거렸습니다. 그건 들으셨나요?"

"아니……뭐라고 중얼거렸나?"

"명확하게 말한 건 아닙니다. '내, 가, 해서'라고 고바타 씨는 말했습니다. 다시 말해 '내가 했어.'죠."

"내가, 했어……."

"그리고, 이쪽이 좀 어렵습니다만, '내, 닷. 물렸, 어, 커스터 자…….'"

"뭐지?"

"맨 처음은 '내 탓'이라고 생각합니다. 그다음은 '물렸어'죠."

"……."

우메자와가 미간을 찌푸렸다.

"아까 선생님께선 고바타 씨의 의식이 회복돼 겨우 감염 경로를 명확하게 밝히기 위한 얘기를 할 수 있지 않을까 기대하고 있었다고 말씀하셨죠. 고바타 씨는 그 기대에 부응해 주신 겁니다."

"아니, 그게……."

"'물렸다'고 고바타 씨는 말했습니다. 물려 버려서 용뇌염의 제1감염자가 된 겁니다. '내 탓'이라고 했고, '내가 했다'고도 말했습니다. 그는 자신이 한 일에 책임을 느끼고 있던 겁니다."

"……."

"자신의 부주의가 불러일으킨 거라고 말했던 거라고 생각합니다."

"아니, 물렸다는 건……."

"커스터 장군."

"뭐라고?"

우메자와가 교스케를 쳐다봤다.

"고바타 씨가 돌보고 있던 동물에게 붙인 별명입니다. 원래 이름은 'PT-034'죠. 실험동물인 필리핀원숭이."

우메자와가 한숨을 내뱉었다.

"나카야에겐 숨기는 게 불가능하군."

"고바타 씨가 중얼거린 '커스터 자……'라는 말의 뜻을 처음에는 전혀 알 수가 없었습니다. 그래도 꽤 전에 투시했던……이랄까, 메구미와 고바타 씨가 데이트할 때 얘기를 엿들었을 때 비슷한 단어가 나온 걸 기억해 냈습니다. 커스터 장군은 고바타 씨에게 무척이나 정을 붙이고 있었습니다. 고바타 씨 쪽도 별명을 지어 줄 정도로 귀여워했고요."

"음."

"실은, 실험동물에게 정을 붙이는 건 해서는 안 되는 일입니다. 고바타 씨도 그건 잘 알고 있었죠. 다만 그에게 있어 커스터 장군은 특별한 존재였던 듯 합니다. 하지만 고바타 씨에게는 오치아이 메구미라는 약혼자가 있었죠. 서로 만나게 한 적도 없고, 물론 메구미의 존재를 커스터 장군이 알 리는 없습니다. 그래도 동물의 감이랄지, 고바타 씨가 메구미와 만나는 날에는 커스터 장군의 기분이 나빠졌죠. 질투를 했던 거겠죠. 그날도 고바타 씨는 메구미와 만날 예정이었습니다. 대학병원에 입원 중인 오키쓰 씨를 둘이서 병문안을 하기로 돼 있었죠. 그걸 눈치 챈 커스터 장군은 화를 내면서 고바타 씨를 문 겁니다."

"……."

"물론, 바이러스 연구소의 실험동물을 맨손으로 취급하거나 하지는 않을 겁니다. 제가 투시해서 봤던 건 외면적인 것뿐입니다만, 바이오 안전성 매뉴얼대로 고바타 씨는 방호복을 착용하고 돌보고 있었습니다. 거꾸로 말하면 커스터 장군은 방호복을 입고 다룰 필요가 있는 상태였다는 겁니다. 그 커스터 장군이 라텍스 장갑 위로 고바타 씨를 물었습니다. 새끼손가락의 시작 부분에 물린 자국이 남았습니다. 진찰상으로는 그 물린 자국도 검사를 받았을 겁니다. 우메자와 선생님께서도 확인하셨죠. 하지만 그게 가장 중요한데도 불구하고 그 물린 상처에 대해서는 공표되지 않았습니다. 감염 경로에 대한 보고에서는 그걸 전혀 언급하지 않았죠. 알려 주셨으면 하는 건, 그 커스터 장군에 대해서입니다."

우메자와는 천천히 자신의 얼굴을 둥글게 쓸었다.

미지근해지기 시작한 커피를 교스케는 꿀꺽꿀꺽 다 마셨다.

"하나 상상하고 있는 게 있습니다. 커스터 장군은 이미 저희들과 같은 특수 능력을 가지고 있던 게 아닌가 하고요."

"아니…… 나카야."

"더 상상을 보태 보죠. 그리고 커스터 장군은 무는 것과 동시에 고바타 씨에게 빙의한 겁니다."

"응?"

메구미가 눈을 크게 뜨고 돌아봤다.

교스케는 커피컵을 테이블에 내려놓으며 메구미를 바라봤다.

"기억하고 있겠지? 메구미가 용뇌염에 감염된 날 있었던 일."

"……"

"그날 고바타 씨와 함께 입원 중인 오키쓰 씨 병문안을 갔잖아. 다만, 네 인상에 남은 고바타 씨는 평소와는 다르게 거칠었지."

"어어…… 맞아."

"병실인데도 불구하고 알 수 없는 말을 마구 외쳐서, 소동이 벌어진 걸 듣고 달려온 간호사들에게도 화를 냈지. 결국 메구미 한테 '나가 버려, 집에 가 버려!'라고 화를 냈어."

"기억하고 있어. 잊을 리가 없지. 그런 모습, 처음이었는걸."

교스케는 메구미에게 고개를 끄덕여 보였다.

"메구미도 그랬을 것 같지만, 고바타 씨가 화를 내고 있던 것에 대해서는 지금까지 전혀 신경도 안 쓰고 있었어. 병 때문에 몸 상태가 안 좋았던 거라 생각한 정도였지. 그런데 잘 생각해 보면 이건 이상해. 나도 메구미도 발병 직전에 정신이 흐트러지는 것 같은 경험은 하지 않았지. 선생님은 용뇌염에 걸린 많은 사람을 봐 오셨죠. 어떠신가요? 고바타 씨 이외에 그런 증상이 나타난 환자가 있었나요?"

우메자와가 고개를 저었다.

"나는 본 적 없고, 보고받은 적도 없네. 그 반대로 증상에서 회복한 뒤라면 정신적인 고통을 수반하는 후유증을 체험하고 있는 환자는 많이 봐 왔지. 자네 말대로네. 그 전에는 없었네."

"다시 말해 발병 이전…… 아니, 발병 직후라고 하는 게 맞으려나요? 의식불명에 빠지기 전, 고바타 씨가 거칠게 행동했던 건 용뇌염 때문이 아니라 다른 원인이 있었다는 가능성도 크다고 생각합니다."

"음. 다시 말해 원숭이의 의식이 고바타에게 빙의했기 때문에, 라는 원인을 가정하고 있다는 거로군."

우메자와가 고개를 끄덕였다.

"여쭙고 싶습니다만, 현재 커스터 장군은 어디에 있습니까? 아직 이 연구소에서 사육 중인가요?"

"아니. 죽었네."

우메자와는 머리를 쓸어 올렸다.

"……언제요?"

"정확한 시기는 알 수 없네. 고바타가 손을 물린 뒤 연구원이 확인하러 갔을 때 실험동물 시설 내 사육 케이지에서 PT-034가 죽은 게 확인됐네."

교스케는 메구미와 고개를 마주 봤다.

우메자와가 작게 숨을 토했다.

"자네가 생각하고 있는 건 나도 왠지 알겠네만 모든 실험동물을 24시간 관찰하지는 않고 있고, 실제로도 불가능하네. 정확한 시간은 특정할 수 없네."

"고바타 씨에게 물린 직후였을 가능성도 있다는 거네요."

"물론 가능성은 얼마든 있네. 정확한 시간이 필요하다면, 직접 투시해 보는 건 어떤가."

어딘지 비꼬는 것처럼 들렸다.

"사망 원인은요?"

우메자와가 고개를 저었다.

"불명이네. 해부 후, 연구를 위해 유해 일부의 조직을 떼어 내긴 했지만, PT-034는 거의 완전한 상태로 냉동보존 되어 있네."

"커스터 장군, 이쪽이 코드보다 부르기 쉬우니 이렇게 부르겠습니다. 커스터 장군은 만난 적도 없는 메구미에게 동물적인 본능으로 질투를 했어요. 그날 고바타 씨는 커스터 장군에게 물려, 드래건바이러스에 감염돼 버렸지만, 동시에 커스터 장군 자체도 그에게 빙의한 게 아닌가 생각합니다. 고바타 씨가 각혈하고 의식을 잃기 전에 거칠게 화를 낸 건 그것 때문이 아닌가 싶습니다."

"으음."

우메자와가 신음하는 것 같은 소리를 내면서 고개를 비틀었다.

"조금 더 들어 주세요."

교스케가 우메자와의 말을 가로막았다.

"선생님께선 가정이라고 말씀하셨지만, 이런 가설도 세워 봤습니다."

"음."

"커스터 장군이 이 용뇌염 소동의 최초의 발단이라고 말이죠. 그렇게 가정해 보면 지금까지 수수께끼였던 대부분의 문제가 싹 풀립니다. 스스로 바란 건 아니지만 커스터 장군은 고바타 고조 씨에게 빙의했습니다. 그 시점에서 커스터 장군의 본체……라는 말이 적당한지 어떤지는 모르겠지만, 실험동물로서 사육되던 원숭이는 사망했습니다. 한편 고바타 씨에게 빙의한 **그것**은, 얼마 지나지 않아 오키쓰 시게루 씨에게 빙의하게 됩니다."

"뭐라고……?"

우메자와가 미간을 좁혔다.

"오키쓰 씨의 병실에서 피를 토하고 쓰러졌을 때의 일이라고 생각합니다. 그때부터 고바타 씨는 5개월간 의식불명에 빠져 버립니다."

그리고 교스케는 무인도의 모래사장에서 메구미에게 들려줬던 추론을 우메자와의 앞에서 한 번 더 반복했다. 우메자와는 가슴 앞으로 팔짱을 끼고, 눈을 감고 교스케의 말을 듣고 있었다.

"수개월 동안 **그것**은 오키쓰 씨의 안에 머물러 있었습니다. 용뇌염으로 가족을 잃은 남자가 메구미를 죽이려고 한 게 발단이 돼서 우리들은 경찰에 쫓기게 됐습니다. 깊은 산속으로 몸을 숨기고 있었습니다."

"역시, 산에 숨어 있었군."

"네. 몰랐는데 그 부근은 일본원숭이 무리의 구역이었습니다. 그들도 경계를 하고 있었는지, 한동안은 모습을 보이지 않았습니다. 다만 이제 생각해 보면 그들은 오키쓰 씨에게 이끌려 우리들의 앞에 나타난 거라고 생각합니다. 특히 우두머리가 오키쓰 씨에게 흥미를 가지고 있었겠죠. 우두머리는 오키쓰 씨가 혼자 있을 때를 노려 다가갔습니다. 오키쓰 씨 안에 있는 **존재**가 우두머리를 부른 걸지도 모르겠습니다. 그리고 **그것**은 오키쓰 씨에게서 우두머리에게로 빙의했습니다."

"음."

"동시에 오키쓰 씨는 돌아가셨습니다. 고바타 씨의 연령까지 회춘했던 몸도, 마치 풍선에서 공기가 빠져나가듯이 원래의 93세로 돌아와 버린 겁니다."

"커스터 장군에게서 고바타 씨, 오키쓰 씨, 그리고 우두머리인가……."

"그 우두머리는 고바타 씨에게서 목숨을 빼앗기 위해 병원을 습격했습니다. 이해할 수 없는 행동이지만, 그 안에 있는 **존재가** 그렇게 시켰다고 생각하면 왠지 고개를 끄덕거리게 됩니다."

"과연 그렇군, 음……."

우메자와는 작게 고개를 저으면서 다시 한숨을 쉬었다.

교스케는 메구미에게 시선을 던졌다. 마주 본 메구미는 조용히 고개를 끄덕였다.

"이제 와서 신기하게 생각하는 게 있습니다. 그건 우메자와 선생님을 필두로 의료팀의 사람들이 거의 아무런 저항 없이 우리들의 후유증을…… 초능력을 받아들여 줬다는 겁니다."

"……."

우메자와가 시선을 들었다.

"우리들은 꽤나 불안했습니다. 이런 능력은 아무도 믿어 주지 않겠지, 하는 공포가 있었죠. 그래서 처음에는 이런 고민을 좀처럼 선생님들께도 솔직히 말할 수가 없었습니다. 다만 오키쓰 씨의 경우에는 밝힐 것도 뭣도 없이 회춘한 게 누구의 눈에도 명확했지만요. 그것에 용기를 받아 우리들은 저희들이 획득한 능력에 대해 말하고, 실제로 보여 드렸습니다. 그런데도 우리들이 두려워하던 반응은, 선생님들께는 나타나지 않았습니다."

"아니, 그렇지 않네…… 놀랐네. 모두 깜짝 놀랐어."

"물론 놀라긴 하셨을 거라고 생각합니다. 당연하겠죠. 물건이 공중에 뜨거나 아무도 알 수가 없는 자신의 과거 행동을 맞췄으니까요. 하지만 우리들이 불안해했던 건 머리로 부정당하는 거였습니다. 선생님들은 과학자입니다. 우리들이 획득한 능력은 지금까지의 과학이 부정해온 겁니다. 물리 법칙으로 보더라도 생물학 상식에서도 벗어나 있죠."

"그건 오해라고 생각하네. 개중에는 자네들의 초능력을 머리로 부정하는 과학자도 있을지도 모르겠네. 그래도 내가 볼 땐 그런 녀석들은 진짜 과학자들이 아니야. 과학은 지금까지도 계속해 미지의 세계를 해명하는 데 도전해 왔네. 우주에는 우리들이 이해할 수 없는 게 한가득 있네. 아니, 오히려 이해 한 게 압도적으로 적지. 자네들의 능력도 그중 하나라네. 아무리 신기한 능력이라도 실제로 벌어진 현상을 과학은 부정할 수 없어. 이해할 수 없는 걸 즉각적으로 인정하는 건 당연히 아니네만, 적어도 그 현상에서 눈을 피하는 짓은 하지 않는다네. 그게 미지의 현상이니까, 생각할 수 있는 범위 내의 방법을 사용해 검증하고 모든 경우를 망라해 실험하고, 모든 사람이 납득할 만한 법칙을 발견하는 데 매진하는 것. 그게 과학일세."

교스케는 우메자와를 바라봤다.

"우리들은, 감사했습니다. 세상에 우리들의 일이 알려졌을 때 그걸 보도한 방송국은 거짓말쟁이 취급을 받았습니다. 경찰은…… 그걸 인정해 버리면 범죄를 입증할 수단을 잃어버리는 게 가장 큰 이유이겠습니다만, 공식적으로는 우리들의 능력을 지금까지 부정하고 있죠. 그래도 선생님들께서 우리들의 편에 서 주셨습니다. 허풍선이 과학자 취급을 받아도 진실을 호소해 주셨죠. 그래서 감사히 생각하고 있습니다. 선생님들께서 외면하셨더라면 나와 메구미는 사회에서 완전히 고립돼 버립니다. 우리들에게 있어 기댈 곳은 선생님들뿐입니다. 그런데도 그런 선생님들에 대한 신뢰가 조금씩 흔들리고 있어요. 불안합니다. 지금까지 마음 어디선가 계속 걸리던 게, 무시할 수 없는 존재가 돼 버렸습니다. 어쩌면 무의식중에 계속해 피해 오던 게 더 이상 피할 수 없어진 걸지도 모르겠습니다."

"……."

"그래서 여기에 왔습니다. 커스터 장군에 대해 알려 주십사 하고 왔습니다. 물론 투시하면 꽤 많은 의문은 해소할 수 있습니다. 실제로 일부는 투시를 해 봤고, 보다 철저히 투시해 보겠다고 생각한 부분도 있습니다. 그래도 단념했습니다. 선생님의 입으로 듣고 싶습니다."

"……."

우메자와는 테이블 위의 컵을 손을 감싸듯 쥐고는 안의 커피를 바라보고 있었다.

"우리들에겐 지금 의문이 있습니다. 고바타 씨의 증세가 나타나고 용뇌염이 만연하기 훨씬 전부터, 선생님들은 드래건바이러스에 대해 알고 계셨던 게 아닐까, 고바타 씨에게 증세가 나타난 게 발각된 시점에서 선생님들은 무슨 일이 벌어지고 있는지 알았던 게 아닐까 하고요. 그래서 순식간에 병원 전체를 봉쇄한다는 처치가 취해진 건 아닐까요. 하코자키 씨는 우리들의 생체 방위 시스템을 해명하면 노벨상 감이라고 말하셨죠. 우리들은 어떤 공격도 튕겨 냅니다. 우리들의 핏속에는 어떠한 병원체도 생존할 수 없죠. 우리들은 아마도 이 지구상에서 최강의 생명체일 겁니다. 이 매커니즘을 해명해 낸다면, 최강의 치료약을 만들 수 있다고 하코자키 씨는 흥분해서 말했습니다. 어쩌면, 그게 이 용뇌염 소동의 근원에 있는 건 아닐까 생각합니다. 현재 류오 대학 의학부 속병원이 용뇌염 치료 최고 기관이 돼 있습니다. 그리고 세계적으로 봤을 때, 이 류오 대학 바이러스 연구소가 드래건바이러스 연구의 총본부처럼 돼 있고요."

기분 탓인지 우메자와의 콧김이 거세진 것처럼 들렸다. 여전히 그는 입을 다문 채 작게 일렁이는 커피 표면을 바라보고 있었다.

교스케는 라운지를 둘러봤다.

"우리들에게는 이런 쾌적한 생활 공간이 주어졌습니다. 주거 공간뿐만이 아닙니다. 우리들은 생활비까지 받고 있어요. 필요한 걸 말하면 대부분의 것을 받을 수 있고요. 정말로 도움이 됐습니다. 하지만 아무리 우리들의 혈액으로 용뇌염 백신을 만들었다고는 해도, 아무리 우리가 의료팀의 연구에 협력하고 있다고 해도, 이건 너무 수혜가 과합니다. 선생님께서는 지원재단이 돈을 대고 있다고 설명해 주셨죠. 그 지원재단과 밀접한 관계를 가지고 있는 거대한 제약회사가 존재합니다. 다시 말해 그 제약회사와 지원재단이 우리들을 독점하고 싶다고 생각하고 있는 건 아닌지요. 그래서 우리들에게 최고의 대우를 해 주고, 선생님들은 어디까지나 우리들을 지켜 주고 계신 건 아닐까요? 좀 더 의심을 하자면, 이런 독점 상황을 만들기 위해 바이러스 연구소는 대학병원에서 드래건바이러스 원내 감염을 일으킨 게 아닐까……."

우메자와가 크게 고개를 저었다.

"그건 터무니없는 말이네. 오히려 깡그리 과거를 투시해 달라고 말해 주고 싶군."

"선생님의 입으로 듣고 싶습니다. 투시로 본 건 냉정하다고요. 사실 이외의 것이 떨어져 나가 버립니다. 알고 계시죠. 사람 마음까지는 투시할 수 없습니다. 투시함으로써 선생님들을 다른 눈으로 보게 되는 일은 피하고 싶습니다."

우메자와의 입에서 하아, 하고 한숨이 나왔다. 그는 소파에서 일어서서 카운터로 걸어가 일본차를 끓이기 시작했다. 그러고는 차를 세 잔 가지고 소파로 돌아왔다.

"언젠가는 자네가 추궁하지 않을까 생각했었네."

우메자와는 교스케와 메구미 앞에 마실 것을 놓으며 말했다.

"자네에게 숨기는 건 불가능하고, 처음부터 숨기려고 생각하지도 않았네. 우리들을 총괄하고 있는 사람들의 무리가 있네만, 그들에게 자네의 능력을 설명하고, 모든 걸 제대로 얘기해 두는 게 좋지 않을까 하고 제언한 적이 있었네. 이미 오래전 일이지. 하지만 내 제언에 대한 대답은 아직도 받지 못하고 있어. 자네가 상상하고 있는 것…… 몇 개는 말한 대로고, 몇 개는 틀렸다고는 해도 근소한 차이가 있네. 그리고 몇 가지는 틀렸고."

교스케는 테이블에서 컵을 집어 들었다. 우메자와가 끓여 준 차를 한 모금 들이켰다. 메구미는 소파 위로 발을 들어 올려 무릎을 끌어안고 우메자와를 보고 있었다.

"PT…… 아니, 커스터 장군이 발단이었던 게 아니냐는 자네의 상상은, 실은 우리들의 견해와도 거의 일치한다네."

"……선생님들의 견해요?"

우메자와가 고개를 끄덕였다.

"모든 걸 다 알고 있는 상황에서였다고 생각하고 있는 것 같다만, 솔직히 말해서 우리들에게도 모르는 게 엄청 많다네. 현재 드래건바이러스라고 일컬어지는 것의 원형이 커스터 장군의 체내에서 발견된 건 1년 반 정도 전이었네."

"……."

"애당초 우리들은 바이러스 요법의 기초 연구를 하고 있었네."

"바이러스 요법?"

"응. 전문적인 건 복잡하니까 생략하겠네만, 간단히 말하면 난치병이라고 일컬어지는 병의 치료를 바이러스를 사용해서 하는 걸세. 이전부터 악성 뇌종양이나 전립선암, 유방암 등등의 치료는 바이러스를 이용하는 연구가 진행돼 왔네. 우리들은 그걸 응용해서 알츠하이머형 인지증 치료에 바이러스를 이용하는 방법을 모색하고 있었네."

"바이러스로 치료하는 겁니까?"

"그렇지. 몸의 나쁜 부분을 바이러스로 공격해서 병을 치료한다는 그런 아이디어일세."

"위험은 없나요?"

"바이러스의 유전자 배열을 바꿔서 안전하게 만드는 걸세. 우리들에게 해가 되는 부분만을 공격해 그 이외의 부분에 대해서는 무해한 바이러스를 만들고자 했네."

"바이러스를 만든다……."

메구미가 중얼거리듯 말했다.

"물론 최대한 안전이 확보되어야만 하네. 실은 절대 안전이라는 건 있을 수가 없지만, 어쨌든 일정 기준의 안전성이 확보될 때까지는 임상실험 같은 건 해서는 안 되네. 후생노동성의 승인을 받아야만 하고 말이지. 인간의 몸에 실제로 사용되는 건 마지막 중에서도 마지막이라네. 그러니 그런 연구는 모두 실험동물로 하게 되지. 쥐나 새앙쥐, 토끼, 강아지, 돼지나 원숭이…… 그런 동물로 테스트를 반복한 뒤에 연구를 진행하는 걸세. 커스터 장군은 그런 실험을 위해 이 시설에서 사들인 거네. 중국에서 수입됐고 당연히 검역을 받았고 병 같은 걸 앓지 않고 있다는 걸 확인한 뒤, 더 나아가 이 시설에서 구입하기에 앞서 한 번 더 검사를 받았네. 그래서 문제의 바이러스를 원형이 됐든 뭐가 됐든 처음부터 커스터 장군이 가지고 있었을 가능성은 극히 낮다네."

"저, 죄송합니다. 원형이라는 건 무슨 의미인가요?"

교스케가 우메자와의 이야기에 끼어들었다.

"드래건바이러스 그 자체가 커스터 장군에게서 발견됐다는 건 아니라는 걸세."

"그 자체……."

"그래. 돌연변이라는 건 알고 있겠지. 바이러스는 빈번히 돌연변이를 일으킨다네. 대부분의 변이체는 환경에 적응하지 못하고 사멸하지만, 드물게 원래 종을 뛰어넘는 적응력을 획득하는 변이체가 발생하기도 하지. 조류의 체내에서만 활동할 수 있던 바이러스가 포유류에게 감염되거나."

"아아, 돌연변이요."

"그 매커니즘은 아직도 완전히 해명되지 않고 있네만, 커스터 장군의 체내에서 몇 가지 인자가 서로 맞물리면서 우리들이 예기치 못했던 바이러스의 돌연변이가 발생한 게 아닐지 생각하고 있네. 1년 반 정도 전에 우리 연구는 암초에 부딪혔네. 그 이유는 커스터 장군 때문이었어."

"……."

"다른 동물로는 성공하는 실험이 커스터 장군에게는 실패했네. 어떻게 해도 제대로 되질 않더군. 다른 병을 앓고 있는 게 아닌지 의심한 연구원이 조사를 해 봤는데도 커스터 장군은 더할 나위 없이 건강했어. 그리고 동시에 놀라운 사실이 확인됐네. 커스터 장군의 몸은 어떤 미지의 바이러스에 의해 점거됐다네. 미지의 바이러스의 증식 속도는 비정상적으로 빨랐고, 그것도 원숭이의 체내에 있는 악성 병원균이나 바이러스를 거의 완전하게 몰아냈지."

저도 모르게 교스케는 자기 손바닥을 바라봤다.

"생체 방위 시스템……?"

우메자와가 끄덕였다.

"지금 나카야 씨나 오치아이 씨가 가지고 있는 것에 비하면 훨씬 원시적인 것이지만, 그래도 그 위력은 경이로웠네. 어쨌든 커스터 장군의 체내에 침입하는 수많은 병원체가 모조리 사멸해 버렸으니까. 실험도 목적도 본래 우리들이 하려던 것과는 달라져 버렸지만, 이런 대발견을 놓쳐 버릴 순 없었네. 이 미지의 바이러스를 꺼내서 테스트해 보기로 했지. 하지만 커스터 장군에게서 꺼낸 바이러스를 투여하면 그 실험동물이 죽어 버리고 말았네. 커스터 장군 안에서는 안전한 바이러스가 다른 동물 체내에서는 강한 독성을 띠어서 악질이 돼 버리고 말았고. 다만 그렇다고 해서 기껏 한 발견을 내버릴 수는 없었어."

"적어도 커스터 장군에게 있어 최강의 생체방어 시스템이었으니까 말이죠."

"그렇다네. 동시에 우리들의 처지도 꽤 궁지에 몰려 있었지. 국가에서 할당해 준 예산이 상당히 삭감된 데다 연구 활동 자체를 축소해야 하는 필요성에 내몰리고 있었고, 재단 쪽에서의 원조도 앞으로 5년 정도 뒤에 끊어질 가능성이 비춰지고 있었다네. 아직 아무런 계획도 없었지만, 우리는 커스터 장군에게서 발견된 신종 바이러스의 경이적인 효과를 전면에 내세워 재단 측에 호소했네. 국가에도 신청을 하자는 단계에 이르렀을 때 재단 간부인 제약회사에서 참견을 해 왔지. 현 시점에서 연구를 공표하는 건 시기상조라는 의견이었네. 연구의 의의는 인정하겠지만, 새로운 바이러스는 원숭이 한 마리의 몸에서만 생체 방위를 하고 있다는 거였네. 다른 개체에게는 강한 독성을 지닌 바이러스가 돼 버리는 걸로는 후생노동성에서 연구 허가조차 보류할 위험이 있었지. 좀 더 연구를 진척시켜 적어도 특허 청원이 가능해질 때 즈음에 해야 하는 게 아니냐는 제언이었지. 제언이라고는 했지만 물론 이건 명령이었네."

"대박을 치게 될지 어떨지 미묘한 상태지만, 다른 회사에 새로운 바이러스의 존재가 알려지는 건 피하고 싶다는 거로군요. 저 먹자니 싫고 남 주자니 아까운, 뭐 그런 거군요. 과연."

"연구소에서도 소수만의, 비밀리에 새로운 바이러스 연구가 계속되었다네. 사실은 그 중심 멤버들만이 커스터 장군의 실험에 관여하는 태세를 만들고 싶었는데 문제는 고바타였지."

메구미가 무릎을 끌어안은 채로 움찔하고 고개를 들었다.

"고바타는 우수한 학생이었고, 장래에는 이 연구소에 들어와 활약할 게 기대됐었지. 하지만 연구소 소속 연구원이 아니었네. 실습이라는 형태로 들어와 있는 고바타를 새로운 바이러스 프로젝트에 참가시킬 순 없었네. 다만 그는 동물을 다루는 데 능숙했지. 쥐나 생쥐, 토끼와는 달리 원숭이 사육은 꽤나 어렵다네. 사람을 보기 때문이지. 호오가 심하고 마음에 든 사람 외에는 좀처럼 솔직하게 굴지 않는 개체도 있어. 커스터 장군이 그런 원숭이였지. 고바타를 부모처럼 따랐지만, 다른 연구원이 다가가면 이를 드러내면서 위협을 했다네. 그래서 커스터 장군에게만큼은 실험에 필요한 채혈이나 약물 투여도 고바타에게 해 달라고 했네."

"별명으로 부를 정도였으니까요."

"그런 상태에서 그 사고가 벌어졌지."

"고바타 씨가 커스터 장군에게 물린 거죠."

"그렇네. 이를테면 아까 말했던 채혈이나 약물 투여와 같은 실험에 관련된 작업 시에는 고바타 홀로 커스터 장군을 다룰 일이 없었어. 다른 동물에게 있어 강한 독성을 띤 바이러스란게 확인된 이후로는 커스터 장군은 바이오해저드 레벨3의 섹션에서 사육 관리돼 있었거든. 다른 동물과의 접촉이 완전히 단절된 상태였단 말일세."

"레벨3……."

"그래. 늘 실험은 안전을 고려해서 복수의 연구원이 참가해 행해지도록 되어 있네. 다만 동물이니까 먹을 걸 줘야만 하고, 원숭이나 개의 경우에는 실험 일변도가 아니라 사육사와의 교감이 중요하다네. 고등한 동물일수록 스트레스를 받거나 노이로제에 걸리거나 하는 일이 있으니까 말이야. 커스터 장군에 대해서는 그 부분의 관리를 모두 고바타에게 맡겨 둔 상태였네. 5개월 전 그날, 고바타는 다른 연구원과 함께 커스터 장군의 먹이를 갈아 주고 있었지. 작업은 고바타 혼자 하고, 연구원은 떨어진 곳에서 보고 있었지. 고바타가 소리를 지르기에 살펴보니 방호복 장갑에 구멍이 뚫려 있었고 피가 배어 나와 있었지. 그래서 연구원은 그럴 때의 매뉴얼에 따라 연구팀의 다른 멤버들에게 보고함과 동시에 고바타를 대학병원으로 데리고 가서 의사의 진찰을 받게 했네."

교스케는 미간을 좁혔다.

"커스터 장군 외에겐 새로운 바이러스가 강한 독성이라는 걸 알고 계셨죠? 병원으로 데려가는 게 위험하다는 판단은 없었나요?"

우메자와가 끄덕였다.

"지금에 와서는 돌이킬 수가 없지만, 당연히 그 판단이 내려졌어야 했네. 본래대로라면, 의사를 연구소로 불러 격리된 방에서 진찰을 해야 했네. 안전 교육을 철저히 시키지 않은 우리 책임일세. 그리고 그 시점에서는 당연하지만, 고바타를 진찰한 의사는 새로운 바이러스에 대해서는 전혀 몰랐다네. 의사는 고바타에게 만일의 경우에 대비해 항생물질만을 처방하고 상태를 지켜보자고 판단했지. 그 뒤 고바타는 오치아이 씨와 합류해 오키쓰 씨의 병실을 방문하게 됐다네. 참고로 그때 고바타와 함께했던 연구원, 진찰한 의사와 간호사는 모두 다 용뇌염에 걸려 죽었네."

"……"

"나중에 조사해서 알게 된 건데, 고바타가 감염시킨 바이러스는 커스터 장군을 점거하고 있던 새로운 바이러스가 더욱 변이해 진화한 거였다네. 나중에 드래건바이러스라는 이름을 얻게 됐네만, 이 바이러스는 인류가 조우한 것 중 가장 흉악하고 가장 경이롭고 어떤 의미로는 완전한 생명이라는 것을 상상하게 만드는 것이었지."

"완전한……."

우메자와는 차를 입으로 옮겨 꿀걱 삼켰다.

"일을 순서대로 보고받고 우리들은 당황해 허둥지둥했다네. 그때엔 물론 새로운 바이러스가 진화했다는 사실 같은 건 몰랐으나, 어쨌든 병원을 봉쇄해야만 한다는, 그런 마음만이 앞섰다네. 어떻게 해서든 새로운 바이러스를 대학병원 안에만 가둬 둬야 한다고 말이지."

"그건 순수하게 바이러스의 위협 때문이었습니까?"

우메자와는 순간 눈을 감았다.

"믿어 주게. 새로운 바이러스를 독점하기 위해서……라는 의문이 있을지도 모르겠으나, 우리도 인간의 자식일세. 병원 봉쇄는 순수하게 참사를 최소한으로 줄여야만 한다고 생각했기 때문일세."

"믿습니다. 다른 생각이 끼어드는 건 나중 일입니다."

우메자와는 끄덕였다.

"우리들에게 자네나 오치아이 씨, 오키쓰 씨의 존재는 희망의 빛이었네. 의식불명이 계속됐지만 생명을 잃지 않은 고바타도 물론 마찬가지였고. 어쨌든 그 초기 단계에 네 명만은 죽음을 면했네. 자네들을 제외하고 초기 용뇌염 발병자는 전원이 죽었으니 말일세. 우리들은 자네들의 생환에 달라붙었네. 불완전하더라도 어떻게든 백신을 만들어, 치사율을 낮추는 것도 성공했네. 드래건 바이러스에 관한 우리들의 지식은 미미하기 짝이 없다네. 그 지식을 넓혀 이 앞의 전망을 비춰 주는 게 자네들 네 사람의 존재였어. 다만 정직하게 말하자면, 자네가 말하는 다른 생각도 이미 개입하기 시작했지."

"우리들에게 가격이 붙은 거죠."

"……그렇게 말하는 건 너무 자학적이군."

"그래도 적확하지 않습니까? 우리들을 연구하는 게 막대한 이익으로 이어지는 가능성이 생긴 거잖습니까. 스폰서에게 있어서도 우리들은 희망의 빛이었던 거죠."

우메자와는 소파 위에서 등을 쭉 폈다.

"뭐…… 그 말대로이긴 하네. 그것도 자네들은 상상조차 할 수 없는 후유증을 안고 있었지."

교스케는 우메자와를 들여다봤다.

"정말로 상상조차 할 수 없었나요? 선생님은 진짜 과학자는 실제로 벌어진 현상을 부정하지 않는다고 말하셨습니다만, 역시 제가 볼 때엔 실제로 솔직히 저희들을 받아들여 주셨다는 인상이 있어요."

"상상조차 할 수 없었다는 건 거짓말이 아니네. 우리들은 자네들의 능력에 압도당했었네. 뭐 그건 지금도 마찬가지지만 말이야. 다만 확실히 팀 중에서 커스터 장군의 프로젝트에 관여했던 사람들에게서는 약간 다른 반응이 있었다네. '어라, 정말이었어?'라는 거였지."

"……."

"프로젝트 기록에는 묘한 보고가 몇 가지 있다네. 그건 실험동물 시설에서 벌어지는 괴현상에 대한 거였네."

"괴현상이오?"

"종종 고바타가 없을 때 다른 스태프가 커스터 장군의 채혈을 하려고 했다네. 하지만 채혈에 사용하는 채혈관과 디스포라는 기구가 파열하거나 부서지거나 해서 작업이 불가능했다는 걸세."

"……."

"혹은 커스터 장군이 있는 사육실 안에서 제멋대로 물건들이 움직이거나 하는 일이 종종 있었다는 보고도 받았네."

교스케는 저도 모르게 메구미에게 시선을 던졌다. 메구미는 질린다는 표정을 지으면서 교스케 앞에 놓인 차를 테이블 위에서 10센티미터 정도 미끄러뜨렸다. 우메자와가 웃음을 터뜨렸다.

"움직이는 순간을 본 사람은 없는 듯했는데, 분명 이런 느낌이었을 테지. 시설 내에는 케이지라든가 기구 같은 것을 세정, 소독하기 위한 방이 마련돼 있네만, 사육실 안에도 간단한 작업이 가능하도록 소형 세면대가 갖춰져 있었다네. 그 세면대의 수도꼭지에서 기세 좋게 물이 나오고 있는 걸 목격한 직원이 몇 명 있었지."

"흐음."

"동물 운반용 수레가 방의 반대쪽으로 이동해 있던 적도 있었지. 작업 책상 위에 올려 있던 보틀 컨테이너가 바닥에 굴러다니기도 했다는 것 같더군. 물론 처음에는 누군가가 수도꼭지를 잠그는 걸 잊었다거나, 물건을 옮겨 놓고 정리하지 않았다고 생각했지. 하지만 그런 일이 빈번히 벌어지게 됐고, 기분 나쁘게 생각하는 직원들이 나오기 시작했다네. 커스터 장군이 초능력을 사용해 장난을 하고 있는 게 아니냐고, 이제 와서 생각해 보면 제대로 된 상상을 한 직원도 있었지. 물론 결국은 발표되지 않았지만 직원들 사이에서는 PT-034가 초능력을 사용하고 있다는 게 농담 식으로 얘기되고 있었다네. 그래서 오치아이 씨의 능력을 봤을 때 프로젝트팀에서 올라온 직원은 커스터 장군의 초능력이 진짜였다고 생각했다네."

"그렇군요."

"우리들은 용뇌염을 근절해야만 한다는 사명을 넘어서, 드래건 바이러스와 자네들 네 사람에 대해 상세한 데이터를 수집해야만 했지. 자네들 세 명의 퇴원에 관해서는 꽤나 빠른 단계에서 이대로 병원에 체류하게 만들 방법이 없을지에 대해 논의가 이뤄졌었다네. 좋은 조건으로 의식주를 제공하는 게 필요하며, 이 6층 플로어를 모두 자네들 주거 공간으로서 제공하자는 그 아이디어도 모두 우리들과는 다른 곳에서 나온 걸세."

교스케는 작게 고개를 저었다.

잠자코 있던 메구미가 입을 열었다.

"지금은 어떤가요?"

우메자와가 메구미를 쳐다봤다. 그때 그의 주머니에서 휴대전화가 울리기 시작했다.

"지금?"

우메자와는 가슴팍의 호주머니에서 휴대전화를 꺼내들면서 메구미에게 되물었다.

"잠깐 미안하네."

그는 그렇게 말하면서 휴대전화를 귀에 가져다 댔다.

"어, 아직 있네. 상관없다고 생각하네만 잠시 기다려 주게."

우메자와는 교스케와 메구미를 번갈아 보면서 휴대전화를 귀에서 뗐다.

"하코자키가 할 얘기가 있다는데 괜찮은가?"

"뭔가요?"

교스케가 되물었다. 우메자와는 다시 휴대전화에 귀를 가져다 댔다.

"나카야를 바꿔 줄까? 음? 나한테도? 그럼 올라오게나."

휴대전화를 닫으면서 우메자와는 어깨를 으쓱해 보였다.

"여기로 올 모양일세. 우리들 모두에게 할 말이 있다는군."

"연구소에 있는 건가요?"

"응. 3층에서 전화를 걸었네. 그 녀석의 말은 종종 무슨 얘길 하는지 알 수가 없을 때가 있어서."

절로 웃음이 났다.

"미안하군. 뭐였더라?"

우메자와가 메구미를 향해 고쳐 앉았다.

메구미가 고개를 저었다.

"제 가치는 지금도 변하지 않나요?"

"가치?"

"우리들은 막대한 이익을 가져다 줄 황금알이었잖아요? 지금도 그런 견해를 가지고 있는 사람이 있나요?"

"가치……라는 말은 왠지 좋아하지 않고 반항심이 드네만, 오치아이 씨와 나카야가 우리에게 중요한 존재라는 건 변함이 없지.

왜 그러나?"

"저희들은 사회적으로는 범죄자예요. 특히 저는 흉악한 테러리스트처럼 돼 있죠. 세간을 시끄럽게 만든 흉악범이에요. 그런 범죄자를 지켜주거나 원조해 주는 게, 이미지나 외견적으로 나쁘잖아요? 제약회사가 돈을 댈 만한 상대가 아니잖아요."

"그건 차원이 다른 문제일세. 자네들의 체내에는 최강의 생체 방위 시스템을 만들어 내는 드래건바이러스가 꽉 차 있네. 편의적으로 후유증이라고 부르고 있네만 자네들의 초능력은 많은 걸 우리들에게 가져다 줄 가능성으로 넘쳐나고 있다네. 범죄자라고 하든, 그건 경찰이 그렇게 말하고 있을 뿐이네. 우리들은 자네들의 배경을 알고 있어."

"다시 말해서, 우리들은 광고 이미지 캐릭터로서 제약회사와 계약을 맺고 있는 게 아니라는 거야. 이미지 캐릭터가 죄를 지으면 광고는 곧장 중단되겠지. 하지만 우리들에게 돈을 대 주고 있는 일당은 우리들의 이미지 따윈 관계없는 거야. 그 녀석들이 바라는 건 우리들 몸 안의 드래건바이러스야. 최강의 용을 손에 넣을 수 있는지 어떤지가 문제인 거야. 제약회사의 신제품을 위해 수많은 실험동물들이 사용돼 왔지. 지금까지는 그런 것에 관심이 없었지만, 나도 조금 바뀌었어. 실험동물이 흉폭한 야수가 됐든, 기업은 신경 쓰지 않아. 어떤 맹수가 됐든, 황금알을 낳아 주기만 하면 되는 거야. 우리들은 실험동물인 거야. 그런 입장인 거지."

교스케는 메구미에게 웃음을 지어 보였다.

"그런 생각은 역시 너무 자학적이라고 생각하네만"

우메자와가 한숨을 쉬었다.

"그렇지 않습니다. 사실인 걸요."

방 맞은편에서 엘리베이터 문이 열리는 소리가 들렸다. 울타리 대신 쳐 놓은 파티션을 돌아 하코자키 준이 얼굴을 드러냈다.

48

"마셔도 되나요?"

누구에게랄 것도 없이 물으면서 하코자키는 카운터 너머 냉장고를 열어젖혔다. 안에서 콜라 캔을 꺼내들고 그걸 교스케 일행이 있는 소파로 가지고 왔다. 그러고는 우메자와 옆에 앉더니 캔을 따서는 꿀꺽꿀꺽 콜라를 마셨다. 그는 한숨을 쉬더니 입을 열었다.

"뭐랄까, 일이 꽤 미묘하게 돼 가고 있어요. 위험할지도 몰라요."

"뭐가?"

"확정이 아니라서 잘 모르겠는데요, 대학병원이랑 저희 쪽에 문의가 몇 건 들어왔거든요."

"똑바로 말 못 하겠나? 뭐에 대한 문의 말인가?"

"고후랑 니라사키 병원에서요. 상처를 치료받으려고 외래 진료를 받으러 온 사람이 용뇌염 의심 소견이 있는 게 아니냐고요."

"뭐라고?"

우메자와가 소파 위에서 자세를 고쳤다. 교스케와 메구미도 얼굴을 마주 봤다.

"의심 소견이라는 건?"

"상처를 입어 치료를 받으러 왔으니까 외과로 왔는데요, 환자를 진찰해 보니까 용뇌염 초기 증상 아닌가 싶을 정도라, 판단이 서지 않아서 그쪽으로…… 그니까 대학병원 쪽으로 보내도 되냐는 문의였다나 봐요."

"그래서?"

"만약 이게 진짜로 용뇌염이면 그 부근을 걸어 다니는 거 자체가 위험하잖습니까. 그래서 좀 더 자세히 소견을 알려 달라고."

"상처라는 건 어떤 걸 말하는 건가?"

하코자키가 고개를 끄덕였다.

"그겁니다. 물어보니까 웬걸, 원숭이한테 물렸다네요."

"뭐라고?"

우메자와가 눈을 크게 떴다.

교스케 옆에서 메구미가 침을 삼키는 소리가 들렸다.

"여러 가지 들은 걸 종합해 보면 아무래도 원숭이라는 게 예의 그 원숭이인 거 같아요."

"예의…… 그 일본원숭이 무리?"

"아뇨, 무리가 아니라 한 마리였다는 거 같아요."

"우두머리."

메구미가 중얼거리듯 말했다.

하코자키가 고개를 끄덕였다.

"가마나시가와 결투에서 오치아이 씨한테서부터 도망친 뒤로 여기저기를 도망쳐 다녔던 모양이에요."

"가마나시가와 결투?"

메구미가 음성을 높였다. 눈을 깜빡이면서 메구미는 교스케에게 시선을 돌려왔다.

"그렇게 불리고 있단 말이야?"

교스케가 묻자 하코자키가 고개를 끄덕였다.

"뉴스에선 안 그러는데요. 인터넷에서 '가마나시가와 결투'라고 검색하면 수십만 건이 검색돼 나온다고요."

"……"

"그런 것보다도."

신경질이 난다는 듯 우메자와가 말했다.

"그 원숭이가 사람을 물었다는 건가?"

"그런 거 같아요. 강에서 아나야마 쪽으로 도망쳐 들어가서 거기서 니라사키 시가지를 폭주하면서 달렸다는 거 같더라고요. 그런 뒤 고후까지 미친 듯이 이동했다나 봐요. 차 사고가 나기도 해서 물린 거 외에도 부상이 몇 건 더 있는 거 같아요."

"물린 건 몇 명인가?"

"병원에 온 게 니라사키에서 한 명, 고후에서 두 명이라는 거 같아요. 가벼운 상처였으면 병원엔 오지 않았을 가능성도 있지만요."

"그 녀석이."

메구미가 우메자와에게 물었다.

"그 우두머리가 용뇌염을 흩뿌리고 다니는 게 가능한가요?"

"뭐라고 할 수 없네만 있을 수 있는 얘기라곤 생각하네. 그 원숭이는 오치아이 씨네와 마찬가지로 생체 방위 시스템을 가지고 있어. 그건 우두머리의 체내를 드래건바이러스가 점거하고 있다는 걸 테니까."

"아아…… 그런가. 그렇군요."

"자네들이 그렇듯이 안정 상태의 드래건바이러스는 공기 감염을 일으키지 않는다네. 접촉해도 괜찮지. 자네들의 격리가 풀린 건 감염 위험이 없다고 판단했기 때문일세. 자네들의 경우, 공기 감염, 접촉 감염뿐만 아니라 다양한 위험이 없어졌다는 확신이 있었네. 타액이나 오줌, 똥 같은 것으로부터의 감염도 없다고 판단했어. 더 나아가 자네들이 다른 사람과 성행위를 하더라도 용뇌염을 감염시킬 가능성은 없네."

"……."

왠지 모르게 교스케는 메구미와 얼굴을 마주 봤다.

"유일하게 위험이 있다면 자네들의 혈액을 누군가에게 주사했을 경우와 같은 경우일세. 다만 자네들의 혈액은 일단 체외로 흘러나올 일이 없지. 자네들은 상처를 입지 않아. 흡혈곤충도 두 사람을 덮치지 못하지."

"그렇다면…… 그 우두머리한테서도 용뇌염은 전염이 안 되는 게 아닌가요?"

교스케는 우메자와를 바라봤다.

"그러길 바라네. 그러길 바라고 싶어."

"옳을 가능성이 있어요?"

"기억하게. 고바타는 커스터 장군에게 물려 용뇌염이 발병했다네."

"……아아."

"물론 커스터 장군이 가지고 있던 건 드래건바이러스는 아니었지. 돌연변이를 일으키기 전의 바이러스지. 그래서 감염됐을 가능성이 있어. 다만 그렇다고 해서 낙관할 수는 없네. 현재 우두머리에게 물린 사람에게 용뇌염과 비슷한 초기 증상이 나타나고 있으니까. 혹은 커스터 장군 때처럼 다시 드래건바이러스가 돌연변이를 일으켜 사람을 습격하는 일이 없다고 할 수는 없다네. 아니, 그런 것보다도……."

우메자와는 하코자키를 향해 자세를 고쳐 앉았다.

"그래서, 의심이 가는 환자에겐 어떤 대처를 하고 있는가?"

하코자키가 끄덕였다.

"일단은 현 쪽과 연락을 취해서 매뉴얼대로 하고 있습니다. 그래서 지금은 환자 본인 이외의 격리 조치는 취하지 않고 있는데요, 용뇌염인 게 확인되면 여기저기서 다시 소란이 일지도 모르겠네요."

"기도하는 수밖에 없나."

"그 녀석 지금 어디에 있어?"

"다시 쫓아가려고?"

메구미는 노려보는 듯한 시선으로 교스케를 쳐다봤다.

"모르겠어. 그렇다고, 그냥 내버려 둬? 우리들 말고 그 녀석을 상대할 수 있는 사람은 없어."

"으음……."

교스케는 작게 고개를 끄덕이고는 눈을 감았다.

우선은 하코자키가 말한 '가마나시가와 결투'까지 투시 시간을 되돌릴 필요가 있었다. 그 우두머리를 놓친 건 기동대 헬리콥터가 가마나시가와 강변에 추락해 폭발했을 때였다.

자기 자신의 시간을 한번에 수 시간 전으로 돌렸다. 거꾸로 돌아가는 시간 속을 투시하고 있었지만, 그 결투가 워낙 대단하다보니 한 번에 찾을 수 있었다.

강에 거대한 물기둥이 솟아올라 있었다. 물기둥은 아치형을 그리더니 노상에 파인 도넛형 해자로 쏟아져 들어갔다. 원형 못에 남겨진 섬 중앙에 우두머리가 몸을 웅크리듯 말고 있었다. 그 20미터 상공에 메구미가 떠서 아래를 내려다보고 있었다.

기동대의 헬리콥터가 나타난 건 그때였다. 헬리콥터는 확성기로 메구미에게 투항할 것을 호소했다. 메구미는 그 말에 상대도 않고 도넛 모양 못의 중앙에 내려가 우두머리를 더욱 궁지로 몰고 갔다. 그리고 다음 순간…….

헬리콥터에서 호소하는 소리에 메구미가 *"시끄러워!"* 하고 소리를 지르는 동시에 우두머리도 갑자기 날카로운 소리를 질렀다. 그 소리에 자극을 받은 건지, 헬리콥터의 기동대원이 기관총을 쐈다.

당연한 말이지만 수십 발의 탄환은 총을 쏜 기동대원과 헬리콥터를 맞혔다.

교스케는 거기서 투시의 초점을 우두머리에게로 옮겼다.

추락하는 헬리콥터에 메구미가 정신이 팔린 틈을 타서 우두머리가 크게 도약했다. 가운데 섬에서부터 못을 뛰어넘어 도로 위에 착지하더니 전속력으로 강을 거스르는 방향으로 질주를 시작했다.

자신의 능력을 그가 어느 정도 알고 있는지는 알 수 없었다. 어떤 의미로 불사신의 몸을 획득했다는 걸 그는 이해하고 있을까.

인가의 옥상을 따라 노지를 내달려 우두머리는 도망쳤다. 이미 메구미는 쫓아오지 않고 있었지만 그는 계속해서 도망쳤다. 그가 달리고 있는 곳은 니라사키의 시가지였다. 편의점 옆에서 도로로 뛰쳐나간 순간 달려온 승용차가 우두머리의 코앞에서 크게 파손 됐다. 거기에 깜짝 놀라 그는 옆에 있던 커다란 쇠망을 타고 올라 고등학교 교정으로 뛰어들었다. 학생들이 비명을 지르고 여기저 기로 도망쳤다. 패닉을 일으키고 있는 건 우두머리도 마찬가지 였다.

우두머리는 사납게 날뛰면서 교사(校舍)를 향했고, 교정으로 나온 남자 교사한테 깜짝 놀라 그의 등에 올라타서 어깻죽지를 물었다. 그대로 고등학교 교정을 뛰쳐나가 브레이크 소리에 더더 욱 패닉을 일으키면서 도로를 달렸다.

누구도 막을 수가 없었다.

우두머리는 집 벽을 타고 옥상으로 뛰어 올라갔다. 사람들의 비명과 화난 목소리, 짖어 대는 개 소리와 클랙슨 소리가 우두머 리를 압박했다. 옥상에서 옥상으로 옮겨 다니면서 차도에서 뒷골 목으로 뛰어 들었다.

그는 계속해 달렸다.

그의 도망을 온몸으로 막으려던 경찰차는 차체가 3분의 1로 찌그러들었다.

어디로 도망을 가든 우두머리의 앞에는 사람이 있었다. 어떤 도로에도 자동차가 있었다. 대부분의 인간들은 그를 보면 도망쳤 다. 하지만 개중에는 몸이 굳어 움직이지 못하는 사람도 있었다. 우두머리는 자신을 보고도 도망치지 않는 사람에겐 덤벼들어 물 어 쓰러뜨렸다.

상당 거리를 달렸지만 인가는 끊이지 않았고 차는 점점 더 많아졌다. 빌딩이 주욱 들어서 있었다. 그 빌딩과 빌딩 사이를 달렸다. 우두머리는 물론 몰랐겠지만 거기는 고후 중심가였다.

그런데도 극한까지 증폭된 번잡스러움 속을 계속해 달렸다.

가는 곳곳마다 패닉이 벌어졌고, 자동차가 옆으로 굴렀다. 단한 마리의 원숭이가 고후 시가지에 대혼란을 일으키고 있었다. 원숭이를 잡으려 든 사람은 큰 상처를 입었고 죽이려던 사람은 목숨을 잃었다. 사람들로 번잡한 곳을 뚫고 지나가지 못할 때에 우두머리는 앞길을 막는 사람들을 물어댔다.

이윽고 우두머리의 눈에 산 능선이 들어왔다. 빌딩과 빌딩 사이로 겨울을 맞은 흙빛의 산이 언뜻 내비치고 있었다. 그곳을 향해 그는 달렸다.

후우, 하고 한숨을 토하고 교스케는 투시에서 돌아왔다.

눈을 뜨니 메구미가 교스케를 들여다보고 있었다. 정면으로 눈을 돌리자 우메자와와 하코자키도 묵묵히 교스케를 보고 있었다.

"알아냈어?"

메구미가 물었다. 교스케는 끄덕였다.

"어디야?"

"고후 북쪽에 있는 산. 이름은 모르겠는데, 그다지 높은 산은 아니야. 잡목림 중에 유달리 굵고 높은 나무가 있어. 그 나무의 꽤나 위쪽에 있는 가지에서 그 녀석은 지금 자고 있어. 죽지는 않았는데, 죽은 듯이 자고 있어."

메구미는 소파에서 일어났다.

그녀가 무슨 생각을 하는지 알아챈 교스케는 손을 잡았다.

"조금, 생각을 하지 않을래?"

선 채로 메구미가 교스케를 내려다봤다.

"뭘 생각해? 내버려 뒀다간 그 녀석은 또 사람을 습격할거야."

"분명 녀석은 오늘 자동차 몇 대를 폐차로 만들어 버렸어. 덤벼 든 사람이 죽었고, 몇 명이고 다친 사람이 나왔지. 그중 몇 명은 그 녀석한테 물리기도 했어. 그래도 그 녀석은 패닉에 빠져 있었 잖아. 메구미한테서 도망치는 데에만 몰두했었다고."

"……."

"지금 녀석은 잠들어 있어. 끌고 다니던 무리도 더는 없어. 혼 자서 자고 있어. 잠들어 있는 동안에는…… 그리고, 패닉을 일으 키지 않는 동안에는 녀석이 사람을 습격할 일은 없다고 생각해. 산에는 별로 먹을 게 없을 거야. 그러니까 먹을 걸 찾으러 다시 산을 내려올지도 몰라. 그러면 또다시 부상을 당하는 사람이나 사망자가 나올지도 몰라. 그래도 지금은 밤이야."

"생각할 것 따위 하나도 없어."

메구미는 그렇게 말하더니 소파에 앉았다.

49

웬일로 경찰이 따라붙지도 않아서 이날 교스케와 메구미는 연 구소 6층의 자기 방에서 잠을 청하기로 했다.

오랜만에 침대에 누웠는데도 불구하고 교스케는 좀처럼 잠을 이루지 못했다. 눈을 감으면 다양한 이미지가 눈꺼풀 뒤를 어지럽 혔다. 그게 기억의 잔상인지 무의식이 불러일으킨 투시인지 잘 알 수가 없었다.

여길 떠난 이후로는 차가운 암반 위에서 침낭 속에 들어가거나, 비가 오는 날에는 차 시트를 젖히고 새우잠을 자는 생활을 계속해왔다. 욕조에 몸을 담그는 것도 오랜만이었을 뿐더러, 욕실에서 나와 냉장고를 열고 캔맥주를 꺼내 캔을 따는 감각도 거의 잊어버리고 있었다. 산 속에서의 도피 생활과는 천지의 차이였다.

그런데도 안정이 안 됐다. 졸립다는 의식은 있었는데 잠에 들 수가 없었다. 몇 번이고 몇 번이고 뒤척이다가 거추장스럽게 느껴진 이불을 걷어찼다. 방을 나와 라운지로 돌아가서 따뜻한 마실 거리를 만들어 마셔 봤다. 창가에서 어두운 바깥을 내다보면서 달빛에 떠오른 산의 윤곽을 따라 그려 봤다. 그런데도 침대에 돌아가 눈을 감으면 말짱 도루묵이었다.

새벽녘이 다가와서야 교스케는 겨우 잠에 들었다. 하지만 그다지 잠을 잤다는 감각도 없는 채로 눈이 뜨였다.

"……"

목소리가 들려왔다. TV 소리인 듯했다.

베개 맡의 시계에 눈을 돌렸다. 디지털 표시는 8시 40분이었다. 저도 모르게 그래도 3시간 정도는 잠이 들었던 것 같았다.

침대에서 일어나 어깨 위로 고개를 돌렸다. 어딘가의 근육에서 이쑤시개를 부러뜨리는 것 같은 소리가 났다.

멍한 머리로 침대에서 나와 문을 열고 라운지로 나갔다. 소파 위에서 메구미가 "안녕." 하고 중얼거렸다. 교스케를 돌아보려고 하지도 않고 TV를 바라보고 있었다.

"안녕."

인사에 답하며 교스케는 그녀의 뒤에 서서 TV를 바라봤다. 남자 리포터가 흥분한 듯한 모습으로 마이크를 쥐고 있었다.

"보시다시피, 걸어 다니는 사람 중 상당수가 마스크를 착용하고 있습니다."

마스크를 쓴 채로는 아무래도 안 되겠다고 생각했는지, 그렇게 말하는 리포터는 그걸 턱 아래까지 끌어내리고 있었다. 그의 뒤로는 고후 시가지가 비춰지고 있었다. 아무래도 현시청 앞 도로인 것 같았다. 차도는 상하선 모두 정체를 일으키고 있는 것 같았고, 자동차 행렬은 드문드문 나아가다 서다를 반복하고 있었다. 리포터는 '상당수'라고 표현했지만 보아하니 마스크를 쓴 보행자는 2할 정도로 보였다. 모두가 고개를 숙이고 급하게 걷는 듯이 보였다.

"아까 전부터 전해 드리고 있다시피 현내 병원 네 곳에서 17명의 용뇌염 감염자가 확인됐습니다. 네 병원에서는 용뇌염에 대해 만전의 대처가 어렵다고 판단해 감염된 분들을 류오 대학 의학부 속병원으로 이송시켜 치료를 받게 하고 있습니다. 현재 확인된 것은 17명이지만 앞으로 더 많은 감염자가 나올 가능성도 예상되고 있기 때문에, 현 대책 본부에서는 조급히 의료 체제를 확립하는 것과 동시에 현민 한 사람 한 사람의 자각과 경계를 호소하고 있습니다. 고후 시, 현청 앞에서 전해 드렸습니다."

"아, 모리야 씨?"

화면 오른쪽 하단에 사각 와이프아웃으로 여성 캐스터의 얼굴이 나타났다.

"……네."

"방금 이곳으로 류오 대학병원으로 이송된 환자 중에 두 분이 돌아가셨다는 정보가 들어왔는데요, 모리야 씨가 계신 쪽에는 그런 정보는 들어가지 않았나요?"

"네? ……아, 두 분요? 아뇨…… 그게, 이쪽에는, 그런 정보가 들어오지 않았습니다."

"그런가요. 알겠습니다. 또 뭔가 새로운 정보가 들어오면 알려주세요. 일단 이쪽으로 옮겨 받겠습니다."

소파에서 메구미가 교스케를 올려다봤다.

"앉지그래?"

"아, 어어……."

그렇게 고개를 끄덕였지만 교스케는 그저 그대로 메구미의 뒤에 서 있었다.

TV 화면은 스튜디오로 바뀌어 있었다. 캐스터와 평론가가 굳은 표정으로 늘어서 있었다. 손에 쥔 원고를 손가락으로 누르듯 하면서 캐스터는 말을 이었다.

"정보가 뒤죽박죽인 것 같은데 현 시점에서 똑바로 확인이 되는지 어떤지 불명확한 부분도 있지만, 방금 전 이곳으로 들어온 최신 정보에 따르면 가이 시에 있는 류오 대학 의학부속병원으로 이송된 7명의 용뇌염 감염자 중, 두 분이 돌아가셨다고 합니다. 두 분에 대한 상세한 정보는 아직 파악이 안 돼 있어, 새로운 정보가 들어오는 대로 전달해 드리겠습니다. 으음, 그러면……."

캐스터가 옆에 있는 남자 평론가에게 시선을 던졌다.

"또다시 용뇌염 발병이라는 사태가 벌어졌는데요, 예전 감염 재앙으로부터 5개월…… 반년이 지나려고 하는 이 연말에, 다시 전과 같은 악몽이 반복될까요? 아니면 이전의 경험이 피해를 최소화해 줄 것이라고 기대해도 될까요? 가이바라 씨는 어떻게 보고 계신가요?"

가이바라라고 불린 평론가는 천천히 고개를 저어 보였다.

"유감입니다만 별로 기대를 할 수 없다는 불안감이 제게는 있는데요. 자칫하면…… 아니, 그렇게 되길 바라는 건 아닙니다만, 5개월 전보다도 지금 더 심각한 상태가 벌어지는 게 아닐까 하고 생각합니다."

"그건…… 어째서죠?"

"하나는 발생한…… 아니, 용뇌염 감염자가 확인됐다는 네 병원의 대응 때문입니다. 5개월 전보다도 많은 사망자가 발생하여 지금까지 500명이 넘는 분이 사망하는 사태에 이르렀습니다만, 그 발병이 확인된 류오 대학병원은 발병 확인 직후에 병원을 격리 봉쇄해 외부와의 접촉을 차단하는 조치를 취했습니다. 하지만 이번에는 네 개 병원 중 어느 곳도 아직 격리 조치를 취하지 않고 있습니다. 격리된 건 감염자 7명뿐으로, 그분들이 돌아다녔던 장소에 대한 조사도 진척이 없고 물론 그런 장소에 대한 방역 조치는 취해지지 않고 있습니다. 다시 말해 확인은 되지 않았습니다만 이미 용뇌염에 걸려있는 분이 지금도 격리되지 않고 바이러스를 전파시키고 다니고 있다는…… 전파시킨다는 말이 공격적으로 들릴 수도 있습니다만, 그런 가능성이 높다는 겁니다."

"무서운 사태가 계속되고 있다는 거로군요."

"그렇습니다. 현재 야마나시 현 내 일부에서 발병이 확인됐을 뿐이지만, 드래건바이러스를 가지고 있는 분이 현외, 해외로 이동할 가능성도 있습니다. 현도 재빠른 조치를 취해 줬으면 합니다.

그리고 제가 신경이 쓰이는 부분은, 이번의 감염 사태, 그걸 일으킨 원인이 경찰, 혹은 현에 있는 건 아닐까 하는 의혹입니다."

"……그건, 무슨 말씀이지요?"

"보도에서도 들으셨지만, 어제부터 감염은 바이러스를 보유하고 있는 원숭이 때문일 가능성이 지적되고 있습니다. 병원을 최초에 방문한 세 사람이 모두 원숭이에 물렸다는 공통점을 보유하고 있기 때문입니다."

"네. 원숭이가 아직도 포획되지 않았다는 것도 걱정거리 중 하나죠."

"그 원숭이에 대해서는, 어제 큰 소동이 있었습니다. 야마나시현을 흐르는 가마나시가와 강을 따라서 난 국도에서 원숭이를 궁지에 몰아넣고 격투를 벌이던 오치아이 메구미 씨를 기동대 헬리콥터가 공격했습니다. 역으로 강변에 헬리콥터가 추락해 두 명이 돌아가시고 한 명이 경상을 입은 사건 말입니다."

"네. 크게 다뤄졌죠."

"오치아이 씨는 살인 용의자로써 현재 지명수배 중입니다. 그런 오치아이 씨는 어제 원숭이와 격투를 벌였습니다. 그녀는 원숭이를 잡으려고 한 겁니다. 하지만 기동대가 개입하면서 원숭이는 오치아이 씨에게서 도망쳤고 그리고 사람들을 물어 용뇌염을 감염시켰습니다. 헬리콥터의 공격이 없었더라면 원숭이는 오치아이 씨에 의해 포획돼, 혹은 살해당해 바이러스 감염을 막을 수 있었을지도 모릅니다. 그 점과 관련해 경찰은 가능성을 부인했습니다."

"그렇지요. 으음…… 경찰 발표에 따르면 오치아이 용의자는 경찰이 서너 번 경고를 보냈는데도 무시하고 국도 위에서 여러 대의 차량을 파손하고, 더 나아가 도로까지 파괴했습니다. 이 파괴 행위에 대한 기동대의 행동은 모두 적절히 이뤄졌다고 확인하고 있다는 겁니다."

"어제 사건에 대해서는 많은 목격자 정보가 들어오고 있습니다. 그에 따르면 자동차와 탱크로리 화재 사고는 오치아이 씨가 아니라 원숭이 때문에 벌어진 겁니다. 도넛형으로 구멍을 파 도로를 절단한 것은 오치아이 씨인 것으로 확인됩니다만 그건 원숭이의 퇴로를 막기 위해서였다는 견해가 일반적입니다. 헬리콥터 추락 사고는 엄청난 사건이었고, 두 명의 기동대원이 죽은 것도 굉장히 유감입니다만, 그 추락 사고의 원인이 오치아이 메구미 씨에게 있다는 경찰의 말은 아무래도 허황되게 들리는군요."

평론가의 말을 받아 교스케는 메구미의 어깨에 가볍게 손을 올렸다. 메구미는 아무 말 없이 교스케의 손을 잡았다.

얼굴을 씻으려고 교스케는 그대로 욕실로 향했다. 일을 보고 세면대 거울을 향해 섰다. 보자니 제멋대로 자란 수염이 옅게 얼굴을 덮고 있었다. 얼굴을 씻는 김에 오랜만에 수염을 밀었다. 수염을 밀면서 거울에 비친 자신을 노려봤다. 어떻게 하는 게 좋을까, 교스케는 면도날을 물에 헹구며 고개를 저었다.

두려워하던 게 현실이 됐다. 우두머리가, 제2의 커스터 장군이 된 것이다.

고바타 고조를 문 커스터 장군은 고바타에게 빙의된 직후 죽었지만, 우두머리는 여러 마리를 문 뒤에도 살아 있었다. 혹시나 하고 투시해 보니 녀석은 현재 고후 시의 북쪽에 있는 산 속을 걸어 다니고 있었다. 꽤나 산기슭까지 내려온 것 같았으나 마을이나

도시로 나오는 건 주저되는 모양이었다. 물론 그건 메구미를 경계하고 있어서였다. 어제 가마나시가와 강에서 메구미에게 받은 건 그 녀석이 태어나서 지금까지 맛본 적이 없는 공포였을 터였다. 녀석은 질겁해 있었다.

다만 지금으로서는 그 두려움이 겁이 났다. 그 우두머리가 사람을 문 건 공포에 기인한 것이었다.

라운지로 돌아가니 메구미의 모습이 사라지고 없었다. TV 전원도 꺼져 있었다. 그렇다면 커피라도 내릴까 하고 교스케는 카운터로 걸어갔다. 동시에 메구미의 방문이 열리더니 그녀가 라운지로 돌아왔다.

"커피 괜찮아?"

물어보니 교스케 앞의 냉장고가 열렸다. 안에서 커피 캔이 둥실하고 빠져나왔다. 캔은 공중을 활공해 교스케의 눈앞에서 멈칫하고 정지했다.

"……."

그 공중에 뜬 캔을 손에 쥐고 메구미를 돌아봤다.

"미안. 도중에 마셔."

"도중……."

교스케의 말에 대답하지 않고 메구미는 창가로 걸어갔다. 내려져 있던 커튼을 활짝 젖히고 창문을 크게 열었다.

교스케는 한숨을 쉬었다.

"거기서? 엘리베이터를 사용하는 게 낫지 않아?"

메구미는 돌아보더니 고개를 갸웃하는 듯한 모양으로 교스케를 바라봤다.

"귀찮아. 카드 꽂아 넣거나 해서 나가야 하잖아."

후우, 하고 교스케는 한 번 더 한숨을 쉬더니 메구미가 있는 창가 쪽으로 걸어갔다.

그 순간 몸이 공중에 떴다. 모든 체중을 메구미에게 맡겼다. 창문을 빠져나와 교스케는 메구미와 함께 공중을 헤엄쳐 나갔다. 대학병원 쪽으로 눈길을 주니, 건물 주위에는 바리케이드가 설치돼 있었다. 구급차와 장갑차의 적색등이 계속해 회전하고 있었다. 부지 바깥쪽으로는 빙 둘러서 보도 차량이 모여 있었다. 5개월여 전 교스케도 저들과 마찬가지로 이 병원을 취재하러 왔었다. 그 풍경이 한 순간 되살아났다. 그들의 시선이 쏠리는 가운데, 교스케와 메구미는 주차장으로 비행했다.

둘이 차에 올라타 시트에 몸을 파묻고 문이 완전히 닫힌 걸 확인하고는, 메구미는 단번에 차체를 20미터 정도 상공으로 상승시켰다.

"고후 북쪽 산이랬지? 가까이까지 날아갈 테니까 그 뒤로는 가이드 해 줘."

차가 동쪽을 향해 활공을 시작했다. 아래쪽 도로에서 세 대 정도의 보도차량이 방향을 바꿔서 달려오는 게 보였다. 창을 통해 내려다보면서 그건 무리라고 교스케는 입안으로 중얼거렸다. 그들의 차체는 순식간에 보이지 않게 됐다.

애초에 하늘을 이동하는 데 군이 자동차가 필요할 이유는 없다. 이건 교스케에 대한 메구미의 배려였다.

메구미와는 달리 교스케에겐 자신의 몸을 부유시킬 능력 같은 게 없었다. 공중이동은 교스케의 의지와는 전혀 관계가 없는 것이다. 그런 공중유영은 당연하지만 정신적으로 상당한 스트레스를 받게 했다. 그걸 조금이라도 경감시키기 위한 게 차째로 비행하는 것이었다. 이거라면 날고 있는 건 차이고, 자신은 그 안에 타고 있다는 감각으로 있는 게 가능해서였다.

"어느 근처야?"

메구미의 질문에 교스케는 지상을 내려다봤다. 고후 시가지가 오른쪽으로 펼쳐졌고, 왼쪽으로는 구불구불하게 이어진 산악지대였다.

투시로 들어가 현재 우두머리를 찾았다.

잔디 위를 그는 달리고 있었다. 그 앞에 서양풍의 멋진 건물이 보였다. 무언가 시설인 것 같았다. 럿지풍 호텔이든지 레스토랑이든지⋯⋯. 교스케는 투시 안에서 우두머리가 향하고 있는 건물 주위를 둘러봤다. 완만한 잔디의 기복이 이어졌다. 태양 빛을 받은 잔디는 갈색을 띠고 물결치면서 예쁘게 정비돼⋯⋯.

투시에서 돌아왔다. 차창을 통해 왼쪽으로 시선을 던졌다.

"알았어? 산속이야?"

메구미가 물었다.

"골프장이야. 멋진 클럽하우스가 있어. 컨트리 클럽이라고 하는 건가."

"골프⋯⋯."

메구미는 앞을 향하면서 차의 고도를 높였다.

"클럽하우스라면 레스토랑도 있을 테고. 식량을 조달하려고 하는 걸 거야. 아직 소동이 벌어지지는 않은 것 같아. 아무도 녀석을 눈치 채지 못하고 있어."

"저기려나……."

메구미가 앞쪽을 가리켰다. 시가지에서 떨어져 분지를 둘러싼 산기슭에, 그 부분만 산이 절단돼 기복이 펼쳐져 있었다.

"그런 것 같네."

끄덕이자 차는 단숨에 속도를 올렸다. 저도 모르게 교스케는 핸들을 부여잡았다. 투시로 본 서양풍의 건물 10미터 정도 상공에서 차는 정지했다.

"여기?"

"그런 거 같아. 건물 뒤쪽으로 돌아가 보자."

"응."

차는 미끄러지듯 건물을 돌아 들어갔다.

"저거다."

교스케는 클럽하우스 뒤편에 세워진 돌로 만든 작은 건물을 가리켰다. 문이 열린 채인 작은 건물의 나무문으로 차가 소리도 없이 접근했다. 기척을 느낀 건지 작은 건물 안에서 그 우두머리가 나타났다.

하늘에 뜬 차를 본 우두머리가 이를 드러내고 일갈했다. 순간 그의 몸이 반대로 돌더니 갈색 잔디 위를 맹렬한 속도로 달리기 시작했다. 앞쪽 잡목림을 향해 달리고 있었다. 메구미는 그 뒤를 그와 동일한 속도로 뒤쫓았다.

"산으로 몰아넣는 게 좋을 거야. 인가가 없는 산속."

"알아."

우두머리를 놓치지 않기 위해서인지 메구미는 차를 크게 조수석 쪽으로 기울였다. 실로 안정되지 못하지만 차는 지금 좌측으로 기울어진 채, 옆으로 미끄러지듯 날아가고 있었다.

"……."

효과가 있는지 어떤지는 몰랐으나 교스케는 그때 안전띠를 착용했다. 차의 기울기가 교스케의 시야를 좁히고 있었다. 교스케의 위치에서는 우두머리의 모습이 눈으로 보이지 않았다.

문득 깨닫고는 교스케는 시계를 투시로 바꿨다.

'과연……'

자신의 눈에서 시점을 이동시켜 차 바깥으로 나왔다.

산림을 질주하는 우두머리와 그걸 뒤쫓는 하늘을 나는 차 양쪽을 내려다보는 위치로 시점을 슬라이드시키자, 자신의 주변 상황을 완전히 파악할 수 있었다. 마치 헬리콥터에서 실황 중계를 보는 것 같은 느낌이었다.

우두머리는 달리고 있었다. 달리는 곳은 평지가 아니었다. 울퉁불퉁한 사면의 잡목림이었다. 하지만 그 사면을 우두머리는 엄청난 속도로 달리고 있었다.

메구미는 우두머리에게서 7~8미터 정도 거리를 두고 계속해 뒤쫓고 있었다. 때로는 높게 솟은 나무가 나타나면 교묘하게 그걸 피하면서 날았다. 속도는 완벽하게 우두머리와 합치했다. 우두머리가 경사면을 따라 내려가려고 방향을 틀려고 하면 메구미는 차로 그의 앞길을 막아섰다. 절대 놓치지 않고 메구미는 산 위로, 위로 우두머리를 몰아넣었다.

교스케는 일단 투시에서 빠져나왔다.

"계획은 있어?"

물어보니 메구미는 앞을 본 채로 고개를 끄덕였다.

"좋은 걸 생각해 냈어."

"뭔데?"

"봐 봐."

교스케는 어깨를 으쓱했다.

선수를 쳐서 미래를 투시할까 생각했지만 그만뒀다. 그냥 투시로 돌아가 사태의 추이를 지켜봤다. 그쪽이 기분상으로는 더 나았다.

문득 운전석 옆 도어포켓에 캔커피를 꽂아 놨다는 걸 깨달았다. 연구소에서 가지고 나와서는 그대로 둔 것이었다.

후우 한숨을 쉬고 교스케는 캔을 땄다. 흘리지 않게 주의하면서 꿀꺽꿀꺽 마셨다. 마시고 나니 목이 바싹 말라 있었다는 사실을 알게 됐다. 목을 축이니 조금은 기분이 안정됐다.

캔커피를 다 마시고 다시 투시로 돌아갔다.

차는 우두머리를 쫓고 있었다. 우두머리도 계속 달리고 있었다. 그 체력도 대단했다. 전혀 속도가 떨어지지 않고 있었다. 때로는 뒤를 돌아보기도 했다. 나뭇가지에 매달려 가지에서 가지로 옮겨 가면서 차를 향해 짖어 댔다. 하지만 확실히 그는 산 정상을 향해 끌려가고 있었다.

교스케는 투시의 시선을 높여 산 정상을 올려다봤다.

그다지 높은 산은 아니었다. 깎아지른 절벽이 있는 것도 아니었다. 산 정상 부분은 수목이 드문드문 자라 그 부분만 검은 바위 같은 게 보이고 있었다. 아무래도 메구미는 우두머리를 그 산 정상으로 몰아넣으려고 하는 것 같았다.

어제 '가마나시가와 결투'에서 그 우두머리는 메구미가 만든

폭 10미터 정도나 되는 해자를 뛰어넘어 도망쳤다. 그 도약력은 그야말로 대단했다. 어쩌면 그는 자신의 능력을 아직 알고 있지 못한 걸지도 몰랐다. 만일 그가 메구미와 같은 힘을 가지고 있다고 한다면, 그것만큼 무서운 일은 없었다.

'눈치를 채기 전에……'

그랬다, 그가 자신의 능력을 파악하기 전에 어떻게든 해야만 하는 것이었다.

그리고 우두머리 원숭이는 드디어 잡목림을 빠져나왔다. 바위뿐인 산 정상으로 내달렸다. 그 정상 위 바위에 서서 우두머리는 차를 향해 이를 드러냈다. 한층 더 크게 울부짖었다.

그리고 다음 순간 우두머리는 바위 너머로 모습을 감췄다.

차가 급선회해서 그의 앞길을 막았다. 우두머리는 뛰쳐 오르듯이 방향을 바꿨다. 순식간에 그는 산을 내려가려고 내달렸다. 그런 그의 앞에 갑자기 바위가 벽처럼 솟아올랐다.

교스케는 저도 모르게 투시에서 빠져나왔다. 무의미한 짓이었지만 눈앞의 핸들을 꽉 쥐었다.

우두머리는 귀가 찢어질 것 같은 소리를 내더니 솟아난 암벽에서 홱하고 물러섰다. 반대 방향을 향해 달리려고 하는 그의 앞에 다시 바위가 땅속에서 솟아났다. 4~5미터는 돼 보이는 암벽이었다. 그 벽의 표면은 연마한 것처럼 검게 빛나고 있었다.

우두머리는 패닉을 일으켰다. 미친 듯이 방향을 바꿔 내달렸다. 어느 방향으로 도망치려고 해도 그의 앞에는 검은 암반이 나타났다. 1분도 채 안 지나서 우두머리 주위는 검은 암반으로 매몰됐다. 그건 거대한 검은 통이었다. 4~5미터 높이에 직경 3미터 정도 되는 통이었다. 그가 그 통 위로 뛰어넘으려던 그 순간…….

"……."

교스케는 숨을 삼켰다.

산허리에서 한층 큰 바위가 원반형으로 잘려 나오더니 뚜껑처럼 그 통 위를 덮은 것이다.

후우, 하고 교스케는 한숨을 쉬었다.

"좋은 걸 생각해 냈다는 게 이거야?"

"커스터 장군도 감옥에 갇혀 있었으니까 이 녀석한테도 감옥을 만들어 줬어."

"손오공의 오행산이군…… 마치."

메구미가 피식 웃었다.

갑자기 주변에 굉음이 울려 퍼져 교스케와 메구미는 깜짝 놀라 앞으로 시선을 돌렸다. 검은 바위 통이 엄청난 음과 함께 무너져 내린 것이다. 분진이 빼곡한 가운데 두 눈이 빛나고 있었다.

"거짓말……."

뭉게뭉게 피어오르는 분진을 헤치고 우두머리가 모습을 나타냈다. 교스케와 메구미가 탄 차를 향해 위협하듯이 짖었다. 크게 벌린 입에 예리한 송곳니가 보였다.

"그다지…… 좋은 생각이 아니었는지도."

말하면서 메구미는 천천히 차를 우두머리 쪽으로 가까이 댔다. 조수석 측 창문을 내리고 메구미는 거기서 몸을 내밀었다.

"화났어? 좀 더 화내지그래. 겁쟁이. 반격하라고. 덤비면 되잖아."

우두머리는 다시 울부짖었다. 도망치지 않고 메구미를 위협했다. 다만 역시 공격을 해 올 기미는 없었다.

"또 혼날지도 모르지만, 별수 없지 뭐."

중얼거리듯이 말하고 메구미는 창문을 올렸다.

"뭘 할 생각이야?"

교스케가 묻자 메구미는 고개를 저었다.

"멈추지 마."

말하기 무섭게 차가 우두머리에게서 멀어졌다. 산 정상 주위를 천천히 선회했다. 돌연 우두머리가 암반 정상에서 빙글빙글 달리기 시작했다.

"⋯⋯."

잘 보니 산 정상에 이변이 벌어지고 있었다. 지진과 함께 산허리 여기저기서 흙먼지가 일었다. 그리고⋯⋯.

다음 순간, 교스케는 자기 눈을 의심했다.

산이 회전하기 시작한 것이었다.

한 정상의 바위 부분이 마치 나사를 푸는 것처럼 반시계방향으로 회전하고 있었다. 그 회전하는 바위산 꼭대기에서 우두머리가 미친 듯이 내달리고 있었다.

"⋯⋯."

엄청난 광경에 교스케는 말을 잃었다.

산 정상만이라고는 해도 계속해 회전하고 있는 바위 덩어리의 크기는 어마어마했다. 상공에서 보면 그 바위산은 거대한 타원 모양이었다. 짧은 쪽이 10미터. 긴 쪽은 20미터나 됐다. 표고차(標高差)를 눈대중으로 맞추기는 어려웠지만 5미터 정도는 될 법 했다. 원주 5미터는 되는 검은 바위 덩어리가 천천히 계속해 돌아가고 있었다.

잘 보니 바위산은 회전하는 동시에 상승하고 있었다. 산 꼭대기가 잘려 나와 천천히 하늘로 들어 올려지고 있었다. 회전이 멈추고 산 정상은 20미터 이상 상공에 떠 있었다. 눈 밑으로는 정상이 없어진 산이 보였다. 정상이 잘려 나간 부분은 잘 연마한 것처럼 평평하게 빛나고 있었다. 이름은 몰랐지만 이 산은 지금 표고 5미터 정도를 잃은 셈이었다.

우두머리는 하늘을 나는 바위산 위에서 몸을 둥글게 말고 있었다. 바위 하나에 안기듯이 달라붙어 있었다. 바위산이 앞을 날아가고 교스케와 메구미가 탄 차가 그 뒤를 쫓았다.

조심스럽게 조수석을 보니 메구미는 앞쪽의 바위산을 노려보고 있었다.

"말 걸어도…… 괜찮아?"

교스케가 묻자 메구미는 고개를 끄덕였다. 시선은 바위산을 노려본 채였다.

"괜찮아."

활공하는 바위를 교스케도 바라봤다.

"저걸, 어디로 옮기려는 거야?"

"몰라. 멀리."

"멀리……라니."

"이런 일, 생각하지 않았어. 나도 모르게 저질러 버린 일인데 엄청난 짐짝이야."

교스케는 운전석 옆 도어 포켓에 끼워둔 커피 캔을 꺼내들었다. 입을 대고 거꾸로 세워 마셨지만 거의 남아 있지 않았다. 결국 캔을 도어포켓에 다시 집어넣었다.

문득 정신을 차리고 메구미를 봤다.

"어제 섬은?"

"섬?"

"응."

교스케는 끄덕였다.

"모래사장이 예쁘긴 했지만, 작은 섬이었고 아무래도 무인도인 것 같기도 하고."

"아아, 거기."

"모래사장밖엔 안 봤지만, 섬 안쪽에는 녹지대도 있었어. 먹을 걸 찾을 수 있을지도 몰라."

"식량을 마련해 주는 거야? 저딴 녀석한테."

"식량이 있으면 섬에 머물러 있어 줄지도 몰라. 그편이 나을 것 같아."

"그런가…… 그렇네."

앞쪽의 바위산이 나아가는 방향을 틀었다. 차는 우두머리를 태운 바위산을 뒤쫓다시피 해서 태평양까지 날아갔다.

이즈 반도에 이어져 있는 작은 무인도 해변에 검은 바위산은 바싹 다가가듯 내려졌다. 바위산에서 뛰어내린 우두머리가 울창한 나무속으로 도망가는 것을 확인한 뒤 메구미와 교스케는 남해를 뒤로 했다.

50

어쨌든 연구소로 돌아가니, 고후 일대는 대혼란에 빠져 있었다.

대학병원 주위는 끊임없이 들락거리는 구급차와 장갑차로 교통 정리조차 녹록치 않았다. 우메자와에게 휴대전화로 전화를 걸어 봤으나 전원이 꺼져 있어 연락이 닿지 않았다. 하코자키도 계속 자리를 비운 상태인지 연락이 닿지 않아 교스케와 메구미는 연구소 6층 라운지에 처박혀 있기로 했다. 이 상황에서는 경찰이 찾아올 일도 없을 터였다.

라운지 TV로 뉴스를 봤다.

사태는 상상했던 것 이상의 전개를 맞고 있었다.

그날 류오 대학 의학부속병원에는 80명이 넘는 환자가 실려 왔다. 그들 전부가 용뇌염에 감염된 게 확인됐으나 그건 지금부터 벌어질 일의 정말 시작에 불과하다는 걸 모두가 예감하고 있었다. 그리고 사태는 그런 예감을 한참 뛰어넘는 현실이 되어 가고 있었다.

용뇌염 감염자가 발견된 네 병원이 모두 봉쇄 조치가 취해져 격리된 것은 무려 그로부터 닷새나 지난 뒤의 일이었다. 병원 두 곳은 이틀 뒤에 봉쇄 결정이 내려졌지만 나머지 두 곳은 완전히 방치된 채였다. 그 닷새 동안 야마나시 현 내 용뇌염 감염자 수는 3000명을 넘었고 1200명이 사망했다.

의료기관과 시 당국, 현과 국가 이곳저곳에서 책임을 서로 전가하기 시작했으나 국민의 관심은 물론 그런 곳엔 없었다. 당연한 말이지만 바이러스의 맹렬한 위세는 야마나시 현 내에서만 수습

될 게 아니었기 때문이다.

최초의 감염자 확인으로부터 열흘 뒤인 12월 24일 크리스마스이브에 국가 대책 본부는 이례적인 봉쇄조치를 발표했다. 고후 시, 니라사키 시, 가이 시와 그 주변 지역 교통을 차단한 것이다. 하지만 그 결단은 너무 늦었다. 그 시점에서 이미 도쿄, 오사카, 나고야 등 대도시를 중심으로 23개 도도부 현에서 용뇌염 감염자가 확인되기에 이르렀다.

용뇌염에 대해서는 이 시점에서도 완벽한 백신이 존재하지 않았다. 류오 대학 바이러스 연구소에서 잠정적으로 만들어 둔 백신은 치사율을 20퍼센트 정도로 낮추는 것밖에 되지 않았다. 물론 백신을 투여하지 않고 감염된 환자는 거의 100퍼센트가 사망하는 흉악한 바이러스이기 때문에 전국 의료기관이 이 백신을 갈망하고 있었다. 하지만 이 시점에서 연구소에 비축돼 있던 백신은 고작 2만 명 분량밖에 없었다.

드래건바이러스는 해외로도 퍼져 나갔다.

1개월 뒤 WHO는 이게 세계적 유행성 전염병임을 선언했다.

3개월이라는 짧은 시간 만에 일본은 인구의 50퍼센트를 잃었다. 국회의원, 관료, 기업 중역 같은 요직을 맡은 인물이 하나둘 용뇌염의 먹잇감이 되자 국가 기능은 마비되고 말았다.

그리고 눈사태가 벌어진 것처럼 세계 각국이 일본 참사의 뒤를 이었다.

"어떻게 돼? 이 뒤로는 어떻게 되는 거야?"

어느 날 메구미가 교스케에게 물었다.

교스케는 침낭 위에서 감고 있던 눈을 떴다. 거긴 그 암반 위였다. 미나미알프스 동쪽 산중. 야샤진토우게에서 북쪽으로 500미터 떨어진 급사면을 잘라 만든 바위 층이었다.

교스케와 메구미는 그해 겨울을 여기서 났다. 계절은 드디어 봄을 맞이하려 하고 있었다.

"매일 몇만 명, 몇십만 명이 전 세계에서 죽고 있어. 앞으로 어떻게 되는 거야? 우리들이 할 수 있는 건 아무것도 없는 거야?"

교스케는 침낭에서 몸을 일으켰다. 심호흡을 하면서 일어섰다. 차 뒷문을 열고 좌석에 둔 상자에서 참치 캔을 하나 꺼냈다. 플라스틱 포크를 두 개 가지고 원래 장소로 돌아와 침낭 위에 양반다리를 하고 앉았다. 캔을 따서 메구미에게 포크를 내밀었다. 메구미는 작게 고개를 저었다. 교스케는 참치 덩어리 하나를 입으로 던져 넣었다.

"앞으로 어떻게 될지를 아는 건 나카야 씨뿐이야. 나는 알고 싶어. 비참한 미래밖에 보이지 않는다고 나카야 씨는 말하잖아."

"……"

"'정말로 그럴까?' 하는 생각이 들어. 나카야 씨의 말은 전부 옳고, 미래는 비참하다고 생각해. 그래도 그렇다면 그다음은 어떻게 되는 거야? 인류는 멸망하는 거야? 드래건바이러스는 인류를 멸망시켜 버리는 거야?"

참치캔을 반쯤 먹고 교스케는 뒤를 돌아봤다. 암반 가장자리에 원숭이가 두 마리가 숨어서 이쪽을 보고 있었다. 일어서서 그 녀석들이 있는 쪽으로 걸어갔다. 순간 도망치려는 움직임을 보였지만, 그들은 약간 뒷걸음질을 쳤을 뿐 교스케를 올려다보고 있었다.

"자."

캔을 뒤집어 암반 위에 남은 참치를 올려 주자 원숭이 두 마리는 달려들듯 그걸 먹기 시작했다. 그걸 눈치 챈 다른 원숭이들이 일제히 암반으로 모여들었다. 승강이가 시작됐지만 교스케가 "이봐." 하고 말하자 싸움을 멈췄다.

"한 번만 더 미래를 봐 주지 않을래?"

침낭 위로 돌아오는 걸 기다린 메구미가 다시 말했다.

"미래를 알아서 어떻게 하려고?"

되묻자 메구미는 고개를 저었다.

"모르겠어. 그래도 알고 싶어. 어떻게 되는지 안 다음에 생각하고 싶어."

"뭘 생각하게? 너는 최강의 힘을 가지고 있어. 이 지구상에서 최강의 존재야. 그래도 그런 네가 이기지 못할 상대가 하나 있어."

"드래건바이러스?"

"그게 아냐. 바이러스 자체는 우리들한테 적도 뭣도 아니야. 악성 드래건바이러스는 우리 안에서 살아남지도 못하고 양성 드래건바이러스는 우리 몸을 점령하고 있어. 우리들은 드래건바이러스로 만들어진 거야. 우리들이 용이라고."

"……."

"그럼 말할게. 나도 신경이 쓰여. 앞으로 인류의 운명이 어떻게 될지 신경이 쓰여서 어떻게 할 수가 없었어. 그래서 몇 번이고 투시 해 봤어. 전 세계 곳곳의 미래를 보러 다녀왔지. 셀 수도 없을 정도로 많이 봤어. 메구미가 이길 수 없는 상대는 운명이야. 운명에는 이길 수가 없어."

"……역시, 미래는 없다는 거야?"

교스케는 암반 너머로 눈을 돌렸다. 산을 녹색으로 뒤덮여 있었다. 막 싹이 트기 시작한 투명한 듯한 녹색 빛이 머나먼 곳까지 이어져 있었다.

"아무것도 없다고 하면 거짓말이 되겠지."

"무슨 미래야?"

"인류에겐 없어. 인류는 앞으로 몇 년밖에 못 버텨."

메구미가 눈을 둥글게 떴다.

"……몇 년. 멸망하는 거야?"

"인류는, 그렇지."

"그럼 뭐가?"

메구미는 뒤를 돌아보면서 원숭이들을 가리켰다.

"저 녀석들이 지구의 뒤를 잇는 거야?"

교스케는 고개를 저었다.

"저 녀석들은 아니야."

"그럼 뭐가?"

"우리들이."

"……."

메구미가 교스케를 응시했다.

"이미 시작되고 있어. 용뇌염에 걸렸는데도 불구하고 죽음의 늪에서 생환한 사람들이 세계 곳곳에서 나타나기 시작하고 있어. 그들은 우리들과 마찬가지야."

"**능력을**…… 가지고 있다는 거야?"

교스케는 고개를 으쓱해 보였다.

"수는 적지만 말이지. 일본에도 이미 우리 말고도 8명 정도 태

어난 것 같더라고. 내가 보지 못한 것뿐이고 더 많을 수도 있지
만, 정확한 수를 알고 싶다는 생각은 안 들어. 어찌됐든 그렇게 많
은 수는 아니야."

"우리들?"

"응."

교스케는 고개를 끄덕였다.

"우리들의 밝은 미래야. 거역할 수 없는 미래."

"……"

갑자기 메구미의 모습이 사라졌다. 보아하니 그녀는 저 너머
하늘을 향해 일직선으로 날아가 있었다.

한숨을 쉬고 교스케는 다시 침낭 위에 누웠다.

2개월 전 즈음, 우메자와 나오아키의 부고를 들었다. 하코자키
준도 아키노 미즈에 간호사도 용뇌염을 이기지 못해 사망했다고
들었다. 아카네 기쿠에에게 연락을 해 보려고 생각했지만, 《주간
이터니티》의 편집부 자체도 연락이 닿지 않았다.

교스케나 메구미에게는 이미 의지할 사람이 아무도 없어졌다.

먼 하늘에서 엄청난 속도로 메구미가 암반으로 돌아왔다. 그러
기 무섭게 원숭이들이 도망쳤다.

"난 싫어."

메구미가 교스케 앞에 우뚝 서서는 말했다.

"싫다고?"

잘 보니 메구미의 뺨을 타고 눈물이 흐르고 있었다.

"가족을 전부 잃었어. 돌아와 보니 집이 없어지고 공터가 돼 있
었어. 많은 사람들에게 용뇌염을 옮겼고 많은 사람을 죽이고 말

앉어. 획득한 후유증을 행운이라고 생각하려고 했던 적도 있지만, 계속 싫고 싫어서 어떻게 할 수가 없었어. 이런 능력 따위 원하지 않았어. 고 짱도 없어졌고. 고 짱한테는 미안하지만 이제는 나, 나카야 씨가 좋아. 당신이 함께 있어 줘서 견뎌 낼 수 있었어. 그래서 앞으로도 계속 같이 있고 싶다고 생각했어. 그건 진심이야. 그래도 우리들만으로 아담과 이브가 되는 건 싫어. 그런 건 너무해. 지구상의 사람들을 모두 죽이고 내가 이브가 되는 건 너무해. 그러니까……."

오열하면서 메구미의 말이 끊겼다.

교스케는 일어서서 엉엉 우는 메구미를 끌어안았다.

"미안…… 미안해……."

메구미는 울면서 교스케의 가슴팍을 밀어냈다.

"메구미."

입술을 떨며 바라보고 있는 메구미를 보며 교스케는 눈을 크게 떴다.

"그만둬, 메구미…… 그러면 안 돼."

메구미가 하려는 걸 안 교스케는 고개를 저었다. 끌어당겨 안으려는 교스케의 손을 메구미는 뿌리쳤다.

"미안해."

메구미가 기어들어 가는 소리로 말했다.

"메구미!"

교스케가 소리를 지르는 것과 동시에 메구미의 가슴에 큰 구멍이 뚫렸다. 마치 눈에 보이지 않는 통나무에 관통당한 것 같은 충격에 메구미의 몸이 공중에 떴다. 그대로 그녀는 힘을 잃고 암반에서 절벽으로 떨어져 내렸다.

"메구미이이!"

교스케는 메구미를 따라 절벽에서 뛰어내렸다.

저 아래 누워 있는 메구미의 몸을 향해 교스케는 낙하했다.

51

돌연 시야가 좁아졌다.

엄청난 속도로 주위가 흘러갔다. 향하고 있는 곳은 아무래도 절벽 아래가 아닌 것 같았다. 이런 이동은 이미 몇 번이고 경험해봤다. 이건 투시의 이동이었다. 교스케의 시야가 엄청난 속도로 과거를 향해 이동하고 있었다.

'아니야······.'

교스케는 배에 힘을 주었다.

'지금은 투시를 하고 있을 때가 아니야. 메구미를 쫓아야 해.'

메구미의 가슴에 구멍이 뚫렸다. 그녀는 교스케를 공격한 것이다. 교스케의 가슴에 구멍을 뚫어서 죽이려고 했다. 그렇게 함으로써 메구미는 자살을 꾀했다.

그런 건 안 된다. 그건 지나쳤다. 교스케로선 견딜 수 없는 일이었다.

그러니 투시에서 빠져나와야 한다.

'돌아와!'

마음속에서 교스케는 전력을 다해 외쳤다.

그 순간, 교스케는 갑자기 투시에서 깨어났다.

"……."

주위를 둘러보고 침대 위에 있다는 걸 깨달았다. 토할 것 같았다. 머리에 찌릿찌릿한 통증이 있었다. 팔을 들려고 했지만 힘이 들어가지 않았다.

자신의 주변이 지나칠 정도로 하얬다. 눈을 깜빡이자 소독약 냄새가 스며들었다.

'병원?'

그 절벽에서 뛰어내려서 상처를 입은 건가? 아니, 상처 같은 걸 입을 리가 없는데.

"나카야 씨?"

여성의 목소리에 교스케는 그쪽으로 시선을 돌렸다.

사람 형상을 한 흰 덩어리가 교스케를 위에서 들여다보고 있었다. 얼굴을 잘 알 수가 없었다. 아니, 머리 전체가 흰 것으로 덮여 있었다. 눈 주변이 고글로 눌려 있었고, 이건…… 방호복인가?

교스케는 다시금 눈을 부릅떴다. 의심할 나위 없이 방호복이었다. 침대 양쪽에서 방호복을 입은 두 사람이 교스케를 관찰하고 있었다.

"나카야 씨? 아시겠어요?"

방호복이 다시 교스케를 불렀다.

"……."

교스케는 자신이 처한 상황이 파악되지 않았다.

'대체 뭐가 벌어지고 있는 거지?'

"괜찮습니다. 무리해서 대답하지 않으셔도 돼요."

"메, 메구미······."

가까스로 목소리가 나왔다.

"메구미······ 아아, 오치아이 메구미 씨 말이군요. 오치아이 씨는 다른 방에 계시지만 주무시고 계십니다. 다행이네요. 나카야 씨가 일어나셨으니까 분명 오치아이 씨도 의식이 돌아오실 겁니다."

"······."

뭔가 묘했다. 가슴이 갑갑했다.

'이건 어떻게 된 일이지?'

그리고 그때, 교스케는 말을 걸어 온 방호복의 목소리가 아키노 간호사의 것이라는 걸 깨달았다. 아키노 미즈에가 살아 있었다.

그렇다는 건 과거의 환영인가? 아니, 이 시야는 투시를 통해 보는 것이라고는 생각하기 어려웠다.

'그렇지만······.'

혼란스러웠다.

혼란스러운 와중에 교스케는 '거짓말.'이라고 생각하면서 물었다.

"오늘, 은······ 몇 월, 며칠?"

교스케가 띄엄띄엄 묻자 아키노는 머리를 끄덕였다.

"7월 22일입니다. 병 때문에 입원하셨어요. 나카야 씨, 열흘이나 주무시고 계셨다고요. 놀라셨죠? 11일에 입원하신 거 기억나세요? 그다음 날부터 나카야 씨, 계속 의식이 돌아오지 않았다고요. 오늘은 7월 22일. 이제 괜찮아요. 다행이에요. 이제 괜찮아요."

그날이다.

이건, 류오 대학병원에서 의식을 회복한 그날이었다.

다시 말해······ 작년 여름.

'나는 그날을 투시하고 있는 건가?'

아니, 역시 이게 투시 속 환영이라고 보긴 어려웠다. 아무리 생각해도 현실이다.

'그렇다는 건, 다시 말해……'

거꾸로인가?

지금까지 봐 온 게, 투시였던 건가?

'나는, 용뇌염에 걸려 열흘간 의식불명인 채 **미래를** 투시한 건가?'

'그렇다면……'

크게 심호흡을 반복했다. 몇 번을 들이쉬어도 공기가 들어오지 않는 것 같았다.

교스케는 방호복을 입은 간호사를 올려다봤다.

"아키노 씨."

"네……?"

갑자기 이름을 불려 아키노 간호사는 움찔한 듯 고글 안쪽에서 교스케를 쳐다봤다.

"아키노 미즈에 씨죠?"

"그런데요…… 어떻게?"

그녀는 당황한 듯이 방호복의 가슴팍으로 시선을 떨궜다. 물론 거기에 명찰은 없었다.

"우메자와 선생님을 불러 주세요."

아키노가 크게 숨을 들이쉬는 게 방호복 밖으로 보였다.

"저…… 나카야 씨. 우메자와 선생님을 알고 계신가요? 어째서 제 이름까지 알고 계신건가요?"

"설명하려면 길어집니다. 지금 아키노 씨에게 설명하더라도 믿지 못하실 겁니다. 바이러스 연구소 측 사람을 불러 주셔도 좋습니다만, 가능하면 우메자와 선생님이 가장 좋다고 생각합니다."

아키노 간호사가 빤히 교스케를 쳐다봤다. 방호 마스크에 가려져 있었지만 그녀의 표정은 상상할 수 있었다.

"……우메자와 선생님은 곧 뵐 수 있을 겁니다. 나카야 씨의 의식이 돌아온 걸 가장 먼저 연락했으니까요."

교스케는 조용히 끄덕였다.

그녀의 말대로 5분도 채 지나지 않아서 병실로 방호복을 입은 사람이 한 명 더 들어왔다. 우메자와였다.

우메자와는 교스케의 눈동자를 펜라이트로 비춰 들여다봤다.

"정신이 드셨군요. 본인의 성함을 말씀하실 수 있겠습니까?"

"나카야 교스케입니다."

"멋지군요. 여기가 어딘지 아십니까?"

"류오 대학 의학부속병원의 중환자용 병실입니다."

"네……?"

우메자와가 멈칫하고 펜라이트를 내렸다.

"우메자와 선생님, 드려야만 할 말씀이 있습니다."

"나카야 씨…… 당신은."

교스케는 끄덕여 보였다.

"제 얘기는 사정을 모르는 사람에는 뜬금없기 짝이 없는 얘기로 들리겠죠. 대부분의 사람들은 믿지 않을 이야기입니다. 다만, 우메자와 선생님께는 말씀드릴 수가 있습니다."

"잘 모르겠군요…… 나카야 씨, 무슨 말씀을 하시는 겁니까?"

"PT-034에 관한 얘기입니다."

"……."

우메자와의 움직임이 멈췄다.

"실험동물의 코드명은 극비였나요? 하지만 제가 그걸 어떻게 알고 있는지를 말씀드리도록 하죠."

"당신은 누굽니까……."

"선생님들의 연구에서 파생한 우연을, 바라지도 않았는데 몸 안에 심어 버린 남자입니다. 커스터 장군, 아니, PT-034의 얘기입니다. 그 실험동물은 선생님들의 최대 연구 테마인 생체 방위 시스템의 원형을 가지고 있었습니다. 그걸 고바타 고조, 오키쓰 시게루, 오치아이 메구미, 그리고 제가 더욱 진화된 형태로 이어받게 됐습니다."

"……."

"PT-034와 관련해 보고가 있던 몇 건의 괴현상은 스태프의 착각이 아니라 사실입니다. 채혈기구가 부서지거나 수도꼭지에서 물이 계속 흘러나오는 채로 있다든가, 물건이 사육실 안에서 움직였다는 것 말입니다. PT-034가 가지고 있는 그 능력은 저희들의 안에서 비약적으로 발전하게 됩니다. 오키쓰 씨의 회춘은, 벌써 시작되고 있나요?"

우메자와가 교스케의 팔을 모포 위에서 눌렀다.

"나카야 씨, 대체 당신은 어떤 분이십니까?"

"용뇌염에 걸리기 전에는 평범한 사람이었습니다. 아, 죄송합니다, 아직 이름은 안 붙었지요? 조금만 지나면 이 새로운 감염증은 용뇌염이라고 불리게 됩니다. 현재 용뇌염 치사율은 거의 100퍼센트지요. 고바타, 오키쓰, 오치아이, 그리고 저를 제외하면 감염증 발병 후 길어야 하루 만에 사망하고 맙니다. 저희 네 사람만이 그 죽음을 피한 겁니다."

"대체 어떻게……."

"저는 드래건바이러스로부터 어떤 능력을 받았습니다. 그 능력으로 인해 앞으로 인류에게 어떤 일이 벌어지는지를 보고 왔습니다. 벌어지지 않았으면 하는 일이 산처럼 벌어졌습니다. 그걸 막기 위해서 선생님의 힘이 필요합니다. 시간이 있을 때 미래의 방향을 바꾸고 싶습니다. 그게 가능한 건 선생님밖에 없습니다."

우메자와는 입을 다물고 교스케를 바라보고 있었다.

너무 급했던 걸까? 교스케는 방호복 마스크로 덮인 우메자와의 얼굴을 바라봤다. 보다 천천히 시간을 들여 설득하는 게 나았을 뻔했나.

아니, 성급하지 않았다고 교스케는 고개를 저었다. 전혀 조바심내고 있지 않았다.

그냥 내버려 뒀다간 인류는 수년 내에 멸망하리라.

운명이라는 게 존재하는지 어떤지 교스케에겐 알 수 없었다. 다만 존재한다고 한다면, 그 운명의 수레바퀴를 멈출 수 있는 건 지금뿐이었다.

우메자와는 라텍스 장갑을 낀 손으로 교스케의 가슴팍을 어르듯이 톡톡 두드렸다.

"나카야 씨. 나중에 천천히 얘기합시다."

그는 입을 열려는 교스케에게 고개를 끄덕여 보였다.

"음, 지치셨지요. 열흘이나 의식이 없었으니까. 겨우 눈을 떴으니 한번에 제정신으로 돌아오긴 어렵지요. 나중에 또 올 테니, 그때 얘기하기로 하죠."

우메자와는 침대에서 떨어져 아키노에게 다가가 뭐라고 중얼거렸다. 그리고 침대에 있는 교스케를 한 번 더 돌아보고는 총총히 병실을 나섰다.

교스케는 아키노를 살짝 **밀어** 봤다. 아주 약간 시간이 돌아갔다.

"30분이나 1시간 내로 돌아오겠네."

우메자와가 아키노에게 말했다.

"저…… 나카야 씨는."

"아아, 눈을 떼지 말게. 다른 환자는 됐으니까, 자넨 저 사람에게 붙어 있게."

"네…… 그치만."

"알겠지? 저 사람에게서 눈을 떼지 말도록."

우메자와는 한 번 더 교스케의 침대를 돌아보고 병실을 나섰다.

의사의 말대로 교스케는 지쳐 있었다. 왠지 엄청나게 피곤했다. 피곤한 눈을 조용히 감았다.

거의 무의식에 가까운 상태에서 교스케는 투시에 들어갔다. 투시 속에서 메구미의 방을 찾았다. 메구미는 의료기기에 둘러싸인 채 침대에 누워 있었다. 천에 싸인 가슴이 조용히 오르락내리락하고 있었다.

'7월 22일…….'

교스케는 가슴속으로 중얼거렸다.

투시 속에서 메구미의 흰 뺨이 갑자기 옅은 분홍빛을 띤 것처럼 보였다.

〈끝〉

옮긴이 | 김아영

대학에서 영어와 스웨덴어를 전공. 번역을 업으로 삼고 있으며, 옮긴 작품으로는 『K · N의 비극』, 『북유럽 스웨덴 자수』 등이 있다.

마법사의 제자들

1판 1쇄 찍음 2015년 7월 6일
1판 1쇄 펴냄 2015년 7월 13일

지은이 | 이노우에 유메히토
옮긴이 | 김아영
발행인 | 김세희
편집인 | 김준혁
책임편집 | 장은진
펴낸곳 | 황금가지

출판등록 | 2009. 10. 8 (제2009-000273호)
주소 | 135-887 서울 강남구 신사동 506 강남출판문화센터 5층
전화 | 영업부 515-2000 **편집부** 3446-8774 **팩시밀리** 515-2007
홈페이지 | www.goldenbough.co.kr

도서 파본 등의 이유로 반송이 필요할 경우에는 구매처에서 교환하시고
출판사 교환이 필요할 경우에는 아래 주소로 반송 사유를 적어 도서와 함께 보내주세요.
135-887 서울 강남구 신사동 506 강남출판문화센터 6층 민음인 마케팅부

한국어판 ⓒ ㈜민음인, 2015. Printed in Seoul, Korea
ISBN 978-89-6017-416-0 03830

㈜민음인은 민음사 출판 그룹의 자회사입니다.
황금가지는 ㈜민음인의 픽션 전문 출간 브랜드입니다.

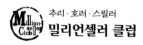